विश्वास पाटील

विश्वास पाटील मराठी भाषा में लिखने वाले अत्यन्त महत्वपूर्ण और प्रतिष्ठा प्राप्त उपन्यासकार हैं। उनके अनेक उपन्यास मराठी से हिन्दी सहित तमाम भारतीय भाषाओं में अनूदित होकर लोकप्रिय हुए हैं। उनके 'पानीपत', 'महानायक' और 'सम्भाजी' उपन्यासों को अंग्रेजी में वेस्टलैंड और 'झाड़ाझड़ती' को हैचेट ने प्रकाशित किया है।

'झाड़ाझड़ती' और उसके बाद प्रकाशित उपन्यास 'नागकेशर' के विशिष्ट सन्दर्भ में उनके सम्पूर्ण साहित्यिक योगदान को ध्यान में रखते हुए विश्वास पाटील को अत्यन्त प्रतिष्ठित 'इन्दिरा गोस्वामी राष्ट्रीय साहित्य पुरस्कार' से सम्मानित किया गया है। इससे पूर्व उन्हें 'साहित्य अकादेमी पुरस्कार', 'प्रियदर्शनी नेशनल अवार्ड', गोवा के 'नाथमाधव पुरस्कार' और कोलकाता के भारतीय भाषा परिषद् के 'साहित्य पुरस्कार' समेत बीते बत्तीस वर्षों में साठ से अधिक साहित्य पुरस्कार प्राप्त हो चुके हैं। पाटील के साहित्यिक वैभव का गौरव गान राष्ट्रीय और अन्तरराष्ट्रीय स्तर पर प्रतिष्ठित सुनील गंगोपाध्याय, अमिताव घोष और इन्दिरा गोस्वामी जैसे साहित्यकारों ने किया है।

महाराष्ट्र राज्य शासन की सेवा में आईएएस अधिकारी होने के नाते विश्वास पाटील ने शिरडी में अन्तरराष्ट्रीय विमानतल के वर्षों से रुके पड़े काम को तीव्र गति से मात्र 14 महीने में पूरा करा दिया था।

हाल में श्री पाटिल के लिखे 'अण्णा भाऊंची दर्दभरी दास्तान' नाम के चरित्रग्रंथ ने मराठी साहित्य रसिकों का ध्यान आकर्षित किया है। उनका उपन्यास 'दुड़िया' हिन्दी के साथ ओड़िया भाषा में भी प्रकाशित हो चुका है।

ई-मेल : authorvishwaspatil@gmail.com

रवि बुले

तीस वर्षों तक सक्रिय पत्रकारिता के बाद अब स्वतंत्र लेखन और फिल्म निर्देशन। आपकी प्रकाशित पुस्तकें हैं—'आईने सपने और वसंतसेना', 'यूँ ना होता तो क्या होता' (कहानी-संग्रह); 'दलाल की बीवी' (उपन्यास); आखेट (फिल्म)।

ई-मेल : ravibuleiy@gmail.com

महासम्राट

पहला खंड **झंझावात**

विश्वास पाटील

अनुवाद

रवि बुले

राजकमल पेपरबैक्स

मूल मराठी उपन्यास 'महासम्राट शिवाजी' का हिन्दी अनुवाद

राजकमल पेपरबैक्स में
पहला संस्करण : 2023
दूसरा संस्करण : 2026

राजकमल पेपरबैक्स : उत्कृष्ट साहित्य के जनसुलभ संस्करण

राजकमल प्रकाशन प्रा.लि.
1-बी, नेताजी सुभाष मार्ग, दरियागंज
नई दिल्ली-110 002
द्वारा प्रकाशित

शाखाएँ : अशोक राजपथ, साइंस कॉलेज के सामने, पटना-800 006
पहली मंजिल, दरबारी बिल्डिंग, महात्मा गांधी मार्ग, प्रयागराज-211 001
1, अनमोल सोराबजी सन्तुक लेन, धोबी तलाव, मरीन लाइंस, मुम्बई-400 002

वेबसाइट : www.rajkamalprakashan.com
ई-मेल : info@rajkamalprakashan.com

विकास कंप्यूटर एंड प्रिंटर्स
ट्रॉनिका सिटी-201 102
द्वारा मुद्रित

मूल्य : ₹599

MAHASAMRAT : JHANJHAVAT (Vol.-1)
Novel by Vishwas Patil
Translated by Ravi Buley

ISBN : 978-93-95737-47-0

स्वरदेवी लता मंगेशकर को...

ऐसा महान स्वर कि जिसकी अँगुली थामकर
जनसामान्य ने अपने आनन्द के उत्सव मनाए
और दुखों की नदियाँ भी पार कीं!

क्रम

शिवराय की तलाश में...

शिवचरित इस संसार में मनन-चिन्तन और प्रेरणा का बड़ा स्रोत बना हुआ है।

बीते कई वर्षों में अनिल तलेकर जैसे मेरे असंख्य पाठक इस बात का अखंड आग्रहपूर्ण हठ कर रहे थे कि मुझे शिवचरित पर कोई उपन्यास लिखना चाहिए। कई बार उन्होंने प्रत्यक्ष मुलाकात में, तो कभी पत्र लिखकर यह स्मरण कराया।

जब मैं कक्षा तीन में था, तो हमारे गाँव के पीछे सह्याद्रि पर्वतशृंखला की साताली पहाड़ी थी। अपने दादाजी के साथ मैं वहाँ गाय-भैंसों को लेकर जाता था। वहाँ से मुझे पहली बार दूर पन्हालगढ़ के दर्शन हुए। विशालगढ़, पांढरे पाणी और बाजीप्रभु ने जहाँ अपनी जान की बाजी लगाई थी, वह घोड़खिंड; ये सभी जगहें हमारे शाहूवाड़ी तालुके में आती हैं। इसलिए बचपन से ही वारणा नदी के किनारे से लेकर विशालगढ़ तथा मलकापुर की नदी-घाटियों के पूरे इलाके में जीवन्त इतिहास का मुझे साक्षात् दर्शन होता रहा। ऐसा लगता है कि शिवराय के काम आने के लिए प्रकृति ने बचपन से ही मुझे घुट्टी पिलाई थी।

जब मैंने नेताजी सुभाषचन्द्र बोस के जीवनचरित 'महानायक' उपन्यास के लिए अभ्यास और शोध आरम्भ किया, तब बंगाल में नेताजी के अनेक सहयोगियों के भी जीवनचरित पढ़ने में आए। उनमें स्पष्ट रूप से दर्ज था कि जब सुभाषचन्द्र बोस अलीपुर अथवा प्रेसिडेंसी जेल में राजकैदी थे, तब सर जदुनाथ सरकार के लिखे शिवचरित का लगातार अध्ययन कर रहे थे। उनके सहयोगियों के अनुसार ब्रिटिश सत्ता को चकमा देकर सुभाषचन्द्र जब देश से बाहर गए, तो उन्होंने आगरा में शिवराय के औरंगजेब की कैद से निकल भागने का आदर्श अपने सामने रखा था।

महाराष्ट्र में आज भी हजारों तरुण शिवचरित का अपने-अपने स्तर पर अध्ययन और शोध करते हैं। शिवप्रेम में आकंठ डूबे ये तरुण जीवन भर ऐतिहासिक धुन्ध में उनके गढ़-किलों पर बरसों-बरस भ्रमण करते हैं।

शिवराय सिर्फ एक व्यक्ति नहीं थे। एक ही समय में सात-आठ व्यक्ति निरन्तर जितना काम कर सकते हैं, वह ऐसी प्रचंड संस्था थे। इसलिए उनके जीवन का ताना-बाना एक उपन्यास में समेट पाना सम्भव नहीं था। चिन्तन-मनन-शोध के दौरान मुझे यह बात समझ आई कि महाराज के सम्पूर्ण जीवन पर एक उपन्यास

शृंखला लिखना ही श्रेयस्कर होगा। इसलिए मैंने यह 'महासम्राट' उपन्यास शृंखला लिखने का संकल्प लिया है।

संसार को सुन्दर बनाने वाले महापुरुष शिवराय ने जिस भूमि पर जन्म लिया, वहीं अगर हमें जन्म लेना नसीब हुआ तो यह पिछले जन्म का पुण्य मालूम पड़ता है। इसलिए इस संकल्प सिद्धि की मुझे हर सम्भव कोशिश करनी है, यह प्रण मैंने लिया।

'महासम्राट' उपन्यास शृंखला का लेखन इतिहास और सत्य की धार से ही प्रकाशित हो, इस बात को मैंने सबसे अधिक प्रमुखता दी। सिर्फ अपने नायक के जीवन और उसकी उपलब्धियों पर ही विचार करने से ही उपन्यासकार का काम नहीं चलता, बल्कि उसके साथ कन्धे से कन्धा मिलाकर लड़े और खड़े रहे सहयोगियों, वह काल, वह भूगोल और प्रकृति जैसे अनेक स्तरों पर उसे विस्तार से विचार करना पड़ता है।

शिवचरित में कहने के लिए बहुत सारी बातें हैं और कई जगहों पर विवाद के भी मुद्‌दे हैं; लेकिन शिवचरित को लेकर कई मूलभूत साधन भी उपलब्ध हैं। शिवराय इस विषय पर विशेषतः, डॉक्टर बालकृष्ण, सर जदुनाथ सरकार, केलुस्कर गुरुजी, ऐसे ही वा.सी. बेंद्रे, रियासतकार देसाई, आपटे, दिवेकर, शेजवलकर से लेकर डॉ. जयसिंह पवार, गजानन मेहेंदले, विजयराव देशमुख और आज के डॉ. श्रीनिवास सामंत, इंद्रजीत सावंत तक इतिहास लेखकों और तमाम विद्वानों के संशोधनों को मैंने खँगाला है। इनसे सम्बन्धित बखर वाङ्मय, तत्कालीन पत्र, शिवराय के विदेशी इतिहासकार और फिरंगी कागज-पत्र जिनका भी मुझे पता चला, उन सभी से होकर मैं गुजरा हूँ। जहाँ-जहाँ घटनाएँ घटीं उन सभी स्थलों पर मैं कई-कई बार गया।

महाराष्ट्र के तमाम इतिहासकारों ने शिवराय के जीवन के शिल्पकार उनके महापिता शहाजीराजे की उपलब्धियों की पूरी तरह उपेक्षा की है। शहाजीराजे, जीजाऊ साहेब और शिवराय इन तीनों के आपसी सम्बन्धों के इन्द्रधनुष को जब तक समझा नहीं जाएगा, तब तक शिवपूर्वकाल, शिवराय के बचपन और उनके व्यक्तित्व विकास के कालखंड की तस्वीर को सही अर्थों में रेखांकित नहीं किया जा सकता।

1624 में भातवड़ी की लड़ाई और 1635 में माहुली के करार पर गौर करते हुए एक महत्त्वपूर्ण बात का बोध होता है। भातवड़ी की लड़ाई में शहाजीराजे दिल्ली के बादशाह जहाँगीर की फौजों के विरुद्ध लड़े थे, जबकि 1635 में वह दिल्ली की गद्‌दी पर बैठे शाहजहाँ के विरुद्ध प्रत्यक्ष युद्ध में थे। शहाजीराजे समय-समय पर यहाँ-वहाँ दूसरों की चाकरी कर रहे थे, धोखे और गलतियों की वजह से आज तक स्वीकृत और चलन में मौजूद ये बातें असत्य हैं। उलटे उस समय की कुछ अद्‌भुत घटनाओं और इतिहास के प्रवाह में बहते हुए उन्हें कई जगहों पर अपनी सेवाएँ देनी पड़ीं। उन तमाम घटनाओं की गवाही देते कागज-पत्र आज उपलब्ध हैं।

जिन सेनापति शहाजीराजे ने भातवड़ी में आदिलशाह की फौज को पराजित किया, उनका भारी नुकसान किया, उन्हीं इब्राहिम आदिलशाह को अपने वैभव की वृद्धि करने के लिए शहाजी महाराज को 'सेनापति' बनाकर सम्मान सहित अपने राज्य में लाना पड़ा। ऐसी अभूतपूर्व घटना इतिहास में सम्भवत: कहीं और नहीं घटी होगी।

शिवराय को उनके पहाड़ जैसे पिता ने गुरिल्ला युद्ध की दीक्षा और स्वलिखित राजमुद्रा भी दी थी। इसी राजमुद्रा को उम्र के बारहवें बरस से राजा ने सम्मानपूर्वक अपने कागज-पत्रों पर व्यवहार में लाना शुरू किया था।

इधर हाल में कर्नाटक के होदीगिरे गाँव में मैं महाराज शहाजीराजे की समाधि पर गया था। महाराष्ट्र के महापिता की समाधि वहाँ साढ़े तीन सौ साल से खुले में थी। वहाँ एक पेड़ की छाँव तक नहीं थी और न ही समाधि पर किसी तरह का आवरण था। यह बात मैंने संचार माध्यमों के द्वारा सार्वजनिक की। मुझे आशा थी कि छत्रपति शिवाजी महाराज के जन्मदाता के स्मृतिस्थल की यह अवस्था देखकर महाराष्ट्र में बड़ी उथल-पुथल होगी, लेकिन ऐसा कुछ नहीं हुआ।

अगर इसमें कोई सम्माननीय अपवाद था तो वह हैं वर्तमान मुख्यमंत्री एकनाथ शिंदे, जिन्होंने मेरी बात पर तत्काल सक्रियता दिखाई। मुझे बुलाकर उन्होंने इस स्थल के विकास के लिए टोकन रकम के रूप में पाँच लाख रुपये दिए। अपने सहयोगियों के साथ मुझे कर्नाटक भेजकर वहाँ राजा शहाजी स्मृति मंडल का गठन कराया। साथ ही इस मंडल के सदस्यों को कर्नाटक से अपने खर्च पर मुंबई बुलाकर, आगे के सारे काम खुद अपने हाथों सम्पन्न कराने का अश्वासन भी दिया। इसी तरह पूर्व मुख्यमंत्री देवेन्द्र फड़णवीस साहेब ने भी इस मामले में अपनी आस्था दिखाई और इस मुद्दे पर सारी खोज-खबर ली। शिवसंग्राम संगठन के नेता विनायक मेटे और सांसद अमोल कोल्हे ने भी इस मामले पर ध्यान देते हुए इसे आगे बढ़ाने का वचन दिया। कोल्हे ने तत्काल कर्नाटक जाकर समाधिस्थल के दर्शन किए। लेकिन बाकी तमाम खुद को शिव-प्रेमी और शम्भू-प्रेमी कहने वाले संगठनों ने इस विषय की कोई सुध नहीं ली। यह बात मन को आहत करने वाली थी। कहते हैं कि उपन्यासकारों और नाटककारों को जीवन के अद्‌भुत अनुभव मिलना भी भाग्य की बात होती है। मैं भाग्यशाली हूँ कि वे अनुभव रसायन मुझे मिले।

इस पूरे काम के दौरान मेरी पत्नी चन्द्रसेना, मेरी छाया बनकर बहुत धैर्य से हर परिस्थिति में मेरे साथ खडी रही। विलास राठौड़, डॉ. श्रीपाल सबनीस, सोपान खुडे, प्रभाकर होवाल, आंधकराव माने (काशिल), मंगेश चिवटे, सुनील चव्हाण (विटा, सांगली), सन्तोष खेडलेकर, अर्जुन पाटील (सोलापुर), शुभांगी नावेकर ताई, एड. रंजनाताई पगार-गवाँदे, ज्ञानेश्वर मुले, नाना जरग और प्रभावती जरग इन सभी का मैं जितना आभार मानूँ कम है।

शिवप्रेमी शोधकर्ता अंकुर काले, श्रीकांत काराट, डॉ. मिलिंद कुलकर्णी,

एड. नितिन भावे, श्री शिवरत्न शेटे, डॉ. सुवर्णाताई निम्बालकर, आनन्द उत्तेकर (प्रतापगढ़), इतिहास संशोधक इंद्रजीत सावंत, इसी तरह महेश मोहपे, महेश पाटील-बेनाडीकर, श्री जयराम लाटे और साथ ही मणि नारायण स्वामी इन सभी का सहयोग बहुत मूल्यवान है।

बीते 30 बरस में करीब ढाई सौ से अधिक किलों और पहाड़ों-पठारों पर मैं समय-समय पर जाता रहा। प्रत्येक प्रवास में उन सभी जगहों-ठिकानों पर मुझे जिन स्थानीय लोगों और शिवप्रेमियों का प्रचंड सहयोग मिला, उन सभी की स्मृति और मदद सदा मेरे हृदय में रहेगी।

इसी दौरान के कालखंड में मुझे असम का उत्कृष्ट साहित्य की रचना के लिए दिया जाने वाला इंदिरा गोस्वामी राष्ट्रीय पुरस्कार प्राप्त हुआ।

शिवछत्रपति पर यह उपन्यास पुष्प प्रकाशित होते समय मैं उन चार सम्माननीय जनों का सुवासित स्मरण किए बगैर नहीं रह सकता। गुरुवर श्री शंकर सारडा सर, नटश्रेष्ठ प्रभाकर पणशीकर, नाट्यनिर्माता मोहन वाघ काका और शिवसेना प्रमुख बालासाहेब ठाकरे। यह उपन्यास देखकर इन सबका आनन्द कैसे द्विगुणित हो गया होता, इसकी कल्पना करते हुए मेरा रोम-रोम सिहर उठता है।

'महासम्राट' के 'झंझावात' के बाद जल्द ही आने वाले 'रणखैंदळ' का भी पाठक स्वागत करेंगे, मुझे इसका पूरा विश्वास है।

महाराष्ट्र शासन के द्वारा संकल्पित शिवस्मारक जब बनेगा तब बनेगा; परन्तु अपने शब्दों की शक्ति से मैंने जो यह शब्दस्मारक बनाने का बीड़ा उठाया है, उसे सभी जनों का आशीर्वाद प्राप्त हो। यही कामना है।

—विश्वास पाटील

संघर्ष की अदम्य आकांक्षा

जुलाई 1629

मलिक अम्बर की बनवाई स्थापत्य और शिल्पकला की निशानियाँ पीछे छूटती जा रही थीं। खड़की नगर के सुन्दर महल, नए-नवेले मन्दिर, शहर तक पानी पहुँचाने वाली अम्बर नहर, काष्ठ की बाल्टियों से पानी खींचती गोल घूमती विशाल पवनचक्की, मीनारों वाली मस्जिदें, राहगीरों की थकान मिटाने वाली धर्मशालाएँ और सरदारों की जागीरें क्रमशः ओझल हो चली थीं। अब आँखों के सामने दूर तक फैले थे, घने हरे पेड़ों-झाड़ियों से पटे मैदान और उनके पीछे खड़ी विशाल पहाड़ियों की शृंखला।

बलिष्ठ शरीर वाले दस-बारह कहार अपने कन्धों पर पालकी को ढोते हुए हिरणों की चपल चाल से बढ़ रहे थे। उनके रोम-रोम से पसीने की धाराएँ फूट रही थीं। उस शाही पालकी के सामने दो सौ घुड़सवार थे और उतने ही पीछे भी रफ्तार से आ रहे थे। आगे-पीछे बीस ऊँटों की टुकड़ी भी काफिले में शामिल थी। बूढ़ी औरतों की तरह गरदन ऊँची किए सरपट चलते ये ऊँट रास्ते पर बढ़े जा रहे थे। उनकी पीठ पर छोटी 'शाहीन' तोपें बँधी थीं। रास्ते में अगर कभी डाकुओं-लुटेरों ने कारवाँ पर हमला किया तो उनके साथ दो-दो हाथ करने की पूरी तैयारी दल ने कर रखी थी।

उस पालकी में यात्रा कर रही शाही स्त्री साधारण नहीं थी। वह बेहद विशिष्ट थी।

बीच-बीच में थक जाने पर कहार कन्धे बदल रहे थे। जैसे ही किसी को शिथिलता महसूस होती, वह अपने कन्धे को हल्का-सा झुकाता और उसकी जगह तुरन्त दूसरा स्वस्थ-मजबूत कन्धा आ जाता। तत्क्षण कहार फिर द्रुतगति से चल पड़ते। आबनूस की लकड़ी से निर्मित वह पालकी सोने-चाँदी की झालरों और रेशमी पर्दों से सजी थी। उसके अन्दर बैठी थी, वह पच्चीस वर्षीया तरुणी। जिसका रूप अत्यन्त सुन्दर था। कमलनाल जैसी नाजुक बाँहें। खुले-झूलते घने-रेशमी केश उसके चेहरे को इस तरह ढक रहे थे, जैसे पूर्णिमा के चन्द्रमा पर मानसून के बादल छाते हैं। आकर्षक नैन-नक्श। तीखी नाक और मोतियों की तरह दमकते दाँत। उसका सौन्दर्य म्यान से निकली चमचमाती तलवार की तरह तेजस्वी था।

घने बालों के बीच निकली मांग की शोभा बढ़ाते हुए माथे को छूता रत्नजड़ित मांग-टीका, दोनों बाँहों पर सुशोभित सोने के बाजूबन्द, हाथों में चमकीले रत्नजड़ित कंगन, पैरों में बिछिया और छमछम करती पायल के साथ बदन पर पैठणी साड़ी और जरीदार चोली। वह किसी कलाकार की दैवीय कल्पना के साकार हो उठने जैसी लग रही थी।

जीजाऊ ने अपने नाजुक हाथों से पालकी का अधखुला पर्दा हल्के-से एक तरफ सरकाया और सामने फैले विस्तृत नीले आकाश को तसल्ली भरी गहरी निगाहों से देखने लगी। नजरें आसमान से उतरीं तो सामने हरी-भरी वसुन्धरा नजर आई। आमतौर पर खड़की और दौलताबाद के इलाकों में ऐसी वर्षा नहीं होती है। लेकिन इस बरस प्रकृति ने कृपा की है। पिछले दोनों नक्षत्रों में आसमान खूब बरसा था और अब तो श्रावण का महीना लग गया है। इस बार खेतों में फसलें और किसान दोनों ही मुस्करा रहे हैं। हर तरफ झरने और छोटी-बड़ी नदियाँ निर्मल-पारदर्शी कलकल धाराओं के साथ बह रही थीं। हर तरफ जीवन नई रवानी और ताजगी से भरा था।

जीजाऊ का साफ कहना था, "राज करने वाले शासक और जनता के बीच कोई पर्दा नहीं होना चाहिए।" इसलिए उन्होंने अधिकारियों से कहकर अपनी पालकी के दरवाजे निकलवा दिए थे। गर्म तेज हवाओं और ठंड के थपेड़ों से बचने के लिए उन्होंने सिर्फ एक झीना पर्दा रहने दिया था। प्रजा से सीधा संवाद उन्हें प्रिय था। जीजाऊ ने परदे के कोने में हल्की गाँठ लगाकर उसे सरकाते हुए एक कोने में अटका दिया। इसके साथ ही हवा का फरफराता तेज झोंका अन्दर आया। उसने जीजाऊ की नाक में पड़ी हीरे की नथ को हौले से हिला दिया। जीजाऊ बहुत उत्सुकता से चारों तरफ का नजारा देख रही थी।

जीजाऊ की नजर सामने पहाड़ी के शिखर पर गई। एक पुराना मगर विशाल किला अपने हाथी जैसे मजबूत बुर्जों के साथ पूरी ठसक के साथ खड़ा था। किले की चौकियाँ साफ नजर आ रही थीं। रफ्तार से चल रहे अश्वदल ने सामने का नाला और फिर उसके आगे खड़े टीले को पार किया। किले और जीजाऊ के बीच की दूरी यहाँ से और कम हो गई। पर्वत के माथे पर खड़ा दौलताबाद का वह किला अपने अन्दर अनेक राजप्रासाद, हवेलियों और नगरवासियों की बस्तियों समेत सैनिक टुकड़ियों की हथियारबन्द चौकियों से लैस था। सब कुछ साफ दिखाई दे रहा था। किले के मुख्य द्वार पर झूमते हाथियों के दल, ऊँटों की टुकड़ियाँ और यहाँ-वहाँ फुफकारते घोड़ों की पलटन आँखों के सामने थी।

जीजाऊ की नजरें अचानक किले के बुर्जों, महलों को पार करती हुईं और ऊँचाई तक पहुँच गईं। आकाश में बिखरे श्वेत मेघों की पृष्ठभूमि के बीच उस इतिहास प्रसिद्ध प्राचीन किले के शिखर पर उसके मालिक की पहचान कराता हुआ

ध्वज फहरा रहा था। निजामशाही के चाँद-तारे वाला वह हरा झंडा उनकी आँखों में चुभ गया। उनके रक्त का ताप बढ़ गया। उनकी आँखों में बेचैनी उतर आई।

जीजाऊ को बचपन में जाने कितनी बार अपने पिता, सिंदखेड़े के राजा लखोजीराव से हुई बातचीत याद आने लगी। उनका मन भर आया। लखोजीराव ने एक बार उनसे बहुत दर्द भरी आवाज में जो कहा था, बरसों बाद वही शब्द फिर उनके कानों में गूँजने लगे, "जीऊ, हमारे सीने पर गुलामी की चट्टान जैसा रखा दौलताबाद का यह किला कभी हमारे पुरखों की राजधानी था।"

"राजधानी? हमारी?"

"हाँ, हम जाधव यानी तीन-साढ़े तीन सौ बरस पुराने देवगिरी के यादव हैं। यह कभी सोने की नगरी थी। यहाँ से उत्तर में दिल्ली-आगरा और दक्षिण में रामेश्वरम-मदुरै तक बारहों महीने हाथी-घोड़ों की सवारियों का आना-जाना लगा रहता था।"

देवगिरी के पहाड़ अपने ही थे। इस पहाड़ को पार किया कि सामने यक्ष-किन्नरों और देवी-देवताओं को अपने कन्धों पर बैठाकर झुलाने वाली वेरुल की पवित्र धरती भी अपनी थी। इस धरती पर जीजाऊ के पति शहाजी के पुरखों का शासन था। वास्तव में लखोजीराव ने आज अचानक ही वेरुल जाने के लिए ही अपने ऊँट सवारों को परंडा भेजा था।

आज श्रावण का पहला सोमवार था और बाबा साहेब ने इस शुभ दिन पूरे परिवार के साथ घृष्णेश्वर जाकर बेलपत्रों से महादेव का अभिषेक करने का निर्णय लिया। कुटुम्ब के साथ पूजा करने का इरादा अचानक उन्हें क्यों आया? मन में दबे विचारों ने सिर उठाया। जीजाऊ के पूरे शरीर में सिरहन पैदा हो गई। कहीं पिताजी को आने वाली खुशखबरी का पता तो नहीं चल गया? लेकिन यह कैसे सम्भव है?

पालकी को उठाए हुए कहार तेजी से चले जा रहे थे। विचारों की फुहारें जीजाऊ के मन पर बरसने लगी। स्मृतियों की सोंधी सुगन्ध उमड़-घुमड़ रही थी। उनके जीवन के कभी न भुलाए जा सकने वाले स्वर्णिम क्षणों का यह परिसर साक्षी था। विवाह मतलब जन्म-जन्मान्तर का नाता। धरती और आकाश को बाँधने वाली जैसी कोई गुलाबी गाँठ। इसी सामने वाले किले के परिसर में एक रात निजामशाह ने बड़े उत्साह से लग्न मंडप लगवाया था। तब जीजाऊ ने अपने प्राण-प्रिय शहाजीराजे के प्रथम दर्शन किए थे। यह स्मृति वैसी ही थी कि जैसे किसी गहरे-अँधेरे कुएँ के तल में दमकते सोने से भरा कोई बर्तन मिल जाए और फिर चकित नजर उस पर से हटने को राजी ही न हो।

सिंदखेड़ के महल की सीढ़ियों पर बैठी सात बरस की जीजाऊ अपने नन्हे-कोमल हाथों में मेहँदी लगवा रही थी। उसके ब्याह की तिथि तय हो गई थी। नन्ही सखियों के शोरगुल और पिता की पहरेदारी में सारी छोटी-बड़ी तैयारियाँ

जोर-शोर से चल रही थीं। तब तमाम काम सँभाल रहे लोगों की बातें जीजाऊ के कानों में पड़ी थीं, "निजाम पादशाह ने मोहब्बत भरा पैगाम लखोजीराव के पास भिजवाया है कि जीजाऊ भले ही तुम्हारी बेटी है लेकिन हम दूल्हे के चाचा के रूप में उसके पीछे खड़े रहेंगे। बड़ी धूमधाम से यह शादी हमारी दौलताबाद राजधानी में ही होगी। हाथी, घोड़े, ऊँट और तोपें-बारूद भी हमारी होंगी। सारा खर्च भी हम ही उठाएँगे।"

निजाम पादशाह ने अपना वचन निभाया। उस वक्त पन्द्रह-सोलह की बाली उमर वाला शहाजीराजे का वह बिन्दास रूप। गोरे-गुलाबी होंठों पर उभरी हल्की काली मूँछों की रेखा। उनके सजीले अंगों से फूटती हुई वह तरुणाई। घुटनों तक पहुँचते लम्बे हाथ, चौड़ा तेजस्वी भाल, सुन्दर नुकीली नाक, बड़ी-आकर्षक आँखें, होंठों और दन्त पंक्ति के बीच लुभाने वाली मन्द मुस्कान। उनके चौड़े कन्धे और मर्दाना छाती। हवा में सूँड़ लहराते मदमस्त गजेन्द्र की तरह अपने रुआब से किसी को भी सम्मोहित कर लेने वाला, देवस्थल की तरह दिव्य वह पौरुष-रूप जीजाऊ की स्मृति में आज भी ज्यों का त्यों था।

निजाम बुरहान शाह ने जाधवों की कन्या को अपने ही परिवार की शहजादी मानते हुए शादी में कोई कसर बाकी नहीं रखी। जीऊ जब पहली बार सिंदखेड़ा से दौलताबाद आई तो उसके साथ सिर से पैर तक सजे-धजे इक्कीस हाथियों का जुलूस था। ये चित्ताकर्षक और बलवान हाथी असम और मलाबार से लाए गए थे। हाथियों के इस जुलूस के बीच में चल रहे हाथी पर सोने का हौदा कसा गया था। जिस पर सिंदखेड़े की रूपसी राजकन्या बैठी थी।

विवाह के उत्सव में हौदे पर बैठी जीजाऊ के मन में तब पहली बार यह बात समझ आई कि उससे ब्याह के लिए भोसले कुल का वर घोड़े पर सवार होकर कूच कर चुका है। लेकिन वह और उसकी सहेलियाँ इस बात पर खूब हँसी थीं कि भोसले वंश को दूल्हे के लिए क्या कोई हाथी नहीं मिला? अगर उनके पास हाथी नहीं था तो किसी से उधार माँग लेते! लेकिन जब दौलताबाद किले के मुख्य द्वार से होते हुए फूलों और मोतियों की माला से सजा दूल्हा नजर आया और जब उसके स्वागत के लिए बुर्ज से इक्कीस तोपें दागी गईं तो जीऊ ने बारूद के धुएँ के बादलों के बीच से निकलते चन्द्रमा जैसे अपने दूल्हे को देखा। तब हौदे पर बैठकर उसे निहारते हुए देर तक जैसे वह सुध-बुध खोई रही।

थोड़ी देर बाद उसकी नजर दूल्हे के श्वेत घोड़े पर गई, जिसके कान श्यामवर्ण के थे। ऐसा ऊँचा, बलिष्ठ और सुगठित अश्व उसने पहले नहीं देखा था। वह अश्व शायद भोसले वंश के इस विवाह के लिए खास तौर पर देवलोक से धरती पर उतरा था। और उस पर कामदेव के अवतार की तरह शहाजीराजे सवार थे! जीऊ अवाक् रह गई। उसने देखा कि सिर्फ वही नहीं, इस विवाह समारोह में जयपुर,

"अरे, इतनी तारीफ करने जैसा हमारे पास क्या है?"

"आप इन जानवरों से अपने बच्चों की तरह जान लगाते हैं। आप मराठों जैसी काबिल कौम हमने तो इस दुनिया में नहीं देखी है।"

किसी दन्तकथा के नायक जैसा वह अश्व जीजाऊ को भी ऐसा प्रिय लगने लगा, जैसे उनके मायके का कोई सम्बन्धी हो। विवाह समारोह में उसके शृंगार के आगे वहाँ पूरी सज-धज के साथ खड़े हाथी भी फीके पड़ गए थे।

वह शाही विवाह 1605 के दिसम्बर में दौलताबाद के किले के अन्दर हुआ था।

विवाह समारोह के मुख्य मंडप में चन्दन की लकड़ी से सात फीट का एक चबूतरा बनाया गया था। उस पर साज-सिंगार किए नववधू खड़ी थी। लग्न के मंगलाष्टक पाठ के दौरान बीच में पड़े परदे के पीछे खड़े शहाजीराजे को वह टकटकी बाँधे देख रही थीं। मंत्रोच्चारण के दौरान चावलों की अक्षत-वर्षा के समय जीजाऊ की नजर दौलताबाद किले के उस शिखर पर गई, जहाँ निजामशाही का चाँद-तारे वाला हरा झंडा फरफरा रहा था। उस क्षण जीजाऊ के मन में जो हलचल मची, वह कभी खत्म ही नहीं हुई। आज भी पालकी में बैठी हुई जीजाऊ अपलक उसी दिशा में देख रही थीं। वह पुराना जख्म कभी भरा ही नहीं।

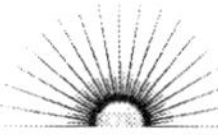

जाधव परिवार के तम्बू किले के मुख्य द्वार के बाहर ही लगे हुए थे। आमतौर पर ऐसा तब होता था जब किसी मुहिम पर निकलना होता। मुख्य परिजनों के तम्बुओं के साथ, अधिकारियों और नौकरों के तम्बू भी वहाँ थे। सामने घोड़े और हाथी बँधे थे। लोगों का आना-जाना लगा था। वहीं तम्बुओं के बीच दौड़ते-भागते जाधव परिवार के बच्चे खेलने में मगन थे।

तभी घोड़ों की टापों के बीच वहाँ कहार पालकी लेकर पहुँच गए। यह खबर मिलते ही जाधवों के तम्बुओं में हलचल होने लगी। कहारों ने पालकी जमीन पर रखी और उसमें से जीजाऊ तत्काल बाहर निकल आईं। वहाँ बँधे घोड़ों की पीठ पर कसी जीन और उनकी सजावट देखकर जीजाऊ ने अन्दाजा लगा लिया कि उनके पिता और भाई दरबार जाने की तैयारी में हैं। शायद अचानक कोई जरूरी काम आया है। जीजाऊ ने सामने के तम्बू की ओर कदम बढ़ाए और तभी तम्बुओं में से घर की नन्ही-मुन्नी बच्चियों ने जैसे उन पर धावा बोल दिया। ख़ुशी से भरकर सब चिल्ला रही थीं, "ताईसाहेब आ गईं! ताईसाहेब आ गईं!"

बाहर का हल्ला सभी तम्बुओं में पहुँच गया था। सुनते ही दरबारी पोशाक पहनकर तैयार हुए लखोजीराव और उनके पीछे-पीछे जीजाऊ की मातोश्री गिरिजाबाई भी लपककर बाहर निकल आईं। उन्होंने झट से आगे बढ़कर अपनी बेटी को आलिंगन

में ले लिया। कुछ पल बाद उन्होंने बेटी की कमर पकड़कर उसका सुन्दर शरीर कौतुक से निहारना शुरू किया। जीजाऊ ने माँ की आँखों में आश्चर्य मिश्रित भाव देखे। इतने में उनके तीनों भाई—राघवराव, अचलोजीराव और यशवंतराव—भी तम्बू से बाहर निकल आए और कमर झुकाकर 'मुजरा ताईसाहेब' कहते हुए उनका अभिवादन किया। उनके चेहरे पर बहन को देखने का आनन्द छाया था।

जीजाऊ के आने का समाचार फैलते ही सब तरफ खुशी फैल गई थी। जीजाऊ सबकी लाडली थीं और हर कोई उनसे मिलना चाहता था। सबने उन्हें मछलियों के झुंड जैसा घेर लिया था, लेकिन इतने में छोटी-छोटी लड़कियों की टोली सबको पीछे धकेलते हुए जीजाऊ से लिपट गईं। खुशी से तालियाँ पीटते हुए सबने जोर-जोर से उनसे पूछना शुरू कर दिया, "बोलोऽऽ जीऊ ताई बोलोऽऽ कि तुमको क्या-क्या खाने का मन है?"

"क्या मतलब?"

"हमने सारी चीजें इकट्ठा करके रखी हैं। बोलोऽऽ ताई इमलियाँ खाना हैं कि आँवले?"

जीजाऊ के मन में मीठा-सा धक्का बैठ गया! उन्हें एकदम कुछ सूझ नहीं रहा था, वह बुरी तरह झेंपकर इधर-उधर देखने लगीं। उन्हें ऐसे देखकर आई-बाबा, भाई-भाभियाँ, नौकर-चाकर सब हो-हो करके हँस रहे थे। जीजाऊ लजा गईं। वह दौड़कर अपने पिता के सीने से लग गईं और अपना सिर उनके कन्धे पर रखकर बोलने लगीं, "ये क्या है आबासाहेब? आप सब मिलकर मेरी कैसी हँसी उड़ा रहे हो?"

"बेटी, तेरा बाप हूँ मैं!"

"इश्शऽऽ और ये मेरी चुगली आपसे किसने की?"

"ऐसा है बेटी, शत्रुओं के शिविर में हवा का झोंका भी उठता है तो उसकी खबर तुरन्त हम तक पहुँच जाती है। फिर हमारे महल में चन्दन की लकड़ी के पालने में नाती झूलने वाला है, ये खबर हमारे पास न आए, कैसे हो सकता है?"

"आबासाहेबऽ मुझे लगता है कि आपने हवा को भी अपना हरकारा बनाकर नौकरी पर रख लिया है।"

"कुछ भी बोलती है बेटी!"

"नहीं तो इतनी जल्दी यह खबर आप तक पहुँचती ही कैसे?"

पास ही रंगीन पटिये रखे थे और उनके आसपास रंगोली रची थी। गिरिजाबाई दरबार में जा रहे अपने पति और तीनों बेटों का औक्षण कर चुकी थीं। आरती का थाल पास ही रखा था। यह समय चारों के निकलने का था। लेकिन लाडली बेटी दूर से आई थी, सोचते हुए लखोजीराव पटिये पर बैठ गए। उन्होंने सहज हँसी के साथ कहा, "बेटी, इस बार तेरे साथ कुछ बहुत अच्छा होने वाला है।"

"आप क्या कह रहे हैं बाबा?"

"मुझे ऐसा आभास हो रहा है कि इस बार तेरी गोद में कोई अलौकिक अवतारी आएगा।"

"सच्ची, आपको कोई दिव्य दृष्टि मिल गई है बाबा!" फिर अपनी माँ को देखते हुए जीजाऊ ने कहा, "आई, ये छठा मौका है मेरा...बीच के चार तो पेट में टिके ही नहीं। लेकिन इस बार पता नहीं क्यों मुझे कुछ अलग ही लग रहा है। कुछ-कुछ दिखता है...जैसे स्वर्ग के दरवाजे खुल रहे हैं...कोई सोने का झूला झूल रहा है...इन्द्रधनुष आँखों के आगे निखर रहा है और बीच-बीच में जैसे कोई बाघ गुर्रा रहा है...ऐसी भी आवाज कान में आती है!"

"सचमुच ये तो विचित्र ही संकेत हैं!" गिरिजाबाई के चेहरे पर विस्मय उभरा।

"देखो न, मेरे ससुराल और मायके के बीच इधर घमासान की तैयारी है और इसी घड़ी ये सब हो रहा है...पता नहीं कैसे अजीब संकेत, क्या कह रहे हैं?"

"अरे जीऊ, अकेली ही आई? जमाई राजा कहाँ हैं?" लखोजीराव को जैसे याद आया।

"उन्होंने कहा है कि वह सीधे वेरुल ही पहुँचेंगे।"

बैठे-बैठे फिर राजनीति पर बातचीत होने लगी। बात निकली कि निजामशाही की गद्दी पर बैठा यह निजाम बड़ा ही विचित्र और सनकी है। जब तक मलिक अम्बर बाबा निजामशाही में थे, किसी तरह की चिन्ता नहीं थी। वह अपने वचन के पक्के थे। लखोजीराव को दरबार जाने की याद आ गई। वह तैयारी करने लगे। तब गिरिजाबाई ने कहा, "अगर आज आप दरबार में नहीं गए तो कुछ बिगड़ जाएगा क्या?"

"मगर क्यों गिरिजा?"

"अहो, आपने ही तो तय किया था कि आज हम सब वेरुल जाएँगे। फिर...।"

"फिर कुछ नहीं...हमें किसी का डर या किसी लालच की परवाह नहीं है। जो हैं, हम अपनी तलवार के दम पर हैं।"

माहौल कुछ भारी हो गया। सबके मन में जैसे किसी चिन्ता ने सिर उठाया। राघवराव कुछ ऊहापोह के स्वर में कहने लगे, "आईसाहेब, इधर परिस्थिति बहुत अच्छी नहीं है। मुझे लगता है कि हम लोगों ने मुगलों की नौकरी छोड़कर इधर आने में बेकार ही जल्दबाजी की।"

"ऐसा क्यों लगता है बेटा?"

"इस निजाम का कुछ भी ठीक नहीं लगता है। एक तो इधर वह खूब शराब पीने लगे हैं और सनकी मिजाज भी बहुत हैं। उस पर हमीद खान की बेगम ने उन्हें पूरी तरह अपने शिकंजे में ले रखा है।"

लखोजीराव के माथे की लकीरें तन गईं। इस मुद्दे की वह पहले ही काफी विवेचना कर चुके थे। थोड़ा विचार करते हुए कहने लगे, "हमने दिल्ली की मुगल

पातशाही को छोड़कर जब इधर आने का फैसला किया था, तो हमीदखान से बहुत खुलकर बात की थी। हमने साफ कहा था कि पुरानी सारी बातों को पीछे छोड़ते हुए पूरे दिल से निजामशाही में वापस लौट रहे हैं। और हमारे जमाई शहाजीराजे भी निजाम की सेवाचाकरी में हैं!"

"यही तो पेच है आबासाहेब।" जीजाऊ ने कहा।

"अब इसमें कैसा पेंच है बेटी?"

"एक तरफ आप जैसा वीर योद्धा और अपने साहस से सबको हिला देने वाला आपका जमाई एक ही दरबार की सेवा में हैं, तो इसका यही मतलब है कि आपका खेमा मजबूत हो गया। आप लोग मिलकर एक बेजोड़ ताकत बन गए हो। अब यह बात जब अपने ही नाते-रिश्तेदारों की आँखों में चुभ रही है, तो आपको नहीं लगता कि बाहर के लोग इसे लेकर जाने क्या-क्या सोचते होंगे।"

"लेकिन जीऊ, इस बात से उन लोगों को क्या फर्क पड़ना चाहिए?"

"कैसे नहीं पड़ेगा फर्क? शहाजीराजे के युद्धभूमि में पैर रखते ही कैसे पल भर में पासा पलट जाता है यह सब लोगों ने भातवड़ी की लड़ाई में खूब अच्छे से देख लिया है। ऐसा सूरमा जमाई और आपके जैसा शेरदिल ससुर अगर एक साथ हो जाएँ, तो बाकी सबकी तो अच्छी-खासी मुसीबत हो जाएगी। बड़े सरदारों की आँखों के आगे तारे नाचने लगेंगे। कारकुनों और अधिकारियों की चोरी के रास्ते बन्द हो जाएँगे।"

"ये तो लाखों की बात कही बेटी। महल चाहे कितने ही बड़े हों, लेकिन उनके नीचे गन्दी नालियाँ तो बहती ही हैं और जहाँ ऐसे गटर होंगे, वहाँ चूहे ऊधम मचाकर गन्दगी तो फैलाएँगे ही।"

जब तक कोई विशेष प्रसंग न हो तो निजाम के शीशमहल में तुरही और शहनाई नहीं बजा करती थी। उस दौर में आगरा के दीवान-ए-खास के समानान्तर दक्षिण के निजामशाही दरबार की भव्यता सबकी जुबान पर रहती थी। वैसा ही वैभव और वही दबदबा। अचानक महल के बाहर जब मंगलवाद्य बजने लगते तो दौलताबाद के नागरिकों को पता चल जाता कि आज खास दरबार लगने वाला है।

अस्सी के किनारे पर खड़े होकर भी सुगठित शरीर वाले लखोजी जाधवराव ने मतवाले हाथी की चाल से चलते हुए मुख्य दरवाजे से अन्दर प्रवेश किया। उनके पीछे-पीछे तीनों राजकुमार भी रुआब से अन्दर आए। भागानगरी में सबकी नजरें उन पर टिकी थीं। तभी शहनाइयाँ और नगाड़े गरजने लगे। शीशमहल में सामने की तरफ पाँच फीट ऊँचा एक चाँदी का चबूतरा बना था। इस पर बहुत ही सुन्दर कारीगरी

से तैयार सिंहासन सजा था, जिसके दोनों तरफ कीमती रत्नों से जड़े मोर बने थे। निजाम ने दरबार में प्रवेश करते हुए वहाँ मौजूद सभी का अभिवादन स्वीकार किया और धीमे कदमों से बढ़ते हुए सिंहासन पर विराजमान हो गया। सिंहासन के दोनों तरफ कुछ दूरी पर सुन्दर लम्बे-सुराहीदार दीपक जल रहे थे। उनके पास हाथों से पंखे झलते और खुशबूदार फूल लिये हुए सुन्दर दास-दासी खड़े थे। महल की छत पर्शियन लकड़ी से बनी थी, जिस पर बारीक नक्काशी की गई थी। छत को सँभाले हुए खम्भों पर निराली कारीगरी थी और उनमें रंग-बिरंगे शीशे जड़े हुए थे जिनमें दीपकों की रोशनी चमकती हुई माहौल को जगमगा रही थी। पूरा दरबार ऊर्जा से भरा हुआ नजर आता था। दरबार के दाईं तरफ एक जनाना कक्ष बनाया गया था। वहाँ पर्दों के पीछे हमीद खान की सुडौल कद-काठी वाली खूबसूरत नूरानी बेगम बड़े ठाठ से बैठी थीं। दरबार के काम में उसके हस्तक्षेप और निजाम के साथ अन्तरंगता को लेकर उन दिनों बाजार में काफी मनोरंजक गप्पें हुआ करती थीं।

दरबार के पीछे से शहनाइयों और नगाड़ों के स्वर गूँज रहे थे कि तभी वहाँ उपस्थित चोबदार ने अपनी ऊँची आवाज में दरबार की कार्यवाही शुरू होने की घोषणा की। पचास के आसपास के निजाम ने एक नजर पूरे दरबार पर फेरी। उसके सिर पर बँधी पगड़ी में मोर की कलगी जैसा सोने के तारों से जड़ा हीरा जगमगा रहा था। उसकी चमक सबसे अलग और अद्भुत थी। निजाम की लाल आरक्त आँखें बता रही थीं कि बीती रात को पी शराब का असर अभी खत्म नहीं हुआ है।

दरबार का काम शुरू हुआ। अमलदार ने ऊँचे स्वर में पुकार लगाई, "राजा-ए-सिंदखेड़ लखोजीराव जावधरावऽऽ शाही सम्मान के वास्ते आगे आइए।" अपने नाम के इस जयघोष को सुनकर लखोजीराव को बहुत सुख मिला। उनके होंठों पर हल्की मुस्कान खिल गई और उन्हें गालों में गुदगुदी-सी महसूस हुई। बाहर कोई कुछ कहे लेकिन सुलतान के द्वारा की जाने वाली इस कद्र ने उन्हें खुशी दी। अपने गालों तक फैली घनी मूँछों में सनसनी महसूस करते हुए निजाम के इशारे पर वह चार कदम आगे बढ़े। वे दरबार के बीच खाली जगह पर खड़े हो गए। तमाम दरबारी उन्हें आदर-भाव से देख रहे थे। बीते साठ बरस से दक्खन की राजनीति में लखोजीराव एक बड़ी मराठा ताकत थे। दूर-दूर तक उनकी ख्याति थी। सीने पर लगी ढाल और तलवार लिये वह निजाम के सामने सम्मान प्रकट करते हुए खड़े थे। तभी अमलदार ने फिर आवाज लगाई, "शेर के बच्चे भी शेर होते हैं! गाजी राघवराव, बहादुर अचलोजीराव और जवाँमर्द यशवंतरावऽऽ इन्हें भी शाही सरंजाम पेश किया जाए!"

लखोजीराव के तीनों पुत्र कदम बढ़ाते हुए पूरी शान से सीना चौड़ा किए, अपने पिता के बराबर आकर खड़े हो गए। तीन सरदार सफदर खान, फरहान खान और

मोती खान भी धीमे-धीमे कदमों से आगे बढ़कर उनके सामने आ खड़े हुए। उन तीनों के हाथों में मखमल से ढकी हुई सोने की थालियाँ थीं जिनसे यही लगता था कि इनमें कुछ कीमती भेंट हैं। दरबार में मौजूद लखोजीराव को चाहने वाले लोगों को, पूरे कुल का यह सम्मान देखकर गर्व महसूस हो रहा था, मगर झीने परदे के पीछे बैठी नूरानी बेगम का चेहरा जैसे तमतमाते हुए लाल हो रहा था।

बुरहान निजामशाह ने लखोजी जाधवराव की मजबूत देह पर नजर डाली और कुछ खट्टे-मीठे अन्दाज में कहा, "लखोजीराव, आप जैसे रणबाँकुरे, सबकी नजरों में सम्मानित और इतने बुजुर्ग साथी हमें इस दुनिया में अब नहीं मिल सकते।"

"मैं दिल से आपका शुक्रगुजार हूँ।"

"मगर हम सोचते हैं कि अगर किसी वजह से आप जैसा शख्स मैदान-ए-जंग में फिर कभी हमारे दुश्मन मुगलों से जा मिला, तो हमारा क्या होगा?"

अचानक चले इस शब्द-बाण से लखोजीराव विचलित हो गए। उन्होंने दरबार में चारों तरफ नजर डाली। उन्हें विचित्र अन्दाज में देख रही निगाहें उनके स्वाभिमान पर चोट कर रही थीं। उन्होंने अपनी भारी आवाज में गरजते हुए कहा, "हुजूर, यह बात तो सफेद झूठ है। ऐसा कभी नहीं होगा।"

"मगर कभी यह सच हो गई तो?"

"नामुमकिन हुजूर, आप गुजरे बरसों को कैसे भुला सकते हैं? इस शरीर ने अखंड चालीस साल तक एक-दो नहीं बल्कि सात निजामशाहों की सेवा की है। इस पर कोई भी कैसे 'दगाबाजी' का दाग लगा सकता है?"

निजामशाह के होंठों पर एक अजीब मुस्कान तैर गई। उसने तुरन्त चबूतरे के पास खड़े खिदमतगारों को नजरों का इशारा किया। अमलदार ने फिर आवाज लगाई, "सिंदखेड़ के राजाजी लखोजीराव के सपूत गाजी राघवराव, बहादुर अचलोजीराव और जवाँमर्द यशवंतरावऽऽ को शाही सरंजाम पेश किया जाए!"

निजाम के चेहरे पर आई मन्द मुस्कान से दरबार का भारी वातावरण हल्का हो गया था। लेकिन लखोजीराव के तीनों पुत्रों के चेहरे पर संताप था। लखोजी ने आँखों के इशारों से उन्हें समझाया, "जाने दो बच्चोऽ, दरबार में कभी-कभी ऐसी तनातनी हो जाती है। भूल जाओ सब। खुले दिल से सम्मान स्वीकार करो।"

तीनों आगे बढ़कर सरदारों के सामने पहुँचे। अपने हाथों की थालियाँ सँभाले हुए वे तीनों राजकुमारों के सामने घुटने पर बैठ गए। यह देखकर लखोजी उस क्षण की प्रतीक्षा करने लगे जब निजाम की तरफ से उनके तीनों बेटों को 'सरदार' पद पर प्रोन्नत करते हुए, विशेष वस्त्र भेंट किए जाएँगे। वह खूब जानते थे कि उनके जमाई शहाजी भोसले को छोड़ दें तो दक्षिण के चार साम्राज्यों की राजनीति को पलट देने की ताकत सिर्फ जाधव परिवार में है। यह सोचते हुए वह बहुत खुश थे।

बाहर संगीत बज रहा था, मगर अचानक उसके स्वर बदल गए। मंगल गायन की जगह अचानक कर्कश रणभेरियों ने ली। अगले ही पल खुद निजाम की कठोर और बुलन्द आवाज आई, 'तामीलऽऽ' और इसके साथ ही तीनों सरदारों ने थालियों पर पड़े वस्त्र झटके से हटाकर बाजू में फेंक दिए। छुपाकर रखी गई तेज धार वाली तलवारें उनके हाथों में क्षण भर में चमक उठीं। तीनों युवराज निजाम के सम्मान में उसके सामने सिर झुकाकर खड़े हुए थे। जब तक वे कुछ समझ पाते सरदारों के हाथों की निष्ठुर तलवारें पलक झपकते उनकी गरदनों पर गिरीं। तीनों के सिर धड़ से अलग होकर जमीन से टकराए और निजाम के चबूतरे की तरफ लुढ़क गए। जमीन पर गिरे उनके धड़ से ऐसे रक्त फूट रहा था जैसे नारियल के पानी के छींटे चारों ओर बिखरते हैं।

लखोजीराव की देह जैसे पत्थर में बदल गई। वह चेतना शून्य हो गए। उनकी आँखों के आगे उनके सुपुत्रों की ऐसे खुलेआम निर्मम हत्या! उन्हें न रोते बन रहा था और न ही वह चीख पा रहे थे। आवाज गले में फँस गई थी। उन्हें कुछ सूझ नहीं रहा था। वह अर्द्धचेतन अवस्था में जमीन पर पसरकर बैठ गए। एक-दो लोगों ने उनके थरथराते शरीर को सहारा देकर गिरने से थाम लिया। लखोजी ने अपने पैरों को देखा। उनके प्यारे पुत्र राघव का कटा हुआ सिर सामने नजर आया। उसमें से अभी तक रक्त बुड़बुड़ करता बाहर छलक रहा था। बहते हुए गर्म रक्त ने लखोजी की अँगुलियों को स्पर्श किया...जैसे पुत्र का पिता को यह अन्तिम चरणस्पर्श था! उसी क्षणांश में लखोजी की मर्दाना देह आग उगलती तोप की तरह भड़क पड़ी। एक झटके से वह धधकते हुए उठ खड़े हुए और एक साँस में म्यान से तलवार खींच ली। हवा में तलवार नचाते हुए वह गरजे, "रेऽऽऽ निजामऽऽऽ हज्जामऽऽऽ।" और अगले ही पल इस बूढ़े सिंह ने दहाड़ते हुए निजाम के पेट में तलवार घुसाने के लिए सिंहासन की तरफ छलाँग लगा दी।

इसी क्षण की आशंका में पहले से सावधान निजाम के चारों सरदारों ने चाकू, खंजरों और दूसरे धारदार हथियारों से लखोजी पर हमला कर दिया। उन्होंने लखोजी के कन्धों, पेट, जाँघों और जहाँ जगह मिली वहीं अपने तेज हथियार घुसा दिए। रक्त की धारें आतिशबाजी की तरह फूट पड़ीं। हवा में ऊँची छलाँग लगाते सिंह की देह कुछ ही क्षणों में इन हथियारों से रक्त-रंजित होकर जमीन पर आ पड़ी। इस हाल में भी इस बुजुर्ग मर्द मराठा ने अपने शरीर से निकलती रक्त की धाराओं की परवाह नहीं की। वह अपनी कटार का सहारा लेकर उठ बैठा। मगर देह से भलभल बहते रक्त और जख्मों की तोड़ देने वाली वेदना ने उसे फिर नीचे पटक दिया। पूरे शरीर में सैकड़ों घाव खाने के बाद गिरा हुआ बाघ जैसे आखिरी साँस तक गुर्राता है, कुछ वैसी ही आवाज आई। अन्ततः उसकी साँस टूट गई। मृत्यु ने अपने शिकार को निगल लिया।

लखोजी के अंगों से फूटते गर्म रक्त का ताप हर तरफ महसूस हो रहा था।

साँझ लगभग ढल चुकी थी और झाड़ियों के पीछे से चार घोड़े वेग से आगे बढ़ते नजर आ रहे थे। रात की ठंडी हवा को तेजी से चीरते हुए जीजाऊ अपने घोड़े पर सवार थीं। उनकी सखियाँ लगातार कोशिश कर रही थीं कि उसी रफ़्तार से अपने घोड़ों को दौड़ा सकें। साँझ का सन्नाटा अभी पसरा हुआ था। दौलताबाद से वेरुल एकदम नजदीक था। दरबार का काम खत्म होते ही उनके पिता और बन्धु सभी वहीं घृष्णेश्वर के दर्शनों के लिए आने वाले थे। मगर दिन गुजर गया और परिवार का कोई सदस्य नहीं पहुँचा, यह सोचते हुए जीजाऊ को तमाम शंकाओं ने घेर लिया था। मन्दिर में देर तक इन्तजार के बाद जब अँधेरा घिरने का समय हो चला तो उन्होंने अपने घोड़े का मुँह घर की दिशा में घुमा लिया।

अँधेरा हो जाने से घोड़ों के खुरों का वेग भी अपने आप बढ़ गया था। उनके थूथनों से गहरी-लम्बी और तेज साँसों की आवाज आ रही थी। एक सखी ने शिकायत के स्वर में कहा, "जीऊऽ, बेकार ही तूने जिद ठानी। मातोश्री सही कह रही थीं कि हम सब एक साथ मन्दिर जाएँगे लेकिन तूने जरा नहीं सुनी।"

"सही बात। हम सब वहाँ फँस ही गए थे। लेकिन उन बेचारे पुजारियों और वेरुल के गाँव वालों का भी सोच, कितने सारे लोग अँधेरा हो जाने तक वहाँ सब-के-सब लखोजी काका का इन्तजार करते रहे।" दूसरी सखी ने कहा।

"लेकिन आबासाहेब मन्दिर में पहुँचे क्यों नहीं?" गम्भीर आवाज में जीजाऊ ने कहा। वह इतने संताप में थीं कि गुस्सा निकालने के लिए उन्होंने घोड़े को फटका भी लगा दिया।

जीजाऊ के लिए आज के दिन यही एक दुख नहीं था। दूसरी एक और बात उनका पीछा नहीं छोड़ रही थी। जब वह परंडा के किले से निकल रही थीं, तब शहाजीराजे ने वादा किया था कि काम का कितना ही रगड़ा हो, तब भी वह दौड़कर आएँगे। अगर बहुत ही ज्यादा देर हो गई तो ठीक पूजा के समय सीधे घृष्णेश्वर के गर्भगृह में आकर शामिल हो जाएँगे। लेकिन ऐसा भी कुछ नहीं हुआ। मन्दिर में कोई आया ही नहीं। न पिता, न पति।

सामने की घाटी पार करते ही दौलताबाद किले का प्रकाश नजर आने लगा। बाहर प्राचीरों और दीवारों पर मशालों की लपटें नाच रही थीं। गश्त कर रहे पहरेदारों की आकृतियाँ भी दीवारों पर दिख रही थीं। किले की दीवार से निजामाबाद की बस्तियाँ लगी थीं। वहाँ की हलचल भी नजर आने लगी थी। जगह-जगह मशालों

और कंदीलों का प्रकाश बिखरा हुआ था। सिर्फ बाहर हौदा के नजदीक ही घुप्प अँधेरा था। वहाँ कुछ नजर नहीं आ रहा था।

जीजाऊ का मन चकराया। दूर से ही उन्हें कुछ आशंकित करने वाली चीज दिखी। अपना पूरा खेमा, उसके तम्बू और बाकी सब घर के लोग कहाँ चले गए। ऐसा कैसे हुआ कि उन्होंने कोई खबर दिए बिना ही यहाँ से अपना सब कुछ समेट लिया?

जैसे ही घोड़ा खेमे के पास पहुँचा, घबराई हुई जीजाऊ छलाँग मारकर नीचे उतर आईं। उन्हें सामने के अन्धकार में समेटे पड़े तम्बू और कनात दिखाई पड़े। रात की तेज हवा बेखटके इधर से उधर बह रही थी। वहाँ इक्का-दुक्का जल रहे छोटे-छोटे दीयों की रोशनी में तम्बुओं के उखड़े हुए बाँस, टूटी हुई रस्सियाँ और यहाँ-वहाँ बिखरे पड़े मनुष्य नजर आ रहे थे। कई तो अपने शरीर को गठरियों की तरह बनाए पड़े थे और बाकी हताश-निराश और रुआँसे अस्त-व्यस्त पड़े थे। कई ठंडी हवा में कँपकँपा रहे थे। किसी में उठकर खड़े हो जाने की ताकत नहीं दिख रही थी। किसने मेरे मायके को ऐसे भारी चट्टान से कुचल दिया है? यह घात है या फिर आघात?

जीजाऊ बेतहाशा उस तरफ भागीं जिधर माँ का तम्बू लगा हुआ था। "आई... आई...मातोश्री...।" वह ऐसे ही जोर-जोर से चीखना चाह रही थीं, लेकिन आवाज मुँह से नहीं निकल रही थी। तभी ऐसा लगा कि पैरों से कुछ टकराया। पल भर को लगा कि कोई पत्थर है लेकिन महसूस हुआ कि यह अस्त-व्यस्त हुआ पड़ा मानव शरीर है। पास ही एक जगह पड़े छोटे से दीपक की लाल रोशनी में उन्होंने देखा तो सचमुच यह मानव शरीर का धड़ था। जिसका सिर नहीं था। वह नीचे झुकीं। उनका कलेजा धक से रह गया। उस मृत शरीर के वस्त्र उन्हें पहचान में आ गए। अचानक उनकी नजर दूसरी तरफ पड़ी। पेड़ से गिरे नारियल जैसा एक सिर उन्हें जमीन पर नजर आया। जो सूखे हुए खून से सना था। उस सिर पर हाथ फेरते हुए जीजाऊ फूट-फूटकर रो पड़ीं, "यशवंतरावऽऽ, भाई ये क्या हो गया रे?"

अपार दुख में डूबी हुई जीजाऊ की नजर बाजू में गई। सामने तम्बू के खूँटे से टिककर बैठी एक हताश वृद्धा उन्हें नजर आई। वह दौड़कर उनसे लिपट गईं, "मातोश्रीऽऽ आईसाहेब, ये क्या हो गया? ये कैसा दुख का बादल टूटा है हम पर...आईसाहेबऽऽ।"

मातोश्री निष्प्राण जैसी अपनी जगह पर बैठी हुई थीं। उन्हें हिलाने की कोशिश करते हुए जीजाऊ की नजर कन्धे से नीचे आई। गिरिजाबाई की गोद में अपने पुण्यवान पिता लखोजीराव का छिन्न-विच्छिन्न शरीर जीजाऊ को दिखाई दिया। इसके बाद उनके तन-मन का बाँध टूट गया। वह बिखर गईं। जोर-जोर से चीखते हुए रोने लगीं। उनकी हिचकियाँ बँध गईं। सिंदखेड़ा की हवेली में जीऊ को न जाने कितनी बार अपनी गोद में सुलाने वाले और ममता से सिर पर थपकियाँ देने वाले हाथ, वह पहाड़ जैसे पिता एकाएक कभी नहीं रहेंगे, यह बात तो कल्पना में भी वज्रघात की तरह असहनीय थी।

जीजाऊ ने बाहर अँधेरे में नजर डाली। उस अँधेरे में लखोजीराव के अनेक सेवक, नातेदार, रसोइये, भिश्ती डर के मारे थरथराते-कँपकँपाते खड़े थे। वे धीरे-धीरे आगे बढ़े। जीजाऊ ने देखा वे सब बुरी तरह घबराए हैं। जीजाऊ से उनकी तरफ देखा नहीं जा रहा था। लखोजीराव जैसे शौर्यवान और धनवान का दुर्दैव से कैसे यह हाल हुआ? यह कैसा दुर्भाग्य है?

उसी समय पंतजी गोपीनाथ सामने आए। जीजाऊ तेजी से उनके नजदीक पहुँचीं। पंतजी ने उन्हें अपने सीने से लगा लिया। दुख फिर से उमड़ने-घुमड़ने लगा, "खुद को सँभालिए ताईसाहेब...और महाराष्ट्र को भी।"

"पंतजी काका...किसने...किसने यह पाप किया है?"

"निजाम ने...।"

"लेकिन...लेकिन ऐसा क्यों...आबासाहेब से ऐसी क्या दुश्मनी हो गई उसकी? ऐसा क्यों किया उसने?"

"किसी ने निजाम के कान भरे...झूठ बोला कि लखोजीराव उसे छोड़कर एक बार फिर से दिल्ली के बादशाह से मिलने जा रहे हैं।"

"लोग तो कुछ भी कहते रहते हैं। सुनी-सुनाई बातों पर ऐसा हत्याकांड? जिन्होंने बादशाहों और सुलतानों का वैभव बढ़ाने के लिए अपने जीवन के पचास-पचपन बरस लगा दिए। उनके भाग्य में ऐसा शैतानी इनाम?"

इतने में सामने से जीजाऊ के काका जगदेवराव और चचेरे भाई बहादुरराव जाधवराव समेत कुछ लोग आ पहुँचे। उन्होंने जल्दबाजी में कुछ बैलगाड़ियों की व्यवस्था की थी। जल्दी-से-जल्दी उन्हें इस जगह को छोड़ना था। इसलिए तुरन्त जो कुछ भी सामान था, उसे बाँधने का काम शुरू हो गया।

कल्पना से परे हुए इस आघात से जीजाऊ का मस्तिष्क भनभना रहा था। वह जितना सोच रही थीं, उतना ही तन-बदन में आग भड़क रही थी। उन्हें यह बात पच ही नहीं रही थी कि इतना कुछ हो गया और निजामशाह के अत्याचार के खिलाफ हाथ-पर-हाथ धरे बैठा जाए। पता नहीं क्या सोचते हुए उन्होंने अपनी म्यान से तलवार खींच ली। धधकती ज्वाला के जैसी उन्होंने खेमे से बाहर दौड़ लगाई। निढाल अवस्था में भी गिरिजाबाई ने पंतजी का ध्यान उनकी तरफ दिलाया, "भाऊ, देखो...देखो...ये पागल बेटी कहाँ जा रही है!" मगर पलक झपकते जीजाऊ ने बाहर खड़े घोड़े पर सवार होकर एड़ लगा दी। हाथ में नंगी तलवार नचाते हुए उसने अँधेरे में सामने दिख रहे किले की दिशा में, घोड़े को रफ्तार से आगे बढ़ा दिया। "बेटी, रुक जाऽऽ।" आवाज लगाते हुए पंतजी काका उसका पीछा करने लगे।

घोड़े ने थोड़ी ही दूरी तय की होगी कि सामने से और दस-बारह घोड़ों की टापें सुनाई पड़ने लगीं। जीजाऊ को आशंका हुई कि क्या शत्रु को उनकी खबर लग गई है। उन्होंने घोड़े की लगाम खींची और अपनी साड़ी का पल्लू कमर में

खोंस लिया। तभी अँधेरे में भी उन्होंने सामने वेग से आ रहे ऊँची पीठ वाले घोड़े को पहचान लिया। शहाजीराजे खेमे की तरफ बढ़ रहे थे।

राजे को दिन में हुए हादसे की सम्भवतः खबर हो चुकी थी और इसलिए उन्होंने किले की दिशा में बढ़ रही जीजाऊ को घोड़ा रोकने का इशारा किया। मगर वह रुकने को तैयार नहीं थीं। तब शहाजीराजे ने अपने घोड़े पर से छलाँग लगा दी और जीजाऊ के घोड़े की लगाम खींचकर उसका मुँह अपनी ओर घुमा लिया। घोड़े के सामने पहुँचकर उन्होंने अपनी मजबूत कलाई से जीजाऊ का हाथ कसकर पकड़ लिया। वह गुस्से और दुख से चीख पड़ीं, "नहीं राजे, हमको बीच में मत रोको...जाने दो।"

"रुक जीऊ...कहाँ जा रही है?"

"शत्रु का खून पीने!"

शहाजीराजे ने पूरी शक्ति से जीजाऊ को अपनी छाती से लगा लिया। पसीने और ताप से उनका बदन जल रहा था। राजे उन्हें समझाने का प्रयत्न करते हुए बोले, "जीजाऊ, खुद को सँभालो...शान्त हो जाओ। तुम्हारे पेट में एक नन्ही जान है जीऊ। अपनी नाजुक हालात का खयाल करो।" राजा की बात से जीजाऊ को अपनी स्थिति का भान हुआ और वह थरथराने लगीं। अपने गरम आँसुओं को पोंछते हुए वह अपने दुख को समेटने का प्रयत्न करने लगीं। मगर ऐसा हो नहीं पा रहा था। तत्क्षण उन्होंने शहाजीराजे का अँगरखा अपनी तरफ खींचते हुए कहा, "राजे, एक काम तो कर दीजिए, मेरी एक इच्छा पूरी कीजिए। मुझे अब सिर्फ राख खाने की इच्छा हो रही है!"

"राख? कैसी राख?"

"वो देखिए, हमारी आँखों के सामने चमकती खड़ी निजाम के दौलताबाद की राजधानी! इसमें आग लगा दो राजे! उस अन्यायी धोखेबाज के दरबार की गरम राख खाने की तीव्र इच्छा हो रही है हमारीऽऽ। चलो राजे, हमारी ये इच्छा तो पूरी कर दो!"

भातवड़ी की धधकती रणभूमि

1624

दिल्ली में बैठे मुगलों को जब दक्षिण की तरफ अपने घोड़े दौड़ाने पड़ते तो उन्हें निजामशाही की सरहदों से गुजरना पड़ता। इसी तरह जब बीजापुरवालों को उत्तर की ओर निकलना होता तो उनके रास्ते में भी निजामशाही पड़ती थी। और यह प्रदेश

कोई छोटा-मोटा नहीं था। कोंकण के राजापुर से कुलाबा, ठाणे, कल्याण, माहुली होता हुआ सह्याद्रि के भी पार तक इसकी सीमा थी। फिर यह सीमा बालाघाट की पहाड़ी शृंखला को समेटती हुई हैदराबाद-भागानगर की सरहद तक आती। यह सारा प्रदेश निजामशाही के कब्जे में था।

दिल्ली की गद्दी पर बैठे मुगल बादशाह जहाँगीर को यह फूटी आँख नहीं सुहाता और वह कुढ़कर कहता, "निजामशाही की सल्तनत बस चन्द दिनों का ख्वाब है।" यह सच है कि बीते कुछ बरसों में निजामशाही का चाँद घटता जा रहा था। साधारण वस्त्रों में ही बारूदी तहखानों में घुसकर सेना को नियंत्रित करने वाली चाँद बीबी जैसी निजामशाही की तारणहार अब दुनिया में नहीं थी। बावजूद इसके निजामशाही की डूबती नाव को बूढ़ा मलिक अम्बर बाबा किसी तरह लगातार खेने और आगे बढ़ाने की कोशिश में जी-जान से लगा था।

तमाम मुहिम छेड़ने, किलों पर चढ़ाई करने और युद्ध लड़ने के बाद दिल्ली और बीजापुर दोनों को यह समझ आ चुका था कि उनका दुश्मन एक ही है। निजामशाही। यदि वे दोनों मिलकर निजामशाही को गोदावरी में डुबा दें तो दक्षिण के सारे झंझट अपने आप खत्म हो जाएँगे।

एक ढलती हुई शाम को जब दौलताबाद के गढ़ पर मशालें और कंदीलें जलाने की शुरुआत हुई ही थी कि एक सन्देशवाहक घबराया हुआ, डरावनी खबर लेकर आया, "हुजूर...दगा, दगा!"

"क्यों? क्या हो गया?" निजाम ने पूछा।

"गुस्ताखी माफ हो हुजूर, मगर बुरी खबर है। हिन्दुस्तान के बादशाह जहाँगीर ने हमारी तरफ अपनी 80 हजार की फौज रवाना की है। दौलताबाद को सूखे पत्ते की तरह उड़ा देने के लिए यह फौज आँधी-तूफान की तरह पूरी ताकत और जोश से आगे बढ़ रही है।"

निजाम को समझ आ गया कि खुद दिल्लीपति का आगे होकर राज्य पर इस तरह आक्रमण करना, हाथी के किसी इनसान की गरदन पर पैर रखने के समान है। यूँ तो निजामशाही सम्पन्न थी। खजाने हीरे-मोतियों से भरे थे। हथियारों और गोला-बारूद की कमी नहीं थी। सेना भी मजबूत थी। अनाज के भंडार भरपूर थे। लेकिन बादशाह का आक्रमण किसी तूफान के उठने की तरह था। दुर्भाग्य से निजामशाही अगर इस तूफान की चपेट में आ गई तो ऊपर वाला भी उसे खींचकर संकट से बाहर नहीं निकाल सकता था।

निजाम ने पहरे पर लगे फौजदार को तत्काल बुलाकर, यह खबर मलिक बाबा तक भेजी। वहाँ से लौटकर फौजदार ने बताया कि मलिक बाबा को उनके जासूसों ने यह खबर सुबह ही दे दी थी और वह मुकाबले की तैयारियों में लग गए हैं। इतना सुनते ही निजाम के व्याकुल चेहरे पर मुस्कान आ गई। वह बड़े उत्साह से

महल के छज्जे पर पहुँच गया। बड़ी देर से बेगमें गहरी साँसें भरती हुईं, रेशमी परदे के पीछे से उसे हैरान-परेशान देख रही थीं। कभी वह परदे से बाहर भी झाँक लेती थीं। निजाम ने उन्हें भी बुलवा लिया। चारों खूबसूरत बेगमें झुंड बनाकर निजाम के पास पहुँच गईं। छज्जे पर एक दूरबीन लगाई गई। जिसमें से पूरा निजाम परिवार किले के नीचे तलहटी का निरीक्षण करने लगा।

नीचे खाली मैदान में सैकड़ों मशालों की रोशनी बिखरी थी। निजाम देखने लगा। धीरे-धीरे वहाँ पर सैकड़ों सशस्त्र घुड़सवार जमा होने लगे थे। बैलगाड़ियों पर तोपें बाँधकर आगे मैदान की तरफ भेजी जा रही थीं। कुछ बैलगाड़ियों में बारूद के बड़े-बड़े बक्सों को जमाकर रवाना किया जा रहा था। तैयारी की रफ्तार बढ़ती गई और निजाम को विश्वास हो गया कि उसकी चतुरंग सेना किसी भी मुकाबले के लिए कमर कसे हुए है। उसे महसूस हुआ कि उसकी सेना जैसे हमेशा से ही मैदान में डटी हुई है। निजाम को अपनी बेगमों के चेहरे पर भी चमक नजर आई और इस पर वह खुश होता हुआ बोला, "चलिए, अब कोई परेशानी की बात नहीं है।"

"इतना भरोसा मालिक!" बड़ी बेगम ने पूछा।

"जब तक हमारे खेमे में मलिक अम्बर और वह शहाजी मराठा है, तो डरने का सवाल ही नहीं है।"

इतने में वही फौजदार फिर आया। उसने अपने दाएँ हाथ की मुट्ठी बाँधकर सीने से लगाई और आदर से झुककर सन्देश दिया, "हुजूर, शहाजीराजे के छोटे भाई शरीफजी बाहर इन्तजार कर रहे हैं।" निजाम ने गरदन हिलाई।

मशालों और कंदीलों की ताँबई रोशनी में चौबीस बरस की उम्र का एक बाँका जवान मराठा योद्धा खड़ा था। बदन पर कसी मगर कमर से घुटनों तक घेरदार-ढीली चुन्नटों वाली कुर्ती पहने, हाथों में ढाल और तलवार लिए वह तरुण बहुत चुस्त-दुरुस्त नजर आ रहा था। शरीफजी के अंगों में दौड़ रहा उत्साह और उनके वीर होने के लक्षण दूर से ही सहज दिखाई देते थे। निजाम ने बड़े गर्व से उनकी तरफ देखा। शहाजी का यह छोटा भाई अपनी तीरंदाजी के लिए दूर-दूर तक मशहूर था। निजाम ने पूछा, "बताइए शरीफजी राजे? क्या कोई परेशानी की बात है?"

"बिलकुल नहीं हुजूर। सुबह सूरज की पहली किरण फूटते ही हमारा लश्कर खड़की गाँव के शिविर से आगे बढ़ जाएगा। हमारी सेना के दोनों मुखियाओं ने जबरदस्त व्यूह रचना की है।"

"वो कैसी?"

"बीजापुर के मुल्ला मोहम्मद की और दिल्ली के सेनापति लश्करखान की फौजें किस जगह आकर मिल सकती हैं, इस बात का सही-सही अनुमान लगा लिया गया है। उस जगह को घेरकर सही मौके पर कैसे जबरदस्त हमला करना है, इसकी पूरी योजना हमारे शिविर में बन चुकी है।"

लेकिन निजाम के मन में एक फिक्र बनी हुई थी। दिल्ली की 80 हजार की फौज और बीजापुर का 40 हजार का लश्कर। कुल मिलाकर शत्रु की संख्या एक लाख से ऊपर बैठती थी। ऐसे में अपनी चालीस हजार की फौज इन सबसे पार पा लेगी, यह सोचना खुद को झूठा दिलासा देने जैसा ही था। इसलिए निजाम ने चिन्ता करते हुए पूछा, "बेटा शरीफजी, क्या तुझे हमारी जीत का पूरा भरोसा है?"

"क्यों नहीं सुलतान साहब।" शरीफजी ने उत्साह से कहा, "मलिक बाबा ने मुझे आपके पास अपना सन्देश लेकर ही तो भेजा है। उन्होंने बोला, निजाम साहब से कहना कि दुश्मन की संख्या चाहे जितनी हो, यहाँ जंग के मैदान में जब खुद मलिक अम्बर के साथ जवान मराठा शहाजी भोसले, दोनों पाँव जमाकर खड़े हैं तो फतह की चिन्ता ही क्यों करनी?"

निजामशाह को मन-ही-मन हँसी आई। उसे अन्दर कहीं पहले से यह विश्वास था। मलिक अम्बर के पास पूरे जीवन भर युद्ध का अनुभव था। वह आज भले ही 78 बरस का बूढ़ा हो गया है परन्तु उसके बदन और जिगर में लड़ाई के मैदान को लेकर रत्ती भर जोश कम नहीं हुआ है। शहाजीराजे की मजबूत कद-काठी और चपलता का भी कोई मुकाबला नहीं। उम्र भी सिर्फ 29 की है। निजाम को भरोसा था कि इन दोनों के मजबूत कन्धों पर खड़ी उसकी सल्तनत और वह स्वयं सुरक्षित है। बावजूद इसके एक तरफ दिल्ली के बादशाह की फौज और दूसरी तरफ आदिलशाही की फौज मिलाकर जो लाखों का लश्कर बना था, इसे अपने जिस्म पर झेल जाना किसी बड़ी परीक्षा से कम साबित नहीं होने वाला था।

निजाम खुद को और आशंकाओं से मुक्त करना चाहता था। उसने शरीफजी से पूछा, "क्यों बेटा, हमारी सेना में दोतरफा नेतृत्व है! मतलब दोनों बड़े सरदार मिलकर व्यूह रचना करते हैं?"

"बिलकुल।"

"लेकिन जब सारे सैनिक मैदान में उतर जाते हैं तो आखिर में किसके हाथों में उनकी बागडोर रहती है? सैनिकों को आदेश कौन देता है?"

"कौन मतलब?"

"मतलब मलिक बाबा या फिर शहाजीराजे?"

निजामशाह के इस अचूक सवाल ने शरीफजी को भी सोच में डाल दिया। कुछ देर के बाद वह खिलखिलाकर हँसने लगे और बोले, "जहाँपनाह, आपका यह सवाल बड़ा सटीक है। इसने तो मुझे भी मुश्किल में डाल दिया है।"

"वो कैसे?"

"कारण ये है हुजूर कि मैदान में लड़ाई जब तेज होकर रंगत पर आती है तो इन दोनों के बदन में युद्ध का जो बुखार उठता है, वह किसी के सँभाले नहीं सँभलता।

उन दोनों के चेहरे देखकर यह पता नहीं लगता कि आखिर कौन रणनीति का फैसला कर रहा है। मुझे तो तब दोनों को देखते हुए ऐसा लगता है कि युद्ध में जो कुछ हो रहा है वह एक ही दिल की आवाज है और एक ही दिमाग का फैसला है।"

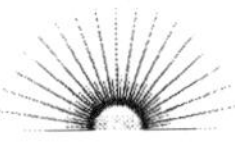

सेना आगे बढ़ते हुए रास्ता बना रही थी। सेना के बीच हाथी के शाही हौदे पर भारी-भरकम शरीर वाले मलिक बाबा और उनके साथ युवा शहाजीराजे बैठे थे। हाथी आसाम के जंगलों से लाया गया था और उसकी प्रचंड काया पर चाँदी का हौदा गाँठने से पहले मखमली चादर बिछाई गई थी। उसे गोटा-किनारी और झालरों से सजाया गया था। हौदे के बीच मखमली चादर पर सेनानायक विराजमान थे। हौदे के ऊपर एक मजबूत छतरी लगाकर उस पर मोटा कपड़ा डाला गया था ताकि बरसात होने पर सेनापति भीग न जाएँ। हौदे के किनारों पर लकड़ियाँ थीं और उन पर डोरियों से रेशमी परदे बँधे थे। हाथी अपनी मस्त चाल से चल रहा था। उसके गले में सोने की घंटी टन-टन बजती हुई मधुर आवाज कर रही थी। इस हाथी के आसपास कुछ और हाथी चल रहे थे, जिनकी पीठ पर तोपें लादी गई थीं।

मराठा सेना में शहाजी और शरीफजी, इन दो भाइयों की जोड़ी राम-लक्ष्मण की तरह मशहूर थी। वेरुल के पुण्यवान बाबाजी भोसले के दो कर्मठ पुत्र थे। मालोजी और विठोजी। समय बीतने के बावजूद मालोजी राजा के घर सन्तान प्राप्ति नहीं हुई थी। एक दिन उनकी धर्मपत्नी दीपाबाई अहमदनगर के मुसलमान बाबा शहाशरीफ के दर्शनों के लिए गईं। भावुक दीपाबाई ने पूरी श्रद्धा के साथ बाबा से अपनी वंश बेल बढ़ने का आशीष माँगा और वचन दिया कि होने वाले पुत्र को वह उनका नाम देंगी। इसके बाद मालोजी भोसले की वंश बेल हरी हुई और उन्होंने पीरबाबा की याद में पूरी श्रद्धा से अपने बड़े बेटे का नाम शहाजी और छोटे का शरीफजी रखा।

शहाजी जब भी हाथी के हौदे पर सवार होते, तो उनके भाई शरीफ कभी उनके साथ नहीं बैठते। वह किसी दूसरे हौदे पर भी नहीं जाते बल्कि तब वह अपने तेज-रफ्तार प्रिय अश्व दिलपाक की सवारी करते।

हाथी तेज चल रहा था। मलिक बाबा बड़े कौतुक से शहाजीराजे की तरफ देख रहे थे। वह अफ्रीकी मूल के थे। वहाँ के पूर्वी भाग में अबेसीनिया के ओरिमा इलाके के जिसे आज इथियोपिया कहा जाता है। वह जन्मजात हब्शी गुलाम थे। गहरे काले रंग के। उम्र के साथ उनके बदन पर कुछ मोटापा आ गया था। वरना उनका कद मध्यम था और काठी मजबूत थी। अपने इस बेजोड़ मजबूत शरीर को वह हमेशा कड़ी मेहनत में लगाए रहते। स्वभाव से वह बड़े जिद्दी थे। रास्ते से गुजरते वक्त अँधेरी रात में उनका चेहरा किसी कोयले

के टुकड़े जैसा लग रहा था। हौदा के किनारे काँच का एक छोटा सा दीपक जल रहा था और उसकी हल्की रोशनी में मलिक बाबा की सफेद झक आँखें विलक्षण ढंग से चमक रही थीं।

रात की ठंडी हवा झूमते हुए चल रही थी। देर तक मलिक बाबा विचारों में खोए थे। उनके दिमाग में बचपन की यादें उमड़-घुमड़ रही थीं। कितने हादसों, कितने देशों और कितने समुद्री किनारों से होकर वह यहाँ तक पहुँचे। लुटेरों ने उन्हें बचपन में नारियल के बोरों में भर अफ्रीका से बाहर भेज दिया था! अपने माँ-बाप का चेहरा तक उन्हें याद नहीं। कभी उनके बारे में सोचते तो सामने उनकी छायाएँ दिखतीं मगर चेहरों की जगह कुछ नहीं होता! बस एक बड़ा सा शून्य रहता। अफ्रीका से वह अरब के गुलामों के बाजार में पहुँचे। वहाँ सब कुछ था। हीरे-जवाहरात, मिठाइयों के थालों से सजे बाजार और रेशमी कपड़ों से सजे-धजे ऊँट! वहाँ से उन्हें फिर लम्बे सफर में झोंक दिया गया और कई महीनों में वह हिन्दुस्तान पहुँचे! मलिक बाबा को सब याद आता है। अहमदनगर में बाबा शरीफ की दरगाह के सामने वह नीम का पेड़ भी!

अपने ठेठ काले हाथ में शहाजी का हाथ पकड़ते हुए अम्बर बाबा जैसे भावुक होकर बोले, "क्या बताऊँ बेटा! मैं तो बस हब्शी गुलाम था...और अहमदनगर पहुँचने से पहले चार साल की भागदौड़ में मेरा तीन बार सौदा हुआ। एकदम छोटा बच्चा था मैं। हम गुलाम बच्चों पर बहुत अत्याचार होते थे। बड़े खानदानों में दिन-रात काम लेते हुए मुझसे किसी कुत्ते की तरह बर्ताव किया जाता था। हमारी वजह से उनकी हवेलियों-महलों के जनानखानों और हरम में कोई ऊँच-नीच न हो जाए, इसलिए निर्दयता से जैसे बैल बनाए जाते हैं, वैसे ही हम गुलाम लड़कों को नामर्द बना दिया जाता था। अब इसे अल्लाह की मेहरबानी कहूँ या फिर कुछ और मुझे काजी हुसैन नाम का एक दयालु मालिक मिल गया था। उसकी ही मेहरबानी थी कि मैं उस बला के जिन्दगी भर के दर्द से बच गया।"

"कितनी भयंकर जिन्दगी देखी है बाबा आपने!"

"गुलामी तो घिनौनी है ही, लेकिन उसकी जंजीरों को तोड़कर फिर से आजादी हासिल करना भी मुमकिन नहीं होता। लेकिन मेरे ऊपर यह पहाड़ जैसा एहसान किया उस चंगेज खान की बेगम ने...।"

"कौन चंगेज खान?"

"थे यहाँ निजामशाही के दरबार में एक वजीर। भले इनसान थे। उन्होंने ही मुझे गुलामों की मंडी से खजूर की पेटियों के साथ खरीदा था। उनकी मौत के बाद उनकी बेगम ने मुझे गुलामी की जंजीरों से रिहा कर दिया।"

तमाम नदियों, पहाड़ों, जंगलों को पार करती हुई फौज निरन्तर आगे बढ़ी चली जा रही थी। जब सूरज की किरण फूटने को हुई तो एक चौड़े नदी तट के

पास सब थोड़ी देर के लिए रुके। कुछ घंटों के विश्राम का सबको समय दिया गया और नौकरों को भी छूट मिली।

हाथियों के गले में पड़ी घंटियों से माहौल में एक अलग ही संगीत था। घोड़े सरपट दौड़ते हुए आगे निकल चुके थे। हजारों घोड़ों की टापों से एक अनोखी ध्वनि-तरंग पैदा हो रही थी। शहाजी के मन में कुछ चिन्ताएँ घुमड़ रही थीं। उन्होंने कहा, "क्या करना चाहिए मलिक बाबा? हमारे लश्कर के मुकाबले दोनों दुश्मनों की फौज दोगुनी से भी बहुत ज्यादा है। मुझे थोड़ी चिन्ता हो रही है।"

"बिलकुल फिक्र मत कर शहाजी बेटे।" मलिक बाबा ने बड़े आत्मविश्वास से कहा, "मैं सिर्फ एक बार रोशनगाँव की लड़ाई में मुगलों से हारा हूँ। वरना तो दक्खन में हमने पिछले तीस साल में अकबर बादशाह से लेकर अब बूढ़े होने आ गए इस जहाँगीर की दाल नहीं गलने दी है। जब-जब उन्होंने हमारे अहमदनगर की निजामशाही को काटने के लिए अपना जबड़ा खोला, हमने उनके दाँत तोड़कर मुँह सुजा दिए।"

मलिक बाबा बोलते-बोलते रुक गए और फिर कहने लगे, "गर शहाजी आज दिल्ली या आगरा की मंडी में तुम अगर मालूमात करो तो मेरे बारे में बहुत भयंकर बातें सुनने को मिलेंगी।"

"कैसी बातें बाबा?"

"लोग कहेंगे कि इस काले आदमी की मुट्ठी में काला जादू है। यह तंत्र-मंत्र-यंत्र सब करता है। हर निजाम को इसने अपने इसी काले जादू से कबूतर के जैसा वश में करके रखा!"

"छीः, ये क्या बेकार बातें हैं?"

"कुछ तो मानते हैं कि मैं हब्शी...पाताल लोक से आया कापालिक हूँ! जादू-टोना करता हूँ। चोरी-छुपे अपने जंगली देवताओं के आगे नर बलि तक देता हूँ।"

"मूर्खता भरी बातों की कोई सीमा नहीं होती बाबा।"

"मुझे जो यश मिला उसने मेरे बहुत सारे दुश्मन पैदा कर दिए। वे मुझसे इतना जलते हैं कि मुझे जान से मारना चाहते हैं। कम-से-कम चालीस बार धोखे से या खाने में जहर मिलाकर मेरी जान लेने की कोशिश की गई। फिर भी मैंने कई बार दिल्ली के बादशाह की समुन्दर जैसी विशाल फौजों के छक्के छुड़ाए हैं।"

"वाह मलिक बाबा! यह तो आपकी बहादुरी का कमाल है।"

"छीः छीः, इन सारी फतह का मैं कोई मालिक नहीं हूँ शहाजी। मैं कैसे कर पाता अकेला? मेरे साथ मेरे गुलामों की दस हजार की घुड़सवार फौज हमेशा रही है। अकबर को अगर हमने सचमुच पानी पिला दिया तो तुम्हारे मराठा घुड़सवार बहादुरों की वजह से। दक्खन के इस पहाड़ी इलाके में मैंने तुम्हारे लोगों और उनके जानवरों की मदद से फौलादी दीवार खड़ी कर दी थी। ये लोग कष्ट सहकर भी मेहनत से पीछे नहीं हटते।"

"बाबा, आपके आने से दक्खन में लड़ाई का पूरा नया ही युद्धशास्त्र तैयार हो गया है।"

"हाँ बेटा, कम हथियारों से भी बड़ी-बड़ी फौजों को घुटने टेकने पर मजबूर कर देना एक कुशल रणनीति है।"

"इस रणनीति में आप इतने निपुण कैसे हो गए बाबा?"

"ऐसा है कि सबसे पहले मुगलों जैसे मदमस्त और दम्भी लश्कर की सुख की नींद खराब करनी चाहिए। उसकी रसद के सारे रास्ते बन्द कर दो। उनको एकदम ऐसे हालात में ले आओ कि उनका जीना और सोना दोनों मुश्किल हो जाएँ।"

"हाँ, अब समझा। उन्हें पता ही न चले कि ये दक्खनी फौजी आए कैसे, कहाँ से घुसकर लड़-भिड़कर निकल गए। उनकी नींद टूटे और वो आँखें मलते-मलते जागें, इसके पहले ही मैदान लूटकर निकल लेना। इधर मारना और उधर तुरन्त भाग जाना। यही लड़ाई न?"

"बिलकुल बेटा, यहाँ जंग का यही असल तरीका अपनाना होगा।"

"ठीक बाबा! तेजी से आक्रमण करो, पूरी ताकत से बिजली की गति से उन पर टूट पड़ो, वो होश ही न सँभाल पाएँ...यही रणनीति होनी चाहिए। दुश्मन को अपनी मिट्टी के असली दाँव-पेच दिखाना ही चाहिए! नहीं बाबा...!" उत्साह भरे स्वर में शहाजीराव बोले, "अब मेरे दिमाग में रोशनी का दीपक जल गया है। दुश्मन के खेमों पर अचानक छापा मार के, जोरदार हमला करके, दनादन उसे मार-काटकर निकल जाना ही हमारी रणनीति होगी...इसे हम नाम देंगे गुरिल्ला युद्ध!"

"बहुत खूब!" मलिक बाबा खुश होकर बोले, "शहाजी, तू तो शायर भी है। लफ्जों का जादूगर!"

छापामार अन्दाज वाले इस गुरिल्ला युद्ध की और बारीकियों को लेकर दोनों में चर्चा शुरू हो गई। शहाजीराजे बोले, "मुझे लगता है बाबा कि एक पैर टूटने पर मनुष्य किसी तरह सहारा लेकर, उछल-कूद करके दूसरे पैर पर खड़ा रह सकता है लेकिन मन से टूटा हुआ इनसान कितनी देर तलवार सँभाल सकता है?"

"क्या मतलब?"

"मैदान-ए-जंग में उतरने से पहले ही यदि हम दुश्मन के शिविर में घुसकर उसकी हिम्मत तोड़ दें तो!"

"वाऽ वाहऽऽ!"

शहाजीराजे आज दिल से बहुत खुश थे। मलिक बाबा के साथ उन्होंने मन की बहुत सारी बातें कह दी थीं। रणभूमि में करीब साठ बरस का अनुभव रखने वाले इस बुजुर्ग से उन्हें बहुत कुछ सुनने-सीखने को मिला था।

बोलते-बोलते शहाजी खुद विचारों की राह में कहीं भटक गए। फिर खुद ही जैसे उन्हें इसका भान हुआ तो वह अपनी दुनिया में लौटे और बोले, "मलिक

बाबा, कई बार मेरा मन बहुत व्याकुल हो जाता है। एक ही प्रश्न पतंगे की तरह भिनभिनाता हुआ परेशान करता रहता है। वह दिन कब आएगा बाबा...जब हम मराठे अपनी मिट्टी से अपना सिंहासन खुद गढ़ेंगे...कब हमारे वीरों की शान का झंडा हमारे आसमान में लहराएगा!"

"सुभानअल्लाऽऽ, इस उमर में तेरी सोच कितनी दूर तक जाती है बेटा।"

"बाबा, सच कहता हूँ, कभी-कभी दिल उकता जाता है, झुँझलाहट होती है कि क्या हम मराठे दूसरों की धान की बोरियाँ ढोने वाले गधे हैं या फिर लड़ाई के मैदान में तोपों को पहुँचाने वाले बैल! आखिर कब तक ऐसा चलेगा?"

शहाजीराजे के मन का वह संताप, अन्याय के विरुद्ध उनका क्रोध और वह बेचैनी मलिक बाबा खूब अच्छे से समझ गए। उन्होंने तुरन्त शहाजीराजे की हथेलियों को हाथों के पंजों में थाम लिया और बोले, "तेरी आत्मा की तड़प को मैं देख रहा हूँ।" जिन्होंने अनेक देशों की जमीन पर पैर रखा, जाने कितने बन्दरगाह घूमे, किन-किन नदियों का पानी पचा लिया, देश विदेश के खलासी, प्रवासी से लेकर बड़े-बड़े रईसों की सोहबत की, ऐसे भटकने वाले लोग अपने आप ही बहुत सारी विद्याएँ सीख जाते हैं। कोई मूर्तिकला में निपुण हो जाता है, कोई जानवरों की बीमारियों को दूर कर देता है, कोई बड़ा चिकित्सक या पाकशास्त्री बन जाता है लेकिन कुछ को आने वाले वक्त का आभास होने लगता है, वे भविष्य देख लेते हैं। लोगों के माथे और हाथों की रेखाएँ पढ़ लेते हैं।

मलिक बाबा ने शहाजीराजे की हथेलियों को खोलकर खूब ध्यान से देखना शुरू किया। राजा ने पूछा, "क्या कहती हैं मेरी हस्त रेखाएँ?"

"तू खूब तकदीर वाला है!"

"कौन? मैं?"

"तू तो पक्का है, लेकिन तेरा बेटा होगा तुझसे ज्यादा किस्मत का धनी। वह अपनी मिट्टी की पूजा करेगा और इसे दुश्मनों से आजाद कराएगा। वह अपने देश और धर्म की रक्षा करेगा। वह गरीबों का पालनहार होगा। वह इनसानों की भीड़ में देवता की तरह चमकेगा और देवताओं की कतार में एक राजयोगी कहलाएगा। मैं पूरे दावे के साथ यह बात कह रहा हूँ।"

"खूब धन्यवाद बाबा। ऐसे बालक के आने से हमारे दिन फिर जाएँगे और दहलीज सोने की तरह चमक उठेगी लेकिन यह बताइए कि हम उसे ऐसे माहौल में सँभालेंगे कैसे? कैसे उसे पाल-पोसकर बड़ा कर पाएँगे?"

"तेरे होने वाले बालक पर किसी की छाया मत पड़ने देना। उसे किसी की चाकरी या गुलामी में मत लगाना।"

"इसका क्या मतलब बाबा?"

"किसी भी गैर की नजर उसे नाजुक पौधे की तरह सुखा देगी। उसे उसकी माँ

की सरपरस्ती में ही रखना। उसकी देखभाल में वह खूब तेजी से पनपेगा और एक दिन विशाल बरगद की तरह लोगों को अपनी छाँह में सुख देगा।"

वे लम्बी यात्रा करके काफी आगे तक निकल आए थे। रात भी काफी हो चुकी थी। बाबा का हाथी डोलते-डोलते चल रहा था। मलिक बाबा के सपाट काले चेहरे के बीच दो सफेद आँखें चमचमाते बुलबुलों की तरह दिख रही थीं। वे दरवाजे पर सदा जागृत पहरेदार की तरह खुली थीं। बाबा ने एक लम्बी साँस ली और बोले, "देख शहाजी, अब मैं तुझे एक सावधान करने वाला इशारा कर रहा हूँ।" फिर थूक निगलते हुए बाबा कुछ भर्राई-सी आवाज में बोले, "एक बहुत ही बुरी खबर मेरे कानों तक पहुँची है।"

"कहिए बाबा...।"

"दिल्लीवाले मुगल और बीजापुर की आदिलशाही एक बड़ी कुटिल चाल चलने को बेकरार हैं...वे हमारे यहाँ से किसी को फोड़ रहे हैं!"

"क्या कह रहे हैं?"

"हमारी फौज के किसी एक सूरमा सरदार को फोड़कर, वे उससे दगाबाजी कराके हमारी खबरें लेने की तैयारी में हैं...इस बार उन्होंने यही नीच खेल रचा है।"

"हे शम्भू!" शहाजी ने भगवान का नाम लिया और गम्भीरता से विचार करने लगे, "किस-किस पर उन्होंने जाल डाला है?"

"कोई भी हो सकता है। तू जिसे अपनी जान से ज्यादा मोहब्बत करता है, वह तेरा शरीफजी भी हो सकता है।"

"ये कैसी बात कर रहे हैं अम्बर बाबा? मैं मान ही नहीं सकता। यह बिलकुल नामुमकिन है।" हौदा पर करवट बदलते वह कहने लगे, "ये देखो बाबा, रोज पूरब से उगने वाला सूरज किसी दिन अचानक पश्चिम से भी निकल सकता है लेकिन मेरा शरीफ ऐसी बेईमानी कभी किसी हाल में नहीं करेगा। अरे! आई-बाबा के बाद मैंने उसे अपने बच्चे की तरह पाल-पोसकर बड़ा किया है। आप बेकार ही शंका कर रहे हैं बाबा।"

"नहीं रे बेटा, जिन्दगी ने मुझे खूब सबक सिखाए हैं। दुश्मन हमारा जो नुकसान हमारे किले की रक्षा के लिए तैनात तोपों का जखीरा हासिल करके नहीं कर सकता, उससे ज्यादा बर्बादी हमारे कुल का, घर का अपना दिल-लगा भाई सहज ही कर जाता है।"

शहाजीराजे पीछे चल रहे अपने हाथी के हौदा पर जाना चाहते थे। अलसाए हुए शरीर को अब थोड़े आराम की जरूरत महसूस हो रही थी। रास्ते में मलिक

बाबा का हाथी रुका तो सीढ़ी लगवाकर शहाजीराजे नीचे उतर आए। फिर अपने हाथी पर लगे हौदा में जाकर बैठ गए। वहाँ उनके आराम की व्यवस्था बनाकर शागिर्द नीचे उतर गए थे। वे फिर अपने-अपने घोड़ों और टट्टुओं पर सवार होकर फौज के साथ आगे बढ़ने लगे। तभी नीचे से 'दादा साहेब' आवाज आई और शहाजीराव ने गरदन ऊँची करके दाएँ हाथ की तरफ नीचे देखा। हाथी के नजदीक ही शरीफजी अपने घोड़े दिलपाक पर सवार होकर चल रहे थे। उन्होंने चिन्ता के साथ कहा, "दादा, आप थोड़ा फलाहार कर लेते तो अच्छा रहता।"

"करता हूँ, तू चिन्ता मत कर।"

"मुझे पता है, आपको ऐसे ही थके-माँदे रहकर खाली पेट रात गुजारने की आदत है।"

"किसने कहा तुझसे?" शहाजी को हँसी आ गई।

"जीजा वहिनी ने अपने प्यारे देवर को यही निर्देश देकर भेजा है।"

कहकर शरीफजी अपने घोड़े को एड़ लगाकर आगे निकल गए। उनके पीछे छह-सात घुड़सवार हवा की गति से आए और उन्हें घेरकर चलने लगे। शरीफजी का घोड़ा बीच में करके वे उनके दाएँ-बाएँ एकदम सटकर अपने घोड़ों को हाँक रहे थे। ये सारे जवाँ मर्द विठोजी भोसले के बेटे थे। शहाजी और शरीफजी के सात चचेरे भाई। सब लोग बड़े उत्साह से युद्ध की इस मुहिम पर निकले थे। इनमें नागोजी भोसले हर तरफ से इतने भरे बदन का था कि दोस्त उसे 'छोटा हाथी' कहकर चिढ़ाते थे। वह जब यात्रा पर निकलता था तो उसे एक साथ दो घोड़े रखने पड़ते थे। एक पर वह सवार होता और दूसरे को उसका प्यादा लेकर चला करता।

निजाम के राज में पहले मालोजी और उनके बाद उनके छोटे भाई विठोजी, इन दोनों को ही मलिक बाबा का साथ और छत्रच्छाया नसीब हुई थी। इन्दापुर की लड़ाई में जब मालोजी काम आ गए तो विठोजी ने उनके घर-परिवार की देखभाल का जिम्मा भी अपने कन्धों पर उठा लिया था। मालोजी के दो और विठोजी के आठ, एक घर के ये दस हट्टे-कट्टे बहादुर किसी लश्कर की छोटी टुकड़ी की तरह थे। हालाँकि सम्भाजी भोसले के चले जाने से इनमें एक व्यक्ति कम हो गया था।

सभी नौ एक से बढ़कर एक ऊँचे-पूरे, गठीले, सुदर्शन और मजबूत गर्द नगीने थे। किसी सिंह के शावकों की तरह भोसले कुल के नौ लड़कों की यह फौज गुर्राती हुई बढ़ती जाती थी। जैसे वे सभी किसी शिकार के लिए एक साथ बाहर निकले हों। बहुत लोग उनमें फूट डालने के लिए तमाम प्रयास कर चुके थे लेकिन उन्होंने अपने बीच किसी को फटकने नहीं दिया था।

पिछले साल की बात है। दौलताबाद के किले पर निजाम साहेब के घर एक बड़ा समारोह आयोजित किया गया था। हर तरफ चहल-पहल थी। किले में सजाए गए हाथी एक-एक कर बाहर निकल रहे थे कि इतने में सरदार खंडागल

का हाथी बौरा गया। कोई बेकाबू हाथी जैसे पेड़ की टहनियों को एक झटके में उड़ा देता है, वैसे ही इस हाथी ने लोगों पर अपनी सूँड़ फटकारनी शुरू की। उसके एक ही फटके से दस-बारह लोग हवा में उड़ते हुए जमीन पर आ गिरे। हाथी ने उन्हें अपने भारी-भरकम पैरों के नीचे चींटों की तरह कुचलना शुरू कर दिया। पूरे किले में हल्ला और चीख-पुकार मच गई, "सँभालो...सँभालो...हाथी को सँभालोऽऽ।"

उसी वक्त जीजाऊ के भाई और लखोजीराव के जवान पुत्र दत्ताजी जाधव पीछे घूमे। उन्होंने अपने हाथों में नंगी धारदार तलवार लेकर हाथी की सूँड़ पर सपासप वार करने शुरू कर दिए। घायल होकर हाथी और उत्पात मचाने लगा। मगर हाथी को काबू करने की आपाधापी में सम्भाजी भोसले और दत्ताजी जाधव के बीच द्वंद्व युद्ध शुरू हो गया। इसका नतीजा यह निकला कि किले के एक कोने में भोसले कुल के लड़के और उनके विरोध में जाधवों के सारे तरुण एक-दूसरे के खिलाफ तलवारें खींचकर भिड़ गए। तलवारों की खनखन से किला गूँजने लगा।

इसी ले-दे के चक्कर में एक वार दत्ताजी जाधव की गरदन पर पड़ा और उनका सिर धड़ से अलग हो गया। किले के बाहर निकल चुके लखोजीराव को जैसे ही अपने बेटे की मृत्यु की खबर मिली वह तेजी से बेतहाशा पीछे लौटे। वहाँ आकर उन्होंने देखा कि उनके जमाई शहाजीराजे अपने भाई-बन्धुओं की तरफ से जोर-शोर से लड़ रहे हैं। गुस्साए लखोजीराव ने उन पर जिन्दा क्या और मुर्दा क्या के अन्दाज में हमला कर दिया और सीधे शहाजी के सिर पर तलवार खींच मारी। पगड़ी की वजह से शहाजी बच गए लेकिन सिर में गहरा घाव हो गया और वह वहीं बेसुध होकर गिर पड़े।

भयंकर क्रोध से भरे हुए लखोजीराव की नजर अचानक सामने सम्भाजी भोसले पर पड़ी और उन्होंने शरीर की सारी ताकत बटोरकर उनके सिर पर तलवार दे मारी। जैसे तरबूज फूटता है, वैसे सम्भाजी का मस्तक फट गया।

बात यहाँ से शुरू हुई थी कि खंडागल का हाथी बौरा गया और इसे लेकर मराठों के दो बड़े कुल भोसले और जाधव एक-दूसरे की जान के प्यासे हो गए। आखिर मिला क्या? उस शाम दोनों परिवारों ने अपने-अपने दो युवाओं की चिता को श्मशान में अग्नि के हवाले किया। दो तरुणों का रक्त राख में मिल गया जिसकी कभी भरपाई नहीं हो सकेगी, ऐसा नुकसान दोनों परिवारों का हुआ।

आपस की ऐसी ही शत्रुता और द्वेष की अग्नि उस पुराने दौलताबाद किले के पतन का कारण बनी थी। यादवों का देवगिरी इस्लाम के हाथों में जाकर दौलताबाद में बदल गया था। उस बात को अब ढाई सौ से तीन सौ साल हो गए थे।

आज हौदे पर बैठे-बैठे रणभूमि की तरफ बढ़ते हुए शहाजीराजे का मन उदास था। जल्द ही छिड़ने वाले इस युद्ध में विरोधी मुगलों की फौज में उनका सामना

ससुर सरदार लखोजीराव जाधव से भी होगा। सम्भवत: उनके तीनों पुत्र भी शस्त्र लेकर इस मुठभेड़ में उतरेंगे।

उस दोपहर युद्ध में जाते पति की आरती उतारते हुए जीजाऊ ने अपने मुँह से एक शब्द भी नहीं कहा था। लेकिन उनकी दोनों आँखों की फीकी चमक शहाजी की स्मृति में घर कर गई थी और यह उनकी उदासी को बढ़ा रही थी। जीजाऊ ने पक्का देवताओं पर धावा बोला होगा। कहा होगा, "हे जगदीश्वर, मेरे पिता की पगड़ी की रक्षा करना लेकिन यह भी ध्यान रखना कि मेरे पति के सिर बँधे साफे की कलगी का मान बना रहे!"

वे सभी नौ चचेरे भाई उस रात हँसते-खेलते, अपने घोड़ों पर हवा से बातें करते चलते जा रहे थे। शरीफजी ने अपने घोड़े दिलपाक की जीन से बँधे सामान में चार-पाँच तरबूज भी रख लिये थे। उन्होंने तरबूज बाहर निकाले और रफ्तार से भाग रहे अपने भाइयों की तरफ गेंद की तरह उछाल दिए। उन बहादुरों ने घोड़े पर चढ़े-चढ़े ही अपनी मुट्ठियों के प्रहार से तरबूज फोड़ दिए और आपस में बाँटकर खा लिये।

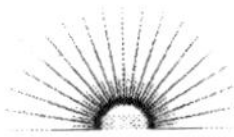

उत्तर दिशा में पाँव पसारे मुगल और दक्षिण की आदिलशाही, दोनों निजाम के शत्रु थे। दोनों पड़ोसियों का बीच में स्थित निजामशाही को पेड़ा समझकर निगल जाने का सपना सौ साल से ज्यादा पुराना था। लेकिन निजामशाही के वजीर मलिक अम्बर के जिन्दा रहते यह सम्भव नहीं था। निजाम के साथ चल रहे संघर्ष को पूरी तरह खत्म करने का एक ही रास्ता था कि मलिक अम्बर को मिटा दिया जाए। इस बार दोनों पड़ोसियों ने यही बीड़ा उठाया था।

युद्धभूमि में काल से लोहा लेने की तरफ बढ़ते शहाजी को इन्दापुर का धधकता संग्राम याद आ रहा था। इस लड़ाई में वह पहली बार चमड़े का जाकिट पहनकर उतरे थे और तब उनकी उम्र थी फकत आठ या नौ बरस! दुश्मन को आग उगलती तोपों के सामने डटकर लड़ रहे पिता मालोजी बाबा युद्धभूमि में काम आ गए। रणभूमि में ही उनकी चिता सजाई गई थी। अपने बड़े भाई की मृत्यु से दहल गए छोटे विठोजीराजे धार-धार रो रहे थे। वह चिता के पास कमर झुकाए बैठे हुए थे। उनकी गोद में सिर रखे छोटे शहाजीराजे उस जलती चिता के ताप को महसूस कर रहे थे। दीपाबाई उस धधकते अग्निकुम्भ की परिक्रमा कर रही थीं।

हाथों में भरी हरी चूड़ियों और कपाल पर लाल भड़क कुंकुम का टीका लगाए हुए वह अपने पति के साथ ही इस संसार को त्यागने का निश्चय किए हुए चिता के फेरे ले रही थीं। चारों दिशाओं में हर आँख से आँसू बह रहे थे।

तेज आवाज में ब्राह्मणों का मंत्र पाठ जारी था। एकाएक मंत्रोच्चारण और चमड़े के वाद्ययंत्रों की आवाज कानों के परदे हिलाने लगी। दीपाबाई ने अग्निकुंड की तरफ अपने कदम बढ़ा दिए। तभी बाल शहाजी तेजी से उनकी तरफ दौड़े। वह व्याकुल बालक अपनी माँ के पैरों से कसकर लिपट के दुख से दहाड़े मार-मारकर रोने लगा, "आई साहेब, क्यों करते हो ऐसा? इस अपने छोटे से शरीफ को तो देखो न! उसे तो अभी कुछ पता ही नहीं और वह मिट्टी में खेल रहा है। उसे तो तुम्हारे गोदी की जरूरत है अभी। मत जाओ आईऽऽ, मत जाओऽऽ।" यह दृश्य ऐसा था कि पत्थर का दिल भी पिघला दे। दीपाबाई के देवर विठोजीराजे ने अपना दुशाला उनके आगे फैलाकर जैसे भीख माँगी, "सुनो न वहिनी साहेबऽऽ, हमारे दादा के पीछे-पीछे माँ समान आप भी चले जाओगे तो इस भोसले वंश का क्या होगा...घर की दीवारें उजाड़ हो जाएँगी। हमारी बात मान लोऽऽ।"

दीपाबाई ने नन्हे शरीफजी को देखा तो उनके मन में ममता चीत्कार उठी। उन्होंने तुरन्त पागल पंछी की तरह लपककर शहाजी और शरीफ को अपने सीने से चिपका लिया। अपने बचपन का यह भारी दुखद प्रसंग शहाजीराजे कभी नहीं भूले। जब-तब उनकी स्मृति में यह पूरा दृश्य मँडराने लगता था।

निजामशाही की सेना जब अहमदनगर की दिशा से आगे कूच कर रही थी, उस वक्त कुछ मील की दूरी पर दिल्ली के बादशाह जहाँगीर की फौज भी बढ़ी आ रही थी। लश्कर खान, बहादुर खान, जलाल खान, खंजीर खान जैसे मंगोल सरदारों को बुरहानपुर के महाबत खान ने अपने लश्कर के साथ बहुत सारे हथियार और गोला-बारूद भी दे दिया था। बहादुर खान ने जहाँगीर को वचन दिया था कि इस बार वह मलिक अम्बर नाम के शैतान को जिन्दा ही पकड़ेगा और उसे भैंस की पीठ पर पानी के मशक जैसा बाँधकर लाएगा। बादशाह के दरबार में पेश करेगा।

हरकारे रात के अँधेरे में भी गुफाओं, नदी-नालों-घाटियों और अप्रत्याशित हमलों की आशंका की परवाह न करते हुए लगातार दौड़ रहे थे। शत्रु खेमे से खबरें निकालकर ला रहे थे। दुश्मनों की संख्या कितनी है, वे किस रफ्तार से बढ़ रहे हैं और मुगल तथा आदिलशाही फौज कहाँ इकट्ठा होने वाली है, इन सब खबरों से अन्दाजा लगाते हुए शहाजी और मलिक बाबा अपनी रणनीति बना रहे थे।

रात का अँधेरा धीरे-धीरे झीना पड़ने लगा था और सामने अहमदनगर के दरवाजे, मीनारें और मकानों की दीवारें नजर आने लगी थीं। सावन का महीना अभी खत्म ही हुआ था लेकिन उसका असर हर तरफ बाकी था। नगर के आसपास के इलाकों में बारिश कुछ देर पहले ही थमी है, यह साफ दिख रहा था। इसलिए रास्तों पर हर तरफ कीचड़ था। हाथियों और घोड़ों की चाल मन्द पड़ गई थी। गीली मिट्टी पर जानवरों के पैर फिसल रहे थे।

सुबह हो गई थी मगर आकाश में काले बादल छाए हुए थे। इतने में सामने से तीन ऊँट सवार तेज गति से सामने आ खड़े हुए। उन्होंने खबर दी, "मुगल और आदिलशाही फौजें आज दोपहर तक आसपास ही पहुँच जाएँगी।"

आगे बढ़ते हुए एक छोटी नदी रास्ते में पड़ी। नाम था, कालू। सामने जल प्रवाह दिखते ही इनसानों और जानवरों का जैसे खुद पर नियंत्रण खत्म हो गया। दिन भर और रात भर चलते-चलते सबके शरीर दर्द से टूट रहे थे। पानी दिखते ही हाथियों ने अपनी सूँड़ हवा में लहराई। खुशी के मारे वे चिंघाड़ने लगे। तमाम जानवर सीधे नदी में घुस गए और डुबकी लगाने लगे। कुछ तो पानी में जमकर ही बैठ गए। सेनानायकों ने सबको वहाँ दो-ढाई घंटे पानी में डुबकी लगाने का आनन्द उठाने दिया।

सबका नाश्ता-पानी हो गया। कूच करने के नगाड़े-पुंगियाँ बजने लगीं। हाथी-घोड़े पानी से बाहर निकलने का नाम नहीं ले रहे थे। तब महावतों और प्यादों ने उन्हें हड़काना शुरू किया। किसी-किसी को डंडे लगाकर बाहर निकाला। तब जाकर जानवरों ने नदी का किनारा छोड़कर आगे सरकना शुरू किया। वैसे तो सबका इरादा वहीं खेमा लगाने का था। नदी के दूसरी तरफ एक विशाल सरोवर था। इस सरोवर और नदी के बीच की खाली जगह फौज के लिए बहुत बढ़िया होती। इस जगह को माकूल समझते हुए कई सैनिकों ने खुशी के मारे अपने सामान भी उतारकर यहाँ-वहाँ ठिकाने लगाना शुरू कर दिए थे। मगर तभी खेमों की व्यवस्था सँभालने वाले अधिकारियों ने आवाजें लगानी शुरू कर दीं, "यहाँ नहीं भाई...आगे चलिए।"

सरोवर को पार करके फौज रास्ते पर आगे बढ़ी और एक ऊँचे पठार के समतल पाट पर ले जाकर लश्कर को रोका गया। सबको यहाँ अपना सामान उतारने की इजाजत दी गई। फौजी बाजार के तम्बू यहाँ पहले से ही तने हुए थे। वहाँ सबका दोपहर का खाना-पानी हुआ और इसके बाद बड़े अफसरों के तम्बू-कनात लगाने का काम शुरू किया गया।

दोपहर हुई और तभी चींटियों की तरह कतार में बँधे दुश्मन के सैनिक रफ्तार से पहाड़ी पर से नीचे उतरते दिखने लगे। मलिक बाबा और शहाजीराजे का अन्दाजा था कि दुश्मन यहीं सामने नीचे डेरा जमाने वाला था। एक तरफ से मुगलों की सेना और दूसरी तरफ से आदिलशाही फौज वहीं आने वाली थी।

दुश्मन के होशियार पैदल सैनिक हवा की गति से भागते हुए नीचे उतरकर उस सरोवर और उसके आसपास सुरक्षित जगह पर कब्जा करने लगे। थोड़ी ही देर में उन्होंने विशाल सरोवर और नदी के बीच की खुली जगह पर अधिकार कर लिया। यह देखकर कुछ मराठा घुड़सवार सिपाहियों का पारा चढ़ गया। कुछ वहाँ से तुरन्त निकले और मलिक बाबा तथा शहाजीराजे के पास पहुँचकर अपना गुस्सा उतारने लगे, "आओऽ, आकर देख लो कि आप लोगों ने क्या गलती कर डाली है।"

"इतनी मौके की जगह हमने पहले पहुँचकर भी गँवा दी! इन बैरियों ने तालाब पर कब्जा करके अपनी पानी की समस्या खत्म कर ली है...वहाँ आदमी-जानवर सब मजे में रहेंगे।" दूसरे व्यक्ति ने कहा।

तीसरा चिढ़ा हुआ था। बोला, "राजे, छोटी नदी का पानी तो पन्द्रह-बीस दिन में खत्म हो जाएगा, उसके बाद वह सूखी पड़ी रहेगी और हम सब पानी-पानी करते मर जाएँगे।"

शहाजीराजे ने गरदन उठाकर मलिक बाबा की तरफ देखा। मगर वह किसी दूसरी उधेड़बुन में लगे दिख रहे थे। भागे-भागे आए अपने सैनिकों की तरफ देखते हुए शहाजीराजे ने हुक्म दिया, "तुम सब अपने तम्बुओं में चलो। कोई गड़बड़ नहीं चाहिए। मैं देखता हूँ।" मगर सैनिकों की नाराजगी कम नहीं हुई थी। वे पैर पटकते हुए बाहर निकले।

बादशाह की फौज के मुकाबले निजामशाही की सेना बहुत छोटी है, यह बात अब कोई राज नहीं रह गई थी। इसलिए पहले ही दिन से मुगल और आदिलशाही फौज के हौसले बढ़े हुए थे। उन्हें हर हाल में अपना ही दबदबा महसूस हो रहा था।

रात के दस-ग्यारह बजे का समय हो चला था। बड़े अधिकारियों के डेरे से दो दूत शरीफजी को बुलाने आए। इन लोगों के बीच बातचीत में अचानक गरमा-गरमी हो गई। देखते-देखते निजामशाही के सैनिकों और मराठा बहादुरों में जोरदार झगड़ा शुरू हो गया। आवाजें ऊँची हो गईं और एक-दूसरे पर गालियों की बौछार होने लगी। यह देखकर चारों तरफ शोर-शराबा बढ़ गया। ये आवाजें और झगड़े की खबर डेरे के बड़े अधिकारियों तक पहुँची। मलिक बाबा और शहाजीराजे तुरन्त वहाँ पहुँच गए।

मलिक बाबा ने हाथ जोड़कर शरीफजी से अपनी आवाज धीमी करने की विनती की। मगर उनका स्वर पहले की तरह ऊँचा बना रहा। यह देखकर शहाजीराजे गरज पड़े, "अरे! तुम लोगों को क्या लगता है कि इस मैदान में हम कोई होली खेलने आए हैं?" बड़े भाई से ऐसी बात सुनने को मिलेगी, शरीफजी को अन्दाजा नहीं था। उन्होंने बात दिल पर ले ली और बोले, "बहुत हुआ दादा। तुम अपनी लड़ाई अपने पास रखो। इस नालायक निजाम के चक्कर में पड़कर आप हमारा अपमान कर रहे हैं? मैं अपने सैनिकों के साथ जा रहा हूँ।"

"कहाँ जा रहे हो बेटा?" मलिक बाबा ने बीच में कहा।

"मैं कहाँ जाऊँगा इससे आपको क्या लेना-देना अम्बर मियाँ? सच तो यह है कि आप ही हमारे इस झगड़े की असली जड़ हो।"

दुख, संताप और अपमान से भरा हुआ शरीफजी का चेहरा तमतमा रहा था। वह किसी की एक बात भी सुनने को राजी नहीं थे। उन्होंने तुरन्त अपना घोड़ा दिलपाक बुलवाया और छलाँग मारकर उसकी पीठ पर सवार हो गए। उनके पीछे-पीछे कई

और नौजवान सैनिक भी तुरन्त निकल गए। भरी रात में खेमे को एक-एक कर छोड़कर जाने वाले सिपाहियों की संख्या करीब तीन हजार तक पहुँच गई। इस पर विचार करते-करते मलिक बाबा और शहाजीराजे का चेहरा उतर गया। युद्ध के मैदान में ऐसी बातें बिलकुल नहीं होनी चाहिए। जो हुआ, वह अच्छा नहीं था। उस झगड़े को देखने के लिए जाने कितने लोग जमा हो गए थे और पक्का उनमें दुश्मन के भी कुछ खबरी रहे होंगे। इस बात ने शहाजीराजे और मलिक बाबा की चिन्ता बढ़ा दी।

सचमुच यह खुशखबरी शत्रु के खेमे में पहुँच चुकी थी और इसका जश्न मनाते हुए मुगल सिपाही बिरयानी-कोरमा खाकर आराम की नींद ले रहे थे।

रात को बारिश की एक फुहार बरस गई थी लेकिन सुबह-सुबह मुगलों के खेमे में अचानक भगदड़ मच गई। आसमान में उठे बादल उनके डेरों-तम्बुओं पर ही अचानक कैसे टूटकर धमा-धम बरस रहे हैं, यह उनकी समझ में नहीं आ रहा था। हाथियों के झुंड जैसी विशाल और भारी-भरकम पानी की लहरें उनके खेमों पर झपटकर तोड़-फोड़ मचा रही थीं। हर तम्बू पानी-पानी था। सबके नाक-मुँह में पानी घुस गया था, चेहरों पर पानी की मार पड़ रही थी और साँस लेना मुश्किल हो रहा था। यह सब क्या-कैसे हो रहा है, किसी को कुछ समझ नहीं आ रहा था। चारों तरफ बस चीख-पुकार थी, "या अल्लाह, बचा ले खुदा।" सारे इनसान और सारे जानवर पानी की धार में बहने लगे। बड़ी मुश्किल से, जैसे-तैसे हाथों में हाथ लेकर वे एक-दूसरे को सँभालने लगे।

बहुत देर बीतने के बाद आखिरकार उन्हें समझ आया कि बारिश की हल्की फुहार के बीच अचानक यह बाढ़ कैसे आ गई। वीर मराठों ने रात को चुपके से पीछे जाकर पहाड़ पर बने विशाल सरोवर के किनारे तोड़ दिए थे। मुगल खेमों की तरफ नहरें खोदीं और पानी को दिशा दे दी। यह सारी करतूत शरीफजी भोसले की थी। उसने बड़े भाई के साथ झगड़ा करने का नाटक किया और अपने सैनिकों के संग आराम से पहाड़ी की तरफ निकल गया। उसने अपनी चाल से मुगलों को मूर्ख बना दिया। वे युद्ध की तैयारी छोड़कर जश्न मनाते रह गए।

अचानक नींद से हड़बड़ाकर जागे मुल्ला मोहम्मद का हाल बेहाल था। वह अपने तम्बू के बाहर के कीचड़ में दोनों घुटनों पर बैठकर अल्लाह से रहम की भीख माँग रहा था। ठंड के मारे कुड़कुड़ाते लश्कर खान ने उससे पूछा, "मुल्ला साहब, ये कैसी मुसीबत है?"

"अरे हुजूर, इस तबाही में पांच-दस हजार सैनिक डूबकर मर भी जाते तो हमें परवाह नहीं होती, मगर हमने जो अन्न-धान, मिट्टी के बर्तन, बारूद की पेटियाँ और घोड़ों जानवरों के लिए जो चारा रखा था, वह सब मटियामेट हो गया है।"

"अल्लाह, ये क्या मुसीबत है?"

"देखिए न...जंग शुरू होने से पहले ही हमारे इरादे और सारी मुरादें इस बाढ़ में बह गई लगती हैं।"

दिन चढ़ने लगा था मगर दुश्मन खेमा सुबह-सुबह पड़ी कयामत की मार से अभी तक सँभल नहीं पाया था। सब कुछ अस्त-व्यस्त था। तभी ऊँचे पठार के शिखर पर जमी निजाम की तोपों की बत्तियाँ सुलगने लगीं। भातवड़ी के उस मैदान में चारों तरफ से तोपें गरज उठीं। मुगल और आदिलशाही सैनिक इधर-उधर भागने लगे। हाल यह था कि उनके पास सवार तो थे मगर घोड़े यहाँ-वहाँ हो गए थे। ऊँटों पर रखकर चलाई जाने वाली शाहीन और जम्बरू जैसी तोपें उनके पास थीं लेकिन जल प्रलय में सारे ऊँट, जिधर रास्ता मिला उधर निकल गए थे। उनके पास तोपें तो थीं, मगर उनके मुँह में भरकर दागने वाली बारूद की पेटियाँ पानी में बर्बाद हो चुकी थीं। इसके बावजूद मुल्ला मोहम्मद ने हिम्मत नहीं छोड़ी थी। उसने अपनी जान दाँव पर लगा, यहाँ-वहाँ दौड़-भाग करते हुए अपने सारे सरदारों को इकट्ठा किया। तोपों की मार के बीच वह अपनी पस्तहाल फौज को तीन मील पीछे निकालकर ले गया। वह अपने बिखरे सिपाहियों और बचे हुए अन्न-चारे को सँभालने की कोशिशें करता रहा।

मुल्ला मोहम्मद को अब भी मुगल तोपों पर भरोसा था। काबुल-कन्धार से लेकर अनेक लड़ाइयों में बरसती आग के बीच मैदान में डटे रहने वाले तीन सौ विशाल पहाड़ी हाथी ही मुगलों के पास सलामत बचे थे। इस पूरी आपाधापी में बिखरे सैनिकों को कैसे फिर से एकजुट किया जाए, कैसे उनमें फिर हौसला भरकर उनका मनोबल बढ़ाया जाए, वह लगातार इसी सोच-विचार में लगा हुआ था।

रक्त-मांस से पटा पड़ा भातवड़ी का वह मैदान कई महीनों तक धधकता रहा। इस लड़ाई में बीजापुर के आदिलशाह और दिल्ली के बादशाह जहाँगीर का एक ही मकसद था कि निजामशाही की कमर तोड़ दी जाए। साथ ही निजामशाही को यह वैभव बख्शने वाले मलिक अम्बर का काँटा भी जड़ से निकाल फेंकना था। पता नहीं कहाँ अफ्रीका में पैदा हुआ कोयले सरीखा काला गुलाम, कैसे यहाँ आया और किन तिकड़मों से वजीर बन गया! उसे हर हाल में खत्म करना है।

दोनों दुश्मन दलों में हुई सन्धि के हिसाब से इस पूरी मुहिम का खर्च आदिलशाही खजाने को उठाना था। इसलिए उत्तर से आए मुगल सरदारों को कोई जल्दी नहीं थी। फौज का बड़ा हिस्सा, अस्सी हजार सैनिक मुगलों के थे। अत: आदिलशाही सरदार मुल्ला मोहम्मद के हाथ बँधे थे। वह अचानक अपनी मर्जी से कोई फैसला नहीं ले सकता था। लड़ाई लम्बी खिंच रही थी। लेकिन इस बात से इधर शरीफजी जैसे तरुण नाराज हो रहे थे। एक दिन शरीफजी ने शहाजीराजे के सामने हठ पकड़ लिया, "जो होगा सो होगा, एक बार आमने-सामने लड़ाई के लिए मैदान में उतरा ही जाए।"

"दिमाग शान्त रख बेटा।"

"मैं पूछता हूँ कि आखिर हम क्यों रुके हुए हैं?"

"मलिक बाबा के खतरनाक दिमाग पर भरोसा करके ही रुके हैं।"

"आजकल वह खूब ठंडे हो गए हैं और थके-थके नजर आते हैं।"

"इसका मतलब है कि उनके अन्दर-ही-अन्दर कुछ पक रहा है।"

"कितना भरोसा रखेंगे दादा उस बुड्ढे पर?" शरीफजी ने फुसफुसाते हुए कहा।

"अरे पागल, इतना तो समझ कि सामने दुश्मनों की फौज हमसे दोगुनी है, तब भी बादशाह और आदिलशाही के बड़े-बड़े सरदार सीधी लड़ाई में कूदने की हिम्मत नहीं दिखा रहे। सब अपने तम्बुओं में चुप बैठे हैं। इसके पीछे जो खेल चल रहा है, वह अभी तक तुझे समझ नहीं आया।"

"बस, थोड़ा और रुको। तुमको ज्यादा इन्तजार नहीं करना पड़ेगा।" अचानक मलिक बाबा के शब्द कानों में पड़े। आसपास खाली बैठे सारे बड़े अधिकारी चौकन्ने हो गए। बाहर से तम्बू में आए मलिक बाबा ने बड़े अभिमान से कहना शुरू किया, "सह्याद्रि की पहाड़ियों-घाटियों में पैदा हुए तुम मराठा, हिरणों से तेज दौड़ने और ऊँचे पर्वतों से बाज के जैसे नीचे झपट्टा मारने में तुम्हारा कोई सानी नहीं है। तुम कमाल के निडर और मजबूत लड़ाके हो। तुम्हारी इन खूबियों पर तो मुझे सदा भरोसा था, अब युद्ध के मैदान में हम इनका इस्तेमाल करेंगे।"

मलिक बाबा की बातों से शरीफजी, मंबाजी, सरफोजी समेत सभी भोसले बन्धुओं को महसूस हो गया था कि उनके अन्दर कुछ तो खदबदा रहा है।

शरीफजी को अपने खेमे में एक जगह टिके रहना बिलकुल अच्छा नहीं लग रहा था। वह कई बार अपने साथियों को लेकर निकल पड़ते थे। रात के वक्त दुश्मनों के खेमे के आसपास चक्कर लगा आते थे। मुगलों की हाथियों की टुकड़ी के बारे में खास तौर पर उन्होंने बहुत कुछ सुन रखा था। उस पर उनकी नजर रहती थी। एक बार वह ऊँची पहाड़ी पर पहुँच गए और वहाँ से तीन सौ महाकाय हाथियों के जत्थे को निहारने लगे। डूबते सूरज की सुनहरी किरणें इन हाथियों पर पड़ रही थीं और वे महावतों के हाथों बरगद के पेड़ों की कोमल-कोमल पत्तियाँ खा रहे थे। मुगलों के हाथियों की इस टुकड़ी के सरदार का नाम मनचेहर था। दिखने में एकदम दुबला-पतला और कमजोर, बिलकुल सहजन की फली जैसा। वह आगरा का रहने वाला था और कमउम्र में ही बादशाह के हाथीखाने में काम पर लग गया था इसलिए उसे हाथियों के बारे में सब कुछ पता था। उनके खाने-पीने की आदतें, उनकी बीमारियाँ, उनकी दवाइयाँ। सब कुछ। वह खूब जानता था कि युद्ध के मैदान में उतरने के लिए हाथियों को कैसे तैयार किया जाता है। उसने अपने हाथीदल में असम और बर्मा से लेकर दक्षिण के मालाबार प्रान्त से न केवल अव्वल नस्ल के हाथी मँगवाए थे बल्कि उनका प्रजनन भी अपनी देखरेख में कराया था।

"हमें और कुछ नहीं चाहिए। बस, उस बुड्ढे मलिक अम्बर का कटा हुआ सिर लेकर आना। वरना आगरा की तरफ लौटना भी मत।" बादशाह जहाँगीर ने लश्कर खान को विदा करते हुए साफ शब्दों में अपनी बात कही थी। मगर बीते महीनों में भातवड़ी के मैदान में मुगल और बीजापुर की सेनाओं को मलिक अम्बर ने बुरी तरह से उलझा रखा था। उसने पहले बाढ़ में भिगोकर और फिर तोपों से आग बरसाकर जिस तरह से उनकी रसद, खाने-पीने की चीजें और जानवरों का चारा खत्म कर दिया था, उससे लश्कर खान और मुल्ला मोहम्मद के चेहरों का पानी उतरा हुआ था।

मैदान-ए-जंग की खामोशी अब दुश्मनों को अन्दर-ही-अन्दर खोखला कर रही थी। तभी एक सुबह उनके पास खबर आई कि मलिक अम्बर और शहाजी ने हमले की पूरी तैयारी कर ली है। सुनते ही पूरे खेमे में खलबली मच गई। पास की पहाड़ी पर युद्ध के नगाड़े और अन्य वाद्ययंत्र बजने लगे। अचानक आक्रमण और निजामशाही की फौज के तेज हमले के साथ घमासान लड़ाई शुरू हो गई। अपनी बाज-नजरों से मलिक अम्बर दुश्मन की फौज का निरीक्षण कर रहा था। शहाजीराजे ने बदन पर फौलादी बख्तर और सिर पर लोहे का टोप पहना और घोड़े पर सवार होकर पूरी ताकत से शत्रुओं की टुकड़ी में घुसकर मार-काट मचाने लगे। घोड़े की जीन में कसा केसरिया झंडा उनके शौर्य की तरह तेज हवा में फरफरा रहा था।

दिलपाक घोड़े पर सवार शरीफजी के अन्दर तो जैसे कोई दैवीय शक्ति समा गई थी। उनके धनुष से सनसनाते तीर निकल रहे थे। उनके तीरों की तीखी मार से दुश्मनों के छक्के छूट रहे थे। जिस भी दुश्मन सैनिक के कन्धे, जाँघ, सीने या पीठ में शरीफजी के धनुष से छूटा तीर लगता, तो वह वहीं भयंकर दर्द से छटपटाते हुए अपंग होकर ढेर हो जाता।

मैदान में दोनों तरफ से 'हर हर महादेवऽऽ' और 'अल्ला हू अकबरऽऽ' के गगन भेदी नारे लग रहे थे। इन्हीं के बीच में कभी किसी तोप का गोला आकर गिरता तो सैनिक और जानवर आग की लपटों से सुलग उठते। उनके जलते बदन और चमड़ी से उठते धुएँ और तीखी गन्ध से नाक के बाल झुलसने लगे थे।

दोपहर में छिड़ा युद्ध दिन चढ़ने के साथ लगातार भड़कता जा रहा था। पूरे आकाश पर धूल और धुआँ छा गया। इससे सूरज की चमक तक कम पड़ गई। घोड़ों और हाथियों के पैरों के नीचे कुचले सैनिकों के धड़ और अलग हुए सिरों का कचूमर निकल चुका था। तलवारों से तलवारें और भालों से भाले टकरा रहे थे। दोनों पक्षों के सैनिकों की पगड़ियाँ खून से तर-बतर होकर उनके सिरों से चिपक गई थीं। शहाजी और खेलोजी भोसले बन्धुओं की हैरतअंगेज तलवारबाजी देखकर दुश्मनों के दिल सहम गए थे। शहाजी की तलवार का तिरछा वार जिस भी दिशा में जोर से नीचे आता, किसी-न-किसी दुश्मन का सिर कचाक से काटकर धूल में

मिला देता। फिर पैदल सिपाहियों के पैरों में लोटता वह सिर यहाँ-वहाँ होता रहता। उनके शरीर पर बँधा फौलादी बख्तर अब रक्त से सना हुआ था।

युद्धभूमि बुरी तरह से तप रही थी। सिर पर सूरज और यहाँ-वहाँ तोप के गोलों की धधक से सबके बदन जल रहे थे। लेकिन निजामशाही और मराठा सैनिकों का जोश जरा भी नीचे नहीं आया था। उलटा उनका उत्साह बढ़ता जा रहा था और वे दुश्मन पर भारी पड़ रहे थे। यह देखकर लश्कर खान ने नया दाँव चला। उसने तीन सौ हाथियों का दल मैदान में उतार दिया। सामने से तोपों के गोले बरस रहे थे लेकिन उनके धमाकों और धुएँ की परवाह किए बिना अफीम और भाँग के नशे में झूमते हाथी भयानक ढंग से चिंघाड़ते हुए लगातार आगे बढ़ने की कोशिश कर रहे थे।

एक हाथी पर हौदे में लश्कर खान के साथ मुल्ला मोहम्मद बैठा था। दोनों ही जोर-जोर से 'मारोऽऽ तोड़ोऽऽ काटोऽऽ' चिल्ला रहे थे। उनका चीखना इतना तेज था कि उनकी आवाज के साथ मुँह से थूक भी बाहर छलक रहा था। वे अपने सिपाहियों का हौसला बढ़ाने की पूरी कोशिश कर रहे थे। चिल्लाते हुए मुल्ला मोहम्मद हौदे में खड़ा होकर नाच रहा था। इतने में दूसरी तरफ से तोप का एक जलता हुआ गोला आया और एक झटके में उसने मुल्ला मोहम्मद का सिर गेंद की तरह उछाल दिया। खून से सना हुआ उसका धड़ वहीं हौदे में ढेर हो गया। नीचे एक-दूसरे पर वार करते सिपाहियों की भीड़ के बीच उसका सिर देर तक ढूँढ़ने पर बड़ी मुश्किल से मिल पाया।

आदिलशाही सेना के सरदार मुल्ला मोहम्मद की मौत से लश्कर खान दहल गया। साथ ही सामने अपने प्यारे हाथियों की दुर्दशा देखकर डर के मारे काँपने लगा। तोप के गोलों की मार से पहाड़ जैसे हाथी एक के पीछे एक पत्तियों की तरह जमीन पर टपक रहे थे। उनके हाड़-मांस के विशाल शरीर आग में भुन रहे थे। वे जमीन पर गिरकर बुरी तरह से छटपटा रहे थे और जोर-जोर से चिंघाड़ रहे थे। युद्धभूमि में खड़े लश्कर खान का पूरा बदन थरथरा रहा था। उसने एक हरकारे को तुरन्त दौड़ाकर मनचेहर को हुकुम दिया कि अपने जानवरों को तुरन्त पीछे ले। उन्हें सुरक्षित जगह पर पहुँचाए। इसके बाद उसने मुगल घुड़सवारों की आरक्षित टुकड़ियों को आगे बढ़कर हमला करने का आदेश दिया। लेकिन मलिक और शहाजी की दिलेरी के आगे ये सैनिक भी नहीं टिक सके। फिर भी यह युद्ध जीतना बेहद जरूरी है। यही सोचते हुए लश्कर खान के मुँह से एक साथ खून और लार टपकने लगी।

आज की लड़ाई में सभी भोसले बन्धुओं का शौर्य बड़ा कमाल था। उन्होंने शत्रु की कमर तोड़कर रख दी। मुगल खेमे का दृश्य बहुत ही करुण और भयानक नजर आ रहा था। यहाँ-वहाँ जले-अधजले हाथियों के धड़ और उनके पैरों से या शरीर के नीचे कुचले हुए इनसानी शरीर पड़े थे। इनसानों और जानवरों के मांस के

पहाड़ खड़े हो गए थे। जाने कितने शवों से अब भी रक्त बह-बह कर निकल रहा था। एक तरफ मारे गए ऊँटों का जैसे टीला बन गया था। जगह-जगह रक्त और मांस का भयंकर कीचड़ हो गया था। युद्ध की शुरुआत में गिद्धों के झुंड भी पंखों को फड़फड़ाते हुए मैदान में घुस आए थे। अपनी सख्त-लम्बी चोंच से ताजा इनसानी मांस नोच-नोचकर उन्होंने अपना खूब पेट भरा और बिना किसी डर के वहीं बैठे रहे। भरपेट मांस खा लेने के बाद ये कातिल पंछी भी अब सुस्ताने लगे थे। रक्त से सने अपने पंख फड़फड़ाते हुए वे झुंड में आसपास के पेड़ों पर जाकर बैठ गए थे।

दिन ढलने की तरफ बढ़ने लगा था। निजाम और मराठा लश्कर का रथ विजय की दिशा में दौड़ रहा था। मुगल और आदिलशाही फौजों में भगदड़ मची हुई थी। धुँधलाती रोशनी में तीन सौ हाथी आकाश को गुंजाती चिंघाड़ के साथ मैदान छोड़कर भाग रहे थे। उनके भारी पैरों की धमक से धरती में कम्पन हो रहा था। हाथियों के भागने के शोर में उनके गले में पड़ी घंटियों की टन् टन् टन् का नाद भी शामिल था। रास्ते में आ रहे बड़े पेड़ों को वे तिनकों की तरह गिराते-बिखेरते भाग रहे थे।

पीछे हटती मुगल सेना और हाथियों के भागने से उठ रही धूल के बादलों के बीच तमाम बड़े सरदार आगे की रणनीति के लिए मलिक बाबा के पास इकट्ठा हो गए थे। लेकिन मलिक बाबा के दिमाग में कुछ और चल रहा था। वह जल्दी से बोले, "कुछ भी करके सबसे पहले हमें दुश्मन का हाथीखाना अपने कब्जे में लेना है। इस काम में जोखिम है, लेकिन बोलो कौन दिखाएगा यह हिम्मत?"

इससे पहले कि कोई कुछ कहता, रणभूमि में जोश के ज्वार से तप रहे शरीफजी बोल पड़े, "रुकिए दादाऽ, ये तो धर्म का काम है और इस पवित्र काम के लिए मैं ही जाऊँगा।"

"तू...? शरीफ तू?" शहाजी बुदबुदाए।

"क्यों नहीं दादा साहेब? आपको अपने शरीफ पर कोई सन्देह है क्या? आपकी मुझ पर कितनी ममता है, यह बात तो मैं समझ सकता हूँ लेकिन अगर मुझ पर कोई संशय है तो कह डालिए?" थरथराते शब्दों से यह सवाल पूछते हुए शरीफजी के चेहरे पर दुख उतर आया।

"तू तो शेर का बच्चा है...तू जा। खुशी से जा और फतह कर...पर अपने साथ में हंबीरराव को भी रहने दे।" शहाजी ने आशीर्वाद दिया।

वहाँ से आगे बढ़ते ही शरीफजी ने एक झटके से गरदन घुमाकर पीछे अपने बड़े भाई की तरफ देखा। शहाजीराजे को लगा जैसे शरीफजी की आँखों में उस हिरण के जैसा दर्द छलक आया है, जिसके पेट में घप्प से कोई भाला घुस गया है।

मुगलों के उस हाथी दल को अपने कब्जे में लेने के लिए दोनों मराठा सरदार तेजी से अपने घोड़ों पर उड़े जा रहे थे। ऐन युद्ध के घमासान में बादशाह की ऐसी 'गज-लक्ष्मी' को घेरकर अपने खेमे में ले आने की बात बहादुरी के शिखर पर

चमचमाते कलश से कम साबित नहीं होगी। इस विजयश्री से युद्ध का निर्णय हो जाएगा। यह सोचते हुए दोनों के शरीर में रक्त तेजी से उछालें मार रहा था। इन बातों की खबर जैसे शरीफजी के अश्व दिलपाक को भी हो गई थी इसलिए वह भी अपनी जान की बाजी लगाकर पूरी ताकत से सरपट कुलाँचे भरता जा रहा था।

जब मनचेहर को आभास हुआ कि मराठा सरदार और घुड़सवार तेज रफ्तार से उसके पीछे आ रहे हैं, तो वह अचम्भित रह गया। मनचेहर खूब चालाकी से अपने जानवरों का इस्तेमाल करना जानता था। उनकी आड़ लेकर लड़ते हुए युद्ध जीतने की कला भी उसे आती थी इसलिए नदी के किनारे भागते-भागते उसे जब भी मौका मिलता था, वह हाथियों को एक कतार में खड़ा करके दीवार बना लेता और उनकी ओट लेकर तीर और भालों से पलटवार करता। उसने दो बार हाथियों की ऐसी दीवार खड़ी की लेकिन उसके पीछे लगे हुए दोनों मराठा वीर किसी तरह से पलटकर लौटने का नाम नहीं ले रहे थे। वे जंगल के शेरों की तरह हाथियों की इस टोली के पीछे लगे हुए थे।

मराठों की ओर से शरीफजी, हंबीर चव्हाण और खेलोजी जिस तरह से घातक हमले कर रहे थे, इससे मनचेहर सुलग उठा। तीसरी बार उसने फिर से हाथियों को कतार में खड़ा करके उनकी दीवार बनाई। लेकिन वह समझ गया था कि इस दीवार की आड़ से हमला करने का कोई फायदा नहीं होगा, इसलिए वह पूरी बहादुरी से अपने एक हाथी की पीठ पर चढ़ गया। वहीं से हौदे में जमकर वह और उसके कुछ साथी पलटकर मराठों से भिड़ गए। उन्होंने तीरों की बरसात कर दी और भाले फेंकने लगे।

अपने दुश्मन को इस तरह खुलकर मैदान में चुनौती देते देख, शरीफजी के तन-बदन में आग लग गई। उन्होंने जान की परवाह किए बगैर अपने घोड़े दिलपाक को उसकी तरफ दौड़ा दिया। पलक झपकते घोड़ा हाथी के बराबर खड़ा हो गया। शरीफजी ने हाथ में नंगी तलवार लेकर घोड़े से छलाँग लगाई और सीधे मनचेहर के हाथी के हौदे पर पहुँच गए।

रणभूमि में पस्त हो चुके दोनों वीर एक-दूसरे पर तलवार से वार कर रहे थे। तभी शरीफजी ने दाँव चलते हुए मनचेहर को चकमा दिया और एक झटके में उसकी गरदन अपने हाथों में दबोच ली। वह छूटने के लिए छटपटाने लगा। उसी पल आसपास के अँधेरे से शरीफजी पर बाणों की वर्षा होने लगी। सनसनाते तीर उनके बदन में धँसने लगे लेकिन उनके हाथों की पकड़ ढीली नहीं पड़ी। तभी पास के हाथी से एक भाला सनसनाता हुआ आया और शरीफजी की पसलियों में घुस गया। गरम खून की धार उनके बदन से फूटकर हौदे में गिरने लगी। हाथ ढीले पड़ गए। शरीफजी बेहोश हो गए और सन्तुलन खोकर उनकी देह हौदे से जमीन पर गिर पड़ी। इस बहादुर का सिर काट लेने के लिए सात-आठ दुश्मन तलवारें लिये

आगे बढ़े मगर तभी सुदैव से हंबीर चव्हाण ने अपना घोड़ा इस टोली के बीच में घुसा दिया और एक झटके में शरीफजी के रक्त से नहाए शरीर से लिपटकर उसे तेजी से खींच वहाँ से भाग निकलने में सफल हो गए।

शहाजी बाबा के इकलौते भाई होने के नाते शरीफजी के जख्मों का उपचार करके उनके प्राणों को बचाना, यही हंबीर के लिए रणभूमि में सबसे बड़ा धर्म था। इसलिए उन्होंने घायल शरीफजी को लेकर पलटकर भागने की तैयारी शुरू की। मगर शरीफजी उस हाल में भी मैदान छोड़ने के लिए किसी तरह तैयार नहीं थे। उनकी रक्त से सनी देह को हंबीरराव ने अपने एक कन्धे पर रख लिया था। पसलियों में भाला घुसने से हुए घाव से खून इतना तेजी बह रहा था कि हंबीर की पीठ और पेट उस गर्म रक्त से भीग गए। मगर उस बेहोशी में भी शरीफजी तड़पते हुए बोल रहे थे, "हंबीर दादा, पसलियों के इस जालिम जख्म ने मेरे हाथ-पैर बाँध दिए हैं। क्या करूँ, वहाँ शहाजी दादा रास्ते पर नजरें गड़ाए हुए मेरी राह तक रहे होंगे।"

"शरीफ़जी, इसलिए मैं कह रहा हूँ कि हम जल्दी से पलटकर शिविर की तरफ भागते हैं। वहाँ पहले इस जख्म का इलाज करेंगे।"

"शिविर में जाकर जख्म बाँधने जितना वक्त है क्या हमारे पास? ऐसा कैसे होगा हंबीर दादा? जिस दिशा में शरीफजी जाएगा, उधर से वह सोना जीतकर लाएगा, मेरे भाई को इस बात का पूरा भरोसा है...इसलिए वह मेरी राह देख रहे होंगे।"

"ठीक है शरीफ बाबा, तुम यहाँ थोड़ा आराम करो। हम एक बार फिर से कमर कस के मुगलों के हाथी दल पर टूटते हैं।"

हंबीरराव ने आसपास देखा और एक अँधेरे कोने में आगे बढ़े। पाकड़ के वृक्ष के नीचे उन्होंने पत्तियों के नर्म ढेर पर शरीफजी को लिटा दिया। उनके शरीर से अब भी बुड़बुड़ करते हुए खून बह रहा था। उनका जी अकुला रहा था। हंबीरराव से कुछ कहने के लिए शरीफजी ने उन्हें अपनी तरफ खींचा और हंबीर के पंजे में अपनी रक्त से सनी हथेली रख दी। कराह के साथ शरीफजी ने कहा, "हंबीर दादा, एक वचन दो।"

"कैसा वचन?"

"देखो, अगर हमें जीत मिलती है तभी तुम मुझे यहाँ से उठाकर पालकी में मेरे दादा के पास ले जाना। दुर्भाग्य से अगर हार हो जाए तो मुझे ऐसे ही रणभूमि में पड़े रहने देना। मुझे भूल जाना। रणभूमि में जाने कितने मुर्दे यहाँ-वहाँ पड़े रहते हैं। उनमें से एक मैं भी पड़ा रहूँगा।"

शरीफजी के यह शब्द सुनकर हंबीरराव का कलेजा फट गया। वह काँपती आवाज में बोले, "अरे शरीफ बाबा, ऐसा क्यों कहते हो आप?"

"कारण क्या कहूँ...इस देह को अपने दादा के सामने पूरे मान-सम्मान से खड़े रहने की आदत रही है। इसलिए कहता हूँ, चाहे जो हो जाए मेरा यह पराजित चेहरा कभी मेरे भाई को देखना न पड़े।"

आँखों के गरम आँसू पोंछते हुए हंबीर ने उस स्थिति में भी शरीफजी को झुककर मुजरा किया। हाथों में हाथ पकड़कर उन्हें धीरज बँधाया। हंबीर चव्हाण ने फिर से अपने सैनिकों को इकट्ठा किया और सारे-के-सारे पूरी ताकत और जोश से बादशाह के हाथी दल पर टूट पड़े। थोड़ी ही दूरी पर फिर ताबड़तोड़ लड़ाई शुरू हो गई। हड़कम्प मचने लगा। मराठा घुड़सवारों ने आड़ी-तिरछी छलाँगें मारते हुए हिन्दुस्तान के बादशाह के हाथियों को घेर लिया। उन्हें घुमा-घुमाकर, उन पर हमले करके थका डाला। उसी समय पाकड़ के पेड़ के नीचे से शरीफजी की आवाज बुलन्द होकर लड़ाकों के कानों में गूँजने लगी, "चलो भगाओ इनकोऽऽ मारो दुश्मन कोऽऽ बोलो हर हर महादेवऽऽ।"

अपनी पसलियों से बहते खून को रोकने के लिए वह जमीन पर उलटे लेटकर हाथ के पंजों से रक्त की धार को थामने की बेकार कोशिश कर रहे थे। लेकिन उनकी इस रणगर्जना ने मराठा योद्धाओं की टुकड़ी में दस हाथियों का बल भर दिया था।

आखिरकार मध्यरात्रि के समय मराठा सिपाही बादशाही हाथीदल को पूरी तरह तोड़ने में कामयाब हो गए। पसीने और रक्त से लथपथ हंबीर राव पाकड़ के पेड़ के नीचे आए। अँधेरे में अब कोई आवाज नहीं आ रही थी। एकदम सन्नाटा था। एक छोटे से दीपक की लाल-पीली हल्की रोशनी में उनकी नजर शरीफजी पर पड़ी। शरीफजी के चेहरे पर रक्त की धारें ताजा-ताजा ही सूखी थीं। जब हवा में उन्हें अपनी विजय का आभास हो गया, तभी कुछ देर पहले ही उन्होंने बहुत शान्ति से अपने प्राण त्यागे थे। उनका चेहरा कुम्हलाए हुए कमल के फूल की तरह दिख रहा था।

दूसरे दिन सुबह-सुबह रणभूमि में सूर्य की कोमल किरणें उतर रही थीं। कहार शहाजीराजे के सामने पालकी लेकर आए। राजा ने धीरे से कदम आगे बढ़ाए और ऊपर पड़ा लाल वस्त्र सरकाया। अत्यन्त ठंडी और दुखी नजरों से उन्होंने सामने देखा। उनकी देह के भीतर मजबूती से खड़ी कठोर धीरज की दीवार को तोड़ता हुआ स्वर उनके कंठ से धड़धड़ाता हुआ निकला, "बेटा शरीफजीऽऽ।" शब्द जुबान पर ही लड़खड़ाकर ठहर गए थे। ऐसा लगा कि सारी पृथ्वी पर शोक व्याप्त हो गया है। शरीफ के साथ गुजरे बचपन की यादें उनकी आँखों के आगे अठखेलियाँ कर रही थीं। दोनों का एक-दूसरे का पीछा करते हुए भागना-दौड़ना, पेड़ों पर छलाँगें लगाते हुए गुरगारंभी का खेल, वेरुल के वे दिन, घृष्णेश्वर मन्दिर में जाना और घंटों वहीं बिताना, बाबा भोसले की स्थापित मूर्तियों की देखभाल और पूजा-पाठ से लेकर नदी में कूदकर दूर-दूर तक तैरते हुए निकल जाना। शहाजीराजे को सब कुछ याद था। वे अत्यन्त दुख के साथ एकटक शरीफजी के चेहरे को देखे जा रहे थे। बन्द-बुझी हुई आँखें, गालों और ठुड्डी पर हल्की-कोमल दाढ़ी, दाढ़ी के बालों में सूखकर अटका हुआ काला गढ़ चुका रक्त। उनके रोम-रोम से एक ही कलपती हुई पुकार उठ रही थी, "शरीफ बाबाऽऽऽ"

शरीफजी के साथ उनके प्रिय दिलपाक ने भी यह दुनिया छोड़ दी थी। अपने आखिरी क्षणों में वह अपने आगे के पैरों के दोनों खुर हाथी पर टिकाकर सीधा खड़ा हो गया था। तभी शरीफजी ने मनचेहर के हौदे में छलाँग लगाई थी। दूसरे ही क्षण एक तोप का गोला आकर दिलपाक की गरदन पर गिरा था। आग के धमाके से उसकी गरदन टूट गई। उसके रक्त-मांस के जलते टुकड़े आसपास बिखरकर धूल में मिल गए।

शरीफजी के लोग उनके घोड़े का पार्थिव शरीर भी उनके साथ ही रणभूमि से उठाकर लाए थे। इस वफादार जानवर का अन्तिम संस्कार भी अपने बहादुर मालिक के साथ किया गया।

मुगल और बीजापुर की सेना के कई बड़े सरदारों के हाथ-पैरों में बेड़ियाँ डालकर, तबेले जैसी एक जगह में ठूँस दिया गया। रातभर पहरेदार उनकी कड़ी निगरानी करते रहे। मलिक अम्बर और शहाजीराजे को खत्म करने का सपना देखने वाले इन सरदारों का हाल अब खुद से नजर मिलाने जैसा नहीं था। मलिक अम्बर के होंठों पर मुस्कान फैली थी। सुबह उन सबको बेड़ियों समेत लम्बी रस्सियों में बाँधकर युद्ध कैदियों की तरह आगे ले जाया जा रहा था। तभी पीछे से निजामी और मराठा सिपाहियों का शोर उठा, "अरे, वो देखोऽऽ! देखो रे वो मनचेहर...।"

हाथों में हथकड़ियाँ और पैरों में बेड़ियाँ बाँधकर लाए गए मनचेहर को शहाजी और मलिक बाबा के सामने खड़ा कर दिया गया। अपने छोटे भाई के हत्यारे को सामने देखकर शहाजीराजे का चेहरा कठोर हो गया। पीछे से घुड़सवार सैनिकों ने जोरों से चिल्लाना शुरू कर दिया, "मार दो इसेऽऽ, मनचेहर की गरदन उड़ा दो।" खेलोजी भोसले तुरन्त आगे बढ़ा और धारदार खुरासानी तलवार की मूठ शहाजी के हाथों में दे दी। वह गरजा, "उड़ा दो शहाजी इस हरामखोर को।"

शहाजीराजे ने मनचेहर पर एक नजर डाली। खून-पसीने से सने उसके मुरझाए चेहरे पर मौत का डर छा गया। उसका पूरा शरीर थरथराने लगा। जब मनुष्य की आँखों के सामने मौत अपना जबड़ा खोले आ खड़ी होती है तो बड़े-बड़े वीरों के भी हाथ-पाँव बर्फ की तरह ठंडे पड़ जाते हैं। मनचेहर को सामने अपनी मौत दिख रही थी और वह भरभराकर जमीन पर गिर पड़ा। घुटनों पर बैठकर वह अपनी छाती पीटते हुए रोनी सूरत में शहाजीराजे से दया की भीख माँगने लगा, "रहम राजा, रहम करोऽऽ दया करो।"

फिर से पीछे खड़े सैनिक गुस्से से चिल्लाने लगे, "मारोऽऽ मारोऽऽ उड़ा दो इस कुत्ते का सिर।"

बिना हिले-डुले एकदम जड़ होकर खड़े शहाजीराजे को देखते हुए खेलोजी ने उन्हें ललकारा, "चल शहाजीऽऽ, उड़ा दे एक झटके में इसका सिर।"

शहाजी बड़ी मुश्किल से हँसे। अपने हाथ में पकड़ी खुरासानी तलवार को वापस म्यान में रखते हुए बोले, "रहने दे खेलोजी। शरण में आए इनसान को मार दिया तो मराठों के दरवाजे पर लहराने वाली धर्म की ध्वजा कैसे टिकी रहेगी? जाने दे..."

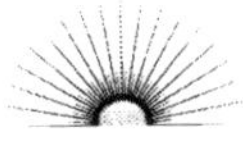

आज या इससे पहले हिन्दुस्तान में ऐसा कभी नहीं हुआ था। मुगलों की चतुरंगी सेना को भातवड़ी जैसी बुरी मार कभी नहीं पड़ी थी। वह भी तब जबकि आदिलशाही फौज उसके साथ थी। बावजूद इसके उन्हें इतनी अपमानजनक और दारुण पराजय का मुँह देखना पड़ा। युद्धभूमि का सब हाल सुनकर हिन्दुस्तान का बादशाह जहाँगीर क्षुब्ध था और उसके गुस्से की कोई सीमा नहीं थी।

एक तरफ जहाँगीर वृद्धावस्था की तरफ बढ़ चला था और दूसरी तरफ उसके शहजादे ने बाप के खिलाफ खुली बगावत कर रखी थी। इस कारण उसका पूरा ध्यान और संघर्ष उत्तर में गंगा-यमुना के किनारे चल रहा था। इतने बड़े बादशाह के खिलाफ निजामशाही फौजों ने इससे पहले कभी ऐसी यशस्वी विजय हासिल नहीं की थी। ऐसी अभूतपूर्व जीत के जश्न में लग रहा था मानो दीवाली और ईद जैसे त्योहार दौलताबाद में एक साथ मनाए जा रहे हैं।

अपनी विजयी फौज और उसके सेनापतियों का स्वागत करने के लिए दौलताबाद के निवासी आतुर थे। खुशी से झूम रहे बुरहान निजामशाह ने तुरन्त ही जीत के जश्न का दरबार सजाने का आदेश दिया।

पति ने इतनी प्रचंड विजय हासिल की, इस बात का समाचार जानकर जीजाबाई को भी बहुत अभिमान महसूस हो रहा था। इसलिए वह अन्य मराठा सरदारों के कुटुम्ब के साथ दरबार में पहुँची थीं। निजाम का शीशमहल आज अप्रतिम ढंग से सजा और आँखों में न समाने वाले वैभव से दमक रहा था। निजाम साहब की प्रतीक्षा करते हुए बड़े-बड़े सरदार सामने की पंक्तियों में बैठे थे। दूसरी पंक्ति में खेलोजी के सभी बन्धु, मालोजी, नागोजी, कक्काजी वगैरह सभी शानदार रेशमी और मखमली वस्त्रों में वहाँ मौजूद थे। बाहर चाँदी की मेहराबों और कमानों के पास से अचानक तुरहियों और शहनाइयों की आवाजें उठने लगीं। सेवकों, अमलदारों और पहरेदारों की कतारें वेग से आगे बढ़ीं। उनके पीछे पैंसठ बरस के निजामशाह साहब और उनके पश्चात् दो कदम की दूरी से भारी शरीर वाले वजीर मलिक अम्बर दरबार में प्रवेश करते नजर आए। दरबार में हलचल पैदा हो गई। तमाम लोगों से बातचीत करते तीसरी कतार के नजदीक खड़े शहाजीराजे आगे बढ़े। वह सामने रखे खाली आसन पर बैठने गए। तभी निजाम के घेरे में चलते हुए अन्दर

आए खेलोजी भोसले ने तेजी से एकमात्र खाली आसन की तरफ कदम बढ़ाए और जमकर बैठ गए। उनके इस तरह बीच में आकर वहाँ जमने से शहाजी चौंक गए। उन्होंने अपनी गरदन घुमाकर निजामशाह की ओर देखा। उन्होंने देखा कि निजामशाह का लक्ष्य उनकी तरफ नहीं था, बल्कि वह आदरपूर्वक खेलोजी की तरफ मुस्कराकर हाथ दिखाते हुए 'यहीं सामने बैठिए' जैसा इशारा कर रहे थे। दरबार शुरू होने वाला था और ऐसे में शहाजीराजे के पास सिवा इसके कोई चारा नहीं था कि वह पीछे बैठें। तीसरी पंक्ति में एक आसन खाली था, वह चुपचाप उस जगह पर जाकर बैठ गए।

दरबार शुरू होने से पहले ही अपमान का यह कड़वा घूँट पीना शहाजी को बेचैन कर रहा था। जब मलिक बाबा बोलने के लिए खड़े हुए तो उन्होंने सबसे पहले युद्ध में इस्लामी लड़ाकों की बहादुरी की तारीफ की। इसके बाद उन्होंने 'खेलोजी भोसले के नेतृत्व में' मराठाओं के शौर्य की वाहवाही की। इसके बाद उन्होंने शरीफजी के बलिदान को संक्षेप में याद करते हुए, भाषण खत्म होते-होते शहाजीराजे का भी हल्का-फुल्का उल्लेख किया। शहाजीराजे को आज दरबार का सुर और नूर कुछ अलग ही लग रहा था। वह समझ गए कि यह सब जान-बूझकर उन्हें अपमानित करने के लिए किया गया है। मराठा स्वाभिमान पर की जा रही इस चोट का मर्म समझते ही वह आसन से उठकर खड़े हुए और लम्बे-लम्बे डग भरते दरबार से बाहर निकल आए। न तो किसी ने उन्हें रोकने की जरूरत समझी और न ही किसी में इतनी हिम्मत थी कि उनकी राह में आता। सभी बहती हवा की तरफ पीठ और उगते सूरज की तरफ मुँह करके खड़े हुए थे!

अपमान से जल रहे राजा दूसरे दिन उषाकाल में ही दौलताबाद से निकल पड़े। जीजाऊ के साथ हाथी पर सवार होकर उन्होंने अपने परंडा के महल के लिए कूच कर दिया। हौदे पर बैठीं जीजाऊ का चेहरा खिन्न और उतरा हुआ था। कल जहाँ वह अपने पति के पराक्रम की प्रशंसा सुनते हुए सोने के फूल लुटाने का मन बनाए बैठी थीं, वहीं उन्हें आँखों के सामने अपमान की राख उड़ती नजर आई थी। उनका हृदय रो रहा था।

शहाजी भी संताप की अग्नि में जल रहे थे, "अपने प्राणों की बाजी लगाकर दिल्ली के बादशाह से युद्ध किया। उसकी फौज का खात्मा कर दिया। बादशाह के तीन सौ हाथी हम लूटकर लाए और इसमें शरीफजी जैसा भाई मैंने गँवा दिया। इतना करके भी हमें क्या मिला जीजाऊ? दरबार में ऐसा अपमान...!"

"जाने दीजिए राजे।"

"जाने दूँ...लेकिन एक तरफ जान-बूझकर हमारा अपमान किया गया और दूसरी तरफ हमारे चचेरे भाइयों को सम्मान दिया गया। यह सब षड्यंत्र है। कपट है जीऊ...।"

"इन बातों को कहने का अर्थ नहीं है राजा। गधे के सामने बेकार ही गीता बाँचने से क्या मिलेगा?" जीजाऊ ने कहा।

शहाजीराजे का क्रोध भले ही कम हो गया था मगर वह झुँझलाए हुए थे। निजामशाही की मतलबपरस्ती और पत्थर दिल हरकतों से वह वाकिफ थे। इस नाराजगी में उन्होंने परंडा के किले में एक तरह से खुद को ही नजरबन्द कर लिया था।

एक सुबह मंबाजी भोसले उनसे मिलने आए। उनके चेहरे की रंगत उतरी हुई थी और वह किसी अपराधी की तरह नजर आ रहे थे। शहाजी से दया-याचना करते हुए वह बोले, "दादाऽ, मुझे सिर्फ तुम्हारे साथ रहना है। जहाँ तुम जाओगे वहीं मैं जाऊँगा। फिर चाहे वह राजदरबार हो या श्मशान!"

"खेलोजी जैसा पुण्य-प्रतापी भाई होते हुए तुम्हें हमारी क्या जरूरत है?"

"लोगों की चालबाजियों और कपट की खबरें हमें भी हैं भाऊ।" जीजाऊ बीच में ही बोल पड़ीं, "भोसले कुल के ये दस पांडव एक हो जाएँ तो हर महाभारत पर अपनी जीत की मुहर लगा सकते हैं! इसी बात से डरकर दुष्टों ने ये सारा कुचक्र रचा है!"

"वहिनी साहेब, आप एकदम मेरे मन की बात कह रही हैं।" मंबाजी बोले।

शहाजीराजे और मंबाजी ने दोपहर का भोजन साथ किया। तब शहाजी को लगा कि उनके दिल में उठा तूफान अब कुछ धीमा पड़ा है।

दिल्ली और बीजापुर की एक लाख से ज्यादा की फौज को कैसे पच्चीस-तीस हजार की छोटी सी फौज ने पानी पिला दिया, कैसे इसके लिए मलिक और शहाजी ने मिलकर रणनीति बनाई, कैसे युद्धभूमि का चयन किया, रात में शत्रुओं पर कैसे अचानक हमले किए, कैसे उनकी रसद की आपूर्ति के सारे रास्ते रोके और स्थानीय परिस्थितियों का लाभ उठाया, इन बातों की चर्चा हर तरफ थी। कैसे मलिक बाबा और शहाजी ने मिलकर 'गुरिल्ला लड़ाई' की नई पद्धति की खोज की, इस पर हर कोई हैरान था। लेकिन बड़े दुर्भाग्य की बात यह थी कि इस विजय के नायक को कुछ लोगों ने षड्यंत्र करके घोर अपमान की गर्त में धकेल दिया। निजामशाही दरबार के सर्वश्रेष्ठ पद पर होते हुए भी मलिक बाबा ने कुछ नहीं किया, यह दुख शहाजीराजे के दिल को निचोड़ रहा था।

दो दिन बाद अचानक मलिक बाबा की तरफ से एक खलीता शहाजीराजे के लिए आया। उसे तुरन्त हाथों में लेकर खोला। उसमें से पत्र निकाला। शहाजीराजे बेसब्री से उसे जल्दी-जल्दी पढ़ने लगे :

प्रिय शहाजी

हफ्ते भर पहले हुए हमारी जीत के समारोह में सच कहूँ तो तुम्हारे पुण्य-पराक्रम के बदले में, तुम्हारे गले में चमकते हीरे-जवाहरात के अलंकरण पड़ने चाहिए थे। लेकिन भरे दरबार में जिस तरह से तुम्हारी उपेक्षा और उपहास हुआ उससे मेरे दिल में बहुत दुख है। तुम्हारे पिता की उम्र का होने के नाते मैं तुम्हें थोड़ा धीरज रखने की सलाह दूँगा। क्या करें, इस दुनिया और किस्मत के खेल खूब ही निराले होते हैं।

एक बार अकबर जैसे महान बादशाह ने मेरे पास जासूस भेजे थे। सन्देश भिजवाया था कि बेटा, दक्खन देश के छोटे से राज्य की जगह तू मेरी तरफ आ जा! मैं हिन्दुस्तान के वजीर का मुकुट लेकर दिल्ली में तेरा इन्तजार कर रहा हूँ। उसकी नजर मुझ पर थी। मगर उस समय यहाँ चाँदबीबी जैसी महामाता अहमदनगर के किले को बचाने के लिए अपनी जान की बाजी लगा रही थी। बिना जिरह-बख्तर पहने वह बारूद के ढेर पर खड़ी थी। वह महान स्त्री थी!

बीजापुर में ब्याही गई अहमदनगर की यह प्यारी बेटी विधवा होकर भी अपने मायके को शत्रु के जबड़े में जाने से बचाने के लिए भागी आई थी। वह हमारे जमाने की रजिया सुलतान थी! ऐसी रणचंडी और यहाँ की मिट्टी से मैंने अगर गद्दारी की होती तो? इस गुलाम जिस्म ने अगर इनाम के लालच में दगा किया होता तो समय मुझ पर खिलखिलाकर हँस रहा होता! लेकिन इस वफादारी के बदले में मुझे क्या मिला? करीब तीस-चालीस बार मेरी जान लेने के लिए मुझ पर भयंकर हमले किए गए।

तुम्हारी जो तकलीफ है, इस दर्द को मैं भी महसूस कर रहा हूँ। कारण यह कि निजामशाही के अब पुराने दिन नहीं रह गए हैं। तेरे बारे में सोचते हुए मुझे सिर्फ यही लगता है कि तेरे जैसे बहादुर पुरुष का तेज दिनोदिन बढ़ता ही जाए। तेरे भगवान और मेरे अल्लाह से मैं हमेशा यही गुहार लगाता हूँ कि वह हर हाल में तेरी रक्षा करे।

अधिक क्या लिखूँ?

तुम्हारा चाचाजान
मलिक अम्बर

मलिक बाबा के इस खत के बाद शहाजीराजे और जीजाऊ साहेब के मन को बहुत सन्तोष मिला।

दूसरे दिन दोपहर में शहाजीराजे के पास अपने दफ्तर से सन्देश आया। सोलापुर

के प्रसिद्ध जौहरी बिसमिल्ला साहब सुबह से भेंट करने के लिए आए हुए हैं। उनके साथ बीजापुर से आया शहनवाज नाम का एक सौदागर भी है।

दोनों को अन्दर बुलाया गया। शहाजीराजे को कौतुक से देखते हुए बिसमिल्ला साहब ने कहा, "राजन, किसी रत्न पारखी की नजर अगर एक बार असली लाल मणि पर टिक जाए, तो वह दीपक के चारों तरफ मँडराने वाले पतंगे की तरह उसका चक्कर काटता रहता है। कोई है, जो ऐसे ही आप पर दिलो-जान से नजरें लगाए बैठा है।"

"वाहऽ, बहुत खूब मियाँ! हम वहाँ युद्धभूमि में इतना रक्त बहाकर आए हैं और यहाँ किसी ने हमारी सुध नहीं ली। फिर उधर कौन हम पर लुटा जा रहा है?" शहाजीराजे ने सवाल किया।

"राजन, कुछ खानदानी जवाहरात ऐसे होते हैं, जिनकी जिन्दगी के उतार-चढ़ाव और नरमी-गरमी से उनके पारखियों को कोई फर्क नहीं पड़ता।"

"ऐसा कौन रत्न पारखी है जिसकी आप इतनी सिफारिश किए जा रहे हैं?"

"देश-विदेश के कलाकारों और कवियों-शायरों के लिए जिसने अपने यहाँ नवरसपुर नगरी बनाई है। जो आपके जैसे मर्द और खुद शक्तिशाली तलवार बहादुर हैं।"

"कौन! इब्राहिम आदिलशाह साहब?"

"बिलकुल सही...।"

"छी: छी:...! अरे महाशय, लगता है कि आप किसी गलत रास्ते पर निकल आए हैं। हम वो शहाजीराजे नहीं हैं। भातवड़ी के युद्ध में हमने तो बीजापुर के सैकड़ों सिपाहियों को मौत के घाट उतारा है। अभी तो हमारे हाथों से उन सिपाहियों के खून का रंग भी नहीं उतरा है। तुम्हारे इब्राहिम शाह को क्या हमारे जैसे दुष्ट शत्रु का स्वागत करने का पागलपन सवार हो गया है?"

"नहीं राजन, मगर वह आपको अपने पास बुलाने के लिए सचमुच जुनूनी हो गया है!"

"लेकिन वह भातवड़ी में हुआ नुकसान?"

"उन्हें गुजर चुकी बातों को गले से लगाकर रखने से ज्यादा चिन्ता आने वाले कल की है। कल कोई और आकर बीजापुर की कमर तोड़ देगा! ऐसा कुछ हो, इससे पहले आपके जैसे तलवार के धनी 'सेनापति' की सख्त जरूरत बीजापुर सल्तनत को है।"

इस अनाहूत, अकल्पित आमंत्रण से शहाजीराजे अचम्भित रह गए। उनकी आँखें चमक उठीं। गरदन घुमाई तो दालान पर उनकी नजरें ठहर गईं। उन्होंने देखा कि जीजाऊ वहीं खड़ी हैं। उनकी आँखों में भी खुशी साफ झलक रही थी! भाग्य लक्ष्मी ने शहाजीराजे के जीवन में तरक्की का नया दरवाजा खोल दिया था।

सेनापति बीजापुर के

1625

साल था 1595। बीदरशाही के सिरफिरे इस्लामी सरदारों ने बीजापुर पर युद्ध थोप दिया था। उनके घमंड को चूर करने के लिए उस वक्त चाँदबीबी ने पहली बार मराठा सरदारों और सिपाहियों को बीजापुर आमंत्रित किया था। उस पृष्ठभूमि में शहाजीराजे को यह नया आमंत्रण बहुत अहम साबित होने वाला था। विशाल आदिलशाही के 'सेनापति' होने का साफ मतलब था कि विराट सेना पर नियंत्रण और पूरे राज्य की रक्षा की जिम्मेदारी। यहाँ से भविष्य की नई राहें निकलनी थीं। तीस साल की उम्र का होने से पहले ही इस ऊँचाई पर पहुँचना शहाजीराजे के लिए बहुत ही आनन्द का विषय था।

उस दिन राजपरिवार की बुजुर्ग दासी मोगरा बाई दौड़ती हुई आईं। उन्होंने राजा को बड़े कौतुक से देखा और बोलीं, "देखिए, कितने शुभ मुहूर्त पर आप वहाँ के लिए रवाना हो रहे हैं। लेकिन बाई साहेब को वहाँ ले जाना क्या ठीक रहेगा?"

"क्यों...क्या हुआ मोगू अक्का?"

"अरे, परदेस में अगर इमली और आँवले के पेड़ नहीं हुए तो?"

"अहो, क्या कह रही हैं?"

"अगर वहाँ ये पेड़ नहीं हुए तो यहाँ से ले जाना पड़ेगा उठाकरऽ!"

यह खुशखबरी सुनकर राजा का चेहरा किसी फूल की तरह खिल गया।

"देखिए, अब सिर्फ सेनापति ही नहीं बल्कि एक 'बाप' भी बनेंगे। आपके आँगन में झूला लगेगा!"

खुश होकर राजा ने अपनी कलाई से सोने का एक कड़ा निकालकर मोगू बाई के हाथ में दिया। शरीफजी जैसे भाई की मृत्यु, युद्ध के मैदान में भव्य जीत के बाद भी अपने हिस्से में आई मानहानि और भरे दरबार में अपमान। इन दुखदायी घटनाओं की पार्श्वभूमि में मिली यह नई खबर बहुत सुखकारी थी। सचमुच, शिशु के आने की खबर और बीजापुर के लिए उठाया गया पहला कदम, दोनों बातें किसी अमृतयोग सरीखी थीं। घंटे भर में यह समाचार लेकर ऊँट सवार सिंदखेड़ा के रजवाड़े की तरफ रवाना हो गए। दो-तीन दिनों में जीजाऊ की मातोश्री गिरिजाबाई झटपट परंडा आ पहुँचीं।

गिरिजाबाई जीजाऊ को साथ ले जाने आई थीं। उन्होंने कहा, "बेटी के पहले प्रसव का मान हमें मिलेगा।"

जीजाऊ के मायके जाने की तैयारियाँ हो गईं। उसी दिन शहाजीराजे की घोड़ी बीजापुर को निकलने वाली थी।

इससे एक रात पूर्व दोनों की आँखों से नींद गायब थी। जीजाऊ बोलीं, "आपके बीजापुर के बारे में मैं खूब सुन रही हूँ। बहुत से लोग उसे दक्षिण की स्वर्ण नगरी कहते हैं। वहाँ रेशमी वस्त्रों के कारखाने, देश-विदेश के सौदागरों के बाजार, तमाम सम्पन्नता और अनेक प्रकार के सुख...यानी वहाँ जाने पर यहाँ के लोगों के लिए आनन्द-ही-आनन्द है!"

"लेकिन पराए देश में तुम्हारे बिना तो यूँ होगा, जैसे बाँसुरी में सुर ही न रहें!"

"इश्श...सचमुच मेरी इतनी याद आएगी?"

"जीऊ, इनसान भले ही राजा हो जाए, उसके आसपास बड़े सरदार-मंत्री-सेनापति हों, भव्य महल हो और दुनिया भर के सुख के साधन हों। मगर इससे क्या फर्क पड़ता है? दिन तो दरबार में या युद्धभूमि में निकल जाएगा, लेकिन रात का क्या? तुम्हारे बिना रात को दीवारें मुझे खाने दौड़ेंगी। रेशमी वस्त्रों में भी मेरा शरीर जलेगा!"

"तो रखिए कोई साथ में दिल लगाने के लिए!"

"क्या बोलती हैं रानीसाहेब?"

"नहीं तो भी हमारी एक लाडली सौत तो होनी ही चाहिए!"

"हट, कुछ भी बोलती हो।"

"इतना बिगड़ते क्यों हो? मुझे चाहिए सौतन। एकदम छोटी बहन जैसी।"

सत्ता तभी अच्छी लगती है जब वह चढ़ते सूरज की तरह होती है। जीवन में तब ऐसा लगता है कि इसके यश की कमान चढ़ती रहे। तब दिन सचमुच सोने जैसे खरे और भाग्य से भरे नजर आते हैं।

इब्राहिम साहेब आदिलशाही इतिहास के उत्तुंग शिखर थे। जिस उत्साह और सम्मान के साथ उन्होंने शहाजीराजे को बीजापुर के 'सेनापति' पद पर विराजमान किया, वह अभूतपूर्व था। उनसे पहले किसी इस्लामी शासक ने किसी गैर-इस्लामी और वह भी हिन्दू सरदार को अपने यहाँ ऐसा उच्च स्थान नहीं दिया। शहाजीराजे भी अपने युद्ध कौशल, नेतृत्व और साहस में इब्राहिम साहेब की आकांक्षाओं से बीस ही साबित हुए थे। शहाजीराजे के नेतृत्व में बीजापुर के अश्वदल और पैदल सैनिकों ने सफलता की नई चोटियों पर परचम फहराए थे।

राजा ने दो वर्ष के अन्दर ही केरल-कर्नाटक और तमिल प्रान्त के अनेक नगरों-जागीरों को जीतकर आदिलशाही राज्य में मिला लिया। वहाँ की लूट हाथियों और ऊँट पर लादकर बीजापुर के खजानों में जमा की गई थी।

बीजापुर और मलिक अम्बर का साँप-नेवले जैसा झगड़ा अभी मिटा नहीं था। बीजापुर पर रह रहकर निजामशाही के हमले जारी थे लेकिन शहाजीराजे ने जब से सेना की कमान सँभाली, उन्होंने अपनी तलवार की ताकत सभी को दिखाई थी। हालाँकि एक बार फलटण के नजदीक सालप्या के घाट में निजामशाही सेना ने

उन्हें झटका दिया था। कुछ समय के लिए उन्हें वहाँ घेरकर उनके पसीने छुड़ा दिए थे। वहाँ से पराजित होकर उन्हें भागना पड़ा था।

सालप्या की लड़ाई में सरदार सम्भाजी मोहिते ने बड़ी बहादुरी दिखाई थी और वहीं शहाजीराजे के साथ उनकी दोस्ती मजबूत हुई थी। मोहिते कुटुम्ब की हवेली बीजापुर में ही थी। मित्र के घर आते-जाते शहाजीराजे की पहचान मोहिते की बहन तुकाबाई से हुई और बाद में यह रिश्ते में बदल गई। बीजापुर में शहाजीराजे का विवाह तुकाबाई से हो गया। इस मंगल घड़ी में शामिल होने के लिए राजा ने जीजाऊ को आमंत्रण भेजा था। उस पर जीजाऊ ने खलीता पहुँचाया, "आपको बारम्बार अभिनन्दन! चलिए, आपका दिल लगाने और आपके महल की रौनक बढ़ाने के लिए कोई तो आपको मिला। यहाँ हम चिरंजीव सम्भाजीराजे की नटखट लीलाओं में मग्न हैं। साथ में आपकी यादें और पुणे तथा सुपे की धन-दौलत है ही।"

शहाजीराजे ने अपने पौरुष से आदिलशाही पर प्रभाव जमाया था। उन्हें इब्राहिम आदिलशाह जैसे कला रसिक, बुजुर्ग और जनप्रिय राजा का पूरा समर्थन हासिल था। इस कारण उनके 'सेनापति' पद का महत्त्व भी इधर राज्य में काफी बढ़ गया था। मगर घर-परिवार और अपने प्रियजनों से दूर रहने का दुख शहाजीराजे को कई बार बहुत परेशान करता। वह यह भूल नहीं पाते कि चिरंजीव सम्भाजीराजे के जन्म के समय वह परिवार के साथ नहीं थे। बेटे के जन्म पर जश्न मनाने और अपने दरवाजे पर नगाड़े बजाने का सुख उठाने का समय ही उन्हें नहीं मिला। इस बात पर वह कभी उदास हो जाते। लेकिन इधर एक मजेदार बात उनके कानों तक जरूर पहुँची थी। उन्हें पता चला था कि शहाजीराजे को पुत्ररत्न की प्राप्ति का निजामशाही ने खूब उत्सव मनाया था। राजा ने सिंदखेड़ा में उनके ससुर के घर बहुत सारे उपहार भिजवाए थे।

महल के द्वार पर अचानक सजे-धजे हाथियों को देखकर सिंदखेड़ा के लोग हैरान रह गए थे। निजामशाही से आई वस्त्रालंकारों की तमाम पेटियों और टोकरियों का सामान देखते हुए जीजाऊ को विश्वास हो गया था कि बेगम साहिबा ने खुद अपनी पसन्द की चीजें भिजवाई हैं। शुरुआत में सभी लोग कुछ देर के लिए चकित रह गए थे कि यह शाही सामान आखिर आ किधर से रहा है? दौलताबाद से या बीजापुर से?

सत्तासुन्दरी जब अपनी लाज छोड़कर नग्न होती है तो वह प्रजा से दूर हो जाती है। चोरों-बदमाशों का आलिंगन करती है। तब उस देश के दिन पलट जाते हैं। जब प्रजा का हित चाहने वाला राजा नहीं रह जाता तो कमजोर भी सिर उठाने लगते

हैं। जातिवाद और धर्म की संकीर्ण राजनीति करने वालों के दाँत और नाखून भी हिंस्र हो जाते हैं। बीजापुर में अपनी सेवाएँ देते हुए शहाजीराजे को तीन वर्ष पूरे हो रहे थे कि तभी 12 सितम्बर, 1627 को जनता में लोकप्रिय इब्राहिम आदिलशाह द्वितीय अल्लाह को प्यारे हो गए। इस घटना से बीजापुर की आबोहवा तेजी से बदलने लगी।

इसी दौर में करीब चौदह-पन्द्रह महीने का काल पूरे हिन्दुस्तान में खूब उथल-पुथल से भरा था। 14 मई, 1626 को मलिक अम्बर का अस्सी वर्ष की उम्र में निधन हो चुका था। दिल्ली का बादशाह जहाँगीर भी उधर जन्नतनशीं हो चुका था और उसकी जगह पर उसका शहजादा शाहजहाँ गद्दी सँभाल चुका था।

इब्राहिम आदिलशाह की मृत्यु ने राजधानी में खलबली मचा दी थी। ऐसा लगा कि पूरी राज्य-सत्ता निर्वस्त्र और बीभत्स हो गई है। नियम था कि शासक के अन्तिम संस्कार से पहले एक जरूरी रस्म निभाई जाए। रस्म यह कि उसका वारिस कौन हो, किसके सिर मुकुट सजे, यह शाह की अर्थी उठने से पहले तय हो जाना जरूरी है। यही इस व्यावहारिक दुनिया का दस्तूर था।

जब बीजापुर के रास्तों पर इब्राहिम आदिलशाह का जनाजा बढ़ रहा था, आगे की तरफ दौलतखान ने उसे कन्धा दिया था। एक तरफ वह दिखा रहा था कि उस पर दुखों का पहाड़ टूट पड़ा है और दूसरी तरफ वह दुनिया को किसी तरह यह बताने की उधेड़बुन में लगा था कि उसकी रगों में इब्राहिम का ही खून दौड़ रहा है। उसकी माँ एक नाचने-गाने वाली थी और सुलतान की सबसे चहेती। दौलतखान के मन को आज यह बात बहुत बुरी लग रही थी कि जब दुनिया भर की सुन्दर औरतें अपने आशिक मर्दों को मुट्ठी में दबोचकर भीगी बिल्ली बना देती हैं, तो उसकी माँ ने यह कौशल इब्राहिम पर क्यों नहीं आजमाया! अगर अम्मीजान ने ऐसा किया होता तो आज उसकी तख्तपोशी होती। राजमुकुट उसके सिर पर सजता। दौलतखान के अन्दर विषाद का एक अजीब शोर उठ रहा था। एक डाह उसके अन्दर सुलग रही थी।

कन्धों पर रखा शीशम की लकड़ी का लम्बा ताबूत सुन्दर नक्काशी से सजा था। उसे चारों तरफ से ताजा फूलों और कीमती रत्नों की मालाओं से सजाया गया था। जनाजे में भी शाह की अकूत दौलत का चौतरफा प्रदर्शन दौलतखान को चुभ रहा था। जनाजे में शाह के वजीर, अमीर उमराव, सरदार, देश-दुनिया के सौदागर और मेहमानों के साथ नौकर-चाकरों की भी खूब भीड़ थी। इन सबके बीच शहाजीराजे भोसले, निम्बालकर और पाटगे जैसे प्रमुख मराठा सरदार अपने मृत बादशाह की अन्तिम विदाई के लिए उसके सम्मान में आगे चल रहे थे। इब्राहिम आदिलशाह के शासन काल में बीजापुर की सियासत में इस्लाम धर्मावलम्बियों के साथ मराठा, तेलंगी और मालाबारी योद्धाओं की जांबाजी को भी खूब सम्मान मिला था और

इसमें मराठे सबसे आगे थे। उस पर भी शहाजीराजे ने जिन ऊँचाइयों को छुआ, वह तो मराठा सरदारों में किंवदन्तियों की तरह प्रचलित हो चुकी थीं।

जनाजे को कन्धा देते हुए आगे बढ़ रहे दौलतखान के बगल में एक ऊँचे कद का विद्वान ब्राह्मण भी चल रहा था। उसके कपाल पर भस्म की पट्टियों के बीच अष्टगन्ध का टीका लगा हुआ था। गले में रुद्राक्ष की माला और कन्धे पर जरीपट्टे का अंगवस्त्र था। जनाजे के साथ चल रहे लोगों में वह अलग ही दिख रहा था। दिखने से वह चालाक था और धीरे-धीरे चल रहा था। इस कठिन समय में दौलतखान से उसकी नजदीकी पर किसी का ध्यान नहीं गया। दौलतखान की गरदन पर जब भी पसीने की बूँदें चमकने लगतीं, वह पूरी तत्परता से अपने अंगवस्त्र से उन्हें पोंछ देता।

जनाजा जौहरपुर के कब्रिस्तान पहुँचा और वहाँ इस्लामी रीति-रिवाज सम्पन्न हुए। पहले से खोदकर तैयार एक कब्र में जब वह ताबूत उतारा जाने लगा तो वहाँ मौजूद सैकड़ों लोगों के लिए खुद को सँभालना मुश्किल हो गया और वे फफक-फफककर रो पड़े। ताबूत को जमीन में जाते देखकर सबके मन में अपने-अपने तरह के विचार उमड़-घुमड़ रहे थे। दौलतखान से लगा चल रहा तीस-पैंतीस साल का वह सुदर्शन ब्राह्मण अब भी उसके पास खड़ा था। जब कीमती रत्नों वाली मालाओं से सजे ताबूत पर मिट्टी डाली जाने लगी, तो उसका कलेजा हिल गया। वह मन-ही-मन संताप करने लगा, "अरे! इन सुन्दर रत्न-मालाओं को यहाँ दफन करने से अच्छा होता कि मेरे जैसे सुपात्र को ये दान में दे दी जातीं।"

सामान्यतः कब्रिस्तान या श्मशान भूमि से घर लौटने के बाद स्नान करने का रिवाज है। लेकिन राजमहलों में कभी-कभी ऐसा नहीं होता। वहाँ भविष्य के दुखों और संकटों को टालने के लिए रक्तस्नान किया जाता है।

नया सुलतान मोहम्मद सिर्फ पन्द्रह बरस का बालक था लेकिन यह एक सामान्य इनसानी नजरिया है। एक बार सिंहासन पर पैर टिकते ही किसी भी इनसान में एक नशा, एक कैफियत या जादू जैसा तैरने लगता है। तब वह इनसान सामान्य नहीं रह जाता। उसे कठोर होकर जीना पड़ता है। कभी-कभी किसी को मसल देना भी उसके लिए बहुत जरूरी काम होता है। इसलिए सत्ता के मद में भरे हुए मोहम्मद ने अपने कदम भव्य राजप्रासाद 'सात मंजिल' की तरफ नहीं बढ़ाए बल्कि एक बेहद जरूरी काम से वह उसके पास लगे हुए आनन्द महल की सीढ़ियों पर चढ़ गया।

अक्सर फूल-इत्र की सुगन्ध और ऐश्वर्य से चमकने वाले इस महल में आज कुछ जल जाने की बास भरी हुई थी। सिपाही और खोजे वहाँ पहले से मौजूद थे। सामने बड़ी कुर्सी पर एक पन्द्रह साल का बहुत खूबसूरत किशोर बँधा हुआ था। बीती शाम तक यह बीजापुर में हर किसी की 'आँखों का तारा' था। नाम था, शहजादा दरवेश। वह इब्राहिम आदिलशाह की बड़ी बेगम का बड़ा शहजादा था। जब वह

पैदा हुआ था, तो शाह ने उसे 'सात मंजिल' का नया वारिस बताते हुए पूरे बीजापुर को रोशनी से सराबोर कर दिया था। पन्द्रह दिनों तक हर कोना जगमगा रहा था और शाही भोजन तथा मिठाइयों के सैकड़ों टोकरे प्रजा में बाँटे गए थे। लेकिन कई बार दुर्भाग्य बीच में ही ऐसे बाजी पलटता है कि किसी को कुछ समझ ही नहीं आता।

शहजादा दरवेश एक प्रकार से अपनी अम्मी की महत्त्वाकांक्षा का शाप भुगत रहा था। शौहर के मरने से पहले ही उसका बेटा राजगद्दी सँभाल ले, इस इरादे से बेगम ने एक षड्यंत्र रचा था। उसकी नीयत यही थी कि भले ही इब्राहिम बादशाह को मौत आ जाए मगर दरवेश को तख्त मिलना चाहिए। उस भयंकर कुचक्र का भंडाफोड़ हो गया और सुलतान के आदेश पर उसके सामने ही बेगम की गरदन तलवार से उड़ा दी गई। दरवेश इस साजिश में शामिल नहीं था, इसलिए उसकी जान बख्श दी गई। इस घटना के बाद भी शहजादा दरवेश को बीजापुर के वारिस के रूप में ही देखा जाता था। लेकिन कल दोपहर को आखिरी साँस लेने से पहले इब्राहिम शाह ने मोहम्मद को अपने तख्त का वारिस घोषित करते हुए प्राण त्याग दिए। उसके अन्तिम शब्दों के साथ दरवेश की किस्मत पलट गई। सुबह-सुबह सैनिक वेश में खोजा दरवेश के महल में घुसे और उसे पलंग पर से उतार लिया। 'सात मंजिल' के जनाना महल से निकालकर वे उसे बाहर लाए और पास के इस आनन्द महल में मार-पीटकर बाँध के डाल दिया। उन्होंने न सिर्फ उसके हाथ-पैर बाँधे थे बल्कि उसका सिर भी मछलियाँ पकड़ने वाले जाल से पीछे लकड़ी के एक भारी बक्से से कसकर बाँध रखा था। इस कारण शहजादा अपनी गरदन क्या, ठुड्डी तक हिला नहीं पा रहा था।

दालान में जैसे ही मोहम्मद शाह और दूसरे लोगों के कदमों की आवाज आई, दरवेश ने गला फाड़कर चीखना शुरू कर दिया। मोहम्मद को देखते ही उसने कलेजा चीर देने वाली आवाज में कहा, "भाईजान, हमें आपका ये तख्त क्या, हीरे-जवाहरात कुछ भी नहीं चाहिए। मैं आज ही मक्का-मदीना के वास्ते निकल जाने को तैयार हूँ। रहम करो मुझ पर भाई...।"

सामने दो तगड़े लोहार लड़के खड़े थे। जैसे ही महल के बाहर शाही बेड़ा पहुंचने की आवाज आई थी, उन्होंने सुलगती हुई सिगड़ी में लोहे की दो पतली छड़ें रख दी थीं जो अब सुर्ख लाल हो चुकी थीं। जब उन छड़ों की लकड़ी की मूठ लोहार ने हाथ में पकड़ी तो दरवेश छटपटाने लगा। जैसे उस पर कोई भारी दीवार गिर पड़ी हो। वह चीखने लगा, "भाई रहम करो, रहम।"

"डरो मत भाई...मैं आपकी जान थोड़े लूँगा। हम मुगल थोड़े हैं। तुम्हें बस थोड़ी सी तकलीफ होगी...।"

सुर्ख ताँबई चमकवाली वे छड़ें लेकर मोहम्मद शाह आगे बढ़ा। छड़ें आँखों के आगे आकर रुक गईं आग की उन दो लपलपाती ज्वालाओं को देखकर दरवेश का

चेहरा कागज की तरह सफेद पड़ गया। डर के मारे उसके दाँत भिंच गए। कपड़ों में ही उसकी पेशाब निकल गई। एक पल के लिए ठहरा मोहम्मद मजबूत इरादे के साथ आगे बढ़ा लेकिन जब उसने दरवेश की अतिशय सुन्दर, पानीदार और भावुक आँखें देखी तो उसके अन्दर का जंगलीपन हल्का पड़ गया। उन आँखों को देखकर उसे पसीना छूटने लगा। अपने स्वभाव की वजह से दरवेश हर किसी का प्यारा था और हमेशा हँसता-मुस्कराता था लेकिन बीते कुछ घंटों में उसकी तकदीर बदल गई थी। उस निरपराध कोमल हृदय की काली आँखों में जलती सलाइयाँ डालकर क्या उन्हें कोयला बना दे? इस भयंकर कृत्य की कल्पना से ही मोहम्मद शाह हिल गया। उसे कमजोर पड़ते देखकर दौलतखान जोर से चिल्लाया, "ऐसी हमदर्दी से सियासत नहीं चलती सुलतान।"

इतने में उसकी बगल में खड़ा वह ब्राह्मण पंडित झटके से आगे बढ़ा और उसने किसी को मुँह से एक शब्द निकालने का भी मौका दिए बगैर लोहे की जलती बारीक छड़ें अपने हाथों में लेकर अगले ही पल दरवेश की दोनों आँखों में घुसा दी। नाजुक पुतलियों से चर्र-चर्र की आवाज आने लगी। आँखों से धुआँ उठने लगा। इनसान की जली हुई चमड़ी की तेज, तीखी और घिनौनी गन्ध फैलकर मन को मिचलाने लगी

वहाँ मौजूद दौलतखान समेत सभी सरदारों और खास तौर पर मोहम्मद शाह ने उस मुरारी पंडित नाम के ब्राह्मण की पीठ थपथपाई। नए मोहम्मद शाह का दौलतखान और उसके सभी दोस्तों पर कमाल का विश्वास था। इससे पहले अपनी होशियारी और बुद्धिमत्ता से बीजापुर के दरबार में जिन तीन ब्राह्मणों ने इब्राहिम शाह से सरदारी हासिल की थी, वह दो दिन में अपने पद से विदा कर दिए गए। राज दरबार के अन्य सभी हिन्दू कर्मचारियों को नौकरियों से निकाल दिया गया। नए दरबार की सियासत में अब दौलतखान के साथ पंडित मुरारी जगदेव ही एकमात्र हिन्दू था, जिसका असर बाकी रह गया था। जब नया दरबार भरा तो मोहम्मद शाह ने दौलतखान को बीजापुर का वजीर बहाल किया। इस खुशी के मौके पर दौलतखान ने नए आदिलशाह के कान में कुछ कहा और उसके बाद मोहम्मद शाह ने दरबार में मुरारी जगदेव की 'विशेष नियुक्ति' की घोषणा की। साथ ही दौलतखान को खास खिदमतगार के रूप में 'खवास खान' का खिताब भी दिया।

वजीर खवास खान अपने हाथी के हौदे से अपनी हवेली की तरफ जा रहा था। उसके साथ ही पंडित मुरारी जगदेव भी बैठा था। प्रजा से मिल रहे फूलों को स्वीकार करते हुए खवास खान ने धीरे से मुरारी के कान में कहा, "मेरी तीनों बेगमों और शहजादियों की कुंडलियाँ पंडित जी मुझे आपसे ही बनवानी हैं।" मुरारी जगदेव खुशी से हँस दिया। उसकी नजर महल से दोनों दिशाओं में उतरती हुई सीढ़ियों पर लगी थी। वह कभी भूल नहीं सकता था, उन सीढ़ियों को। जहाँ सिर्फ दो साल

पहले मुरारी कई बार आधा पेट खाए ही सोया था और बदन पर चादर न होने के कारण ठंड से कुड़कुड़ाता पड़ा रहता था।

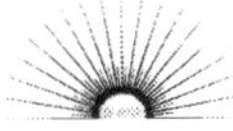

रात को अपनी हवेली में शहाजीराजे ने मंबाजी से पूछा, "क्यों रे मंबा, वो कब्रिस्तान में दिखा आदमी...मतलब नए वजीर का नया सहायक कौन है?"

"मुरारी जगदेव।"

"हम लोग पहले कभी मिले हैं क्या उससे?"

"हाँ, चार-पाँच साल पहले किसी भिखारी जैसा मिला था ये चालबाज मुरारी! उस समय दौलताबाद में दरबारियों को शिलाजीत बेचकर उल्लू बनाया करता था और बाँझ औरतों को जंगल की बूटी के नाम पर पता नहीं क्या बेचकर पागल बना दिया करता था ये जगदेव। आजकल ये बड़े-बड़े लोगों के साथ उठता-बैठता है और सबके सामने बिना किसी से डरे मुर्गियों के साथ नई-नई लड़कियों की भी टाँगें खींचता है।"

शहाजीराजे की आँखें खुल गईं और वह मंबाजी की तरफ देखते रह गए।

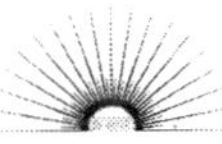

नए आदिलशाह मोहम्मद शाह की उम्र भले ही पन्द्रह-सोलह बरस की थी मगर उसके आजू-बाजू बहुत सारे जाहिल, काहिल, जहर उगलने वाले और साम्प्रदायिक इस्लामी इकट्ठा हो चुके थे। राज्य का 'सेनापति' होने के नाते और सेना के तमाम खर्चों को पूरा करने के लिए शहाजीराजे को खजाने से अक्सर बड़ी रकम की जरूरत पड़ती थी। लेकिन नई प्रशासकीय व्यवस्था वजीर खवास खान और उसके मुख्य सहायक मुरारी जगदेव के हाथों में आ चुकी थी। ये दोनों राज्य के खजाने पर साँपों की तरह कुंडली मारकर बैठ गए थे।

देखते-देखते मुरारी पंत को बीजापुर की रियासत और वजीर खवास खान ने एकदम सिर पर बैठा लिया। तब शहाजीराजे को मोहम्मद शाह से साफ शब्दों में कहना पड़ा, "भविष्य में मेरे कर्मचारी मुरारी पंत की दहलीज पर नाक रगड़ने के लिए नहीं जाएँगे। ऐसे में अगर हमारे पास सेना के लिए जरूरी रकम नहीं पहुँची तो फिर आपके सेनापति के पद से हम न्याय नहीं कर पाएँगे।"

बीजापुर की फिजा तेजी से बदल रही थी। साम्प्रदायिक और कड़वा जहर उगलने वाले दरबार के सरदारों ने मोहम्मद शाह के कान भरे, "हम इस्लाम के सच्चे बन्दे हैं। इस बात को हमें गम्भीरता से लेना होगा। आपके वालिद इब्राहिम

साहेब के समय में हमारे धर्म का बहुत नुकसान हुआ। उनकी घिनौनी हरकतें... तौबा-तौबा!"

"वो कैसे...जरा खुलकर कहें!"

"खुद को बड़ा गायक बनाने के जादू-टोने ने इब्राहिम साहेब को कहीं का नहीं छोड़ा था। वे ऊँची आवाज में पक्के राग गाते थे। उनकी गायकी और-और अच्छी हो, इसके लिए तो उन्होंने इन काफिरों की वो...सरस्वती देवी की मूर्ति पूजा तक शुरू कर दी थी।"

"ऐ अल्लाहऽऽ, हमें बदला लेना होगा।" कहते हुए मोहम्मद शाह ने पिता के समय में दूर-दूर से बुलाकर राज्य में बसाए और सम्मानित किए गए कलाकारों समेत शहाजीराजे की बातों पर भी कान देना बन्द कर दिया। दरबार में शाह ने नया हुक्म दिया, "अब से काफिरों की कला आराधना के लिए बनाए गए नवरसपुर में तमाम नृत्य और गायन सब बिलकुल बन्द कर दिए जाएँ।"

मुरारी पंडित ज्योतिष विद्या, काले जादू और मल विद्या से लेकर तलवारबाजी की कलाबाजियाँ अक्सर दिखाता रहता था। आज्ञापालन के मामले में वह अव्वल दर्जे की करामात क़रता। खवास खान और मोहम्मद शाह उसे दो हाथ छलाँग लगाने को कहते तो वह चार हाथ छलाँग लगाने की तैयारी रखता था। नई रियासत में एक तरफ शहाजीराजे का मन नहीं लग रहा था, तो दूसरी तरफ दिल्ली में बादशाह शाहजहाँ दौलताबाद की निजामशाही को निगल जाने की आक्रामक योजना बना रहा था। जबकि राज्य के पास मलिक अम्बर नाम का बुजुर्ग संरक्षक भी अब नहीं बचा था। ऐसी शोचनीय अवस्था में दौलताबाद को शहाजीराजे की जरूरत महसूस हो रही थी। राजा का भी इधर अब दम घुट रहा था और उन्हें अपनी मातृभूमि की याद सताने लगी थी।

स्वराज्य का दृढ़ निश्चय

1630

दौलताबाद के दरबार में लखोजीराव जाधवराव और उनके तीनों पुत्रों की जघन्य हत्या की भयानक खबर आगरा-दिल्ली, भागानगर-हैदराबाद से होते हुए जिन्दी, रामेश्वर, मदुरै समेत पूरे हिन्दुस्तान में फैल गई थी। ढलती उम्र में बुरहान निजामशाह द्वारा चली धोखे की इस दुर्दैव-घातक चाल से सबको बड़ा धक्का लगा।

मलिक अम्बर के गुजरने के बाद हिन्दुस्तान के सभी हिन्दू और मुस्लिस शासकों को भरोसा हो चला था कि दौलताबाद की निजामशाही खोखली हो गई है।

लखोजीराव और उनके तीनों पुत्रों की हैरान करने वाली हत्या की खबर ने पश्चिमी और पूर्वी तटों पर अपना व्यापार करने के इरादे से पहुँचे फिरंगियों पुर्तगाली, डच, फ्रेंच और अंग्रेजों को भी सकते में डाल दिया था।

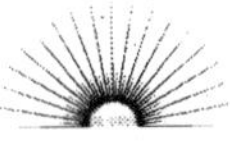

शहाजीराजे का शरीर थकान से बुरी तरह टूट रहा था। बीती पूरी रात कभी वे घोड़े पर तो कभी पालकी में थे। इसी तरह जीजाऊ के लिए भी अपनी गर्भावस्था में पालकी में पैरों को मोड़े बैठना बड़ा त्रासदायक था। जब यह स्थिति बर्दाश्त के बाहर हो जाती तो वह भी अपने घोड़े की सवारी करने लगतीं। रात भर जल्दी-जल्दी सफर इस तरह से कटा।

लेकिन दोनों के मन पर गहरा आघात पहुँचाने वाली उस भयंकर घटना के आगे यात्रा का यह कष्ट कुछ भी नहीं था। सूर्य की पहली किरण के साथ वे सभी परंडा के किले के महादरवाजे को पार करते हुए अन्दर आए। बुर्ज पर मशालें अभी जल रही थीं। किले की मोटी दीवारों के बीच-बीच में रक्षा के लिए सुनिश्चित दूरियों पर तोपें भी तैनात थीं।

अपने कमरे में बिस्तर पर जब जीजाऊ की आँखें खुलीं तो नाश्ते का वक्त हो चुका था। एक तरफ सूर्य अपनी प्रखर होती किरणें खिड़कियों के रास्ते कमरे में भेज रहा था, दूसरी तरफ महल के तीनों तरफ जमे हुए सैनिकों की ऊँची आवाजें और शोर सुनाई दे रहा था। हिनहिनाते घोड़े, पैदल सिपाहियों की हाँकें, अधिकारियों द्वारा दिए जा रहे निर्देश और जानवरों के चारे के लिए हो रहा हल्ला अन्दर के कमरों तक आ रहा था।

जीजाऊ ने करवट बदलने की सोची और एक नर्म-नाजुक हाथ अचानक उनके चेहरे पर फिरने लगा। वह झट से उठकर बैठ गईं। पाँच बरस के सम्भाजी जाने कब से आकर उनके तकिये के पास विराजे थे। मातोश्री के जागने की प्रतीक्षा कर रहे थे। जीजाऊ ने तत्क्षण उन्हें गले से लगा लिया। उनकी साँसें तेज चलने लगीं।

"आई, आप रात को खूब देर से आए क्या?"

"हाँ रे बेटा!"

जीजाऊ ने अपने नन्हे शम्भू के सिर पर ममता से हाथ फेरते हुए जल्दी-जल्दी चार बार उनके गाल चूम लिये। फिर कुछ क्षणों के लिए अपनी बाँहों में ले लिया। दोनों की आँखों से आँसू बहने लगे। जीजाऊ समझ गईं कि अपने नाना लखोजी बाबा और तीनों मामा की घृणित हत्या का समाचार युवराज के कानों तक कभी का पहुँच चुका है। भले ही वह बहुत छोटे थे मगर उन्हें यह समझ थी कि यह दुख कितना भीषण है।

वैद्यराज दाजीशास्त्री कमरे में आए और उन्होंने जीजाऊ के कपाल पर हाथ रखकर उनकी तबीयत का हाल लिया। नाड़ी परीक्षण किया। फिर हरे रंग का एक काढ़ा पीने को दिया। सामने मौजूद शहाजी से वह बोले, "राजे! तुम्हारे ससुराल में जो हुआ वह कल्पना के बाहर है।"

"कोई भी समझदार शासक धोखे से ऐसा काम कभी नहीं कराता। लेकिन निजामशाह के पागलपन का कोई क्या करे?"

"यह कितना बड़ा आघात है, मैं समझ सकता हूँ राजे लेकिन एक दूसरी खास बात आप भूल रहे हैं!"

"क्या हुआ शास्त्री?"

"जो कुछ भी हो, लेकिन यह मत भूलिए कि रानी साहेब गर्भ से हैं। गर्भ के शिशु की देखभाल करना इस समय सबका परम कर्तव्य है।" शास्त्री ने स्पष्ट शब्दों में कहा।

राजा के इशारे पर वहाँ से निकलने की तैयारी होने लगी। बड़ी मुश्किल से जीजाऊ उठीं। उनकी मदद के लिए वहाँ दो-तीन कुनबी और दासी थे। उनके साथ जीजाऊ पीछे के दालान की तरफ निकलीं। पीछे-पीछे शहाजीराजे भी चले। बीच रास्ते में दोनों रुक गए। भविष्य की चिन्ता करते हुए जीजाऊ ने राजे की तरफ देखा। तब राजे बोले, "ऐसा नीच धोखा किसी के भी नसीब में न लिखा हो।"

"राजे, इस पागल खोपड़ी शैतान बुरहान निजाम के नाम पर ही मुझे बहुत क्रोध आ रहा है। उसे यह नीचता और धोखाधड़ी अपने खून में किससे मिली, समझ नहीं पा रही हूँ। यही वह निजाम है न जिसके लिए आपने भातवड़ी के रण में मुगलों और बीजापुर की सेना से अपनी जान की परवाह किए बिना बढ़-चढ़कर युद्ध किया था। अपने खून को पानी कर दिया था!"

"हाँऽ, यही है वह हरामजादा जिसकी जीत के लिए हमारे प्यारे भाई शरीफ बाबा ने बाईस-तेईस बरस की उम्र में ही अपनी जान गँवा दी। यही वह शैतान है जिसके लिए हमने जन्म-जन्मान्तर का नुकसान उठाया।"

"मेरे तीनों भाइयों के कोमल चेहरे जैसे ही आँखों के आगे आते हैं, पूरा शरीर काँप जाता है। हर स्त्री के लिए मायका उसके सुख का मंडप होता है। उसकी ममता का झरना होता है। इस दुष्ट ने हमारा वह स्वर्ग ही उजाड़ दिया। इस पापी निजाम का अन्त भी खून से सना हुआ होगा।" बोलते-बोलते जीजाऊ संताप से थरथरा रही थीं।

"सच जीजाऊ, यह धोखाधड़ी मैं अपनी जिन्दगी में एक पल को भी नहीं भूल पाऊँगा।"

"मगर अब करें तो क्या करें?"

"फिलहाल तो इतना तय कर लिया है जीऊ कि इस हरामखोर बुरहान निजामशाही की नौकरी नहीं करनी है।"

राजे ने कपड़े बदलकर कुर्ता पहन लिया। वहाँ पंतजी गोपीनाथ, गोमाजी पानसम्बल, अधिकारी नारोपंत दीक्षित समेत कुछ और लोग भी थे। नारोपंत ने राजे से कहा, "आप चिन्ता न करें। खिड़की से बाहर नजर डालकर देखें, नीचे दोनों चौक घुड़सवारों से भर गए हैं।"

"इतनी जल्दी?"

"राजे, आप पर जो बीती है, उसकी खबर हवा की तरह अपने सिपाहियों तक पहुँच गई है।"

"सच है राजे। सुबह-सुबह आपके यहाँ पहुँचने की खबर आते ही, देखते-देखते पाँच हजार घुड़सवार जमा हो गए। आप सिर्फ हुक्म दीजिए। बाहर घोड़े, बग्घी और सिपाही सब एकदम तैयार हैं।"

"हर घुड़सवार ने अपने साथ खाने-पीने का इतना सामान बाँध लिया है कि दो-तीन दिन काम चल जाएगा।"

आपने सहयोगियों की इतनी तैयारी देखकर राजे का मन भर आया। उन्होंने गोमाजी, नारोपंत, जयसिंह राव जैसे सभी खास सरदारों के कन्धों पर प्यार से हाथ रखे।

जीजाऊ ने सुबह स्नान समेत नित्य के काम निपटा लिये थे। ब्राह्मणों को घर की हड़बड़ी का अन्दाजा था। उन्होंने भी आज पूजा जल्दी-जल्दी खत्म कर दी। इससे पहले ऐसा कभी नहीं हुआ था कि राजा के देवालय में बारह ज्योतिर्लिंगों की नित्यपूजा पूरी पद्धति से न की गई हो।

बुरहान शाह को कम-से-कम यह तो ध्यान रखना ही चाहिए था कि लखोजीराव शहाजीराजे के ससुर हैं। इस क्षण भी निजामशाह के सर्वोच्च पद 'सूबेदार' पर वही आरूढ़ हैं। सभी सरदार मिलकर भविष्य को लेकर विचार-मंथन कर रहे थे। तभी जीजाऊ वहाँ पहुँचीं। उन्होंने पते की बात कही, "हमें चारों तरफ सोच-समझकर, धैर्य से काम लेना चाहिए।"

"अब तो सिर पर बादल मँडरा रहे हैं जीऊ।"

"कहते हैं कि इनसान की बुद्धि मुश्किल समय में ही कई बार साथ छोड़ देती है।"

"लेकिन अब पीछे नहीं हटना है।" राजे ने जीजाऊ की आँखों में आँखें डालकर कहा, "आप हिन्दुस्तान के नक्शे की रंगोली बनाते हुए अक्सर हम पर तंज कसती थीं न...हर बादशाह के लश्कर मराठों के घोड़ों और मावले सिपाहियों के बल पर चलते हैं, लेकिन हम मराठों का 'अपना' मुल्क कहाँ है? शम्भू महादेव का स्मरण करते हुए हमने अब आपके उस प्रश्न का उत्तर देने का निर्णय ले लिया है। मराठा मुल्क की सरहद की रेखा हम अपनी तलवार की नोक और रक्त से बनाएँगे।"

राजे के मुँह से ये तेजस्वी शब्द किसी आँधी में झरते पत्तों की तरह बाहर निकले। सबकी धमनियों में आग दौड़ने लगी। उनकी आँखें सुलग उठीं। सबने

मिलकर एक स्वर में जयघोष किया, "हर हर महादेव! जय जय शम्भूदेव! एक ही यलगार, एक ही यलगार...शहाजीराजे की जय-जयकार।"

अगले कुछ ही क्षणों में परंडा के इस भव्य किले पर जैसे चमत्कार हुआ। शहाजीराजे ने विद्रोह का बिगुल फूँक दिया और जैसे मधुमक्खियों के छत्ते टूटते हैं, वैसे राजे के घोड़े तेजी से किले में चारों तरफ बिखर गए। उन्होंने किले को लूटना शुरू कर दिया। निजाम के अधिकारियों को कुछ समझ नहीं पड़ा कि क्या हो रहा है। निजामशाही के सूबेदार शहाजीराजे और उनके घुड़सवार ही जब किले को लूट रहे थे तो उनका प्रतिकार वहाँ कौन करता! किले का खजाना, हीरे-जवाहरात और कीमती वस्त्र, विशाल खेमे लगाने वाले तम्बुओं का जखीरा, बारूद की पेटियाँ, बन्दूकें, तलवारें, भाले सब लूट लिये। एक बार में बारह सौ बैलों का झुंड कतार में खड़ा किया गया और प्रत्येक बैल की पीठ पर लूटे गए तमाम सामान को उन पर बाँधा गया। पाँच-छह सौ खच्चर और सामान ढोने वाले घोड़े भी किले से बाहर निकले।

लूट का पूरा सामान लेकर किले से बाहर निकलने के बाद बड़े सरदारों ने धीरे से राजा से पूछा, "राजे, हमें जाना किस दिशा में है?"

"यह सवाल क्यों पूछते हैं? तीस साल पहले मलिक अम्बर और निजामशाही ने हमारे पिताश्री मालोजी बाबा को जागीर दी थी, वहीं चलना है।"

"यानी पुणे की तरफ?"

"हाँ, मुला-मुठा नदी के किनारे पुणे, जहाँ हमारे पुरखों का घर है। हमें अब वहीं पहुँचना है।"

"जी हुकुम...।"

"और हाँ, वहाँ हमारे यार-दोस्तों को खबर कर दीजिए कि हम अपने स्वराज्य का झंडा लहराने के लिए पीछे-पीछे वहीं आ रहे हैं!"

दोपहर तक लूटे हुए जानवर और दूसरे सामान को राजे ने व्यवस्थित करवा दिया। एक अलग लक्ष्य को हासिल करने के लिए उठ खड़े हुए शहाजीराजे का पूरा व्यक्तित्व अलग आभा से चमक रहा था। अपने प्राणपति के इस अपूर्व रूप को जीजाऊ अचम्भित होकर देख रही थीं। अपने सहायकों और सरदारों समेत राजे आगे बढ़े। उनके साथ जीजाऊ का घोड़ा भी चल रहा था। किले के महादरवाजे से बाहर निकलने से पूर्व राजा ने अपने घोड़े की लगाम खींची और अप्रत्याशित रूप से ठहर गए। तब जीजाऊ ने धीरे से पूछा, "क्यों रुके राजे? पीछे कुछ रह गया है क्या?"

"हाँ, बहुत ही कीमती है...अमूल्य नगीना जैसे! चलो, एक बार उसके दर्शन कर लेते हैं।"

शहाजीराजे ने झट से अपना घोड़ा पीछे मोड़ा। सामने एक विशाल बाग के पीछे की तरफ वह बड़ी उत्सुकता से पहुँचे। एक गोलाकार चबूतरे पर विशाल तोप

लगी हुई थी। सीसा घोलकर अष्टधातु से बनाई गई वह तोप किसी हाथी के बच्चे की तरह भारी-भरकम दिख रही थी।

राजे घोड़े से नीचे उतरे। उस प्रचंड तोप को निहारते हुए वह जीजाऊ से बोले, "ऐसी दूसरी तोप पूरे हिन्दुस्तान में कहीं नहीं है।"

"एकदम रणचंडी के अस्त्र की तरह दिख रही है।"

"पूरे प्रदेश को जलाकर खाक कर दे, इतनी क्षमता है इसकी। इसलिए इसका नाम 'मुलुख मैदान' तोप है।"

राजे ने एक जवान घुड़सवार को बुलाकर इशारा किया और उस बहादुर ने तोप के आगे छलाँग लगा दी। वह सीधे तोप के मुँह में घुस गया और किसी बिल्ली की तरह अपने शरीर को समेटकर बैठ गया। तब राजे अभिमान से बोले, "देखा इस रणचंडी का विशाल जबड़ा! यह हम मराठों के अभिमान की अमर निशानी है, जिसे अहमदनगर के लोहा कारखाने में ढाला गया है।" दूसरे सिपाही ने अपने हाथों से तोप की नाप-जोख की। वह नौ हाथ लम्बी थी और उसकी परिधि भी अच्छी-खासी नौ हाथ की ही थी।

तोप की नली पर राजे ने एक नारियल फोड़ा और उस शानदार रणचंडी के सामने नतमस्तक हो गए। राजे ने जब घोड़ा आगे बढ़ाया तो पालकी में सवार जीजाऊ ने हाथ के इशारे से उन्हें नजदीक बुलाया। वह बोलीं, "राजे, ऐसा लगता है कि रणभूमि की इस बाघिन ने आज तुम्हारे दिल का बुरा हाल कर दिया है। आपको इससे प्रेम वगैरह तो नहीं हो गया?"

"प्रेम कहो या कुछ भी सोचो जीऊ, एक बार पुणे में अपने स्वराज्य का झंडा लहरा दूँ, उसके बाद मैं वापस यहाँ आऊँगा और मुलुख मैदान नाम के अमूल्य जवाहर को परंडा से गाजे-बाजे के साथ पुणे ले जाऊँगा।"

शहाजीराजे के सैनिक हमेशा की तरह जगह-जगह रुककर चलने के बजाय इस बार तूफान की तरह बाहर निकले थे। जहाँ उन्हें निजामशाही की कोई निशानी मिली, उसे ढेर करते हुए बढ़े। उसके शहरों को लूटते, किलों को ध्वस्त करते शहाजीराजे चले जा रहे थे। नए लक्ष्य की तरफ उनकी उड़ान की खबर अब जंगल की आग की तरह हर तरफ फैल गई। सबका यही विचार था कि बगैर किसी कारण के निजाम को जाधव कुल के चार बहादुर पुरुषों की धोखे से हत्या नहीं करनी चाहिए थी। उसने जान-बूझकर शहाजीराजे जैसे विशाल वटवृक्ष पर कुल्हाड़ी चलाकर, उसके अपने महल पर गिरने का जोखिम पैदा कर लिया था। राजे ने रास्ते में पड़ने वाला संगमनेर का बड़ा बाजार और बड़े पैमाने पर निजामशाही के अधिकारियों की कोठियाँ लूट लीं। फिर गाँव के बाहर पड़ने वाले शंकर के पुराने मन्दिर में जाकर जलाभिषेक किया।

राजे के सिपाहियों ने बालेश्वर की पहाड़ियों की श्रृंखला पर चढ़ना शुरू कर दिया। तब तक धूप अच्छी-खासी चढ़ चुकी थी। इनसान और जानवर काफी थक

चुके थे। तब व्यवस्थापकों ने एक जामुन के पेड़ के नीचे अस्थायी बिछावन लगाई। तब थकी हुईं जीजाऊ और राजे ने वहाँ पेड़ की छाया में थोड़ी देर विश्राम किया। जीजाऊ ने एक हल्की झपकी ले ली लेकिन राजे की आँख नहीं लग रही थी। उनींदी अवस्था में वह कैलाश पर्वत के बर्फीले इलाके में भटकने लगे। अर्द्ध ध्यान की अवस्था में अचानक उनके सामने शंकर आ खड़े हुए। साक्षात् शिव के दर्शन हुए उन्हें!

जटाधारी भगवान शंकर के सिर पर गंगा प्रसन्न-मनोहर ढंग से प्रवाहित हो रही थी। मस्तक पर चन्द्रमा सजा था। विष पीकर सुर्ख हरे-नीले पड़ चुके गले में चारों तरफ कुंडल बनाए बैठे नागराज कंठ हार की तरह दिख रहे थे। व्याघ्रचर्म पर बैठे शिवशंकर हाथों में अनेक आयुध धारण किए हुए थे। वरदाता, वीर्यवान, अभयदाता, ज्येष्ठ और श्रेष्ठ योगी भोलेनाथ अपनी अर्द्धांगिनी पार्वती के साथ प्रत्यक्ष नजर आए। राजे का मन प्रसन्नता से भाव-विह्वल हो गया। शहाजीराजे के सिर पर प्रेम से हाथ फेरते हुए शिवशंकर बोले, "बारिश की बौछारों के समान संकट आते हैं, मगर गुजर भी जाते हैं। इसलिए तू हिम्मत मत हारना और जिस रास्ते पर बढ़ चुका है, वहाँ से पीछे मत लौटना। तुझे मेरा आशीर्वाद है। तेरे भोसले कुल के उद्धार होने का यह स्वर्णिम योग है। जल्द ही तेरे घर में दूसरा पुत्र जन्म लेने वाला है। वह सुलक्षणी-महापराक्रमी होगा। यवनों समेत दुनिया के सभी दुष्टों का वह काल साबित होगा।"

यह देववाणी सुनकर शहाजीराजे फूले नहीं समा रहे थे। वह कैलाशपति के सामने नतमस्तक हो गए। पूछने लगे, "हे देवाधिदेव, लेकिन ऐसे बालक की हम देखभाल कैसे करें?"

"अपने इस महापुत्र को तू उसकी कुमारावस्था तक ही अपने पास रहने दे। इसके बाद उसे राजप्रासाद के बन्धनों से स्वतंत्र कर देना। उसे संसार की खुली हवा में बादलों की तरह निकल जाने दे। जीवन की धूप-सर्दी-वर्षा का अनुभव उसे स्वयं लेने दे। ध्यान रखना राजा, लोहा जब लोहार की भट्टी में तपता है, जब उस पर हथौड़े की चोट पड़ती है तभी वह किसी सुन्दर प्रतिमा का आकार लेता है।"

अचानक शहाजीराजे की तन्द्रा टूट गई। वह झपटकर उठे। उन्होंने अपनी खुली आँखों से इधर-उधर देखा। स्वप्न की चादर से बाहर उनके प्रफुल्लित चेहरे पर आनन्द छाया था। आँखों में अनोखी चमक थी। पति को इस अवस्था में देखकर जीजाऊ एकदम हँस पड़ीं और बोलीं, "मन की बात कहकर हल्के हो जाइए राजे। अबकी बार सपने में देवता से आपकी भेंट तो नहीं हो गई!"

शहाजीराजे हैरान होकर जीजाऊ को देखने लगे। उन्होंने प्रेम से जीजाऊ का हाथ पकड़ा और स्वीकार किया, "हाँ, सचमुच जीऊ, उस महाशक्ति ने आकर मुझे कह ही दिया कि तुम्हारे गर्भ से ऐसा बालक जन्म लेगा, जिसके कर्म कैलाश शिखर जैसे श्रेष्ठ होंगे और वह मानव-जाति का उद्धार करेगा।"

राजे के दूत तेज रफ्तार से आगे निकल गए थे। जुन्नार, नारायणगाँव और उदापुर आदि गाँवों से जब शहाजीराजे गुजरे तो उनके मित्र मिलने के लिए आते गए। शहाजी और जीजाऊ को भोसले परिवार में शिव के सेवा की परम्परा याद आई। बाबाजी और विठोजी भोसले ने अपने गाँव वेरुल में घृष्णेश्वर मन्दिर का जीर्णोद्धार किया था। मालोजी बाबा ने मान प्रान्त के हैबतपुर में बड़े तालाब का निर्माण कराया था। इससे वहाँ हर साल लगने वाले महादेव के मेले में सदा होने वाली पानी की किल्लत खत्म हो गई थी। बाद में आदिलशाही की सेवा में रहते हुए शहाजीराजे ने हैबतपुर का नाम बदलकर शिखर शिंगणापुर कर दिया था। साथ ही अपने खर्च से उस तालाब को और बड़ा तथा गहरा करा दिया था।

अपने घराने पर कैलाशपति शंकर के वरदहस्त और उससे जुड़ी तमाम कहानियों को याद करते हुए राजे तल्लीन थे। वह बोले, "जीऊ, हम कैसे अपने देवता के आशीर्वाद और उपकारों का बदला चुका पाएँगे? एक बार पुणे में हम पैर जमा लें कि उसके बाद एक बात याद रखनी होगी।"

"कौन सी राजे?"

"पुणे के पास यवत गाँव में दौलतमंगर जाने की।"

"वहाँ किसलिए?"

"भूलेश्वर के दर्शन के लिए! यह भगवान शंकर का एक और जागृत देवस्थान है। यहीं पार्वती माँ ने उमा के रूप में स्वर्गिक नृत्य-झंकार से अपने महेश को वश में किया था।"

"तो वहाँ भी पहुँच गया भोसले कुल?"

"हाँ, मेरे आबा साहेब मालोजी बाबा माणदेश के शिखर शिंगणापुर के महादेव के दर्शन के लिए जाया करते थे। उन्हें घोड़ नदी पार करके केडगाँव के रास्ते बीच के पहाड़ों से गुजरना पड़ता था। एक बार थककर वह रास्ते में बैठे हुए थे कि भगवान शंकर ने उन्हें दर्शन दिए और कहा, रास्ते पर बीच में मैं भूलेश्वर के रूप में विराजमान हूँ। वहाँ भी थोड़ा विश्राम करना और फिर आगे की राह लेना। उसके बाद से हमारे घराने में भूलेश्वर के दर्शन का रिवाज शुरू हो गया।"

नारायणगाँव और जुन्नार समेत अन्य जगहों पर शहाजीराजे के सचमुच 'राजा' बनने के समाचार से इष्ट-मित्रों में आनन्द छा गया था। इसलिए जैसे-जैसे वह आगे बढ़ रहे थे, गाँव-गाँव में लोग घरों से बाहर निकलकर उनका जोरदार स्वागत कर रहे थे। माताएँ-बहनें उनकी आरती उतार रही थीं और घड़ों से जल उड़ेलकर उनके पैर पखारे जा रहे थे। घोड़ों को भी हल्दी-कुंकुम लगाकर उनकी पूजा की जा रही थी। रोटियों के टुकड़ों को राजा के मस्तक पर से घुमाकर, उनकी नजर उतारकर खेतों में फेंका जा रहा था। इस प्रकार भूतों से आह्वान किया जा रहा था

कि वे दुष्ट शक्तियों का नाश करें। सबके मन में सिर्फ एक ही भावना थी, "हे प्रभु, हमारे राजा को यश दें।"

पूरी टुकड़ी नारायणगाँव के करीब कुकड़ी नदी पर पहुँची। तभी शिवनेरी किले से किलेदार विजयराव का दूत घोड़े पर सवार धूल के बादल बनाता हुआ आ पहुँचा। उन्हें भी तमाम समाचार मिल चुके थे और वह भी पूरे घटनाक्रम से चकित थे। शहाजीराजे के पुत्र सम्भाजीराजे भी घोड़े पर सवार थे। विजयराव ने राजा के साथ उनके सुपुत्र के लिए भी सम्मानसूचक राजसी वस्त्र भेजे थे। सम्भाजीराजे का विवाह विजयराव की कन्या से सुनिश्चित हो चुका था।

जैसे ही खेड़ मंचर छोड़कर घोड़े आगे निकले, वैसे ही पास आ रही मावल घाटी की खुशबू ने पूरे दल में जैसे उत्साह का संचार कर दिया। शहाजीराजे का मन भर आया। पुणे और सुपे के नजदीक यह उनका देश, जो वर्ष 1600 में निजाम ने मालोजीराजा के नाम किया था। कहाँ वेरुल-दौलताबाद और कहाँ यह अपनी धरती! इससे पहले भी जब कभी उन्होंने अपनी इस मातृभूमि पर कदम रखा, उनका मन प्रफुल्लित हो जाता था। मावल की इस धरती पर इंद्रायणी, नीरा, गुंजवनी, पवना, आम्बी, मुला और मुठा जैसी पवित्र नदियों को छूकर बहने वाली हवा, यहाँ के मंगलकारी देवस्थल, महापुरुषों की तरह ध्यानमग्न बैठे विशाल पहाड़ों को देखकर ही शहाजीराजे का मन बावरा होने लगता था।

पुराने जमाने में जमीन की नाप-जोख हल से होती थी लेकिन आधुनिक रीति से अचूक नपाई की पद्धति मलिक बाबा लेकर आए थे। यह धरती काली माँ थी। सही ढंग से इसकी पैमाइश करके मिट्टी की उर्वरा शक्ति देख-समझकर किसान पर कर लगाना और अकाल या बुरे वक्त में गरीब आदमी की आवाज पर भागे चले आना, इस देश में पहली बार किसी बड़े इस्लामी अधिकारी ने यह किया तो वह मलिक बाबा थे। वह मालोजीराजे के खास दोस्त थे। दोनों की इस दोस्ती की छाया में शहाजीराजे बड़े हुए थे और उनके पैरों के नीचे तब यह मावल की मिट्टी थी। इन्हीं दोनों के साथ घूमते हुए गाँव-गाँव में उनके कई दोस्त बने थे, जिनमें से कुछ बहुत बढ़िया पहलवान भी थे।

शहाजीराजे कभी निजामशाही में रहे तो कभी आदिलशाही में या कभी वे मुगलों की सेवा में भी गए। परन्तु उन्होंने मावल के तरुणों का हमेशा खयाल रखा। उनकी योग्यताओं और हुनर के हिसाब से किसी को दरबार में जगह दिलवाई तो किसी को उसकी कद-काठी और चौड़ी छाती के हिसाब से कहीं घुड़सवार बनवा दिया। जो दुबले-पतले थे उन्हें पानी भरने के काम में लगाकर भिश्ती बना दिया। कोई पैदल सेना में तो किसी को तोप खींचने वाले बैलों की देखरेख में काम पर लगा दिया। राजे का सन्देश लेकर हरकारे इन सबके पास पहुँच गए थे।

जब राजे पुणे में अपनी कोठी 'मल्हार वाड़ा' पहुँचे, तो उसके पहले ही उनकी

बगावत के झंडे तले पूरा मावल मुल्क इकट्ठा हो चुका था। राजे ने चौक में मावल वीरों का उत्साह देखा और उनकी तूफानी भीड़ पर नजर डाली। फिर सबकी तरफ हाथ उठाकर ऊँची आवाज में बोले, "दोस्तो, यह जमीन हमारी है। हल हमारे हैं। गरदन पर गुलामी का जुआ रखकर खेतों में हम खुद को झोंकते हैं लेकिन फसल लहलहाने के बाद वह हमारे हाथ और मुँह तक नहीं आती है, उसका मालिक कोई दूसरा ही सुलतान या बादशाह निकलकर आता है। वह सब ले जाता है। हमारे पास क्या बचता है, फसल के डंठल! सोने जैसा धान चला जाता है बादशाह के खलिहानों में। उनके खजाने में बरकत बढ़ती चली जाती है। भाइयो, गुलामी की यह चादर हम और कितनी पीढ़ियों तक ओढ़े रहेंगे?"

"सत्य वचन राजा...सत्य वचन।" सामने इकट्ठा हुए किसानों के बच्चों के कलेजे हिल गए। बरसों से उनके दिल में जमी नाराजगी को हुंकार मिली।

"अरे बच्चे, मालोजी के बेटे, तू बस एक आवाज दे...।" भोसे गाँव का एक बूढ़ा अपनी सफेद मूँछों पर ताव देते हुए गरजा, "तूने जो सपना देखा है, उसको सच करने के लिए हम सब अपनी जान की बाजी लगा देंगे। किसी ने हमारे गाँव भी उजाड़ दिए तो हम अपने बाल-बच्चों को लेकर जंगलों-पहाड़ों में जाकर रह लेंगे और फिर भी दुश्मन से दो-दो हाथ करेंगे। तू फिक्र मत कर।"

सबने शपथ ली कि अब हमें अपने राज्य का निर्माण करना है। इस साल बारिश ने मावल के बारह गाँवों को पूरी तरह से चकमा दिया था। आषाढ़ के दिनों में भी पानी की भारी किल्लत थी। एक बार हालात सँभल जाएँ फिर कि मिलना है। इस निर्णय के साथ बैठक खत्म हो गई।

रात को शयनकक्ष में विश्राम के दौरान शहाजीराजे ने कुछ उपहास के अन्दाज में जीजाऊ साहेब से कहा, "अब बादशाह और निजामशाही की चालाकियों को हम क्या कहें! ये इस्लामी सत्ताधारी पुणे और सुपे की यह जागीर देते हुए कुछ ऐसा एहसान दिखाते रहे मानो वे हमारी झोली सोने से भर रहे हैं!"

"राजे, मैं आपकी बात समझी नहीं।"

"इन चालाक लोगों का यह दिखावा और झूठ तो बिलकुल समझना ही चाहिए। पुणे और सुपे की हमारी ये दोनों जागीरें, इन सत्ताधीशों के राज्यों की सीमा पर पड़ती हैं यानी इनके लिए हमेशा का सिरदर्द हैं! इन्दापुर, उजनी को पार किया कि आदिलशाही का राज लग जाता है। उधर घोड़ नदी पार की तो निजामशाही का वतन है। पीछे की तरफ खेड़ मंचर से निकले तो जुन्नार से मुगलों का प्रदेश शुरू हो जाता है। इन्हीं बातों को देखते हुए यह सीमान्त प्रदेश जागीर बनाकर हमारे पल्ले बाँध दिया गया। एक तरफ इनाम देने का दिखावा करना और दूसरी तरफ हमेशा शत्रुओं के बीच फँसाकर मुर्गे की तरह लड़ाते रहना। इसके बाद इनकी सीमाओं की रक्षा करने की जिम्मेदारी भी हमें ही दे दी।"

शहाजीराजे का यह बुद्धि वैभव जीजाऊ देखती रह गईं। उन्हें दिलासा देते हुए शहाजीराजे बोले, "इन बातों के बाद भी हम निश्चिन्त हैं। मालोजीराव के इस पुत्र के साथ जो अर्द्धांगिनी जीजाऊ रानी साहेब हैं, वही हमारी असली दौलत हैं। हमें अपने राज्य का निर्माण करना है, इसके लिए हिम्मत से लड़ना है। यह जो आपने हमारे अन्दर बगावत की चिंगारी पैदा की...हम आपके बहुत आभारी हैं!"

"इसमें ऐसा क्या खास है राजे?"

"नहीं कैसे? हमारी जीजाऊ मतलब बारह मावलों की माता है, यवनों का काल है। आपके विश्वास पर ही हमने नए-स्वतंत्र राज्य की संकल्पना करते हुए यह अभियान छेड़ा है। फिर हमारे सिर पर घृष्णेश्वर, भूलेश्वर और शिंगणापुर के महादेव का आशीर्वाद भी है! और क्या चाहिए हमें?"

गधे का हल, ईर्ष्या की फाल

1630

बीजापुर के दरबार में चिन्ता की लहर दौड़ गई थी। हर कोई हक्का-बक्का था। किशोर मोहम्मद आदिलशाह ने अपनी पीली-कत्थई आँखों से पूरे दरबार पर एक नजर घुमाई। फिर वजीर को देखते हुए बोला, "शहाजीराजे की खबर क्या सचमुच सही है? यह कैसा बवाल खड़ा कर रखा है उसने पुणे की तरफ?"

"वह हद से आगे बढ़ रहा है हुजूर।" खवास खान ने कहा, "उसने पुणे में अपने 'मल्हार वाड़े' में ठिकाना बना लिया है। वह सैनिकों की पलटन बनाकर उन्हें आसपास बसा रहा है। इसके लिए वह उन्हें पैसा दे रहा है। किसानों को भी खेती के लिए वह धन दे रहा है...वहाँ से कुछ दूरी पर उसने एक नए किले की नींव भी रखवा दी है, जिसका नाम रखा है दौलतमंगल। इस जगह को वह अपनी राजधानी बनाने का ख्वाब देख रहा है!"

"राजधानी?"

"उसका पागलपन बढ़ रहा है। बारह मावल प्रान्तों के देशपांडे और देशमुखों के लड़के शहाजी के ठिकाने पर इकट्ठा होते हैं। पुणे के आसपास के इलाकों में रात-दिन सुतार और लुहार भाले और तलवारें बनाने के काम में लगे हैं। एक सरदार को शोभा दे, उसका बर्ताव अब ऐसा नहीं रह गया है।"

"तो फिर?"

"कैसे बताऊँ जिल्लेसुभानी! वह शहाजी अब खुद 'शहंशाह' बनना चाहता है। मराठों का शहंशाह।"

दरबार में यह गम्भीर चर्चा चल रही थी कि तभी दूसरी तरफ से खी-खी-खी हँसी की फुहार छूट पड़ी। सब हैरान रह गए। कौन मूर्ख है यह, सोचते हुए क्रोध से भरी हर नजर आवाज की दिशा में घूम गई। सामने मुरारी पंडित! पंडित ने हँसते हुए जैसे सबको दिलासा दिया, "पता नहीं क्यों शहाजी यह बच्चों जैसी लीला कर रहा है? और हमारा दरबार भी उस जैसे नाचीज की इतनी परवाह क्यों कर रहा है?"

"क्या आपको डर नहीं लगता?"

"बिलकुल नहीं। सच तो यह है कि हम मराठियों, चाहे ब्राह्मण हों या फिर अलग-अलग तरह की पगड़ियाँ बाँधने वाले इसके अठारह वर्ण के लोग हों, इनके बारे में इतिहास क्या कहता है? हमारा जन्म किसी-न-किसी बादशाह या सुलतान की गुलामी और उसकी सलामती के लिए ही हुआ है।"

"मुरारी पंडित जैसी कह रहे हैं यह उतनी सरल बात नहीं है सुलतान। इस दरबार में साढ़े तीन साल तक सिपहसालारी करने वाला शहाजी जैसा शख्स अगर ऐसी बगावत करने लगा तो तबाही आ जाएगी।" खवास खान ने साफ शब्दों में संकेत किया।

"बगावत का पेड़ बढ़ने से पहले उखाड़ देना ही बेहतर है।" मोहम्मद शाह ने चिढ़कर कहा, "बताइए शहाजी को खत्म करने के लिए कौन पुणे जाएगा?"

"मैं जाता हूँ हुजूर।"

"बहुत खूब, यह काम आप ही करें रणदुल्ला साहेब। फतह करके लौटें।"

"रणदुल्ला साहब बड़े सूरमा और शूरवीर हैं।" फिर बीच में अन्दाज बदले हुए खवास खान ने बड़े आग्रह से कहा, "उनके साथ मुरारी पंडित को भी भेजा जाए।"

इस प्रस्ताव को सुनकर मुरारी पंडित एकदम चिल्ला पड़ा, "किस वास्ते हुजूर? मेरे सिर पर अग्निदेवता का वरदहस्त है! किसी का भी विनाश करना मुझे खूब भाता है। किसी का भी नाश, सर्वनाश या सत्यानाश करना है तो मेरी अक्ल एकदम घोड़े की तरह तेज दौड़ती है। अब इस पर हम मराठों में किसी के राजा बनने का स्वप्न केवल गाँव के बच्चों के पागलपन जैसा है। मराठों को चुपचाप अपने घोड़े सँभालने चाहिए और जो मिले उस गधामजूरी से अपना पेट भरना चाहिए। बेकार क्यों 'राजा' बनने के हवाई सपने देखना?"

"वाह, बहुत खूब पंडित!"

"हाँ, हाँ मेरे आका। अगर आप मुझ पर इतनी बड़ी जिम्मेदारी दे रहे हैं तो मैं ऐसा भयानक जादू करूँगा कि उससे पूरे पुणे और आसपास के साठ-सत्तर गाँव-खेड़े साफ हो जाएँगे। विध्वंस मच जाएगा। खेतों में कीड़े लग जाएँगे। जंगलों में पेड़ नहीं उगेंगे। खड़े पेड़ों की जड़ों में दीमक लग जाएगी। स्त्रियाँ बाँझ बनकर यहाँ-वहाँ भटकती फिरेंगी। और तो और मिट्टी में, फल-फूल में और गर्भ में बीज

धारण करने की क्रिया अपने आप बन्द हो जाएगी। मैं आपको यह वचन देता हूँ।" मुरारी पंडित एक साँस में यह सब बोल गया।

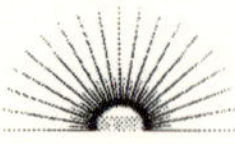

पुणे और सुपे की जागीर समेत बारह मावल प्रदेश को इस साल आसमानी और सुलतानी, दोनों ही संकटों ने जर्जर कर डाला था।

इस साल आसमान तो जैसे लोगों से मजाक कर रहा था। सफेद बादल उठते और ऊपर-ऊपर हल्की बूँदाबाँदी करके गुजर जाते। सारे नक्षत्र इस साल सूखे ही रहे। पूरे वर्षाकाल में बमुश्किल एक या दो बार झड़ी लगी। जाने कितने साल गुजरे, मुला और मुठा नदियों के इतने सूखे-सपाट तल लोगों ने नहीं देखे। नावें जहाँ थीं, वहीं खड़ी रहीं। कई-कई कोस दूर चलकर बड़ी मुश्किल से लोगों को पीने का पानी नसीब हो पा रहा था। जानवरों का हाल तो कहना ही क्या? चाहे मैदान हों या बाड़े, जानवर खड़े-खड़े धड़ाधड़ गिर रहे थे। सारे खेत, जंगल, नदियाँ बिन पानी के उदास थे। हर कंठ से एक ही आवाज उठ रही थी, "पानीऽऽ पानीऽ।"

दूसरी तरफ सुलतान के संकटों ने भी कोई कमी बाकी नहीं रखी थी।

बीजापुर दरबार में शहाजीराजे के भीमाराय जैसे गुप्तचर वहाँ का हालचाल और खबरें समय-समय से पहुँचा रहे थे।

प्रकृति और सुलतानी संकटों का ताप शहाजीराजे महसूस कर रहे थे। मगर उन्हें पता था कि भोसले कुल के आराध्य देवता शंकर हैं। दौलतमंगल पर श्रीभूलेश्वर दरबार में पूजा उनके परिवार की परम्परा थी। एक बार 'स्वराज्य' की नींव रखी और वह अपने पैरों पर खड़ा हो गया कि दौलतमंगल ही न्याय की राजधानी बनेगा। वहीं से पुणे और बाकी परिसर के राजकाज का कर्तव्य निभाया जाएगा। शहाजीराजे ने अपने मन में ये बातें पक्की कर ली थीं।

एक तरफ राजे को सोचने के लिए हजारों काम और लाखों चिन्ताएँ थीं, वहीं जीजाऊ के गर्भ में बालक बढ़ने लगा था। उन्हें उल्टियाँ हो रही थीं। ऐसे में उनका जल्दी-से-जल्दी शिवनेरी पहुँचना आवश्यक हो गया था। राजे के बड़े चिरंजीव सम्भाजीराजे का विवाह तय हो चुका था। शिवनेरी के किलेदार विजयराव की कन्या जयन्ती के साथ उनकी लग्न-गाँठ बँधनी थी। रोज-रोज की समस्याओं और दसों दिशाओं से सामने आकर खड़े होने वाले नित नए संकटों से निपटने के लिए आज राजे ने भूलेश्वर में अभिषेक का मन बना लिया था।

प्रात:काल से ही तमाम पुजारी और ब्राह्मण अभिषेक की सम्पूर्ण तैयारियों में लगे थे और इसी का परिणाम था कि सब कुछ बगैर किसी बाधा के सम्पन्न हो रहा था। अभिषेक की आरती पूरी होने को थी कि किले के नीचे विशाल चट्टान

को पार करते हुए तीन घुड़सवार तेजी से ऊपर चढ़ते दिखाई दिए। थोड़ा और आगे बढ़े तो वे साफ नजर आने लगे। राजे ने दूर से पहचान लिया कि वे बीजापुर से भीमराय के भेजे हुए गुप्तचर हैं।

लम्बा सफर तय करके पहुँचे इन घुड़सवारों को पिलाजी पंत देशपांडे ने गुड़-पानी दिया। मिठाई का प्रसाद भी दिया। राजे के मन में नई खबर को लेकर उत्सुकता थी। उन्होंने अभिषेक के वस्त्र भी नहीं बदले और तीनों को लेकर एक कोने में चले गए। सभी मन्दिर के पीछे एकत्र हुए। राजे ने हल्की मुस्कान के साथ खुद ही सवाल किया, "क्या कह रही है सुलतानी? आने वाला संकट कितना बड़ा है?"

"भारी मुसीबत है राजे! रणदुल्ला खान और मुरारी पंडित के हाथों में मुहिम का संचालन दिया गया है। एक-दो दिनों में वहाँ से करीब दस से बारह हजार की फौज इधर के लिए निकलेगी। दुर्भाग्य से बीजापुर दरबार में आपके विरुद्ध खूब विष उगला गया है। उलटी-सीधी बातें कही गई हैं।"

"जगदम्ब! इधर हमने अपने नए राज्य का मुहूर्त निकाला है, यह सुनकर जलने-कुढ़ने वाले महानुभावों ने वहाँ शिकायतों का अम्बार लगा दिया होगा।"

"शिकायतें बस नहीं राजे, आपके बागी हो जाने के ऐलान के साथ यह तक कहा गया कि वह अपने सैनिकों के साथ आदिलशाही पर चढ़ाई करने के लिए बेताब हैं...।"

"आदिलशाही पर...!"

"हाँ, इस धमाकेदार खबर से बीजापुर में हड़कम्प मचा हुआ है। मिरज के किले पर हमला करने के लिए आपकी एक बड़ी फौज रवाना हो चुकी है और उसी समय अथणी शहर को लूटने के लिए आपके घुड़सवार भी पीछे-पीछे आ रहे हैं। आपके बगावत की खबर से वहाँ हर तरफ गदर मचा हुआ है।"

बढ़ा-चढ़ाकर फैलाई जा रही इन बातों को सुनकर राजे हँसने लगे, "अपनी धरती के भविष्य के लिए हमने बगावत की है और यह हमारा कर्तव्य बनता है। यह बात खरी है। परन्तु अथणी और मिरज की खबरें तो मनोरंजक हैं। ये बेसिर-पैर की बातें वहाँ किसने फैला दीं, यही समझ में नहीं आ रहा।"

"राजे, बात सिर्फ इतनी नहीं है। अब आपसे क्या कहें? इन दोनों शहरों के कागज पर बने कच्चे नक्शे भी बीजापुर के महल में यहाँ-वहाँ फिर रहे हैं, जिनमें बताया गया है कि आप कहाँ से और कैसे हमला करने वाले हैं!"

"हमारे विरुद्ध बैरी कमाल का जहर उगल रहे हैं!"

"इसमें कमाल की क्या बात राजे?" पीछे आकर खड़ी हुईं जीजाऊ साहेब ने कहा, "तुम्हारा वह हठी चूहे जैसा मुरारी पंडित वहाँ ऊँचे पद पर नहीं पहुँच गया है! एक बार राजमहल में घुसने का मौका मिल गया तो चूहा यह नहीं देखता कि

सामने रेशम के वस्त्र हैं या सूती। उसके तो बस दाँत चलते रहने चाहिए। वह क्यों रुकेगा? दिखने वाली हर चीज को कुतरकर नष्ट करना ही तो मूषक-धर्म है।"

पास के वृक्ष की छाया में खड़े होकर उन्होंने थोड़ी चर्चा की। साफ दिख रहा था कि आने वाले चार दिनों में सुपे और पुणे पर आक्रमण की योजना पक्की है। बीजापुर से पंढरपुर और पंढरपुर से इन्दापुर-सुपे के बीच कोई खास दूरी तो थी नहीं। इसलिए तेजी से जरूरी कदम उठाने की आवश्यकता थी। इसमें एक यक्ष प्रश्न यह था कि वर्तमान परिस्थिति में जीजाऊ साहेब का क्या किया जाए।

सामने दिख रहे संकट का निवारण करने और तत्काल निर्णय लेने की चुनौती सबके सामने थी। राजा को जीजाऊ साहेब की कुशाग्र बुद्धि पर बहुत भरोसा था। उन्हें एक तरफ ले जाकर शहाजीराजे ने ठंडी साँस भरते हुए कहा, "जीऊ, बाकी के काम निपटाने में तो हम समर्थ हैं लेकिन सिंदखेड़ की राजकुमारी के प्रसव का क्या? ऐसी नाजुक परिस्थिति में आपसे एक क्षण को भी दूर रहने को हमारा मन नहीं है।"

काफी विचार-विमर्श के बाद भी मुद्दे का कोई हल नहीं था। सवाल अपने पति के अस्तित्व और भविष्य का भी था। जीजाऊ के पेट में डर की लहर उठने लगी। वह घबराईं। ऐसा लगा कि दम घुट रहा है। अपने पेट में पल रहे शिशु की आगे कैसे देखभाल की जाए, यह प्रश्न बड़ा कठिन लग रहा था।

पिछले एक साल से संकटों के जाने कितने झूलों पर वह झूली थीं और देवता ने भी उनकी खूब परीक्षा ली थी। दौलताबाद के किले पर पहले ही पापी निजामशाह ने उनके गोकुल जैसे मायके पर वज्रप्रहार करके उसे धूल में मिला दिया था। अब अपने ससुराल पुणे में आकर उन्होंने कुछ ही दिन विश्राम किया कि यह खबर आ गई, दो दिन बाद बीजापुरवाले हमला करने वाले हैं। किसी भी गर्भवती के लिए मायके की छाँव स्वर्ग के आँगन के समान होती है। लेकिन अब न तो मायका था और न ससुराल। इस कल्पना से चिन्ताग्रस्त जीजाऊ विचार करने लगीं, "अब किस दिशा में जाना चाहिए? दुश्मन के घोड़े दो दिन में यहाँ पहुँच जाएँगे।"

"जरूरत पड़ने पर तो मनुष्य को पहाड़ का पेट फाड़कर भी रास्ता ढूँढ़ना पड़ता है। मुसीबतों की बरसात, धधकती रणभूमि, आसमान में कड़कती बिजली की शहाजीराजे को जरा भी परवाह नहीं है। जीऊ, लेकिन यह समय बहुत डरावना है। यहाँ राज्य की स्थापना तो अब दूसरी बात है, सबसे पहले तो आपके गर्भ में पल रहे बालक को बचाने के लिए किस दिशा में भागें, यही समझ नहीं आ रहा है।"

पहली बार शहाजीराजे की आवाज में डर महसूस हो रहा था। तभी जीजाऊ साहेब धीमे से बोलीं, "शिवनेरी का किला कैसा रहेगा?"

जीजाऊ की बात सुनकर शहाजीराजे के नेत्र चमक उठे। यह उपाय कारगर था। उन्होंने जल्दी से कहा, "तो चलो फिर। बाँधो सामान। यहाँ बीच से हम भीमा

पार कर घोड़ नदी के रास्ते शिवनेरी की तरफ जाएँगे। जीऊ, सचमुच तुम्हारी यह सलाह अनमोल है।"

"शम्भूराजे का विवाह विश्वासराव के यहाँ पक्का होने से हमारा सम्बन्ध बन चुका है और यह हमारे शरीफ बाबा की भी तो ससुराल है।"

"हाँ, दुर्गा वहिनी साहेब वहीं पिता के घर रहती हैं। किले पर पहुँचना किसी के लिए आसान नहीं है और आसपास घना और दुष्कर जंगल है। यही जगह हमारे बच्चे के लिए सुरक्षित रहेगी। चलो, वहीं चलते हैं।"

शहाजीराजे ने पिलाजी पंत देशपांडे और गोमाजी को पुणे में अपने 'मल्हार' रजवाड़े में भेज दिया। दो-चार दिनों में बीजापुर से चलकर आने वाली फौज को इन्दापुर के नजदीक कैसे रोकना है, उससे कैसी जंग लड़नी है, ये बातें अब राजे के दिमाग में घूम रही थीं।

सौभाग्य से अभिषेक समारोह में कई डोलियाँ और पालकियाँ आई हुई थीं। वर्तमान स्थिति में जीजाऊ के लिए घोड़े पर यात्रा करना खतरनाक साबित हो सकता था। इससे पहले चार बार गर्भ पूर्ण नहीं हो पाया था, यह बात ध्यान में रखते हुए राजवैद्य ने खास तौर पर अनेक सावधानियाँ बरतने की सलाह दे रखी थी। इसलिए राजे ने तय किया था कि वह खुद अपनी देखरेख में उन्हें शिवनेरी तक पहुँचाएँगे और वहाँ से उलटे पैर पुणे लौटकर आएँगे।

जब शहाजीराजे उजाड़ पठारी रास्तों और सूखी नदियों को पार करते हुए आगे बढ़ रहे थे, तो लोगों के मुरझाए चेहरे देखकर अवाक् रह गए। वह हैरान थे कि करीब तीन-साढ़े तीन महीने पहले क्या वह इन्हीं रास्तों से होते हुए संगमनेर से पुणे गए थे? उन्हें याद आया कि तब रास्ते में पड़ रहे गाँव कितने उत्साह से सराबोर थे और राजे के स्वागत में सैकड़ों लोग रास्तों पर उतरे हुए थे। वे सब अब कहाँ थे? इस साल पानी की एक बूँद भी नहीं बरसी थी और इससे लोगों ने जो कुछ भी सोच रखा था, वैसा कुछ नहीं हुआ। जहाँ तक नजर जाती थी, वहीं प्रकृति और खेती का हाल बुरा था। जैसे चूल्हे में जलकर रोटी सख्त और टेढ़ी-मेढ़ी हो जाती है, धरती का वैसा ही विद्रूप नजारा चारों तरफ दिख रहा था।

बीते कुछ महीनों से हर दिन झुलसाने वाली तेज धूप थी। बादल तेज हवा के साथ बह जाते थे। बारिश की बूँद भी नहीं टपकी थी। देखते-देखते खेतों में बोए बीजों ने किसानों की आँखों के आगे दम तोड़ दिया। धरती में दरारें पड़ गईं और दुधारू जानवरों का दूध उतरना बन्द हो गया। बहुत से जानवर बेकार हो गए।

मावल के गाँवों में मर्द अक्सर मिल-जुलकर जानवरों को सँभाला करते थे। भाई-भाई या चाचा-मामा अथवा अन्य रिश्तेदारी वाले युवा गाँव से निकलकर सैनिक के रूप में राजाओं, शाहों या बादशाहों के यहाँ नौकरी में लग जाते। दशहरे पर नौकरी में जाने वाले ये लोग आमतौर पर बरसात में खेती के लिए घर लौट आते।

नौकरी में मिले वेतन और युद्ध में मिली लूट के साथ वे बाल-बच्चों के संग कुछ अच्छे दिन बिताते लेकिन इस साल का अकाल महाभयंकर था! जब घोड़ों को पानी ही नहीं मिल पा रहा था तो उनके लिए चारे का इन्तजाम कैसे हो? भूख के मारे दुबले हो चुके कई घोड़ों को बीमारियों ने जकड़ लिया। अस्तबल खाली हो गए और गाँव उजाड़। इस भीषण समय की दुश्वारियों पर बात करते हुए पिलाजी देशपांडे ने शहाजीराजे को बताया, "राजे, उधर सोलापुर, हैदराबाद के नजदीक तो भूख ने तांडव मचा रखा है। किसी भी हाल में बाल-बच्चे जिन्दा रहें, इसलिए लोगों ने घर के बैलों को काट दिया। कुछ ने तो घोड़ों का भी मांस खाया।"

"यह कैसा दुर्भाग्यपूर्ण समय आया है?"

"हमारे संगमनेर के पास तो लोगों ने एक कसाई का घर ही जला डाला। वह बकरे के मांस में कुत्ते का मांस मिलाकर बेचते हुए पकड़ा गया। उसे खूब मारा लोगों ने।" दूसरे अधिकारी ने कहा।

"राजे, भूख की आग ने इनसान को राक्षस बना दिया है। भूख मिटाने के लिए लोगों ने दिल पर पत्थर रखकर ऐसे काम किए हैं कि कलेजा काँप जाता है। घर के छोटे बच्चों को ही कुछ ने मारकर खा लिया...ऐसी भी सच्ची घटनाएँ सुनने में आई हैं।"

"सचमुच, लोगों के दुख ऊँचे पहाड़ों जैसे हो गए हैं। ठीक 152 साल पहले 1478 में महाराष्ट्र में ऐसा ही 'दुर्गादेवी का दुर्भिक्ष' पड़ा था। तब अपने सन्त दामाजी पंत बीदर दरबार के बड़े अधिकारी थे। बेहद बुरे समय में उन्होंने प्रजा के लिए तब सरकारी अनाज के कोठार खोल दिए थे।"

उन उजाड़ रास्तों से गुजरते हुए शहाजीराजे का मन कसमसा रहा था। बीते कुछ समय के अभियानों और युद्धों ने प्रजा को तंग कर रखा था। कोई बादशाह सामान्य जनता की मदद के लिए आगे नहीं आ रहा था, यह बात राजे के मन को कचोट रही थी। जीजाऊ अपनी पालकी की छोटी सी खिड़की से बाहर नजरें फिरा रही थीं। रास्ते में आने वाली सूखी नदियाँ, हर तरफ बिखरी हुई रेत या फिर कहीं एकाध छोटा सा ताल नजर आए तो वहाँ पानी के लिए लगी लोगों की भीड़। कई लोग तो नदी में लगे ऐसे पेड़ों की जड़ें उखाड़ रहे थे, जो गीली दिख रही थीं। वे उन जड़ों को काट-काटकर खा रहे थे। मनुष्यों के शरीर हड्डियों के ढाँचे रह गए थे। वे लोग कंकाल की तरह दिख रहे थे। उनकी आँखें धँसकर गहरे कुओं की तरह नजर आ रही थीं।

रास्ते के अनेक गाँवों में ऐसी ही वीरानी फैली थी। हँसते-खेलते गाँवों को छोड़कर ग्रामीण अन्न-पानी की खोज में अपनी बस्तियों से निकल गए थे। तमाम कच्चे घरों के दरवाजों पर ताले लगे थे। कई झोंपड़ियों के बाहर तो कँटीली झाड़ियाँ भी लोगों ने लगा दी थीं। गाँव के गाँव खाली हो गए थे। इक्का-दुक्का घर ही कहीं नजर आते थे, जहाँ कोई किस्मत का मारा कुटुम्ब टिका हुआ था।

ऐसे ही रास्तों से आगे बढ़ते हुए एक गाँव में चार-छह झोंपड़ियों की एक बस्ती दिखी। उसके सामने ही पत्थरों और मिट्टी का बना हुआ एक मकान था। उसके पीछे बना बाड़ा खाली पड़ा था। वहाँ कोई जानवर नहीं था। सामने लकड़ी के लट्ठे पर एक बूढ़ी औरत अपने शरीर को समेटे हुए बैठी थी। उसने सामने के धूल भरे रास्ते से घोड़े, डोलियाँ और एक बड़ी पालकी आती देखी। उसे जैसे आँखों पर विश्वास नहीं हुआ और वह दौड़कर आगे आई। जीजाऊ ने कहारों से पालकी रोकने को कहा। वह बूढ़ी पालकी के एकदम नजदीक आकर बहुत ही दयनीय सूरत में बोली, "खाने को दे दो माई कुछ...दया करो।" जीजाऊ ने एक सूबेदार को बुलाकर खाने की चीजों का एक गट्ठर उस बूढ़ी औरत के हाथों में रखवाया। खाना देखते ही झुर्रियों से भरे उसके चेहरे पर आनन्द की ऐसी चमक आ गई, जैसे उसे सोने का भरा हुआ घड़ा मिल गया है। वह पलटकर तेजी से भागने लगी।

इतने में उस घर के पास से मकान मालिक जैसा दिखता एक वृद्ध किसान आगे बढ़ा। उसने घोड़े पर सवार शहाजीराजे के हाथ जोड़े। वह काँपती हुई आवाज में बोला, "सरकार, आपके घोड़े पर रखी यह चादर मुझे दे देंगे तो बड़ा उपकार होगा।"

"चादर किसलिए चाहिए दादा? दो-चार दिनों का अन्न माँग लो, नहीं तो कोई कीमती वस्तु ही माँग लो।" पालकी के एक तरफ का पर्दा उठाकर जीजाऊ ने अपना सिर बाहर निकाला।

"नहीं रे बेटा, एक गरीब घर-बार वाले किसान के लिए तेरी यह चादर तो आसमान से भी बड़ी है।" अपनी आँखों में पानी भरे हुए वह कहने लगा, "अम्बे माँ की कसम खाकर सच कहता हूँ, ऐसा कठिन समय आया है कि बदन पर वस्त्र का एक टुकड़ा भी नहीं रह गया है। मेरी दो जवान बेटियों और दो बहुओं को अपना बदन ढकने के लिए चिंदी तक नहीं बची है। नंगे बदन दिन में बाहर आना उनके लिए सम्भव नहीं है, इसलिए शरीरधर्म के कामों के लिए बहू-बेटियाँ रात के अँधेरे में ही बाहर निकलती हैं। मेरे बेटे अन्न की खोज में परदेस गए हैं। मैं दरवाजे पर बैठा दिन गुजारता हूँ और बहू-बेटियाँ अन्दर बन्द रहती हैं। आपके एक चादर देने से मेरा भला हो जाएगा। उसे फाड़कर हम चार टुकड़े कर लेंगे तो मेरे बहू-बेटियों की लाज ढक जाएगी।"

इस अकाल में साधारण प्रजा का यह चिंदी-चिंदी हाल सुनकर जीजाऊ फफककर रो पड़ीं। उन्होंने उस वृद्ध को न केवल अपने पास से एक चादर दी, बल्कि अपनी कुछ साड़ियाँ और वस्त्र भी दे दिए। साथ ही पाँच-छह दिन काम आ जाए, इतना अन्न भी दिया।

डोलियों और पालकियों के साथ घुड़सवार दल तेजी से आगे बढ़ता जा रहा था। दिन के उजाले में शिवनेरी के किले में पहुँचने की जल्दी थी। रास्ते में अकाल

से हो रही दुर्दशा के नजारे देखकर जीजाऊ का मन व्यथित हो गया था। उनकी आँखों के आँसू रुक नहीं रहे थे। वह मन में लगातार माँ भवानी का ध्यान कर रही थीं। हे जगतमाते, हमारी धरती को कब इस आसमानी और सुलतानी संकटों से मुक्ति मिलेगी?

आज का दिन बहुत विचित्र और चिन्ता में डालने वाला था। सुबह उजाला होने से पहले ही दो घुड़सवार पुणे से आए थे। उनके पास अच्छी खबर नहीं थी। शहाजीराजे सुनकर चिन्ता में पड़ गए। उनके सामने मुश्किल यह थी कि यह खबर जीजाऊ को कैसे सुनाएँ। लेकिन जीजाऊ से उनकी स्थिति छुप नहीं सकी। अवश्य ऐसा कुछ भयंकर घटा था, जिसे राजे सेवकों और चाकरों से भरे महल में कह नहीं पा रहे थे। आखिरकार वह पीछे के रास्ते से नदी तट पर बने हनुमान मन्दिर को जाने के बहाने बाहर निकल गए। उनके साथ-साथ जीजाऊ भी अपने भारी होते शरीर को लेकर निकल पड़ीं।

सिन्दूर से पुते खड़े हनुमान के दर्शन उन्होंने किए। सेवक, किसान और उनकी मदद के लिए साथ रहने वाले उनसे एक तय दूरी पर बैठे थे। आज का दिन अमावस की रात की तरह काला था। उस पर आसमान में घने बादल भी थे। सुबह से सूरज नहीं निकला था और दिन में ही अँधेरा छाया था। शब्द राजे के होंठों पर आकर रुक जाते थे। उनके पास बैठी जीजाऊ ने पति का हाथ अपने हाथों में लिया। जो कुछ भी मन में है, कहने के लिए राजे आतुर थे लेकिन बार-बार उनकी कातर नजर जीजाऊ के गर्भ पर जाकर ठहर जाती। उन्हें कुछ सूझ नहीं रहा था कि ऐसी मुश्किल परिस्थिति में क्या कहें, कैसे कहें। आखिरकार जीजाऊ के नेत्रों की व्याकुलता ने उनके मन की दीवारों को तोड़ दिया। राजे का हाथ दबाते हुए जीजाऊ ने धीरे से कहा, "आपकी स्थिति भगवान शंकर के गले की तरह हो गई है, जहाँ आपको जला देने वाला विष ठहरा हुआ है। जो है, कह डालिए। मेरी चिन्ता मत कीजिए। इस देह को अब विष पचाने की आदत पड़ चुकी है।"

"कैसे कहूँ जीऊ? क्या बताऊँ?"

"जो कुछ भी है, कहकर मन हल्का कर लीजिए।"

"बीजापुर के तीन-तीन सरदारों ने मिलकर हमारे पुणे पर हमला किया है। वे रास्ते में मिलने वाले एक-एक गाँव की होली जलाते हुए यहाँ पहुँचे हैं। वह मुरारी जगदेव नाम का शैतान किसी बौराए हुए बन्दर की तरह बिलकुल नंगा नाच कर रहा है। हर तरफ उन लोगों ने बर्बादी मचा रखी है।"

"ओफ!"

"ईर्ष्या की आग में जलती हुई दस-बारह हजार की फौज है उन दुष्टों के साथ। पहले उन्होंने इन्दापुर की मेहराबें जलाईं, फिर वहाँ की मीनारों में बारूद की सुरंगें लगा दीं। उन्होंने हमारा महल भी जला दिया। साथ ही भिगवण गाँव को भी भस्म कर दिया। आसपास के तमाम ग्रामीण जान बचाते हुए अपने जानवरों को लेकर जंगलों में भाग गए हैं। खबर है कि आग का खेल खेलने वाले ये राक्षस अब बारामती और सुपे की तरफ बढ़ रहे हैं।"

शहाजीराजे का चेहरा देखने जैसा हो गया था। सामने खड़े विशाल पहाड़ के पीछे जैसे काले बादल चिन्ता में लहरा रहे थे। शिवनेरी के गढ़ की निचली घाटी में तेज हवा उलटी बह रही थी। राजे की बेचैनी, उनका पल-पल बदलता चेहरा और मन के संताप को नियंत्रित करती हुई, उनके हाथों की भिंची हुई मुट्ठियाँ कुछ और ही कहानी कह रही थीं। जीजाऊ की चिन्ता बढ़ गई थी। वह बोलीं, "रुकिए मत राजे। और जो कुछ भी हुआ, वह सब कहकर अपना मन शान्त कर लीजिए।"

"जीऊ, अपनी पुनवाड़ी...अपना पुणे!"

"क्या हुआ पुणे को?"

"इन राक्षसों ने अपने सुन्दर-सुव्यवस्थित पुणे को तबाह कर दिया...और गधों को जोतकर...सचमुच के गधों को जोतकर पूरे शहर पर हल चला दिए।"

"क्या कह रहे हैं!"

"एक बार में हजारों घुड़सवारों ने उस मूर्ख मुरारी के झंडे तले पुणे पर हमला किया। उनकी आँखों में ईर्ष्या की आग और हाथों में मशालें थीं। उन शैतानों ने बेलदारों, कुलियों, दासों, लुहारों और सुतारों की टोलियाँ लाकर पुणे की एक-एक जगह तोड़ी। ऊँची-ऊँची दीवारें गिरा दीं। अपने दोनों भव्य महल 'मल्हार' और 'म्हालसा' जमींदोज कर डाले।"

"हे देवाऽऽ!" जीजाऊ ने पल्लू से अपना मुँह ढक लिया।

"जीऊ, हमारे महल के दरवाजे के सामने बने वो दो बड़े-गहरे कुएँ, जिनसे हाथी भी पानी निकाल-निकालकर थक जाया करते थे, उन्हें इन दुष्टों ने मिट्टी भर-भरकर बुझा दिया। आपकी सासूबाई दीपा देवी ने गुलाबों की बगिया अपने हाथों से तैयार की थी, उसमें इन लोगों ने जानवरों को खुला छोड़ दिया।"

जीजाऊ की आँखों में आँसू सँभल नहीं रहे थे। जैसे सपने की तस्वीर टूट जाए और उसके काँच के टुकड़े आँखों में घुस जाएँ, ऐसी वेदना से उनका मन-मस्तक फटा जा रहा था।

"इसके बाद इन शैतानों की टोलियाँ हमारे शहर की बस्तियों में घुस गईं। वहाँ उन्होंने गरीबों के घरों में आग लगा दी। अधिकारियों के मन्दिरों पर डाली नई छतों को जलाकर भस्म कर डाला। देवताओं की मूर्तियाँ और उनके मुकुट धूलि-धूसरित कर डाले। इसके साथ-साथ उन्होंने अपनी जागीर और आसपास के पचास गाँव

और इन सबमें पड़ने वाले खेतों-घरों को भी नहीं छोड़ा। सबको जला डाला...। ये मुरारी जगदेव मुझे किसी गधे से पैदा हुई नाजायज औलाद लगता है। उसने विध्वंस की हर हद पार कर डाली।"

"लेकिन राजे, ये भस्मासुर आया कहाँ से?"

"यह आधे पागल और कमजोर दिमाग की करामात है। खेतों को जला डालने के बाद मुरारी ने वहाँ हल चलवाए और उसमें भी हल में बैल नहीं बल्कि उसने गधों को जोता। पूरे पुणे में सचमुच साठ-सत्तर हलों में गधों को जोता गया था। वे सब खेतों में हल चला रहे थे। यह देखकर प्रजा का दिल धक-से रह गया। उनके दिलों में डर भरने के लिए जंतर-मंतर करने वाले तांत्रिक जैसे इस मुरारी ने खूब उलटी-सीधी हरकतें कीं। उसने एक किसान के खेत में खूब बड़ा सब्बल गाड़ दिया और उस पर शहर भर में टूटी चप्पलों की माला बनाकर टँगवाई। साथ में वहाँ पर यहाँ-वहाँ से इकट्ठा की हुई झाड़ुएँ बाँध दीं। इन सबके ऊपर उसने खूब सारे सड़े हुए नीबू—चप्पलों और झाड़ुओं के बीच इधर-उधर खोंस दिए।"

"लेकिन ये सब उलटा-सीधा उपद्रव किसलिए?"

"गरीब किसानों और भोली-भाली प्रजा के मन में डर बैठाने के लिए...और क्या!"

"मगर राजे, ऐसा भयंकर विध्वंस करने के पीछे कोई उद्देश्य तो होना चाहिए?"

"आग भड़काना। अन्न जलाना। श्मशान के जैसी स्थिति बनाना यही संकेत और सन्देश देता है कि अब यहाँ कोई रुके नहीं। भविष्य में वह यहाँ खेतों में बर्बादी के सिवा कुछ उगने नहीं देंगे। यहाँ रहने वाले सारे मवेशी नष्ट हो जाएँगे और स्त्रियाँ बाँझ रह जाएँगी।"

इसके बाद दोनों में देर तक चर्चा हुई। राजे कहने लगे, "इन दुष्टों ने पुणे को सिलबट्टे पर चटनी की तरह पीस डाला है। इसके लिए देखो, कितनी अकल लगाई! बीजापुर से एक मुसलमान यानी रणदुल्ला खान, दूसरे मराठा रावराया और तीसरे ब्राह्मण यानी मुरारी जगदेव को भेजा। लेकिन मुरारी जगदेव जैसी जहरीली खोपड़ी किसी की नहीं है।"

"लेकिन ये है किस मिट्टी की पैदाइश?" जीजाऊ ने सवाल किया।

"यह मुरारी वाई के पास धोम गाँव का रहने वाला है। दशग्रन्थी ब्राह्मण! यह काशी में जाकर वेदों की पढ़ाई करके आया है। शस्त्र और शास्त्र दोनों में पारंगत है।"

"राजे, इसके खून में विध्वंस और जहर ही है।"

"सच कहती हैं रानी साहेब। इस दो कौड़ी के आदमी की मुझे पहले खबर नहीं थी। इनसान के भेस में जहरीला नाग है यह! यह कहेगा कुछ और करेगा कुछ। इसका सब कुछ विचित्र है।"

जीजाऊ आश्चर्यचकित थीं। चुपके से अपनी आँखों के आँसू पोंछते हुए, आसपास के पहाड़ों के पीछे दिख रहे क्षितिज पर नजर डालते हुए शहाजीराजे

उदास शब्दों में कहने लगे, "अरे! ये दगाबाज अपनों और परायों ने जो विध्वंस किया है क्या इसका अर्थ मुझे समझ नहीं आता? कहो जीऊ, तुम्हीं कहो कि इन दुष्टों ने हमारा पुणे क्यों जला दिया?"

"क्यों राजे?"

"बीजापुरवालों को अगर एकाध समृद्ध शहर जलाने की ही हूक उठी थी तो क्या बाकी शहरों में ओस पड़ी थी?"

"मतलब?" जीजाऊ को कुछ समझ नहीं आया।

"बीजापुर की सीमा में और भी बड़े प्रान्त हैं। अथणी, बेलगाँव, कोल्हापुर, मिरज से लेकर सतारा जैसे समृद्ध और अमीर शहर हैं। इतना होने पर भी उन्हें सारे शहर और प्रान्त छोड़कर गधों को हल में जोतकर उजाड़ने के लिए पुणे ही क्यों मिला? उन्होंने विध्वंस की बारूदी सुरंग पुणे में ही क्यों लगाई?"

जीजाऊ साहेब की आँखें चमकीं। उन्होंने राजे की तरफ नजर उठाई और बोलीं, "ऐसे भव्य शहर को जलाने के पीछे किसी की सनक है, हमें ऐसी बात तो नहीं लगती है। यानी मामला कुछ और है!"

"सही कह रही हैं। जान-बूझकर किए गए इस महाविध्वंस के पीछे कोई शैतानी रहस्य जरूर है। इस सवाल का जवाब हम किसी भी कीमत पर जानकर रहेंगे। इसका मतलब है कि आदिलशाह के कानों में हमारे दुश्मनों के विष उगलने और जली-बुझी लगाने की जो खबरें थीं, वे पूरी तरह सच हैं। उस आदिलशाह को यह बताया गया कि पुणे में शहाजी भोसले नाम का राजा सिर उठा रहा है। उसकी बगावत के झंडे के नीचे मावल की पूरी मिट्टी एकजुट हो रही है। उसे सहारा देने के लिए मावलों के देशमुख और देशपांडे तलवार, ढाल लेकर पूरी हिम्मत से खड़े हुए हैं। वह दौलतमंगल पर भूलेश्वर को साक्षी मानकर अपनी राजधानी का निर्माण कर रहा है। राजधानी में उसके चौंतीस मजबूत बुर्ज बनकर भी तैयार हो चुके हैं। सच कहूँ तो अपने हिन्दवी स्वराज्य के 'महाराष्ट्र' की कल्पना में सुरंग लगाने वाले अपनों और परायों ने ही यह अकाल गर्भपात का षड्यंत्र रचा है। दूसरी कोई बात नहीं है।"

शहाजीराजे की आँखों में से गर्म आँसुओं की धाराएं बहने लगीं। राजे अत्यन्त दुखी होकर बोले, "अब क्या कहूँ जीऊ, बीते तीन सौ बरस में ऐसा अकाल अपने दक्षिण प्रान्त में कभी पड़ा ही नहीं। हजारों युवा मावलों की तलवारें मेरी एक आवाज पर बड़े-बड़े पहाड़ों को हिलाकर यहाँ से वहाँ कर देने के लिए तैयार खड़ी हैं। लेकिन इस दुष्काल ने अस्तबलों में घोड़ों तक को अपना निवाला बना लिया है। ऐसे में छलाँगें भरते हुए हवा से बातें करने वाले बाँके मर्द मावले आखिर बाहर निकलें तो कैसे? एक तरफ बीजापुर की सुलतानी और दूसरी तरफ दुर्भिक्ष की आसमानी मार...आखिर वे जाएँ तो किस दिशा में?"

जीजाऊ साहेब ने अपने मखमली पल्लू से राजे की आँखों से लगातार बह रहे गर्म आँसुओं को पोंछा। इस हाल में भी उनके होंठों पर मुस्कान आई। वह बोलीं, "राजे, आपके जैसे धुरंधर सेनानी का इस तरह डगमगा जाने का कोई कारण नहीं है। अपने सुलतान से कह दीजिए और इस आसमान को भी सन्देश भेज दीजिए कि हमारे मराठा राज्य के निर्माण की महत्त्वाकांक्षा को रोकने के लिए चाहे जितने रोड़े अटकाने के प्रयत्न करके देख लें, काल के प्रवाह में इतिहास गवाह रहेगा कि अन्त में जीत हमारी ही होगी। तुम्हारी बाधाओं को खत्म करने और संकटों के पहाड़ों को अपनी ठोकरों से उड़ा देने के लिए, हर अँधेरे को चीरने के लिए हम अपने गर्भ में बालक को पाल रहे हैं। चिन्ता की बात नहीं है। संकटों की सारी आसमानी और सुलतानी मुश्किलों को ठोकर मारने के लिए हमारे गर्भ के झूले में हमारा बालक बढ़ रहा है। समय आने पर वही तुम सबका काल बनेगा!"

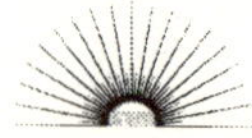

मुरारी जगदेव को किसी ने बताया, "पंडित जी इन्दापुर जाने के रास्ते पर भूलेश्वर का जो पहाड़ है, वहाँ कुछ दिनों पहले शहाजीराजे और जीजाऊ ने किसी तरह की पवित्र महापूजा की थी।"

"अच्छा, कैसी पूजा?" मुरारी की नाक से निकलने वाली आवाज का सुर ऊँचा हो गया।

"किसी बड़ी इच्छापूर्ति के लिए थी वह पूजा। सुना है कि अपना नया किला बनाने के लिए शहाजीराजे ने जेजुरी के आसपास के इलाकों से बड़े-बड़े पत्थर गधों की पीठ पर लदवाकर मँगाए थे।"

"ऐसा क्या? भू-ले-श्व-र! मतलब यहाँ भी शिवशंकर आ गए! कैलाशपति का यह चक्कर मुझे समझ नहीं आ रहा है?"

"कैसा चक्कर?"

"बाकी दुनिया की परवाह छोड़कर यह भगवान शंकर क्यों इस भोसले कुल के उद्धार के लिए बेकार ही बीच-बीच में टपक जाते हैं?"

किला बनने की खबर ने मुरारी जगदेव को अन्दर तक हिला दिया। उसने तुरन्त अपने विश्वासपात्र पंचांग पंडित से चर्चा की। अपने मांत्रिक से सलाह ली। मुरारी पंडित के मन में संशय पैदा हो गया कि शहाजी भोसले के तरक्की की राह पर बढ़ने के पीछे जरूर दाल में कुछ काला है! उसने अपने एक पक्के शिष्य को छेड़ा, "बेटा घनश्याम! तू देख अकेले में जरा इस पहेली को सुलझा सकेगा क्या?"

"कौन सी पहेली गुरुदेव?" अपने सिर पर से कनटोपी उतारते हुए घनश्याम ने उलटा सवाल किया।

"अरे गधे! वो भातवड़ी का उदाहरण ले। वहाँ निजाम और इस शहाजी के जरा-से सैनिक थे लेकिन उन्होंने सामने लाखों की फौज को दौड़ा-दौड़ाकर मारा था।"

"जिस शहाजी ने बीजापुर के इतने घुड़सवार और घोड़े मारे, उस पापी को मूर्ख आदिलशाह ने उलटे अपने यहाँ बुलाकर सम्मान दिया!"

"सम्मान ही नहीं, उन्हें सम्मान से बीजापुर बुलाकर 'सेनापति' बनाया!"

"गुरुदेव, छी: छी:...जिसने अपनी नाक काटी उससे ही हीरे की नथनी माँगना... कितनी बेशर्मी है ये!"

मुरारी वहाँ से निकलकर अपने शिविर में गया। उसने सैफुद्दीन खान को बाजू में लिया और धीरे से पूछा, "सैफुद्दीन मियाँ, पुणे तो जल गया। लेकिन मेरे हिसाब से हमारा सिर्फ आधा काम हुआ है। सच पूछें तो इसके दूसरी तरफ का लोनावली के पार जुन्नार-बेल्लहे तक का सारा मुलुक जलकर खाक हो जाना चाहिए था। ऐसा आधा-अधूरा काम कैसे हुआ?"

"पंडित जी, इस सवाल का जवाब आप अपने लाड़ले रणदुल्ला खान से पूछिए। उनकी फौज आराम फरमा रही थी। उनके सैनिकों को जिस तरह मशाल लेकर उतरना चाहिए था, वैसा उन्होंने किया ही नहीं।"

"ऐसा? तो फिर क्या कर रहे थे खान साहेब?"

"उन्होंने मुठा नदी के किनारे पर तम्बू लगाया और दाने आली से नाचने वाली बुलाकर पूरी रात नाच-गाने का मजा लूटा था।"

"सैफू भाई, अब मैं तुम्हारी बातों का मतलब समझ गया हूँ।" अपनी भौंहें तानकर गोल-गोल आँखें घुमाते हुए मुरारी बोला, "किसी को उसकी इस हरकत से लगेगा कि उसे रांडों के बाजार का शौक है, लेकिन मैं उसके इस दिखावे की नौटंकी में नहीं फँसने वाला हूँ!"

"मुरारी भाई, तो फिर आपको क्या लगता है कि इस पूरे मामले का राज क्या है?"

"अरे, सब साफ है। रणदुल्ला खान और उस शहाजी भोसले के प्यार-मोहब्बत का हमें अन्दाजा नहीं है क्या? बीजापुर लौटकर अब मैं आदिलशाह साहब के सामने खुलकर कहूँगा कि शहाजी की दोस्ती के लिए रणदुल्ला खान ने हमसे दगाबाजी की है। ऐसा नहीं होता तो पुणे के आसपास दो सौ कोस तक न तो इनसान बचे होते और न कोई जानवर दिख रहा होता।"

"या अल्लाह! क्या फरमाते हैं जनाब?"

"सैफू मियाँ, तुम देखते रहना...एक दिन इस रणदुल्ला खान को शहाजीराजे की यारी कितनी महँगी पड़ने वाली है।"

मुरारी जगदेव को अब रणदुल्ला खान के साथ बीजापुर लौटने की तैयारी करनी थी। बीजापुर के कूटनीतिज्ञ खवास खान, मुस्तफा खान और मोहम्मद आदिलशाह के हुक्म के मुताबिक सारे काम निपट चुके थे। रणदुल्ला खान ने भी मुरारी से आग्रह

किया था कि अब हमें तुरन्त बीजापुर के लिए निकल पड़ना चाहिए। लेकिन मुरारी दो हजार की छोटी फौज के साथ जान-बूझकर पीछे रह गया। उसका लश्कर दूसरे दिन इन्दापुर की दिशा में आगे बढ़ गया और दोपहर के बाद यवत गाँव पहुँच गया। वहाँ से भूलेश्वर के पहाड़ नजर आ रहे थे। हौदे पर बैठे मुरारी जगदेव ने हाथी को पहाड़ की तरफ बढ़ने का आदेश दिया। आगे बढ़ने पर जब मुरारी ने पहाड़ पर हेमाडपंथी शिवमन्दिर देखा और आसपास के चम्पा और बेल के तरुवर देखे तो उसका मन बावरा होने लगा।

उसकी फौज ने यवत के आसपास के इलाकों में अत्याचार करने शुरू कर दिए। दूसरे दिन सुबह मुरारी जगदेव ने अपने एक राजनीतिक सलाहकार और दूसरे अधिकारियों को बुलाया। उनके साथ वहाँ मौजूद सभी छोटे-बड़े सरदारों से उसने साफ शब्दों में कहा, "अब इस धार्मिक स्थल को हम किसी हाल में नहीं छोड़ने वाले। अब यही जगह मेरी राजधानी रहेगी! चलो, तुरन्त यहाँ के आधे-अधूरे पड़े किले को पूरा करने की तैयारी में लगो। कारीगरों-बेलदारों को बुलाकर काम पर लगाओ।"

यह सुनकर राया राव जैसा बहादुर लड़ाका मुरारी पंडित का मुँह देखता रह गया। यह देखकर मुरारी उखड़ गया, "अरे, ये काइयाँ इनसान जैसे क्या देख रहा है? चल काम पर लग। मुझे अपनी राजधानी यहीं बनानी है।"

"मगर किसके लिए पंडित जी?"

"अरे मूरख, मेरे लिए! ध्यान रख, अब यह मुरारी जगदेव यहाँ का राजा बन गया है। सिर्फ राजा नहीं, राजाधिराज!"

मुरारी पंत ने बीच में एक जगह को पवित्र बताते हुए, वहाँ एक तराशा हुआ पत्थर रखा और तांत्रिक पूजा शुरू कर दी। उसने अपने पैरों की चप्पलें उस पत्थर पर रखीं। तब उसके तांत्रिक-मांत्रिक शिष्यों ने ऐसी कापालिक भाषा में मंत्रोच्चार शुरू किया, जो वहाँ मौजूद लोगों की समझ से बाहर थी। राया राव समेत सभी कर्मचारी पंडित की चप्पलों को देख रहे थे।

लश्कर में पहले से ही इन चप्पलों के बनाए जाने को लेकर बहुत सारी चर्चाएँ थीं। इन बेहद महँगी चप्पलों को बनाने के लिए मुरारी ने हुबली से एक निष्णात कारीगर को बीजापुर बुलाया था। उस चप्पल का चमड़ा बहुत कीमती था। नदी किनारे या फिर जंगलों में मिलने वाले एक दुर्लभ जाति के ऊदबिलाव का शिकार करके उसके जिस्म से इसे निकाला गया था। फौज में बड़ी चर्चा थी कि इस चमड़े की चप्पलें बनाने में करीब आधे हाथी की कीमत बराबर खर्च बैठा था।

राया राव समेत बहुत से लोग मुरारी पंत के विक्षिप्त जैसे बर्ताव से हैरान थे। मगर मुरारी को किसी की परवाह नहीं थी। उसने वहीं अपना डेरा बना लिया। उसने एक पत्र भी बीजापुर भिजवाया कि अब यहीं पर जमने का इरादा पक्का करते हुए, प्रशासकीय कार्य शुरू कर दिया है।

"जल्द ही हमारे राज्याभिषेक की तैयारी की जाए।" उसने अधिकारियों को यह फरमान सुनाया और मुंशियों को बुलाकर कुछ पत्र लिखवाए। पत्रों में उसने अपने लिए लम्बा उद्बोधन दर्ज कराया, "धर्मावतार राजाधिराज, महाराज, राजर्षि, पंडित मुरारी जगदेव। सार्वभौम प्रतिनिधि।"

राया राव समेत कुछ सयाने व्यक्तियों ने आगे बढ़कर मुरारी को समझाने की कोशिश की, "पंडित जी, आप पर खवास खान साहब का बहुत स्नेह है, यह बिलकुल सत्य है लेकिन बन्धु यह राजा और राजसत्ता सँभालने का स्वाँग कुछ ज्यादा ही हो गया है!"

"खामोशऽऽ।" मुरारी एकदम चिढ़कर चिल्लाया, "अपनी जुबान सँभालो। मैं राजाधिराज हूँ।"

"माफ करें पंडित जी मगर एक शंका है।"

"हाँ, पूछो।"

"वहाँ बीजापुर में जब मुसलमानों की खुद अपनी इतनी बड़ी आदिलशाही है तो वह आपको कैसे राजा बना देंगे?"

"राया राव तू महामूर्ख है।"

"मैं तो सिर्फ आपके भले की बात कह रहा हूँ। ऐसी गुस्ताखी के लिए इस्लामी राज्य में मिलने वाला दंड इनसानों की जान ले लेता है।" राया राव ने बातों-बातों में संकेत किया।

"अज्ञान बालक! तुझे मेरे जैसे पंडित के तेज की क्या कल्पना? सिर्फ चार-पाँच दिन देख, चमत्कार होगा।"

"कैसा चमत्कार?"

"तेरा वह मोहम्मद आदिलशाह और उसकी वह खूबसूरत बड़ी बेगम...दोनों वहाँ से भागे-भागे यहाँ आएँगे।"

"किसलिए?"

"हमारे राज्याभिषेक में हमें सलाम करने के लिए। वह हमसे अपने भविष्य में सुख-शान्ति का आशीर्वाद लेने आएँगे।"

बीजापुर के लश्कर में कानाफूसी बढ़ गई। मुरारी पंडित की दिमागी हालत बिगड़ती जा रही है। लेकिन सत्ता के आगे किसकी चलती है? बीजापुर के सिपाही आसपास के गाँवों में घुसने लगे। वहाँ के जमींदारों, देशमुखों, पाटीलों को फटके मार-मारकर भूलेश्वरी टेकरी पर लाने लगे। नए राजा का अभिनन्दन करने के लिए लोग जुल्म से जमा किए और लाए जा रहे थे।

इस तरह दो-तीन दिन निकल गए। दलवी नाम का एक सरदार दरबार में सौंपे गए काम से कोंकण की तरफ निकला। रसोईघर में रसद खाली हो चुकी थी और चिन्ता पैर पसारे हुए थी। मगर आसपास सिर्फ अकाल का नजारा था। सोने की

चमकदार अशरफी देकर भी बाहर न तो अन्न मिल रहा था और न ही जानवरों के लिए घास-फूस और सानी का इन्तजाम था। लेकिन यह बात खवास खान के सिर चढ़े मुरारी नाम के बन्दर को कौन समझाता और वहाँ से निकलने को कहता?

चौथे दिन महाराजाधिराज मुरारी पंडित थोड़ी देर से जागे। वह अपने तम्बू से बाहर आए। बाहर धूप काफी बढ़ चुकी थी। आसपास नजर डाली तो मुरारी पंत के पेट में जैसे मरोड़ उठी। आँखें चौड़ी करके घबराते हुए उन्होंने यहाँ-वहाँ नजर दौड़ाई। उनके एकदम नजदीक सेवा में रहने वाले साठ-सत्तर इनसानों-जानवरों के अलावा कोई नहीं दिख रहा था। बाकी सारी फौज बीजापुर के रास्ते पर आगे निकल चुकी थी।

महाराजाधिराज पंडित मुरारी जगदेव हताश होकर चारों तरफ फैली अपनी रियासत पर नजरें घुमा रहे थे।

कुकड़ी किनारे आँसू

1630

सिर पर घिरे घने बादलों की गड़गड़ाहट और बिजली की कड़कड़ाहट के बीच भी शहाजीराजे किसी कीमत पर रुकने को तैयार नहीं थे। उन्हें एक ही चिन्ता लगातार सता रही थी। अपने लिए उठ खड़े हुए बहादुर मावल वीरों की चिन्ता। वे सब उनकी राह तक रहे होंगे। आज एक विक्षिप्त मुरारी पंडित आया है, कल कोई और भूत निकलकर सामने आ खड़ा होगा। इनसे दो-दो हाथ करना हर हाल में जरूरी है।

राजा ने तड़के स्नान किया। शंकर की पिंड पर बेलपत्र-फूल चढ़ाए। किले के हाथी दरवाजे के पास उनके सहयोगियों के घोड़े तैयार खड़े थे। सभी पूरे वेग से दौड़ पड़े। तेजी से मैदानों को पाटती उनकी टापों में सुना जा सकता था कि ये इतिहास के कितने चक्रों के गवाह रहे हैं। सन्नाटे में अँधेरे को चीरते हुए बाण की तरह निरन्तर दौड़ते घोड़ों की टापों और उनके थूथनों से निकलती तेज साँसों के अलावा कुछ सुनाई नहीं दे रहा था। जल्द ही घोड़े कुकड़ी नदी में उतर गए। हल्का झुटपुटा था। अँधेरे में आकृतियाँ अब धीरे-धीरे आकार लेती दिखने लगी थीं। नदी में पानी का हल्का प्रवाह था। पसीने से तर जानवर अपनी लम्बी जीभ निकालकर पानी पीने लगे। इसी दौरान राजा को सामने के रास्ते से आती कुछ घोड़ों की आकृतियाँ नजर आईं।

घोड़े पर सवार एक ने आवाज दी। उसे सुनकर पिलाजी पंत देशपांडे ने जवाब दिया। सामने आते लोगों को देखकर राजा का मन भर आया। जिन मावलों से राजा

मिलने जा रहे थे, उन्होंने अपने युवा बच्चों और नातेदारों को राजा के लिए सन्देश लेकर खुद ही आगे भेज दिया था। इन लोगों में कुछ बुजुर्ग वीर भी थे। कोंडे देशमुख, पायगुड़े, पासलकर, मरल देशमुख, सिलीमकर, गायकवाड़, मारणे समेत मावल के तमाम घरानों के जवान योद्धा राजा का साथ देने के लिए दौड़े चले आए थे।

नदी किनारे जामुन के पेड़ों के जंगल में सभी राजा के आसपास इकट्ठा हो गए थे। मावल के जवान राजा को दिखाने के लिए अपने साथ नमूने के तौर पर लगाम और जीन जैसे सामान भी लेकर आए थे। राजा ने उनका बारीकी से निरीक्षण किया। इन तरुणों की भीड़ में एक पासलकर बाबा थे। दूसरे प्रभु देशपांडे थे। दोनों बुजुर्ग जैसे अपने पेट की गहराई से दुख की भड़ास व्यक्त करते हुए बोले, "राजे, हमने खूब-खूब तैयारी कर रखी है। तुम्हारे स्वप्न के 'महाराष्ट्र' या स्वराज्य की कल्पना बारह मावलों में सुलग रही है। बीते तीन-चार महीनों में न तो हमारे बच्चे और न ही बुजुर्ग ढंग से सो सके हैं। गाँवों में बाँके जवान अपनी कमर कसे खड़े थे। इस्पात के पहाड़ों जैसी फौजें हमने गाँव-गाँव में खड़ी कर ली थीं।"

बोलते-बोलते वह बुजुर्ग सिसकियाँ भरने लगे। उनके मुँह से शब्द नहीं फूट रहे थे। तब कुछ युवा आगे बढ़कर कहने लगे, "राजे, आपको बहुत भरोसा है न अपने इन मवालों पर?"

"लेकिन हम क्या करते राजे! हमारे साथ प्रकृति ने धोखा किया। छाती को चीरकर हृदय को बींधने वाले बाण की तरह इस अकाल ने हमारी दुर्दशा कर दी।"

"सच राजे, वे अन्दर तक घुस गए। बाण हम खींचकर बाहर निकाल सकें, इतनी भी ताकत हमारे शरीर में बाकी नहीं थी। पेट की भूख ने जानवरों को मिट्टी में मिला दिया और इनसानों को जानवर बना दिया, देखो...।"

"राजे इस अकाल और बीमारियों ने बड़े-बड़े अस्तबल उजाड़ दिए। गाँवों में रोग न फैल जाएँ इसलिए बैलों-भैसों की गाड़ियों में जानवरों को लादकर, दूर ले जाकर उनकी लाशें छोड़ते थे।"

"सच कहते हैं कि आपका झंडा लेकर चारों दिशाओं में दौड़ने की खूब इच्छा थी लेकिन क्या करते...ये देखिए घोड़ों की लगामें और जीन। हम किसानों की स्त्रियाँ और बच्चे इन्हें अपने सीने से लगाए-लगाए रोते रहते थे।"

"राजे, अगर इस भयंकर अकाल ने हमारे जानवरों और हमारी जिद को निगल नहीं लिया होता तो मावलों की मिट्टी में नया इतिहास हमने रचा होता।"

राजे जानते थे कि स्थिति कितनी भयावह थी। इस साल पुणे के आसपास मुला-मुठा नदी के किनारे जो छोटे-छोटे गाँव थे, वहाँ जो थोड़ी-बहुत फसल होती थी, उन सभी गाँवों को मुरारी जगदेव ने आग के हवाले कर दिया था। एक-एक घर को उजाड़ दिया। मावल की पहाड़ी पट्टी में जो गाँव बचे थे, भीषण अकाल ने अपनी चपेट में लेकर उनकी कमर तोड़ दी थी। अच्छे घरों की स्त्रियाँ और बच्चे

तक पानी और अन्न की तलाश में जंगलों में चूहों-बिल्लियों की तरह भटक रहे थे। काल की लाठी उनके सिर पर बरस रही थी। पुणे पर इससे पहले कभी सुलतान और आसमान का संकट एक साथ नहीं आया था।

शहाजीराजे और उनके मर्द मराठा मावलों की आँखों से गंगा-जमुना बहने का यह दृश्य बेहद करुण था। यह हृदयस्पर्शी दृश्य देखकर कुकड़ी माई की आँखों में पानी आ गया।

कभी-कभी दास-दासियों को भी कीमती सलाह सूझ जाती है। एक दोपहर को नर्मदा बाई ने जीजाऊ से कहा, "रानी साहिब, हमें पता है कि आपके मायके में कैसा पतझड़ आया लेकिन तब भी वहाँ सिंदखेड़ में आपकी माताश्री आपकी राह तो देखती होंगी।"

"हाँ, मगर तुम्हें यह बात कैसे पता लगी?"

"मैं आपकी छाया नहीं हूँ क्या?" थोड़े हिचकते हुए नर्मदा बोली, "ये आसमान को छूते हुए पहाड़ और यहाँ की पाताल तक गहरी खाइयाँ। उस पर ये तेज हवाएँ। ऐसे हवा-पानी में आप अपने नन्हे राजा को कैसे बड़ा करेंगी? इससे तो सिंदखेड़ ही अच्छा रहेगा।"

"लेकिन हमें कहीं नहीं जाना। हमने यही फैसला किया है।"

"अरे, मगर इन पहाड़ों में...।"

"देख नर्मदा, हमें कोई तोता या किसी चिड़ी के बच्चे को नहीं पालना-पोसना है। हम एक गरुड़ को जन्म देंगे! क्या तुझे पता नहीं कि गरुड़ का घोंसला ऊँचे पर्वतों पर बना होता है! हमारा बाल राजा इन जंगलों में पैदा होगा, पलेगा-बढ़ेगा और इन बादलों से टक्कर लेगा!"

जीजाऊ खुद जन्मजात बहुत मजबूत थीं। सिंदखेड़ में उन्हें बचपन में नाम मिला था, 'जीजा बाघिन'। फिलहाल वह शिवनेरी के विजयराव के महल में रह रही थीं। उनके गर्भ में सात माह का शिशु था। वह अक्सर देवरानी दुर्गादेवी या फिर नन्ही बहू जयंती को अपने साथ रखती थीं। अपने शरीर की बोझिल स्थिति को भूलकर वह महल से बाहर निकलतीं। किले के चमेली, पीपल और इमली के पेड़ों से उनकी दोस्ती हो चुकी थी। कभी वह चलते-चलते थक जातीं तो किसी पेड़ के नीचे रुककर बैठ जातीं। पैरों की पिंडलियों में सरसराहट दौड़ती। वह दिन में कम-से-कम दो बार महल के पीछे बने शिवाई माता के मन्दिर तक जातीं।

बारिश का मौसम गुजर चुका था। जाड़े ने दस्तक दे दी थी। रात को तेज हवाएँ चलतीं। आसपास की घाटियों, पेड़ों, पहाड़ों से उछलती-कूदती आती हवा किले में

कई बार खूब कोहराम मचाती। रात्रि में जीजाऊ के पास धूनी जलाई जाती क्योंकि उन्हें गरमाहट की जरूरत होती। सरसादेवी पूरे जतन से जीजाऊ के खान-पान से लेकर जरूरत की हर चीज का खयाल रखती थीं।

किले के परिसर में मौजूद आदिम बुद्धकालीन गुफाएँ, जहाँ कभी बौद्ध भिक्षुओं ने तपस्या की थी, उसके प्राचीन इतिहास की गवाही देती थीं। यहाँ बारिश और धूप को सहती मारुति और गणपति की पाषाण मूर्तियाँ, किले पर कभी यादवों के अधिकार की कहानियाँ सुनाती थीं। बाद में निजामशाही की शुरुआत भी इस किले से हुई थी। दूर सागर की तरफ, कोंकण घाटी को पार करके नाणे घाट की तरफ जाने वाले व्यापारी मार्गों का नियंत्रण और देखरेख इसी प्राचीन किले से की जाती थी। किसी के लिए भी इस जगह को जीतना बहुत कठिन था। किले के नीचे बहने वाली लेंडी नदी को पार करने के बाद सोमवतवाड़ी के पाँच महादरवाजे रास्ते में पड़ते थे। जो पुराने सागौन की लकड़ी से बने थे। उन दरवाजों पर पक्षियों की चोंच के आकार वाले इतने पैने और विशाल, ढेर सारे कील लगे थे कि अगर किला जीतने के इरादे से हाथियों के दल भी उनसे टकराए जाते, तो वे जानवर खून से नहा जाते मगर दरवाजे नहीं हिलते। सुरक्षा की यहाँ इतनी मजबूत व्यवस्था थी।

पूरी ताकत से चलाए जाने वाले सैन्य अभियान, भीषण युद्ध, राजनीति और इन सबके बीच अविरल चलने वाली भागदौड़ ही जीवन का मंत्र बन गई थी। ऐसे जीवन में मौत समानान्तर चलती थी। बावजूद इसके विवाह के मंगल आयोजन को ज्यादा समय तक लम्बित नहीं रखा जा सकता था। तेजी से बढ़ते सम्भाजीराजे अब आठ वर्ष के हो चुके थे। देश-काल की रीत के अनुसार उनके शुभ विवाह को सम्पन्न करने में अधिक समय शेष नहीं था। दीवाली के दरमियान किले में ही विजयराव की सुकन्या जयंतीदेवी के साथ सम्भाजीराजे के विवाह का उत्सव सम्पन्न हुआ। गढ़ पर विवाह के लिए हालाँकि गिनती के ही लोग थे। लेकिन तब भी इस लग्न में खूब ठाट-बाट हुआ। बीते कुछ महीनों से जीजाऊ और शहाजीराजे के लिए वक्त अच्छा नहीं था। ऐसे दौर में विजयराव ने उन्हें अगर अपना माना, तो इसे ही वे लोग अपने लिए उपकार मान रहे थे।

राजकाज की भागदौड़ किसी को भी आराम से बैठने नहीं दे रही थी। सम्भाजीराजे के विवाह के दूसरे ही दिन शहाजीराजे को अपना घोड़ा लेकर किले से बाहर निकलना पड़ा। नासिक और धुले की तरफ बादशाह शाहजहाँ के जत्थे पहुँच चुके थे। राजे को भी काम पर पहुँचना था। सच कहें तो लग्न के उत्सव-उल्लास में आठ-दस दिन बहुत अच्छे गुजरे थे। विजयराव का कुटुम्ब बड़ा दिलदार था। जैसे चूहों को डूबते हुए जहाज का आभास हो जाता है, वैसे ही मनुष्य को भी मुश्किल समय दिखते ही सबसे पहले आसपास के लोगों की याद आती है।

वे जहाज के चूहों से ज्यादा तेज भागते हैं। कुछ ऐसी ही मुश्किलों और चिन्ताओं से भरा यह समय था। उस मूर्ख, बुद्धिभ्रष्ट बुरहानशाह के हाथों जीजाऊ के पिता और भाइयों के दुर्दैव से हुए कत्ल, शहाजी-जीजाऊ का अपना स्वतंत्र राज्य खड़ा करने का सुन्दर स्वप्न लेकिन उसी दौरान पड़ा भीषण अकाल, मुरारी पंत जैसे बुद्धिमान मगर विक्षिप्त बन्दर का पुणे में गधों से हल चलवाना, बनने से पहले ही जला दी गई राजधानी, वह स्वप्नभंग और फिर जीजाऊ की गर्भावस्था! ऐसा लग रहा था मानो एक के बाद एक बढ़ा चला आता दुखों और मुश्किलों का जंजाल खत्म ही नहीं होगा।

मनुष्य कितना ही पराक्रमी और सवा शेर क्यों न हो, जब चिन्ताओं की लाल चींटियाँ उसकी पंचेन्द्रियों की परवाह किए बगैर देह में प्रवेश कर लेती हैं, तो मजबूत हड्डियों को जर्जर बनाकर अन्दर-ही-अन्दर खोखला कर देती हैं। जीजाऊ कई बार शिवाई के मन्दिर की तरफ आते-जाते, विशाल पत्थर को काटकर बैठने के लिए बनाई गई जगह पर थोड़ा विश्राम करने लगतीं।

वहीं बाजू में एक विशाल घड़े के आकार की टंकी पत्थरों से बनी हुई थी। युद्ध के काल में उसमें घी पकाया जाता था। जख्मी सैनिकों के अंगों पर वह घी लगाया जाता। सैनिक जल्दी स्वस्थ हों, इसके लिए यह व्यवस्था की गई थी। वहाँ बैठे-बैठे जीजाऊ आसपास के पहाड़ों-खाइयों को देख रही थीं। उनके मन को तब अनेक चिन्ताएँ घेरे रहतीं। वह सोचतीं कि रामायण में माँ सीता ने ऐसा ही वनवास भोगा होगा। लेकिन तब उनके साथ प्रभु श्रीराम थे। उन्हें एक तरह से भविष्य की कोई चिन्ता नहीं थी क्योंकि दूर सही, अयोध्या नाम के नगर की सत्ता और सिंहासन दोनों ही उनके लिए सुरक्षित थे। लेकिन इन वनवास में जीजाऊ के पास क्या था? बड़ी उम्मीद से जन्मे स्वराज्य के सपने का गला तो काल ने उसके पैदा होते ही दबा दिया था।

एकान्त के इस दौर में जीजाऊ के पास उनके अपने नन्हे आठ बरस के सम्भाजी का भी साथ नहीं था। विवाह के दूसरे दिन ही वह राजकुमार सेहरा उतारकर घोड़े की पीठ पर सवार हुआ और पिता के साथ उनके सैन्य अभियान पर निकल गया। तब सच कहें तो हर कोई यही चाहता था कि शम्भू रुक जाएँ। जीजाऊ साहेब ने भी विनती करके देख ली थी मगर महल की दहलीज पार करते हुए शहाजीराजे ने उन्हें फटकारा था, "मछली के बच्चे को समुद्र से बाहर और मर्द के बच्चे को युद्ध की मुहिम से दूर जिन्दा रहना नहीं सुहाता।"

गर्भ के दौरान स्त्री की देह कोमल हो जाती है। उसके मन में भी उथल-पुथल मची रहती है। माना जाता है कि ऐसे वक्त पति की छाया में रहना उसके लिए खूब अच्छा होता है। लेकिन बहुत सारे अभियानों की भागदौड़ के बीच शहाजीराजे के पास समय कहाँ था? बावजूद इसके शहाजीराजे का मन बार-बार अपनी रानी की

तरफ चिन्ता में उड़ा जाता था। उन्होंने जीजाऊ की देखरेख के लिए अपने खास और विश्वसनीय लोगों को नियुक्त कर दिया था। बालकृष्ण हनुमंते, शामराव नीलकंठ और रघुनाथ बल्लाल जैसे काबिल अधिकारी उन्होंने किले में रख छोड़े थे। गोमाजी बाबा किसी पहरेदार की तरह दिन-रात जागते रहते थे।

लेकिन उन समस्याओं का क्या हो सकता था, जो आए दिन आती थीं? जीजाऊ को अगर बाघ जैसा बहादुर पति मिला था तो काल भी सर्प की तरह कुंडली मारे उनका साँस लेना दूभर किए दे रहा था!

महल के एक तरफ विजयराव का निजी शस्त्रागार था। देवपूजा में मग्न सरसादेवी के कानों में अचानक पिछली दीवार की तरफ से सपासप की आवाजें पड़ीं। वह चौंक गईं। वहाँ कौन तलवारबाजी कर रहा है? उन्होंने उत्सुकता से अपना सिर बाहर निकाला और हैरान रह गईं कि सामने जीजाऊ हाथ में तलवार लेकर नर्मदा के साथ भिड़ रही थीं! हाथों में तलवार होने के बाद भी नर्मदा बेचारी पस्त थी। जीजाऊ की हालत देखते हुए वह किसी तरह डर-डरकर तलवार चला रही थी। यह देखते ही सरसादेवी तेजी से पूजा के कमरे से निकलीं और पूछने लगीं, "अरे...अरे जीजाऊ साहेब, ये क्या चल रहा है?"

"बैठे-बैठे मन ऊब गया था।"

"अगं बाई! तो इसलिए ऐसे हाल में आप ये तलवारबाजी करने लगेंगी!"

"क्या करूँ कुछ समझ नहीं पड़ता है। मन में खूब शोरगुल है अक्का साहेब।" जीजाऊ ने सफाई दी, "पेट में इस नन्हे राजा की इतनी चुलबुल और छटपटाहट है कि यह सीधे बैठने नहीं देता है। तो मैंने सोचा कि चलो फिर थोड़ा हाथ ही साफ कर लेती हूँ।"

सरसादेवी खिलखिलाकर हँस पड़ीं और जीजाऊ को साथ लेकर महल में आ गईं।

दोपहर में नन्ही जयंती ने भोजन के पाटों के चारों तरफ सुन्दर रंगोली निकाली। जीजाऊ एक पाट पर पैरों को मोड़कर बैठ गईं। उन्हें अचानक अपनी सुबह की तलवारबाजी याद आई और वह बोलीं, "क्या कहूँ समधिन बाई, बदन में कैसी खलबली मची है! कभी लगता है कि हाथी हौदे पर बैठकर घूमने निकल जाऊँ तो कभी लगता है कि बाघ के कान पकड़कर उसकी सवारी गाँठ लूँ। कभी-कभी तो इच्छा होती है कि पीले चमचमाते सोने के रत्नजड़ित सिंहासन पर बैठ जाऊँ। किसी मोरनी की तरह नीले आकाश में मुक्त विहार करना चाहिए, कभी ऐसा भी मन होने लगता है!"

"ये बातें तो सचमुच मजेदार हैं!"

"कभी लगता है कि बड़े-बड़े मन्दिर बनवाऊँ। खुले हाथों से दान करूँ। धर्म की स्थापना करूँ।"

"कैसे धर्म की स्थापना?"

"मनुष्यता का धर्म! जैसे एक विशाल नदी असंख्य छोटे-छोटे प्रवाहों को अपनी गोद में समाकर आगे बढ़ती है, वैसा धर्म। ऐसा धर्म जिसमें सभी लोगों का कल्याण हो। किसी तरह का भेदभाव न हो।"

एकाएक जीजाऊ का कंठ रुँध गया। वह बोलीं, "समधिन जी, एक जन्म में कितने घाव सहें हम? अब तो शरीर को जैसे आदत पड़ चुकी है। सब कुछ सहते रहना, कष्ट उठाना, वनवास और यह अज्ञातवास जैसा जीवन...लगता है कि ये सारे शब्द जैसे हमारे ही जीवन से बाँध दिए गए हैं।"

जीजाऊ को पता भी नहीं चला और उनकी आँखें भर आईं। सरसादेवी एकटक उन आँखों को देखती रहीं। भावनाओं का ज्वार थमा तो जीजाऊ बोलीं, "माफ करना अक्का साहेब। ये हमारे आँसू नहीं हैं। हमारे पूरे शरीर में जल रहे अंगारों की भाप है। मेरे पति ने चार-चार बादशाहों की सेवा करते हुए उनके महलों की छत सोने से मढ़ दी लेकिन आज हमारा अपना कोई महल तो छोड़िए, एकाध दालान तक है क्या? ऐसे पराक्रमी पुरुष की स्त्री को अपनी गर्भावस्था में, अपनी सन्तान को सुरक्षित जन्म देने के लिए यहाँ-वहाँ भागकर एक किले में आश्रय लेना पड़ता है। पंछी भी ऐसे ही एक डाल से दूसरी डाल भटकते रहते हैं।"

"जीजाऊ साहेब, क्या आप हमें पराया समझती हैं?"

"ऐसा नहीं है। आपके विशाल हृदय की हमें कल्पना है। हम आपके ऋणी हैं। लेकिन क्या कहें, अब ये घाव ही हमारे जीवन की आराधना बन गए हैं!"

विजयराव विश्वासराव के सख्त आदेश थे कि जीजाऊ को किसी बात की कमी महसूस नहीं होनी चाहिए। उनके सकुशल प्रसव के लिए किले में हर दास-दासी, अधिकारी, कारकुन भागदौड़ कर रहा था। खास तौर पर उनकी देवरानी दुर्गादेवी और छोटी बहू जयंती रात-दिन उनकी देखभाल कर रही थीं।

पूरे दक्षिणी हिन्दुस्तान में शहाजीराजे के नाम का बड़ा बोलबाला था। इसलिए आसपास की सभी जगहों पर यह खबर फैल गई थी कि उनकी पत्नी अपने बच्चे को जन्म देने के लिए शिवनेरी के किले में है। किले में दास-दासियों ने बहुत ही उत्साह के साथ उस खोली को सजाया था, जहाँ प्रसव होना था। दीवारों को चूने से रंगा गया। उन पर मोर तथा अन्य पक्षियों के सुन्दर रंग-बिरंगे चित्र बनाए गए थे। महल के दरवाजों पर रंगीन कागजों के तोरण सजाए गए और उनके बीच-बीच में मोतियों की मालाएँ भी पिरोई गई थीं।

प्रसव का दिन नजदीक आ रहा था। इसलिए जुन्नार, उदापुर, नारायणगाँव जैसी जगहों से अनेक कुलीन स्त्रियाँ किले पर जमा होने लगी थीं। इनके हाथों में अनेक गुण थे और कुछ तो सुरक्षित-सहज प्रसव कराने में माहिर थीं। उनके पास अच्छा-खासा अनुभव था। पीछे के महल में अनेक वैद्य तमाम वनौषधियों के साथ

तैयार थे। सुबह होते ही आसपास के इलाकों से बहुत सारी धनगर, कोली, कुनबी तथा अन्य आदिवासी स्त्रियाँ भी पहाड़ चढ़कर किले में आकर बैठ जाती थीं। कोई अपने साथ गाय का दूध लेकर आती तो कोई ताजा घी बनाकर लाती। कोई मछली ले आती तो कोई मेवे लेकर आती। वे बड़े कौतुक से गर्भवती रानी को देखती बैठी रहतीं और आपस में बतियाती रहतीं। इनमें अनेक बुजुर्ग मगर स्वस्थ-मजबूत स्त्रियाँ भी शामिल होतीं। वे युवतियों से जरा भी पीछे नहीं रहतीं। पौ फटते ही वे पहाड़ पर बने किले की तरफ चढ़ाई शुरू करतीं और सिर पर रखे सामान का सन्तुलन बनाए हुए जरा भी डगमगाए बगैर बढ़ती चली जातीं। इन सभी को देखकर जीजाऊ आश्चर्यचकित होतीं और गोमाजी बाबा को अपने पास बुलाकर इन महिलाओं को खाने-पीने की चीजें बाँटने का आदेश देतीं।

बुजुर्ग महिलाएँ अपनी युवावस्था को याद करती हुईं तीस-पैंतीस बरस पुराने किस्से सुनाते बैठी रहतीं। वे बतातीं कि कैसे तब अहमदनगर की निजामशाही को कुचलने के लिए दिल्ली से खुद अकबर बादशाह हाथी पर सवार होकर आया था। तब निजामशाही के छोटे शहजादे को लेकर सुलताना चाँदबीबी यहीं इस शिवनेरी के किले में आकर रही थीं। वे बूढ़ी औरतें याद करतीं कि कैसे चाँदबीबी ने अपने बर्ताव से यहाँ की जनता का दिल जीत लिया था। मगर उनकी सेवा में लगे एक खोजा ने उन्हें धोखा दे दिया और सेना में झूठ फैला दिया कि चाँदबीबी ने दुश्मन की सेना से मिलने का फैसला कर लिया है। नतीजा यह निकला कि अपने मायके अहमदनगर को बचाने आई इस वीर स्त्री की एक भीड़ ने हत्या कर दी। लेकिन जनता और इस रानी से प्रेम करने वालों को इस बात पर विश्वास नहीं हो पा रहा था कि चाँदबीबी मारी गई है। उलटे यह बात किसी दन्तकथा की तरह फैल गई कि चाँदबीबी जुन्नार और शिवनेरी परिसर में कहीं छुपी हुई हैं। जीजाऊ सबकी बातें ध्यान से सुनती थीं।

हर तरफ नए राजकुमार के आने को लेकर उत्सुकता थी। आम्बेगाँव के सुतारों के काम की दूर-दूर तक शोहरत थी। वहाँ के चांगदेव सुतार ने चन्दन की लकड़ी का एक नक्काशीदार पालना बनाया और लेकर आए। यह खबर चुन्नार के शिवप्पा सुनार को मिली तो वह भी अपने कारीगरों के साथ आ पहुँचे। उन्होंने इस झूले में सोने की कड़ियाँ जड़ दीं। उन्होंने बताया कि आज हिन्दुस्तान के बादशाह बने बैठे शाहजहाँ ने अपने तीन बेटों दारा, शुजा और औरंगजेब के साथ जुन्नार की एक कोठी में अज्ञातवास के वर्ष बिताए थे। शिवप्पा ने बड़े अभिमान से कहा कि राजा और राजकुमारों के गले के हार, कमरबन्द और नक्काशीदार गहने उन्होंने ही बनाए थे।

जीजाऊ का जीवन सतत सुख-दुख के झूले में झूल रहा था। महल में शिशु के आगमन की तैयारियाँ जोरों से चल रही थीं। दिन भर लोगों का जमघट लगा रहता

था और वह सारे दुख भूल जाती थीं मगर रात को जब वह अकेली होतीं तो हर तरफ से आकर चिन्ताएँ उन्हें घेर लेतीं। क्या करें वह इन चिन्ताओं का?

चन्दनपुर के खुले मैदानों में बादशाही फौज ने विशाल डेरा डाल रखा था। मुगलों के दक्खन के सूबेदार आसफ खान के डेरे में खूब हलचल थी। डेरे के एक तरफ साठ-सत्तर हाथी और दूसरी तरफ पन्द्रह हजार घोड़ों के अनेक अस्तबल पसरे थे। मुख्य डेरे के सामने एक भव्य और लम्बा-चौड़ा शामियाना खड़ा किया गया था। शहाजीराजे भोसले आज बादशाही सेवा में शामिल होने वाले थे। दोपहर को एक जंगी समारोह में आसफ खान ने उनका जोरदार स्वागत-सत्कार किया। बीती रात राजे ने चाँदवड़ की पहाड़ी के नजदीक गुजारी थी। भोर होते ही उन्होंने रेणुका माता के प्राचीन मन्दिर में पूजा-अर्चना की। देवी से मंगल आशीर्वाद की कामना करते हुए वह पूरी उत्कंठा से बोले, "हे जगतमाते! मनुष्य देह धरने पर क्या-क्या कष्ट उठाने पड़ते हैं, उसकी क्या पीड़ा है, आपसे बेहतर कोई देवी-देवता क्या जानेगा? शक्ति का आशीर्वाद दे। माते, हमारे पीछे यहाँ-वहाँ भटकते रहने का जो फेरा लगा है, उसे अब खत्म कर।"

शहाजी ने मुगलों की सेवा में शामिल किए जाने की अर्जी खान को कुछ समय पहले भेजी थी। यह आसफ खान के अधिकार क्षेत्र में नहीं था, इसलिए उसने तुरन्त ही एक ऊँटनी को आगरा रवाना किया था। सभी को आशंका थी कि राजे के रुआब, उनके शौर्य और इस कारण चारों ओर फैली उनके व्यक्तित्व की ख्याति की वजह से शाहजहाँ उन्हें अपनी नौकरी में रखेंगे या नहीं लेकिन चार दिनों में ही त्वरित जवाब आ गया। बादशाह की तरफ से आए जवाब और खत के मजमून से चन्दनपुर के सभी अधिकारी आश्चर्यचकित रह गए। शाहजहाँ ने एक तरह से शहाजीराजे के लिए खुशियों की बारिश कर दी थी। आज के उत्सव में बादशाह की तरफ से खान ने राजे को पाँच हजारी मनसब प्रदान किया था। साथ ही उनके हाथों में शाही फरमान रखा था। राजे के संग उनके चचेरे भाइयों मालोजी, मंबाजी और खेलोजी को भी तीन-तीन हजार की मनसबदारी दी गई थी। इससे आगे बढ़कर बादशाह ने अपनी तरफ से नौ साल के बालक सम्भाजीराजे के नाम पर एक हजारी मनसब का आदेश जारी किया था। इस बात ने खुद शहाजीराजे को चौंका दिया था।

इतना ही नहीं, बादशाह शाहजहाँ ने आगे रहकर एक अत्यन्त महँगा, छोटा मगर हीरे-मोतियों से जड़ा सन्दूक शहाजीराजे के लिए भेजा था। यह अपूर्व भेंट राजा के सामने पेश करते हुए खान खुद जैसे सिर से पैर तक कँपकँपा रहा था। उसकी आँखों में आँसू थे। खुशी के इन आँसुओं को पोंछते हुए वह बोला, "शहाजीराजे, आपके जैसा खुशनसीब आदमी हमने आज तक नहीं देखा। इस पेटी में क्या छुपा

है, क्या आपको इस बात की कल्पना तक है!" ऐसा कहते हुए उसने वह सन्दूक खोल दिया। उसमें से एक बेहद मूल्यवान, शाही 'चोग़ा' बाहर निकाला। शाहजहाँ ने हिन्दुस्तान के तख्त पर बैठते वक्त यह कीमती परिधान अपने शरीर पर धारण किया था, जिस चोगे के बटन तक दुर्लभ पन्ने से बने थे। शहाजीराजे के सम्मान में शाहजहाँ ने वह वस्त्र खास तौर पर भेजा था। यह ऐसा दुर्लभ लिबास था, जो वह कभी अपने शहजादों को भी न देता।

वह चोग़ा देखकर हर मुगल खुशी से ऊँची आवाज में कहने लगा, "वाह! वाह! क्या बात है।" बेहद भावुक हो चुके आसफ खान ने कहा, "बादशाह का ससुर होने के नाते मैं आपको खास तौर पर बताना चाहता हूँ कि इस अमूल्य परिधान के साथ उन्होंने आपके लिए दो लाख नगद मोहरें भी भेजी हैं!"

"दो लाख? बाप रे, इतनी बड़ी रकम!"

"जी हाँ। खाविंद का यही सन्देश है कि इस रकम को आप अपने लश्कर को तुरन्त व्यवस्थित करने के लिए खर्च करें।"

यह कहते-कहते आसफ खान ने शहाजीराजे का हाथ पकड़ा और वैसे ही हाथ पकड़े हुए उन्हें पास के एकान्त में ले गया। बोला, "राजा साहब, यूँ समझिए कि आज आपके सारे देवी-देवता आप पर बहुत मेहरबान हैं। अगर हवा ऐसी ही बहती रही शहाजीराजे तो मैं देख रहा हूँ कि एक दिन आप मुगल बादशाही के दक्खन के सूबेदार बन जाएँगे...और वह दिन भी दूर नहीं है।"

"क्या? दक्खन की सूबेदारी?" शहाजीराजे स्तम्भित हो गए।

"हाँ-हाँ, राजा साहब। दक्खन की सूबेदारी। जिसे हिन्दुस्तान के बादशाह सिर्फ अपने लाड़ले बेटे को ही दिया करते हैं। इसका ख्वाब कोई गैर-इस्लामी आदमी या उसके देवी-देवता तक नहीं देख सकते।"

जीजाऊ ने नन्हे-से शिवा को मखमली कपड़ों में लपेटा और अपनी देवरानी दुर्गादेवी और दासी के साथ शिवाई माता के मन्दिर पहुँचीं। शिवाई देवी के नाम पर ही उन्होंने अपने इस बालक का नाम 'शिवाजी' रखा था। वहाँ से वापस लौटते हुए वह धान के कोठार के नजदीक एक पुराने पेड़ की छाँव में देर तक बैठी रहीं। तब अचानक उन्हें अपने मायके की याद आई। उनके पिता लखोजीराव इस तेजस्वी, सुन्दर और नटखट खिलौने जैसे नाती को देखकर कितने खुश हुए होते। इस कल्पना से होने वाली खुशी के हिंडोले पर उनका मन झोंके ले रहा था।

उधर, चन्दनपुर के मैदान में बादशाह के आदेशानुसार शहाजीराजे ने बागी दरिया खान का पीछा किया और उसके खिलाफ मुहिम में फतह हासिल की।

सैनिकों समेत दरिया खान का नामोनिशान मिटा दिया। इसके बाद राजा ने शिवनेरी जाने का मन बनाया और पंचमी की रात को वह गढ़ पर जा पहुँचे। किसी को खबर न करने के बावजूद पहाड़ों-नदियों से होती हुई हवा ने जैसे सबको यह बात बता दी थी!

इन दिनों जीजाऊ अक्सर जल्दी सो जाया करती थीं। एक बार संध्या-स्नान किया कि वह बालराजा को घुट्टी और गाय का पतला दूध पिलातीं। फिर उसके गोरे गालों और विशाल मस्तक पर डिठौना लगातीं। कसकर कपड़े से उसके कान बाँधतीं ताकि हवा न लगे और अन्त में बहुत प्यार से निहारते हुए उसकी नजर उतारतीं। इसके बाद जहाँ बालक को झूले में डाला कि पालने की सुवर्ण कड़ियों और नन्हे घुँघरुओं की आवाज से अपने आप उसकी आँख लग जाती।

मगर उस रात वह शिशु जैसे अखंड जागरण कर रहा था। वह आँखें खोले हुए पालने पर बँधी लकड़ी की चिड़ियाँ, तोते और अन्य रंग-बिरंगे खिलौनों को टकटकी बाँधे देख रहा था। हाथों के मोतियों वाले कड़े और पैरों के छोटे-छोटे तोड़े बजाते हुए वह खेल रहा था। उसकी शरारतें देखकर जीजाऊ ने हँसते हुए मजाक में कहा, "अरे नर्मदे! मेरे इस लाड़ले को ये तो नहीं लग रहा है कि इसके बाबा आने वाले हैं!" और तभी सचमुच आँगन में घोड़ों के हिनहिनाने की आवाज सुनाई पड़ी। जीजाऊ आश्चर्य से पलकें झपकाती रह गईं। एकदम उनके होंठों से स्वर फूटे, "ओह! सचमुच ही हमारे राजा की सवारी आ गई!"

राजे ने झूले में लेटे गोरे शिवा को आँख भरकर निहारा। इतना सुन्दर रूप देखकर शहाजीराजे का कवि हृदय जाग गया। वह बोले, "जीऊ, परसों पूर्णिमा के आसमान में हमेशा की तरह झक्क चाँद मुझे नजर ही नहीं आया। पूरा आकाश बादलों से ढका था। उन मेघों की आड़ में भी मैं बहुत देर तक उसे ढूँढ़ता रहा...।"

"तो मिला कि नहीं?"

"अरे, चाँद हमको कैसे मिलता? वो तो आसमान से उतरकर आपकी गोद में यहाँ नन्हा बालक बनकर खेल रहा है!"

उस रात शहाजीराजे इतने खुश थे कि उन्होंने दास-दासियों पर इनामों की बौछार कर दी। विजयराव, सरसादेवी, दुर्गादेवी और जयंतीबाई समेत सभी के लिए वह रेशमी वस्त्र उपहार के रूप में लाए थे। किले में मौजूद अपने सभी अधिकारियों, कर्मचारियों से लेकर नौकरों-चाकरों तक को उन्होंने नए वस्त्र पहनाए। पूरी रात शहाजीराजे और सम्भाजीराजे नन्हे बालक को अपनी गोद में लिये, कभी छाती से तो कभी पेट से चिपकाए खेलते रहे। आश्चर्य की बात तो यह कि रात भर उस बालक को भी अपने पिता और भाई के साथ मस्ती करने में खूब मजा आता रहा। वह जरा भी नहीं थका। आनन्द से खिलखिलाता रहा।

जब रात बीतने को आई तो बिस्तर पर जीजाऊ और शहाजीराजे को बातचीत

का मौका मिला। शहाजीराजे हर्ष से बता रहे थे, "जीऊ! बादशाह हम पर इतना फिदा है कि कल को वह दक्खन की सूबेदारी हमें देने वाला है, लेकिन अगर उसके साथ स्नेह थोड़ा और बढ़ गया तो वह काबुल-कन्धार की जागीर भी हमारे नाम बहाल कर सकता है!"

"ओह! तो फिर हम इस बात का क्या मतलब समझें?" तीक्ष्ण बुद्धि जीजाऊ हँसते-हँसते गम्भीर हो गईं।

"यह सब कुछ तुम्हें कम लगता है क्या?" राजा ने जीजाऊ की आँखों में आँखें डालकर देखा।

"नहीं, बिलकुल नहीं।" तलवार से तलवार टकराने पर जैसे चिंगारी छूटती है, वैसे ही धारदार शब्द जीजाऊ के मुख से निकले, "राजे! हम दोनों ने जिन्दगी नाम का यह जहर खूब पीया है कि अब किसी तरह का समझौता नहीं करना है। समझौते की जगह मैं और दुख उठाने को तैयार हूँ। चाहे तो खुले आसमान के नीचे रह लूँगी लेकिन राजे, अपने स्वराज्य 'महाराष्ट्र' का सपना हर हाल में साकार होना ही चाहिए! गुलामी की यह जंजीर अगर अपने पति या पुत्रों के गले में देखनी पड़ती है तो हमारे जीवन भर उठाए कष्टों और तपस्या का यह घोर अपमान होगा! मैंने और आपने यह जन्म लिया है तो सिर्फ अपनी मिट्टी के सम्मान के लिए। अब यह जीवन इसी मिट्टी के काम आएगा राजे!"

एक सौ तीस बरस पुरानी निजामशाही खत्म हो चुकी थी। निजाम की सल्तनत को वक्त की धार में डुबाकर खत्म कर देना दिल्ली का पुराना ख्वाब था। इसे पूरा करने में उन्हें आदिलशाही का साथ मिला था। बीजापुर और दिल्लीवालों के बीच बसा निजामशाही का पट्टा अब नष्ट हो चुका था।

अब दक्षिण के कुछ प्रमुख सरदार अपने-अपने इलाकों को सँभाल रहे थे। रेहान खान ने सोलापुर का किला और पूरा क्षेत्र अपनी मुट्ठी में दबा रखा था। किलेदार निजगराव बिश्वास राजा ने शिवनेरी के किले को अपने कब्जे में ले लिया था। उधर, कोंकण के चेऊल, निजामपुर और रोहया में सिद्दी बाबा और सैफ खान की धाक जमी हुई थी। दंडाराजपुर के नजदीक सिद्दी अम्बर ने जंजीरा के किले पर नियंत्रण कर लिया था। निजामशाही नष्ट हो जाने पर किसी में अब इतनी धमक बाकी नहीं थी कि आगे बढ़कर अहमदनगर पर अपना दावा करता। इसी मुद्दे को लेकर पेमगिरी के किले पर सरदार पिलाजी पंत प्रभु देशपांडे और जीजाऊ साहेब के बीच बातचीत चल रही थी।

शहाजीराजे पर नजर टिकाते हुए जीजाऊ बोलीं, "राजे, बीते कई वर्षों से जिस

'महाराष्ट्र' के निर्माण का स्वप्न हम देख रहे थे, उसे साकार करने का समय आ गया है। अब आप स्वयं बादशाह बनें।"

"लेकिन जीऊ, हालात अभी तक उतने परिपक्व नहीं हुए हैं।"

"देखिए राजे, आपको हर हाल में हिम्मत करनी होगी।" पिलाजी देशपांडे बोले।

कभी ऐसा नहीं हुआ था, मगर आज शहाजीराजे निराशा के जंजाल में उलझे नजर आ रहे थे। यह देखकर जीजाऊ तत्काल उठ खड़ी हुईं जैसे आसमान में कड़कड़ाती बिजली चमकती है। उनके चेहरे का तेज और आँखों की चमक देखकर शहाजीराजे में उत्साह का संचार हो गया। कुछ ही क्षण में उनके मन में लगे नैराश्य के जाले राख हो गए। जीजाऊ ने धाराप्रवाह बोलना शुरू किया, "राजे, हिन्दुस्तान भर में आपको शहाजीराजे भोसले के नाम से जाना जाता है। जिस इब्राहिम आदिलशाह की फौज को आपने परास्त किया, उसने ही आपको अपनी सेना का 'सेनापति' बनाकर खुद को धन्य माना। आपके साथ को दिल्ली का बादशाह भी अपने लिए अमूल्य मानता है! अगर बाघ जैसा बहादुर पुरुष ही अपने शस्त्र म्यान में रख लेगा तो फिर खरगोश जैसा नाजुक दिल रखने वाली अपनी प्रजा से आप क्या बड़े काम की उम्मीद करेंगे?"

देर तक शहाजीराजे गहरी साँसें खींचते हुए बैठे रहे। फिर चारों तरफ नजर डालते हुए बोले, "आपने जो कहा वह बात हमें जमी। दूसरों के मंडप में जाकर गुलाल उड़ाने और ढोल-ताशे बजाने के बजाय अपने किले के बुर्ज से तोपों की गर्जना करके दुश्मन को दहलाना ही खरा पुरुषार्थ है!"

"वाह वाह राजे, वाह!"

राजा के मन में ऐसा उजास छा गया, जैसे बादलों से कोई नई किरण फूटी हो। उनके मन में स्वराज्य का नक्शा हिंडोले की तरह तैरने लगा। गम्भीर होकर वह बोले, "दिल्लीवालों ने भले ही दौलताबाद पर कब्जा ले लिया हो लेकिन नासिक, त्र्यम्बक, संगमनेर, जुन्नार से लेकर नीचे कोंकण तक का सारा इलाका अभी हमने अपने अधिकार में रखा है। पुणे और सुपे की जागीर कायदे और वायदे से अब भी हमारी है। अब चारों तरफ से यही बात उठ रही है तो फिर नया दाँव खेलने में कोई हरकत नहीं है! चलिए, देखते हैं कि हमारे भाग्य में क्या लिखा है?" राजा के मन को तैयार होते देखकर जीजाऊ समेत सभी लोग बहुत खुश हो गए।

इसके बाद तो बैठकों, वार्ताओं और गम्भीर चर्चाओं ने जोर पकड़ लिया। मंबाजी भोसले, सर्जेराव घाटगे जैसे सरदार किले में चक्कर काटने लगे। बैठकें होने लगीं। एक रात बैठक खत्म होने के बाद मंबाजी भोसले राजा के शयनगृह में पहुँचे। उनका मन कुछ ठीक नहीं लग रहा था। उन्होंने धीरे से चिंगारी छोड़ी, "दादा, बेकार ही ये अंगारे आप क्यों अपने अँगोछे में बाँधने की कोशिश कर रहे हैं?"

"मतलब?"

"दादा! मुझे माफ करें लेकिन मैं साफ-साफ कहता हूँ। स्वतंत्र राजा बनना या फिर किसी राज्य के बड़े पद पर बैठना, दोनों ही बातें मराठा जाति के लिए नहीं बनी हैं।"

"ये तो साफ दिख ही रहा है। ऐसा न होता तो तेरे मुँह से ऐसे डरपोक और अशुभ शब्द निकलते ही कैसे? इससे अलग कुछ और कहना है क्या तुझे?"

"इस काम में क्या इस्लामी सरदार हमारी मदद करेंगे?"

"देख मंबा, बीते करीब बीस बरस में बीजापुर दरबार, दौलताबाद के महल-हवेलियाँ और बुरहानपुर से मांडू-सागर तक मुगलों के इलाकों को हमने कई बार अपने पैरों से रौंदा है। इन तीनों राज सत्ताओं में आज जो नए सरदार नियुक्त हैं, उनमें से ज्यादातर अपने उभरते हुए दिनों में हमारे यार-दोस्त रहे हैं। उनके साथ हमारा खाना-पीना, उठना-बैठना रहा है। हम साथ में नाचे-गाए हैं। अपने मुँह से स्वयं की प्रशंसा करना मूर्खता है, परन्तु गौर करोगे तो पता चलेगा कि ये सारे इस्लामी सरदार हमारी तलवार की धार से खूब वाकिफ हैं। सच यह भी है कि उन्हें असली डर लगता है, हमारी बुद्धिमत्ता और कूटनीतिक चालों से।"

शहाजीराजे ने मंबाजी को खूब आड़े हाथों लिया, तो वह पीछे के दालान से होते हुए जीजाऊ के शयनकक्ष में पहुँच गए। उन्हें देखते ही घबराए हुए कहने लगे, "वहिनी, ये दादा कोई शाह तो नहीं हैं, न ही खान या कि अम्बर हैं। इन इस्लामी सरदारों के झुंड में 'राजा' बनकर वह कैसे टिक पाएँगे?"

मंबाजी की बात सुनकर जीजाऊ हँसते हुए बोलीं, "भाऊजी, क्यों चिन्ता करते हो? अपनी जान को लेकर इतना क्या डरना? तुम मिलकर हिम्मत करोगे तो सब हो जाएगा। परायों को सलाम बजाते-बजाते तुम लोगों का आत्मसम्मान भी खत्म हो गया है। अरे, हो जाने दो जो कुछ अलग होना है। तुम एक बार पूरे जी-जान से पराक्रम तो करके देखो!"

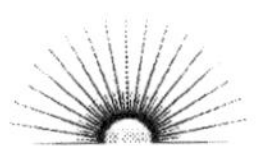

एक दिन बीजापुर में बड़ी बेगम ने मोहम्मद सुलतान के मुलायम गद्दे पर उनके नजदीक खिसकते हुए कहा, "मेरे आका, बहुत हुआ। पैरों की जूती कितनी ही कीमती हो, जंगली ऊदबिलाव के चमड़े से क्यों न बनी हो, उसे उठाकर सिर पर रख लेने का क्या मतलब?"

"आप मुरारी पंडित की बात कर रही हैं?"

"जी हाँ। इस पंडित का चाल-चलन हमें बिलकुल ठीक नहीं लगता है।" बड़ी बेगम ने साफ शब्दों में कहा।

बीते चार-पाँच बरसों से खवास खान के आश्रय की वजह से मुरारी पंडित

बेकाबू होता जा रहा था। उसकी विद्वत्ता पर किसी को शक नहीं था परन्तु वह विक्षिप्त व्यक्ति की तरह कब क्या कारनामा कर दे, इसका डर सबके मन में बैठा रहता था। उसकी विचित्र हरकतों और पागलों की तरह बर्ताव की कई शिकायतें मोहम्मद शाह के पास आ चुकी थीं। इस्लामी राज्य में एक ब्राह्मण पंडित की इतनी पूछ-परख बीजापुर में कुछ खास लोगों के लिए पचा पाना मुश्किल हो चुका था। लेकिन वजीर खवास खान का हाथ उसके सिर पर होने की वजह से इन लोगों को अपना मुँह सिलकर रह जाना पड़ता था।

दौलताबाद को जीतने के लिए मुगलों ने किले पर घेरा डाल रखा था। तब निजामशाही की कमान फत्ते खान के हाथों में थी। किले में मौजूद निजामी फौज और उसकी मदद के लिए बाहर से आए आदिलशाही सिपाही, दोनों मिलकर मुगलों को कड़ी टक्कर दे रहे थे। लेकिन तभी किले के अन्दर अन्न खत्म होने लगा और अकाल के हालात बन गए।

एक सुबह खवास खान ने मुरारी जगदेव को बुलवाया और कहा, "वहाँ दौलताबाद में हमारे सैनिक और जानवर एड़ियाँ घिस रहे हैं। अन्न बिना भूख के मारे वे दम तोड़ रहे हैं।"

"खान साहेब, सिर्फ हुक्म कीजिए कि क्या सेवा करना है।"

"पंडित, उस किले में लोग और जानवर फँसे हुए हैं। भोजन-पानी के बिना तड़प रहे हैं।"

"आप कहिए तो क्या करना है?"

"हम लोगों ने एक बड़ा काम तो कर लिया है। सब सरदारों और खुद सुलतान साहब ने मिलकर अनेक परगनों से खाने-पीने की तमाम चीजें, चावल, गेहूँ, जानवरों का चारा बड़ी मेहनत से सिर्फ दो दिन में इकट्ठा कर लिया है।"

"तब मैं तुरन्त ये सब लेकर दौलताबाद के लिए निकलता हूँ।"

"यही मैं कह रहा था पंडित। जितनी जल्दी तुम वहाँ पहुँच सको, उतने ही ज्यादा हमारे आदमी और जानवर बच सकेंगे। यह जोखिम भरा काम है और इसी वास्ते हमने आपको चुना है। किसी इस्लामी को नहीं।"

मुरारी जगदेव खुश हो गया। हुक्म की तामील करते हुए वह बीजापुर से चल पड़ा। विशाल अन्न भंडार लेकर। घोड़ों और ऊँटों को चारा-घास-पानी के लिए जितना वक्त लगता था, वह उतनी ही देर रास्ते में रुका।

मुरारी को दौलताबाद किले की अम्बरकोट प्राचीरें नजर आने लगीं। दूसरी तरफ युद्ध चल रहा था। आसमान में तोपों की गरज थी और हवा में धुएँ के गुबार नजर आ रहे थे। इनसानों और जानवरों की कराहें और चीखें कानों में पड़ रही थीं। तभी मुरारी के एक सहायक ने आकर कहा, "एक बार रसद अन्दर पहुँची कि फत्ते खान तमाम मुगलों को भागने पर मजबूर करके, तय शर्त के मुताबिक किला हमारे हवाले

कर देगा।" एकाएक मुरारी को लगा कि उसकी अन्तरात्मा से कोई आवाज उठी है। तुरन्त उसके दिमाग में बैठे कूटनीतिक विद्वान का भूत जाग पड़ा। वह हवा में हाथ फेंकते हुए जोर से चीखा, "छी: छी:! इस झूठे फत्ते खान का क्या भरोसा करना? इस मक्कार ने तो खुद ही अपने पर उपकार करने वाले निजाम की जान ले ली थी!"

इतने में गुप्त दरवाजे से निकलकर फत्ते खान का अधिकारी दौड़ते हुए किले से बाहर आया। मुरारी पंडित को देखते ही वह मनुहार करने लगा। वह बताने लगा कि बीजापुर और दौलताबाद के कई सिपाही और जानवर भूखे पेट कमजोर होकर पड़े हुए हैं। कमजोर होकर वे धीरे-धीरे दम तोड़ते जा रहे हैं। मगर मुरारी ने जैसे कुछ नहीं सुना और गुस्से में गरजने लगा, "जाकर अपने उस मूर्ख फत्ते खान से कहना कि पहले किले का पूरा अधिकार मेरे हवाले करे और फिर सारा अनाज ले ले।"

बादशाह शाहजहाँ अगर दूसरी बार दक्खन में लौटा था, तो उसकी दो वजहें थीं। पहली तो यह कि वह बागी शहाजीराजे भोसले को कैद करके हथकड़ियाँ पहनाना चाहता था। दूसरी वजह थी, दौलताबाद के किले को हर हाल में जीतना। इन्हीं इरादों के साथ उसने सेना की कमान सरदार खानखाना को सौंपी थी। खानखाना के झंडे तले उत्साह से झूमते मुगल सैनिकों ने दौलताबाद के किले के चारों तरफ आग का घेरा बना दिया था। विशाल परकोटे के बाहर, नीचे मैदान में उन्होंने गहरी खाइयाँ खोद दी थीं। किले की प्राचीर से बीजापुरी सरदार खैरत खान लड़ रहा था। नीचे फत्ते खान मुगल सैनिकों को कड़ी टक्कर दे रहा था। मुगल किसी भी हाल में किले को हथियाना चाहते थे और उन्होंने साठ-सत्तर झूलेदार सीढ़ियाँ बना ली थीं। इन सीढ़ियों को रस्सियों से आपस में जोड़कर वे उसे किसी तरह से प्राचीर पर फँसाने की कोशिश करते और पाँच-पाँच करके उन सीढ़ियों से ऊपर चढ़ने की कोशिश करते। इस काम में वे अपने प्राणों की बाजी लगा रहे थे। फत्ते खान की फौज मुगलों के इन प्रयासों को बार-बार नाकाम करने में लगी थी। वे लोग सीढ़ियों को तोड़कर ऊपर चढ़ रहे मुगल सैनिकों को बीच हवा से नीचे फेंक देते। बीच-बीच में छोटी-बड़ी तोपें आग उगलने का काम भी कर रही थीं। नतीजा यह कि इस आग में दोनों तरफ के वीर प्राण गँवा बैठते थे। धड़धड़ाते तोप-गोलों की आग से या फिर तलवारों की धार से एक के बाद एक सिपाही जख्मी होते जा रहे थे।

इस बीच कुछ सिपाही दस-बारह सीढ़ियाँ जोड़कर ऊँचाई पर पहुँचने में कामयाब हो गए। तोप के गोलों और आग से बचते हुए साठ-सत्तर लोग अम्बरकोट की दीवार पर चढ़ गए। वह प्राचीर चौदह गज ऊँची और दस गज चौड़ी थी। ऐसी अभेद्य मोटी-मजबूत दीवार उनकी आँखों में नहीं समा रही थी। वे हैरान थे। उत्तर

हिन्दुस्तान में उन्होंने ऐसी दीवार की कल्पना तक नहीं की थी। वे बोले, "अल्लाह, यह मलिक अम्बर आदमी था या शैतान? किले के ऐसे चौड़े पाट और ऐसी दीवारें हमने ख्वाबों तक में नहीं देखी थी।"

उधर, फत्ते खान के अधिकारी एक बार फिर मुरारी के पास से नाकाम और रोते-चीखते हुए बाहर निकले। उन्होंने उसे समझाने की खूब कोशिशें कीं, "सियासी बातें बाद में होती रहेंगी। पहले आग में झुलस रहे हमारे भूखे सैनिकों को अन्न तो दे दो।"

एक तरफ भूख मार रही थी और दूसरी तरफ सामने मुगल किले की चाबियाँ लेने के लिए डटे हुए थे। परिस्थिति पल-पल बिगड़कर हाथ से निकल रही थी। मुरारी जगदेव का हठ और लाए हुए अन्न को न देने की मूर्खता के साथ अड़ियल टट्टू जैसा बर्ताव फत्ते खान को पागल किए दे रहा था। वह किले की दीवारों में बने झरोखों से नीचे चल रही लड़ाई का निरीक्षण कर रहा था। मुगल सैनिक तेजी से परकोटे की दरारों और आसपास की जगहों पर बोरियों से बारूद भर रहे थे। मोटी दीवार में आग की मार से सेंध लगाई जा रही थी। भविष्य अन्धकार में डूबता जा रहा था। तभी फत्ते खान के पास मुगल सरदार का पत्र आया, "क्यों अपनी सोने जैसी कीमती जिन्दगी को खत्म कर रहे हो? हथियार डाल दो और हमारी छत्रच्छाया में आ जाओ। अल्लाह और बादशाह दयालु हैं। भूखों के लिए अन्न और तुम्हें देने के लिए चालीस हजार मोहरें हमारे पास हैं। इसके अलावा भी जो चाहोगे, वह इनाम देकर हम तुम्हें मालामाल कर देंगे।"

परेशान फत्ते खान ने एक आखिरी प्रयास करते हुए मुरारी पंडित के पास फिर से पैगाम भेजा, "चाहो तो मैं आकर तुम्हारे पैरों में लोट जाता हूँ लेकिन पहले अन्न भेज दो। अगर तुम्हारी तरफ से मदद नहीं आई तो हमें भूखे पेट जाकर मुगलों को गले लगाना पड़ेगा।" इस कड़क पैगाम का भी अहंकारी मुरारी पर कोई असर नहीं पड़ा। उलटे उसने फत्ते खान के दूत के मार्फत सख्त सन्देश भेजा, "ज्यादा बातें मत कर और तुरन्त चाबियाँ बाहर भेज दे। नहीं तो मैं तेरी गरदन उड़ाकर किले के परकोटे से नीचे फेंक दूँगा।"

खाली पेट में जलने वाली भूख की आग तोप के गोलों से कहीं ज्यादा जलाती है इसलिए जब किले की प्राचीर पर भूखे सैनिकों को सामने सीढ़ियाँ दिखाई दीं तो वे शत्रु-मित्र की परवाह किए बगैर सीधे उनकी तरफ दौड़े और करीब ढाई-तीन सौ सैनिक उनके सहारे तेजी से नीचे उतर गए। वे शत्रु के शिविर में पहुँच गए और वहाँ हाथ जोड़ते हुए खड़े हो गए, "पहले खाना दे दो। बाद में चाहें तो तोप से उड़ा देना।" होशियार खानखाना ने उन बेचारों को पेट भर भोजन कराया।

उस शाम अँधेरा होने तक फत्ते खान ने बीजापुर से आई रसद का बेसब्री से इन्तजार किया। उसकी आँखें आँसुओं से तर थीं। अपनी आँखों के सामने उसे मृत्यु का भयंकर जबड़ा दिखाई दे रहा था। आखिर में उसने सावधानी बरतते हुए अपने

परिवार की महिलाओं और बच्चों को किले के अन्तिम सिरे पर अँधेरी कोठियों में भिजवा दिया। पूरी रात वह गम्भीरता से सोचता रहा और हिचकियाँ बाँधकर रोता रहा। जबकि दूसरी तरफ मुरारी आराम से अपने तम्बू में सोने चला गया। पौ फटते ही प्रचंड विस्फोटों की 'धुड़ूम धड़ाम धुड़ूम धड़ाम' आवाजों के साथ पूरा इलाका हिल गया। धमाके इतने जबरदस्त और हिला देने वाले थे कि अस्तबलों में बँधे घोड़े थर-थर काँपने लगे। मुरारी पंडित इन धमाकों से हिली धरती के कारण पलंग से सीधे नीचे आ गिरा और घबराते हुए उसकी आँख खुल गई। जैसे-तैसे खुद को सँभालते हुए वह खड़ा हुआ। उसने कनात की खिड़की से देखा। प्रचंड विस्फोट से जैसे सामने किले का चेहरा बिगड़ गया था। परकोटे में करीब पन्द्रह फीट लम्बा गड्ढा बन चुका था। आखिरकार भूख, परिस्थितियों और मुरारी पंडित के पागलपन के आगे फत्ते खान ने घुटने टेक दिए थे। जो मर गए वे मर गए, मगर जो जिन्दा हैं उन्हें बचा लेना चाहिए। यह सोचते हुए फत्ते खान मुगलों की शरण में चला गया। आँसुओं से भरी आँखों और खून से लथपथ सुबह-सुबह उसने किले की चाबियाँ मुगलों के हाथों में सौंप दी।

उस सुबह जब दौलताबाद किले का मुख्य दरवाजा खोला गया तो सामने अनेक बैलों की जोड़ियाँ जख्मी और मुर्दा हाल में यहाँ-वहाँ बँधी पड़ी थीं। बाहर की दुनिया को इस बात की कल्पना नहीं थी कि किले के अन्दर बीते कुछ दिनों में मौत ने कैसा नंगा नाच किया था। खेतों में काटकर डाली गई फसल के ढेर की तरह इनसानों और जानवरों के धड़ यहाँ-वहाँ बिखरे पड़े थे। एक अजीब-सी जी को मिचला देने वाली दुर्गन्ध पूरे परिसर में फैली हुई थी। करीब तीन हजार इनसानों की लाशें छितराई हुई थीं। लम्बी कतारों के बावजूद मुर्दों को ठिकाने लगाने वाले मसानियों का काम जैसे खत्म ही नहीं हो रहा था। करुण लगने वाला यह दृश्य बेहद खौफनाक था।

अपनी नाक पर रूमाल रखकर तम्बू की दरार से यह सब देखने के बाद मुरारी जगदेव चापलूसों के सामने शंका व्यक्त कर रहा था, "अरे भाईसाब, अपनी तरफ से तो इस मामले में कोई गलती नहीं हुई न?"

पेमगिरी राज्य में

1632-35

"अब बुरहानपुर से निकलने वाले मुगल घुड़सवार बीजापुर तक दौड़ते ही रहेंगे। उन्हें बीच रास्ते में रोकने के लिए कोई नहीं बचा।" बीजापुर दरबार में आए दिन इस गम्भीर हो चले मुद्दे पर चर्चा शुरू थी।

अकबर, जहाँगीर और अब शाहजहाँ!

दिल्ली के इन सभी बादशाहों की महत्त्वाकांक्षा जिंजी, रामेश्वर से लेकर मदुरै के मैदानों तक अपने घोड़े दौड़ाने की रही है। पहले से ही बीजापुर के दरबार में सब इस विचार पर एकमत थे कि निजामशाही का टिका रहना जरूरी है। ऐसा नहीं था कि उन्हें दौलताबाद पर कोई दिल से प्यार आता था लेकिन मुगलों की महत्त्वाकांक्षा के पर कतरने के लिए बीच में कोई एक होना चाहिए, यह सोचकर सबको निजामशाही का अस्तित्व जरूरी मालूम पड़ता था। निजामशाही के खाक हो जाने का मतलब साफ था कि मुगल भस्मासुर अब सीधे आदिलशाही को निगलने की तैयारी शुरू करेगा। उसने शायद इसकी तैयारी शुरू भी कर दी है क्योंकि इधर परंडा, धारूर और बीड जैसे इलाकों में मुगल फौजों के छापे पड़ने की खबरें आने लगी हैं। इन बातों से बीजापुर में हलचल मची थी और हर कोई इस चिन्ता में डूबा था कि आखिर किस तरह से मुगल हमलों पर लगाम कसी जाए।

वक्त के साथ इनसान की सोच भी बदलती है। जो आग जलाकर भस्म करती है, वह उसकी उपयोगिता का भी खयाल करने लगता है। दरबार में मोहम्मद आदिलशाह, बड़ी बेगम साहिबा, मुस्तफा खान, रणदुल्ला खान जैसे बुजुर्गों में विचार-विमर्श चल रहा था। वजीर खवास खान को हवा के रुख का सही-सही अन्दाजा था। दुख के महासागर में सुख की लहर जैसी एक बात उठी, "सुना है, शहाजीराजे पेमगढ़-संगमनेर के बाजू में एक नई सल्तनत खड़ी करने की जिद ठाने बैठा है।"

"बहुत खूब, बहुत खूब। शहाजीराजे तो हमारा पुराना साथी है।"

"धरती को रौंदने वाले दिल्ली के घोड़ों को अगर बीच में ही रोकना है तो शहाजीराजे जैसे जंग बहादुर की ही जरूरत है।" सभी सरदारों ने एक स्वर में खुश होकर कहा।

आखिरकार बीजापुर के दरबार में फैसला हो गया। उनके राज्य को नष्ट करने के इरादे से किए जा रहे मुगलों के आक्रमण हर हाल में थमना ही चाहिए। सबने मिलकर तय किया कि दक्षिण की तरफ मुगलों को बढ़ने से रोकने के लिए शहाजीराजे के नए राज्य के निर्माण के संकल्प को समर्थन दिया जाना चाहिए।

इधर शहाजीराजे ने पूरी निष्ठा और लगन से अपने स्वप्न की पूर्ति के उद्देश्य से भागदौड़ शुरू कर दी थी। संगमनेर के आसपास सह्याद्रि के पहाड़ों की श्रृंखला में बालेश्वर पहाड़ के नजदीक पेमगिरी नाम का एक पुराना किला था जो मौर्य अथवा बौद्धकाल में बना होगा। वहाँ पेमादेवी का एक प्राचीन मन्दिर था। सातवाहन काल में बने विशाल जलकुंड जीर्ण-शीर्ण अवस्था में थे। बाद के काल में यह जगह वीरान हो गई थी लेकिन यहाँ से एक तरफ खानदेश, दौलताबाद थे तो पहाड़ों के दूसरी तरफ कल्याण बन्दरगाह तथा बाईं ओर पुणे का इलाका स्थित था। इस लिहाज से यह मौके की जगह थी। शहाजीराजे और जीजाऊ ने

जब किला देखा तो उन्हें यह किसी भव्य मन्दिर के गुम्बद सरीखा नजर आया। अर्द्धचन्द्राकार सह्याद्रि के पार्श्व में यह छोटा किला बहुत सुदृढ़ दिखाई देता था। इस किले में जगह कम थी लेकिन इसके मैदानों में कई मोहल्ले और बड़े-बड़े अस्तबल खाली पड़े थे। यह पूरा परिसर दोनों को बहुत आकर्षक लगा। विशाल संगमनेर जिला और छोटा नासिक तालुका, दिल्ली के मुगलों के लिए दक्षिणी सिरे पर थे। एक तरफ निजामशाही के और दूसरी तरफ मुगलों के पहाड़ों पर पहरा देने वाले सिपाही अक्सर पेमगिरी पर इकट्ठा होते थे और यहाँ आराम से बैठकर खाली वक्त में ताश खेला करते थे।

गोद में रहने वाले ढाई-तीन साल के छोटे शिवा को लेकर जीजाऊ उस छोटे से पेमगढ़ के शिखर पर रहने आ गईं। उनके साथ पिलाजी पंत देशपांडे, सर्जेराव घाटगे, माने, काले और ऐसे ही कुछ सरदारों ने आसपास की खाली जगहों पर अपना ठिकाना बनाया। पाँच हजार घुड़सवारों का दल शहाजीराजे के साथ हमेशा की तरह मौजूद था। जीजाऊ रानी साहिबा के पहुँचने के कारण तमाम अधिकारी, मुंशी, आसपास के गाँव के लोग और बाल-बच्चे किले पर आ चुके थे। भीड़ बढ़ चुकी थी। कामकाज शुरू हो गया था। देखते-देखते झाड़-झंखाड़ों से पटा सुनसान परिसर कुछ ही दिन में एक हलचल भरे किले में रूपान्तरित हो गया।

राजे के मन में नई उम्मीद जागी। उन्होंने बीजापुर दरबार में खवास खान और अपने तमाम मित्रों समेत आदिलशाह को भी सन्देश भेजा, "निजामशाही में चौरासी किले थे। भले ही मुगलों ने इनमें से एक दौलताबाद पर कब्जा कर लिया, लेकिन इससे घबराने की बात नहीं है। पास ही जुन्नार जैसी पुरानी राजधानी, शासन की समृद्ध परम्परा तथा संस्कृति हमारे पास है। बहादुर सिपाही, विशाल पहाड़, दरिया और घाटियाँ हमारे पास हैं। हमें पूरा विश्वास है कि यहाँ हम नए राज्य की स्थापना करके पूरी जिम्मेदारी तथा कौशल के साथ शासन कर दिखाएँगे।"

राजे ने तैयारियाँ शुरू कीं। उन्होंने मित्रों, नातेदारों और भाई-बन्धुओं को सबसे पहले निमंत्रण भेजा। शिवनेरी पर विजयराव को भी शुभ सन्देश भेजा, "आपको जानकर खुशी होगी कि आपकी तरह हमारे द्वार पर भी अब आनन्द-मंगल के वाद्य बजेंगे। हम नए राज्य के निर्माण की नींव रख रहे हैं, एक ऐसा जिसकी रानी आपकी बेटी और हमारी बहू होगी। इस नई शुरुआत में हमारी मदद के लिए आप तत्काल अपने घोड़े पर सवार होकर पधारें।"

पेमगढ़ से जुन्नार या शिवनेरी की दूरी अधिक नहीं थी। वहाँ सन्देश भेजे दो दिन बीत चुके थे, लेकिन उधर के आकाश में घोड़ों की टापों से उठती धूल दिखाई नहीं दी। इससे राजा का मन खट्टा हो गया।

पेमगढ़ पर जोरदार तैयारियाँ चल रही थीं। किला बहुत प्राचीन था और दशकों तक धूप-वर्षा की मार से वह इमारत अन्दर से खोखली हो चुकी थी। लकड़ी के

मजबूत खम्भों में कीड़ों-मकोड़ों ने छेद कर दिए थे। पानी के जर्जर कुंड मिट्टी से भर गए थे। जगह-जगह जंगली लताओं के साथ नागफनी और बेर के काँटेदार झाड़ उग आए थे। इन तमाम चीजों से जूझते हुए, वहाँ के जीवन को नए सिरे से सजाने-सँवारने में जीजाऊ साहेब ने दिन-रात एक कर रखे थे।

शहाजीराजे के तमाम भाई-बन्धुओं में से हर कोई वहाँ नहीं पहुँचा था। बाघ जैसा बहादुर उनका प्रिय चचेरा भाई खेलोजी भोसले तक नजर नहीं आया। पहले कभी ऐसा नहीं हुआ था। चाहे आदिलशाही दरबार रहा हो या चन्दनपुर का मैदान, शहाजीराजे ने हमेशा इस बात को अपनी प्रतिष्ठा से जोड़कर देखा था कि उनके साथ खेलोजीराव को भी मनसब और पूरा सम्मान मिले।

वह मन-ही-मन शर्मिन्दा महसूस कर रहे थे। उनके अन्दर का उबाल थम नहीं रहा था। आखिरकार उन्होंने खेलोजी के दोनों भाइयों मंबाजी और मालोजी को अपने दफ्तर में बुलाया, "बच्चो, तुम्हें नहीं लगता कि यह बहुत ही कष्टकारक है? वेरुल के मालोजी राजा और विठोजी बाबा ने अपनी कीर्ति का डंका चारों दिशाओं में बजाया था। ध्यान रखना कि हमने अपने बर्ताव में कभी अपने-पराये जैसा भेद नहीं किया।"

"दादा, हम कैसे भूल सकते हैं? मालोजी बाबा के रण में शहीद हो जाने के बाद हमारे पिता विठोजी बाबा ने आपके साथ ही हम सब भाइयों को एक बराबर मानकर पाला-पोसा। भाई की याद हर क्षण बनी रहे, यही सोचकर उन्होंने मेरा नाम तक मालोजी रखा। ये सारे रक्त सम्बन्ध कभी कैसे भुला सकेंगे।"

"अरे! खंडागढ़ में हाथी का प्रकरण रहा हो या फिर दूसरे मामले। हमने मिलकर दूसरों पर सदा जीत हासिल की। यह सब क्यों और किसके लिए? हमारा घराना एक रहे, इसलिए न! लेकिन आज इस खास मंगल अवसर पर खेलोजी अपना घोड़ा लेकर कहाँ, किस दिशा में भटक रहा है?"

दूसरे दिन हवा से बातें करती हुईं दो ऊँटनियाँ पेमगढ़ पर आ पहुँचीं। सांडनी सवार रात को भी दिन करते हुए भागते रहे और बीजापुर से सीधे यहाँ आकर रुके। मोहम्मद शाह के वजीर खवास खान ने भावों से भरी चिट्ठी लिख भेजी थी :

सेवा में,

राजा शहाजीराजे हुजूर,

किला पेमगढ़, संगमनेर इलाके में कहीं

आपको भेजा गया यह पत्र मैं हमारे मुख्य अधिकारी मुरारी जगदेव के दफ्तर वाले मुंशी बालोबा पागनीस के हाथों लिखा रहा हूँ।

आप पेमगढ़-संगमनेर की पहाड़ियों में नई सल्तनत का झंडा बुलन्द कर रहे हैं, यह बात जानकर यहाँ बीजापुर में सबको बहुत

खुशी हुई है। नौ-दस वर्ष पूर्व यहाँ बीजापुर में आप 'सेनापति' रह चुके हैं और उस वक्त मैं स्वयं खवास खान, रणदुल्ला साहेब, मुस्तफा खान बच्चों की उम्र के थे। तब मलाबार से रामेश्वर तक दक्खन की मुहिम में आपके साथ हमने बड़ा अनुभव हासिल किया। इसलिए जब आप जैसा गुरु 'राजा' बनता है तो हम जैसे चेलों को सन्तोष होना स्वाभाविक है।

आपकी कामयाबी के लिए हम अल्लाह से प्रार्थना करते हैं।

आपका यह गौरव, यह फतह और हासिल किया हुआ मुकाम तमाम कष्टों और सल्तनतों को दी सेवा का फल है।

निजामशाही में बड़ा सूराख हो जाने पर उस दिशा से आने वाली तेज हवाओं का बन्दोबस्त शहाजीराजे आप ही कर सकते हैं। सबको इस बात का पूर्ण विश्वास है लेकिन आपकी इस विजय की आपके भाई-बन्धुओं को कितनी खुशी है, इसकी जाँच-परख आप अवश्य करा लें।

खुशी के इस मौके पर यह बात याद दिलाने का एक खास कारण है। आपके चचेरे भाई खेलोजी भोसले पिछले कुछ दिनों से यहाँ हम सबके सिर पर सवार हुए बैठे हैं। वह हमसे अपने लिए स्वतंत्र मनसब चाहते हैं। कल उन्होंने सुलतान से भी मुलाकात की। उन्होंने साफ-साफ तो नहीं कहा मगर आपकी इस नई हुकूमत को लेकर उनके मन में जरा भी प्रशंसा या उत्साह नहीं दिख रहा है।

अगर आप चारों तरफ सारे प्रबन्ध कर सकें तो अवश्य ही मराठों के बादशाह बनें! वरना इसके बजाय तात्कालिक राजनीतिक व्यवहार कुशलता पर गौर करें। निस्सन्देह भविष्य में आपके साहसी प्रयासों को इस्लामी सरदारों का साथ मिलना भी जरूरी है इसलिए उनका विश्वास हासिल करने के लिए निजाम के खानदान का एकाध बच्चा ढूँढ़ निकालिए। तुरन्त उसे अपनी सुविधानुसार राजगद्दी पर बैठा दीजिए।

आखिर में तख्त पर कोई भी बैठेगा, मगर खजाने की चाबी और फौज की लगाम आपकी ही मुट्ठी में रहेगी। शहाजीराजे, आपका तो शास्त्रों के साथ शस्त्रों पर पूरा नियंत्रण है। आप जैसे श्रेष्ठ और बुद्धिमान व्यक्ति को हम इससे अधिक क्या सलाह दे सकते हैं?

आपके उत्तर की प्रतीक्षा में।

खवास खान,
वजीर-ए-आजम
आदिलशाही सल्तनत

बीच की कुछ रातें ज्यादातर बेचैनी में गुजरीं। न जीजाऊ साहिबा सो पाईं और न ही शहाजीराजे की आँखों में नींद उतरी। रात भर सिर्फ तकियों पर सिर और करवटें बदलते रहना ही जैसे परिपाटी बन गया था। ऐसी ही अनिद्रा के पर्वत वाली रात गुजार देने के बाद एक तड़के शहाजीराजे ने कहा, "जीऊ, मेरे पिछले तीन-चार साल अपने स्वतंत्र महाराष्ट्र की कल्पना में ही गुजर गए। इस अद्‌भुत स्वप्न को सत्य साकार करने की हमारे अन्दर हिम्मत भी है और कलाइयों में ताकत भी है लेकिन इसका उपयोग क्या है? हालात हमारे हक में होने को तैयार नहीं हैं।"

"यह क्या कह रहे हैं राजे?"

"संकट की नई-नई बिल्लियाँ हमारे राजमार्ग को बार-बार बीच में काट जाती हैं। ईर्ष्या और डाह करने वाले पीठ-पीछे कुछ-न-कुछ करते ही रहते हैं। इसलिए मुझे लगता है कि अपना सपना साकार करने की जल्दबाजी करना समझदारी नहीं होगी।"

शहाजीराजे ने विस्तार से हालात का विचार किया और इस निष्कर्ष पर पहुँचे कि जल्द-से-जल्द निजाम के घर के किसी बालक को ढूँढ़कर उसे गद्‌दी पर बैठाना ही फिलहाल अच्छा होगा। इसके बाद पेमगढ़ की राजगद्‌दी के लिए नए निजामशाह की तलाश शुरू हो गई। इसमें ज्यादा भागदौड़ या माथाफोड़ी करने की जरूरत भी नहीं पड़ी।

नाणेघाट के नजदीक सह्याद्रि के शिखर पर जीवधन नाम का एक पुराना किला था। यहाँ आकर सह्याद्रि के ऊँचे शिखरों की कतार समाप्त हो जाती है। इस किले के आगे निकलकर जाने वाले रास्ते पर कोंकण का प्रदेश शुरू होता है। दुर्गम जंगल के बीच यह किला अकेला था। वहाँ प्रचंड बारिश के साथ खड़ी चट्टानों पर पूरे वेग से नीचे गिरते जलप्रपात की आवाज रात-दिन आती रहती थी। ठंड के दिनों में चारों तरफ धुन्ध बिखरी रहती और किसी भी पहर उसके पार नहीं दिखता था लेकिन गर्मियों के दिनों में यहाँ ऐसा दुर्भिक्ष पड़ता कि पंछी तक यह इलाका छोड़कर दूसरी दिशा में निकल जाते थे। खूँखार गुनहगारों की सजा के रूप में तब ऐसी दूसरी भयानक जगह ढूँढ़ने से नहीं मिलती। इसी जगह पर किस्मत का मारा एक शहजादा अपने निजाम खानदान में पैदा होने की सजा भोगते हुए अज्ञातवास के दिन काट रहा था। कभी वह वारिस होने का हक माँगते हुए किसी दूसरे के रास्ते में अड़चन पैदा कर सकता था, केवल इसी डर से उसे राजबन्दी बनाकर यहाँ फेंक दिया गया था।

खबर मिलते ही शहाजीराजे ने पिलाजी पंत को एक सैनिक जत्थे के साथ जीवधन की तरफ तुरन्त रवाना कर दिया।

राज्य चलाने के लिए शहाजीराजे को अच्छी क्षमता के तगड़े, फुर्तीले दस हजार

घुड़सवार दल और करीब पाँच हजार युवा पैदल सैनिकों की जरूरत थी। इस दृष्टि से राजा ने पुणे के बारह मावलों और जुन्नार की तरफ के बारह मावलों यानी कुल चौबीस इलाकों में जहाँ नदियाँ-घाटियाँ थीं, अपने सैन्य भर्ती करने वाले अधिकारियों को रवाना किया। नए उत्तम किस्म के घोड़ों वाले अस्तबलों और गर्म रक्त वाले जवान युवाओं को एकत्रित करके लश्कर बनाने का काम शुरू हुआ। यह खबर मिलने के बाद खेतों में मजूरी करने, इमारतें बनाने वाले और पहाड़ों-जंगलों में रहने वाले मर्द भी अपने-अपने जानवरों को लेकर पेमगढ़ की दिशा में दौड़ लगाने लगे।

जिस दिन जंगल-झाड़-पहाड़ पार करके पिलाजी राव के सैनिकों की टुकड़ी जीवधन पहुँची, तो बन्दीघरों के बाहर तीन साल के बाद पहली बार पहरेदारों के अलावा दूसरे इनसान दिखाई पड़े। उन्हें देखकर कोठरी में कैद शहजादा मुर्तजा और उसकी माँ, दोनों ही खुशी के मारे जोर-जोर से चीखने-चिल्लाने लगे।

शुरुआत में जीवधन के इन राजबन्दियों के खाने-पीने के लिए दौलताबाद से नियमित रूप से तनख्वाह आती थी लेकिन बाद में निजामशाही ढह गई। राजधानी के किले पर मुगलों का कब्जा हो गया। एकाएक वेतन आना बन्द हो गया। पेट की भूख बर्दाश्त से बाहर होने लगी। बाहर के पन्द्रह पहरेदारों को भी उपवास करने पड़ गए। जिन्दा रहने का सवाल सामने उठ खड़ा हुआ। तब खर्च चलाने के लिए बेगम के पास अपने बदन के गहने उतारकर पहरेदारों को देने के सिवा कोई रास्ता बाकी नहीं रह गया।

महल में हर कोई उन दोनों माँ-बेटे को देखता रह गया। बेगम साहिबा ऊँची, पतली, सुघड़ और उजले रंग की थीं। बन्दीगृह के नीम-अँधेरे में उनकी त्वचा छिपकली की तरह सफेद हो गई थी। दोनों के शरीर पर पड़े रेशमी राजवस्त्रों से चमक गायब थी और उनसे किसी बासी चीज के जैसी गन्ध आ रही थी। उनके पास केवल वही वस्त्र थे, जिन्हें वे बार-बार धोकर पहनते थे।

मुर्तजा की उम्र केवल ग्यारह बरस थी। कैद कर लिए जाने के बाद से उसकी लिखाई-पढ़ाई और अन्य शिक्षण बन्द हो चुका था। बेगम साहिबा को बेटे के राज्याभिषेक का प्रस्ताव किसी स्वप्न की तरह लग रहा था। राजा का प्रस्ताव सुनकर बेगम साहिबा बोलीं, "राजा जी, आप हमें सुलताना बनाइए या शैताना, मगर हमारे सारे गहने और जेवरात, जो कल्याण के सर्राफे में गिरवी पड़े हैं, उन्हें छुड़वा दीजिए।"

शहाजीराजे भोसले अब 'चाणक्य' बनकर राज्य चलाएँगे, यह खबर चारों तरफ फैल गई। लेकिन सत्ता के सारे सूत्र अपने हाथ में रखने के लिए सबसे जरूरी था कि मुर्तजा की तख्तपोशी की जाए और उसके नाम का खुत्बा पढ़ा जाए। शहाजीराजे का स्वभाव था कि वह खुद जमकर शारीरिक श्रम करते थे और साथ ही अपने सभी कर्मचारियों, अधिकारियों और सैनिकों को भी काम में लगाए रखते थे। यही

वजह थी कि एक तरफ तो पेमगढ़ पर सैन्य भर्ती और लश्कर की कवायद चल रही थी और दूसरी तरफ राजा की डेढ़-डेढ़ हजार की टुकड़ियाँ कोंकण में उतरकर फिरंगियों के बन्दरगाह लूट रही थीं। उसी समय वह नासिक से लेकर पुणे तक सख्ती से लगान की वसूली करा रहे थे।

इसी दरमियान बीजापुर जाकर खेलोजी भोसले ने खुद अपने सूबेदार होने की महत्त्वाकांक्षा भी पूरी कर ली थी। आदिलशाह ने उन्हें नासिक की तरफ एक बड़ी मनसब प्रदान कर दी थी। खेलोजी वहाँ से वापस लौट आए थे। सुलतान की नजर में अपनी उपयोगिता साबित करने के लिए उन्होंने मुगलों के इलाकों में हमले और लूटपाट के अभियान शुरू कर दिए थे।

इधर तख्तपोशी का मुहूर्त बहुत दूर नहीं था। किले पर बड़ी धूमधाम हो चली थी। इस समारोह में खुद सुलतान मोहम्मद शाह आने वाले थे।

एक दिन शहाजीराजे को पिलाजी पंत ने खबर दी, "राजे, इरादत खान नाम का एक बड़ा मुगल सरदार दौलताबाद से पेमगढ़ के लिए निकला है।" इस खबर ने कई लोगों को चिन्ता में डाल दिया। मगर किले के दफ्तर में दूसरे कामों के बजाय नए निजामशाह की तख्तपोशी की तैयारियाँ जोर-शोर से चल रही थीं। मुर्तजा साहेब के लिए शानदार-से-शानदार पोशाक बनाने के वास्ते कोंकण से कल्याण और नासिक से भी कारीगर और दर्जी आए थे। बेगम साहिबा के आसपास जुन्नार, नासिक और संगमनेर के सुनारों की भीड़ बढ़ रही थी। इन दिनों वह बेहद खुश नजर आती थीं। उन्हें इस बात का खूब एहसास था कि शहाजीराजे की वजह से उनकी तकदीर का दरवाजा खुला है।

इरादत खान अपने लोगों के साथ उम्मीद से पहले ही पेमगढ़ पर पहुँच गया। वह सीधे किले के दफ्तर में पहुँच गया। राजे और खान दोनों ने एक-दूसरे को आलिंगन में भर लिया। इरादत ने इशारा किया तो उसके अधिकारियों ने हाथों की स्वर्ण तश्तरी आगे बढ़ा दी। उस पर पड़ा रेशमी बूटेदार रूमाल हटा दिया। तश्तरी पर शाही फरमान एक डंडी में गोलाकार लिपटा हुआ था।

शहाजीराजे खिलखिलाकर हँस पड़े। हुक्के की नली खान की तरफ बढ़ाते हुए बोले, "आप खुद ही कहकर मुक्ति पा लीजिए। आपका मुगल बादशाह क्या चाहता है?"

"राजाजी, मुगलों के कलेजे में बरसों तक टीसने वाली 'निजामशाही सल्तनत' की गाँठ अभी-अभी तो फूटी है और उस पर आप नई निजामशाही बनाकर यह तमाशा क्यों शुरू कर रहे हैं? आप क्यों अकारण ही शाहजहाँ जैसे हिन्दुस्तान के बादशाह की इच्छा के खिलाफ जाकर गुनहगार बन रहे हैं?"

"खान साहब, हमारी धरती पर हम अपनी पसन्द का राजा सिंहासन पर बैठाएँगे। हमारा यह अधिकार हमसे कौन छीन सकता है?"

इरादत तमतमा गया। फिर उसने दुखी मन से राजा से पूछा, "राजन, आप क्यों दिल्ली के बादशाह की दोस्ती के तोहफे को बार-बार ठोकर मार देते हैं? हमारे साथ शाहजहाँ ने इस बार आपके शहजादे सम्भाजीराजे के लिए बीस हजार की मनसब और खलीते के वस्त्र भेजे हैं। वह आपकी हर इच्छा का सम्मान करने के लिए तैयार हैं। आप सिर्फ एक बार मुँह से कहिए।"

"हमें आपकी यह बख्शीश मंजूर नहीं।" राजे ने साफ शब्दों में फिर से प्रस्ताव ठुकरा दिया।

"हमें लगता है राजन, इस बात का बहुत बुरा अंजाम हो सकता है।"

खान की इस बात से शहाजीराजे चिढ़ गए मगर अपने गुस्से पर काबू पाते हुए उन्होंने कहा, "हमारे महल में घुसकर आप हमें ही धमकी देने की कोशिश कर रहे हैं?"

इरादत खान की आँखें अचानक भर आईं। वह बोला, "हुजूर, आप शायद भूल गए हैं। पिछली बार शाहजहाँ साहब ने अपनी तख्तपोशी के समय पहना बेहद महँगा 'चोग़ा' आपको तोहफे में देने के लिए भिजवाया था। वह 'चोग़ा' तो ऐसी बेशकीमती चीज है कि जिसे पाने के लिए शहजादे एक-दूसरे का गला तक दबा देते हैं। खैर! राजा साहब, तमाम कोशिशों के बावजूद मैं हार गया। हमें अपनी नाकामयाबी पर बड़ी शर्म आ रही है।"

नाराज इरादत खान वहाँ से उठकर मेहमानखाने की तरफ निकल गया।

राजे भोजन के लिए बैठने की तैयारी कर रहे थे कि तभी मंबाजी आ गए। जीजाऊ ने दासी को मंबाजी के लिए भी पाट-पानी लगाने का इशारा किया। खेलोजी समेत नौ भाइयों में से मंबाजी ही राजा के सबसे करीब थे। भोजन करने के बाद उनींदे-से बैठे राजे सुपारी के टुकड़े धीरे-धीरे चबा रहे थे। तब मंबाजी ने हौले से बातचीत शुरू की, "दादा! सम्भाजी और शिवा जैसे आपके दो तेजस्वी बेटे हैं। कम-से-कम इन बच्चों के भविष्य का तो विचार कर लें।"

"आप किस बारे में बात कर रहे हैं भाऊजी?" जीजाऊ साहेब ने सवाल किया।

जीजाऊ को कोई जवाब दिए बिना मंबाजी राजे के पीछे लगे रहे, "सुनिए दादा साहेब, आप ख़ुद अपने हाथों से बड़ी गलती कर रहे हैं।"

"अरे, क्या बात है, साफ-साफ कहिए न!"

"अरे दादा, अरे वहिनी...आपके नसीबों के दरवाजे खुल गए हैं...मतलब और क्या हो सकता है? एक तरफ सम्भाजीराजे के लिए बाईस हजार की मनसब और वहाँ आपके लिए देवदुर्लभ दक्खन की सूबेदारी! अपने पैरों पर चलकर आई दिल्ली की लक्ष्मी को वापस लौटा देने का पाप इनसान को आखिर किसलिए करना चाहिए?" भावावेश में आकर मंबाजी कहते चले गए।

"मंबाजी, हमें अपने स्वराज्य का सूर्य दिन-रात पुकारता रहता है।" शहाजीराजे

ने बड़े अभिमान से कहा, लेकिन उसी समय उन्हें अपने इस चचेरे भाई पर दया भी आई। बोले, "तू उस बादशाह शाहजहाँ के लिए कितना पिघल जाता है रे?"

"आखिर वह दिल्ली का मुगल बादशाह है और क्या आपने उसको संगमनेर के सर्राफे का सुनार समझ रखा है दादा?"

"देखो भाई, अब आगे मुझमें किसी की चाकरी या नौकरी करने का रस बचा नहीं है। एक बार अगर कोई लक्ष्य बना लिया है तो फिर नफा-नुकसान की बात करना बेकार है। अब हम इसी में खुश हैं।"

"अरे, तो ऐसी कौन सी लंका की सोने की ईंटें आपके हाथ लग गई हैं? और वहिनी साहेब, इस शिवा के समय कहाँ हुआ आपका प्रसव? आपके समधी के घर और वह भी मुगलों के इलाके में, शिवनेरी के किले पर! कैसे उस स्वराज्य की अकल्पनीय, भारी और गले न उतरने वाली महत्त्वाकांक्षा को पेट से बाँधे बैठे हो आप लोग। इसी जिद में आपके पुणे का महल, कोठी और सब कुछ राख हो गया था।"

मंबाजी के मुँह से तड़-तड़ बरस रहे गोलों को शहाजीराजे अत्यन्त शान्त मन से सहन कर रह थे। उनकी नजर सिर्फ जीजाऊ की प्रतिक्रिया पर थी।

"वहिनी, इन बातों से बेकार ही मन में डर बैठा रहता है।" मंबाजी ने अन्त में धीरे से कहा।

"कैसा डर? नाकाम हो जाने का? मृत्यु का? इसमें घबराना कैसा भाऊजी? इस चार-पाँच हाथ लम्बी देह का अन्त में क्या होता है? राख ही न! राख तो सबको होना है। लेकिन जो लोग अपने लक्ष्य को पाने के लिए और दूसरों के दुख दूर करने के लिए लड़ते-मरते हैं, उनके नाम की कीर्ति में चन्दन जैसी सुगन्ध रहती है, जो युगों-युगों तक बनी रहती है!" जीजाऊ धाराप्रवाह बोलती चली गईं।

शहाजीराजे बड़े अभिमान से उन्हें निहारते रहे।

"भाई, मराठों को हल जोतकर अच्छी खेती-बाड़ी करनी चाहिए। ज्यादा हो तो गाय-भैंस का दूध पीकर आराम फरमाना चाहिए। ये सारे मेहनत के काम छोड़कर राजा बनने की खुजली उनके बदन में घुसती कैसे है?" कोंकण में निजाम का सरदार सैफ खान अपने दोस्तों से बातचीत में यह सवाल कर रहा था।

ताम्हिनी घाट के नीचे की तरफ निजामपुर नाम की बस्ती इधर को बढ़ गई थी। यहाँ निजामशाह का बड़ा हाथीखाना था। करीब तीन सौ से ज्यादा हाथियों की यहाँ देखभाल होती थी। अगर कोंकण के तट पर चेऊल से लेकर राजापुर तक कहीं युद्ध छिड़ा, तो वहाँ मुकाबले के लिए यहीं के हाथी दल का उपयोग हुआ करता था। निजाम का यह सारा मुल्क सैफ खान के कब्जे में था। निजामशाही डूबने

के बाद वजीर खवास खान ने बीजापुर से एक फरमान जारी किया। सभी सरदारों को पेमगढ़ जाकर नए मुर्तजा को जाकर सलामी देनी है। शहाजीराजे के लिए भी अपना सम्मान प्रकट करना है।

पेमगढ़, संगमनेर की तरफ खूब गड़बड़ियाँ होने की खबरें थीं इसलिए खवास खान ने मुरारी पंडित को दस हजार की फौज देकर पेमगढ़ की तरफ भेजा है, यह बात सब तक पहुँच चुकी थी। लेकिन सैफ खान इसे लेकर कतई उत्साहित नहीं था। एक गैर-इस्लामी व्यक्ति को और वह भी शहाजी जैसे मराठा सरदार को सलामी देने की कल्पना खान को बहुत ही घृणास्पद मालूम पड़ रही थी। मगर आदिलशाही के लोगों से किसी तरह की उलटी-सीधी बात न हो, इसलिए उसने तुरन्त इस बारे में कागजात तैयार किए कि वह नए पेमगढ़ राज्य के अधीन है। उसने तत्काल ये कागज पेमगढ़ पहुँचा दिए।

शहाजीराजे और जीजाऊ के जीवन में सुख-दुख की धूप-बारिश का खेल अभी जारी था। अनेक मराठा सरदार, बड़े अधिकारी और अमीर-उमराव आ-आकर शहाजीराजे से मुलाकात कर रहे थे। कई लोगों ने सही समय आने पर आकर मिलने का वचन दिया था परन्तु जिन पर बहुत भरोसा कर रखा था, ऐसे विजयराव जैसे स्वयं आने या फिर कोई सन्देश तक पहुँचाने को तैयार नहीं थे। अपनों का यह व्यवहार मन को बहुत चोट पहुँचाने वाला था।

एक सुबह राजा ने बारह ज्योतिर्लिंगों की पूजा सम्पन्न की। तब उनके दिमाग में एक नई बात पैदा हुई। उन्होंने पिलाजी पंत के साथ अपने कुछ खास भरोसेमन्द लोगों की एक टोली तुरन्त जुन्नर की दिशा में दौड़ा दी।

जुन्नर नगर में किसी जमाने में मुगलों और निजामशाही के बड़े लोगों के विशाल महल थे। अब उनमें से अनेक महल और कोठियाँ खाली पड़ी थीं। राजे की भेजी टोली ने इन खास जगहों के तहखानों और गोदामों में खुदाई शुरू कर दी। दूसरे दिन शाम के वक्त सर्जेराव घाटगे भागे-भागे वापस लौटे। उनके चेहरे पर दिख रही खुशी शहाजी और जीजाऊ को दुनिया की सबसे कीमती वस्तु की तरह दिखी। वह बताने लगे, "जुन्नर में जहाँ कभी बादशाह शाहजहाँ का मुकाम था, उसके पडोस के गोदाम में एक बहुत ही बड़ा खजाना मिला है। हीरे-मोती-माणिक समेत तमाम कीमती चीजें हम वहाँ से लेकर आ रहे हैं।"

नई राजसत्ता को खड़ी करने के लिए बहुत सारे धन की जरूरत मालूम पड़ रही थी इसलिए यह गुप्त धन हाथ लगना वाकई बड़ी बात थी। शहाजीराजे बहुत ही आनन्द से जीजाऊ से बोले, "देखा! बेकार ही संकट की छाँव में दबे रहने का कोई कारण नहीं है। निश्चित ही ईश्वर संकेत दे रहा है कि वह हमारे पीछे सहारा बनकर खड़ा है।"

तख्तपोशी का मुहूर्त नजदीक आ रहा था। नई निजामशाही का मतलब

वास्तविक अर्थों में शहाजीराजे का राज शुरू होना है! इस बात की कल्पना से ही गाँवों-कस्बों, खेतों-बाँधों में हर तरफ लोगों में कमाल का उत्साह था। दक्खन की राजनीति में घाट-घाट का पानी पी चुके शहाजीराजे अब कितने ही बड़े संकट के सामने आने पर हार मानने को तैयार नहीं थे। इस राज्य को सारे धर्मों का सम्मान करने वाला और सर्वसमावेशी होना चाहिए, इस बात को लेकर वह बेहद सतर्कता से कदम आगे बढ़ा रहे थे। कुछ मुस्लिम मंडलियों की विनती स्वीकार कर नासिक के पास उन्होंने एक बड़ी दरगाह के लिए अपने खजाने में से अच्छी-खासी रकम भेंट स्वरूप भिजवाई थी। ऐसे बहुत सारे काम थे, जिन्हें वे खुद निपटा रहे थे या फिर अपनी देखरेख में उन्हें पूरा करा रहे थे।

जिस दिन पेमगढ़ में बीजापुर की दस हजार की फौज दाखिल हुई, उस दिन स्थानीय सेना के हजारों सैनिकों और अधिकारियों की खुशी का ठिकाना नहीं रहा। उन्हें विश्वास हो गया कि अब उनके राजा के स्वराज्य का स्वप्न पूर्ण होने की राह अवश्य खुलेगी। राजे के साथ सर्जेराव घाटगे, मोहिते, गायकवाड़, महाडिक और काटे जैसे अनेक मराठा सरदारों ने पूरे जोश के साथ सबका स्वागत किया। किले के मुख्य दरवाजे से जब आदिलशाही के दरबारियों-सिपाहियों के साथ मुरारी पंडित ने प्रवेश किया, तो वहाँ की तैयारी और व्यवस्था देखकर वह बहुत खुश हुआ। उस वक्त राजा का ध्यान एक बहुत ही खास बात की तरफ गया। मुरारी पंडित के आगे-पीछे एक मुस्लिम छोकरा दौड़ रहा था। उसके हाथ में एक बड़ा सा सुन्दर आईना था। मुरारी गरदन को इधर-उधर घुमाते हुए थोड़ी-थोड़ी देर में उस आईने में खुद को निहारने लगता था।

यात्रा से थके हुए मुरारी पंडित को यहाँ के पहाड़ों में मिलने वाले खरगोश का मांस खूब पसन्द आया। भोजन करते हुए वह ठीक राजे के सामने बैठा था इसलिए राजा को एक बात बिलकुल साफ हो गई। देखने में भले-चंगे और गोरे मुरारी के कानों और गले के नीचे की त्वचा काली पड़ती जा रही थी। उसी की चिन्ता में लगे हुए उसे अपना चेहरा बार-बार आईने में देखने की आदत पड़ चुकी थी।

तख्तपोशी के लिए आया मुरारी जगदेव कायदे से आदिलशाही का राजकीय प्रतिनिधि था इसलिए उसका मान-सम्मान, बड़े महल में उसके रहने की व्यवस्था जैसी बातें राजा के बराबर ही थीं।

उस दिन जीजाऊ ने राजे से पूछा, "क्यों जी, अपने हाथों से पुणे की धरती उजाड़ देने की बात इन महानुभाव को याद भी है या फिर भूल ही चुके हैं?"

इस पर शहाजी हँसते हुए बोले, "उस बारे में तो अभी एक शब्द भी इसने मेरे सामने नहीं कहा है। लेकिन ठीक है, क्या करना है? पूजा में रखी पिंडी पर इमली के बीज को भी पवित्र मानने के सिवा हमारे हाथ में है ही क्या?"

ग्यारह बरस के मुर्तजा निजामशाह की तख्तपोशी का समारोह बहुत यादगार

साबित हुआ। इस मौके पर खड़की, भागानगर, सोलापुर, जमखंडी, मांडू, बुरहानपुर, सूरत, परंडा, औसा, बीड़, बीदर, कन्धार, चेऊल, चव्हार जैसे अनेक नगरों के अमीर-उमराव और जागीरदार समेत सैकड़ों बड़े-बड़े लोग हाजिर हुए थे। लेकिन सही अर्थों में अगर उस दिन आकर्षण का केन्द्र कोई था, तो मुर्तजा की रानी माँ। उन्होंने कल्याण, संगमनेर, खड़की से लेकर बुरहानपुर तक के सारे नामचीन सुनारों और जवाहरात के व्यापारियों को बुला लिया था। सोना खरीदने की उनकी हवस हर तरफ चर्चा का विषय थी। जीजाऊ साहेब ने दुर्गादेवी को बुलाकर प्रत्यक्ष दिखाया, "हे भगवान, यह कितने बोरी गहने खरीदने वाली है? यह सारी खरीदारी इसी जन्म के लिए हो रही है या अगले सात जन्मों की खातिर!"

तख्तपोशी के लिए पारम्परिक ढंग से खुतबा पढ़ा गया। इसके लिए अनेक नगरों के मुस्लिम काजी, मौलवी और तमाम धर्म गुरु मौजूद थे। दिन भर शाही रंगत की चहल-पहल रही। शाम को जाकर समारोह सम्पन्न हुआ।

उस दिन आँगन में अनेक नन्हे बच्चे खेल रहे थे। सामने के महल में मुरारी पंडित और राजे की मंत्रणा चल रही थी। तभी दालान में बाहर की तरफ शोर उठने लगा। बच्चों की तेज आवाजें सुनाई पड़ने लगीं। इतने में ग्यारह बरस के सम्भाजीराजे तेजी से अन्दर आए। उनके साथ तीन साल के शिवा भी थे।

शहाजीराजे ने सामने देखा तो सम्भाजीराजे के हाथों में अत्यन्त महँगा और कीमती वस्त्र था। जबकि शिवा के हाथों में एक छोटी धारदार कटार थी। शिवा ने खेलते-खेलते उस वस्त्र में कटार से कई छेद कर दिए थे। चोग़ा जगह-जगह से फट चुका था और उसकी हालत जर्जर हो चुकी थी।

शहाजीराजे ने शिवा को अपने पास खींचा और गोद में बैठा लिया। उनके गालों पर प्रेम से हाथ फिराये और चारों तरफ हर्ष भरी मुद्रा में देखते हुए हँसकर बताने लगे, "अरे, तुम लोग वह बात भूल गए हो क्या! जब शिवा का जन्म हुआ था तो एक बड़े ज्योतिषी ने अपने पंचांग पर हाथ रख के कसम खाते हुए कहा था, "हमारे ये शिवा एक दिन इतने बड़े हो जाएँगे कि दिल्ली के बादशाह की शान मिट्टी में मिलाकर उसका हाल बेहाल कर देंगे।"

पेमगढ़ पर तख्तपोशी का जलसा जोश-ओ-खरोश से सम्पन्न हुआ। लेकिन कई लोगों को लग रहा था कि शहाजीराजे का नई निजामशाही का यह प्रयोग एक-दो महीने में ही नाकाम साबित हो जाएगा। राज्य प्रबन्धन का राजे का कामकाज प्रगति पर था। बालाघाट, बागलाण, कोंकण समेत कई अन्य छोटे-बड़े इलाकों के साठ से ज्यादा किले राजे की सत्ता में शामिल हो चुके थे।

खेलोजी भोसले और उनके भाई परसोजी, मालोजी, कक्काजी, नागाजी वगैरह पहले मुगलों की सेवा-चाकरी में थे लेकिन जब दक्खन में राजनीति कि हवा एक बार फिर बदलती दिखी तो वे पुन: बीजापुर की नौकरी में आ गए।

एक दिन शहाजीराजे ने अपने कार्यालय से ही महल की ओर जोरों की आवाज लगाई, "रानी साहेब, कुछ कीजिए। अपने देवर खेलोजी को सँभालिए। गौराबाई को सन्देश भेजिए, नहीं तो किसी दिन उनके पास आसमान के तारे गिनने के अलावा कोई काम नहीं बचा रहेगा।"

"क्या हुआ, कुछ खुलकर बताएँगे?" जीजाऊ ने पूछा।

"खुलकर! अरे, जब से वह बीजापुर की चाकरी में लगे हैं, तो होश ही खो बैठे हैं। एक के बाद एक मुगलों की जागीरों और खजानों पर हमले कर रहे हैं। बुरहानपुर से लेकर नासिक तक उन्होंने जगह-जगह मुगलिया ठिकानों, छावनियों और कोठियों पर उत्पात मचा रखा है। खेलोजीराव और उनके बन्धु रात-बेरात हमले करके मुगलों को लूट रहे हैं। उनके सामान नष्ट कर रहे हैं। कई जगहों पर तो उन्होंने मुगल सैनिकों का कत्ल तक किया है।"

"बाप रे!"

"ऐसा ही रहा तो किसी दिन उनकी जान पर बन आएगी।"

आदिलशाही सियासत को सूचना भेजते हुए मुरारी जगदेव ने कुछ दिन नई राजधानी में बिताने का निर्णय लिया। किसी नवयुवती की तरह अपने फारसी आईने में बार-बार अपना चेहरा देखने का उसका क्रम जारी था। यह देखकर एक दिन राजे ने कहा, "पंडित जी, आप रंग-रूप और त्वचा की कितनी फिक्र करते हैं!"

"वैसे तो बहुत चिन्ता नहीं करता हूँ, लेकिन ये देखिए...ये सुन्दर चमड़ी कहीं-कहीं अरबी आलू के जैसी खुरदरी पड़ती जा रही है। समझ नहीं आता कि इसका क्या करूँ? उस पर ये उभर रहे काले दाग और चुकंदर जैसे मस्सों के पैदा होने का डर लग रहा है।"

"आप तो पुण्यवान ज्ञानी मनुष्य हैं...ये देह की माया...।"

"छोड़िए ये सब विद्वत्ता की झूठी बातें हैं!" एकाएक मुरारी पंडित गम्भीर हो गया। अपनी घरघराती और कुछ अस्पष्ट आवाज में कहने लगा, "जाने कितनी रातें सुन्दरियों के चारों ओर भँवरे की तरह गुजारी हैं। पागलों की तरह नाचता रहा हूँ। फिर भी अँधेरे में जब अकेला होता हूँ तो मुझे हजारों करुण चीख-पुकार सुनाई देती रहती हैं। खून में लथपथ लोगों की कराहें...और यह भी कबूल करता हूँ कि उस युद्ध में जल रहे दौलताबाद के किले में जाने कितने भूखे लोग, कितने मरणासन्न सिपाही तलवे घिस-घिसकर मुझसे अन्न की याचना कर रहे थे...उन सबकी अभागी आत्माओं का शाप मुझे खा रहा है।"

"जाने दीजिए, थोड़ा समय गुजर जाएगा तो सब ठीक हो जाएगा।"

"अरे, हमने पुणे के उस परिसर में जो पाप किए थे, वो कम थे क्या? उस समय हम किसी मूर्ख की तरह मजे लूट रहे थे। अहंकार के नशे में डूबकर तब हम गरीब प्रजा के मुँह से अन्न-पानी छीनकर दिल बहला रहे थे। इन्दापुर, सुपे और पुणे में हमने खड़ी फसलों में जानवर छोड़ दिए, नए-पुराने देवालयों को कहीं ध्वस्त कर दिया तो किसी को आग और धुएँ के हवाले कर दिया। मेरा वह अहंकार और वह उद्दंडता आज मेरे गले की फाँस बन गई है।"

"उद्दंडता?"

"और क्या कहेंगे इसे! एक बार सत्ता आपकी मुट्ठी में आई कि रंडियों और दलालों को बुलावा नहीं देना पड़ता। हमारे अमीरों ने गोवा की तरफ से लाई हुई कमसिन पतली कमर वाली पुर्तगाली लड़कियों की कतार लगा दी। बीजापुर की उस सारी रंगीन-मिजाजी में कौन हरजाई हमें डसकर चली गई, पता ही नहीं चला। उसने हमारी इस सुन्दर काया का ऐसा नाश कर दिया कि क्या कहें?"

अपने बढ़ते त्वचा रोग से मुरारी पंडित बहुत भयभीत था। आखिर राजा ने पिलाजी पंत से कहा, "अगर अपने शाही मेहमान के लिए आप कोई इलाज ढूँढ़ सकें तो उत्तम होगा।"

यहाँ-वहाँ अपने लोग दौड़ाने के बाद राजे को पता लगा कि भीमा और इंद्रायणी के संगम के पास पाबल के नजदीक रुद्रनाथ नाम के एक स्वामी रहते हैं। उनके प्रसाद और आशीर्वाद से लोगों को त्वचा रोग में बहुत आराम मिलता है। यह खबर मिलते ही मुरारी जगदेव बहुत खुश हो गया। लेकिन तभी बीजापुर से खवास खान साहेब का सन्देश आया कि तुरन्त लौटकर आएँ। मुरारी ने वापस लौटने की तैयारी शुरू की। उसने अपनी दस हजार की फौज में से आधी पेमगढ़ में ही रख दी।

पाबल तक मुरारी को विदा करने के लिए खुद शहाजीराजे उसके साथ गए। वहाँ संगम के नजदीक नागर गाँव में रुद्रनाथ योगी अपने शिष्यों के साथ मौजूद थे। वहाँ होम-हवन का कार्यक्रम शुरू हुआ। मुरारी पंत को हर तरह की बुरी नजर, वशीकरण, उच्चाटन के बन्धन से मुक्त करने और उसके मन की शान्ति तथा स्वास्थ्य के लिए नदी किनारे माँ बगुलामुखी देवी का मिर्च हवन खास तौर पर आयोजित किया गया। हवनकुंड की ज्वालाओं में जब लाल मिर्च स्वाहा की जा रही थीं तब पंत को खूब खाँसी आई। ठसके लगे। उसकी आँखों से भर-भरकर पानी बहने लगा।

प्रतिदिन हवन-पूजा के बीच मुरारी पंत को दिन में पाँच बार संगम के पवित्र जल में डुबकी लगानी पड़ती थी। अन्ततः भाद्रपद की अमावस्या को सूर्यग्रहण के दिन 23 सितम्बर, 1633 की सुबह हुई। उस दिन योगी रुद्रनाथ बहुत हड़बड़ी में थे। अपने सभी गुप्त और सुप्त रोगों से पिंड छुड़ाने के लिए मुरारी जगदेव ने जबरदस्त

तैयारी कर रखी थी। स्वामी जी के आदेशानुसार गायें, स्वर्ण, अश्व और गज से लेकर इक्कीस तरह के दान वहाँ किए जाने थे। इस अपूर्व दान की बातें आसपास के पचास गाँवों में फैल चुकी थीं। इसलिए गरीब, भिक्षुक, साधु और बैरागियों की मंडलियाँ जमा हो चुकी थीं। पूरे इलाके का स्वरूप ही बदल गया था।

मुरारी पंत के दान-धर्म के लिए स्वाभाविक रूप से शहाजीराजे ने तमाम वस्तुओं का इन्तजाम किया था। रुद्रनाथ तुलादान की हुई सारी चीजों को गरीबों में बाँटते जा रहे थे। बीस वस्तुएँ बाँट दी गईं और अन्त में बचा हाथी! गजदान के लिए शहाजीराजे एक अच्छी नस्ल का हाथी लाए थे। उसे देखकर रुद्रनाथ समेत वहाँ मौजूद हर व्यक्ति की हँसी छूट गई। यह एक बड़ा पेच था। आखिर दान का हाथी कौन लेकर जाएगा? गरीब-अभावग्रस्त, दुबले-पतले लोगों की भीड़ में कौन हाथी को सँभाल पाता? कोई आगे नहीं आया। तब तय हुआ कि मुरारी पंत यानी उसकी तरफ से शहाजीराजे को ही हाथी के वजन के बराबर चीजें लोगों को दान में देनी चाहिए। मगर एक बड़ी समस्या यहाँ भी खड़ी थी। हाथी का वजन कैसे किया जाए? नागर गाँव जैसे छोटे से गाँव में इतना बड़ा तराजू नहीं था। सब लोग चिन्ताग्रस्त हो गए।

मुरारी पंडित शहाजीराजे के समीप गए और बोले, "राजे, एक आप ही हैं यहाँ, जिनकी तलवार के साथ बुद्धि के पराक्रम की कीर्ति चहुँओर फैली है! अब इस हाथी के वजन का मामला कैसे सुलझाएँ, आप ही सोच-विचार के बताइए।"

शहाजीराजे हँसे। भीमा और इंद्रायणी के संगम के किनारे खड़े राजे ने सामने नदी के पाट पर नजर दौड़ाई। उन्होंने अपने सेवकों से नदी में बह रही नावों को किनारे पर लाने को कहा। इसके बाद कुछ नावों को जोड़कर उन पर लकड़ियों के लम्बे-चौड़े पाट बिछवा दिए। फिर हाथी को नाव पर चढ़ाया गया। संगम के दोनों किनारों पर अधिकारियों को नियुक्त किया। हाथी के नाव पर चढ़ने पर उसके वजन से नदी का पानी कुछ अंगुल ऊपर चढ़ गया। चढ़े हुए पानी की जगह पर चिह्न बनाए गए। हाथी को फिर नीचे उतार लिया गया। इसके बाद पानी फिर उतना ऊपर चढ़े, इतने लकड़ियों के लट्ठे नाव पर डाले गए। नाव में भरे लट्ठों के भार से पानी फिर चिह्नित स्थल तक पहुँच गया तो उन्हें उतारकर किनारे पर इकट्ठा किया गया। हाथी के वजन बराबर लट्ठों के समभार चीजें तराजू में तौली और गरीबों में बाँट दी गई।

दो दिन बाद संगमनेर से सारे खेमे हटाए गए। मुरारी पंत सैफ खान के साथ बीजापुर की तरफ और शहाजीराजे पेमगढ़ की ओर बढ़ गए। संगम पर हुए अपूर्व तुलादान की चर्चा दूर-दूर तक पहुँची और लोग इसे कभी भूल नहीं सके। जहाँ यह तुलादान हुआ, उस जगह का नाम लोगों ने बदलकर नागर गाँव से तुलापुर कर दिया।

इत शहाजी, उत शाहजहाँ

जिस बात का डर था, आखिर एक साँझ को वह सामने आ ही गई! पूरे पेमगढ़ में पसर चुकी इस भयंकर खबर को महल में पहुँचते देर नहीं लगी। दिल को धक्का पहुँचाने वाले इस समाचार को सुनते ही जीजाऊ को चक्कर जैसे आ गए। वह तुरन्त एक आसन पर बैठ गईं। यह हमला सिर्फ एक व्यक्ति पर नहीं बल्कि तमाम मराठाओं की इज्जत और उनकी यश-कीर्ति पर हुआ था। यह बात कुछ ऐसी थी कि जैसे घर की छत ही किसी के सिर पर आ गिरी हो।

खबर मिलते ही पिलाजी देशपांडे और उनकी पत्नी सीताबाई, जीजाऊ से मिलने के लिए आ पहुँचीं। उन्होंने धीरे से पूछा, "आई, खेलोजी राव तो अपने दादा के सगे चचेरे भाई हैं न?"

"हाँ...।"

"ओह! तब तो गौराबाई आपकी देवरानी हुईं। ऐसे ऊँचे घर की कुलीन स्त्री को छूने की इन मुगलों की हिम्मत कैसे हुई?"

शाम की शीतल हवा भी उस समय जीजाऊ को गर्म लग रही थी। उस पर चारों तरफ भगदड़ मची हुई थी। वह बहुत बेचैन हो गईं। आज शहाजीराजे भी अपने कार्यालय के काम से बाहर थे। सुबह ही वह अपनी एक सैनिक टुकड़ी के साथ किसी जरूरी उद्देश्य से निकल गए थे। वह दो दिन में लौटेंगे या आठ दिन लग जाएँगे, इसका भी कोई अन्दाजा नहीं था।

जीजाऊ की भूख-प्यास खो गई। अपनी हँसमुख देवरानी का तरुण-प्रसन्न चेहरा उनकी आँखों के आगे उतर आया। गौराबाई से जीजाऊ की खूब जमती थी। शिवा के जन्म के बाद वह चार दिनों के लिए शिवनेरी पर आई थीं और दोनों ने साथ में अच्छा समय बिताया था। स्वभाव से प्रेमपूर्ण और घरेलू गौराबाई का रंग हल्दी जैसा तथा गुण सोने जैसे थे। ऐसे अच्छे लोगों के सामने ईश्वर अकारण ही क्यों संकट पैदा करता है?

जीजाऊ ने तत्काल नारोपंत दीक्षित को बुलवाया। कहा कि तुरन्त चारों तरफ हरकारे दौड़ाएँ और राजे जहाँ भी हों, उन्हें जल्दी घर बुलवाएँ। सुनने में ही यह कितना भयंकर और दुखदायी समाचार था। एक मर्द मराठा सरदार की मानिनी, वेरुल के विठोजी भोसले की बहू और खेलोजी राजा की धर्मपत्नी, गृहिणी नासिक के नजदीक गोदावरी के जल में पवित्र स्नान के लिए क्या उतरी, दुष्ट मुगलों ने हमला कर दिया और उन्हें जबरदस्ती उठाकर ले गए।

दूसरे दिन इस पूरे मामले की हकीकत सामने आई। मुगलों के दक्खन के सबसे बड़े सरदार महाबत खान के हुक्म और उसकी बनाई योजना के मुताबिक यह निन्दनीय हरकत हुई थी। मुगल सल्तनत में वजीर जैसे उच्च पद पर बैठे इनसान

को ऐसा कुकर्म जरा भी शोभा नहीं देता। संताप से भरा हुआ वह दिन भी राजे की अखंड प्रतीक्षा में बेकार चला गया।

तीसरे दिन दोपहर को महल के बाहर घोड़ों की टापें सुनाई दीं। घुड़सवारों के आगमन की आहट पाते ही जीजाऊ दौड़कर ड्योढ़ी पर पहुँच गईं। सीढ़ियों से ऊपर चढ़ते शहाजीराजे से उनकी नजरें मिलीं। पति को सामने पाते ही जीजाऊ क्रोध और दुख से भरे स्वर में गरज पड़ीं, "राजे, आपने वहीं के वहीं जाकर महाबत खान को खत्म क्यों नहीं कर दिया? उसके हाथ और पैर क्यों नहीं काट डाले? अरे, गौराबाई हमारी देवरानी हैं!"

"जीऊ, कृपा करो। थोड़ा धीरज धरो और बात को समझो। जैसा तुम समझ रही हो वैसा कुछ अभी तक नहीं हुआ है।"

"मतलब कुछ हुआ ही नहीं है?"

"बाहर लोग जैसा समझ रहे हैं, वैसा कोई कांड नहीं हुआ है। यह सही है कि मुगल जबरदस्ती उठाकर ले गए लेकिन उन्हें चाँदवड के नजदीक कहीं एक सराय में रखा गया है। ऐसा लगता है कि यह काम करने के बाद उन्हें थोड़ी अक्ल आई है और बादशाह के अधिकारियों ने पास के गाँव की कुछ कुलीन मराठा स्त्रियों को वहाँ वहिनी के साथ रहने के लिए बुला लिया है...।"

जीजाऊ ने जरा राहत की साँस ली। उनका मन कुछ ठीक हुआ। राजे आगे कहने लगे, "मुगलों ने एक लम्बा मार्मिक खत भेजा है खेलोजीराजे को...।" उस खलीते का मजमून शहाजीराजे ने कई बार पढ़ा और वह उनकी जुबान पर था, "आपका 'राजवस्त्र' हम अपने पास उठा लाए हैं लेकिन उसे हाथ लगाए बगैर हमने छुपाकर, सँभालकर रखा है। इसकी फिरौती के रूप में आपको चार लाख रुपये फौरन हमें भेजने होंगे, तभी आप अपनी चरित्रवान धर्मपत्नी का चेहरा देख सकेंगे। बीते कई दिनों से आपने हमारे इलाकों में डकैती डाल-डालकर हम मुगलों की नींद हराम कर रखी थी। उसी का नतीजा है कि आप पर यह जुर्माना लगाया जा रहा है। यदि यह जुर्माना नहीं भरा तो अब आपकी नींद हमेशा के लिए उड़ जाएगी। आपकी गुणवती पत्नी भ्रष्ट भी हो सकती है!"

यह मजमून जीजाऊ को सुनाते हुए राजे की आवाज में चिन्ता उतर आई। जीजाऊ का चेहरा लाल पड़ गया। उन्होंने राजा से कहा, "जब हमारी देवरानी साहिबा पर यह महासंकट आया तो आप वहाँ जाकर मुगलों को समूल नष्ट करने के बजाय यहाँ पेमगढ़ पर कैसे आ गए?"

"जिसे खुद अपनी इज्जत की परवाह न हो तो उसकी मदद के लिए आप कैसे दौड़ सकते हैं?"

"क्या मतलब?"

"जीजाऊ, कैसे समझाऊँ तुम्हें? उस महाबत खान की बोटी-बोटी नोच डालने के

लिए हमने तो अपने घोड़े उसी रास्ते पर बढ़ा दिए थे परन्तु रास्ते में हमें खेलोजीराव का सख्त सन्देश आया कि बेकार की जल्दबाजी मत करो।"

"हे प्रभु!"

"अब कहिए कि मैं क्या करता? सच तो यह है कि मैं आज तक खेलोजी के स्वभाव का सही अन्दाजा लगा ही नहीं पाया। उस पर यह तो बहुत ही नाजुक मामला है। तब मुझे खयाल आया कि पहले तुमसे मिलकर बात करूँ और तभी कोई फैसला लूँ।"

"ठीक किया आपने।"

पौ फटते ही शहाजीराजे का घोड़ा छलाँगें मारता हुआ अस्तबल से निकल पड़ा। नासिक की तरफ गोदावरी के तट से बुरहानपुर जाने वाले रास्ते पर एक सराय थी। वहीं खेलोजी और उनके बन्धुओं के डेरे में प्रवेश किया। उन्हें बताया गया कि महाबत खान त्र्यम्बक से दिंडोरी के बीच कहीं पर है।

शहाजीराजे और जीजाऊ भागे-भागे पहुँचे। खेलोजी और उनके पाँच-छह भाई उन्हें गोल घेरे में लेकर बैठ गए। साफ दिख रहा था कि इस हादसे से पूरे कुटुम्ब का मन मुरझा गया है। खेलोजीराव की कड़क घुमावदार मूँछें नीचे झुक गई थीं। चिन्ता से उनका चेहरा उतरा हुआ था। धर्मपत्नी के लिए उनका प्रेम और आत्मीयता जगजाहिर थी। इसलिए यह साफ नजर आ रहा था कि पूरे प्रकरण से खेलोजी मन-ही-मन दहल गए हैं। उनकी हथेली शहाजीराजे ने अपने हाथों में कसकर पकड़ रखी थी। अपने भाई को दिलासा देते हुए राजे बोले, "सुनो खेलोजी, वह महाबत खान चाहे जितना बड़ा जंगबाज हो, तब भी वह सिकन्दर का बाप नहीं हो सकता। चल उठ, हम सब भोसले बन्धु एक होकर उस नराधम को सबक सिखाते हैं।"

"मतलब क्या करना है?" खेलोजी ने रूखी आवाज में पूछा।

"हम सब मिलकर नगाड़े बजाते हुए उसकी छाती पर धावा बोलते हैं। उस बदमाश को अपने घोड़ों के पैरों से बाँधकर कुत्ते के जैसा घसीटते हुए उसकी दुर्गति कर देंगे।"

शहाजीराजे के आवेगपूर्ण शब्द सुनकर खेलोजी के सारे भाई बड़ी उम्मीद से अपने दादा की तरफ देखने लगे। अपनी बात को और वजन देने के लिए शहाजी ने कहा, "खेलोजी सुनो, तुम एक बार सिर्फ हाँ कहो। बाकी काम हमारी तलवारें करके दिखा देंगी।"

खेलोजी चुपचाप बैठे रहे। न हूँ किया, न चूँ किया। उनका ठंडापन देखकर जीजाऊ और शहाजीराजे विस्मित रह गए। आबरू बचाने का दूसरा रास्ता था, पहाड़ के जैसी चार लाख की बड़ी रकम इकट्ठा करना। इतनी रकम जोड़ने के लिए खेलोजी को अपने कितने महल और कितनी जमीनें बेचनी पड़ेंगी, इस कल्पना से ही शहाजीराजे के जी को धक्का लग गया। इसके बावजूद उन्होंने

खेलोजी से कहा कि अगर इतनी बड़ी रकम खड़ी करने में भी कोई अड़चन आए तो जरूर बताएँ।

शहाजीराजे पूरी फिक्र और इसरार से बोल रहे थे मगर खेलोजी की प्रतिक्रिया जैसे बर्फीली थी। इतना ही नहीं, यह भी दिख रहा था कि शहाजीराजे का वहाँ आना उन्हें अच्छा नहीं लगा। यह बात समझकर राजे का मन खूब दुखी था। आज पेमगढ़ पर हमने नई निजामशाही की स्थापना की और एक प्रचंड फौज हमारे पास है। इस पर लाख चाहकर भी घराने की इज्जत पर हाथ डालने वाले एक जुल्मी सरदार की दाढ़ी तक नहीं नोच सकते, यह बात रह-रहकर उनके मन में चुभ रही थी। राजे और जीजाऊ लौटने के लिए उठ खड़े हुए। तब खेलोजी जैसे निष्प्राण शब्दों में बोले, "दादा-वहिनी, आपने अपना फर्ज निभाते हुए जो चिन्ता दिखाई है उसके लिए बहुत आभार। जीवन में संकट तो आते-जाते रहते हैं, लेकिन उनसे निपटने में हम पूरी तरह समर्थ हैं। आप बेकार ही इस मामले को अपने दिल से मत लगाइए।"

"शहाजीराजे नाम का ये किस्सा बड़ा होने से पहले ही मुझे पेड़ की टहनियों की तरह छाँट देना है।" दौलताबाद में अपने साथियों से मंत्रणा करते हुए शाहजहाँ ने बड़ी दृढ़ आवाज और अन्दाज में कहा।

"जहाँपनाह छोड़िए, जाने दीजिए इस शहाजी को। आखिर तो वह एक छोटा सा साधारण इनसान है।"

"खान साहब, बीते चार साल से नासिक और बागलाण के हिस्सों में हमारी दो लाख की फौज डेरा डाले हुए है। इस मुल्क में इरादत खान, आसफ खान, असद खान और आखिर में महाबत खान जैसे एक से बढ़कर एक सिपहसालार लगाने के बाद भी हमें क्या नतीजा हासिल हुआ है?" भयंकर रूप से चिढ़े हुए शाहजहाँ ने साफ-साफ सवाल दागा।

सामने खान दुरान, खान जमान और शाहजहाँ का साला शाइस्ता खान जैसे दिग्गज योद्धा बैठे हुए थे। बादशाह की लाडली बेगम मुमताज महल दुर्भाग्य से अपनी युवावस्था में ही 7 जुलाई, 1631 के दिन इस दुनिया से कूच कर चुकी थी। उसके शोक में बादशाह पागल हो चुका था और तब से वह बुरहानपुर में ही था। उसने वहाँ के जैनाबाद कब्रिस्तान में मुमताज महल का शव कुछ महीनों के लिए दफन करा दिया था।

शाहजहाँ की दो-तीन बेगमें और थीं लेकिन सिर्फ मुमताज ही रात-दिन जिस्म के लिबास की तरह उससे लगी रहती थी। उसकी तीक्ष्ण बुद्धि और राजकाज में उसकी सलाह बादशाह को अपनी ही सामर्थ्य का एक हिस्सा मालूम पड़ती थी।

इसलिए बुरहानपुर में अपने चौदहवें प्रसव के दरमियान हुई उसकी मौत ने शाहजहाँ की हालत बिलकुल दीवानों जैसी कर दी थी। बैठे-बैठे अचानक दुख उस पर हावी हो जाता था और वह घंटों उसका शोक मनाते हुए बैठा रहता था।

आखिरकार मन में उसके लिए एक अमर स्मारक बनाने का ख्वाब लिए बादशाह उसके ताबूत को लेकर आगरा की तरफ चल दिया। मुमताज महल के शोक में वह भले ही राजकाज और जीवन की बाकी तमाम बातें भूल गया हो, मगर दो बागियों को किसी सूरत नहीं भूला था। पहला था उसका ही सेनापति, खान जहान लोदी और दूसरा शहाजीराजे!

बीच के चार बरस की बारिशें-गर्मियाँ आईं और गईं। फिजा में जाने कितने बदलाव हो गए। शाहजहाँ के सेनापतियों ने फौज समेत लोदी का नाम-ओ-निशान मिटा दिया। बादशाह के आगरा पहुँचने के बाद उसे अपने ससुर असद खान की तरफ से एक बेहद जरूरी सन्देश भी मिल गया था जिसके मुताबिक ही शहाजीराजे और उनके चचेरे भाइयों का सम्मान बरकरार रखते हुए, उन्हें बादशाही मनसबदार बनाया गया था। लेकिन राजे ने तुरन्त ही आदिलशाही से साँठगाँठ करते हुए पेमगढ़ पर नई राज्य व्यवस्था स्थापित कर दी थी। बादशाह को शुरू में लगा कि यह बच्चों के दो-चार दिन के खेल जैसा होगा लेकिन तीन साल गुजर गए। आगरा तक खबरें आने लगीं कि शहाजीराजे पूरे कौशल-प्रबन्ध के साथ राजकाज सँभाल रहे हैं और सेना के गठन के साथ दिन-प्रतिदिन ताकतवर होते जा रहे हैं। इन बातों ने बादशाह की खीज और बढ़ा दी।

एक तरफ बीजापुर की आदिलशाही झुकने को तैयार नहीं और उसी समय दूसरी तरफ शहाजी भोसले पर्वत की तरह बढ़ता जा रहा है। यह सोचते हुए शाहजहाँ भड़क गया। बादशाह ने यमुना नदी के किनारे अपनी बेगम की याद में ताजमहल नाम का मकबरा बनाने का काम अपने हाथ में ले लिया था। काम चल पड़ा था। दक्षिण में शहाजीराजे और आदिलशाही का दंगा मिटाने के लिए बादशाह ने महाबत खान की नियुक्ति की लेकिन दिन बीतते जा रहे थे और वक्त तेजी से भाग रहा था। किसी सूरत में बादशाह को फतह की खबर नहीं मिल रही थी इसलिए हर हाल में शहाजीराजे की लगाई को बुझाना आवश्यक हो गया था। हिन्दुस्तान के बादशाह को सुख की नींद नसीब नहीं हो रही थी और नतीजा यह निकला कि सारे मामले को जड़ से उखाड़ फेंकने के लिए शाहजहाँ खुद बागलाण-नासिक के रास्ते दौलताबाद में दाखिल हो गया था।

"लानत है ऐसी जिन्दगी पर। एक मराठा सरदार से मुकाबले के लिए हिन्दुस्तान के बादशाह को इतनी दूर दक्खन में दूसरी बार आना पड़ता है! दो दो बार...?"

"खाविंद, हमें लगता है कि शहाजीराजे नाम का वह आदमी बहादुर है। उसका मन जीतने में हमारी तरफ से कहीं कोई कमी तो नहीं रह गई?"

"नहीं, हरगिज नहीं।" गुस्से से लाल होते हुए शाहजहाँ ने कहा, "उसका सम्मान और शान बढ़ाने के लिए हमने कौन सी कसर बाकी रखी थी? इरादत खान साहब ने तो उसके सम्भाजी नाम के घुटने तक आने वाले नन्हे लड़के के लिए तक बाईस हजार की मनसब कबूल की थी। वह जितनी चाहते उतनी मनसब देने की हमारी तैयारी थी। हमारे वजीर से पहली मुलाकात में उन्होंने एक कौड़ी तक नहीं माँगी थी लेकिन उनकी फौज की तैयारी के लिए हमने दो लाख नगद अशरफियाँ अपनी तरफ से दी थीं। इतनी मेहरबानियाँ करके भी क्या मिला? इन सब परेशानियों की आखिर वजह क्या है?"

"हुजूर?"

"वहाँ आगरा के महल में हमें कभी अच्छी नींद नहीं आई। रात-दिन हमें सिर्फ दो ही बातें हैरान-परेशान करती थीं।"

"जी आलमपनाह!" महाबत खान ने कहा।

"एक तो दौलताबाद का अजेय किला और दूसरा यह मक्कार शहाजी भोसला! खुदा की खैर कि हमारी फौजें दौलताबाद में फतह हासिल करने में कामयाब रहीं। अब सिर्फ एक बात बाकी है, वो है शहाजी भोसला!"

शाहजहाँ बोलते-बोलते थक गया था और गहरी साँसें लेते हुए उसने कहा, "लेकिन समझ में यह नहीं आता कि आखिर ये आदमी चाहता क्या है? दक्षिण के किसी हिन्दू ने कभी ख्वाबों में ऐसा ख्वाब नहीं देखा होगा...मतलब इस 'दक्खन की सूबेदारी!' हम तो उसे वह देने के लिए भी तैयार थे! फिर भी नहीं...?"

बादशाह को नाराज देखकर सारे सरदार बेहद डरे हुए थे।

शाहजहाँ ने इसके बाद बातचीत को मोड़ दिया और वहाँ के राजनीतिक मुद्दों पर मंत्रणा की। इससे सारे मुगल कूटनीतिक मंत्रियों और वरिष्ठ सेनापतियों का दिल थोड़ा हल्का हुआ। उन्हें बादशाह के मन में चल रही हवा के रुख का अन्दाजा हो गया था। नतीजतन मौका देखकर तुर्की मूल के आसफ खान ने हँसते हुए कहा, "बादशाह सलामत, अगर आप मंजूरी दें तो मैं खुद यारी-दोस्ती का पैगाम और दक्खन की सूबेदारी का प्रस्ताव लेकर शहाजीराजे के पास जा सकता हूँ। मैं निश्चित ही इसमें कामयाब रहूँगा।"

महफिल के सारे मंत्री और अफसर इस प्रस्ताव को सुनकर खुश दिखाई दिए। कई ने मुश्किल से जान छूटने जैसी गहरी साँस ली। तब शाहजहाँ की नजर महाबत खान की ओर गई। उसके चेहरे पर बेहद गहरी निराशा और दुख देखकर पूछा, "क्यों महाबत साहब, आखिर क्या बात है?"

"खाविंद, आपकी सवारी बुरहानपुर पहुँचने से पहले इसी मकसद को हासिल करने के लिए दोस्ती का पैगाम लेकर हमारे दूत पेमगढ़ पर शहाजीराजे के पास गए थे।"

"फिर?"

“नाकामयाबी हुजूर!”

“ओ हो, आखिर ये पागल मराठा चाहता क्या है?” शाहजहाँ ने लगभग चीखते हुए कहा।

“जहाँपनाह, उसके दिल-दिमाग में बस एक बात है, अपनी हुकूमत! वह रात-दिन तड़पते हुए मराठों की हुकूमत का ख्वाब देखता है! शहाजी को सिर्फ राजा नहीं ‘मराठों का महाराजा’ बनना है।”

“चलिए, तो बात ही खत्म। हिन्दुस्तान के बादशाह के पास ऐसे पागलपन की कोई दवा नहीं है।”

बादशाह शाहजहाँ ने शहाजी और आदिलशाही फौजों को नेस्तनाबूद करने के लिए तीन तरफ से हमले करने की योजना बनाई। इस खास मुहिम के लिए खान दुरान, खान जमान और अपने साले शाइस्ता खान के नेतृत्व में उसने सेना के तीन हिस्से किए। खान दुरान को बीस हजार की फौज दी। उसे कन्धार, नांदेड़ और भागा समेत आगे आक्रमण करते हुए औसा और उदगिरी, यहाँ के दोनों मजबूत किले अपने कब्जे में लेने थे। खान जमान के झंडे तले भी बीस हजार की फौज आई। उसे पहले अहमदनगर, फिर भोसले कुल की चाम्भारगोन्दे (श्रीगोन्दा) की जागीर जीतते हुए आष्टी के मार्ग से बीजापुर की तरफ या जरूरत पड़ने पर बीच में घूमकर पुन: कोंकण प्रदेश में उतरने का निर्देश था। शाइस्ता खान के हाथों में बेहद मजबूत आठ हजार घुड़सवार दल की कमान दी गई। उसे शहाजीराजे के सबसे प्रभावशाली इलाकों और किलों यानी त्र्यम्बक, नासिक, संगमनेर और जुन्नर, शिवनेरी, गालणा, जीवधन से होते हुए माहुली के बाजू से कोंकण की तरफ उतरना था।

बैठक खत्म करते-करते बादशाह दोपहर की नमाज के लिए उठा। लेकिन बाहर निकलने से पहले उसने एक भरपूर नजर वहाँ मौजूद लोगों पर डाली और कहा, “किसी भी हाल में हम मराठों की वजह से तीसरी बार आगरा-जमुना छोड़कर इस दक्खन में नहीं उतरेंगे। खुदा ने हमें दौलताबाद न्योछावर किया है लेकिन मैं शहाजी भोसला नाम की इस बेबाक हकीकत को हमेशा के लिए मिटा देना चाहता हूँ।”

बीजापुर दरबार के सभी महत्त्वपूर्ण सरदार बड़ी बेगम को घेरकर बैठे हुए थे। उन सबकी तरफ से अंकुश खान ने बात रखी, “माफ कीजिएगा बेगम साहिबा। अपना दरबार आजकल एक तांत्रिकनुमा, हंगामा पसन्द और दम्भी इनसान की मुट्ठी में कैद होकर रह गया है।”

“अच्छा, आप ये मुरारी पंडित की जैसी शिकायत पेश कर रहे हैं। उतना तकलीफदेह तो वह हमें नहीं लगता।” बड़ी बेगम ने हँसते हुए कहा।

"लेकिन बेगम साहिबा, हम लोगों की एक ही शिकायत है। दौलताबाद के उस किले की हाथ में आ चुकी चाबियाँ और अपने तीन हजार भूखे-प्यासे सैनिकों की जान अगर किसी की नादानी से चली गई होतीं तो क्या उसे आसानी से माफ कर दिया जाता? फिर भले ही वह अपने इस्लाम का बन्दा क्यों न होता, क्या उसकी जान सलामत रहती?"

"उलटे हमने उसी बीजापुर के किले की दीवारों में उसे जिन्दा दफन किए बिना नहीं छोड़ा होता।" दूसरे सरदार ने बड़ी बेगम साहिबा से कहा।

मुरारी और खवास खान को लेकर ज्यादातर बड़े सरदारों की शिकायत बढ़ती चली जा रही थी। यह अच्छी खबर नहीं थी। सबके क्षुब्ध चेहरे देखकर बेगम साहिबा नरम पड़ गईं। उन्होंने सामने जमे हुए सरदारों से सवाल किया, "फिर आप लोग ही सुझाव दीजिए कि हमें क्या करना चाहिए?"

"हमें लगता है, इस महाज्ञानी को जिस काशी से वह आया है, वहीं और ज्ञान हासिल करने के लिए भेज देना चाहिए।"

इस अफलातूनी कल्पना पर बेगम खूब जमकर हँसीं। फिर भी उन्होंने वापस लौटते हुए उन सरदारों को सलाह दी कि एक बार वे सब खवास खान से भेंट कर लें। वे सब खवास खान से मिलने पहुँचे। उन सबकी शिकायतों का पुलिन्दा सुनने के बाद खान ने सवाल किया, "जब आप सब लोग हमारे पंडित को काशी भिजवाना चाहते हैं, तो यह भी बताएँ कि हम कहाँ जाएँ?...मक्का मदीना?" वजीर का ऐसे तिरस्कार और व्यंग्य से बोलना किसी को पसन्द नहीं आया। सब सरदारों ने तय किया कि एक बार उनके सबसे बुजुर्ग मुस्तफा खान जमखंडी बेलगाँव के दौरे से लौट आएँ, तो एक बार फिर इस मामले पर मिलकर बातचीत की जाएगी।

एक शाम शहर में बड़ी खबर आई और हवा के जैसी हर तरफ फैल गई। सरदार मुस्तफा खान को कल बेलगाँव के फौजदार ने कैद कर लिया है। इतने बड़े सरदार की गिरफ्तारी किसी हालत में मोहम्मद के हस्ताक्षर और मुहर लगे आदेश के बिना हो नहीं सकती। बेगम साहिबा को भरोसा था कि ऐसा फरमान जारी हुआ होगा लेकिन सुलतान से मिलने पर पता चला कि उन्होंने तो सपने में भी ऐसा कोई आदेश नहीं दिया। तब गुस्से से थरथराती बेगम साहिबा ने आदिलशाह से सवाल किया, "यह सल्तनत हमारी है या किसी गैर की?"

उस दिन बीजापुर का माहौल अत्यन्त विस्फोटक और खौफनाक हो गया। अल्ताफ की गर्जनाएँ शुरू हो गईं। तत्काल दरबार लगाने का आदेश हुआ। कभी दरबार के गलियारों में झाँककर न देखने वाली जनानियाँ तक आज बड़ी उत्सुकता से उधर चल पड़ीं। खवास खान की आदत थी कि वह अर्दलियों और चोबदारों के दरबार भरने की ललकार से पहले ही पहुँच जाते थे। उस हिसाब से वह पहले ही आ चुके थे। सैकड़ों नजरें उन पर गड़ी थीं। खवास खान ऐसा दिखाने का प्रयत्न कर रहे थे, मानो कुछ खास हुआ ही नहीं। लेकिन उनका कुछ सूजा हुआ

सा चेहरा, जागते रहने से लाल सुर्ख हो गई आँखें और न छुपने वाली बेचैनी बहुत कुछ बयान कर रही थी।

दरबार की कार्रवाई शुरू हुई।

सुलतान मोहम्मद शाह के हुक्म के अनुसार शहमत खान ने सीधे खवास खान से सवाल किया, "क्यों वजीर साहब...आज आपके खास अधिकारी पंडित मुरारी जगदेव कहाँ लापता हैं?"

"वो एक खास काम से रवाना हुए खाविंद।" सुलतान की तरफ अदब से गरदन झुकाते हुए खवास खान ने कहा। उनका रुआब और बात कहने का अन्दाज हमेशा जैसा ही था।

"किस काम से गए हैं पंडित?" खुद मोहम्मद शाह ने पूछा।

"येतागिरी की तरफ रवाना हुए हैं?"

"ऐसा क्या जरूरी काम था और उनके साथ कितना लश्कर है?"

"हुजूर, वह इमाम खान की गिरफ्तारी के लिए गए हैं। उनके साथ दस हजार सिपाही हैं।"

"दस हजार! हमारे अपने बन्दे के खिलाफ?"

"खाविंद, येतागिरी का इमाम खान हमारा हुक्म नहीं मानता है और आप तो जानते हैं कि वजीर का अपमान मतलब जिल्लेसुभानी का अपमान!"

"लेकिन मुरारी के साथ दस हजार?"

"फिक्र न करें खाविंद, सल्तनत की इज्जत आसमान के जितनी ऊँची होती है।"

"अल्लाह, कितनी ऊँची-ऊँची बातें और कितने नेक खयाल हैं!" मोहम्मद आदिलशाह ने जलता हुआ कटाक्ष वजीर पर किया।

सुलतान का इशारा पाकर शहमत खान कुछ कागज-पत्र लेकर सामने आया। उसने राजकाज देखने वाले पाँच अधिकारी और मुंशी आगे बुलाए। उनकी आँखों के आगे वह कागजात नचाते हुए शहमत ने सवाल दागा, "बताइए ये किसके दस्तखत हैं?"

"वजीर खान साहब के...।" सबने एक साथ कहा।

सुलतान ने पूरे दरबार पर अपनी ठंडी नजर घुमाई। उन्होंने जैसे कुछ बोलने की कोशिश की मगर आवाज ही नहीं निकली। फिर उन्होंने एक गहरी साँस ली और कहने लगे, "यह एक बेहद जरूरी कागज है, जो दिल्ली के बादशाह के लिए रवाना हुआ था। जो हमारे होशियार डाक दरोगा ने रास्ते में अपने सिपाहियों के साथ छापा मारकर कब्जे में ले लिया। हमारे बहुत ईमानदार, खुद्दार वजीर खवास खान साहब के ये प्यारे अल्फाज पूरे दरबार को सुनना चाहिए...पढ़िए शहमत खान...।"

"मालिक-ए-हिन्दुस्तान! आप जैसे महान दिल्लीपति बादशाह को तकलीफ देने का कारण हमारे आदिलशाही दरबार का हाल है। सुलतान पागल हो चुका है और सारे सरदार अपनी मस्ती में चूर हैं। सब अपने-अपने स्वार्थ में लिप्त हैं। इन

शैतानों द्वारा पैदा कर दिए गए खतरनाक हालात से आप हमें रिहा करें। यही समय है तत्काल दक्षिण पर हमला करने का। बीजापुर के फौलादी बुर्जों में सेंध लगाकर इन अजेय दीवारों को आपकी फौज ही लाँघ सकती है। आप बाहर एक धमाका करके हमें सिर्फ इशारा करें। अन्दर, मुरारी पंडित जैसे मेरे तमाम सच्चे साथी भीतरी दरवाजों की कड़ियाँ-कुंडियाँ तोड़ देंगे। हुजूर के हाथों में बीजापुर का खजाना और लश्कर की लगाम तत्काल सौंपने का काम यह खवास खान खुशी-खुशी करेगा।"

इन पंक्तियों के पढ़े जाने के साथ ही जैसे दरबार में धमाका हो गया और हर कोने से 'गद्दार गद्दार' की आवाजें उठने लगीं। हर तरफ हंगामा होने लगा। अपनी जान को खतरा पैदा होते देख खवास खान पलटकर, दरबार छोड़ बाहर निकलने लगा। उसी क्षण करीम परजा नाम के उमराव ने झपटकर पीछे से उसकी बाँह में कटार घोंप दी। रक्त की धार फूटकर जमीन पर गिरने लगी। खुद को सँभालते हुए वजीर खवास खान झटके से सीढ़ियाँ उतरता चला गया और सामने घोड़ा लेकर खड़े अपने सेवक की तरफ दौड़ा। तब तक एक दूसरे व्यक्ति ने उसकी पीठ पर तलवार का वार किया। इसके बावजूद वजीर ने घोड़े पर छलाँग लगा दी कि तभी सौ-दो सौ लोगों ने वहाँ उस पर पत्थरों की बारिश शुरू कर दी।

वहाँ से भागते हुए जख्मी अवस्था में खवास खान अपनी कोठी में घुस गया और अन्दर से दरवाजे बन्द कर लिये। बाहर शोर बढ़ने लगा। पसीने और रक्त से लथपथ स्थिति में ही खवास खान घुटनों पर बैठ गया और अल्लाह को याद करने लगा। तब तक बाहर की भीड़ ने धक्के देकर कोठी के दरवाजे तोड़ दिए। इस भीड़ में ज्यादातर सुलतान की फौज के बड़े अधिकारी थे। सिद्दी रेहान नाम का एक सरदार छलाँग लगाकर आगे आया और उसने अपनी तलवार से वजीर खवास खान की गरदन किसी कुर्बानी के बकरे की तरह छाँट दी।

उस रात बीजापुर के शाही बाग के नजदीक काफी गहमागहमी थी। कपड़ों में लिपटी एक लाश रास्ते के किनारे लावारिस पड़ी थी। हर किसी ने देखा कि उस पर ताजे खून के दाग-धब्बे थे। ध्यान से देखने पर लोगों को पता चला कि जिस व्यक्ति ने बीजापुर के वजीर की गद्दी पर करीब छह साल गुजारे थे, रक्त-मांस के टुकड़ों में बँटा यहाँ पड़ा हुआ था। उसे मिली इस कुत्ते की मौत को देखकर कई लोग अफसोस जता रहे थे।

खवास खान की गरदन उड़ाए जाने की खबर मुरारी पंडित को धारवाड़ में मिली। घबराकर उसने अपने सैनिकों के साथ रातों-रात धारवाड़ छोड़ दिया। वहाँ से वह हल्याल के रास्ते पर बढ़ गया।

खवास खान और मुरारी पंडित ने आदिलशाह से गद्दारी की और अपने वतन को मुगलों के कब्जे में देने का षड्यंत्र रचा, पूरे राज्य में यह खबर हवा की तरह फैल गई। चारों तरफ उनके खिलाफ 'गद्दार', 'नमक हराम' और 'विश्वासघाती' होने के नारे लगने लगे। सिर पर मूसलाधार बरस रहे इन गड़गड़ाते बादलों को वापस लौटा सके, ऐसा कोई काला जादू मुरारी के पास बचा नहीं था। ऐसे में वफादार सैनिक भी उसका साथ छोड़कर जाने लगे। यह देखकर वह हताश हो गया। उसे कुछ सूझ नहीं रहा था। इसी घबराई हालत में वह हल्याल पहुँच गया। वहाँ के तहसीलदार ने देखते ही उसे कैद कर लिया और खास बन्दोबस्त के साथ तुरन्त बीजापुर रवाना कर दिया।

बीते छह साल में मुरारी पंडित ने अपने तमाम गुणों-दुर्गुणों के बल पर बीजापुर में खूब हुड़दंग मचाया था। जब भी वह किसी काम या मुहिम से लौटता तो बीजापुर में उसका हँसी-खुशी से स्वागत होता था। 22 अगस्त, 1632 को जब वह परंडा से मुलुख मैदान तोप बीजापुर लेकर आया था, नगर में इतने जोर-शोर से उसका अभिनन्दन हुआ था, मानो वह कोई युद्ध जीतकर आ रहा है। लेकिन अब उसी रास्ते से वापसी में उस पर मिट्टी-गोबर और चप्पलों की बारिश हो रही थी।

अन्ततः मुरारी को मोहम्मद शाह के दरबार में पेश किया गया। तब उसकी अवस्था जंगल में तमाम जाल और फंदा बिछाकर पकड़े गए किसी ऊदबिलाव के जैसी हो रही थी। डर के मारे उसका गोरा चेहरा ताँबई पड़ गया था। सिर और दाढ़ी के बाल बिखरे हुए थे। उसकी शक्ल भयानक हो रही थी। इन नरक जैसे हालात में भी उसकी बुद्धि में खुराफातें चालू थीं। अपने अधीनस्थ काम करने वालों के मार्फत वह गुपचुप ढंग से सुलतान को कुछ लाख रुपयों की रिश्वत पहुँचाने तक की कोशिश करके देख चुका था! मगर अब भरे दरबार में मुरारी पंडित का सारा जोश ठंडा पड़ा हुआ था। हर तरफ उसके खिलाफ इतना जहरीला माहौल बना था कि मौका लगता तो लोग उसे कच्चा निगल जाते। इतने भयावह माहौल में भी मुरारी के मन में जीवन-जीने और भोग-विलास की प्रबल इच्छा बरकरार थी लेकिन सामने मौत को देखकर वह बुरी तरह भड़का हुआ था।

अचानक जैसे वह बेकाबू हो गया और जी-जान से ताकत लगाकर शरीर पर बंधी रस्सियों और बेड़ियों को तोड़ने की कोशिश करने लगा। नाकाम होने पर वह चिढ़ गया और सामने बैठे सुलतान आदिलशाह को खुलकर गालियाँ देने लगा। मोहम्मद शाह ने उसे चुप रहने का इशारा किया मगर इसकी परवाह किए बिना वह गुर्राता चला गया, "रे सुलतान, इब्राहिम शाह, भले ही तेरा असली बाप था... मगर पैदा तो तू उसकी रखैल से हुआ...रांट की औलाद है तू!"

सहनशक्ति की सारी हदें पार हो गईं और एक साथ अनेक दरबारी-सिपाही तलवारें-कटारें लेकर उस पर टूट पड़े। सबसे पहले उसका जबड़ा फाड़ा गया।

किसी ने पूरी ताकत से मुँह में हाथ डालकर उसकी जीभ खींच के बाहर निकाल ली। उसकी जुबान के टुकड़े-टुकड़े कर दिए गए। दरबार से उसे रक्तरंजित अवस्था में धक्के देते और लात-घूँसे मारते हुए बाहर निकालकर रास्ते पर फेंक दिया गया। वहाँ एक गधे की पीठ पर उसे बाँधकर पूरे बाजार में उसकी दुर्गत की गई। लोगों ने उस पर इतने पत्थर और चप्पलें बरसाईं कि उनके हाथ दुखने लगे। अन्त में बाजार की भीड़ ने जैसे कोई मुर्गा काटते हैं, वैसे ही उसके हाथों-पैरों और जिस्म के टुकड़े-टुकड़े करके यहाँ-वहाँ फेंक दिए।

मुरारी के टुकड़े-टुकड़े होकर बिखरे जिस्म से बहे रक्त में नहाकर बुरी तरह घबराए हुए गधे को लेकिन लोगों ने जीवनदान दे दिया।

"अपने दरवाजे पर बँधे अड़ियल बैल को रास्ते पर लाने के लिए एक चालाक किसान ने कमाल की बेवकूफी की। वह बैल को डराने के लिए जंगल से एक बाघ को ले आया। बाघ ने झपट्टा मारकर बैल को हजम कर लिया, लेकिन फिर वह वापस वन में क्यों लौट जाता? उसने किसान की ही गरदन पर दाँत गड़ा दिए।"

आज की मजलिस में सुलतान मोहम्मद शाह ने जानवरों के उदाहरण के साथ अपने भाषण की सुन्दर शुरुआत की थी। इससे खुश अधिकारी और दरबारी चोर नजरों से एक-दूसरे को देखते हुए खुश हो रहे थे। इस बीच शाह की आवाज में थोड़ी गर्मी बढ़ गई और उन्होंने गुस्से में कहा, "उस बेवकूफ निजाम से बदला लेने के लिए हमें उतनी दूर यमुना किनारे के बाघ को पैगाम भेजने की जरूरत ही नहीं थी। अब उसके मुँह में खून लग चुका है और दिल्लीवाला वही शेर अब बीजापुर की गरदन दबोचने के लिए बेताब हो उठा है।"

"लेकिन खाविंद, अभी हमें क्या करना होगा?" मुस्तफा खान ने सवाल किया।

"हमें पहले वाली गलती नहीं दोहरानी है। दक्खन को कमजोर नहीं पड़ने देना है और इसलिए जहाँ-जहाँ सम्भव होगा, वहाँ हमें शहाजी भोसले के पक्ष में डटकर खड़े रहना है।"

उधर बादशाह शाहजहाँ ने दक्षिण की लड़ाई के सारे सूत्र अब खुद अपनी मुट्ठी में ले लिये थे। देवगिरी में अपना ठिकाना बनाकर उसने अपनी मुगल फौजों को शहाजी के पीछे लगा दिया था।

बीजापुर की तरफ भी मुगल फौज तेजी से तीन तरफ से आगे बढ़ रही थी। सोलापुर की तरफ से खान जहान की फौजें, इन्दापुर की दिशा से खान जमान के सैनिक और बीदर की ओर से खान दुरान पूरी ताकत से चढ़ने की तैयारी में थे। मुगलों ने औसा और परंडा जैसे अत्यन्त मजबूत जमीनी किलों को पदाक्रान्त

कर दिया। रास्ते में पड़ने वाले सुलतानपुर और हीरापुर जैसे शहरों को लूट लिया। देखते-देखते मुगलों की फौज ने बीजापुर की सीमा से सिर्फ बारह कोस की दूरी पर डेरा डाल दिया।

बीजापुर की सेना ने भी मुगलों पर तगड़ा जवाबी हमला करने के लिए कमर कस ली थी। उनके हाथी-घोड़ों को पीने का पानी न मिले, इसलिए उन्होंने बीजापुर के नजदीक शाहपुर गाँव का तालाब नष्ट कर दिया। बीजापुर के आसपास के गाँवों को खाली कराते हुए, वहाँ के निवासियों को किले के परकोटे के अन्दर ले लिया गया। इसके बाद किले के बाहर भीषण आग बरसानी शुरू कर दी।

बादशाह शाहजहाँ के पास इनसानों-जानवरों के खाने की भरपूर रसद से लेकर गोला-बारूद और जितनी चाहिए उतनी युद्ध सामग्री का जखीरा था। कन्धार की सीमा से लेकर हिमालय के रास्ते पर आगे बढ़कर असम तक और बंगाल से मालवा-गुजरात के सूरत-अहमदाबाद तक उनके राज्य की एकच्छत्र सीमा थी। कहीं कोई रुकावट नहीं थी। किसी प्रदेश में अकाल भी पड़ गया तो तत्काल दूसरी तरफ से भरपाई करने की ताकत थी। राजनीति के जानकारों के अनुसार तमाम प्रदेशों-इलाकों की फौजें मिलाकर मुगलों की कोई सात से आठ लाख की फौज थी। इसलिए बादशाह कई जगहों पर बागियों को नजरअन्दाज करते हुए और ताजमहल के निर्माण का काम कुछ जिम्मेदार हाथों में सौंपकर दक्षिण की ओर चला आया था। उसने कुछ भी करके शहाजीराजे और बीजापुर की कमर तोड़ने का निश्चय कर लिया था।

समय बीत रहा था। अपने परकोटे पर लगी तोपों के साथ अन्दर बैठे बीजापुर के सामने धीरे-धीरे अन्न-धन और चारे इत्यादि का संकट पैदा होने लगा। संकट की घंटियाँ बजने लगीं।

बादशाह शाहजहाँ और उसकी विशाल फौज का दक्षिण पर दबाव बढ़ने लगा था। बादशाह वेरुल-दौलताबाद के इलाके में अपने तम्बू गाड़े बैठा हुआ था। वहाँ से संगमनेर, पेमगढ़ या जुन्नर भी बहुत दूर नहीं थे। शाहजहाँ का दिमाग फिरने पर वह किसी भी दिशा में अपना रुख मोड़ सकता था। हर दो-तीन दिन में उसकी फौज पेमगढ़ पर एकाध हमला कर ही देती थी। वहाँ की स्थिति भी बहुत विचित्र बन गई थी। मुगल फौजें दिनोदिन आगे बढ़ते हुए जैसे उन्हें निगल जाना चाहती थीं।

देखते-देखते पेमगढ़ पर से तीन मानसून गुजर चुके थे। लेकिन काल के देवता की नजर राजे पर कोई खास मेहरबान नहीं थी। शहाजीराजे ने प्रजा के कल्याण के लिए अपने प्रण और लक्ष्य निर्धारित कर रखे थे। सरदार घाटगे, काटे, गायकवाड़, कंक, ठोमरे, चव्हाण, मोहिते, महाडिक, खराटे, पांढरे, वाघ और घोड़े समेत मावल के दस हजार से अधिक घुड़सवार हमेशा उनके साथ खड़े थे। लेकिन दुर्भाग्य से तमाम इस्लामी सरदार उम्मीद के मुताबिक निजाम मुर्तजा निजामशाह और उन्हें गद्दी पर बैठाने वाले शहाजीराजे की मदद करने के लिए आगे नहीं आए।

जीजाऊ एक बात पहले से ही जान चुकी थीं कि पेमगढ़ के तालाबों का पानी भारी है और उसे पचाना मुश्किल है। किला बेहद प्राचीन था और राज्याभिषेक के लिए कई पुरानी इमारतों को दुरुस्त कराया गया था। नए महल-हवेलियाँ खड़ी की गई थीं। परन्तु धीरे-धीरे पुरानी दीवारों में दरारें पड़ने लगी थीं और पपड़ियाँ गिर रही थीं। किले की परिधि छोटी थी और नतीजा यह कि वहाँ सम्पूर्ण लश्कर और उसके जानवरों का भी परकोटे में बन्द रहना जीवन को मुश्किल बना रहा था। जानवरों के कारण होने वाली मक्खियों की समस्या अलग बढ़ गई थी। नतीजा यह कि हाथियों और घोड़ों की व्यवस्था किले के नीचे नीम गाँव में करनी पड़ी। जानवरों को पानी पीने के लिए भी थोड़ी दूर प्रवरा नदी के तट पर ले जाना पड़ता था।

हालात पेचीदा होते देखकर शहाजीराजे ने पेमगढ़ की व्यवस्था को बदला और अपना मुख्य दफ्तर तथा निजामाशाही से जुड़ा सारा कामकाज जुन्नर ले गए।

जीजाऊ साहेब के लिए शहाजीराजे के साथ रहना किसी स्वर्ग के सुख की तरह था। राजे में अद्‌भुत गम्भीरता और बड़ा धीरज था। उनका व्यक्तित्व जीजाऊ को हमेशा किसी भरी हुई नदी के पाट की तरह परिपूर्ण लगता था। दिन भर कड़ी मेहनत करके तमाम काम निपटाने के बाद राजे किसी योगी की तरह बेहद शान्त और स्थिर होकर बिस्तर पर लेटा करते थे। लेकिन इसके पार्श्व में उनकी बेचैनी, उठती-गिरती साँसें और बदलती करवटें देखकर जीजाऊ साहेब बहुत बेचैन हो जाती थीं।

एक रात राजे को इसी तरह जागे-जागे करवटें बदलते देखकर जीजाऊ ने उनकी पीठ पर स्नेह से अपना हाथ फिराया और बोलीं, "राजे, अगर ऐसे ही अन्दर-अन्दर चिन्ता से घुटते रहेंगे तो फिर हम हिम्मत पाने के लिए किसकी तरफ देखेंगे?"

जीजाऊ के ये शब्द कान में पड़ते ही राजे झटके से बिस्तर पर उठकर बैठ गए। चिन्तित स्वर में बोले, "जीऊ, आखिर कोई व्यक्ति कितना लड़े और कितनी कोशिशें करे? पुणे के बारह मावल से लेकर जुन्नर की तरफ के बारह मावल, ऐसे चौबीस नदियाँ और उनकी घाटियाँ हमने बीते तीन साल में अपने कब्जे में ले ली। सह्याद्रि पर्वतमाला हो या फिर बागलाण प्रान्त और उससे भी अलग बालाघाट समेत लातूर, बीड़, नांदेड़ जैसे इलाकों की नदियाँ, घाटियाँ, पहाड़ या फिर जहाँ भी जमीन मिली, वहाँ तुम्हारे इस पति ने राष्ट्र निर्माण के काम के लिए कहाँ अपने घोड़े को नहीं दौड़ाया? अरे, अब तो इन पहाड़ों-जंगलों के रास्ते में पड़ने वाले पेड़ों से भी हमारा परिचय हो गया है। अगर उनके पास जुबान होती तो उन्होंने भी तुम्हें इस पागल शहाजी की दर्द भरी बातें बयान की होती।"

भावनाओं के वशीभूत होकर जीजाऊ साहेब ने अपना सिर राजे के कन्धे पर रख दिया और उनमें पूरा विश्वास जताते हुए बोलीं, "राजे, वाकई आपने बहुत

संघर्ष किया है, बहुत लड़ाइयाँ लड़ी हैं। वाकई आपका यह जीवट किसी असाधारण मनुष्य के द्वारा ही सम्भव है।"

"लेकिन हाथ क्या लगा?"

"ऐसा कैसे कह सकते हैं राजे! आपने तीन साल में एक उत्तम और आदर्श राज्य व्यवस्था कायम करके दिखाई है। खाली पड़ी जमीनें गरीब किसानों को खेती के लिए दीं। उनके नाम पर पट्टे लिखे। जंगलों-पहाड़ों के मूल निवासियों को, चरवाहों को, आदिवासियों को, धरतीपुत्रों को आपने जंगलों में उनके अधिकार दिए और भी बहुत कुछ किया।"

"मतलब थोड़ा-बहुत यश हमारे हाथ आया है?"

"क्यों नहीं राजे! आप पर हमें अभिमान होता है। अरे, इस भूमि पर देवगिरी के यादवों का राज्य खत्म होने के बाद बादशाहों के झुंड के बीच आपके सिवाय आखिर कौन हिन्दू राजा अपने दम पर खड़ा हो पाया है, जिसकी बहादुरी की धमक ने दिल्लीपति बादशाह को एक नहीं बल्कि दो बार यमुना का किनारा छोड़कर यहाँ आने को मजबूर किया है!...और वह बेचारा अपना महल छोड़कर यहाँ वेरुल-दौलताबाद के मैदानों के तम्बुओं में डेरा डाले पड़ा है!"

भले ही दुनियादारी की परिभाषा में यश-प्रसिद्धि नहीं मिली, लेकिन राजे को इस बात का सन्तोष जरूर हुआ कि उन्होंने अपने हाथों से एक नए युग के बीज बो दिए हैं।

रात बढ़ रही थी। बाहर से झींगुरों की आवाज आ रही थी। राजे को याद आया, "रानी साहेब, हमारे शम्भूराजे अभी तक महल में वापस आते नहीं दिखे!"

"क्या करें? अपने दोनों बेटे बाप से एक कदम बढ़कर हैं! शम्भूराजे उधर घुड़साल में अपने कल मैदान में उतरने की तैयारियों में लगे हुए हैं।"

इतने में एक हरकारा तेजी से बेहद जरूरी खबर लेकर शयनगृह के नजदीक आ पहुँचा। राजे झटके से उठकर उसके पास गए। हरकारा कहने लगा, "उधर, शत्रु के खेमे में काफी हलचल है सरकार। मुगल सैनिकों की टुकड़ियाँ एक-दो दिन में इधर संगमनेर और उधर चांभारगोंदया में घुसने की तैयारी कर रही हैं।"

हरकारे के पीछे-पीछे पिलाजी पंत, हणमंते, गोमाजी बाबा तेजी से राजे से मिलने के लिए आए। गोमाजी बाबा पर नजर डालते हुए शहाजी जल्दी से बोले, "पंत, हम उधर जाएँगे। बादशाह का प्यारा साला शाइस्ता खान पन्द्रह से बीस हजार की फौज लेकर संगमनेर और अकोला को जला डालने के इरादे से आ रहा है। लेकिन इस बार हम दुश्मन को चकमा देकर पट्टा किले के बाजू से निकलकर नासिक पहुँच जाएँगे और वहीं मुगल फौज को काट डालेंगे।"

"और इधर संगमनेर में?"

"इस तरफ बाल राजे सँभालेंगे।"

"क्या, खुद सम्भाजीराजे?"

"हाँ, क्यों नहीं? अरे, अब वह कोई छोटे हैं क्या? पूरे तेरह बरस के हो चुके हैं। बीते तीन बरस से हम कोई निजाम के लड़के के नाम की दुंदुभी बजाते नहीं घूम रहे थे। इस दौरान हमने खुद अपने सम्भाजी और शिवा को जान हथेली पर लेकर आग से खेलना सिखाया है। अरे पंत, मदारियों के बच्चे लँगोट बाँधने से पहले रस्से पर करतब दिखाना सीखते हैं। ऐसे ही मर्द मराठों के बच्चों को पहले ढाल और तलवारों से युद्ध लड़ना सिखाना चाहिए। यही हमारा धर्म नहीं है क्या?"

राजे रातभर के जागे हुए थे। भोर होते ही दरवाजे पर उनका घोड़ा आ खड़ा हुआ। सम्भाजीराजे भी स्नान करके तैयार हो चुके थे। उन्होंने मन्दिर में जाकर माँ भवानी और भगवान शंकर को प्रणाम किया। पुजारी ने उनके हाथों में प्रसाद रखा। सम्भाजीराजे ने अपने पिता और माता के पैरों पर मस्तक रखा। दोनों ने उन्हें अपनी छाती से लगाकर उनके गाल चूम लिये। शहाजीराजे ने सम्भाजी का कमरवस्त्र खोलकर फिर बाँधा। वे दरवाजे में ही खड़े थे कि तभी दूसरा हरकारा आ पहुँचा। वह पिलाजी पंत की मदद से ऊपर आया। उसे देखकर राजे बोले, "कहो, क्या खबर लाए हो?"

"सरकार, मुगल बादशाह ने सैयद जहाग नाम का एक दूसरा सरदार मैदान में उतार दिया है। वह शाइस्ता खान के पीछ-पीछे घेरा कसते हुए, दाएँ-बाएँ हमले करते हुए इसी तरफ पेमगढ़-जुन्नर की दिशा से आगे बढ़ रहा है।"

"कितनी फौज है?"

"उसके साथ तेज-तर्रार बारह हजार घोड़े हैं।"

कोमल-किशोर सम्भाजीराजे उछलकर घोड़े पर सवार हो गए। जीजाऊ साहेब समेत तमाम दास-दासियों ने उन्हें तिलक लगाया, आरती उतारी। सबने एक साथ गर्जना की, "हर हर महादेव।"

सम्भाजी घोड़े को एड़ लगा ही रहे थे कि महल के अन्दर से तेज आवाज आई, "दादा! दादा साहेब, रुकिए।" आधी नींद से उठकर एक छोटी सी तलवार अपने हाथों में लिये पाँच बरस के शिवा दौड़ते हुए बाहर निकल आए। उन्होंने घोड़े पर सवार बड़े भाई के पैर पकड़ लिये और चकराए हुए अन्दाज में सवाल किया, "दादा, ऐसे अकेले कहाँ जा रहे हैं आप, हमें यहाँ पीछे छोड़कर?"

शहाजीराजे ने शिवा को झट से उठाया और अपने सीने के पास जकड़ लिया। तब उनका गाल पकड़ते हुए जीजाऊ बोलीं, "बेटा, अभी तुम थोड़े बड़े हो जाओ तो फिर सारा लड़ाई का मैदान तुम्हारा ही होगा।"

"ऐसे कैसे आई साहेब? दादा के साथ हमने भी तलवार चलाना सीखा है! फिर वो अकेले कैसे जा रहे हैं?"

शहाजीराजे ने झटके से शिवा को आगे बढ़ा दिया। सम्भाजी ने घोड़े पर बैठे-बैठे

ही उनके गाल चूम लिये। और जोरदार एड़ लगाते हुए घोड़े को आँगन से बाहर उछाल दिया। राजे और जीजाऊ का दिल भर आया। दोनों हवा की रफ्तार से आगे बढ़ते हुए सम्भाजी को एकटक निहारते रह गए।

हमारा सूर्य, हमारी माटी और हमारा दृढ़ निश्चय

1634-35

सुबह-सुबह सर्जेराव घाटगे खिन्न चेहरे के साथ शहाजी के सामने पेश हुए और गम्भीर स्वर में बोले, "दौलताबाद से कोई खास अच्छी खबरें नहीं आ रहीं राजे।"

"सर्जेराव, मैं खूब ढंग से समझ रहा हूँ। यह शहाजीराजे हाथ नहीं लग रहा इससे बादशाह शाहजहाँ जान-बूझकर मोहम्मद शाह की गरदन पर पैर रखकर अत्याचार कर रहा है।"

"बादशाह ने बीजापुर के लिए मुगलों के सामने झुकने के सिवाय कोई विकल्प बाकी नहीं रखा है।"

"ऐसा?"

"खबर पक्की है। बताया जा रहा है कि दोनों के बीच समझौता होने की बात भी पक रही है।"

राजे हँस पड़े। उन्होंने पूछा, "कुछ तफसील से पता चला?"

"रात तक सारी बातें खुलकर सामने आ जाएँगी। आदिलशाह का गणेश पंडित नाम का एक खास वकील है। हमसे मुलाकात के लिए उसकी सांडनी इस तरफ निकल पड़ने की खबर है।"

उस शाम जुन्नर के नगरद्वार पर दौड़ते-हाँफते सांडनी सवार पहुँच गया। पहरेदारों ने उसे बाहर ही धर लिया और तत्काल शहाजीराजे के महल में ले आए। महल में आकर उसने घी-चावल का सेवन किया और आगे क्या करना चाहिए, इस पर बातचीत शुरू कर दी। गणेश पंत ने आरम्भ में ही साफ-साफ कह दिया, "पहले जो भी झगड़े-टंटे या युद्ध हुए, सो हुए। अब उनकी धूल बैठ चुकी है। आपसी मेल-जोल का मसौदा हम तैयार कर चुके हैं। उसमें नियम-कायदे-शर्तें भी साफ हैं।"

"गणेश पंत लेकिन उस करारनामे का स्वरूप क्या है?" शहाजीराजे ने पूछा।

"सबसे महत्त्वपूर्ण और पहली शर्त यही है कि निजामशाही को बर्खास्त करना है। दिल्ली और बीजापुर के बीच इसके इलाकों का बँटवारा हो जाएगा।"

"फिर दोनों के बीच की सीमा क्या होगी?"

"भीमा नदी का किनारा! भीमा के उत्तर का मुल्क मुगल हड़प लेंगे और दक्षिण दिशा की पूरी मिल्कियत आदिलशाही के खाते में चली जाएगी।"

"इसके अलावा और कौन सी महत्त्वपूर्ण शर्त है?"

"दोनों सल्तनतों में एक सैन्य समझौते का भी पालन होगा। दोनों पक्ष एक-दूसरे के बड़े सरदारों या खास दरबारियों-अधिकारियों को तोड़कर अपनी नौकरी में लाने का कोई प्रयास नहीं करेंगे। उलटे अगर कोई सरदार भागकर एक से दूसरी तरफ गया तो उसके लिए अपने दरवाजे बन्द ही रखेंगे। जरूरी हुआ तो ऐसे बागियों को कैद भी किया जाएगा।"

शहाजीराजे यह सुनकर बेहद गम्भीर हो गए। शहाजीराजे समझ गए कि बादशाह शाहजहाँ धीरे-धीरे उनके आसपास घेरा कस रहा है और सारा खेल उन्हें अन्ततः बन्दी बनाने के लिए है। गणेश पंत के चेहरे पर पड़ी चिन्ता की रेखाओं और गरदन पर दिख रहे दबाव से यह साफ झलक रहा था। राजे ने उनसे कहा, "पंत, जो भी सारी बातें हुई हैं, वह आप बेझिझक खुलकर बता दीजिए।"

गहरी साँस छोड़ते हुए पंत बोले, "यह पूरा करारनामा सिर्फ दो ही बातों के इर्द-गिर्द घूमता है। एक है निजामशाही का बँटवारा और दूसरा है आपका भविष्य!"

"ऐसा! बादशाह हमें लेकर काफी आगबबूला दिख रहा है।"

"हाँ सरकार, वहाँ से आया करारनामा मैंने साक्षात् अपनी आँखों से देखा है। उसका एक-एक शब्द मुझे याद है...शहाजीराजे भोसले नामक सरदार ने अपने जो किले कब्जे में...।"

"हाँ बोलो...बोलो...।"

"शिवनेरी, त्र्यम्बक, राजधेर, त्रिंगलवाड़ी, पेमगढ़ और भीमगढ़ जैसे जितने भी महत्त्वपूर्ण किले हैं, सारे उनसे तत्काल खाली करा लिये जाएँ और जल्द-से-जल्द उनके ताले-चाबी हमारे जिलाधिकारियों को देकर मुक्त हुआ जाए।"

बैठक में सारा वातावरण बहुत गरमागरमी का बनता जा रहा था। हड़प की नीति के सारे प्रकरण को ऊपर-ऊपर समझौते जैसा रूप दिया जा रहा था। शहाजी ने इतने वर्षों की मेहनत से जो बनाया था, कोई क्रूर आरी के पैने दाँत जैसे सर-सर करके बिलकुल जड़ से उसे काटे जा रहे थे। राजे के चेहरे पर काँटों की खरोंच से उभरी लकीरें दिखने लगी थीं। उनकी आँखों से जैसे आग की ज्वालाएँ भड़क रही थीं। अपने सीधे पंजे पर बाएँ हाथ की बन्द मुट्ठी पटकते हुए वह जोर से गरजे, "कौन है दिल्लीपति बादशाह और कौन है आदिलशाही धन्नासेठ, कहिए कौन है? हमारी इन पहाड़ियों और मैदानों पर हमारे बाप-दादाओं के बनाए ये किले हमारी मिल्कियत हैं। इनसे इन बाहर के लोगों का क्या सम्बन्ध? शाहजहाँ हो या फिर उसका पिता जहाँगीर, हम अपने एक भी किले की कुंडी-ताले को छूने नहीं देंगे।"

"लेकिन...लेकिन राजे?"

"मानता हूँ पंत, रणदुल्ला साहेब और यहाँ तक कि मोहम्मद शाह का भी हमारे प्रति स्नेह है, लेकिन क्या इसका मतलब है कि इन खुली आँखों से अपनी गुलामी को कबूल कर लूँ?"

पूरी बैठक का तेवर ही बदल गया था। राजे का शरीर संताप से थरथरा रहा था। राजा का यह आक्रामक अन्दाज देखते हुए पंत इतना घबरा गए कि उन्हें लगा कि इस परिस्थिति से कैसे भी करके निकल लिया जाए। तब जीजाऊ साहेब आकर मनसद पर बैठ गईं। उन्होंने राजे को समझा-बुझाकर थोड़ा शान्त किया। फिर जीजाऊ सोच-विचार कर कहने लगीं, "अगर हमने किले देने से इनकार कर दिया तो आपको क्या लगता है, वह घमंडी बादशाह चुप बैठेगा?"

"उस गुस्ताख ने बीजापुर पर बहुत दबाव बना दिया है। कहा है कि अगर वह शहाजी भोसले उसके कब्जे वाले किलों की चाबियाँ प्यार से देने को तैयार न हो, तो उसे जेल की अँधेरी कोठरी में डाल दो। न माने तो मार-ठोककर चाबियाँ निकलवा लो। किसी भी परिस्थिति में हमें मराठा शहाजीराजे नाम के उस बागी की मुश्कें कसनी हैं।"

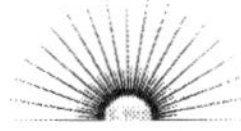

शाइस्ता खान मशालें लेकर मराठा फौजों के पीछे लगा हुआ था। उसका हमला बहुत प्रचंड था। इसलिए कुछ ही महीनों की अवधि में शहाजीराजे के किलेदारों को त्र्यम्बक, दिंडोरी के किले और नासिक का अदालतबाड़ा खाली करना पड़ गया था।

दौलताबाद से ही शाहजहाँ अपने और बीजापुरी सरदारों की पीठ पर भूत जैसा सवार था। वह लगातार मोहम्मद शाह को धमकी भरे खलीते भेज रहा था, "देर मत करना। अगर शर्तों और समझौतों से शहाजी भोसले के हाथ कसकर नहीं बाँधे गए तो फिर उन कागजात की कीमत ही क्या?"

मुगलों ने जैसे शहाजीराजे और उनके पेमगढ़ वाले प्रयोग को जड़ से ही उखाड़ देने का बीड़ा उठा लिया था। पेड़गाँव और चांभरगोंदया जैसे भोसले कुल के गाँवों को उन्होंने दो दो बार जलाकर राख कर दिया। लेकिन शहाजीराजे हथियार डालने को तैयार नहीं थे। वह रात-दिन घोड़े पर सवार होकर अपनी प्रजा को निर्भय करने का प्रयत्न कर रहे थे। नासिक, जुन्नर से लेकर अहमदनगर के दरमियान अलग-अलग मोर्चों पर बादशाह की चालीस हजार की फौज रात-दिन राजे के पीछे लगी हुई थी।

स्वाभिमानी शहाजीराजे के दिल में आग भभक रही थी, "बादशाह से करार करके बीजापुर के हाथ बँध गए होंगे, मगर हमारे नहीं।" उन्होंने अपने इरादे जाहिर कर दिए थे। चार-चार दिन वह घोड़े पर ही रहते। राजधानी जुन्नर की तरफ प्रचंड दबाव बना हुआ था। मुगल सरदार सैयद जहाग के सैनिक जुन्नर के किले पर

रात-दिन गोलाबारी कर रहे थे। बादशाह के अन्दर भी बदले की आग बढ़ती जा रही थी। अपने वफादार सरदारों के साथ उसने बीजापुर के मलिक रहमान, सिद्दी मरजान और रणदुल्ला खान जैसे आदिलशाही योद्धाओं को भी राजे के खिलाफ उतार दिया था। कभी राजे के मित्र रहे सरदार ही अब दुश्मन बनकर उनके पीछे लगे थे। जंगल में बाघ को घेरने के लिए चारों तरफ से ढोल-ताशे-तुरहियाँ जैसे बजाई जाती हैं, ताकि शिकारी उसे निशाने पर ले सके, वैसे ही मुगल सरदार शहाजीराजे के खिलाफ घेराबन्दी कर रहे थे।

जुन्नर गाँव जलती आग का विशाल घेरा बन गया था। किले को चारों तरफ से घेरकर मुगल सिर्फ आग बरसा रहे थे। युद्ध के पंजे में फँसी हुई रियाया रात-दिन अपने जानवरों-बच्चों को लेकर जिधर रास्ता मिल रहा था, उधर ही आसपास के इलाकों में भाग रही थी। ऐसे में जुन्नर के किले की निर्णायक लड़ाई की कमान तेरह बरस के सम्भाजीराजे ने स्वयं अपने हाथों में ले ली थी। उनके देखते-ही-देखते किले के अन्दर बना महल तोपों की मार से ढह चुका था लेकिन रण में अपना घोड़ा नचाते हुए उन्होंने अपने पैर मैदान में जमाए रखे। उनके साथ चार हजार सैनिकों की फौज थी। उन्होंने तुरन्त रणनीति बदली और मुगल रसद की कड़ी तोड़ने के लिए अपने छापामार दस्ते के साथ हमला करने का निर्णय लिया।

अलीवर्दी खान शिवनेरी के किले पर कब्जे के लिए लगातार भागदौड़ कर रहा था। कई बार मुगल फौजों ने पूरे दम से दौड़ लगाते हुए किले पर हमला किया लेकिन घोड़े पर सवार सम्भाजीराजे ने हाथी दरवाजा और परवाना दरवाजा के नजदीक सैकड़ों मुगल सैनिकों को अपनी तलवार से काट डाला। मुगलों को इन जगहों पर घमासान लड़ाई लड़नी पड़ी और उनके दिल में युवराज की दहशत बैठ गई। रात के समय लेंडी नदी के पार जाने के नाम पर ही मुगल काँपने लगते थे।

दीवाली पर जमीन पर चलने वाली आतिशी चकरी की तरह युवराज सम्भाजी के सैनिक जुन्नर गाँव के चारों तरफ चौकसी करते घूम रहे थे। आए दिन के संघर्ष में चार महीने कैसे गुजर गए, किसी को पता नहीं चला। गर्मियाँ समाप्त हो गईं और मृगशिरा नक्षत्र में हल्की बरसात की शुरुआत हो गई मगर शहाजीराजे और युवराज सम्भाजी ने जंग जारी रखी थी। जीजाऊ भी रात-दिन राजा के साथ कन्धे से कन्धा मिलाकर पूरी ताकत से घोड़े पर सवार यहाँ-वहाँ दौड़ रही थीं। नन्हे शिवा को वह अपने घोड़े पर सामने बैठा लेती थीं। अपने पल्लू से वह उन्हें बाँध लेतीं। शिवा कभी शहाजीराजे की पीठ से चिपककर उनके घोड़े पर जा बैठते। राजे उन्हें कसकर अपने दुशाले से बाँध लिया करते थे।

दोनों पति-पत्नी का दाम्पत्य जैसे किसी आग के घेरे में रात-दिन घोड़ों पर सवार होकर बीतता जा रहा था। अपनी सेना की हानि न हो इसलिए वे अचानक दुश्मन पर छापा मारते। "जो शहाजी को जिन्दा गिरफ्तार करेगा, उस पर मैं हीरे-

जवाहरात की बरसात करूँगा। उसे मालामाल कर दूँगा।" शाहजहाँ ने साफ-साफ शब्दों में यह घोषणा की। लेकिन यह कहाँ मुमकिन था? बीते तीस साल में राजा के घुड़सवार समुन्दर की लहरों की तरह उनके चारों तरफ लहराते रहते थे। एक बार में कम-से-कम छह से सात हजार घोड़े हर समय उनके साथ दौड़ते रहते थे इसलिए शहाजी को जिन्दा पकड़ने का सपना बादशाह पूरा नहीं कर पा रहा था।

आदिलशाही में मौजूद रणदुल्ला खान जैसे दोस्तों के गुप्त पत्र राजे को समय-समय पर मिलते रहते थे। धीरज दिखाएँ, नर्म पड़ जाएँ, ऐसी सलाह उन्हें दी जा रही थी। मगर राजे का संकल्प दृढ़ था, "युद्ध के मैदान में आगे बढ़ा दिए कदम अब किसी भी कीमत पर पीछे लेना सम्भव नहीं है।"

लेकिन तभी जैसे बदकिस्मती से कलिकाल ने आघात किया। बाबाजी काटे और आदिकराव महाडिक के झंडे तले उनके तीन हजार सैनिक घोड़ नदी की दिशा में निकल पड़े थे। दूसरे दिन सुबह तक उन्हें शहाजीराजे की सेना में आ मिलना था लेकिन तभी आसमान काले बादलों से घिर गया और चारों तरफ अँधेरा छा गया। देखते-देखते प्रचंड बरसात शुरू हो गई। बावजूद इसके इन सैनिकों ने हिम्मत नहीं हारी और बारिश में तर-बतर होने के बाद भी आगे बढ़ते चले गए। मगर बरसात धीमी होने या रुकने का नाम नहीं ले रही थी। अँधेरा और घना हो गया। इस परिस्थिति में चलते रहने की कोशिश करते हुए सैनिकों को काल ने एक जोर का झटका दिया। अकस्मात् नदी में बाढ़ आ गई। ऐसे में पूरी टुकड़ी के पास नदी के किनारे ही रुकने के सिवा कोई रास्ता नहीं बचा था।

नदी किनारे पीपल और बरगद के पेड़ों के नीचे जहाँ जगह मिली, सैनिक वहीं रुक गए। वहाँ चूल्हे जलाए गए। लेकिन इतनी बरसात थी कि वे बार-बार बुझ जाते थे। ऐसे में थके-हारे सैनिकों ने दाल के पानी में नमक मिलाकर पीया और आधे पेट ही रह गए। पैदल सैनिकों ने घोड़ों के लिए लाई घास गीली जमीन पर बिछाई और जहाँ-तहाँ पसरकर पैर फैला लिये। दिन भर चलते हुए थककर चूर हो चुके सैनिकों को लेटते ही नींद लग गई।

इन तीन हजार सैनिकों के लिए दुर्भाग्य अँधेरे में चोर कदमों से चलता हुआ आया। करीब दस हजार मुगल सैनिकों ने पूरे इलाके को घेर लिया और बेसुध पड़े शहाजीराजे के बहादुर सिपाहियों को बन्दी बनाकर हथियार डालने पर मजबूर कर दिया। ऐन मौके पर लगी यह गम्भीर चोट थी।

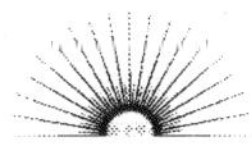

दुर्भाग्य की यह दस्तक दूसरे दिन शाम तक राजे के कानों में पहुँची। उस वक्त वह रांजण गाँव की सीमा में थे। अपनी जिद से चलायमान इस मुहिम को ईश्वर ऐसा

आघात पहुँचाएगा, उन्हें इसकी सपने में भी कल्पना नहीं थी। अपने तीन हजार सिपाही मौत के मुँह में फँस गए, यह समाचार इतना भयानक था कि शहाजीराजे की आँखों में आँसू आ गए। शब्द गले में घुटकर रह गए और कदम जहाँ थे वहीं रुक गए।

जीजाऊ ने किसी तरह राजा को सहारा दिया। वह उन्हें पास के जुनाट गणेश मन्दिर के गर्भगृह में ले गईं। जबरदस्त मानसिक पीड़ा की अवस्था में राजे करीब दो घंटे तक वहाँ जैसे समाधिस्थ बैठे रहे। उन्हें ढाढ़स बँधाते हुए जीजाऊ ने कहा, "राजे, यहाँ इस गणेश प्रतिमा की प्रतिष्ठा स्वयं भगवान शंकर ने की है। यह पवित्र स्थल पिता-पुत्र के गहरे रिश्ते का गवाह है। इस गर्भगृह में ही कलिकाल के इस संकट का कोई-न-कोई रास्ता निकलेगा।" जीजाऊ ने गणेश की पूजा की। आई साहेब के इशारे पर नन्हे शिवा ने अपने हाथों से पाँच नारियल का तोरण तैयार करके देवता पर चढ़ाया।

अन्न का कौर भी मुँह में रखने की राजे की इच्छा नहीं थी। तब नन्हे शिवबा ने हठ पकड़ लिया। वे पिता के बदन पर झूम गए। बहुत जिद करके उन्होंने राजा को प्रसाद ग्रहण करने पर मजबूर किया। शिथिल पड़ चुकी पिता की देह को देखकर शिवा ने जब उन्हें अपनी बाल-लीलाओं से हँसाने की कोशिशें कीं तो उनकी चतुराई देखकर राजे की जैसे चेतना जागी। इस अवसर का लाभ उठाते हुए जीजाऊ ने उन्हें समझाया, "जाने दीजिए राजे। जीवन में इससे ज्यादा मुश्किल दिन और दौर हमने देखे-भोगे हैं। उन भीषण रास्तों को पार करते हुए हम यहाँ तक आए हैं।"

"जीऊ, हमारे सोने जैसे कीमती तीन हजार वीर योद्धा बिना लड़े ही, सिर्फ धोखे से शत्रु के कैदी बन गए। दुर्भाग्य का इससे ज्यादा फटका और क्या हो सकता है? अपने आप में यह कितनी भयानक बात है!"

"लेकिन राजे, इलाज भी क्या है? ऐसे हाथ-पर-हाथ रखे बैठ जाने से भी क्या होगा?"

"मतलब?"

"अरे, पहाड़ पर अगर बाघ घायल भी हो जाए तो उसे बाघ के जैसे ही गुर्राना पड़ता है। और हमारे शहाजीराजे को भी बादलों की तरह गरजना पड़ेगा।"

"लेकिन ऐसा कब तक चलेगा?"

"दैवीय इच्छा के इन काँटों भरे रास्ते पर चलते हुए जब हँसते हुए फूल देखने की इच्छा है, तो ऐसे रुक जाने से कैसे चलेगा? उठिए राजे, उठिए!!"

माता-पिता के बीच जारी इस बिलकुल ही अलग किस्म के संवाद और माँ के मुँह से जंग की भाषा निश्चित ही नन्हे शिवा को समझ आ गई, तभी तो उन्होंने पास पड़ी तलवार उठा ली। म्यान से तलवार निकालकर उन्होंने तलवार शहाजीराजे के हाथ में दी। यह दृश्य देखकर राजे चमक गए। उन्होंने आवेग से शिवा को अपने सीने से लगा लिया। राजा बेहद भावुक हो गए। उन्होंने शिवा से कहा, "बेटा, अगर

इस जंगल की आग में कुछ ऊँच-नीच हो जाए तो इस मिट्टी के लिए उठी हमारी यह तलवार कभी म्यान में मत जाने देना।"

दूसरे दिन सुबह से राजा ने नई उम्मीद के साथ अपना संघर्ष शुरू किया।

"घृष्णेश्वर हो या भूलेश्वर अथवा शिंगणापुर के महादेव, सभी कहते हैं कि भोसले कुल पर श्री भगवान शंकर की कृपा है। बार-बार मुझे भी यही अनुभव होता है।" जीजाऊ ने कहा।

"सच कह रही हैं आप। तभी तो हमने भातवड़ी की लड़ाई से लेकर आज तक युद्ध के मैदान में हमेशा 'हर हर महादेव' की गर्जना के साथ दुश्मन पर हल्ला बोला है।"

"वही कहती हूँ। कल रांजण गाँव के उस गर्भगृह में महादेव के पुत्र श्रीगणेश और हमारे शिवा, दोनों ने ही तुम्हें फिर से जगा दिया।"

"सही है रानी साहिबा। नन्हे शिवबा का एक-एक लक्षण देखकर अब हमें भविष्य की चिन्ता नहीं रही।"

"सच्ची राजे।"

"नन्हे चिरंजीव की बाल लीला देखकर मुझे आभास हो रहा है कि यहाँ कुछ अगाध, बेहद विलक्षण घटने वाला है।"

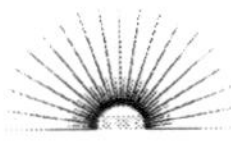

एक तरफ बारिश रुक नहीं रही थी। युद्ध भी खत्म नहीं हो रहा था। तभी भीमा नदी के तट के आसपास घूम रहे राजे पर हमले के लिए खान जमान के निकल पड़ने की खबर आई। संगमनेर हाथ से निकल चुका था। नासिक और दिंडोरी भी मुगल फौजों के कब्जे में पहुँच चुके थे। युवराज सम्भाजी ने जुन्नर के नजदीक संघर्ष को बरकरार रखा था। हालाँकि पिछले पाँच दिनों से उधर से कोई नई खबर नहीं मिली थी। आकाश में काले बादल उठ रहे थे और संकट की परछाइयाँ पीठ पर लदी जा रही थीं।

बादशाही फौज प्रचंड थी। जबकि राजे के बारह हजार घोड़ों में से तीन हजार मुगलों की कैद में पहुँच गए थे। पहले से मुश्किल में पड़ी फौज के लिए यह संकट बड़ा था। खान जमान को चकमा देते हुए राजे ने एक बार फिर से पुणे की दिशा से टक्कर देने का फैसला किया। सुदैव से भीमा नदी का पाट पूरी तरह पानी में नहीं डूबा था। राजे के पास नावें थीं और नदी में कई जगह पानी भी बहुत गहरा नहीं था। राजे ने बारिश के बीच भीमा पार कर ली। भरी रात में वह लौह गाँव पहुँच गए।

गाँव के पाटील और अन्य अधिकारियों ने राजे का स्वागत किया। तमाम महिलाओं ने रात में चूल्हे जलाकर सेना को पेट भर, ताजा और गर्म भोजन कराया। पौ फटते ही फौज येरवडा वाडी के नजदीक नदी पार करने लगी। तब राजा के हरकारे खबर

लाए कि कुछ कोस पीछे खान जमान ने राजे का पीछा करना बन्द कर दिया है। राजे का दिल थोड़ा हल्का हुआ। मुगलों की फौज दूसरी तरफ कहीं आराम कर रही थी।

येरवडा वाडी के नजदीक मुला-मुठा नदी के पानी की धार कुछ ज्यादा तेज थी। मगर उसे पार करने के अलावा कोई रास्ता नहीं था। राजे की आधी फौज दूसरे तट पर पहुँच गई। तीन सौ घोड़ों और खच्चरों पर राजे का सामान लदा हुआ था। नदी बिना किसी उतार-चढ़ाव के पार हो रही थी। दूसरी तरफ बरगद के पेड़ों का जंगल था। बीच में थोड़ी खाली जगह थी। राजे के मन में कुछ चल रहा था। वह बरसते पानी में भीगते हुए खड़े थे।

अपने जानवरों की लगाम पकड़कर या घोड़ों के आजू-बाजू खड़े होकर सारे मावल वीर ध्यान से सुन रहे थे। भावुक होकर राजे कह रहे थे, "पिछले चार साल से अपने पैरों में कटार बाँधकर खून-खच्चर स्थिति में भी साथ चलते रहने वाले मेरे मावल मर्दों...मैं आपसे माफी चाहता हूँ! बार-बार पड़ रही समय की मार से त्रस्त होकर मुझे एक कठोर निर्णय लेना पड़ रहा है।"

राजे की निर्वाण जैसी भाषा सुनकर सामने खड़े सैनिक चकराने लगे। धूप-बरसात और ठंडी हवाओं में भी अपने शहाजी बाबा के साथ निरन्तर युद्धरत रहना, दुश्मन से भिड़ जाना और अपने पैरों के बीच घोड़ों को फँसाए लगातार दौड़ते रहना, यही बस उन्हें पता था। इसलिए राजा का थोड़ा अलग सुर कान में पड़ते ही वे परेशान होने लगे। राजे बोले, "आपमें से बहुत थोड़े से सिपाही ही मेरे साथ आएँगे। बाकी सब इस वर्षाकाल में अपने गाँव लौट जाएँ और नई जंग के लिए अपने घोड़ों को तैयार रखें।"

"नहीं, नहीं राजे। हमारे भाग्य में आपके लिए मर जाना लिखा होगा, तो मर जाएँगे लेकिन आपका साथ छोड़कर नहीं जाएँगे।" एक साथ बहुत सारी आवाजें उठीं और कोलाहल मच गया।

सबको शान्त रहने का इशारा करते हुए राजे बोले, "सबूरी रखें सबूरी। संकट के हजारों बादलों ने हमें एक साथ घेर लिया है। सुलतान आदिलशाह कमजोर पड़ गए हैं। दिल्ली का बादशाह शाहजहाँ भी हमें खत्म करने के लिए पागल हो रहा है। वह इतने बड़े ताजमहल का निर्माण कार्य छोड़कर यहाँ दक्षिण में आकर हमारी पीठ पर सवार है। उसके सैनिक टूटे छत्ते वाली हिंसक मधुमक्खियों की तरह हमारे पीछे लगे हुए हैं। उस पर यह वर्षा ऋतु। एक बड़ी फौज को सँभालने के लिए जरूरी खाने-पीने का इन्तजाम बहुत मुश्किल हो गया है। उस पर नदी में आई बाढ़ के कारण दुर्भाग्य से हमारे तीन हजार घुड़सवार गिरफ्तार हो चुके हैं। चारों दिशाओं से जैसे संकटों की बारिश हमें घेर रही है। नतीजा यह कि वर्तमान स्थिति में हमारे पास तुरन्त ही किसी गुप्त जगह को खोजकर आसरा लेने के सिवा कोई रास्ता नहीं रह गया है।"

राजे की यह मन:स्थिति देखकर कई लोग दहल गए। इस हालत में उनके साथ रहने के बजाय उन्हें छोड़कर जाने का दुख किसी पहाड़ की तरह था। उनका मन तैयार नहीं हो रहा था। उनकी अवस्था देखकर राजे बोले, "मेरे मावल के मर्द मराठों के थोड़े समय के लिए इस तरह पीछे हट जाना हमारी पराजय नहीं है। लाचारी भी नहीं है। हम लड़े, मगर झुके नहीं। भिड़े, लेकिन थके नहीं। जब हम किसी ऊँची जगह से छलाँग लगाना चाहते हैं तो अपने जानवर को पाँच-दस कदम पीछे लेकर कुछ चक्कर लगाते हैं और फिर लगाम को ढीली छोड़कर घोड़े को हवा में उड़ाते हैं। बस, बरसात गुजरने तक ही हमें खुद को सँभालना है और दो कदम पीछे जाकर फिर से नई लड़ाई शुरू करनी है!"

सामने बरसते पानी में खड़े मावलों की आँखों से आँसू झर रहे थे। सेना का सेनापति होने के नाते शहाजी बाबा सबको धीरज बँधा रहे थे, "दुर्भाग्य से पिछले तीन-साढ़े तीन साल पहले बारिश में ही हमने जो अपने राज्य का, स्वराज्य का अभियान शुरू किया, तभी से अकाल और दुश्मन की नजर हम पर टेढ़ी हो गई। अब पेमगिरी के स्वराज्य को बचाने के लिए हम दिल्ली के बादशाह शाहजहाँ के विरुद्ध लगातार युद्ध कर रहे हैं। उसके जैसा मगरूर बादशाह आगरा में अपना सब कुछ छोड़कर हमारी खबर लेने के लिए यहाँ बैठा है, तो सच कहें यही अपना यश है। आप सभी बहादुरों का साथ और यह समर्थन, यह उपकार हम सात जन्मों तक नहीं भूल सकेंगे।"

बोलते-बोलते राजे की आवाज भर्रा गई। वह बोले, "माफ करो साथियो, इनसान कई बार सपने देखता है, खूब सोचता है लेकिन भयानक काल उसके रास्ते में रुकावटें पैदा कर देता है! कुछ भी हो सकता है। आने वाले समय में दुर्भाग्य से कुछ अच्छा-बुरा हो गया तो हमारी धर्मपत्नी जीजाऊ साहेब आपके साथ रहकर मुल्क की आजादी का झंडा फहराएँगी। मेरे बच्चे भी पूरी ताकत और क्षमता के साथ आपके संग युद्ध में उतरते रहेंगे।"

रिमझिम बरसात अब पूरी तरह से रुक चुकी थी। पास की नदी में बहती जलधाराओं की आवाज तेज हो गई थी। सामने खड़े मर्द मराठों की आँखों से अविरल धारा बह रही थी। उन्हें भरोसा देते हुए राजे ने कहा, "बीते कई वर्षों में हमने इस मिट्टी में, इन झाड़-झंखाड़ में और इन पत्थरों-चट्टानों में अपने स्वराज्य का स्वप्न देखा है। 'महाराष्ट्र' की कल्पना की है। और उन तमाम क्षणों की साक्षी जीजाऊ साहेब रही हैं। एक बात कभी भूलना मत कि किसी स्त्री के हाथों में तलवार देने का यह अर्थ नहीं कि आपका पौरुष कमजोर है। पहली बात यानी...।" बीच में ही राजे रुक गए और उस गम्भीर वातावरण को हास्य से हल्का बनाते हुए कहने लगे, "वैसे तो अपनी पत्नी की प्रशंसा करना कोई बुद्धिमानी नहीं कहलाती, लेकिन हमारी जीजाऊ साहेब सिंदखेड़ के जाधवों की लाडली कन्या हैं। आपको शायद

यह बात पता नहीं होगी। यूँ तो आप लोगों में से कई ने उनकी शानदार घुड़सवारी देखी होगी मगर उनकी तलवार में कितनी धार और कितना तेज है, यह हम ही जानते हैं! इसलिए कह रहा हूँ कि स्त्रियों के हाथ में शस्त्र देखकर हम पुरुषों को अपने वस्त्रों में ही आग लगा लेने जैसी खीज करने का कोई मतलब नहीं है। हमारे साथ पत्नी और घर की स्त्रियों का आना भी जरूरी है। हमारे तमाम देवताओं पर भी संकट आता है तो वे भवानी माता, काली माता या फिर पार्वती माता के पास ही जाते हैं! संकट के पहाड़ों को ठिकाने लगाने के लिए ये माता ही हाथ में तलवार या त्रिशूल उठा लेती हैं। तात्पर्य यह कि अगर ऐसा ही कोई संकट आया तो इस संघर्ष-यज्ञ को आगे ले जाने के लिए जीजाऊ साहेब में पर्याप्त कौशल और धैर्य है।"

"दूसरी खास बात यह कि इस छोटे से संकट-काल से थक जाने, इससे दब जाने का कोई कारण नहीं है। दोस्तो, यह काली रात सिर्फ सुबह होने से पहले का अँधेरा है। और हमारे ही मुर्गों की बाँग से इस मावल के पूरे इलाके में जल्द ही सुख का सूरज उगेगा, स्वराज्य के दिन आएँगे। आप यह विश्वास मन में बनाए रखिए।"

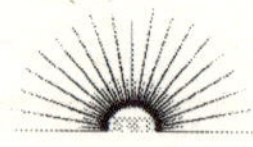

कोंढाणा का किला सह्याद्रि के मूसलाधार बारिश के इलाके में आता था इसलिए वहाँ बारिश धुआँधार होती थी। हालाँकि भौगोलिक दृष्टि से यह गढ़ पुणे जागीर में पड़ता था। परन्तु सभी बादशाह अपने सरदारों को जागीरें बहाल करते हुए गढ़ और किलों का कब्जा अपने पास ही रखते थे। अत: कोंढाणा का यह किला आदिलशाही के अधिकार में था। वहाँ के सारे कारकुन, अधिकारी शहाजीराजे के परिचित थे। इसलिए दिल्ली और बीजापुर की फौजें पीछे लगे होने पर राजे को इस किले में रहते हुए किसी तरह के खतरे की आशंका नहीं थी। उस पर बरसात भी इतनी भीषण थी कि किसी भी फौज के लिए वहाँ तक पहुँचना बड़ी झंझट से कम नहीं था।

किले की जिम्मेदारी दादोजी कोंडदेव के हाथों में थी। उनके मार्फत ही महसूल की रकम बीजापुर जाती थी। दादोजी राजे के अच्छे मित्र थे। दादोजी ने इसी इलाके में हिंगणी, बुरडी और देऊलगाँव परगनों में कई वर्षों तक भोसले कुल का पटवारी पद सँभाला था। उनकी उम्र अब पैंसठ से अधिक हो चुकी थी मगर स्थूलकाय होने के बावजूद उनकी मजबूत मांस-पेशियों में दम था। वह स्वभाव से हँसमुख थे और अपने मालिक की आज्ञा मानने तथा सेवा की प्रवृत्ति उनमें थी। इन गुणों के कारण राजे उन पर हमेशा मेहरबान रहते थे। किले में दादोजी के साथ उनके अच्छे मित्र पानसम्बल काका भी थे। इन दोनों का नन्हे शिवा के लिए अगाध स्नेह था।

राजा के पीछे पड़ा खान जमान सालपा घाट से होता हुआ आगे निकल गया था। उसने बीजापुर मुल्क में पड़ने वाले कोल्हापुर और मिरज जैसे पुराने मगर समृद्ध

गाँवों को लूट लिया था। खबर थी कि वहाँ से वह रायबाग की तरफ बढ़ रहा है। राजे जिन रास्तों से आगे बढ़े, वहाँ-वहाँ उनके अपने गाँव के नजदीक पहुँचने का समाचार मिलने पर उधर के पाटील, देशमुख से लेकर तमाम मावलों की बुजुर्ग मंडलियाँ उनसे मिलने पहुँच जाती थीं।

कोंढाणा पर बिताए दिन तूफान आने से पहले की शान्ति से भरे, मन को बेचैन करने वाले थे। कुछ दिन पहले जुन्नर हाथ से निकल चुका था। इस बात से चिन्तित जीजाऊ अन्दर-ही-अन्दर घुट रही थीं। एक दिन राजे ने उन्हें समझाया, "रानी साहेब, शम्भूराजा की चिन्ता मत कीजिए। उनकी फौज को बड़ा नुकसान जरूर हुआ है लेकिन अपने बालराजे सुरक्षित हैं और सुखी हैं।"

"कब? हमारा बेटा कब मिलेगा हमसे?" माँ की ममता उन्हें लगातार बेचैन किए थी।

एक रात रणदुल्ला खान की तरफ से गुप्त पत्र आया जिसके मुताबिक शाहजहाँ को विश्वास हो चला था कि नासिक-दौलताबाद में जारी युद्ध उसके नियंत्रण में है। इसलिए वह दौलताबाद से निकल चुका था और हिन्दुस्तान में मांडू के किले में जाकर रह रहा था। बरसात का मौसम उसने वहीं बिताने का निश्चय किया था। हालाँकि वहाँ से भी वह लगातार आदिलशाह को धमका रहा था, "शहाजी भोसले के अधिकार में जो किले हैं, उन पर तुरन्त कब्जा करके हमारे हवाले करो। अन्यथा हमारे हाथी-घोड़े मांडू से आगरा जाने के बजाय पुनः बीजापुर के रास्ते पर बढ़ने लगेंगे।" वह हठ ठाने बैठा था। वह भले ही अपनी निजी सेना को साथ ले गया था मगर बाकी पचास हजार का लश्कर बागलाण, बालाघाट और सह्याद्रि के आसपास युद्ध की तैयारियों में लगा हुआ छोड़ गया था। वह किसी भी हाल में शहाजी को नेस्तनाबूद करना चाहता था।

राजे के कोंढाणा के किले पर होने की खबर बादशाह के खेमे तक पहुँच चुकी थी। आगे के खतरे का संकेत करते हुए रणदुल्ला ने राजा को सन्देश भेजा था, "राजाजी, आज तक अपनी यारी-दोस्ती चलती रही लेकिन आगे मुझे मेरी मजबूरियाँ बाँध रही हैं। बादशाह हमारे सुलतान साहब की गरदन छोड़ने को तैयार नहीं है। उसने एक ही रट लगा रखी है कि किसी भी हाल में शहाजी मरगट्ठे को कैद कीजिए, नहीं तो हमारे हाथी-घोड़े आगरा की राह भूलकर दक्खन की तरफ दौड़ेंगे। उसने खरे-खरे शब्दों में यह पैगाम बीजापुर के सुलतान साहब को भेजा है। इसलिए आपको कैद करने के लिए कभी भी हमारी तरफ से छापा पड़ सकता है। मेरे दोस्त, हर पल होशियार रहना।"

मुश्किल वक्त पीछा छोड़ने को तैयार नहीं था। खर्च बढ़ते जा रहे थे। पैसा आने के तमाम रास्ते बन्द हो चुके थे। हालात बदल गए थे। राजे को अपने और दो हजार घुड़सवारों को विदा करना पड़ा। जैसे-तैसे उन्हें समझा-बुझाकर उनके

गाँव भेजा। अन्त में केवल साढ़े तीन हजार की फौज साथ रखी। पहाड़ों, घाटों और कोंकण के उतार पर तेज बरसते पानी के बीच राजे अन्ततः नीचे उतरने लगे। उनके साथ चल रहे सिपाही इस बरसात से हैरान थे। अन्न-धन का संकट और जानवरों के चारे की मुश्किलें थीं। इन सबके बीच नन्हे शिवा खूब बीमार पड़ गए। जीवन में पहली बार राजे को अपनी फौज किसी पहाड़ की तरह भारी लग रही थी।

आधा रास्ता पार करके राजे ने फिर अपने डेढ़ हजार घुड़सवारों को पनवेल के पास प्रबलगढ़ भेज दिया। राजा के सिपाही जैसे-तैसे कीचड़ को पार करते, बदन पर भीषण बरसात को सहते किसी तरह दंडा राजापुरी की ऊँची टेकरी पर पहुँचे। यहाँ बारिश और तेज हवाओं से लहराता समुन्दर सामने नजर आया। चारों दिशाओं से चोट कर रही पानी की ऊँची-ऊँची लहरों को झेलते हुए जंजीरा का किला सागर की गोद में पालथी मारे बैठा हुआ था। इस प्रचंड बरसात में सिद्दी सरदार के सिपाही और किले की देखभाल करने वाले अधिकारी भी वहाँ नहीं थे। ऐसे में अकेले, पानी से तर-बतर किले पर जाना और वहाँ रहना खतरनाक साबित हो सकता था। राजे ने तब पास की एक पहाड़ी पर डेरा डाला।

राजे ने अपने एक पुराने और विश्वसनीय दोस्त इनायत बाराबन्दी को सन्देश भिजवाया। चोल और कर्लाइल के भाग में इनायत खान का अच्छा रोब-दाब था। वह नामचीन सौदागर था और इसलिए अंग्रेज तथा पुर्तगाली फौजों के साथ भी उसकी उठक-बैठक थी। राजे इनायत की राह देखने लगे। उस रात शिवबा का पूरा शरीर बुखार से जल रहा था। इस मौसम में भी लगातार पसीने की धाराएँ बह रही थीं।

अपने नन्हे बालक के सिर पर ठंडे पानी की पट्टियाँ रखते हुए राजे और जीजाऊ रात भर बैठे रहे। शिवबा का यह बुखार बड़ी चिन्ता का सबब बन गया था। उनकी चिन्ता में हड़बड़ाए अपने पति की ओर देखकर जीजाऊ अधिक परेशान हो गईं। ऐन सामने उड़कर आते तोप के गोले को देखकर न डगमगाने वाले राजे अपने बालक की हालत से जिस तरह व्याकुल हो गए, उसने जीजाऊ को बहुत चिन्ता में डाल दिया था।

चोल के पुर्तगालियों से राजे को काफी उम्मीद थी। बीते कुछ समय में बड़े देशी-विदेशी व्यापार का केन्द्र बनकर चोल का यह बन्दरगाह बहुत चर्चित हो गया था। करीब पुणे जितनी इसकी आबादी, दो किले और अनेक बुर्ज यहाँ थे।

दूसरे दिन चोल से इनायत का घोड़ा सरपट दौड़ता हुआ राजे के खेमे में आ पहुँचा। राजे ने रात भर सोच-विचार करके अपने खत का मजमून तैयार करते हुए, मुंशी को बुलवाकर उसे खलीते में दर्ज करा लिया था। किसी भी हाल में इस बुरे दौर से निकलने का रास्ता ढूँढ़ना अत्यन्त आवश्यक था। इसलिए उन्हें लग रहा था कि पुर्तगालियों के किले में राजाश्रय लेना ठीक रहेगा। यह पहला मौका था जब हालात ने राजे को झकझोर डाला था। पीछे मुगलों की फौज लगी। भीषण

बरसात में रुकने को कोई सुरक्षित ठिकाना नहीं। वह अपनी सेना भी साथ लेकर चलने की स्थिति में नहीं थे। सबसे बड़ी बात कि नन्हे शिवा की तबीयत लगातार चिन्ताजनक बनी हुई थी।

राजे ने चेऊल किले के पुर्तगाली कप्तान अन्तोनियो कार्नेरो द आर्गाओ के नाम 26 सितम्बर, 1636 को लिखा खलीता इनायत के सुपुर्द किया...

कप्तान साहेब,

किसी मनुष्य के जीवन में इतनी धाँधलियों और गड़बड़ियों के दिन कभी न आएँ, जैसे दिन आजकल हमारे जीवन में चल रहे हैं। इससे पहले निजामशाही और आदिलशाही राज्यों की नौकरी करते हुए, जहाँ-जहाँ आप पुर्तगालियों के हितों की रक्षा के सवाल आए थे, उनका स्मरण कराते हुए आपको यह पत्र लिख रहा हूँ। जब समय और हालात दोनों ही उलटे चलने लगते हैं, तब हाड़-मांस से बने फौलादी इनसान भी दरकने लगते हैं।

हालाँकि अभी तक हमने हिम्मत नहीं हारी है। मुर्तजा निजामशाह के नाम पर हमने तीन साल तक पेमगढ़ से सकुशल शासन चलाया और अब उन्हें तथा उनकी अम्मीजान को अपने संरक्षण में बालाघाट की तरफ त्रिमल के किले में सुरक्षित भी रखा है। वर्तमान परिस्थिति में भी दमदार सात-आठ हजार घुड़सवारों का दल हमारे नियंत्रण में है। उनमें से कुछ को हमने बारिश के इस मौसम तक तात्कालिक रूप से उनके घर रवाना कर दिया है। फिलहाल हमारे पास जो सैन्य ताकत है, उसकी सूची पत्र के साथ में भेज रहे हैं।

यह वक्त थोड़ा बांका और मुश्किलों का है। पुर्तगाली राज-अधिकारियों के साथ अपने पुराने मधुर सम्बन्धों को याद करते हुए, आपसे निवेदन है कि ऐसे दौर में कृपया हमारा साथ दें। कोंकण में अपने चेऊल के समुद्र किनारे बने किले में मेरी पत्नी और बच्चों को राज्याश्रय देने की कृपा करें। इस खराब मौसम की वजह से अपने बच्चे के बिगड़े स्वास्थ्य को लेकर मैं बहुत चिन्तित हूँ। वहाँ मेरे परिवार के ऊपर खर्च का कोई भार आप पर नहीं पड़ेगा। उस खर्च के बदले मैं अपने अधिकार के कुछ राजस्व वाले गाँव आपके नाम कर सकता हूँ।

इतनी शीघ्रता से यह खलीता भेजने का एक अहम कारण भी है। अपने नन्हे, सोने जैसे बच्चे शिवाजी की मुझे बहुत चिन्ता हो रही है। कृपा करें। राजाश्रय देने के लिए पुर्तगाली दरवाजा खोलें। जीवन रहा तो कभी भले मैं अपनी छाया का साथ नहीं दूँगा, मगर आपके साथ

दोस्ती में कोई फर्क न आने दूँगा! केवल इस कठिन समय में आप मेरे साथ खड़े हों। मेरी आपसे हाथ जोड़कर यह विनम्र विनती है।

इनायत बाराबन्दी खुद चेऊल जाकर उलटे पैर वापस लौटे और दूसरे दिन देर रात स्वयं आ पहुँचे। पुर्तगाली कप्तान से उनकी मुलाकात हो गई थी। असमंजस में बैठे राजा ने उत्सुकता से पूछा, "क्या हुआ इनायत? क्या बोले कप्तान साहब? क्या नाम से उन्होंने हमें पहचान लिया?"

"राजे, आपको कौन नहीं पहचानता?" इनायत कहने लगे, "कप्तान अन्तोनियो ने आपके बारे में बहुत पूछताछ की। मेरे सामने आपका पत्र एक-दो नहीं बल्कि तीन बार पढ़ा। कल सुबह गोवा के लिए उनके पत्रों का जो थैला जाएगा, उसमें तत्काल आपका खलीता रवाना कर दिया जाएगा।"

"गोवा क्यों?"

"जी, उनका कहना है कि यह बड़े स्तर पर लिया जाने वाला फैसला है। इस बारे में जो भी निर्णय लिया जाए, उसमें ऊपर के अधिकारियों की मंजूरी जरूरी है। इसलिए उन्होंने आपसे जुड़े फैसले पर गोवा के पुर्तगाली गवर्नर से अनुमति माँगी है।"

शहाजीराजे का मन गुस्से से भर गया। इसी बेचैनी में राजे ने इनायत से सलाह माँगी, "क्या लगता है आपको? उम्मीद का कोई झरोखा दिख रहा है?"

"थोड़ा मुश्किल लगता है राजे।"

"क्यों?"

"पहले तो, जितनी जल्दी हमने उनसे मंजूरी माँगी है, उतनी जल्दी वे हिलेंगे ऐसा नहीं लगता। फिर वो फिरंगी हैं। मुझे सन्देह है कि वह आपके लिए दिल्ली के बादशाह या बीजापुर के शाह जैसी बड़ी हुकूमत की नाराजगी मोल लेंगे।"

काल ने जैसे रौंद डालने का फैसला कर लिया था।

नाराज होकर राजे ने भरी बरसात में दंड राजपुरी से अपने तम्बू उखाड़ लिये। रास्ते में नागोठणे के पास अपने दो व्यापारी मित्रों से सम्पर्क किया। अपने पास के पचास घोड़ों और खच्चरों की पीठ पर लदी पेटियाँ और सामान उतरवाकर उन मित्रों के गोदामों में सुरक्षित पहुँचा दिया। इस समान में जीजाऊ की ऊँची-महँगी-रेशमी साड़ियाँ, राजा की शानदार पोशाकें, पूजा में जलने वाले सोने के बड़े-बड़े दीपक, जेवरों से भरी हुई पेटियाँ और बीजापुर, पुणे, सिंदखेड़, फलटण समेत जाने कहाँ-कहाँ के विवाह इत्यादि समाराहों में मिले सोने के कीमती बर्तन भी शामिल थे। इन मंगल कार्यों के दिनों को याद करते और उनसे जुड़ी निशानियाँ दूसरों के हवाले करते हुए उनका कलेजा टूट रहा था। लेकिन समय के आगे किसकी चलती है!

बारिश में भीगते हुए ही फिर सब पनवेल की तरफ मुड़ गए। वहाँ मुरंजन और प्रबलगढ़ पर आश्रय लेने का निर्णय हुआ। कीचड़ और खड्डों से भरे रास्ते

को पार करते हुए, ठाकरवाड़ी के जंगलों से होते हुए, राजे अपने बोरिया-बिस्तर समेत प्रबलगढ़ पर पहुँचे। किला पूरी तरह से पानी और धुन्ध में ढका नजर आ रहा था। पास में कलावंतीण की भव्य चोटी और पीछे माथेरान घने धुएँ-धुन्ध में ढका हुआ था।

इस इलाके में कारवी और करवन्दी जैसे घने पेड़ों और झाड़ियों की भरमार थी। बरसात इतनी थी कि पहाड़ की चोटियाँ और चट्टानें ही नहीं बल्कि पेड़ों के तनों तक पर काई की मोटी परत जम गई थी। यहाँ पहले से पहुँचे सिपाही काम आए और उन्होंने पीछे आने वालों के लिए रास्ता कुछ आसान बना दिया। कीचड़ और बरसात के बीच जीजाऊ ने भगवान गणेश की पानी से नहाई मूर्ति को सिन्दूर चढ़ाया और हनुमान से रक्षा की प्रार्थना की। वह तमाम देवताओं से प्रार्थना कर रही थीं कि किसी भी तरह जल्द ही उनके बेटे की तबीयत में आराम पड़ जाए। शिवबा की प्रकृति कभी तोला, कभी मासा बनी हुई थी। कोंकण की प्रचंड झन्नाटेदार बारिश का अनुभव यहाँ भी सबको मिल रहा था। बाल राजे बीच-बीच में जाग जाते। अपने कमरे की खिड़की से बाहर नजर आ रहे जंगल और पेड़ों को एकटक देखते रहते। गढ़ पर बने मन्दिर से लेकर कोठी के चारों तरफ जहाँ तक नजर जाती, सब कुछ गीला था। दीवारों पर भी काई की परत चढ़ी हुई थी।

एक दोपहर को पानी खुला था। हवा बहते हुए आसपास के पेड़ों की डालों से खेल रही थी। तभी शिवबा ने अपनी माताश्री को आवाज दी और खिड़की से हाथ बाहर निकालते हुए बोले, "आई...आई...इधर तो आइए...।"

"क्या हुआ.. क्या बात है राजा?"

"वहाँ नीचे देखिए न...देखिए वहाँ क्या दिख रहा है, वो हरे जाल में!"

"मुझे तो कुछ नहीं दिख रहा।"

"नहीं कैसे आई साहेब? वहाँ नीचे कुछ प्रकाश-सा भी नजर आ रहा है।"

जीजाऊ देर तक उन झाड़ियों में नजरें गड़ाए देखती रहीं, मगर उन्हें कुछ दिखा नहीं। फिर उनका कलेजा धक्-से रह गया। अगर कहीं लम्बी बीमारी की वजह से बाल राजे को भ्रम होने लगा हो तो?

अभी बारिश का मौसम पूरी तरह से गुजरा नहीं था। बादशाह शाहजहां भी थका नहीं था। दूर मांडू के किले में रहकर भी वह सह्याद्रि और बालाघाट में अपने घुड़सवारों को आराम से बैठने नहीं दे रहा था। उन्हें शहाजीराजे की खोज में यहाँ-वहाँ दौड़ा रहा था।

मुरंजन का किला भी कोई खास सुरक्षित नहीं था। तभी मध्यरात्रि में हरकारे गढ़ पर आ पहुँचे। उन्होंने शहाजीराजे से स्पष्ट कहा, "राजे, जितनी जल्दी हो यहाँ से निकल जाएँ।"

"क्यों...क्या खबर लाए हो?"

"कल दोपहर को कर्जत की तरफ के पहाड़ों में कातोड्या के बेटे ने एक अजीब ही दृश्य देखा।"

"कैसा?"

"उस जंगल से सीडी घाट पर कोई बड़ा मुसलमान सरदार उतरा है। उसके साथ बड़ी फौज है।"

सुनकर राजे विचारमग्न हो गए।

"सूरज के उगते ही वो भूत किसी भी पल यहाँ छापा मार सकते हैं।"

एक बार फिर पौ फटते ही राजे ने घुड़सवारों के साथ किले से उतरना शुरू कर दिया। वैद्य और हकीमों की टोली भी साथ चल रही थी। बावजूद इसके शिवबा की तबीयत लगातार गहरी चिन्ता का विषय बनती जा रही थी। वह बहुत दुबले और कमजोर हो चुके थे और उनसे पालकी में बैठा नहीं जा रहा था। घोड़े पर बैठने जैसी स्थिति उनकी थी नहीं। तब शहाजीराजे ने उन्हें अपने दुशाले से बाँध लिया। राजे घोड़े पर बैठे। पिता के सीने से लगे शिवा को इतना सुखद एहसास हुआ कि कई दिनों के बाद उन्हें बहुत गहरी और अच्छी नींद आ गई। बेटे को इतना निश्चिन्त होकर सोते देखकर राजे के मन की चिन्ता का भार भी कुछ हल्का हुआ।

कल्याण बन्दरगाह पहुँचते-पहुँचते शाम ढल चुकी थी। अँधेरा बढ़ता जा रहा था। यहाँ के दुर्गाडी के किले पर पहुँचने का मतलब सबकी नजरों में आने जैसा था। वहाँ खुले में अपने सैनिकों के साथ ठहरने में भी खतरा था। राजा ने अपने रास्तों और कहीं आने-जाने की खबर गुप्त रखी थी इसलिए किसी को भी जगह-ठिकाना देखने या व्यवस्था के लिए आगे नहीं भेजा गया था। दुर्गाडी के पास अँधेरे में अपनी नावें और डोंगियाँ लगाने के बाद कोली और आम्बेरी निकल चुके थे। राजा के सैनिक आसपास के गाँवों में घूमते हुए नाविकों को ढूँढ़ने में लग गए।

राजे चुपचाप उठे और पास लगे ध्वज के पीछे चले गए। देर तक वह वापस नहीं लौटे तो जीजाऊ को शंका हुई। उन्होंने गोद में लेटे बालराजा को दासी के हवाले किया और झट से बाहर निकलीं। झंडे की आड़ में छुपा हुआ राजे का चेहरा आँसुओं से तर था। जीजाऊ का कलेजा हिल गया। सैनिकों-आश्रितों के आगे राजा का आँसू बहाना पाप होता है! शहाजीराजे की यह अवस्था देखकर हड़बड़ाई हुईं जीजाऊ वेग से उनके नजदीक पहुँचीं और उन्हें अपनी बाँहों में कस लिया। कुछ पल बाद दोनों पास लगे जामुन के पेड़ से टिक गए। ठंडी हवा बह रही थी। जामुन के पेड़ की मोटी पत्तियों पर ठहरी हुई बूँदें नीचे गिर रही थीं। ऐसा लग रहा था मानो शहाजीराजे और जीजाऊ के जीवन की कसौटियों को देखकर वृक्ष अपने आँसू नहीं रोक पा रहा था।

राजे को धीरज बँधाते हुए जीजाऊ ने झूठमूठ का गुस्सा दिखाकर सवाल किया, "आप जैसे योद्धा की आँखों में आँसू? ये चल क्या रहा है?"

"जीऊ, अब तो बात ही ऐसी आ पड़ी है।"

"यह आपको शोभा नहीं देता। आधे हिन्दुस्तान की धरती को अपने पैरों तले नाप लेने वाले आप जैसे धीर-गम्भीर, श्रेष्ठ पुरुष को मेरे जैसी बेचारी कुछ क्या समझा सकती है? आप अपने आपको सँभालिए।"

"जीऊ, यह शहाजी अपनी पूरी जिन्दगी में किसी बड़े से बड़े आदमी या बड़ी से बड़ी सत्ता से कभी नहीं डरा। चाहे आसमानी संकट आए हों या सुलतानी, कोई हमारे धैर्य के समुद्र का कभी बाल बांका नहीं कर सका। लेकिन ये हमारे बालराजा, नन्हे शिवा की तबीयत को क्या हो रहा है...उनके लिए हम कुछ नहीं कर पा रहे हैं और यही सोचकर मैं अन्दर से काँप जाता हूँ रानी साहिब।"

"राजे!"

"सच्ची, अपने सात जन्मों के पुण्यों का फल है कि भगवान ने शिवा नाम का यह सोने का कुम्भ हमारे हवाले किया है। उसके लिए मेरा दिल तिल-तिल टूट रहा है। सच कहता हूँ कि आजकल दसों दिशा को देखकर मैं हाथ फैलाए-फैलाए भगवान से यही माँगता हूँ कि हे देवा, सोने की ये अमानत हमारे पास ही रहने देना...और कुछ नहीं चाहिए मुझे!"

"चिन्ता मत करो राजे। तमाम भयानक संकटों और उतार-चढ़ावों में उलझी रही है हमारी जिन्दगी। उधर चार हजार की फौज लेकर पहाड़ों पर हमारा बड़ा बेटा शम्भू लड़ रहा है तो इधर शिवबा की ये हालत है...लेकिन हमें ऐसे ही बढ़ना है, लड़ना है, गिरना है, फिर उठना है...और क्या सबके भाग्य में ऐसा कुछ लिखा होता है? क्या यह किसी दैवीशक्ति के वरदान के जैसा नहीं है?"

"जीऊ?"

"इन सब बातों के बीच राजे 'महाराष्ट्र' भूमि का, उसके स्वराज्य का मंगल स्वप्न तो अभी तक पूरा नहीं हुआ! हमें तो इतना ही आधा-अधूरा ज्ञान है। हमारे मायके में, सिंदखेड़ में बड़े पंडितों से हमने जो सुना, हमारे पिता ने हमें जो सिखाया, उसका सार यही है कि ऐसे महान स्वप्न सदियों में कभी किसी की आँखों में उतरते हैं।"

"सही जीऊ! सपने लेकिन सपने ही होते हैं! अगर हकीकत की मिट्टी नहीं मिले तो वृक्षों का पतझड़ क्या और सपने क्या! ऐसी खोखली बातों का क्या मतलब रह जाता है?"

"ऐसा मत कहिए राजे। पुणे के पास जब आप अपने सैनिकों से बात कर रहे थे, उन्हें समझा रहे थे तो आपके विश्वास से भरे शब्द हमारे कानों में पड़े थे। उनके ओज और तेज को सुनकर हमें लगा था कि दुख की नदी पर बाँध बनाने का बल इस जगत में अगर किसी में है, तो वह हमारे सिन्दूर के स्वामी में है! और राजे, अब आपकी ही शक्ति का बाँध अगर टूट गया...इस दुख में आप बह गए तो हम और हमारे दोनों बच्चे किसकी तरफ देखेंगे?"

जीजाऊ साहेब के मुख से इस अपूर्व शब्द-स्तवन को सुनकर शहाजीराजे चौंक गए। इन शब्दों से उनकी जैसे चेतना लौटी। उन्होंने बड़े अभिमान से जीजाऊ की तरफ देखा और आगे बढ़कर अपनी छाती से लगा लिया।

समुन्दर किनारे के उस अँधेरे में राजे ने पुनः अपने ठिकाने की तरफ देखा। फिर खुद को सँभालते और जीजाऊ का हाथ अपने हाथों में लिये वापस लौटने लगे। उत्साह भरी आवाज में उन्होंने कहना शुरू किया, "काल के झूले पर झूलते हुए हमारे आँगन में आए इस नन्हे बालक के लक्षण बहुत ही शुभ हैं जीऊ, इसलिए मैं अपने पूरे प्राणपण से इस बच्चे को बचाना चाहता हूँ।"

"यही मैं कह रही हूँ कि आप बेकार चिन्ता न करें राजे! अपना यह शिवा खुद ही इस बीमारी से लड़कर, उसे हराएगा...और कल यही हम सबका 'तारणहार' भी बनेगा। इसी बात का मुझे पूरा यकीन है।"

माहुली की बेड़ियाँ और निर्वासन

दिन भर चलते रहने के बाद आखिरकार निचला मैदानी इलाका खत्म हुआ। सामने सँकरे दर्रे के ऊपर बसा हुआ शाहपुर गाँव दिखने लगा। वहीं बाएँ हाथ पर माहुलीगढ़ की प्रचंड लम्बी पर्वत मालाएँ आँखों में भर गईं। करीब तीन हजार हाथ ऊँचा किला दुर्गम और गहरे किनारे वाली चट्टानी घाटियों से घिरा हुआ था। दाईं तरफ की पर्वत शृंखला में कई चट्टानें टूटकर गिरी थीं और उनका आकार नुकीले दाँतों की तरह हो गया था। कुछ-कुछ वैसा जैसे मोहर्रम के जुलूस में ऊँची मीनारें बनी होती हैं।

शाम की सुनहरी धूप में वहाँ का दृश्य बहुत ही मनभावन लग रहा था। कई नदियाँ पर्वतों के शिखर से सीधे नीचे गिर रही थीं और पूरा इलाका जलप्रपात के भव्य दृश्यों से पटा नजर आ रहा था। माहुल की सीमा के नजदीक राजे के सिपाहियों के पहुँचने से पहले ही वहाँ कुछ सैनिक टुकड़ियाँ दिखाई दीं। वहाँ की हवा में भगवा झंडे लहरा रहे थे। इन्हें देखते ही राजे ने तत्काल पहचान लिया कि शम्भू राजे ने अपना खेमा यहीं लगा रखा है।

नाणेघाट से मुरबाड होते हुए बीच का पहाड़ पार करके सम्भाजीराजे सुबह ही यहाँ पहुँचे थे। अपने जीवन की पहली मुहिम से सुरक्षित वापस लौटे तेरह बरस के कुमार सम्भाजीराजे को देखकर शहाजी और जीजाऊ आनन्द से भर गए। कई दिनों के बाद माता-पिता के दर्शन कर रहे सम्भाजी के भी आनन्द की कोई सीमा नहीं थी। वह दौड़कर उनके पास पहुँचे और तीनों अटूट आलिंगन में बँध गए।

अचानक तीनों का ध्यान एक बात पर गया। कोई उनके पैरों से चिपका है।

अपने छोटे भाई की तरफ ध्यान जाते ही सम्भाजी 'शिवबा' कहते हुए खुशी से झूम उठे। अगले ही क्षण उन्होंने झुककर शिवा को गोद में उठा लिया। अपने सीने से लगाया। नन्हे शिवा की तबीयत में आज काफी आराम महसूस हो रहा था। सम्भाजी की किशोर काया पर मुहिम की भागदौड़ ने सख्ती की परत चढ़ा दी थी।

वहाँ बहती एक पतली जलधारा के नजदीक एक साफ-सुथरी-सपाट विशाल चट्टान देखकर राजे अपने कुटुम्ब के साथ कुछ क्षण के लिए ठहर गए। दिन पश्चिम की तरफ झुक रहा था। बारिश ने काफी धमाचौकड़ी की थी। इस बीच कुछ अधिकारी किले की व्यवस्था देखने के लिए रवाना हो गए। सम्भाजी ने दबी आवाज में पूछा, "आबा साहेब, अब आगे कैसे कदम बढ़ाना है?"

"बेटा, बादशाह शाहजहाँ ने हमें हथकड़ी लगाने की हठ ठान रखी है। यह मुश्किल काल है। विकट संकट है। दिल्लीपति से मुकाबला तो आखिर होना ही है।"

"तब आबा साहेब, क्या करना चाहिए?"

"संघर्ष! शत्रु के साथ दो-दो हाथ करने के अलावा हमारे पास और कोई विकल्प नहीं है।"

इतने में राजे के अधिकारी नीलकंठ पंत, पिलाजी पंत और अन्य लोग आ गए। शहाजीराजे ने सब पर एक करारी नजर डालते हुए कहा, "ध्यान रखिए, आज रात ही हम इस गढ़ पर चढ़ेंगे। एक बार यहाँ की व्यवस्था देखने के बाद हमें इस तरह से मोर्चा जमाना है कि करीब छह महीने तक बीजापुर और दिल्ली वालों से मुकाबला किया जा सके।"

"लेकिन...लेकिन राजे, यहाँ का किलेदार हमारे लिए क्या तुरन्त दरवाजा खोल देगा?" पिलाजी पंत ने घबराते हुए सवाल किया।

"हमें यहाँ तलवार म्यान से निकालने की जरूरत नहीं पड़ेगी। चिन्ता मत कीजिए।"

"ऐसा कैसे होगा राजे?" जीजाऊ ने झट से पूछा।

"कारण यह कि इस किले का थानेदार मेरा भाई मंबाजी है। सब कुछ ठीक होगा।"

गढ़ की सुरक्षा में सैनिक पहरा दे रहे थे। अँधेरा हो गया। मशालें जल गईं। उस शान्त नीरव पहाडी इलाके में बह रही नदियों की कलकल साफ-साफ लगातार कानों में पड रही थी। पहरा दे रहे सैनिकों ने तुरन्त ही शहाजीराजे के दल को पहचान लिया। वहाँ भगदड़ मच गई। गढ़ का शिखर काफी ऊँचा और रास्ते घुमावदार थे इसलिए पीठ पर सामान लेकर चढ़ रहे जानवरों, खच्चरों-बैलों और उनके साथ श्रमिकों की साँसें भी फूल गई थीं।

इससे पहले शहाजीराजे और मंबाजी की आखिरी भेंट आपसी झगड़े और तनातनी के माहौल में हुई थी। परन्तु अचानक रात में मशालों की रोशनी में शहाजी दादा, जीजा वहिणी और अपने भतीजों को देखकर मंबाजी का अहंकार पिघल

गया। उन्होंने अपने से बड़े चचेरे भाई, राजे को बाँहों में भर लिया। शिखर पर बने रजवाड़े में पहुँचते-पहुँचते सुबह होने को आ गई थी। मंबाजी ने पहले ही हरकारों को आगे दौड़ाकर वहाँ अच्छे भोजन-पानी की व्यवस्था करा दी थी। भोजन करते-करते बाहर उजाला हो गया। कालिमा समाप्त होने के साथ ही किले पर सावन में छाई हरियाली और सुकूनदायी सुबह दिखने लगी।

सुबह के वक्त बिस्तर पर जाने के बजाय राजे ने हर दिन की तरह घोड़े पर सवारी गाँठी। मंबाजी साथ चल रहे थे। पूरे किले पर दोनों बन्धुओं का सैर-सपाटा शुरू हो गया। कोंकण के माहुली का यह अत्यन्त पुराना और उद्‌भट किला था। अहमदनगर की निजामशाही स्थापित करने वाला मोहम्मद बाटगा यहीं कुछ समय के लिए रहा था। निजामशाही के आरम्भिक काल में यह गढ़ एक प्रमुख ठिकाना था जिसका घेरा करीब आधे मील लम्बा और उतना ही भव्य था। वास्तव में यह विराट किला तीन किलों को मिलाकर बनाया गया था। दक्षिण में भंडारगढ़ और उत्तर में पलसगढ़ था। यहाँ पानी की व्यवस्था उत्तम थी। केवल इसके चारों तरफ फैला पुराना-घना जंगल ही डरावना था। घोड़े पर दौड़ते हुए राजा ने भविष्य की योजना बनाई। यहाँ की प्रकृति और तमाम बन्दोबस्त देखे। उन्होंने जीजाऊ और अपने करीबी सहयोगियों से कहा, “हम यहाँ अपनी छोटी सेना के साथ भी कम-से-कम सात-आठ महीने किला लड़ा सकते हैं!”

दूसरे दिन ही जासूस खबर लेकर आए। कल्याण की खाड़ी पार करते हुए रणदुल्ला खान रफ्तार से माहुली की तरफ बढ़े आ रहे हैं। शाम तक दूसरी खबर भी आई। खान जमान नाणेघाट उतरकर इसी तरफ निकला है। दो दिन में उसका घोड़ा किले के नीचे आ पहुँचेगा।

चार ही दिनों में एक तरफ मुगल सैनिकों को लेकर खान जमान और दूसरी तरफ आदिलशाही के वृद्ध अनुभवी फौजी रणदुल्ला खान माहुली के गढ़ की तराई में आमने-सामने आ खड़े हुए। लड़ाई शुरू होने से पहले रणक्षेत्र का हालचाल लेना जरूरी होता है। दोनों तरफ के सिपाही और सेनापति यह काम कर रहे थे। वैसे इन फौजों को शहाजीराजे को रास्ते में ही पकड़ लेने में थोड़ा-सा विलम्ब हो गया था। इसी का नतीजा था कि चपल गति से बढ़ते शहाजीराजे माहुली के गढ़ के शिखर पर पहुँचकर अपना खेमा गाड़ने में कामयाब हो चुके थे।

आदिलशाही और मुगल फौज के सैनिक तत्काल भव्य किले के चारों तरफ घूम-घूमकर स्थिति का जायजा ले रहे थे। तमाम तेजी दिखाने के बावजूद पूरे गढ़ की पथ-प्रदक्षिणा करने में उन्हें डेढ़ दिन का समय लग गया।

शत्रुओं के सेनानायक रणदुल्ला खान और जमान खान दिन के उजाले में उस विशाल गढ़ के विराट विस्तार को घंटों खड़े देखते रह गए। उस विस्तार का हिसाब और ऊँचाई का साधारण हिसाब लगाने में ही उनके पसीने छूट रहे थे। यह

विस्तार इतना प्रचंड था कि किले से नीचे की तरफ चौरासी नालियाँ और सँकरे रास्ते निकल रहे थे। इन्हीं के रास्ते सैनिकों के लिए आगे बढ़ पाना सम्भव था। साथ ही नीचे की तरफ कुछ चौकियाँ बनी थीं, जहाँ से किले के अन्दर के सैनिक आने वाले को देखकर अपना शिकार बना सकते थे। इन तमाम नालियों और सँकरे रास्तों से होकर, दुश्मन की नजर से बच जाने पर ही ऊपर जाया जा सकता था और यह बहुत ही जोखिम भरा तथा टेढ़ा काम था। यह सब देख और सोचकर ही दोनों फौजों के घोड़ों तथा घुड़सवारों की हालत बीमार जैसी हो गई थी।

रणदुल्ला और जमान खान बड़ी-बड़ी साँसें खींचते हुए, किले के नीचे अपने खेमों में बैठे बार-बार माहुली के गढ़ को पागलों की तरह देख रहे थे। चिन्ताग्रस्त रणदुल्ला ने जमान खान से पूछा, "मियाँ कैसे करें? जंग की बात तो छोड़िए, अगर इस किले के आसपास ही हमने जमकर घेरा डाला, तब भी करीब-करीब बारह हजार की फौज को लगाना पड़ेगा।"

"उससे भी क्या हमारा मकसद पूरा हो पाएगा?" जमान ने रणदुल्ला से कहा, "लेकिन शाहजहाँ साहब के फरमान पर फरमान आ रहे हैं। किसी भी हालत में शहाजी को कैद किया जाए।"

"ठीक है। ऐसा लगता है तो फिर दौड़ाइए किले की तरफ अपने फौजी। शहाजीराजे को कैद करके, उनकी मुश्कें बाँधकर खींच लाइए। बादशाह सलामत खुश होंगे।"

जमान खान उदास हँसी हँसा, "हमारे बादशाह की सोच अच्छी है लेकिन यहाँ की मुसीबत और मुश्किल को वही शख्स सोच-समझ सकेगा, जो माहुली के किले को अपनी आँखों से देख लेगा!"

"क्यों मियाँ, क्या आक्रमण करने से पहले ही तुम्हारे मन में डर बैठ गया है?"

"ऐसा नहीं मियाँ। शहाजी यूँ तो हमारा दुश्मन है लेकिन उसने यह तारीफ के काबिल काम किया है। दुश्मन है तो क्या हो गया, उसकी पैनी अक्ल को सलाम करना ही चाहिए।"

"मतलब?"

"रणदुल्ला साहब, इतना बेलाग दुर्ग अपनी मुट्ठी में करके शहाजी ने अभी जंग तो पहले ही जीत ली है। अब आप ही हमें सही सलाह दीजिए।"

"कैसी सलाह?"

"बादशाह सलामत का हुक्म बजाते हुए, बिना वक्त बर्बाद किए मुझे तो किले पर हमला करना ही है। शहाजी के जिस्म को बेड़ियाँ पहनाकर या चाहे मुश्कें कसकर, मैं उसे जंगल में पकड़े हुए बन्दर की तरह लेकर ही जाऊँगा।"

"कहाँ?"

"ऊपर तापी नदी के बाजू में मांडू के किले की तरफ। वहीं हमारे बादशाह सलामत मेरी राह देख रहे हैं।"

"तब जमान मियाँ, आपको हमसे क्या चाहिए?"

"जंग के पहले की सलाह। आप मुझसे कहीं बुजुर्ग और अनुभवी हैं।"

"तब एक बार लगे तो अपना सिपाही भेजकर शाहजहाँ साहब की मंजूरी लेना सही रहेगा।"

"वह किसलिए?"

"किले के शिखर पर छापा मारकर शहाजी को तुरन्त जानवर जैसा नीचे खींच लाने की आपकी तमन्ना दिख रही है। लेकिन इस ख्वाहिश को पूरा करने के वास्ते माहुली के किले के चारों तरफ से चढ़ने के लिए आपको कम-से-कम बारह हजार मुगल सिपाहियों की लाशों की सीढ़ी चढ़नी पड़ेंगी। और इतना करने के बाद भी आपकी मुट्ठी में सिर्फ एक शहाजी का सिर आएगा।"

रणदुल्ला खान की बातों में छुपी हकीकत के आईने में खुद को देखकर जमान खान का जिस्म थरथराने लगा। उसने आसमान में बादलों को देखा, "अय अल्लाह, अय खुदा।" कहते हुए उसी जगह अपने घुटनों पर बैठ गया।

दोनों फौजों ने मोर्चा जमाते हुए करीब पाँच हजार सैनिक किले के आसपास तैनात कर दिए। करीब इतने ही बचे हुए सैनिक युद्ध की तैयारी में थे। किले के नीचे की तरफ जो अनेक चौकियाँ थीं, वह बारिश की वजह से फैली धुन्ध में छुप गई थीं। शाम से ही यहाँ इतना घना अँधेरा होने लगता था कि दाएँ हाथ को बाएँ हाथ की सूझ नहीं पड़ती थी।

रोज रात को पहाड़ी किले के नीचे लगे डेरों में खान जमान और रणदुल्ला खान की महफिलें सजने लगीं। अब शराब पीते-पीते शहाजीराजे की कुशाग्र बुद्धि की तारीफ करने के सिवा उन दोनों के पास कोई काम नहीं बचा था।

शाहजहाँ की तरफ से खान जमान पर खूब दबाव बढ़ रहा था। बादशाह सिर्फ सैनिक बढ़ाने और अस्त्र-शस्त्र बढ़ाने की बात के अलावा कुछ देखने-सुनने-समझने को तैयार नहीं था। माहुली का किला और सह्याद्रि की पर्वत शृंखला शहाजीराजे के लिए ढाल बनकर सामने खड़ी हुई थी। दुश्मन की दोनों फौजों के पास अब खाली बैठकर समय आने का इन्तजार करने के सिवा कोई उपाय नहीं बचा था। सिर्फ एक ही भोली आशा उनके पास थी कि एक न एक दिन किले की सारी रसद खत्म हो जाएगी। बस, इसी बात का इन्तजार हो रहा था।

देखते-देखते तीन महीने गुजर गए। किले पर राजा को तीन हजार पेट भरने के लिए थे। बोझा ढोने और युद्ध में काम आने वाले जानवरों की संख्या करीब चार हजार थी। किले में भरा अन्न और चारा धीरे-धीरे खत्म होने की तरफ बढ़ चले थे। इस बात की शहाजीराजे को पूरी खबर थी। किले के नीचे ताल ठोककर जमे मेहमान क्यों बैठे हैं और किस बात का इन्तजार कर रहे हैं, यह भी उन्हें खूब अच्छे से पता था। खाली होती धान की कोठरियों और खाली होते घास के थैलों

को देखते हुए राजा ने जोड़-तोड़ और हिसाब लगाना शुरू कर दिया। तीसरे महीने में आखिरकार उन्होंने बातचीत के लिए अपनी सहमति दी।

राजा के पास समाचार आया कि मुगल सेनापति खान जमान उनसे मिलने के लिए आएँगे। मगर राजे ने पलटकर सन्देश भिजवाया कि वह आदिलशाही सरदार से ही पहली मुलाकात करेंगे। आखिरकार एक दिन दोपहर को अपने सहयोगियों के साथ रणदुल्ला खान किले के चौक में प्रविष्ट हुआ। राजा और रणदुल्ला खान ने सिर्फ एक-दूसरे को निहारा। फिर क्षण भर बाद दोनों ही 'मेरे दोस्त, मेरे भाई' कहते हुए एक-दूसरे के सामने जा खड़े हुए। अगले ही पल दोनों ने जिस तरह से एक-दूसरे को आलिंगनबद्ध किया, वह देखकर बाकी के सब लोगों ने दाँतों तले अँगुली दबा ली। बैठक शुरू होने पर रणदुल्ला ने पिता की तरह अधिकार जताते हुए राजा को ललकारा, "शहाजी, मेरे भाई...इस जिन्दगी में आखिर कब तक यूँ ही दौड़ते-भागते रहोगे तुम?"

"यह तो तुम्हारा गुनाह है, हमारा नहीं।"

"वो कैसे?"

"खान साहेब, ये धरती हमारी और राज तुम्हारा! मरने वाले सैनिक हमारे और फतह का झंडा तुम्हारा! यह हम भूमिपुत्रों का दुर्भाग्य है। बस, और कुछ नहीं।"

बातचीत के बीच में रणदुल्ला खान की फौज में शामिल कान्होजी जेधे और दादाजी लोहकरे आकर राजे से मिले। राजे के हमउम्र कान्होजी बाबा मावल के एक बड़े देशमुख थे। जब रणदुल्ला खान कृष्णा नदी के किनारे बसे रहमतपुर का सूबेदार था, तब से जेधे उनकी सेवा में शामिल थे। वहाँ से शुरू होकर अब उन्होंने बीजापुर की फौज में एक सम्मानित ओहदा हासिल कर लिया था। राजे से हुई भेंट में कान्होजी उनकी प्रशंसा करते नहीं थक रहे थे, "सुलतान और बादशाह की फौजों में आज तक अनेक मराठा घरानों के बड़े लोग सरदार बनकर शामिल हुए होंगे। कई ने खूब धन-दौलत भी कमाई होगी लेकिन शहाजी बाबा आपकी रीत ही न्यारी है।"

"वो कैसे?"

"बाकी तो सिर्फ अपने सुख और ऐश्वर्य में लोट लगाते रहे, लेकिन क्या आपने कान में कनखजूरा घुसने पर रात भर तड़पता हुआ कोई इनसान देखा है?"

"मगर क्यों?"

"उस तड़पते इनसान की तरह अपनी मिट्टी की उन्नति का विचार करने, रेशम को त्याग कर आग के बिस्तर पर जीवन भर छटपटाने वाला आपके जैसा एक भी मराठा हमने नहीं देखा है।"

"अरे कान्होजी, मेरी बडाई करके बाकी बातों को आधा-अधूरा मत रखो।"

"मतलब?"

"मुझे यह बताओ कि अपने बच्चों, अपने लोगों और इस मावल की मिट्टी के कल्याण के लिए क्या कर सकते हो?"

"राजे, आप सिर्फ इतना करें कि एक बार जब आपकी बातचीत किसी नतीजे पर पहुँच जाए, तो मुझे और दादाजी को रणदुल्ला से माँगकर अपनी सेवा में शामिल कर लीजिए।"

"आगे? आगे फिर क्या?"

"आगे का मैं अभी से कैसे बता दूँ? इसके बाद मेरी आगे की बची हुई जिन्दगी अपने आप इस सवाल का उत्तर दे देगी।" कान्होजी ने कहा।

शहाजीराजे ने बहुत सन्तोष से दोनों को देखा और हँसे। उन्होंने इतना ही कहा, "चूल्हे का तवा अच्छे से गरम होने दो...समय आने पर रोटियाँ कैसे सेंकना है, वह मैं जरूर देखूँगा।"

खान जमान, रणदुल्ला और शहाजीराजे के बीच नियमित रूप से ति-तरफा बातचीत शुरू हो गई। पेमगढ़ पर निजामशाही का शहाजीराजे का प्रयोग शाहजहाँ को बिलकुल पसन्द नहीं आया था। दक्षिण में पहले से तीन-तीन, चार-चार इस्लामी सत्ताएँ दिल्ली के लिए सिरदर्द थीं। ऐसे में उग्र मराठों का अपना राज्य बनाने की बात तो किसी तरह गले उतरने वाली नहीं थी। दक्षिण की सरहदों को शान्त रखने के लिए ही शाहजहाँ ने निजामशाही को नष्ट किया था और दौलताबाद की सीमाओं में भी सेंध लगा दी थी। सच्चे अर्थों में वह अब निजामशाही का नामोनिशान तक नहीं चाहता था। इसलिए शहाजीराजे ने अन्ततः त्रिमल के किले में अपनी देखरेख में रह रहे मुर्तजा और बेगम को बादशाह को सौंपने की शर्त मान ली। लेकिन इससे पहले उन्हें सामने वाले पक्ष से अपने हक में भी कुछ बातें मनवानी थीं। उन्होंने शुरू में ही साफ कह दिया, "देखिए, अगर हमें इस पूरी बातचीत की गाड़ी सही ठिकाने लगानी है तो आपको हमारे कुछ पुराने अधिकार हमें वापस देने होंगे, फिर राजनीति का ऊँट चाहे जिस करवट बैठे।"

"आपके कौन से अधिकार?"

"नीरा नदी के पाट से लेकर भीमा के तट तक बीच का जो भू-भाग है, मतलब हमारी पुणे और सुपे परगने की दौलत। वह हमारे ही पास रहनी चाहिए।"

राजे के इस प्रस्ताव को अपने-अपने हुजूर की मान्यता जरूर मिलेगी, यह वादा करते हुए खान जमान और रणदुल्ला खान ने वचन दे दिया।

एक दिन राजे ने अकेले खान जमान को निमंत्रित किया और एक खलीते पर अपनी मुद्रा अंकित करते हुए, वह उसके सुपुर्द किया। बोले, "यह हमारा बहुत ही जरूरी सन्देश है। बादशाह शाहजहाँ जहाँ भी हों, इसे वहाँ तक जल्दी-से-जल्दी पहुँचा दें।"

"इतनी जल्दी? आखिर क्या बात है?"

"वह भी मैं आपको खुले दिल से बता देता हूँ।"

"जी बताइए।"

"देखिए, बहुत सोच-विचार करने के बाद मैं इस नतीजे पर पहुँचा हूँ कि मुझे नौकरी तो करनी ही पड़ेगी। बात चाहे हालात की हो या फिर हमारी उम्र की। ऐसे में फिर आदिलशाही की नौकरी क्यों? सीधे दिल्ली के बादशाह का ताबेदार होना मेरे लिए ज्यादा अच्छा है!"

"सुभानअल्लाह, क्या सोच है!"

इसके कुछ दिनों बाद शहाजीराजे और रणदुल्ला की भेंट हुई। उसने राजे से कहा कि वह अपने समझौते के कागजात जल्द-से-जल्द बीजापुर भेज दे। हाल के वर्षों में रणदुल्ला की तबीयत ढीली पड़ती जा रही थी। उसके शरीर में पुराने फौजी जैसी कसावट भी नहीं रह गई थी। उसका शरीर कुछ थुलथुला हो चला था। वह राजे से कहने लगा, "शहाजी मेरे दोस्त, अल्लाह के घर जाने से पहले मैं तुम्हारे हक गें कुछ चीजें करना चाहता हूँ।"

"धन्यवाद खान साहेब, आपकी दोस्ती मेरे लिए हमेशा यादगार रहेगी।"

"लेकिन राजे, आपने सुना ही होगा कि हमारे बीजापुर की तरफ एक मुहावरा है...मेरा प्यार तुझ पर और तेरा दिल ऊँटनी पर!"

"ऐसा कड़वा क्यों बोलते हैं? खुलकर कहिए खान साहेब।" शहाजीराजे ने कहा।

"मैं चाहता हूँ कि आपके जीवन में स्थिरता आ जाए, इसलिए मैं इधर भागदौड़ कर रहा हूँ परन्तु आपका दिल मुगलों की तरफ दौड़ रहा है।"

खान साहेब की इस बात का उत्तर शहाजी ने टाल दिया। कुछ दिन ऐसे ही गुजर गए। शाहजहाँ को जल्द-से-जल्द दक्षिण में उलझे सारे चक्करों को सुलझाना था इसलिए उसने मसौदे के कागजात छह-सात महीने पहले ही तैयार करा लिये थे। बादशाह ने इसे अपने सम्मान का प्रश्न बना लिया था और अपने अधिकारियों को लिखित आदेश दिया था कि किसी भी हाल में मेरे जीते-जी सारा मामला सुलट जाना चाहिए।

माहुली में शहाजीराजे बुरी तरह से घिर गए थे। दक्षिण के सबसे अभिमानी, कर्मवीर और कुशाग्र बुद्धि के सरदार के रूप में हिन्दुस्तान भर में उनकी कीर्ति फैली थी। इतना होने के बावजूद उनका भविष्य अन्धकार में था। पुणे में घर-द्वार जला दिए जाने के बाद उनके पास रहने को अपना घर नहीं था। सिर पर छत नहीं थी। कुछ ही महीने पहले बादशाह के साले शाइस्ता खान को दो महीने तक युद्ध में उलझाए रखने वाले बहादुर चिरंजीव सम्भाजी अपने पिता के साथ इस जगह फँसे हुए थे। अपने घर-परिवार की यह विचित्र अवस्था देखकर जीजाऊ का कलेजा तिल-तिल टूटता था।

एक दिन खान जमान किले की चट्टानों से चढ़ता हुआ उत्साह से लबालब

आ पहुँचा। उसे देखकर राजे ताड़ गए कि वह निश्चित ही शाहजहाँ की तरफ से उनके खलीते का जवाब लाया है। खलीता हाथ में लेकर राजे ने तत्काल पढ़ना शुरू किया। बादशाह ने लिखा था, "शहाजीराजे...आपके जैसे सम्मानित, धुरंधर और कीर्तिवान सरदार ने मुगल ताबेदारी और हमारे दरबार में अधिकारी होने की मंशा जाहिर की है। हमारे मुगल सूबेदार बनने में आपको जरूर खुशी मिलेगी लेकिन एक बादशाह होने के बावजूद आपका मालिक बनना इस शाहजहाँ के बस की बात नहीं है। हमें आपका प्रस्ताव मंजूर नहीं है।"

बादशाह के इतने स्पष्ट शब्दों में दिए जवाब ने शहाजीराजे की चिन्ता बहुत बढ़ा दी। इन दोनों ही सत्ताओं के मन में उनके लिए क्या विचार हैं, उन्हें किसी तरह समझ नहीं आ रहा था। ऐसी ही उधेड़बुन वाली एक दोपहर में रणदुल्ला खान उनसे मुलाकात के लिए आए। बहुत ही खुशी के साथ वह बताने लगे, "मुबारक हो राजा साहब। आपने जैसा सोचा था, जितनी माँगें रखी थीं, वे सारी स्वीकार ली गई हैं। आपकी इच्छानुसार पुणे और सुपे की जागीर बिना शर्त आपके नाम मंजूर कर दी गई हैं।"

"अरे वाह!" राजे के होंठों से शब्द निकले। कितने दिनों की प्रतीक्षा के बाद कुछ अच्छा सुनने को मिला था।

"लेकिन हुजूर, एक बात है।" बीच में अपना सिर घुसाते हुए बादशाही सरदार खान जमान ने कहा, "हिन्दुस्तान के शहंशाह शाहजहाँ साहब की एक गुजारिश है और उसकी तामील होना भी जरूरी है...।"

"हाँ बोलिए।"

"पुणे और सुपे की जागीर तो आपके नाम पर आपके घर में रहेगी, लेकिन जागीरदार स्वयं अपनी जागीर में नहीं रहेगा।"

"अब ये कौन सी मुसीबत ले आए आप?"

"सुनो राजाजी...आपका इसमें कुछ नुकसान नहीं है। आपकी यहाँ की धन-दौलत, जायदाद और जो कुछ भी है आपके ही घर में रहेगी। इससे उलट मुनाफे की बात यह कि आदिलशाह आपको अपने पास बीजापुर बुलाएँगे और वहाँ बड़ा सरदार बनाएँगे।"

राजे एकाएक तनाव में आ गए। इस कौल-करार में राजे को ऐसा जादुई खंजर दिखाई दे रहा था, जो उनके पेट में घुसकर जख्म न देने के बाद भी तीव्र वेदना देने वाला था। उन्हें अपने हाथ से सब कुछ निकल जाने का दुख नहीं था, लेकिन कुछ हासिल करने की भी खुशी नहीं थी। थोड़ी देर बाद खान जमान गढ़ के नीचे अपने डेरे के लिए निकल गया। रणदुल्ला खान राजे के पीछे हो लिया। दोनों दोस्त कोठी में आ गए। खाना-पीना शुरू हुआ। उन दोनों को सहज देखकर जीजाऊ साहेब के दिल को कुछ आराम मिला।

राजे की देह में पसरे दुख, संताप और चिन्ता का अन्दाज रणदुल्ला खान को हो चुका था। भोजन करते हुए राजे के हाथ का कौर थाली में गिर गया। तब उनकी पीठ पर ममता से हाथ फेरते हुए रणदुल्ला ने कहा, "दोस्त, फिक्र क्यों करते हो? देखो तो ये उलटी खोपड़ी की इस्लामी सत्ताएँ तुमको तुम्हारी जागीरें लौटा रही है। क्या यह कम बड़ी बात है?"

"लेकिन खान साब, मैं अपनी जागीर में जागीरदार नहीं बन सकता। इस बात का मतलब क्या है?"

"इसमें डरने की कौन सी बात है? जीजा भाभी जैसी 'जागीरदारनी' भगवान ने तुम्हें दी है। मुझे पूरा भरोसा है कि अगर तुम अपनी जागीर में नहीं भी रहे, तो यहाँ के सारे जरूरी काम और कर्तव्य जीजा भाभी आराम से निभा लेंगी।"

अपने परधर्मी मित्र से ऐसे सांत्वना भरे और सच्चे शब्द सुनकर शहाजी और जीजाऊ के मन को बहुत सन्तोष मिला। उनकी आँखों में आँसू आ गए। आखिरकार शहाजीराजे से रहा नहीं गया और उन्होंने रणदुल्ला खान से सवाल किया, "रणदुल्ला मियाँ, आप तो उन लोगों के गुट के बड़े खास आदमी हैं। आप तो बता ही सकते हैं कि मेरे चारों तरफ रचे गए इस भयानक चक्रव्यूह की वजह क्या है?"

"साफ-साफ बताऊँ तो वह बादशाह शाहजहाँ एकदम जिद पर उतर आया था। उसने हमारे आदिलशाह साहब को सख्त शब्दों में कह दिया...शहाजी भोसले नाम के इस भयानक मराठा ने मेरी जिन्दगी के सात साल बर्बाद कर दिए हैं। अगर ये समझौता मेरे हिसाब से नहीं हुआ तो मैं आपकी गरदन नहीं छोड़ूँगा। अगर उस शहाजी को पूना की जागीर इतनी प्यारी है तो खुशी से दे दीजिए लेकिन उसे आप अपने साथ बीजापुर ले जाइए और किसी भी तरह वहीं रखिए। उसे बड़े से बड़ा सिपहसालार बनाइए...मगर बीजापुर में!"

"ऐसा क्यों रणदुल्ला?"

"शाहजहाँ बादशाह का साफ-साफ हुक्म था...किसी भी हालत में इस शहाजी मरगट्ठे को सह्याद्रि के पहाड़ों में नहीं रहने देंगे क्योंकि जहाँ शहाजी मराठा खड़ा रहता है, वहाँ के पत्थर तक उसकी मोहब्बत में पिघल जाते हैं। बारूदखाने के जगह में आग जलाना जितना खतरनाक होता है, उतना ही खतरा शहाजी जैसे मरगट्ठे को पहाड़ों में रहने देने से पैदा होता है।"

राजपरिवार माहुली का किला छोड़कर बाहर आने की तैयारी कर रहा था। सेवक, शागिर्द, खिदमतगार और किसान-मजदूर सब दुखी थे। वहाँ से बाहर निकलने के पहले राजा ने अपने मन में कुछ बातें सुनिश्चित कर ली थीं। सबसे पहले पुणे के

नजदीक खेड़ेबेहरे गाँव में तत्काल ही जीजाऊ और शिवबा के रहने की व्यवस्था की गई थी। वहाँ की मरम्मत और इन्तजाम करने के लिए पहले कुछ कारकुन और अमलदार आगे भेज दिए गए थे। मुरारी पंडित ने पुणे में भोसले वंश की 'म्हालसा' और 'मल्हार' दोनों ही कोठियाँ मिट्टी में मिला दी थीं। पुणे में नई कोठी बनाने का काम शुरू करने की सूचना राजा ने रवाना होने से पहले ही दादोजी कोंडदेव को पहुँचा दी थी।

दोपहर को राजे माहुली के रजवाड़े के अन्दर चौक में आए। वहाँ उनकी तरफ देखते हुए जीजाऊ ने कहा, "राजे, आपको आदिलशाही की तरफ से पुणे और सुपे की जागीर मिल तो गई है न? आपने जैसा-जैसा चाहा था, वैसी शर्तें ही फरमान में लिखी गईं। इसके बाद भी आपके चेहरे से चिन्ता की रेखाएँ अभी तक मिटी नहीं हैं?"

शहाजीराजे उदासी भरी हँसी के साथ बोले, "जीऊ, जब कोई विशाल वृक्ष जमीन पर गिरता है तो वह अपनी जड़ों के साथ जमीन से उखड़कर बाहर आ जाता है। उस वक्त उसे जो असहनीय वेदना होती है, सिर्फ वही महसूस कर पाता है।"

"राजे।"

"हाँ रानी साहेब, हमारी देह को भीमा-गोदावरी, कुकड़ी और इंद्रायणी जैसी नदियों के पवित्र जल ने पाला-पोसा है। यहाँ की मिट्टी, कंकर और पत्थर हमारे रक्त-मांस का हिस्सा बन चुके हैं। इस हाल में यही लग रहा है कि जैसे कोई हमें अपनी धरती की मिट्टी से उखाड़कर, हमारी मुश्कें बाँधकर पराये देश में ले जा रहा है। और क्या लगना चाहिए?"

राजे बोल गए। तब जीजाऊ को समझ आया कि यह राजे का सनातन दुख कितना गम्भीर और कैसा जानलेवा है। वह सिटपिटा गईं। शुरुआत में माहुली से निकलने की बात बहुत सीधी-सरल लगी थी लेकिन जो कुछ हुआ वह धोखे की तरह था। जैसे किसी के सामने मुँह पर मीठी-मीठी बातें कही जाएँ और अचानक फिर उसके पैर खींच दिए जाएँ। लेकिन अपनी धरती और सेना पर ऐसा समय और ऐसा दुर्दैव मँडरा रहा था कि इस परिस्थिति में सामने आए प्रस्ताव को स्वीकार करने के सिवाय दूसरा कोई उपाय भी कहाँ था?

शहाजीराजे के मुँह से संताप फूट रहा था, "जीऊ, यह किस देवता का न्याय है और यह कैसी न्याय व्यवस्था की बातें हैं? कौन कहाँ दिल्ली का इस्लामी बादशाह, दूसरा दक्षिण में एक आदिलशाही चलाता है। और इसी मिट्टी का पुत्र शहाजीराजे, जो यहीं पैदा हुआ, उस पर शर्त लगा दी कि वह अपने बाप-दादाओं की इस धरती पर इन सह्याद्रि पर्वतों में नहीं रह सकता। लेकिन हमें मानना पड़ेगा! और पिंडारियों की तरह पीठ पर अपना सामान लादे यहाँ से निकल जाना पड़ेगा, अपने पूर्वजों की पुण्य भूमि को छोड़कर?"

"एक बात मैं आपसे पूछना भूल गई। अपने शिवबा के भविष्य का अब हम क्या करेंगे?"

"बहादुर शम्भू अब बड़े हो चुके हैं। वह हमारे साथ रहेंगे। शिवबा आपके साथ रहेंगे। परसों इस बारे में हमारी बाजी पालसकर से बात हो चुकी है। आप दोनों खेड़ेबेहरे या पुणे, जहाँ ठीक लगे वहाँ रहिए। हम जानते हैं कि आप पुणे की जागीर को सँभालने में सक्षम हैं।"

जीजाऊ का गला भर आया। तब भी उन्होंने साफ-साफ कहा, "देखिए राजे, एक बार आप मुझे भले ही अपने साथ दक्षिण में न ले जाएँ, मगर मेरे तेजस्वी बेटे शिवबा का नुकसान क्यों करते हैं? आपको उसे तो अपने साथ ही रखना चाहिए।" जीजाऊ ने राजे का हाथ अपने हाथों में लिया। उनकी आँखें भर आईं। लम्बी साँस लेते हुए वह थक गईं। दूसरे ही क्षण जैसे कोई दुख का बादल भीतर उठा मगर उन्होंने उसे दबा लिया। बोलीं, "अन्ततः तो मैं आर्यकन्या हूँ। जहाँ पति है, वहीं उसका अस्तित्व है। अपने धर्मग्रन्थों में क्यों लिखा है कि जहाँ रघुनन्दन वहीं जनक नन्दिनी!"

राजे को भी जैसे साँस लेने में घुटन हो रही थी। तब भी वह बोले, "जीऊ, क्या मुझे रामायण और उसकी कहानियाँ नहीं पता हैं? पूरी दुनिया जानती है...और शहाजीराजे की जुबान पर भी संस्कृत काव्य के सुगन्धित फूल बरसा सकती है! लेकिन रानी साहिबा?"

"क्या?"

"कोई इस दुनिया की दूसरी एकाध रामायण दिखा दे, जिसमें लंकापति रावण अयोध्या की प्रजा की छाती पर आकर बैठ गया हो। उसे अच्छा सबक सिखाने के बाद जिसमें राम चौदह बरस का वनवास खत्म करके अपनी अयोध्या नगरी में वापस लौटकर न आए हों? कैसे, कैसे मैं इस धरती को छोड़ दूँ...अपनी इस अयोध्या जैसी सह्याद्रि की हदों से निकल जाऊँ?"

राजे बेहद गम्भीर हो गए थे। जीजाऊ कुछ देर खामोश रहीं और अपने अन्दर के दुख को दबाने की कोशिश करती हुई बोलीं, "देखिए, हमारी देवियाँ तक अपने पतियों को 'प्राणपति' कहकर बुलाती हैं। मुझे लगता है कि आपके साथ ही बीजापूर चलना चाहिए, क्योंकि आपके बगैर तो यहाँ हमारी साँसें घुट जाएँगी।"

"जीऊ रानी, यह समय आपकी या हमारी साँसों के घुट जाने की फिक्र करने का नहीं है। यहाँ तो प्रश्न गरीबों, पशु-पक्षियों और उन सबकी घुटती हुई साँसों का है, जिन्हें गुलाम बना लिया गया है।" शहाजीराजे जीजाऊ के चेहरे को बहुत गौर से देखते हुए बोले, "जीऊ, आज आप ये कैसी जिद ठानकर बैठी हैं?"

"देखिए राजे हमारे हिस्से में कोई ऐशो-आराम की जिन्दगी आए, ऐसी हमारी बिलकुल इच्छा नहीं है। मगर मेरे भीतर माँ की ममता रो रही है। शिवा वहाँ आपके

साथ रहेंगे तो बाकी सरदारों के बच्चों के साथ उनकी शिक्षा-दीक्षा अच्छे से होगी। तीरंदाजी, तलवारबाजी, घुड़सवारी और शस्त्रविद्या में वह पारंगत हो जाएँगे।"

जीजाऊ की बात सुनकर शहाजीराजे एकदम खुलकर हँस दिए, "आपका कहना सच है...शिवबा बीजापुर आएँगे तो बड़े वजीरों, सरदारों के शीशमहलों में सुख शैया पर उनका जीवन आनन्दमय रहेगा। उन्हें वहाँ प्रकांड पंडितों का साथ मिलेगा। बड़ी अश्वशालाएँ, बड़े सुख मिलेंगे। बिलकुल सच है। वहाँ उन्हें यह सब मिलेगा और सब प्रकार की विद्याएँ भी मिलेंगी। वहीं वह बड़े होंगे। लेकिन इसका औचित्य क्या?"

जीजाऊ को समझ नहीं आया कि राजे क्या कह रहे हैं। वह स्तब्ध थीं। शहाजीराजे ने फिर कहना शुरू किया, "शिवबा बीजापुर का पानी पीते हुए बढ़ें तो मतलब क्या हुआ? अपने पिता जैसे बड़े होंगे! शक्तिशाली सरदार, लेकिन दूसरे की गाड़ी हाँकता है। यह हमें मंजूर नहीं। शिवबा के व्यक्तित्व का निर्माण इसी सह्याद्रि की मिट्टी में होना चाहिए। बीच में फिर जरूरी लगा तो उन्हें वहाँ बंगलूर बुलाकर शस्त्र विद्या का अभ्यास कराना ठीक रहेगा।"

राजा के मुँह से निकले इस नए विचार को सुनकर जीजाऊ साहेब चौंक गईं। राजे ने आगे कहा, "जीऊ, बीजापुर के सरदारों के महल में रंगीन मिजाज, स्वच्छन्द और अकूत सम्पत्ति में खेलने वाले नादान-बिगड़ैल शहजादों की कमी नहीं है। उनमें क्या हम भी एकाध और बढ़ा दें? जीऊ रानी, कैसे आप यह बात भूल जाती हैं कि हर सल्तनत की सेवा में इनाम-इतबार के साथ यही तो किया जाता है कि वहाँ लगे सरदार लगातार नए-नए गुलाम तैयार करते जाएँ। यह सह्याद्रि का दुर्भाग्य है कि उसने जाने कितने शतकों में यह नहीं देखा कि अपना स्वतंत्र और स्वयंभू राजा कैसा होता है? आने वाले कल का वह राज राजेश्वर इसी भूमि के गर्भ में विकसित होना चाहिए। यहाँ की नदियों, जलप्रपातों, हवाओं में, यहाँ की गरीब और कष्ट सहती प्रजा के साथ, यहाँ के जंगलों-पहाड़ों-कीचड़ में घूमते-फिरते ही हमारे चिरंजीव को बड़ा होना चाहिए। अपने मराठों, किसानों, खेतों-बाँधों के मजदूरों, वनवासियों के बच्चों के बीच, आम लोगों के आँगनों में, इस प्रकृति में घूमता-फिरता और यहीं की लाल मिट्टी में अपनी देह को ढालते हुए उसे यहाँ बड़ा होना है। इतना बड़ा कि गगन को चूम लेऽ!"

शहाजीराजे के मुख से जैसे अमृतवाणी झर रही थी। सुनते हुए जीजाऊ साहेब भाव-विभोर हो गईं। उनकी आँखों में आया पानी अनोखे तेज के साथ चमकने लगा। उन्होंने कसकर राजा को अपने आलिंगन में बाँध लिया और काँपते स्वर में बोलीं, "राजे, कितना अद्‌भुत है यह सपना! स्वप्न को साकार करने वाला तो शूरवीर होता ही है, लेकिन उतना ही तेजस्वी वह देवदूत भी होता है, जो हमारी आँखों में ऐसे सपने बसा देता है!"

"जीऊ!"

"हाँ राजे, आज आप नहीं बोल रहे, आपके मुख से यहाँ की माटी बोल रही है। जो पराये घोड़ों की टापों के नीचे जाने कितनी सदियों तक कुचली गई। यह उसका ही रुदन है। लेकिन राजे...।" जीऊ बीच में ही रुक गईं। अपने गालों पर बरस रहे गरम आँसुओं को पोंछते हुए उन्होंने सवाल किया, "हमारे इस स्वप्न-वृक्ष में एक दिन क्या सचमुच साक्षात्-पुष्प खिलेंगे?"

"क्यों नहीं जीऊ? आपने मावल की नदी-घाटियों के ऊँचे वृक्ष देखे हैं न? जब जंगलों की हवा में देर तक पेड़ों की शाखाएँ एक-दूसरे से टकराती रहती हैं, तो उनमें अपने आप चिंगारियाँ फूटने लगती हैं। आग भड़क जाती है। ऐसे ही मराठा माटी के पैरों की गुलामी की बेड़ियाँ तोड़ने के लिए अपने शिवबा के रूप में यह नए स्वप्न की मशाल जलने दें। उसे इसी मिट्टी की कोख में बादल की तरह पलने-बढ़ने दें।"

मांडू के किले से निकलकर बादशाह शाहजहाँ अपने लश्कर के साथ आगरा के लिए निकल पड़ा था। सोने से गढ़े हाथी के हौदे पर वह पूरी शान और शेखी के साथ सवार था। सामने और आसपास चल रहे हजारों घुड़सवारों, हाथीदल और सांडनी सवारों की तरफ उसका जरा भी ध्यान नहीं था। शाहजहाँ की गोद में एक स्वर्ण-फलक पर माहुली के करारनामे का तर्जुमा दर्ज था। तारीख 25 जिल हज 1044 (31 मई, 1635)। बादशाह इसे सर्व शक्तिमान अल्लाह की तरफ से मिली खैरात की तरह देख रहा था। उसने जान-बूझकर इस इकरारनामे पर खुदवाया था, "यह करार सिकन्दर की मजबूत और ठोस दीवार की तरह शाश्वत रहेगा।" इस फलक पर शाहजहाँ और सुलतान की राज मोहरें और उनकी हथेलियों के निशान भी उकेरे गए थे। बादशाह बार-बार उन्हें गौर से देख रहा था।

विशेष रूप से इस अनुबन्ध की छठी शर्त पर रह-रहकर उसकी आँख ठहर जाती थी। जैसा वह चाहता था उसने वैसे ही शहाजी भोसले को सह्याद्रि के पहाड़ों से बाहर निकाल हमेशा के लिए उसकी सरहद से दूर बीजापुर भेज दिया था। इस बात का कठोर ढंग से पालन हो, यह करार भी उसने बड़ी होशियारी से सुलतान से करा लिया था। बादशाह इस खुशी के मारे पुलकित था कि दक्खन की मुगल सरहदों पर धधकते शोले बुझाने के लिए उसने शहाजी नाम की आग पर काबू पा लिया है।

बंगलूर : पिता की तालीम

1640-42

"आप शिवबा की शादी में मौजूद रहते तो मुझे लगता कि सब कुछ सोने से ज्यादा चमकदार है!" जीजाऊ अक्सर खुद से बातें करतीं। वैसे बनावटी गुस्से में रूठकर वह कई पत्र शहाजीराजे के पास बंगलूर भेज चुकी थीं।

जिस दिन लाल महल पर वास्तुशान्ति के तोरण बँधे, उसके अगले क्षण से ही जीजाऊ को अपने छोटे चिरंजीव के विवाह की चिन्ता सताने लगी, "आजकल मेरी आँखों के आगे सेहरा बाँधे शिवबा का गोरा-सुन्दर चमकदार चेहरा रह-रहकर उभरता है। हम मराठों के धर्म के अनुसार अपने बेटे का लग्न दस-ग्यारह बरस की उम्र में होना ही ठीक रहता है।" हर मिलने-जुलने वाले से वह आगे रहकर यही बात कहतीं। इसलिए जैसे ही शिवराय को दसवाँ साल लगा कि उनके हाथ पीले करने को लेकर जीजाऊ का उत्साह आसमान छूने लगा।

जीजाऊ को फलटण के मुधोजी निम्बालकर की बेटी सईबाई बहुत पसन्द आई। उम्र नौ बरस, सुन्दर-आकर्षक चेहरा, बोलती हुई आँखें, गेहुँआ रंग और ऊँची गरदन। निम्बालकर की ऐसी चित्ताकर्षक बेटी पर आई साहेब का मन आ गया। अपनी कोई कन्या न होने के कारण उन्हें लम्बे समय से महल में लक्ष्मी की गरज महसूस होती थी।

फलटण के निम्बालकरों के साथ वेरुल के भोसले वंश का पुराना सम्बन्ध था। शहाजीराजे की मातोश्री दीपाबाई उसी घराने के वणंगपाल निम्बालकर की बहन थीं। जब मंगलवाद्य गूँजने लगे तो जीजाऊ पुत्र के शुभकार्य के लिए अपनी कमर कसकर खड़ी हो गईं। शहाजीराजे की अनुपस्थिति में उन्होंने अपने कन्धों पर सब कुछ सँभाल लिया।

16 अप्रैल, 1640 का दिन था। शिवबा की शादी के लिए पूरा पुणे इकट्ठा हो गया था। आधे शहर में तो स्वागत के लिए पंडाल और तोरण लगे थे। फलटण से हाथियों के जुलूस पुणे पहुँचे थे। मावल के गाँवों से अनेक देशमुख, पुरानी निजामशाही के दिग्गज सरदार, रसूखदार लोग और तमाम बड़े मेहमान बड़ी संख्या में आए थे। पुणे में दीवाली जैसा आनन्द उत्सव पसरा हुआ था। मंगल बेला जैसे नजदीक आ रही थी, वैसे ही जीजाऊ की बावरी नजर बार-बार लग्नमंडप के बाहर भाग रही थी। उन्हें विश्वास था कि उनके पति भले ही कठोर प्रशासक और तेजतर्रार सेनापति हैं लेकिन उनके पास कवि-हृदय है और वह संस्कृत के पंडित भी हैं। वह बेटे के लग्न में अन्तिम क्षण में पहुँच सकते हैं। जीजाऊ को विश्वास था कि वह आएँगे और अपने हाथों से खुशी के लड्डू खिलाएँगे।

थोड़ी आशंका, थोड़ी उमंग के साथ जीजाऊ ने खूब राह देखी। अत्यधिक काम होने की वजह से राजे का आना सम्भव नहीं हुआ। लेकिन उनके प्रमुख अधिकारी नारोपंत दीक्षित, उनके दोनों बेटे रघुनाथ पंत-जनार्दनपंत, कविराज जयराम पिंडे और उनके साथ करीब सौ लोगों की टोली बंगलूर से खास तौर पर विवाह में शामिल होने के लिए आई। उनके हाथों में अनेक रंगीन टोकरियाँ, सोने की परातें, रेशमी वस्त्रों तथा आभूषणों से भरी पेटियाँ थीं।

इन तमाम सौगातों के साथ शहाजीराजे ने जीजाऊ के लिए एक खास खलीता भिजवाया था। उसकी रेशमी डोरियों को धक-धक करते हृदय से खोलते हुए जीजाऊ ने मंडप में ही मजमून पढ़ लिया...

"नाराज मत होइए रानी साहिबा। केवल कर्तव्य रास्ते में आया है। अन्यथा हम अन्तिम क्षण में भी छलाँग भरकर वहाँ पहुँच जाने की तैयारी करके बैठे हुए थे। परन्तु अत्यन्त जरूरी राजकीय कार्य आने से पहुँच पाना सम्भव नहीं हुआ। अपनी नवपरिणीता सौभाग्यकांक्षिणी बहूरानी को देखने के लिए हम बहुत उत्सुक हैं। लग्नकार्य हो जाने के बाद फलटण जाने की जल्दबाजी मत करना।

"चिरंजीव शिवा और बहूरानी के साथ आप सबसे पहले बंगलूर आएँ। आपसे मिलने के लिए हमारे साथ यहाँ पूरा राजपरिवार, शिवबा की द्वितीय माता तुकाबाई साहेब, चिरंजीव सम्भाजीराजे, बहूरानी जयंतीदेवी समेत चिरंजीव व्यंकोजीराजे बेहद उतावले हैं। इसलिए उधर ज्यादा समय गँवाए बिना इधर आने के लिए सामान बाँध लें। इससे हमारा आनन्द सौ गुना बढ़ जाएगा।"

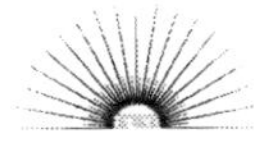

उस शाम बंगलूर के नगरद्वार पर शहाजीराजे कुटुम्ब समेत नई बहू और चिरंजीव शिवबा के स्वागत के लिए स्वयं खड़े थे। राजे के इस आनन्द उत्सव में नगर के कई प्रजाजन भी शामिल थे। सबसे आगे एक ऊँचा-पूरा सोलह-सत्रह वर्ष का एक चपल तरुण बाघ की तरह हर दिशा में सक्रिय था। हर जानने वाला उसे 'कोयाजीराजे' नाम से पुकार रहा था।

साथ में नारोपंत, जनार्दनपंत, शायर अलीखान, विदूषक कृष्ण भट्ट और तुकदेव समेत तमाम लोग पहुँचे थे। स्वागत के लिए सजे-धजे छह हाथियों का दल मौजूद था। जिन पर चमकदार हौदे कसे थे। वहीं कई घोड़ों और ऊँटों के दल भी रंग-बिरंगे रेशमी वस्त्रों से सजाए गए थे। सब नए दम्पती को लेने आए थे। स्वागत के लिए आए हर व्यक्ति के सिर पर साफे और पगड़ी तथा शरीर पर महँगे वस्त्र थे। मन में अपूर्व उत्साह था।

शहाजीराजे और तुकाबाई ने मिलकर वर-वधू के सिर पर नीबू और पके हुए

चावल की मुट्ठियाँ घुमाते हुए उनकी नजर उतारी। नन्ही बहू की मुँह दिखाई ने सबको आनन्द से भर दिया। सईबाई का बातूनी मगर लजाया हुआ लम्बा चेहरा, हाथों की हरी चूड़ियाँ, मांग में लाल सुर्ख कुंकुम, चौड़ा माथा, माथे पर लगी मरकत की बिन्दी, दोनों कानों में हीरे-मोती के झुमके, बाँहों में सोने के बाजूबन्द और पैरों में छुमछुम बजती हुई पाजेब।

नन्ही चिड़िया के जैसी दुल्हन मानो भारी वस्त्रों और आभूषणों के बोझ से दबी जा रही था। तुकाबाई ने सईबाई को अपने सीने से लगाया और गालों के मीठे चुम्बन लिये। तीखी नाक और आकर्षक नेत्रों वाले नन्हे दूल्हे, शिवबा बहुत ही सजीले नजर आ रहे थे। मशालों की ताँबई रोशनी में मोतियों की लड़ी से सजा शिवबा का शिरस्त्राण और गले में पड़ी रत्नों की मालाएँ जगमग दमक रही थीं। सोने के हौदे में बैठे नवविवाहित दम्पती को मस्त चाल से चलते हाथी पर बैठाकर किले में बने राजमहल तक लाया गया।

अँधेरा हो चुका था, मगर मशालों और चिरागों की रोशनी इतनी थी कि आसमान उजाले से भरा नजर आ रहा था। यह जुलूस तम्बूरों, शहनाइयों की आवाजों और दक्षिण देश के लम्बे-आड़े ढोलकों की जोरदार धमक के साथ किले के महादरवाजे से अन्दर आया। बुर्ज पर हजारों दीपक पंक्तिबद्ध जल रहे थे और यह विलक्षण सुन्दर दृश्य सबको मोह रहा था। किले के अन्दर शहाजीराजे का मुख्य रजवाड़ा था। इस महल में प्रवेश करने से पहले वर-वधू को गढ़ के नजदीक पुराने गणेश मन्दिर में दर्शन के लिए ले जाया गया। इस जलसे में अपने अपूर्व स्वागत से अभिभूत शिवबा ने जीजाऊ से कहा, "माँ साहेब, यह बारात जैसा ठाठ देखकर तो हमें एक बार फिर से लग्न मंडप में खड़े होने जैसा एहसास हो रहा है।"

"खरी बात है शिवबा।" बीच में ही शहाजीराजे हँसते हुए बोले, "हमने पहले ही तय कर लिया था कि पुणे में गैरहाजिरी की कसर हम यहाँ पूरी करेंगे।"

बंगलूर के नगरद्धार पर घोड़ा पहुँचने से पूर्व जीजाऊ का कलेजा घबरा रहा था। उनके प्राणपति को अपना देश और मिट्टी छोड़कर पराए देश में रहना पड़ रहा है इसलिए पता नहीं यहाँ उनकी क्या स्थिति होगी। यह बात उन्हें बेचैन किए जा रही थी। परन्तु बंगलूर के भव्य किले के प्रवेशद्वार से अन्दर आते हाथियों की सवारी, हर तरफ जलते दीपकों के प्रकाश में राजमहल और इन सबसे बढ़कर शहाजीराजे की खुशी में शामिल दक्खन की प्रजा और उसमें राजे की लोकप्रियता देखकर जीजाऊ न केवल खुश हुईं, बल्कि अवाक् रह गईं।

गणेश मन्दिर के अन्दर प्रवेश करते हुए जीजाऊ ने तुकाबाई के कन्धे पर हाथ रखा। हालाँकि वह भी कुछ घबराई हुई थीं। दोनों की यह पहली भेंट थी। तुकाबाई जीजाऊ से सात बरस छोटी थीं। लम्बी और कसी हुई चुस्त देह। जैसे सहजन की फली। जैसे ही जीजाऊ ने बंगलूर की भूमि पर पहला कदम रखा, तब से तुकाबाई

उनके पास से हिली तक नहीं। लगातार 'अक्का साहेब' और 'बड़ी अक्का' सम्बोधित करते हुए वह उनके आगे-पीछे ही थीं।

रात को रजवाड़े तक पहुँचते-पहुँचते काफी देर हो गई। जीजाऊ और शिवबा थक गए थे। उनके साथ आए दादोजी कोंडदेव पास की एक सराय में रुके। पुणे से यहाँ तक घोड़ों पर तीन हफ्तों की यह यात्रा झंझटों से भरी थी। हालाँकि साथ में कई पालकियाँ भी थीं। कई दिनों की परेशानियों की वजह से शिवबा के शरीर में थकान बिलकुल ज्वर की तरह चढ़ गई इसलिए पलंग पर पड़ते ही, किस पल आँख लग गई पता नहीं चला। शय्यागृह में राजे ने जीजाऊ से धीमी आवाज में पूछा, "रानी साहेब, आपको कैसी लगीं हमारी तुकाबाई?"

जीजाऊ ने लजाकर आँखें फिरा ली, "मस्त...यहाँ आने तक तो हम घबरा ही रहे थे।"

"पति ने सिर पर कैसी सौत लाकर बैठा दी, इस डर से?"

"छी:! ये कहाँ सौत है!" जीजाऊ दिल खोलकर हँसते हुए बोलीं, "पिछले जन्म की मेरी बहन ढूँढ़कर लाए हैं आप मेरे लिए।"

शहाजीराजे और जीजाऊ के बीच यह था कि कितनी बातें करें और कितनी नहीं! साढ़े तीन-चार साल के लम्बे अन्तराल के बाद दोनों एक-दूसरे से मिल रहे थे। मजबूरियों में पैदा हुई दूरियाँ जब खत्म हुईं तो दोनों के हृदय सहज ही नम हो गए। राजे ने जल्दी-जल्दी सुपे और पुणे की जागीर को लेकर जीजाऊ से कुछ जरूरी मुद्दों पर बातचीत की। उस स्निग्ध संवाद के बीच जीजाऊ अचानक भावुक होकर बोलीं, "राजे, सुख के स्वर्णमृग के पीछे दौड़ते हुए यहाँ चले आना हमारे लिए कितना आसान होता!"

"रानी साहेब, आपके त्याग के कारण पुणे की तरफ आज भोसले वंश का पीढ़ियों से चला आ रहा वतन साबुत है! पहले ही अपने-परायों ने मिलकर पुणे की धरती पर गधों से हल चलवा दिया था। वहाँ हिम्मत से अपनी कमर कसकर जीऊ आप खड़ी नहीं रहतीं, तो आज वह पुण्यभूमि श्मशान में बदल चुकी थी। शिवा नाम के हमारे स्वप्न को हमारी पुण्यभूमि में पाल-पोसकर बड़ा करने का इतना महत्त्वपूर्ण काम आप ही ने पूरा किया है...।"

"हाँ, अब तो शिवा दस-ग्यारह बरस की दहलीज पर खड़े हैं...।"

"बालराजा को बड़ा करने में आपने जो कष्ट उठाए, जो श्रम किया उसके लिए हम बहुत आभारी हैं। अब आप यहाँ आ गई हैं, तो देखिए इस अनगढ़ सोने को हम कैसे चमकते अलंकार में ढाल देंगे!" राजे ने कौतुक से कहा।

एक बात जीजाऊ बहुत देर से कहना चाह रही थीं और जब अधिक रुक न सकीं तो शब्द अपने आप उनके होंठों से छलक पड़े, "वाह राजे, यहाँ नगरद्वार पर पहला कदम रखने के साथ ही हम देख रहे हैं कि यहाँ आपका रहन-सहन,

यह ऐश्वर्य से भरा महल, इतना बुलन्द किला और आपके रहने के लिए बना यह चाँदनी महल...इस सारे वैभव से बड़ी बात, यहाँ आपको जी-जान से प्रेम करने वाली प्रजा, यह सब देखकर हमारे मन में बहुत ही खुशी हो रही है...।"

"मतलब?"

"बड़ा गर्व हो रहा है...। हमारे राजा जिस मुल्क में जाते हैं, वहाँ राजा जैसे नहीं, किसी महाराजा की तरह रहते हैं! आपका यह परिश्रम, यह रोब-दाब देखकर किसे आनन्द नहीं होगा?"

शहाजीराजे कुछ विचारमग्न दिखे। फिर हँसते हुए बोले, "रानी साहेब, यहाँ खूब चौकन्ना रहना पड़ता है। कारण यह कि आदिलशाही सुलतान का दिल जितना बड़ा है, वह कान के उतने ही कच्चे हैं। इसलिए यहाँ हवा या पानी की लहर किस क्षण अपनी दिशा बदलकर कब गला घोंट देगी, इस बारे में कोई विश्वास से कुछ नहीं कह सकता।" उनका चेहरा गम्भीर हो गया।

देर रात तक कोयाजीराजे तीनों राजकुमारों के आगे-पीछे फिर रहे थे। उन्हें क्या चाहिए, क्या नहीं वह इसी इन्तजाम में थे। चारों तरफ कोयाजी के हुक्म की आवाजें आ रही थीं। रात में बिछावन के पास सौतेली माता तुकाबाई साहेब, बन्धु व्यंकोजीराजे और बड़े भाई सम्भाजीराजे सब इकट्ठा हो गए थे। सबको एक-दूसरे से बहुत सारी गप्पें लड़ानी थीं। सिर्फ शिवाबा ही थे, जिन्हें निद्रादेवी ने तत्काल अपने आँचल तले खींच लिया था।

आसमान पर सवेरे की लाली की पहली दस्तक के साथ शिवबा की आँखें खुलीं। बाहर से आती ताजे फूलों की सुगन्ध शयनगृह को महका रही थी। उसी समय पर्दों के पीछे से मोर के कुहकने की आवाज आने लगी। उसी क्षण बाहर से खड़ताल की ध्वनि के साथ पिंगला जोशी का भजन 'वासुदेव आया रे वासुदेव आया' ने मन को छू लिया।

शिवबा ने खिड़की पर पड़ा रेशमी पर्दा सरकाया। बाहर करवट लेती सुबह का वैभव देखकर वह सुख से भर गए। दूर तक खिले गुलाबों की क्यारियाँ, रंग-बिरंगी लताओं और अंगूरों के मंडप, सारा नजारा आँखों को बहुत सुकून दे रहा था।

उन्हें छह-सात ब्राह्मणों का समूह प्रभाती गाते हुए महल के चारों ओर घूमता नजर आया। थोड़ी देर बाद कुछ दूरी पर महाद्वार की भव्य कमान और उस पर गश्त करते शस्त्रबद्ध प्रहरी दिखने लगे। कुछ ही पल में उधर देव मन्दिर की तरफ से प्रात:काल के नगाड़ों की तुड़ुम तुड़ुम ध्वनि कानों में पड़ने लगी। उसी क्षण राजमहल के दालान में झाँझ, तुरही और शंखध्वनि जैसे मंगलवाद्य गूँज उठे।

रात को पहने कुर्ते-पाजामे में ही शिवबा बीच में दिखाई दे रहे रास्ते पर कदम-कदम बढ़े चले गए। उन्हें एक ऊँचे-पूरे कद का मन्दिर दिखाई दिया। वहाँ देवता की प्रात: वन्दना और पूजा शुरू हो चुकी थी। वाद्य यंत्रों की गूँज लगातार बनी हुई

थी। शिवबा विस्मय से भर गए। मातोश्री जीजाऊ कब तड़के ही इस नित्य पूजा में आकर शामिल हो गईं, उन्हें पता नहीं चल सका। सामने से विश्वनाथ भट प्रसाद लेकर आ गए। राजे ने प्रसाद ग्रहण किया।

एक बड़े शयनगृह में सम्भाजीराजे, शिवबा और व्यंकोजी के पलंग लगाए गए थे। वे दोनों अभी तक गहरी नींद में थे। तब जीजाऊ ने आवाज लगाई, "उठो रे बच्चो, सुबह हो गई।" तभी रजवाड़े के बरामदे की तरफ से ब्राह्मणवृन्द के मंत्रोच्चारणों की आवाज कान में पड़ी। यह प्रतिदिन का पुण्य-हवन था। वे आराधना कर रहे थे कि आज का यह दिन शहाजीराजे के जीवन में शुभ, मंगलमय और फलदायी साबित हो।

शिवबा की ओर देखकर हँसती हुईं जीजाऊ ने कहा, "अब घोड़ा लेकर जरा बाहर भी चक्कर लगा आओ।" शिवबा हँस पड़े। कोयाजीराजे सुबह-सुबह तैयार होकर आ खड़े हुए थे। शिवबा ने उन्हें सहज ही पूछा, "कोयाजी दादा, यह किला तो बहुत ही बड़ा दिखता है!"

"बिलकुल, किले का घेर ही कहें तो अच्छा-खासा एक मील का है। नौ-दस महाद्वार इसमें हैं। आसपास बेहद मजबूत छब्बीस बुर्ज हैं।"

उस लम्बे-चौड़े राजप्रासाद में सुबह की किरणें घोड़ों की टापों के साथ रफ्तार पकड़ने लगी। कोयाजी के साथ शिवबा का किले में सैर-सपाटा शुरू हो गया। कोयाजी ने उत्साह से बताया, "जब आपके आबा साहेब माहुली से इधर आए, तब यह किला और इसके आसपास की जागीर उनके अधिकार में दी गई।"

"मतलब, मूलत: यह किला आदिलशाह का ही है?"

"नहीं-नहीं...यह किला एक ताकतवर राजा केंपे गौड़ा का था। फिर आबा साहेब इधर आ गए। इस दरमियान सरदार रणदुल्ला खान और उनके बेटे रुस्तमेजमाँ ने इस किले पर लम्बा घेरा डालकर रखा था। किला जीतने के लिए आदिलशाही फौजों को छह महीने तक बड़ी लड़ाई लड़नी पड़ी। भयंकर रक्तपात हुआ था।"

"ऐसा?"

"हाँ, लेकिन जैसे ही यह किला बीजापुर के अधिकार में आया, आदिलशाह मोहम्मद साहब ने तत्काल इसे शहाजीराजे के हवाले कर दिया। एकदम वैसे, जैसे केले के पत्ते पर प्रसाद रखकर देते हैं।"

"कमाल है।" किले के चारों तरफ की मजबूत दीवारों, महादरवाजों और अन्दर के राजमहल में नजरें फिराते हुए शिवबा बोले, "लेकिन यह बात क्या बीजापुर के बाकी सरदारों को अच्छी लगी थी?"

"अरे, ऐसा कैसे हो सकता है? उलटा तब यहाँ अनेक इस्लामी अमीर उमराव इस बात पर लड़ने-भिड़ने लगे थे। परायी भूमि से आए हिन्दू सरदार को इतनी बड़ी दौलत की मिल्कियत मिलते देखकर बेचारे बहुत ही व्याकुल हो गए थे। कई

अतिबुद्धिमान सरदारों ने आदिलशाह को तब यह भी कहा कि यह किला किसी गैर-इस्लामी शहाजीराजे को देने से पहले उसका 'इम्तिहान' तो ले लीजिए!"

"अच्छा फिर?" शिवा चौंके।

"तब मोहम्मद साहब ने कहा कि हम शहाजी का कैसा 'इम्तिहान' लेंगे? वह तो हमसे पहले हमारे अब्बू, सुलतान इब्राहिम साहेब ने तेरह साल पहले ले लिया था और शहाजीराजे बीजापुर के हितैषी के रूप में कामयाब होकर उभरे थे।"

"कमाल है। हमारे मावल की तरफ आबासाहेब को लोग बीजापुर के ही एक सरदार की नजर से देखते हैं...।"

"इसमें बिलकुल आश्चर्य नहीं करना चाहिए। यहाँ की सारी प्रजा और दरबार के ही क्या खुद सुलतान साहब तक कागज-पत्रों में आपके आबा साहेब का उल्लेख 'महाराज साब', 'राजा साब' के रूप में करते हैं।"

"कागज-पत्रों में भी?"

"हाँ, अब क्या बताऊँ शिवबा? सुलतान मोहम्मद साहब उन्हें हर खत में साफ लिखते हैं 'आप हमारी सल्तनत की बुनियाद हो।' कोई छोटा सा सन्देश हो, तब भी यह बात खलीते में होती है।"

"कमाल है।"

"ऐसा नहीं है कि सिर्फ राजा को लिखे खलीते में ही यह बात होगी, बल्कि सुलतान जब किसी तीसरे पक्ष से भी पत्राचार करते हैं और वहाँ अगर आबा साहेब का सन्दर्भ आ जाता है तो साफ लिखते हैं, शहाजीराजे हमारे प्रिय, हमारी सल्तनत की मजबूत नींव हैं।"

"वाह।"

"शिवबा इधर बंगलूर, बीजापुर में रहते हुए धीरे-धीरे तुम्हें पता चल जाएगा कि हमारे आबा साहेब का रोब कितना है।"

किले के अन्दर एक तेज रफ्तार चक्कर लगाने के बाद कोयाजी और शिवबा महल में लौट आए। तभी पीछे के दालान से फिर मंगलध्वनियाँ उठने लगीं। घंटियाँ, शहनाइयाँ, ढोल, तानपूरा और ताशे जोरदार आवाज के साथ खनक रहे थे। सुनते ही जीजाऊ तेजी से बाहर निकलीं, "लगता है 'वह' बाहर निकल रहे हैं।"

इतने में शहाजीराजे सामने के रास्ते से शुभ्र वस्त्रों में कन्धे पर सुनहरी दुशाला लिये हुए नजर आए। उनका चेहरा खुशी से दमक रहा था। दास-दासी, सेवक, ब्राह्मण, वादक सभी झुककर राजे को सजदा करने लगे।

राजवैद्य झट से आगे आए। उन्होंने कलाई पकड़कर राजे की नाड़ी का परीक्षण किया। इतने में गहरे रंगों वाले दो दक्खनी ब्राह्मण खुले बदन मगर भड़क रंग के साफे और सफेद धोती सँभालते हुए आगे बढ़े। एक के हाथों में घी से भरी सोने की थाली थी और दूसरे के हाथों में चाँदी की। राजे ने घी के थाल में मुखदर्शन किया

और तत्काल हाथ बढ़ाकर शिवबा को आगे खींच लिया। शिवा ने भी चाँदी के थाल में सिर झुकाते हुए मुखदर्शन किया और यह देखकर राजे के चेहरे पर मुस्कान आ गई।

राजप्रासाद के सामने हरी मखमली घास का प्रांगण पीछे छूट गया। शिवराय ने सामने नजर डाली। दस-बारह एकड़ का भव्य मैदान नजर आया। उसके आसपास झूलते हाथियों के गले में पड़ी घंटियाँ बज रही थीं। कई ऊँट लहराते झंडों की तरह अपनी गरदन ऊँची किए मैदान में यहाँ-वहाँ घूम रहे थे। उसी समय तुरही, तम्बूरों और ढोलकों के जैसे रणवाद्यों की आवाजें कानों में पड़ीं और पास के मैसूर दरवाजे की भव्य कमानी से हवा में उठा धूल का गुबार नजर आया। उस दिशा से अनेक घुड़सवारों ने तेज गति से मैदान में प्रवेश किया।

सामने की ओर राजपरिवार के लिए आसनों की व्यवस्था थी। शहाजीराजे के साथ उनके तीनों राजपुत्र, दोनों बहुएँ, जीजाऊ साहेब और अन्य वरिष्ठ अधिकारी बैठे। बताए बगैर भी शिवराय को सारी बात समझ में आ गई। वहाँ सैन्य अभ्यास और शक्ति प्रदर्शन शुरू होने वाला था। तुरही की कर्कश ध्वनि के पीछे पचास-पचास घोड़ों के दल मैदान में उतर गए। सबसे पहले घुड़सवारों ने अपने जानवरों को एड़ लगाकर उन्हें रफ्तार से भगाया और फिर युद्ध की तैयारियों का प्रदर्शन करने लगे। घोड़ों से घोड़े भिड़ गए और तलवारों से टकराकर तलवारें खनखनाईं। एक-दूसरे को चोट न पहुँचाते हुए वे पूरे जोश से युद्ध कर रहे थे। आवेग के साथ उनका चीखना-चिल्लाना भी दूर-दूर तक गूँज रहा था। योद्धाओं की बहादुरी देखने-सराहने के काबिल थी।

शहाजीराजे मैदान में उतरे अपने इन सिपाहियों को बहुत कौतुक के साथ देखते हुए राजपुत्रों से बोले, "पहचाना इन बहादुर लड़कों को?"

"राजे, इनमें से ज्यादातर तो अपने मावल की मिट्टी के लाल दिख रहे हैं।" जीजाऊ बोलीं।

"अपने?" शिवा ने कहा।

"हाँ बालराजे, ये हमारी निजी फौज है जिसमें करीब-करीब दस हजार घुड़सवार शामिल हैं। इनमें भी कोई सात से आठ हजार लड़के अपनी ही मिट्टी के हैं। उनके साथ अपने मुल्क की मजबूती और स्फूर्ति आती है। हमारी सेना ही हमारी असली ताकत है! जैसे काली माई के हाथों में त्रिशूल होता है, वैसे ही हमारी ये फौज है...।"

"और ये सारी कवायद?"

"युद्ध नहीं होता है तब हम हफ्ते में कोई पाँच दिन इन जवाँ मर्दों को तालीम देते हैं। तलवारें तलवारों से न टकराएँ तो उनकी धार कुंद पड़ जाती है। बहादुरों के बदन में फुर्ती बनी रहे, इसलिए उन्हें यह कड़ी मेहनत और कवायद कराना जरूरी होता है।"

उस मैदान पर शौर्य, साहस और मर्दानगी के एक से बढ़कर एक नजारे दिख रहे थे। घोड़ों के पीछे-पीछे दूसरी तरफ बैलगाड़ियाँ आ गईं। युद्ध में छोटी-मोटी तोपों, बारूद की पेटियों और तोप के गोलों को एक से दूसरी जगह पहुँचाने में बैलों का उपयोग होता था। बैलगाड़ियों और छकड़ों का जोर मैदान में रंग लाने लगा। लेकिन बैलों के लिए इनसानों जैसी कृत्रिम जोर-आजमाइश सम्भव नहीं थी, इसलिए एक-दूसरे से टकराते हुए कई बैल घायल होने लगे। उसी समय मैदान के दूसरी तरफ चार-चार हाथ ऊँचे बाँस की बाधाएँ खड़ी कर दी गईं। दूर से दौड़कर आते घोड़ों को इन बाधाओं को छलाँग मारकर पार करना था। इतनी ऊँची छलाँग के लिए जानवरों के अंगों में चपलता और चुस्ती आवश्यक थी।

"उठो चिरंजीव, उठो। उठो युवराज, सुबह हो गई।" किसी घाटी में जैसे कोई सिंह धीरे-धीरे गुर्राए, कुछ ऐसे ही अन्दाज में शहाजी बाबा की आवाज शयनगृह में गूँजती थी लेकिन शिवराय इस आवाज से पहले ही जाग जाया करते। महाराज से पहले ही स्नान आदि तमाम कर्मों से निवृत्त होकर कोयाजीराजे भी महाराज के सामने खड़े नजर आते थे। वे सोते कब हैं और जागते कब, सबके सामने यह सवाल खड़ा रहता था। राजे की आवाज के साथ ही सम्भाजीराजे, व्यंकोजी बाबा और शिवा फटाफट उठ जाते थे। सुबह के नित्य कार्यों से निबटकर तालीम के लिए तैयार हो जाते।

प्रात:काल से पहले ही हल्के अँधेरे में शहाजीराजे अपने महल से बाहर निकल जाते। साथ में शिवराय, सम्भाजीराजे, व्यंकोजी और कोयाजीराजे चारों ही युवराज उनके आगे-पीछे हरे मैदान से होते हुए तालीमखाने की तरफ बढ़ते चले जाते। तब कई बार जीजाऊ साहेब भी उठतीं। भागी-भागी खिड़की में पहुँचकर आनन्दित हृदय से उस मनोहर दृश्य को देखती रहतीं। युवराजों को तालीम के लिए ले जाते शहाजी बाबा के अंगों में एक अलग ही शान भरी होती। क्षण भर के लिए जीजाऊ को लगता जैसे जंगल में अनुभवी वनराज अपने नन्हे शावकों को साथ लेकर आगे-आगे गर्व से चल रहा है। यह विहंगम दृश्य देखकर जीजाऊ का मन भर आता।

किले पर ही रजवाड़े के पीछे के हिस्से में शहाजीराजे का तालीमखाना था। जिस दिन किले के सामने भव्य मैदान में सामुदायिक कवायद नहीं होती, उस दिन वह राजे अपने चारों युवराजों के साथ तालीमखाने में जमकर व्यायाम करते थे।

वह ध्यान रखते कि युवराजों को युद्ध के लिए शस्त्रों का ऐसा सटीक शिक्षण मिले कि वे संकट की अग्नि में से सकुशल बाहर निकलकर आ सकें। उनका

नजरिया साफ था कि युवराजों को ऐसी शिक्षा मिले कि वे मुसीबतों के जंजालों से युद्ध करते हुए जीवन में पूरी ताकत के साथ खड़े रह सकें।

वह चारों युवराजों को साथ लेकर समझाते कि युद्ध में घोड़ों, ऊँटों और हाथियों का कैसे कुशलतापूर्वक उपयोग किया जाता है। वह उन्हें युद्ध के अपने अनुभव बताते। अच्छा घुड़सवार बनने के लिए वह बताते कि कैसे सबसे पहले बिना जीन कसे घोड़े की सवारी सीखना जरूरी है। कैसे पैरों की पकड़ से घोड़े को कसकर दबा के रखा जाता है। स्वच्छन्द घोड़े पर काबू पाकर कैसे चारों तरफ चक्कर मारना, यह बताते हुए वह बीच में ही कहने लगते, "घोड़े पर पूरी मजबूती से गाँठ मारकर बैठना सबसे महत्त्वपूर्ण है। एक बार उस पर मजबूती से बैठक जमाने की कला आ गई कि तुम कैसे भी कहीं भी आसमान में उड़ान भरने के लिए मुक्त हो।"

कभी-कभी गौशालाओं से मस्ताने बैलों के झुंड बुलवा लिये जाते। उनकी नाक में न तो नाथ डाली गई होतीं और न ही गले में रस्सियाँ रहतीं। वे एकदम बिगड़ैल जैसे होते। उन्हें मैदान में भरे कीचड़ में छोड़ दिया जाता। फिर उन्हें नुकीली लकड़ियाँ चुभा-चुभाकर उकसाया जाता। गुस्सा दिलाया जाता। जब वे बेकाबू हो जाते तो फिर कोशिशें होतीं कि किस तरह से उन्हें काबू में लाया जाए। इसी तरह घोड़ों को अफीम पिलाई जाती और फिर उनके अनियंत्रित होने पर शहाजीराजे खुद राजकुमारों को यह सिखाते कि किस तरह से छलाँग मारकर इनकी पीठ पर सवार हो, इन्हें नियंत्रित किया जाए। साठ की दहलीज पर पैर रख चुके, छरहरी और कसी देह वाले शहाजीराजे भाले के वेग से आगे बढ़ते और गुस्से से बेकाबू जानवर को वश में करते, तो यह देखकर सारे राजकुमार स्तम्भित रह जाते।

एक बार तो क्षुब्ध हाथी को ही मैदान में उतार दिया गया। उसे बस में करने के लिए शहाजी बाबा ने जान-बूझकर शिवराय और कोयाजीराजा को आगे बढ़ा दिया। वह लम्बा-पूरा मलाबारी हाथी किसी मजबूत-ऊँची दीवार की तरह था, जिसे जीतने के लिए शिवराय और कोयाजी में जबरदस्त स्पर्द्धा चल रही थी। हफ्ते में कम-से-कम दो बार शहाजी बाबा खुद अपने राजकुमारों को रणकौशल की दीक्षा देने के लिए मैदान में उतरते थे।

कभी चारों राजकुमारों के लिए बरगद की जटाओं की तरह लम्बी रस्सियाँ बंगलूर के किले के ऊँचे बुर्जों से नीचे लटका दी जातीं और उन्हें इन रस्सियों के सहारे सर्प की तरह सरसराते हुए उत्साह से ऊपर चढ़ना होता। फिर कभी बंगलूर के नजदीक किसी घने जंगल में घाटियों को लाँघना पड़ता। उस वक्त वे ऊँचे पेड़ों की डालियों और मोटी रस्सियों जैसी लताओं को पकड़कर खाई को एक से दूसरी तरफ छलाँग लगाते।

राजकुमार हर सुबह अपने पुण्य पिता के संग हजारों दंड-बैठक लगाते और करीब हजार बार ही सूर्य नमस्कार करते। शहाजी बाबा को अपनी तरुणाई के दिनों में मलिक अम्बर के संग-साथ का लाभ मिला था। मलिक उन दिनों बड़े और

ताकतवर गुरु थे। मगर फिर अचानक उनका व्यायाम छूट गया था और इसलिए उनके शरीर पर चर्बी चढ़ गई थी। उनके शरीर का आकार बेडौल दिखने लगा था। उन तमाम बातों को याद करते हुए शहाजीराजे अपने युवराजों को चेतावनी देते, "जीवन में यदि असामान्य दुश्मनों और युद्धभूमि में वीरों से भिड़ने की अभिलाषा हो तो उचित मात्रा में भोजन करना चाहिए। अपने शरीर को सुगठित रखते हुए सतत किसी हिरण के जैसी चपलता बरकरार रखनी चाहिए। हाथी जैसी टक्कर मारना चाहिए। अश्व के जैसी फुर्ती से छलाँग भरनी चाहिए।"

घोड़ों के खेल का निरीक्षण करते हुए शहाजीराजे अपने बेटों से बोले, "बच्चो, भातवड़ी की लड़ाई हमारे लिए गुरुकुल की तरह साबित हुई थी जिसने दुनिया में युद्ध करने का तंत्र और मंत्र दोनों बदल दिए। उसने हमें सिखाया कि योद्धा को हर पल बहुत सजग और सावधान रहना चाहिए।" उन यादों के जागने पर शहाजीराजे भावुक हो गए। उन्होंने इच्छा जाहिर की कि वह भातवड़ी जाकर शरीफजी की स्मृति में एक समाधि बनाना चाहते हैं। उन्होंने राजपुत्रों से कहा, "अभ्यास के बगैर युद्ध नहीं और युद्धभूमि के बिना राज्य नहीं। यह बात आप सभी गाँठ बाँध लीजिए।"

मैदान पर चल रही कसरत के दौरान ही रसोईघर की तरफ से कुछ सेवक तेज कदमों से आ पहुँचे। उन्होंने फिरंगियों की तरह एक बड़ी मेज आम के पेड़ के नीचे लगाई। मैदान का निरीक्षण करते हुए राजे अपने परिवार समेत नाश्ते का आनन्द लेने लगे। कुछ देर पहले हुई टक्कर में एक बैल का सींग दूसरे के पेट में घुस गया था। दोनों जानवर बुरी तरह से हाँफ रहे थे। सिपाही और राजवैद्य तत्काल उन्हें पकड़ने और इलाज करने के लिए दौड़े। यह देखते हुए शहाजीराजे बोले, "युद्धभूमि में जब तोपों के गोलों बरसते हैं तो शत्रु की लगाई आग के बीच से अपना घोड़ा लेकर छलाँग लगानी पड़ती है। कैसा ही रण हो, इस खेल में आपको पूरी मस्ती और बहादुरी से उतरना पड़ता है।"

मैदान पर जख्मी जानवरों और इनसानों को देखकर व्यंकोजीराजे ने नाक-भौंह सिकोड़े। यह देखकर शहाजीराजे की मुद्रा कठोर हो गई। उन्होंने कहा, "राजधर्म, यह शब्द सबसे महत्त्वपूर्ण है। मछुआरे का बेटा अगर मछली की गन्ध से मुँह फेरने लगे तो काम नहीं चलेगा? किसान के बेटे को माटी की सुगन्ध ही भाती है। ठीक इसी प्रकार राजपुत्रों के लिए रक्त की गन्ध और भड़कती आग ही सुगन्ध है। उन्हें इनसे मुँह नहीं चुराना चाहिए।"

"आबा साहेब सच, ऐसा राजवैभव और 'भाग्य' किसी अन्य मराठा तो क्या कर्नाटक के एकाध इस्लामी सरदार के भी हिस्से नहीं आया है।" शिवबा बोले।

"बेटा, भाग्य मतलब मनुष्य से दूर भागते रहने वाला सोने का नेवला है! अपनी प्रचंड मेहनत और बल से मनुष्य को इस नेवले की गरदन पकड़नी पड़ती है। अन्यथा तो बातें जितनी आसान और सहज मालूम पड़ती हैं, उतनी होती नहीं हैं।"

अपने चिरंजीव से बातें करते-कहते शहाजीराजे जीजाऊ से बोले, "हम न यहाँ की मिट्टी से बने हैं और न ही इस राज्य के धर्म की तरह हमारा धर्म इस्लाम है। फिर भी यहाँ के बादशाह को, सुलतान को शहाजीराजे ही क्यों चाहिए?"

शिवराय ने लगातार अपने पिता के अनुशासन, उनकी सेना और उनकी तमाम बातों का निरीक्षण करते हुए उन्हें अपने मन में बैठा लिया था। उन तमाम बातों पर विचार करने के बाद उन्होंने सहजता से कहा, "यहाँ के सरदारों के शरीर पर जरी और मखमल के वस्त्र देखे हैं। मुझे लगता है कि आबा साहेब ही यहाँ एकमात्र शूरवीर हैं जो सतत आग का अँगरखा ओढ़े हिम्मत से इधर-उधर घूमते रहते हैं।"

जैसे ही शिवबा के मुख से सहज ही यह तेजस्वी शब्द निकले, वैसे ही तुकामाता चौंक पड़ीं। जीजाऊ के चेहर पर प्रसन्नता छा गई। तब शहाजीराजे बोले, "सच कहा शिवबा। ये इस्लामी शासक हमारे कोई सगे-सम्बन्धी नहीं हैं। हम सिर्फ अपना फर्ज समझकर अपने योद्धाओं और मैदान में उतरने वाले जानवरों को इस तरह से तैयार रखते हैं। हमारे हर पल तैयार और जागृत रहने के कारण ही आदिलशाह साहब हमसे हमेशा खुश रहते हैं।"

बंगलूर में शिवबा के दिन अच्छे गुजर रहे थे। खूब भागदौड़, कसरत और मौज-मस्ती। सबसे बड़ी बात तो यह थी कि पहली बार उन्हें अपने शूरवीर, धुरंधर और प्रजापालक पिता का इतना लम्बा साथ मिला था। कोयाजी दादा से उन्हें रोज घुड़सवारी और घुड़दौड़ के गुर भी सीखने को मिल रहे थे। कोयाजी कुश्ती, दांडपट्टा और भाला फेंक में निष्णात थे। वह शिवा से करीब छह-सात साल बड़े थे। सुबह कवायद के मैदान में बाघ की तरह छलाँग भरने वाले कोयाजी शाम के दरबार में अलग ही बेहद 'शिष्ट' नजर आते थे। वह संस्कृत और भाषाशास्त्र में प्रवीण थे और अनेक पंडितों के साथ उनकी चर्चा चलती रहती थी।

बंगलूर में कदम पड़ने के पहले ही हफ्ते में प्रबल आदिलशाही सरदार रणदुल्ला खान ने पूरे राजपरिवार को अपनी कोठी में आमंत्रित किया था। सबने वहाँ उत्तम भोजन का सुख लिया। पूरे कर्नाटक में खुली किताब की तरह यह बात हर कोई जानता था कि रणदुल्ला खान शहाजीराजे के परम मित्र हैं। यहाँ से पहले रणदुल्ला साहेब कृष्णा नदी के तट पर रहमतपुर में कुछ साल आदिलशाही के सूबेदार के रूप में नियुक्त थे। उन्हें मराठा भोजन बहुत पसन्द थे। मावल के कान्होजी जेधे वहीं उनके पास नौकरी में लगे थे। मराठी मिट्टी से रणदुल्ला साहेब के दिल के तार जुड़ गए थे इसलिए कृष्णा नदी के किनारे जिस गाँव में उन्होंने अपनी तरुणाई के खुशनुमा दिन गुजारे थे, उस गाँव को उन्होंने 'रहमतपुर' नाम दिया था।

रहमतपुर की यादें निकलतीं तो खान साहेब भावुक हो जाते थे। वह कहते, "उस गाँव में मेरी जिन्दगी जन्नत की तरह थी।"

इस भोज में रणदुल्ला खान का बेटा रुस्तम-ए-जमान द्वितीय भी मौजूद था।

वास्तव में आदिलशाह ने रणदुल्ला खान को 'रुस्तम-ए-जमान' खिताब दिया था, परन्तु उनके बेटे ने अपना यही नाम रख लिया। तरुण रुस्तम की उम्र शिवबा के बराबर ही थी। हमउम्र होने के कारण बंगलूर में रहते हुए दोनों की दोस्ती गहरी होती जा रही थी।

भोसले परिवार के नजरिये से बंगलूर का सबसे बड़ा फायदा तीनों भाइयों का एक साथ रहना था। सम्भाजीराजे, शिवबा और व्यंकोजी से करीब सात साल बड़े थे। राजमहल में तीनों की खूब बैठक जमती थी। शिवबा और व्यंकोजी करीब-करीब बराबर थे, ऐसे में सम्भाजी उनका पिता की तरह खयाल रखते थे। आदिलशाही दरबार से सम्भाजी को दो हजार की मनसब मिली हुई थी। यह अधिकार मिलने का रुआब उनके व्यक्तित्व में अपने आप झलकता था।

शिवबा की बढ़ती उम्र और तेजी से विकसित होते व्यक्तित्व पर जीजाऊ विशेष नजर रखे हुए थीं। बंगलूर की अश्वशालाएँ हों, तोपों के कारखाने या निर्माण हों, शिवबा बराबर हर बात पर पैनी नजर रखते थे। वे लोहारों की बस्तियों में भी जाते। कोयाजीराजे के साथ हाथीखानों में जाकर अलग-अलग प्रजातियों के हाथियों के गुण-धर्म-स्वास्थ्य की जानकारी लेते।

एक दिन शहाजीराजे ने बीजापुर से सिद्‌दी हिलाल नाम के गुलाम वंश के एक तगड़े बहादुर को बुलवाया। सब यह मानते थे कि अश्व विद्या का जैसा ज्ञान उसे है, वैसा किसी और को नहीं है। सिद्‌दी अम्बर जैसा गुरु मिलने पर तो शिवबा खुद को धन्य मानने लगे। फिर तो वह रात-दिन घोड़ों पर ही सवार रहने लगे। थोड़ा आराम करते और फिर घोड़े पर चढ़कर तलवारबाजी या भाला फेंकने का अभ्यास करने लग जाते।

एक रात भोजन के बाद गप्पें चल रही थीं। तब घुड़सवारी के लिए शिवबा का जुनून देखकर शहाजीराजे भावुक होते हुए बोले, "अश्वों के लिए तुम्हारा यह प्यार देखकर मुझे शरीफजी की याद आती है।" इन्दापुर की लड़ाई में मालोजी बाबा के निधन के बाद पिता की तरह शरीफजी की देखभाल से लेकर भातवड़ी के युद्ध में उनकी अचानक मृत्यु तक तमाम घटनाएँ शहाजीराजे की आँखों के आगे घूम गईं। जीजाऊ को भी शरीफजी की सोने की मूठ वाली तलवार याद आ गई। शिवनेरी पर उस तलवार की सान पर घुट्टी तैयार करके जीजाऊ ने शिवबा को पिलाई थी।

तीनों राजपुत्र हाथीखाने, शस्त्रागार इत्यादि ठिकानों पर घूमते हुए दरबार की ओर निकलते थे। शिवबा को दरबार के काम में भी बहुत रुचि थी। शहाजीराजे के दरबार में दाखिल होने से पहले ही अनेक जागीरदार, स्थानीय नरेश, विदेशी वकील हाजिर रहा करते थे। वहाँ शास्त्री, पंडित, कवि और वैद्य भी मंडली बनाकर मौजूद होते थे। राजे के आगमन से पहले मुख्य अधिकारी नारोपंत दीक्षित को बहुत कुछ काम निपटाकर रखना पड़ता था।

शाम को भरने वाले दरबार में शहाजीराजे का प्रवेश किसी पुराण कथा में

वर्णित राजा-महाराजाओं जैसा होता था। सभा मंडल का दिपदिपाता रूप आँखों में भर जाता था। छत पर मछलियों और कछुओं के चित्ताकर्षक चित्र, पैरों के नीचे बिछे गुदगुदे कालीन, सिंहासन के मस्तक पर चाँदी का छत्र, दोनों तरफ खड़े चँवर डुलाते दास-दासी, उस पर रत्नजड़ित मूठ वाली तलवार हाथों में लिये रुआब से प्रवेश करते शहाजीराजे, यह दृश्य बड़ा विहंगम होता। उनके स्वागत के लिए कवियों, पंडितों, विद्वानों का जैसे मेला लगा रहता। सब झुककर राजा को सलाम करते। तब राजे राजासन पर विराजमान होते, जिसकी दोनों भुजाओं पर सिंह बने रहते।

राजकुमारों के बैठने की व्यवस्था राजपीठ के आगे के कोने में की गई थी। सम्भाजी, व्यंकोजी और शिवबा के लिए तैयार संयुक्त आसन पर ही कोयाजीराजे बैठे थे। दरबार में कोयाजी की लोकप्रियता साफ दिखाई देती थी। ज्यादातर विद्वान उन्हें चाहते थे। कोयाजी ने पूछा, "क्यों शिवबा, कैसा लग रहा है तुम्हें हमारे आबा साहेब के दरबार में?"

"हम क्या बोलें? सह्याद्रि के मावल प्रदेश की मिट्टी से इतनी दूर कोई यहाँ आता है और ऐसे राजवैभव का सुख भोगता है! यह दृश्य तो सपने में भी सच नहीं मालूम पड़ेगा।" शिवबा ने भावुक होते हुए कहा।

कोयाजी बीच में उठते हुए विद्वानों की चाहे जिस पंक्ति की खबर ले आते। उस दरबार में संस्कृत समेत तमाम भाषाओं को जानने वाले उनासी कवि और पंडित थे जिन्हें राजा के खजाने से हर महीने पगार मिला करती थी।

बीजापुर के दरबार में उर्दू, अरबी और हिन्दी कवियों की बड़ी संख्या थी। जबकि बंगलूर के शहाजीराजे के नौ-गज के दरबार में सभी दक्खिनी भाषाओं की मंडलियाँ थीं। मुख्यत: मराठा जमीन महाराष्ट्र से आए अनेक विद्वान दरबार की शोभा बढ़ाते थे। जादुराय, दुर्ग, द्वारकादास, शाम गुसाई जैसे उत्तर हिन्दुस्तान के कवि काव्य गोष्ठियों की शान थे। विश्वनाथ भट ढोकेकर, तुकदेव, शेष पंडित, वीरेश्वर वैद्य, जयराम पिंडे, जनार्दन पंडित जैसे अनेक विद्वान मराठी का साज सजाते थे। सुबुद्धिराव और त्रिमल व्यंकट नाईक कन्नड़ काव्य की ध्वजा लहराते थे। इन सबके बीच कृष्ण भट्ट अपने व्यंग्य गीतों से हँसी की फुहारें पैदा करते थे। अली खान साहब को अठारह भाषाएँ आती थीं। जितने वह उर्दू के उस्ताद थे, उतने ही बड़े विद्वान संस्कृत के थे।

शिवबा को आश्चर्य हुआ व्यंकोजी पर। इस दरबार में आने से पूर्व उन्हें लगता था कि वह सिर्फ भाई हैं, जो बहुत बोलते हैं। परन्तु इस दरबार में संस्कृत और प्राकृत पर उनकी महारत और इनके साहित्य को लेकर उनका ज्ञान हैरत में डालने वाला था। बीच बीच में शहाजीराजे को शब्दों के माधुर्य पर चर्चा का नशा चढ़ जाता था। वह एक से बढ़कर एक संस्कृत की पहेलियाँ बुझाते, जिनका उत्तर ढूँढ़ते हुए बहुत से विद्वानों को पसीना छूट जाता था।

शहाजीराजे ने अनेक कवियों, कलावन्तों और विद्वानों को राजाश्रय दे रखा था। कई बार वह खुश होकर उन्हें तुर्की और अरबी घोड़े इनाम में दिया करते थे। एक बार एक कविता पर खुश होकर कवि को हाथी भेंट कर दिया था।

शिवबा कई बार बंगलूर के आसपास की कन्नड़ जागीरों में निकल जाते और वहाँ की प्रजा से मिलते। वहाँ जब उन्हें अपने पिता और उनके प्रशासन की गौरव-गाथाएँ सुनने को मिलती, उससे उनका सिर गर्व से ऊँचा हो जाता। आदिलशाह ने राजे को बंगलूर की जागीरों वाला पाँच लाख अशरफियों का इलाका दिया था। केंपे गौड़ा के काल में बंगलूर शहर के चारों ओर खड़ी तटबन्दी की दीवार पत्थरों और मिट्टी से बनी थी। जो कई जगहों से ढह चुकी थी। शहाजीराजे ने इसे फिर से बनाने का काम अपने हाथों में लिया था। बंगलूर में अनेक विशाल बगीचे और तालाबों के किनारे फूलों की क्यारियाँ लगवाने पर भी उन्होंने अच्छा खर्च किया था। राजे का भव्य व्यक्तित्व, उनकी दिलदारी, कला सम्पन्न दृष्टि, अनेक भाषाओं का ज्ञान, अखंड उत्साह इन तमाम बातों की वजह से सैनिकों से लेकर किसानों, दरबारियों, सेवकों और नगरवासियों के बीच वह खूब लोकप्रिय थे।

शिवबा को बंगलूर आए और कठोर प्रशिक्षण लेते हुए करीब दस महीने बीत चुके थे। बीच में दादोजी कोंडदेव राजस्व, किराया-भाड़ा इत्यादि वसूल करके सारी रकम के साथ पुणे का एक चक्कर लगाकर बीजापुर लौट आए और जल्द ही सब कुछ खजाने में जमा कराने के बाद वापस भी चले गए। एक रात भोजन करते हुए शहाजीराजे ने कहा, "लगता है कि हमारे राजपुत्रों को ज्यादा समय तक बंगलूर में रहने का अवसर नहीं मिलेगा।"

"ऐसा क्या हुआ? बच्चों से कोई भूल-चूक हो गई क्या?" जीजाऊ ने चिन्तित स्वर में पूछा।

राजे के बोलते ही चारों राजपुत्र चौकन्ने हो गए। शिवराय ने चिन्तातुर नजरों से जीजाऊ को देखा। परन्तु तभी शहाजीराजे ने खिलखिलाकर हँसते हुए कहा, "तुम लोगों को यहाँ आए आठ-दस महीने हो गए और यह खबर उधर बीजापुर पहुँच गई है! अब आदिलशाह साहेब खुद आप सबकी मेहमाननवाजी का मौका चाहते हैं।"

राजपरिवार को बीजापुर की ताज बावड़ी के नजदीक बने मेहमानखाने में ठहराया गया था। वहाँ हवेलियों की एक कतार थी। हर हवेली से दिखाई पड़ने वाला एक विशाल जलाशय था। कहने को नाम 'बावड़ी' था, मगर वास्तव में वहाँ से पूरे बीजापुर नगर और वहाँ रहने वाली विशाल सेना की पानी की जरूरत पूरी होती थी। उसके चारों ओर फूलों की क्यारियाँ थीं। जलाशय के

ऊपर से आने वाली ठंडी हवा में ताजा फूलों की खुशबू होती थी। यह बहुत ही रमणीय परिसर था।

सुलतान इब्राहिम आदिलशाह ने अपनी बेगम ताज सुलताना की स्मृति में इस विशाल जलाशय का निर्माण कराया था।

उस विशाल हवेली में एक बड़ी हस्ती शहाजीराजे से मिलने आई थी। ताँबई चोग़ा, कन्धे तक खुले केश और लम्बी दाढ़ी। उस बाबा के साथ दो शागिर्द उसके आजू-बाजू खड़े थे। एक ने चिलम जलाकर बाबा के हाथ में दी। बाबा का चेहरा गूढ़-गम्भीर था। राजे ने अपने पुत्रों का परिचय उनसे कराया, "ये हमारे महान तपस्वी गौरीकांचन बाबा हैं। हिमालय से रामेश्वरम तक सदा अखंड यात्रा में रहते हैं।"

गौरीकांचन को राजे से कुछ जरूरी काम था। राजे अपनी जगह से उठे। उनके पीछे-पीछे बाबा भी गए। उनकी गुप्त मंत्रणा हुई। फिर राजे का सन्देश लेकर गौरीकांचन और उनके छह शिष्य घोड़ों पर सवार होकर तत्काल निकल गए।

शिवबा की इच्छा थी कि कभी बीजापुर जाने का मौका मिला तो वह आदिलशाही की राजधानी जरूर देखेंगे। रणदुल्ला खान का मुख्य महल बीजापुर में ही था इसलिए शहाजीराजे ने उनके बेटे रुस्तम-ए-जमा को खास तौर पर अपने पास बुला लिया और तब यह नगरी देखने के लिए शिवबा उनके साथ बाहर निकले। बीजापुर के सामर्थ्य, सौन्दर्य और प्रगति की मीनारें देखकर शिवराय की आँखें खुली-की-खुली रह गईं। वह विस्मित रह गए। नगर के किले के चारों तरफ बीस से पच्चीस फीट ऊँची और दस से पन्द्रह फीट चौड़ी तटबन्दी कहीं नहीं देखी थी। इन लम्बी-चौड़ी दीवारों पर सौ से ज्यादा विशाल बुर्जों की अभेद्य शृंखला थी। इनके बाहर की तरफ बड़ी गहरी खाइयाँ बनी थीं जिनमें स्वच्छ-कलकल पानी बह रहा था। वहाँ कई जगहों पर हाथियों को नहलाया जा रहा था। अन्दर की तरफ भव्य कमानी वाले किले के दस प्रवेशद्वार बने थे।

रुस्तम-ए-जमा शिवबा को एक विशाल बुर्ज पर ले गए। बुर्ज के माथे पर लगी पंच धातु से बनी नौ हाथ लम्बी तोप को शिवबा अचम्भित होकर देखने लगे। तोप का मुँह किसी व्याघ्र के भयंकर जबड़े की तरह खुला हुआ था। उस मुँह की परिधि ही नौ हाथ की थी। उस अमोघ अस्त्र का निरीक्षण करते हुए शिवबा के मुँह से अपने आप निकल पड़ा, "मुलुख मैदान तोप!"

"बहुत खूब शिवा। एक नजर में ही तुम पहचान गए! ऐसा तो लाखों में कोई एक होता है!"

"रुस्तम जी! यह तोप तो जैसे हमारे परंडा के किले की बाघिन थी और मर्द मराठाओं की नाक ही मानो इसे।"

"लेकिन वह मुरारी जगदेव इस तोप को वहाँ से इतने लम्बे लेकर आ ही गया।"

"हाँ, इस तोप को लाने के लिए उसे रास्ते में पड़ी बड़ी-बड़ी नदियाँ और पहाड़ पार करने पड़े। लोग बताते हैं कि यह तोप लाने में छह सौ से सात सौ बैलों और हाथियों ने रास्ते में दम तोड़ दिया था। बेचारे!"

इस पुरानी याद के निकल आने से शिवराय का चेहरा गाजर की तरह लाल पड़ गया। उनकी नाक से संताप की गर्म साँसें निकलने लगीं। दाँत-होंठ चबाते हुए वह गुर्राए, "हमारे शौर्य की इस अमूल्य निशानी को इतनी दूर लाकर उस पढ़े-लिखे मूर्ख मुरारी ने आखिर क्या कमाया? सारी चापलूसियों के बाद भी उसकी फटी झोली में क्या इनाम आया? बीजापुर के लोग बताते हैं कि उसकी लावारिस लाश को उठाने के लिए डोम तक तैयार नहीं थे।"

नगर में गोल गुम्बद और जामा मस्जिद जैसी विशाल इमारतें थीं। साथ ही जगह-जगह आदिलशाही सरदारों के बड़े महल और भव्य कोठियाँ भी खड़ी थीं। विशाल बगीचे और फूलों की क्यारियाँ पूरे नगर में फैली थीं। साफ पता चलता था कि आदिलशाही सुलतान ने अपने शहर को सुरक्षित और सुन्दर बनाए रखने का पूरा इन्तजाम किया था। नगर के बीचोबीच सुरक्षित इमारतों का एक समूह था जिसमें सुलतान का राजप्रासाद और दरबार जैसे महत्त्वपूर्ण संरक्षित-भव्य भवन बने हुए थे। इन इमारतों के बाहर भी एक विशाल खन्दक थी। बीच के हिस्से में आनन्द महल, गगन महल, सात मंजिल से लेकर मस्जिदें तथा दरगाहें मौजूद थीं।

"यह है हमारा दुनिया भर में मशहूर गोल गुम्बद।" उस विशालकाय इमारत को शिवराय देखते ही रह गए। वह दो-चार दिन का नहीं बल्कि पन्द्रह-सत्रह बरसों का काम था जिसे बनाने में लगे सैकड़ों कारीगर-मजदूर जवानी से बूढ़े हो गए होंगे। शिवराय उस गोल गुम्बद को देखते हुए एकाग्रचित्त थे। तब उन्हें रुस्तम-ए-जमा ने कहा, "हमारे अब्बू रणदुल्ला साहब हमें हमेशा बताते रहे हैं कि इस गोल गुम्बद के निर्माण के वास्ते आपके पिता शहाजी महाराज ने कितनी मेहनत की थी।"

"क्या कहते हो रुस्तम जी!"

"हाँ भाई, शहाजी महाराज ने दक्खन में रामेश्वरम, मदुरै, तंजौर, जिंजी से लेकर जाने कहाँ-कहाँ अपनी फौजें दौड़ाईं। कहाँ-कहाँ से लूट जमा करके इस जन्नत जैसी मंजिल का निर्माण कराया।"

"वाह।"

"हमारे अब्बू कहते हैं कि इस मंजिल के दरो-दीवार तो क्या, बीजापुर के हाथी-घोड़े तक शहाजी का एहसान कभी नहीं भूल सकते।"

किले के परकोटे के अन्दर कुछ हिन्दू मन्दिर भी थे। स्वयं शहाजी महाराज ने वहाँ आगे होकर एक दत्त मन्दिर भी बनवाया था। यह जानकर भी शिवराय को आश्चर्य हुआ कि बीजापुर में एक ब्राह्मण गली भी बसाई गई थी। शहाजीराजे के कहने पर ही संगीत, भाषा और कला की साधना के लिए बीजापुर के नजदीक इब्राहिम शाह ने नवरसपुर नाम की नगरी तैयार कराई थी। जिस बीजापुर ने राक्षस-तांगडी के युद्ध में विजयनगर साम्राज्य का नाश किया था, वहाँ से हजारों बैलों की पीठ पर लादकर सोने के भंडार और जवाहरात की लूट बीजापुर लाई गई थी, वहाँ आज आर्थिक खुशहाली फैली थी। चीन जैसे दूर देश से व्यापार चल रहा था। वहाँ से कच्चा माल लाकर बीजापुर के आसपास रेशमी वस्त्रों के अनेक कारखाने शुरू किए गए थे। उन कारखानों से शिवबा, सम्भाजीराजे और व्यंकोजी को कई भेंटें मिली थीं।

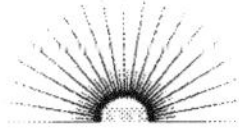

एक सुबह शहाजीराजे के मित्र रणदुल्ला खान हाजिर हो गए। उस वक्त राजे अपने तीनों राजपुत्रों के साथ छोटे बगीचे में जलपान के लिए बैठे हुए थे। राजे से बातें करते-करते रणदुल्ला खान शिवबा को सिर से पैर तक निहारते हुए खुशी से बोले, "मौका अच्छा है। दरख्वास्त दे दीजिए।"

"किस बात की?"

"आपके बड़े पुत्र सम्भाजी को पहले ही दो हजारी का मनसब मिला हुआ है। आदिलशाही के आगे आप तो हठ पकड़ लीजिए और शिवबा के लिए कम-से-कम सात हजारी का मनसब तो माँग ही लीजिए।"

रणदुल्ला की इस सलाह पर शहाजीराजे ने कोई प्रतिक्रिया नहीं दी मगर जीजाऊ बवंडर की तरह एक झटके से सामने आ गईं और तैश में बोलीं, "मनसब की आप क्या बात कर रहे हैं! किसी की सेवा-चाकरी में रहना मेरे शिवबा के तेवरों में ही नहीं है।"

जीजाऊ ने बड़े अभिमान से शहाजीराजे की तरफ नजर डाली। तब उनके अभिमानी कथन की रेशमी पताका को और ऊँचा करते हुए शहाजीराजे बोले, "जन्मजात ही सूर्य को निगल जाने का जिगर लेकर पैदा होने वाले हनुमान की तरह हमारे युवराज के इरादे बहुत ऊँचे और बेहद मजूबत हैं।"

शरीर में पैदा हुई किसी दिव्य तरंग की तरह जीजाऊ और शहाजीराजे बोल गए। वहाँ मौजूद सभी लोगों को आग से उठी चिंगारियों के जैसा कुछ विलक्षण और अलौकिक-सा महसूस हुआ। रणदुल्ला खान थोड़े थरथरा गए। कोई गलत बात तो नहीं कह दी, कुछ यही सोचते हुए वह संकोच से बीच-बीच

में जीजाऊ की तरफ नजर उठाकर देख रहे थे। थोड़ी देर बाद खान साहेब वहाँ से निकल गए।

राजा को दी गई हवेली के बगल में स्थित सुन्दर-मजबूत बँगले में एक शिष्टमंडल आया। उसमें अनेक बड़े परदेसी सौदागर, खास तौर पर डच और पुर्तगाली थे। तब जीजाऊ साहेब ने जान-बूझकर शिवाजी से कहा, "अनेक देश-प्रदेश पार करते हुए यहाँ आए ये लोग बहुत अनुभवी हैं। बालराजे, इनसे नजदीकी बढ़ाइए। दुनियादारी समझिए।"

फिरंगियों को लेकर राजे के मन में बड़ा कौतुक था। सिर पर सांभर के चमड़े से बनी लम्बी-नुकीली टोपियाँ और उन पर हिलती-डुलती आकर्षक लम्बी कलगियाँ, घुटनों से ऊपर तक पहने गए बूट और बदन पर ओवरकोट उनकी पोशाक थी। हिन्दुस्तानी लोगों के नजरिये से फिरंगियों की यह रंग-बिरंगी पोशाक आकर्षक और सहज ही आँखों में बस जाने वाली थीं।

उस शिष्टमंडल के साथ शेणवी कुलनाम के दो तरुण ब्राह्मण थे। दोनों ही डच और पुर्तगाली भाषा के उत्तम जानकार थे। किसी भी दरबार में, सरकार में वे दुभाषिये के रूप में अपने काम को अच्छे ढंग से अंजाम देते थे।

पड़ोस के बँगले में फिरंगी शिष्टमंडल कई दिनों तक रुका। शिवबा ने उन लोगों से यूरोप के बारे में बहुत सारी नई-नई बातें, बहुत सारा हालचाल मालूम किया। उनसे मैत्री होने के बाद एक व्यापारी ने शिवबा को यूरोप महाद्वीप और हिन्दुस्तान का एक नक्शा भेंट किया। उसने नए रूप-आकार और कम वजन की मगर दूर तक तेज मार करने वाली तोपों की तस्वीरें शिवबा को दिखाईं। उसके पास 'गुराबा' और 'तरांडी' समेत कई जहाजों के चित्र भी थे। शिवबा उन्हें देखकर बोले, "ऐसे शानदार जहाज हमारे मुल्क में कब तैयार होंगे?"

"होंगे नहीं, ऐसी ही नई बनावट के जहाजों के कारखाने पुर्तगालियों ने गोवा में लगाए हैं।" मेहमानों ने उन्हें बताया।

"कमाल है।" शिवराय अचम्भित हो गए।

"इतना ही नहीं।" फिरंगी अतिथि बताने लगे, "आजकल कोंकण में डच लोगों ने वेंगुरला के किनारे पर एक किला बनाया है। वहीं से विदेश में आयात-निर्यात भी शुरू किया है।"

एक दिन शिवबा ने जीजाऊ से कहा, "आई साहेब, आपका अनुमान बिलकुल सही है। शत्रु के गढ़ में घुसे बगैर उसके मन को समझा नहीं जा सकता। नदी पार करनी है, तो नदी में उतरना ही पड़ेगा।"

"सचमुच।"

"इस आदिलशाही सियासत का राज्य विस्तार एक तरफ तो नर्मदा किनारे तक है और दूसरी तरफ वह चीन जैसे दूर देश से कच्चे रेशम का आयात करके खुद को मजबूत बनाती है। उसकी कामयाबी के गुप्त रहस्य और उसे मिलने वाली ताकत को समझने की हमारी इच्छा अब बलवती हो गई है।"

शिवबा के इस प्रचंड उत्साह और जिज्ञासा को देखकर जीजाऊ मीठी हँसी हँस दीं।

जिस दिन बीजापुर के बड़े शाही दरबार में जाना था, उस दिन शिवबा बहुत खुश थे। उनके लिए यह बड़ा दिन था। प्रात:काल में ज्येष्ठ बन्धु सम्भाजीराजे ने शिवबा को अपने दालान में बुला लिया और उनके कन्धे पर हाथ रखते हुए बोले, "आदिलशाही दरबार मतलब निरंकुश सत्ता की बड़ी पीठ है। दरबार में अदब, चाल-चलन और दरबारी भाषा में कहें तो 'बर्ताव' पर सबसे ज्यादा महत्त्व दिया जाता है।"

"जी दादा साहेब।"

तीनों राजपुत्र और शहाजीराजे जब दरबार के लिए निकले तो उस क्षण जीजाऊ साहेब और तुकाबाई ने सबको तिलक लगाकर आरती उतारी। जीजाऊ का मन धड़क रहा था। उन्हें आज के दिन और शिवबा, दोनों के भविष्य को लेकर चिन्ता हो रही थी।

सामने हवा में झूलते बगीचे के फूलों और नाचते फौवारों के बगल से होते हुए राजे सात मंजिल की ओर चल पड़े। वहाँ तल मंजिल के मध्य भाग में शाही दरबार भरा हुआ था। शिवबा ने जैसे ही दरबार महल में प्रवेश किया तो उन्हें लगा जैसे धरती का सारा वैभव यहीं आकर बिखर गया है। छत पर टँगी रंग-बिरंगी हंडियाँ और झूमर। लोगों की चमकदार रेशमी-जरीदार पोशाकें। करीब दो सौ से अधिक अमीर-उमराव आदिलशाह के ऊँचे तख्त के सामने नम्रता से झुके हुए थे। तख्त सोने का था। चारों तरफ चन्दन की खुशबू बिखरी हुई थी।

इतने में एक गरजदार आवाज कान में पड़ी, "होशियार बाअदब बामुलाहिजा, जहाँपनाह, आफताब दक्खन सुलतान मोहम्मद आदिलशाह साहब पधार रहे हैं।" तुरही और शहनाइयाँ जैसे मंगलवाद्य एक साथ बज उठे। दरबारी कामकाज की रीति-नीति से शुरुआत हुई। आदिलशाह की नजर सामने शहाजीराजे पर गई। राजा ने आदर से गरदन झुकाते हुए सुलतान को सलाम किया। तब अत्यन्त प्रसन्न चेहरे और सन्तोष भरी निगाहों से आदिलशाह ने शहाजीराजे की तरफ देखा। तभी उनकी नजर पास ही खड़े चिरंजीव शिवबा पर पड़ी। तत्काल अपनी खरखराती आवाज में मोहम्मद आदिलशाह ने सवाल पूछा, "क्या यही है आपका शहजादा?"

"हाँ जी सरकार।"

"खूप उम्दा आणि तेजस्वी दिसतो।" आदिलशाह ने शुद्ध मराठी में कहा। तब शिवबा को शहाजीराजे की कही बात याद आई कि कैसे सुलतान के पिता इब्राहिम आदिलशाह मराठी भाषा के पंडित थे।

कुछ क्षण मोहम्मद आदिलशाह शिवबा को निहारते रहे। तब आजू-बाजू खड़े सरदार और अधिकारी शिवबा के कानों में दबी आवाजों में 'सुलतान को ताजीम दे बेटा' फुसफुसाने लगे। शहाजीराजे ने धीरे से 'बेटा झुककर सलाम करो' जैसा इशारा किया। लेकिन शिवबा जगह पर जमे रहे। टस-से-मस नहीं हुए। इतने में रणदुल्ला खान ने एक नए विषय पर बातचीत शुरू कर दी और होशियारी से आदिलशाह का ध्यान दूसरी तरफ भटका दिया।

दरबार के झरोखों में पड़े पारदर्शी परदों के पीछे शाही खानदान की कुछ स्त्रियाँ बैठी हुई थीं। सामने की तरफ सबसे आगे एक ऊँचे-लम्बे चेहरे, पतली नाक वाली बेगम थीं। शिवबा को आभास हुआ कि वह अपनी गहरी नीली आँखों से एकटक उन्हें ही देखे जा रही है।

घंटे भर में दरबार का कामकाज निपट गया। दरबारी वहाँ से लौटने लगे। आदिलशाह साहेब भी किसी जरूरी काम के निमित्त तत्काल बाहर निकल गए। तब उस झीने परदे की आड़ में हलचल हुई और एक खिदमतगार शहाजीराजे तक दौड़ा आया। उसने कहा कि बेगम साहिबा का आपको बुलावा है। शहाजीराजे तत्काल शिवबा को लेकर बड़ी बेगम के सामने पहुँच गए। बेगम साहिबा ने बंगलूर में कुछ जरूरी कामों की सूचनाएँ राजा को दी। राजा से बात करते हुए बेगम साहिबा की नजर शिवबा पर थी। शहाजीराजे ने यह गौर किया। मेहँदी से रंगी और रत्न-अलंकारों से सजी उँगलियों के इशारे से बेगम साहिबा ने पूछा, "तो यही हैं आपके शहजादे?"

"हाँ बेगम साहिबा," राजे ने तत्काल शिवबा को टोका, "राजे, सलाम करो।"

हक्के-बक्के शिवबा वैसे ही पुतले की तरह खड़े रहे। तब उनकी तरफ अपनी बड़ी नीली आँखों से नजरें फेंकती हुई बेगम साहिबा ने कहा, "जो अहंकारी बच्चा सुलतान-ए-आजम को सलाम करना नहीं जानता, उसे हमारी क्या परवाह रहेगी?"

जुनून और अभ्यास

दरबार से शिवबा हवेली की तरफ लौटे। सामने पुष्पवाटिका में ही जीजाऊ झूले पर बैठी थीं। व्यंकोजी जीजाऊ साहेब के नजदीक उनके कानों में कुछ फुसफुसा रहे थे। शिवबा ने यह देख लिया। वह मन-ही-मन हँसे। व्यंकोजी अपने स्वभाव

के अनुरूप जीजाऊ से कोई चुगली कर रहे होंगे। वह अन्दर आए। आते ही उनके कान में जीजाऊ की आवाज पड़ी, "आओ बेटा, सुना है कि पूरे दिन दरबार में आज तुम्हारे ही नाम की चर्चा रही।" सुनते ही शिवबा का दिल जोर से धड़कने लगा। वह समझ नहीं पा रहे थे कि मातोश्री की आवाज में संताप है या उपहास!

व्यंकोजी बीच में बड़बड़ाने लगे, "आई साहेब, किसी को भी अकारण ही इतनी अकड़ क्यों दिखाना चाहिए?"

"क्यों बेटा, क्या हुआ?"

"आज दरबार में शिवबा ने न तो सुलतान साहेब को सलाम किया और न ही बेगम साहिबा को सम्मान दिया।"

इतने में हवेली की दूसरी महिलाएँ और उनके पीछे-पीछे दासियों की भीड़ लग गई। सईबाई को भी हल्की-हल्की खबर लग गई थी कि उनके पति से दरबार में कुछ तो चूक हुई है इसलिए वह घबरा रही थीं। इतने में जीजाऊ साहेब ने सम्भाजीराजे से सवाल किया, "बोलो बेटा, कैसा लगा दरबार हमारे इस शिवबा को?"

"मातोश्री, मुझे तो सिर्फ इतना लगता है कि यहाँ आखिरकार सारी सत्ता सुलतान सलमान की है। ऐसे में इतना लापरवाह होकर रहना कैसे चलेगा?"

"असम्भव! असम्भव!!" जैसे किसी न्यायाधीश के सामने अन्याय का विरोध करने वाला कोई कवि भावुक हो जाए, शिवराय वैसे ही बोलने लगे, "क्यों चाहिए किसी की सेवा-चाकरी? किसी बादशाह या सुलतान के सजाए हुए मंडप की झालर बनने के लिए हम पैदा नहीं हुए हैं।"

अचानक शिवबा के बदले हुए रूप और उनके मुँह से निकले इन तेजस्वी शब्दों को सुनकर जैसे सब जहाँ के तहाँ जम गए। सईबाई के मन का तनाव कुछ हल्का पड़ा।

इतने में तुकाबाई के दोनों भाई सम्भाजी मामा मोहिते और धारोजी मामा अपने परिवार समेत वहाँ आ पहुँचे। पीछे-पीछे एक और मराठा सरदार राजे शिर्के भी आ गए। हवेली में भोसले कुटुम्ब के रिश्तेदारों का अच्छा-खासा जमघट हो गया। बड़ों के बीच बड़े और बच्चों के बीच बच्चे घुल-मिल गए। थोड़ी देर में खेल, गप्पबाजी, गाने और शेरो-शायरी तक होने लगी।

शहाजीराजे थोड़ी देर से लौटे। वह खुशी से भरे हुए सबको बताने लगे, "आज दरबार में जो सबसे मजेदार बात हुई, पता भी है क्या? सुलतान साहेब ने हमारे लिए एक बड़ा ही मीठा फरमान जारी किया।"

"मीठा फरमान?" सुनते ही हर कोई हैरानी से एक-दूसरे का चेहरा देखने लगे।

"हाँ। उन्होंने कहा कि राजे शिवबा के लग्न में तुम्हारा पुणे जाना नहीं हो पाया और हमें भी आप लोगों के शादी-ब्याह की रस्म देखने का मौका नहीं मिला। ऐसा करो कि तुम्हारे शिवबा की एक और शादी करा दो, यहीं बीजापुर में!"

ऐसी मजेदार बात सुनकर वहाँ मौजूद भोसले-मोहिते परिवार के सारे पुरुषों-स्त्रियों ने जोरों से तालियाँ बजाते हुए खुशी से हुंकार भरी, "चलिए राजे, शिवबा का एक और मंगल परिणय यहाँ हो ही जाने दीजिए।"

"अरे, लेकिन उसके लिए शिवबा की धर्मपत्नी की मंजूरी तो ले लो। ढूँढ़ो रे कहाँ हैं हमारी सईबाई?" कई लोग एक साथ चिल्लाए।

फिर एक बार हँसी की फुहारें छूट गईं। समाज में बहुपत्नीत्व की परम्परा थी तब भी शिवबा थोड़े लजा गए। नए लग्न का निर्णय हुआ तो नई दुल्हन की भी तलाश शुरू हुई। तभी कुछ लोगों का ध्यान बरामदे की तरफ गया। वहाँ सईबाई झूले पर अपनी सगुणा नाम की सहेली के साथ गप्पें लड़ाते बैठी थीं। सब लोग दोनों को देखने लगे। बीच में ही किसी ने मजाक किया, "देखो, दोनों सहेलियों की जोड़ी सौतन बनने पर कितनी सुन्दर दिखेगी!"

सुनकर सब खूब हँसे। तब बैठक में उपस्थित सरदार राजे शिर्के आगे आए और शहाजीराजे का हाथ अपने हाथों में पकड़कर बोले, "राजे साहेब, सईबाई के साथ खेल रही सगुणा, वह मेरी ही बेटी है!"

"बोलिए शिर्के मामा, आपका विचार क्या है?" एक साथ कई आवाजें उठीं।

"भोसले कुल के साथ रेशमी गाँठ के सम्बन्ध के लिए मैं एक पैर पर तैयार हूँ!" शिर्के मामा के जवाब पर सबने जोरदार ढंग से तालियाँ बजाईं।

कुछ दिनों के अन्दर ही बीजापुर में मंगल उत्सव की बेला आ गई। सुलतान मोहम्मद आदिलशाह स्वयं काफी देर तक लग्न मंडप में उपस्थित रहे। समाचार था कि बड़ी बेगम भी जलसे में आएँगी मगर बीमारी की वजह से ऐन मौके पर वह उपस्थित नहीं हो पाईं। बीजापुर के सभी ग्यारह मराठा सरदार अपने कुटुम्ब के साथ इस लग्न कार्य में जुटे हुए थे। नगर की ब्राह्मण गली इस विवाह को अपने ही घर का कार्यक्रम समझकर चार दिन तक पूरे उत्सव में शामिल रही।

जिस रात लग्न उत्सव के श्रीगणेश की सुपारी फूटी थी, तब शिवबा का नाराज चेहरा देखकर जीजाऊ साहेब ने पूछा, "बालराजे, कोई समस्या है क्या?"

"मातोश्री, जीवन में अनेक स्त्रियों से विवाह-बन्धन यवनों का रिवाज है। यह हमें मंजूर नहीं है।"

इस पर जीजाऊ साहेब ठिठक गईं। मगर तुरन्त खुद को सँभालते हुए उन्होंने शिवबा को समझाते हुए कहा, "बालराजे, क्षत्रिय धर्म का पालन करते हुए हम रोज नए आक्रमण का सामना करते हैं। नई लड़ाइयाँ लड़नी पड़ती हैं हमें। हमारा जीवन कोई सीधे-सरल रास्ते पर नहीं बल्कि तलवार की धार के दम से आगे बढ़ता है। मैदान-ए-जंग में अपनी शमशेर की मूठ सँभालने वाला प्रत्येक मर्द, अपने महल में जिन्दा वापस लौटता हो, ऐसा नहीं है। इसके अलावा जीवन में रोग-बीमारियों का उद्दंड खेल भी चलता रहता है।"

"बिलकुल सही है माँ साहेब।"

"यही कह रही हूँ बालराजे कि जन्म-मृत्यु की गोद में खेलते अपने संघर्षपूर्ण जीवन को ध्यान में रखते हुए, आपके जैसे भावी राजा को राज-व्यवहार के लिए अधिक-से-अधिक विवाह सम्बन्ध बनाना फायदेमन्द रहता है। उधर यमुना किनारे देखो, खुद को श्रेष्ठ बादशाह कहने वाले अकबर-जहाँगीर से लेकर अनेक मुगलों ने सिर्फ तलवार के जोर पर अपनी दौलत नहीं बढ़ाई है। उलटे मँगनी और विवाह जैसे सम्बन्धों के बल पर उन्होंने अपना विस्तार किया। इसलिए आज की देश-काल-परिस्थिति देखकर, अपने भविष्य की बेहतरी के लिए राजा एक से अधिक विवाह करता है, एक से अधिक पत्नियाँ बनाता है, तो इसमें कुछ अनुचित नहीं है।"

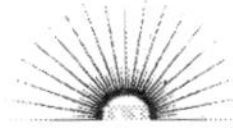

एक रात हवेली में लौटते हुए शहाजीराजे को आधी रात हो गई। हमेशा वह घोड़े से नीचे उतरते ही हवा की रफ्तार से महल में घुसते थे। आज भी वह उसी वेग से आए लेकिन उनका चेहरा उतरा हुआ दिख रहा था। जीजाऊ और तुकाबाई चिन्तित नजरों से एक-दूसरे को देखने लगीं।

राजे सीधे शयनगृह की तरफ निकल गए। भोजन लगाने की तैयारी कर रहीं जीजाऊ से जाते-जाते कह गए, "आज हमें भूख नहीं है। सिर्फ थोड़ा सा दूध ले आइए।"

जीजाऊ दबे पाँव शयनगृह में पहुँचीं। वह हर हाल में राजा की घोर निराशा का कारण जानना चाहती थीं। थके हुए राजा पलंग पर लेटे थे। उन्होंने अपना रत्नजड़ित साफा निकालकर एक सेवक को दे दिया था। उसके शयनगृह से बाहर जाते ही राजा अपनी सिसकियाँ नहीं रोक पाए।

"क्या, क्या हुआ राजे?" राजा की अवस्था देखकर सभी घबरा गए।

"अपने बन्धु खेलोजीराव चले गए, बहुत-बहुत बुरा हुआ...।"

"चले गए मतलब, इस उम्र में?" तुकाबाई चौंकीं।

"बाप रे, कैसे हुआ यह?" जीजाऊ का दुख उमड पड़ा।

"चले गए मतलब...दौलताबाद के पास के एक गाँव में मुनादी पिटवाकर उन्हें फाँसी पर लटका दिया गया! एकदम खुलेआम फाँसी!"

"बाई गंऽऽ अरेरे...।"

"ये काम किसी गाँव के गुंडे ने नहीं किया।" राजा के कंठ से आवाज नहीं निकल रही थी।

"फिर कैसे...किसने?"

"दिल्ली के बादशाह शाहजहाँ के बेटे, औरंगजेब के हुक्म से यह दुर्दैव घटा है...।"

"लेकिन आबा, ऐसा क्या गुनाह हो गया था हमारे काका साहेब के हाथों से?" शिवबा ने चिढ़कर पूछा।

"क्या करोगे बेटा? वैसे पूरी गलती औरंगजेब की भी नहीं है। खुद तुम्हारे खेलोजी काका ने अपने पैरों पर कुल्हाड़ी मारी। विनाशकाले विपरीत बुद्धि। गौराबाई वहिनी को महाबत खान से छुड़ाने और वापस लाने के लिए एक तो भारी दंड भरा। चार लाख अशरफियों की वह अमानत छोटी नहीं थी। इससे पहले वह मुगलों को छोड़कर आदिलशाही में आ गए थे। वहीं से उस बेचारे के दुर्दिन शुरू हो गए। निजामशाही के ध्वस्त होने के बाद बीजापुर की दिल्ली वालों से दोस्ती हो गई। दिल्लीवालों ने आदिलशाही पर दबाव डालकर उन्हें दी गई सरदारी से महरूम कर दिया। उनके पास कुछ बचा नहीं रह गया और दुर्भाग्य के दरवाजे खुल गए। आखिर जान चली गई।"

"लेकिन भाऊ साहेब का स्वभाव भी बहुत हठी था।" तुकाबाई बोलीं।

"हमने तो उनकी खूब मनुहार की थी। खेलोबाऽ जिन्दगी है तो संकटों के बादल भी आते हैं लेकिन फिर चले भी जाते हैं। अपना दर्द हमसे बाँट लो। लेकिन उन्होंने एक नहीं सुनी। इधर हम प्रगति की सीढ़ियाँ चढ़ते गए और वे गुलाटियाँ खाते हुए नीचे फिसलते रहे। निराश होकर उसने अपना एक गिरोह बना लिया, बिलकुल गँवार गुंडों सरीखा। गाँव-गाँव अमीरों के यहाँ डाके डालने लगा।"

"भोसले कुल में किसी एकाध का भी ऐसा पतन सुनना बहुत ही क्लेशकारक है।" जीजाऊ ने निराश स्वर में कहा।

"इसके बाद लूटमार, डकैती, राहजनी जैसी शिकायतें उसके खिलाफ रोज बढ़ने लगीं। सच तो यह है कि औरंगजेब ने भी उसे चेतावानी देते हुए सख्त कार्रवाई का संकेत दिया था लेकिन उसकी गुंडागर्दी किसी भी प्रकार से रुक नहीं रही थी। तब औरंगजेब ने मलिक हुसैन नाम के अधिकारी को उसके पीछे लगाया जिसने आखिरकार डकैती के माल-मत्ते के साथ खेलोजी को पकड़ लिया और गले में रस्सी डालकर, मुनादी कराते हुए उसे फाँसी पर लटका दिया।"

यह दुखद घटना सुनकर पूरे राजपरिवार की नींद उड़ गई। शहाजीराजे दुख से तिलमिलाते हुए बोले, "किसी मराठी मानुष का रक्त ऐसे अकारण बेकार चला जाए तो हमारा कलेजा तड़पने लगता है। विठोजी भोसले के सुपुत्र के नसीब में कम-से-कम ऐसी दुर्दैवी मौत नहीं लिखी होनी थी।"

एक सुबह शहाजीराजे के परिवार ने बीजापुर छोड़ दिया। घुड़सवार और सिपाही मिलाकर करीब छह सौ लोग उनके साथ थे। रास्ते में आने वाली कृष्णा, मलप्रभा

और तुंगभद्रा जैसी नदियों के अनेक पाटों-घाटों समेत पहाड़ों को पार करते हुए बंगलूर की यात्रा तमाम झमेलों से भरी थी।

पहले दिन कृष्णा नदी का किनारा आया। किनारों की चट्टानों से होते हुए वे लोग आगे बढ़े तो टेकरी पर चार हाथी सुन्दर चादरों से ढके हुए झूमते नजर आए। मुख्य अधिकारी नारोपंत और कोयाजीराजे ने राजकुल के सुखी प्रवास के लिए यह व्यवस्था की थी।

बीजापुर की सीमा के अन्दर सुलतान आदिलशाह के सामने किसी अन्य व्यक्ति को हौदे पर बैठकर यात्रा करने का अधिकार नहीं था। इजाजत नहीं थी। जनता को यह बताया गया था कि अल्लाह ने सिर्फ आदिलशाह सुलतान के लिए इस वैभव का निर्माण किया है। इसका सख्ती से पालन किया जाता था।

जब कोयाजीराजे सामने आए तो राजे को उनका चेहरा उतरा और घबराया नजर आया। शहाजीराजे उन्हें अपने साथ तत्काल दूसरी तरफ ले गए। बोले, "बालराजे, तुम्हें तो बल्लालरायन नाम के दुर्ग पर बुलाया था, उससे पहले ही...?"

"हाँ, लेकिन एक ऐसी जरूरी खबर कानों में पड़ी कि रहा नहीं गया। दो रातों से सोया नहीं हूँ।"

"अरे, लेकिन ऐसा क्या है?"

"हमारे परिवार पर रास्ते में बहुत बड़ा हमला हो सकता है।"

"क्या कह रहे हो!"

"हमें लूटने और मार-काट मचाकर कुटुम्ब को आफत में डालने के लिए किसी ने जंगली लुटेरों, चरवाहों की टोलियों को मोटी रकम दी है...।"

"हमें चलते रहना होगा...दुनिया में सारे रोगों की दवा मिल सकती है मगर ईर्ष्या और डाह की नहीं।" राजे थोड़ा गम्भीर होते हुए बोले, "ठीक है बेटा, तुम अपना पहरा पहले की तरह ही बनाए रखो और कोई समाचार मिले तो देना।"

"इसलिए मैं इतनी दूर दौड़ता आया था आबा साहेब।"

सेना और आदिलशाही दरबार में बढ़ते वर्चस्व की वजह से यहाँ कई ईर्ष्यालु जीव पैदा हो गए हैं, इस बात का अन्दाजा शहाजीराजे को था। इसलिए उन्होंने राजधानी में हाथी इस्तेमाल करने का चक्कर ही नहीं रखा था।

आगे की यात्रा में कोयाजीराजे बिना पलक झपकाए सख्त पहरा देते रहे। कुछ दिनों के प्रवास के बाद थोड़ा कठिन चमराड़ी घाट आया। इस घाट की चढ़ाई बिलकुल खड़ी थी। हाथियों और घोड़ों का भी यहाँ दम फूल जाता था। चरमांड़ी घाट पर जब पूरा काफिला थोड़ा आगे बढ़ा कि तभी ऊपर के पेड़ों-झाड़ियों के पीछे से घोड़ों की टापें सुनाई पड़ने लगीं। राजपरिवार की सुरक्षा में चल रहे आगे और पीछे के सिपाही सावधान हो गए। अपनी साँसें और शस्त्र उन्होंने साध लिये।

लेकिन तभी उन झाड़ियों में उड़ रही धूल के बादलों के बीच से राजा के

प्रसिद्ध वफादार सिद्दी हिलाल निकलकर सामने आए। उनके साथ युद्ध के मैदानों का अनुभव रखने वाले करीब सवा सौ मावल प्रान्त के मराठा वीर घुड़सवार थे। उनके संग एकदम काले रंग के दक्खिनी और कुछ ऊँचे-पूरे मलाबार प्रान्त के घुड़सवार भी आए थे। सिद्दी हिलाल को देखकर शिवबा को बहुत खुशी हुई। वह उनके सबसे प्रिय अश्व शिक्षक थे।

उस रात नजदीक के बल्लालरायन दुर्ग पर राजे विश्राम के लिए रुके। कई दिनों की थका देने वाली यात्रा के बाद सबको गहरी नींद आई। पौ फटते ही शहाजीराजे अपने तीनों राजपुत्रों के साथ जाग गए। राजे ने आदेश दिया कि व्यंकोजी और शिवबा को यहाँ से किसी अन्य मार्ग से आगे बढ़ना था। उनके मंसूबे समझ नहीं आ रहे थे इसलिए तुकाबाई, सईबाई, सगुणा और जीजाऊ परेशान हो गईं।

बल्लालरायन की जंगलपट्टी में अनेक नदियाँ और नाले थे। जंगल की हवा रात में जोरों से सूँ-सूँ की आवाज करती थी। वृक्षों की टहनियाँ और शाखाएँ जोर-जोर से एक-दूसरे से टकरातीं और खट खट की आवाज करती थीं इसलिए शिवबा की निद्रा भंग हो गई। वे किले के उस महल के छज्जे पर आ गए। उन्होंने सामने नजर डाली, जहाँ पहरेदारों की अनेक मशालें दिखाई पड़ीं। पीछे की तरफ से कोयाजीराजे का घोड़ा सावधानी से कदम बढ़ाता हुआ आगे जा रहा था। कोयाजी घोड़े पर सावधानी से बैठे यहाँ-वहाँ नजरें डाल रहे थे।

शिवबा को कोयाजी की स्वामिभक्ति और जागरूकता पर बहुत आश्चर्य हुआ। कोयाजी उनके लिए किसी कठिन पहेली की तरह थे। अगर उनका साँवला रंग छोड़ दें, तो वह हूबहू शहाजीराजे जैसे दिखते थे। दोनों में कमाल का साम्य और सखाभाव था। उनका रोब-दाब देखकर कई बार शिवबा शंका में पड़ जाते थे। उनकी ऊँची और चौड़ी छाती भी ठीक वैसी थी। दोनों में फर्क कर पाना मुश्किल था।

जैसे ही शिवबा छज्जे से जाने को मुड़े उन्हें कन्धे पर शाल डाले हुए जीजामाता नजर आईं। जंगल की हवा और पेड़ों की शाखों के टकराने से पैदा हुई आवाजों से उनकी भी नींद टूट गई थी। उन्होंने चिन्तित स्वर में पूछा, "बालराजे, अभी तक तुम्हें नींद नहीं आई?"

"माँ साहेब, एक सवाल करूँ?"

"हाँ।"

"कोई इनसान आपके पति के लिए इतनी कड़ी मेहनत करता है? इतना एकनिष्ठ है?"

"किसकी बात कर रहे हो?"

"वो...कोयाजी की तरफ देखिए, बाहर।"

"रुको। आगे कुछ मत बोलो।"

"लेकिन...!"

"देखो, उनकी रगों में भी तुम्हारे पिताजी का ही खून दौड़ रहा है! इस नाते से वह तुम्हारे भाई ही हैं। लेकिन उनका मन कितना सुन्दर है और व्यवहार भी देखो! चलो इस विषय पर ज्यादा कुछ मत सोचो और हमें भी तुमसे कुछ नहीं कहना है।"

शिवबा के मन में उथल-पुथल मच गई। कोयाजी जैसे उम्दा वीर की रगों में शहाजीराजे का रक्त है, यह सुनकर उनके हृदय में अभिमान जाग उठा।

सुबह होने को थी। सेवकों ने दोनों राजपुत्रों की यात्रा की जरूरत को ध्यान में रखते हुए उनका सामान एक तरफ कर दिया था। उनके निजी सेवक भी साथ जाने वाले थे। किले के सामने घोड़े हिनहिना रहे थे। जब सिद्दी हिलाल, उनके साथी घुड़सवार और कोयाजीराजे पूरी तैयारी के साथ सामने के चौक में खड़े दिखे तो पूरे राजपरिवार को इन सबके वहाँ से निकलने की खबर हुई। लेकिन तभी सामने की ओर से बाबा गौरीकांचन और उनके शिष्यों के पाँच-सात घोड़े यहाँ आ पहुँचे। उन सबको देखकर शहाजीराजे की बहुएँ जयंतीबाई, सईबाई और सगुणाबाई आश्चर्य में गड़ गईं। वह अन्दाजा नहीं लगा पा रही थीं कि उनके पति किस दिशा में और आखिर किस गुप्त मुहिम पर निकल रहे हैं।

शहाजीराजे के सामने आते ही गौरीकांचन ने न केवल उन्हें झुककर अभिवादन किया, बल्कि आगे बढ़कर उनके चरणस्पर्श भी किए। इसके बाद गौरीकांचन, सिद्दी हिलाल, कोयाजीराजे, शिवबा, व्यंकोजी और उनके पीछे-पीछे डेढ़ सौ घुड़सवारों तथा सेवकों का वह दल सामने के रास्ते पर बढ़ गया। थोड़ी ही देर बाद हरे पेड़ों के बीच सब खो गए।

शहाजीराजे जब ऊपर दालान में पहुँचे तो तुकाबाई और जीजाऊ समेत राजे की तीनों पुत्रवधुएँ अचम्भित-सी खड़ी थीं। जीजाऊ और तुकाबाई ने घबराकर राजा पर प्रश्नों की बौछार कर दी, "यह सब कुछ अजीब-सा क्या है? ये कौन सा खेल आपने शुरू कर दिया है? कल अचानक वह अम्बर अपने घुड़सवारों के साथ बीच रास्ते में प्रकट हो गया और फिर आज ऐन जंगल में से ये बाबा गौरीकांचन कहाँ से आ टपके? अरे, इन बच्चों को जन्म देने वाली माँओं को तो पता चले कि उनके राजपुत्र आखिर कहाँ के लिए निकले हैं, किस अभियान पर गए हैं?"

अपनी दोनों रानियों की इन शंका-आशंकाओं को सुनकर शहाजीराजे दिल खोलकर हँसे। फिर बोले, "अरे, हमें माफ कर दीजिए। सारी हड़बड़ी में हम आपको किसी का परिचय देना ही भूल गए। वो गौरीकांचन कोई तपस्वी या बाबा नहीं है, वह हमारा गुप्तचर नाईक है।"

"सचमुच?"

"हमारे गुप्तचरी दल के मुखिया भीमराया! वही बाबा कांचन हैं। इधर जिंजी प्रान्त के ब्राह्मण हैं। बहुत होशियार, बहादुर और निष्ठावान।"

"लेकिन सारी फौज गई किधर?"

"अपने दोनों बेटे शिवबा और व्यंकोजी कल प्रत्यक्ष राजकाज का काम देखेंगे, ऐसे में उन्हें हर तरह के अनुभव होने चाहिए। उन्हें तमाम नगर-घाट-प्रान्तों की जानकारी होनी चाहिए। इसकी जिम्मेदारी मैंने भीमराया और अपने कोयाजी को दी है। यहाँ से वे लोग हासन की तरफ से मैसूर पहुँचेंगे। उसके बाद इधर-उधर होते हुए तंजौर, जिंजी, त्रिचनापल्ली, मदुरै, कन्याकुमारी और जहाँ-जहाँ सम्भव होगा घूमते-घूमते अपने बालापुर और कोल्हार का चक्कर लगाते हुए आएँगे। तमिल प्रदेश, मलाबार प्रान्त के बड़े-बड़े पहाड़, नदियाँ, तीर्थ समेत रास्ते में पड़ने वाली छोटी-मोटी जागीरें देखने में उन्हें चार-पाँच महीने तो लग ही जाएँगे।"

यह सब बातें सुनते हुए दोनों राजमाताएँ और उनकी बहुएँ मानो सर्द पड़ गईं। वे आँखें फाड़-फाड़कर शहाजीराजे को देख रही थीं। तब जीजाऊ और तुकाबाई का मजाक उड़ाते हुए शहाजीराजे ने कहा, "अरे! थोड़ा होश में आओ। तुम दोनों तो ऐसे घबरा रही हो, जैसे तुम्हारे प्यारे पंछी हाथ से निकलकर आसमान में फुर्र हो गए हैं?"

राजा के यह कहते ही वहाँ मौजूद सभी हँस पड़े।

"राजे, बंगलूर आए करीब-करीब दो साल हो गए। और कितना रहें यहाँ?"

"क्यों रानी साहिबा, क्या हमसे ऊब गई हैं?" शहाजीराजे ने हँसते हुए जीजाऊ से प्रश्न किया।

"ऐसा नहीं है जी, लेकिन वहाँ अपनी पुणे और सुपे की जागीर में तमाम काम अटके पड़े होंगे।"

"रानी साहिबा, अगर आप हमसे पूछेंगी तो हम बहुत ही खुश हैं।"

"वो कैसे?"

"शिवबा जैसे तेजस्वी पुत्र को कड़ा अनुशासन सिखाने, मैदानी और बौद्धिक शिक्षण देने का जो स्वप्न हमने देखा था, वो आप लोगों के यहाँ आकर रहने से करीब-करीब पूरा हो गया। इस बात की हमें बहुत खुशी है।"

बंगलूर के राजप्रासाद में पुणे वापसी की खबर गूँजने लगी। सामान बाँधने की तैयारियाँ शुरू हो गईं। रात के सन्नाटे में भविष्य की अमूर्त योजनाओं और लक्ष्यों को हासिल करने के मुद्दों पर बातचीत शुरू हो गई। तमाम बातों के बाद अन्ततः शहाजीराजे ने पूरे परिवार के सामने अपने मन की बात रखी, "इधर कर्नाटक में राज्य सँभालने के लिए सम्भाजीराजे हमारे साथ ही रहेंगे।"

"तब हमारे व्यंकोजी का क्या होगा?" तुकाबाई ने तत्काल प्रश्न किया।

"व्यंकोबा को अभी थोड़ी प्रतीक्षा करनी होगी। समय आने पर उनके लिए नया आकाश तैयार करेंगे।"

"कौवे कितना ही काँव-काँव करें, कोकिल अपना कूकती रहती है। गरुड़ के बच्चों को खेत के कुओं पर उड़ते रहना कैसे शोभा देगा? उनका धर्म तो ऊँचे पहाड़ के शिखरों पर उड़ान भरना है। उन्हें तो आकाश के रास्ते में अपना घर बनाना है।"

"अब मैं समझी आपकी आलंकारिक भाषा!"

"आप तो एकदम दूसरे का मन पढ़ लेती हैं।"

"छोड़िए...बेकार की बात।"

"जीऊ, शिवबा नाम के इस विशाल डैनों और मजबूत इरादों से अच्छे-अच्छे को डिगा देने वाले इस गरुड़राज को अब आप खुशी से अपने मावल में ले जा सकती हैं। दस आसमानों को अपनी बुलन्दी से नाप ले, यह अब इतना समार्थ्यवान हो चुका है।"

पुणे के लिए जल्द ही निकलना था। तमाम बाँधा-बाँधी के बीच कुछ रह तो नहीं गया, यही अन्त में फटाफट देखा जा रहा था। बीते कुछ महीनों में शिवबा, व्यंकोजी और सम्भाजीराजे इन सभी राजपुत्रों ने शहाजीराजे के नवगज दरबार के पंडितों को बहुत प्रभावित किया था। इसलिए जब खबर फैली कि शिवबा पुणे लौट रहे हैं तो खास तौर पर दरबार लगाया गया। विद्वानों ने उनके साथ बाकी युवराजों को भी सम्मानित करने का निर्णय किया।

दरबार शुरू हुआ तो शहाजीराजे बात करते-करते सहज ही कह गए, "कोई नरेश अपने राजपुत्रों को खुशी-खुशी क्या चीजें देता है? सोने-मोतियों से जड़ी चादरों वाले हाथी-घोड़े-ऊँट। कोई प्रदेश, कोई महल या हीरे-मोती से लबालब भरे खजाने? बालराजे इस दुनिया के व्यवहार के हिसाब से तुम्हारे पिता ने अभी तक ऐसी कोई धन-दौलत नहीं दी है। वास्तव में सबको इस बात का आश्चर्य होता है।" दरबार में सामने दाईं ओर परदे के पीछे बैठीं राजमाता, राजपरिवार की स्त्रियाँ, वहाँ उपस्थित सारे शायर, पंडित, अमीर-उमराव उधेड़बुन में पड़ गए कि राजे आखिर क्या कहना चाहते हैं? बहादुर राजे ने आगे कहा, "अपनी पुणे और सुपे की जागीरी दौलत भी हमारी कमाई हुई नहीं है। वह भी हमारे पिता के द्वारा अर्जित की गई है।"

कोयाजी ने दरबार में शिवबा के सद्गुणों की खूब प्रशंसा की। कैसे उन्होंने अत्यन्त कड़ी मेहनत से कम-से-कम समय में तीरंदाजी, भाला फेंक, घुड़सवारी, बेकाबू हाथी को काबू करने, कारखानों में बनने वाली बड़ी-बड़ी तोपों समेत अन्य शस्त्रों की जानकारी तथा हर बात का ज्ञान अर्जित किया। उनमें पारंगत हुए।

कोयाजीराजे ने थोड़ा विराम लिया और भावुक शब्दों में कहा, "अभी-अभी हमारे प्रिय आबा साहेब ने अपने मुँह से कहा कि उन्होंने शिवबा को जमीन-जायदाद कुछ नहीं दिया। लेकिन हमारा भाग्य बलवान है या कुछ और, हम सबके सामने आबा साहेब, शिवबा को बहुत ही मूल्यवान वस्तु देने वाले हैं।"

कोयाजीराजे ने दाईं तरफ नजर डाली तो कुछ शागिर्द अपने हाथों में सोने

की एक तश्तरी लेकर खड़े थे। वे इशारा पाकर आगे बढ़े। तश्तरी में रेशमी वस्त्र में बँधी वह वस्तु कोयाजी ने उठाई और आदरपूर्वक शहाजीराजे के हाथों में दी। शहाजीराजे ने उस वस्त्र को खोलकर उसमें से एक स्वर्णपत्र बाहर निकाला और शिबवा के हाथों में सौंपा। शिवबा ने वह स्वर्णपत्र हाथों में ऊँचा करके पूरे दरबार को दिखाया। उस स्वर्णपत्र पर कुछ अक्षर उकेरे हुए थे।

शिवबा ने दरबार में उपस्थित सभी वरिष्ठजनों का वन्दन किया। जीजाऊ और तुकाबाई के चरणों पर माथा टेका। फिर अपने स्थान पर जाकर बैठ गए। तब कोयाजीराजे ने फिर उसी भावुक आवाज के साथ कहना शुरू किया, "बीते कई महीनों से इस दरबार में हमारे पिताश्री शहाजीराजे साहेब का विद्वज्जनों से संवाद चल रहा था। जिसमें दरबार के अस्सी से अधिक संस्कृत, उर्दू, तमिल और मराठी पंडितों के साथ घंटों-घंटों बैठकर उन्होंने चर्चाएँ कीं। इन बीते महीनों में हमारे आबा साहेब अपने शिवबा के लिए ऐसी अपूर्व पंक्तियों की तलाश में थे, जो शिवबा की साँसों का हिस्सा ही न बनें बल्कि उनके जीवन को प्रकाशित कर सकें। उन्होंने कई दिनों तक अनेक विद्वानों के साथ बैठकें कीं। शब्दों ने खूब नए-नए रूप लिये और अन्ततः उन्हें किसी का भी मजमून पसन्द नहीं आया। ऐसे में शहाजीराजे ने हृदय में विराजित कवि से संवाद किया और स्वयं ही शब्द सुमन बिखेर दिए। वही अलौकिक शब्द जो मुझे याद हो गए हैं, इस तरह हैं—

प्रतिपच्चन्द्र रेखेव वर्धिष्णु विश्ववंदिता।
शाहसूनोः शिवस्यैषा मुद्राभद्राय राजते॥

अपने शिवबा के लिए यह राज-रचना स्वयं आबा साहेब की है। इसका भावार्थ यह है कि प्रतिपदा की रात्रि को आकाश में बारीक रेखा की तरह दिखने वाले चन्द्रमा की कला जैसे उत्तरोत्तर बढ़ती जाती है, वैसे ही शहाजीपुत्र शिवराय की कीर्ति, सत्ता, महत्ता लगातार बढ़ती रहे। विश्व उनकी वन्दना करे। वह सबका कल्याण करें और निरन्तर अपने प्रयासों में सफल होते हुए जन-जन के हृदय में शोभायमान रहें।

उत्सव के अन्त में सभी दरबारियों और पंडितों ने आग्रह किया कि शिवबा भी अपने मन की बात कहें। तब शिवबा पुनः पूरी विनम्रता से सबके सामने जाकर खड़े हो गए। राज-रचना का वह स्वर्णपत्र अपने हृदय से लगाए उन्होंने बड़े कृतज्ञ स्वर में कहा, "हमारे प्रजापालक पिताजी ने अपनी असामान्य प्रतिभा से रची यह सुन्दर और अद्वितीय भेंट हमें दी है। बदले में अपने प्रिय आबा साहेब को इतना ही वचन देता हूँ कि तात, भविष्य में उत्साह और प्रेरणा के लिए बारम्बार मैं इसका पाठ करूँगा। इस स्वर्णपत्र पर अंकित यह सुन्दर और प्रेरक शब्द हमें सदैव यह स्मरण कराते रहेंगे कि हमारे पैर अपने लक्ष्य की दिशा में बढ़ रहे हैं या नहीं?"

“दन्तकथाओं में कहा जाता है कि जब कोई अलौकिक प्रतिभावान शिल्पकार या चित्रकार कलाकृति बनाता है तो वह दीवार पर मात्र मोर का चित्र खींचकर नहीं रुक जाता। वह उस चित्र में कुछ इस अन्दाज में प्राण फूँकता है कि एक दिन दीवार पर उकेरा गया वह मोर नीचे उतर आता है। राजमार्ग पर नर्तन करने लगता है। दूसरी तरफ कोई गायक इतना विशुद्ध गाता है कि स्वर्ग का दीप राग उसकी आवाज में उतरकर सारे नगर के बुझे हुए दीपकों को अपने आप प्रकाशित कर देता है। आत्मा को मथ देने वाली उसी झंकृत प्रतिभा के पंखों में फूँक मारकर यह राज-रचना हमारे पूज्य पिताजी ने हमारे लिए की है। इस भरे दरबार की साक्षी में मैं जरूर कहना चाहूँगा कि इस राज-रचना में अंकित स्वर को हुंकार देकर यह शिवाजी अपने माता-पिता के आशीर्वाद और उनकी प्रेरणा से एक दिन आकाश में अपने कामों का तोरण खड़ा किए बगैर रहेगा नहीं! हमारे पिताजी शहाजीराजे ने हमें यह जो राजमुद्रा दी है, यह पीड़ित, उदास, गरीब, जरूरतमन्द, अभावग्रस्त लोगों के उत्थान के लिए काम करने की हमें सदा याद दिलाती रहेगी।”

राजप्रासाद में घूमते शहाजीराजे के दिमाग में पुणे से जुड़े सवाल चक्कर काट रहे थे। वहाँ जागीर की देखभाल के साथ-साथ मुला-मुलेठा के तट पर बसी जनता के मन में नई चेतना भरना जरूरी था। मुरारी जगदेव ने वहाँ गधों को हल में जोतकर जिस पतन की राह पर डाला था, वहाँ से सबको बाहर निकालकर लाना था। इस सम्बन्ध में शहाजीराजे ने जीजाऊ साहेब से कहा, “अब शिवबा को राज-काज के सूत्र अपने हाथों में लेने होंगे। पुणे परिसर के नए सिरे से निर्माण का काम तुरन्त शुरू करना होगा। उस काम को देखने के बाद ही हम आगे बढ़ने का कोई निर्णय लेंगे इसलिए हम यहाँ से कुछ अच्छे कारीगर और सेवक आपके साथ भेज रहे हैं।”

“आपकी आज्ञा सिर-आँखों पर।” जीजाऊ ने कहा।

“अपने दादोजी पंत कोंडदेव मेहनती और ईमानदार अधिकारी हैं। इससे पहले आदिलशाही कोंढाणा किले की सूबेदारी उन्हीं के पास थी। हमारे भोसले कुल के गाँवों के मुखिया पद की जिम्मेदारियाँ भी उन्होंने खूब अच्छे ढंग से निभाई थीं इसलिए पुणे के लाल महल का सारा कामकाज वही देखेंगे। हमारे खजाने की कुछ कीमती चीजें और कुछ अन्य रत्न वगैरह हम उनके साथ वहीं भेज रहे हैं।”

“आपने सोचा है तो सही ही होगा।”

“हमारे सिद्दी हिलाल को देखिए, जाति के हब्शी गुलाम और धर्म से मुसलमान हैं। बिलक़ुल खरे आदमी हैं। यहाँ बंगलूर में उनसे घुड़सवारी सीखकर शिवबा और अनुभवी हो गए हैं। सिद्दी के हाथों में हमारे एक हजार घुड़सवारों के दल की कमान रहेगी। क्यों शिवा?”

“जी आज्ञा साहेब!”

उस बैठक में शहाजीराजे ने सबको स्पष्ट कर दिया, “प्रशासनिक कार्यालय के

पेशवा शामराव नीलकंठ रांझेकर सारा दफ्तरी कामकाज देखेंगे। हिसाब-किताब की ऊँच-नीच का सारा कुछ बालकृष्ण पंत सँभाल लेंगे। शिवबा के राजकीय सचिव के रूप में सोनोपंत उपयोगी रहेंगे। जबकि सबकी मासिक पगार वगैरह की झंझट रघुनाथ बल्लाल सबनीस निपटाएँगे। लिखत-पढ़त के कार्यों में नारायण पंत सबके काम आएँगे।"

अपने परिवार को विदाई देने के लिए शहाजीराजे ने कुछ दिनों तक उनके साथ प्रवास करने का निर्णय लिया। तुंगभद्रा नदी के किनारे-किनारे सम्भाजीराजे, व्यंकोजीराजे, तुकाबाई भी उनके साथ चल रही थीं। सिद्दी हिलाल के साथ कोयाजी का घोड़ा भी सरपट आगे निकल गया था। शिवबा को अलविदा कहने की कल्पना से ही कोयाजीराजे का मन व्याकुल हो रहा था।

रात को तुंगभद्रा के किनारे सराय में पहुँचते-पहुँचते देर हो चुकी थी। नदी के पानी का प्रवाह तेज था। उस बड़ी सराय में महल जैसा एक छोटा विश्रान्तिगृह भी था। रात को राजपरिवार का भोजन-पानी होने के बाद सब एक बड़े दालान में बातचीत में लग गए। वहाँ गद्दों पर तीनों चिरंजीव पैर पसारकर बैठ गए। सामने एक गावतकिये से टिककर शहाजीराजे ने अपनी बैठक जमा ली। कुटुम्ब में उनका स्थान उस बरगद की तरह था जिसकी अनेक शाखाएँ थीं। वह वट वृक्ष सबको तेज हवा-पानी से बचाने का काम करता था।

अपने कुटुम्ब से इधर-उधर की बातें करते हुए राजे बोले, "एक सवाल आज तक आप लोगों के मन में उठता रहा है कि कई मुद्दों पर मैं साफ-साफ क्यों नहीं बोलता हूँ?"

"सच है, कई बार ऐसा हुआ है।" जीजाबाई ने हँसकर कहा।

"रानी साहेब, कई बार आपकी किस्मत में मार खाते हुए भी अपना मुँह दबाकर सहन करना लिखा होता है। हमारे जालिम दुश्मनों के गुप्तचरों का जाल खूब मजबूत है। इसलिए हम हमेशा ध्यान रखते हैं कि अपने भविष्य की योजना पर कहीं कोई चर्चा न करें। अन्यथा आदिलशाही के करीबी लोग उसमें बगावत की बू सूँघ लेंगे।"

शहाजीराजे के मुताबिक फिलहाल वह उन गुप्तचरों के जाल से दूर निकल आए थे और इसलिए भविष्य में मार्गदर्शन करने वाली कुछ महत्त्वपूर्ण बातें अपने पुत्रों से करना चाह रहे थे। उन्होंने अपने सभी राजकुमारों से सिर्फ एक सवाल किया, "बताओ कि दक्षिण के ये पाँच सुलतान या दिल्ली का मुगल बादशाह, हम मराठों या इतर इलाकोंवाले सरदारों-जागीरदारों को कौन-कौन सी वस्तुएँ इनाम या भेंट के रूप में दे सकता है?"

"हीरे-मोती-जवाहरात, सोना-अशरफियाँ...।"

"खलीते के वस्त्र या फिर कीमती पोशाकें!"

"रत्नजड़ित तलवारें...।"

"हाँ, मुझे लगता है कि महँगे अरबी या फारसी जाति के घोड़े...।"

लगभग सबने अपनी बुद्धि के हिसाब से किसी-न-किसी चीज का नाम सूची में जोड़ दिया।

"अच्छा, अब बताइए एक ऐसी चीज, जो ये इस्लामी राजा कभी किसी हाल में नहीं देंगे।" सुनकर सब एक-दूसरे का मुँह देखने लगे। इसका उत्तर किसी को नहीं सूझ रहा था। राजे ने शिवबा की तरफ देखा। शुरू से वह मूकदर्शक बने सिर्फ सबकी बातें सुन रहे थे, "हाँ, बोलो बेटा, शिवराय!"

"कि...लेऽऽ!"

इस उत्तर से हर कोई हैरान हो गया। उत्तर इतना अचूक और मौजूँ था कि कई लोगों को लगा जैसे वे हाथी का हौदा टूट जाने पर ऊपर से नीचे आ गिरे हैं! शहाजीराजे खूब खुश हुए। उसी समय दूसरों की तरफ इशारा करते हुए उन्होंने कहा, "थोड़ा गहराई से विचार करेंगे तो किला एक अत्यन्त अप्राप्य चीज है। ये इस्लामी शासक जरूरत पड़ी तो अपनी आँखों की पुतली निकालकर आपकी हथेली पर रख देंगे और आपने खूब जिद पकड़ ली तो कुल्हाड़ी से अपने घुटनों की कटोरी तक चीरकर निकाल देंगे लेकिन अपने गढ़ और दुर्ग को किसी को हाथ तक नहीं लगाने देंगे।"

"वाह, एकदम सही है आबा साहेब।" सम्भाजीराजे ने कहा।

"कारण यह कि किले ही बीते एक हजार साल से प्रत्येक राज्य शक्ति और राज्य व्यवस्था का नाभि स्थल हैं।"

राजा की नजर अतीत की गहरी नदियों में डूबने-उतराने लगी। वे अफसोस जताते हुए बोले, "अपने दुख की सीमा मैं क्या बताऊँ? जब हमने पहली बार स्वराज्य का जयघोष किया था, उस समय मुला-मुठा के किनारे माहुली या रायरी जैसा कोई विशाल किला हमारे कब्जे में आ जाता तो अपनी स्वतंत्र सत्ता के 'महाराष्ट्र' राज्य का सपना कब का साकार हो चुका होता! उन बलशाली किलों के जोर पर हम लाखों की फौज को कई दिनों तक रोक सकते थे।"

"हमारा मावल मुल्क तो ऐसे अनेक किलों से भरा है!"

"यही तो तुमसे कह रहा हूँ शिवबा, किले ही भविष्य में तुम्हारी सफलता की चाबी साबित होंगे।"

पिता-पुत्रों के लिए वह जैसे कभी न गुजरने वाली रात थी। लेकिन प्रियजनों के विछोह को लाने वाला दिन जल्द ही उगने वाला था। इसलिए सबकी नींद जैसे खो गई थी।

सूरज की किरण फूटी। सैनिक छावनियों और नदी की तरफ से नाविकों की आवाजें आने लगीं।

राजे ने खुद को व्यवस्थित किया। नदी की ऊँची चट्टानों से नीचे के दृश्य नजर आने लगे। नदी में अनेक नावें और डोंगियाँ उतर चुकी थीं। निर्भय कोयाजी और गुप्तचर भीमराय चौकन्ने होकर पहरे पर थे। सुबह-सुबह ही नाविक अनेक

खेप तुंगभद्रा के विशाल पाट से पार उतार चुके थे। कोयाजी तीन सौ घोड़ों को दूसरी तरफ पहुँचा चुके थे। उस पार अब भी काफी अँधेरा था। राजे ने देखा कि इस बीच उनके घुड़सवार दम साधे बैठे हैं। कारण यह कि सामने की झाड़ियों में कुछ मशालें अचानक जलीं और कुछ देर बाद फिर बुझ गईं।

कोयाजी और भीमराय राजा को यह सन्देश देने के लिए आए कि तैयारियाँ पूरी हो गई हैं। कोयाजी ने आदर से झुककर कहा, "तीन सौ घुड़सवार उस तरफ उतर गए हैं। नावों और डोंगियों की भी हमने ठीक से जाँच-परख कर ली है।"

नदी पार करते हुए जल पर पड़ी अँधेरी काली चादर प्रकृति ने धीरे से हटा ली थी। अब अच्छा-खासा प्रकाश हो गया था। सिर पर फैला नीला आसमान और उसमें तैरते सफेद बादलों के प्रतिबिम्ब नदी में दिखाई दे रहे थे। बीच-बीच में किनारे की झाड़ियों-पेड़ों पर से पंछियों का हल्का-हल्का कलरव कानों में पड़ रहा था। सामने अँधेरे में डूबा पेड़ों से पटा तट पास आने लगा था। इतने में सूँ-सूँऽऽ थड़-थड़ की आवाजें आईं। उधर की झाड़ियों से नावों की कतारों पर बाणों की वर्षा शुरू हो गई। शहाजीराजे के बगल में चप्पू लिये खड़े एक नाविक की बाँह में बाण घुसते ही वह 'मर गया' की आवाज के साथ छाती फाड़कर चिल्लाया। राजे ने तलवार खींच ली और सावधान की मुद्रा में खड़े हो गए।

अचानक सामने से हुए इस हमले से राजपरिवार में खलबली मच गई। 'पकड़ो, मारो, कौन है रे?' की आवाजों के साथ कोयाजी और भीमराय ने नाव से नदी में छलाँग लगा दी। उनके पीछे-पीछे सम्भाजीराजे, शिवराय और व्यंकोजी भी तलवारें लेकर आगे बढ़े। इतने में राजे ने आवाज दी, "रुको।" कुछ ही पल में उन झाड़ियों में रफ्तार से लोगों के भागने और तलवारों के खटखटाने की आवाजें कानों में पड़ी। पीछे 'मारो काटो' का भी शोर था। राजा ने अपने पुत्रों और पूरे परिवार को नाव में दुबककर बैठने का इशारा किया क्योंकि आसपास से कई बाण सनसनाते हुए निकल रहे थे।

सामने पेड़ों पर भी 'मारो तोड़ो' का हल्ला उठा। पीछे-पीछे कई लोगों की जान निकलने जैसी चीखें भी कानों में पड़ी। कुछ देर बाद झाड़ियों में हो रहा हंगामा रुक गया। शहाजीराजे को कोयाजी और भीमराय की भुजाओं की ताकत पर भरोसा था। लेकिन पूरी तरह सजग होने पर सशस्त्र बल के साथ रहने के बावजूद कोई इस तरह तैयारी से उनके परिवार पर हमला कर सकता है, सोचकर राजे को आश्चर्य हो रहा था। इस पूरी गड़बड़ी में राजपरिवार की नाव किनारे लगने के बजाय कीचड़ में जाकर धँस गई। सम्भाजीराजे और उनके साथी तेजी से बाहर उतरे। नाव में उनके पहरेदार और सेवक भी थे। उन्होंने भी फटाफट छलाँग मारी। इसके बाद नाव पर सवार स्त्रियों को किनारे लाने का काम आसान हो गया।

अब चारों तरफ भरपूर उजाला हो चुका था। शहाजीराजे विचारों में उलझे थे। कुछ महीने पहले बीजापुर छोड़ते वक्त कोयाजी हवा की रफ्तार से उनके पास

जंगल में पहुँचा था। उसने ऐसे ही हमले की आशंका जाहिर की थी। आते हुए पीछे चट्टानों पर चार हमलावरों के मुर्दे पड़े हुए थे। कोयाजी के सिपाहियों ने उन्हें अपनी तलवारों से मौत के घाट उतारा था और रक्त में सने उनके चेहरे तक पहचान में नहीं आ रहे थे। बाकी हमलावरों का कोयाजी और भीमराय ने दूर तक पीछा किया। मगर वे भाग गए।

आगे बढ़ने पर राजे ने देखा कि दोनों तरफ पेड़ों पर कई सिर ताजा-ताजा काटकर टाँगे गए हैं। कटार या कुल्हाड़ी से गला काटकर सिरों को उनके लम्बे बालों से पेड़ों की शाखाओं से लटकाया गया। यह दृश्य भयानक था। उन मुंडियों से अब भी टप-टप करके ताजा खून रिस रहा था। राजा ने उन विद्रूप, काले चेहरों का गौर से निरीक्षण किया। ये दक्षिण के जंगलों में लूट और डकैती करने वाले लोग थे। कर्नाटक में इन लोगों को ऐसा ही कठोर दंड दिए जाने का रिवाज था।

थोड़ी देर में इन लुटेरों की टोलियों का सफाया करके विजयी मुद्रा में आते हुए कोयाजी के सैनिक नजर आए। घोड़े पर सवार राजे ने पूछा, "कोया, कौन लोग थे ये?"

"इधर के ही लोग थे, चिकमंगलूर की तरफ के वाहियात लुटेरे।"

दोपहर को सबने एक अमराई में हल्का भोज किया। खोई-खोई सी सईबाई और सगुणाबाई के सिर पर आशीर्वाद का हाथ रखते हुए राजे ने कहा, "रानी साहेब! पुणे के महल में हमारी इन बच्चियों का अच्छे से खयाल रखिएगा।"

जीजाऊ ने कुछ नहीं कहा। शिवबा, कोयाजी समेत अपने सभी बन्धुओं से कसकर गले लगे। उन्होंने तुकाबाई और शहाजीराजे के पैरों पर अपना माथा टेका। राजा ने शिवबा को बहुत ही प्यार से अपनी बाँहों में भर लिया। सब अपने-अपने घोड़ों पर सवार हुए। सई और सगुणा अपनी-अपनी पालकियों में बैठ गईं।

जीजाऊ ने शहाजीराजे के पैरों पर अपना मस्तक टिकाया। आशीर्वाद लिया। वह दो कदम आगे बढ़ीं और तत्काल पीछे लौट आईं। उन्होंने भर्राई आवाज में कहा, "आप इधर की चिन्ता मत कीजिए। अपने शिवबा को हम मराठों के मावल देश में ले जा रहे हैं। इस समय हम आपको इतना ही वचन दे सकते हैं कि हम अपने इस हाड़-मांस के शिवबा के व्यक्तित्व को इतना तेजस्वी और भव्य बनाएँगे कि उसके सामने आपके उस शाहजहाँ के दस ताजमहल फीके पड़ जाएँगे!"

गुलामी पर गिरी गाज

मनुष्य के जीवन में कुछ ऐसे दिन आते हैं, कुछ ऐसे क्षण आते हैं, जिन पर सही अर्थों में सोने का वरक चढ़ा होता है या फिर उनसे चन्दन की सुगन्ध आती है।

1643 में जब शिवराय बंगलूर-बीजापुर से पुणे आए तो लाल महल की सीढ़ियाँ चढ़ने से पहले जैसे उनके शरीर में कोई झंकार पैदा हुई। दो साल पहले कर्नाटक गए शिवबा और वहाँ से वापस लौटकर आए शिवबा बिलकुल ही अलग थे।

लाल महल लौटने के बाद पहली ही सुबह जीजाऊ साहेब ने शिवराय को घर के मन्दिर के सामने बुलवाया। उनकी अंजुली में मोगरे के फूल डालते हुए उन्होंने कहा, "शिवबा, यह बात तुम भी स्वीकार करोगे कि दो साल का यह दक्षिण दौरा हम सबके लिए ईश्वरीय वरदान की तरह था!"

"बिलकुल मातोश्री! हजारों कोस प्रवास करके, सैकड़ों निविड़ जंगलों या सात समुन्दर को पार करके भी जो ज्ञान मनुष्य इकट्ठा नहीं कर सकता, उससे भव्य-दिव्य-अलौकिक और हमारे भविष्य के लिए श्रेयस्कर कमाई करके हम वहाँ से लौटे हैं।"

"और पिताजी को भूल गए?"

"क्या कहती हैं माँ साहेब? यह क्या प्रश्न हुआ? बीते पौने दो, दो साल हमें पिता का नहीं बल्कि श्रेष्ठ मार्गदर्शक, एक फरिश्ते का अहर्निश साथ मिला। दिल्ली के बादशाह शाहजहाँ की सात साल तक नींद उड़ाने वाले विशाल पर्वत जैसे पिता और तमाम संकटों की लहरें अपने आँचल में सहेजकर हमारी जीवन नैया पार कराने वाली सागर जैसी जीजाऊ माता! आपकी शक्ति और आशीर्वाद से देखिएगा हम कलिकाल को बता देंगे कि सह्याद्रि के पराक्रम के आगे हिमालय के शिखर भी कितने बौने हैं!"

शिवबा के शरीर में चेतना की एक नई ही उमंग भरी थी। वास्तव में जब चक्रवात रफ्तार से चल पड़ता है तो वह अपने मार्ग में दोनों तरफ आने वाले पेड़ों को उखाड़ता-पछाड़ता हुआ अपने साथ लेकर आगे बढ़ता जाता है। कुछ यही हाल शिवबा के शरीर में उठे उत्साही-तूफान की चपेट में आए मावल के उनके मित्रों का था। जैसे पैरों में भौंरें लग गए हैं, शिवबा कुछ इस अन्दाज में उनके साथ में दिन-रात घूम रहे थे।

उस दौर में पुणे एक बहुत सुखी-सम्पन्न-समृद्ध कस्बा था। परन्तु मुरारी जगदेव नाम के काल-सर्प ने उसे बर्बाद कर डाला। उसने गाँव-कस्बों की सुरक्षा में खड़ी मजबूत दीवारों को ध्वस्त कर दिया था। बड़ी-बड़ी कोठियाँ गिरा दी थीं। मुला-मुठा के किनारे बसा गाँव मिट्टी में मिला दिया। उसे बंजर और वीरान बना डाला। पुणे से लगे हड़पसर के बगल में एक गाँव बसा था मलिकपुर। मलिक अम्बर के काल में पुणे में आकर रहने वाले उसके कुछ अधिकारियों और मजदूरों की यह बड़ी बस्ती थी। उस छोटे से गाँव का नाम धीरे-धीरे बदलकर मलकापुर हो गया।

नए सिरे से पुणे में रहने आने पर जीजाऊ ने पूरी हिम्मत से कमर कस ली। प्रजा को न्याय और हक दिलाने, उसके कष्टों का निवारण करने, उसके

जख्मों की मरहम-पट्टी के लिए लाल महल में विशेष विभाग बना और अदालत शुरू हुई।

खास तौर पर खेतिहर किसानों और काश्तकारों के मन में बैठे डर को दूर कर, उन्हें पूरी मजबूती से फिर खड़ा करना सबसे जरूरी था। कुत्तों, सियारों और भेड़ियों की मौज आई थी। वे हर तरफ थे। इससे निपटने के उपाय के रूप में दादोजी पंत ने इन जानवरों को मारने वाले को इनाम देने की घोषणा की। हल में गधे को जोतकर मिट्टी में अपशकुन के जो बीज बो दिए गए थे, इसका इलाज मातोश्री ने निकाला। उन्होंने सुनार से सोने की हल की फाल बनवाई और खेत में सोने के हल चलाए। खेतों में सोने का हल चलता सबने देखा और इस बात से सामान्य मनुष्यों के हाड़-मांस में भरा डर खत्म हुआ।

इनसानों के साथ देवताओं के भी अच्छे दिन आए। मन्दिरों की दीवारें खड़ी की गईं। गाँव-बस्तियों में फिर से रौनक लौटी। घरों की दीवारें उठीं। खेतों में एक बार फिर नई हरियाली लौटी और हवा में खुशियाँ बहने लगीं।

लाल महल के पीछे तड़के ही नदी किनारे जैसे घोड़ों की टापों का समुन्दर लहराने लगता था। सिद्दी हिलाल के नेतृत्व में एक हजार घोड़ों का दल अभ्यास के लिए मैदान में उतर आता। सुबह-सुबह घुड़सवारी से लेकर घोड़ों की ऊँची छलाँग समेत रियाज में शिवबा पूरे जोश से शामिल होते। बारह मावलों के तरुणों में उनके मित्रों की संख्या लगातार बढ़ती जा रही थी। यह लड़के रात को ही गाँवों से निकलकर आ जाते थे और लाल महल के बरामदे में सो जाते थे। सुबह सारे शिवबा के साथ जल्दी जागकर नदी किनारे जा पहुँचते। तब तक ब्राह्मणों के लड़के भी अपनी धोतियाँ कसकर घुड़सवारी के इरादे और तैयारी के साथ आ जाते। महार, माँग, चमार, कुम्हार, कोली, मछुआरे, आदिवासी समेत अठारह अलग-अलग तरह से पगड़ियाँ बाँधने वाली जातियों के लोगों से शिवबा की गहरी आत्मीयता हो गई थी। इन सब जातियों-धर्मों के लड़के शिवबा के साथ घुड़सवारी के अभ्यास के लिए पहुँचते थे।

अभी तक यहाँ के लड़कों ने भीमा के किनारे मिलने वाले खच्चरों और शौक से पाले गए देहाती घोड़े ही देखे थे। परन्तु अब उन्हें अरबी, तुर्की और काठियावाड़ी नस्ल के मजबूत, चौड़ी पीठ वाले फुर्तीले घोड़ों का साथ मिल रहा था। अपनी बहादुरी और जोश से बाघ की सवारी के लिए आतुर रहने वाले मावल के लड़कों को अब शाही चन्दी-चारा खाने वाले घोड़ों की सवारी में एक अलग ही मजा आ रहा था। वे इन पर सवारी करते हुए जमकर पसीना बहा रहे थे।

बंगलूर जाने से चार साल पहले शिवबा को पुणे और थोड़ा आगे कात्रज के ही गाँव-कस्बों तक जाने की इजाजत रहा करती थी। उधर, अब शिवापुर नाम का एक नया मोहल्ला बस चुका था। वहाँ देशमुखों के साथ-साथ शिवराय के भी आमों

के बाग थे। बंगलूर जाने से पहले शिवबा छोटे थे। लेकिन उधर दक्षिण में जैसे ही उन्हें तेरहवाँ बरस पूरा हुआ, वह वापस पुणे पहुँच गए। तब उन्हें महसूस होता था मानो गरुड़ के पंख उनकी पीठ पर उग आए हैं। उन्होंने मुला-मुठा के तट और उससे लगे गाँवों-कस्बों की सीमाएँ कब पार की पता ही नहीं चला। अब शिवबा का घोड़ा सह्याद्रि के बारह मावलों में अपने साथियों के साथ चौकड़ियाँ भर रहा था।

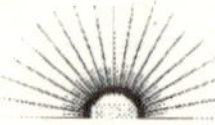

शिवबा और उनके दोस्तों ने आज घाटियों-पहाड़ियों की तरफ न जाने का फैसला किया था। अपने साथ साठ-सत्तर मित्रों को लेकर वह पुणे की सड़कों और गलियों में ही सैर-सपाटा कर रहे थे। देखते-देखते सब लोग सामने नदी के तल में उतर गए। गर्मी के दिनों में यह तल सूख जाता था और वहाँ खुला हाट-बाजार लगता था। आसपास के इलाकों में रहने वाले सैकड़ों व्यापारी वहाँ आया करते थे। बाजार लगाते, खरीद-बिक्री करते।

शिवबा के घुड़सवार धीरे-धीरे आगे बढ़ रहे थे। छोटी-बड़ी तमाम आकर्षक चीजों से बाजार पटा पड़ा था। रास्ते में सैकड़ों बैल, भैंसें, घोड़े, बकरियाँ भी बाजार में थे। कुछ के साथ पगड़ियाँ पहने उनके मालिक भी थे। खूब भीड़ थी। बड़ों के साथ चोटियाँ बाँधी छोटी-छोटी लड़कियाँ और कुर्ते पहने नन्हे-नन्हे लड़के भी थे। बकरियों और मुर्गियों की तरह इन बच्चों की भी मीठी-मीठी आवाजें माहौल में तैर रही थीं।

घोड़े पर सवार शिवराय को नदी के एक किनारे पर पुराने वटवृक्षों और पीपल के पेड़ों की कतार नजर आई। इन वृक्षों की डालियों-शाखाओं से होते हुए शिवबा की नजर नीचे उतरी। तत्काल उन्होंने अपने घोड़े की लगाम खींच ली। सारे-के-सारे तत्काल रुक गए। शिवबा सामने देख रहे थे। वहाँ बिक्री के लिए लाए गए मटकों और बर्तनों की तरह अनेक छोटे-छोटे बच्चे कतार से सजाकर रखे गए थे। सारे-के-सारे कंकाल जैसे दुबले-पतले, बिखरे बालों में गरीब घरों के निरीह। लड़कियाँ घुटनों पर सिर रखे उदास बैठी थीं। उनके पैरों की तरफ नजर जाते ही शिवबा के पेट में जैसे मरोड़ उठी। जानवरों के बाजार में गाय-भैंसों या मवेशियों को भागने से रोकने के लिए जैसे उन्हें रस्सी से बाँधकर रखा जाता है, वैसे ही यहाँ लड़के-लड़कियों को सूत और नारियल की रस्सियों से बाँधकर रखा गया था। जैसे कई मुर्गियों के पैर एक ही जगह पर बाँध दिए जाते हैं, यह दृश्य भी कुछ वैसा ही घृणास्पद और गन्दा दिखाई दे रहा था।

शिवबा ने नजर फेरकर दाईं ओर देखा। वहाँ दृश्य इससे भयानक था। अनेक तरुण और मजबूत शरीर वाली लड़कियों, गरीब स्त्रियों को बाजार में बैठाया गया

था। कोई पहाड़ी आदिवासी, कोई गरीब किसान-काश्तकार। वहाँ दक्खन की साँवली लड़कियों से लेकर हैदराबादी गोरी-चिट्टी मुस्लिम लड़कियाँ भी थीं। इतना ही नहीं, चेऊल-वसई और गोवा से लाई गई सफेद-झक्क क्रिस्तान लड़कियाँ भी बिक्री के लिए लाई गई थीं।

शिवबा का गला जैसे सूखने लगा। उन्होंने अपने एक साथी से पूछा, "अरे चिन्तोबा, यह क्या है?"

"इसे ही बोलते हैं गुलामों का बाजार।"

"मतलब?"

"जानवरों के बाजार में जैसे गाय-भैंस बेचे जाते हैं। वैसे ही इस बाजार में लड़के-लड़कियों को खरीदा-बेचा जाता है। यह बाजार रोज लगता है।"

अभागे नन्हे बच्चों और उनके पास ही बैठी तरुण-युवा लड़कियों को देखकर शिवराय का कलेजा भर आया। तभी उनका ध्यान हाथ में चाँदी की मूठवाला लम्बा चाबुक लिये घूम रहे ईरानी और तूरानी सौदागरों की ओर गया। अनाप-शनाप खा-खाकर उनके बदन पर चर्बी चढ़ी हुई थी। उनकी दाढ़ी ठुड्डी भर की थी और सिर पर उन्होंने इस्लामी टोपियाँ पहन रखी थीं। बदन पर उन्होंने घुटनों तक ढीले-ढाले हरे रंग के झबले या फिर घेरदार लहँगे पहने हुए थे।

गुलामों के इस बाजार में घूमते हुए वे अपनी ऊँची-कर्कश आवाज से ग्राहकों को आकर्षित कर रहे थे, "ले लो भाई...ले लो...।"

"अभी-अभी भागानगर से आया हुआ कड़क माल। सोने की पाँच अशरफियों में पाँच खूबसूरत लौंडियाँ।"

"ले लो, ले लो...मकान के लिए ले लो, दुकान के लिए ले लो। शादी-बारात में तोहफा देने के लिए ले लो। अगर एक से ज्यादा छोकरियाँ या छोरे लेंगे, तो और सस्ते में दे देंगे।"

"खाना पकाने के लिए ले लो। आराम या बिस्तर के लिए ले लो। पक्का माल। अभी-अभी आया हुआ...नया कड़क माल।"

गुलामों के बाजार का वह गन्दा दृश्य देखकर शिवबा का दिल भर आया। उस बाजार में गुलामों की खरीद के लिए आई मंडलियाँ बदमाश और उनकी हरकतें घटिया थीं। वे लोग बच्चों और तरुणियों की कमर और नितम्बों पर बिना डर और शर्म के तमाचे मार रहे थे। कभी चिमटी ले रहे थे।

यह देखकर शिवबा के बदन में रक्त खौलने लगा। उन्होंने तत्क्षण अपना घोड़ा आगे बढ़ा दिया। और हाथ के चाबुक की चार फटकार सामने वाले सौदागर की पीठ पर जमा दीं। शिवबा के साथ आए मित्र घुड़सवार भी बाजार में घुस गए। सबने व्यापारियों और सौदागरों को ठोकना-पीटना शुरू कर दिया। तब उन लोगों ने अपने झबलों में छुपाए धारदार छुरे बाहर निकाल लिये और आवेश में आकर पलटकर वार

करने की कोशिश की। परन्तु शिवबा के साथ आए साठ-सत्तर घुड़सवार मावल के बहादुर और कड़क लड़ाके थे। उन्होंने व्यापारियों को जमकर कूटा। इतने जमकर पीटा कि उनके हाथ-पैरों में ताकत नहीं बची।

पास के बाजार के ग्राहक, दलाल और व्यापारी उस तरफ दौड़े। उनमें से कई शहाजीराजे और जीजाऊ के पुत्र के रूप में शिवबा को पहचानते थे। यह जागीर उनकी ही थी। वही इसके मालिक थे। उन सौदागरों को शिवबा के साथ आए युवा घुड़सवारों की भी पहचान हो गई और वे जैसे आए थे, वैसे ही वापस लौट गए। इस बीच शिवबा के साथियों ने गुलामों के पैरों की रस्सियाँ काट दी थीं। उन्हें मुक्त कर दिया। इनमें से किसी को मार-पीटकर उठा लाया गया था, किसी का अपहरण कर लाया गया था और किसी को उसके सौतेले माँ-बाप ने ही बेच दिया था। सबके दुर्भाग्य की अलग कहानी थी। अपने पैरों में पड़ी गुलामी की रस्सियाँ कटने से कई बहुत खुश हुए परन्तु कुछ मुक्त होकर परेशान हो गए, "भैया, आज रात का खाना कहाँ मिलेगा?" अपनी करुण आवाज के साथ वह आसपास देखने लगे।

सौदागरों, उनकी कैद से छुड़ाए बच्चों और जब्त साजो-सामान को लेकर शिवराय और उनके दोस्त लाल महल में पहुँचे। आँगन में आए इस अनोखे जुलूस को देखकर जीजाऊ साहेब स्तम्भित रह गईं। शिवबा के शरीर में खौल रहा रक्त शान्त होने को तैयार नहीं था।

बेड़ियाँ पहने उन सौदागरों को शिवबा के साथियों ने सामने लाकर पटक दिया। उखड़े हुए शिवबा उन पर बरस पड़े, "अरे दुष्टो, इनसान के पेट से जन्म लेकर इनसान को क्यों बेचते हो? कैसा धन्धा है यह?"

"हुजूर, हमारे भी बाल-बच्चे हैं। ये तो सालों से हमारा धन्धा है।"

"याद रखना कि आगे से अपनी जागीर में हम यह गुलामों के बाजार यानी बच्चों-स्त्रियों की बिक्री की इजाजत किसी को भी नहीं देंगे। किसी भी हाल में नहीं।"

वह बाजार देखने के बाद शिवबा की नींद उड़ गई थी। हाड़-मांस के स्त्रियों-बच्चों को आखिर जानवरों के जैसे कैसे बेचा-खरीदा जा सकता है? उन्होंने जागीर की व्यवस्था देख रहे अधिकारियों को तुरन्त बुलाया और कहा, "ऐसे घृणास्पद बाजार का हमारे पुणे में कोई काम नहीं है। कानून बनाकर इसे तुरन्त बन्द करा दिया जाए।" उन्होंने जिद पकड़ ली। कुछ अधिकरियों ने उन्हें समझाने का प्रयत्न किया कि गुलामों की खरीद-बिक्री काबुल, कन्धार, पेशावर, ढाका समेत दुनिया भर के बाजारों में होती है। अगर हम इसे अपनी जागीर में बन्द भी कर दें तो बाहर की दुनिया में इसे बन्द करा पाना अपने वश में नहीं है।

शिवराय ने किसी की नहीं सुनी और अपनी जागीर के लिए कठोर निर्णय लिया। उन्होंने गुलामों की खरीद-बिक्री पर इतने भयंकर दंड दिए कि जल्द ही यह धन्धा बन्द हो गया।

शुरुआत में शिवबा और उनकी तरुण सेना पहाड़ों के शिखर पर धनगरों के किसी छोटे से मोहल्ले या आदिवासी टोले में जा पहुँचती तो वहाँ के बच्चों के साथ बड़े-बूढ़ों में भी खलबली मच जाती थी। सब घबराकर यहाँ-वहाँ भाग जाते थे। आसपास के जंगलों-झाड़ियों की ओट से वे घुड़सवारों को एकटक देखा करते। फिर जब शिवबा के चेहरे पर मीठी हँसी और आँखों में चमक उभरती तो सबको सन्तोष होता। यह तो वही 'शहाजीराजे और जीजाऊ का लाड़ला शिवबा है'। यह पहचान पूरे मावल में बनते ज्यादा देर नहीं लगी।

बाँस के जंगल में बवंडर घुस जाए तो बहुत खटपट करता है। ऐसे ही शिवबा के दिमाग में विचारों की खटपट चल रही थी। एक बेचैनी लगातार उन्हें अन्दर-ही-अन्दर परेशान कर रही थी। यहाँ जंगलों-खेतों में रहने वाले निराश, गरीब, उपेक्षित इन भोले-भाले इनसानों की दासता खत्म करनी है। एक तो भगवान के नाम पर इन गरीबों को ठगने वाले आडम्बरी पुजारी-पंडों को रोकना होगा। साथ ही अचानक इनके टोलों पर हमला कर देने वाले जुल्मी मुगल अधिकारियों-सैनिकों की अत्याचारी फौज के लिए भी सीमा-रेखा खींचनी होगी।

कर्नाटक से लौटते हुए शहाजीराजे की कही एक सहज बात उन्हें बहुत ही महत्त्वपूर्ण लगी थी क्योंकि वह बहुत दूर तक इशारा कर रही थी, "ये इस्लामी शासक जरूरत पड़ी तो हाथी-घोड़े क्या, अपनी आँखों की पुतली तक निकालकर आपकी हथेली पर रख देंगे लेकिन किसी भी परिस्थिति में अपने गढ़ और दुर्ग दान या इनाम में नहीं देंगे। असल में ये किले ही उनकी ताकत के नाभि स्थल हैं।" यह बात याद करते हुए शिवराय माँ साहेब से कहते, "जैसा कि आबा साहेब ने कहा, अगर हमारी जमीन पर बने सारे गढ़ और किले हमें मिल नहीं सकते तो वह चढ़ाई या आक्रमण करके या फिर लड़ाई छेड़कर हमें हासिल करने होंगे।"

शिवबा का घोड़ा जब सह्याद्रि के जंगलों के चक्कर काटता तो उनकी पारखी नजरें घाटियों-पहाड़ों के कन्धों पर बने गढ़ और किलों पर ही टिकी होतीं। कौन सा किला कितना बड़ा है? किराके तटबंध और महादरवाजे कितने मजबूत और सख्त हैं? वर्तमान स्थिति में किस किले पर कितने लोग तैनात हैं? वहाँ सामान कितना है? वहाँ गोला-बारूद का कितना जखीरा और धन-धान्य के कितने कोठार हैं? कितने किले खाली और बेकार पड़े हैं? उनकी दीवारें फिर से खड़ी करके, उनकी मरम्मत करके फिर कितना मजबूत बनाया जा सकता है? ऐसे तमाम सवाल दिन-रात शिवबा को बेचैन करते रहते थे।

लाल महल में जीजाऊ का बहुत रोब-दाब था। थोड़े दिनों में यह बात सबको

समझ आ गई। उनकी ममता की दहलीज पर अन्धों-लँगड़ों, दुर्दैव की शिकार महिलाओं से लेकर हर दुर्बल व्यक्ति को प्रेम से उठाकर उचित स्थान दिया जाता। वहाँ न्याय में विलम्ब का मतलब बहादुरी नहीं बल्कि अन्याय माना जाता। अविलम्ब न्याय को पुण्य कहा जाता। लाल महल में खुद जीजाऊ न्याय करतीं। उनके आसपास दादोजी कोंडदेव और काजी अब्दुल्ला के अलग-अलग न्यायकक्ष थे। काम करने का सूत्र यह था कि किसी बात में विलम्ब नहीं होना चाहिए। अगर किसी को काजी साहब या दादोजी के न्याय से समाधान नहीं होता उसे फरियाद करने का अधिकार था। वह फरियाद फिर खुद जीजाऊ साहेब सुनतीं।

शिवबा भी कचहरी की इन कार्रवाइयों में मौजूद रहते। मामलों को ध्यान और गम्भीरता से सुनते। खुद भी निरीक्षण करते। अपना अभ्यास अलग करते। दादोजी कोंडदेव, काजी और जीजामाता से विचार-विमर्श करते। धीरे-धीरे वह भी निपुण हो गए। कई बार वे सभी मावल में चलते-फिरते न्यायालय की तरह काम करते। गाँव परिसरों में ही नहीं बल्कि कभी तो घने आम के पेड़ के नीचे उनकी अदालत लग जाती। न्याय की गंगा शिखरों से उनके घर तक आ गई, इस बात से गरीबों को बहुत सुख मिलता।

मावल के दूर-दराज के इलाकों में शिवबा लगातार भागदौड़ करते। वे स्वयं ही न्याय करते। कई बार अनुभवी दादोजी कोंडदेव उनके साथ रहते। जिस रफ्तार, आक्रामक अन्दाज और समर्पण के साथ मावल की तरुणाई शिवबा के साथ आकर खड़ी हो रही थी, उसके हल्ले को देखते हुए कभी-कभी दादोजी पंत चिन्ता में पड़ जाते थे। वह शिवबा को थोड़ा सावधानी और सबूरी से आगे बढ़ने की सलाह देते।

किशोरवय लड़के की तरह नजर आते शिवबा को देखकर मावल के लोगों को बड़ा कौतुक होता था। सबका दिल जीतने वाले निर्मल, कोमल चेहरे पर मोहक हँसी लिये यह राजपुत्र गरीबों के कच्चे घरों, कमजोर दीवारों और गोबर से लीपे आँगन में आकर हक से बैठ जाता था। उस पर बड़े चाव से रागी की रोटी प्याज के साथ खाता। शिवबा के भव्य माथे पर लगा अष्टगन्ध का तिलक और कभी वहाँ बनी अर्द्धचन्द्राकार रेखा। उसकी चमकती और भेदती आँखें देखकर बच्चे-बूढ़े सभी उनके सम्मोहन में बँध जाते।

"शिवबा, थोड़ा इधर महल में भी रुकना सीखिए। जब देखो तब मावल के गाँवों-कस्बों में निकल लेते हो। कब तक यह चलेगा?"

"आई साहेब, एकदम दिल की बात कह रहा हूँ कि उधर मावल की लाल मिट्टी में मेरा खूब मन रमता है! वहाँ बिलकुल जान छिड़कने वाले कोंडाजी और

येसाजी कंक, हमारे सूर्यभान काकड़े, बाजी जेधे, भीकाजी चोर, त्र्यम्बक सोनदेव, नरसप्रभु गुप्ता के दादाजी, चिमणाजी, नारायण और बालाजी जैसे हमारे परगनों के अधिकारियों के बेटे हमारे साथ-साथ रहते हैं। इनके गरीब और खेतीबाड़ी में लगे ईमानदारी का जीवन जी रहे माता-पिता को देखता हूँ, तो लगता है कि इनसानियत में इनका कितना भरोसा है! उनके घर के बड़े-बूढ़े बिना भेदभाव के सब बच्चों पर इतना प्यार बरसाते हैं कि क्या कहूँ! जैसे अपनी नाँद को भूसी से भरा देखकर गाय उसकी तरफ खिंची चली जाती है, वैसे मेरा मन भी अपने बारह मावल प्रदेशों की तरफ भागता है।"

"अरे शिवबा, लेकिन ऐसा तुमने वहाँ क्या देख लिया है?"

"माँ साहेब, कितना बताऊँ? मावल प्रदेश में हमारे सिर पर दिखता नीला आकाश हमें ऊँची छलाँग लगाना सिखाता है। वहाँ ऊँचे पहाड़ों पर स्वतंत्र घूमने-फिरने वाले मवेशी, गाय-बछड़े और बकरियाँ-मेमने हमें फुर्तीला और मजबूत बनने की प्रेरणा देते हैं। वो घने-हरे वृक्ष देखकर हमें लगता है मानो गंगा के किनारे ध्यानमग्न विद्वानों का मेला लगा हुआ है। वो घनीभूत जंगल हर तरह के ज्ञान के स्रोत तक पहुँचने की दिशा देते हैं। वहाँ के ऊँचे पहाड़, औघड़ घाट, वहाँ के पेड़ों-झाड़ियों पर धीरे-धीरे परन्तु निरन्तर कतार में सरकती लाल चींटियों की कतारें, पत्थरों का सीना चीरकर लगातार आकाश को छूने की जिद में अपना कद बढ़ाने के लिए प्रयास करती घास...। सच कहता हूँ चेतना के जादू से भरा हुआ वह पूरा इलाका हमें सतत जिद करने, तप से खुद को माँजने और लगातार संघर्ष करने की शिक्षा देता है।"

यूँ तो मावल परिसर शिवबा के लिए पराया नहीं था। पहले वह नीरा नदी तक निजामशाही का हिस्सा था। उनके दादा मालोजी राजा को पहली बार पुणे और सुपे की जागीर मिली थी। अभी तक दादोजी कोंडदेव ने भी मलिक बाबा के द्वारा तय की गई वसूली पद्धति को बरकरार रखा था।

शहाजीराजे के जीवन में तमाम तरह के उतार-चढ़ाव आते रहे। विचित्र परिस्थितियाँ बनीं और उन्हें कई नौकरियाँ बदलनी पड़ीं। मुगल, निजाम और बीजापुर जैसे अनेक दरबारों में वह रहे। लेकिन अपने मावल को वह कभी नहीं भूले। उन्होंने मलिक अम्बर की निजामशाही के काल में मावल के अनेक भूमिपुत्रों को नौकरियाँ लगवाईं, ठेके दिलवाए। देशमुख-देशपांडे, पाटील-कुलकर्णी जैसे महसूल अधिकारी नियुक्त कराए। इसलिए इन परिवार के लोगों को शिवबा हमेशा अपने घर के सदस्य की तरह लगते थे। शिवबा के आह्वान को इनकी तरफ से पूरा समर्थन मिल रहा था।

हालाँकि इसके बावजूद कुछ ऐसे अधिकारी थे, जो साथ आने को तैयार नहीं थे। कुछ तो साफ-साफ मुकर गए थे। लेकिन हिरडस मावल के कृष्णाजी नायक ने तो सारी हदें ही पार कर दीं। एक बार शिवबा अपने दोस्तों के साथ शिवपुर में

मौजूद थे। तभी जंगल की तरफ से उन्हें कुछ जख्मी घोड़े भागते हुए नजर आए। यह जानवर जाने-पहचाने थे। उन पर मौजूद निशानों से पता लगा कि वे दादोजी कोंडदेव के अस्तबल के थे। कृष्णाजी बादल ने बहुत ही अमानवीय ढंग से इन मूक जानवरों की पूँछें काट दी थीं। यह जान-बूझकर, भड़काने के लिए किया गया काम था। लाल महल में इस बात को लेकर क्रोध की लपटें उठीं। शिवबा का क्रोध आसमान छू रहा था।

आई साहेब के आदेशानुसार अगले दिन दादोजी पंत ने शिवपुर के बाजार में कान्होजी जेधे से मुलाकात की। तब कान्होजी ने कृष्णाजी बादल को बुलाया। बातचीत से मामला ठंडा हुआ लेकिन कृष्णाजी बादल की खुराफातें किसी तरह कम होने का नाम नहीं ले रही थीं। आखिर उसे फिर से पुरन्दर बुलाया गया। खूब समझाया गया। तब भी वह नहीं माना तो उसे बोरियों में बाँधकर पीटा गया। आखिर में उसके हाथ-पैर तोड़ दिए गए। तब जाकर उसकी गुस्ताखियों का रंग फीका पड़ा। इस 'प्रसाद' का नतीजा यह हुआ कि दूसरे किसी देशमुख या देशपांडे की तरफ से मर्यादा पार करने की कोशिश नहीं की गई।

एक दिन लाल महल के न्यायकक्ष में मंत्रध्वनि के जैसी गम्भीर आवाज गूँजी, "बाबाजी भीकाजी गूजर, आप राँझे गाँव और उसके आसपास के इलाके के पाटील हैं। आप गुनहगार हैं। एक गरीब, असहाय, अपने बच्चों के साथ मायके में रह रही स्त्री पर, उसकी आबरू और मिल्कियत पर आपने गलत तरीके से हाथ डालने का पाप किया है। हमारे सामने लाए गए साक्ष्यों और सम्बन्धित सारे मामले की हमने खुद छानबीन की है। इस मामले में हुई जाँच में आपके जैसे एक सरकारी अधिकारी की ओर से एक दुर्बल महिला पर किया गया नीचतापूर्ण कृत्य साबित हुआ है। इसलिए श्रीमान बाबाजी पुत्र भीकाजी गूजर पाटील तुम्हारे दोनों हाथ और तुम्हारे दोनों पैर पेड़ की शाखाओं की तरह तत्काल काट दिए जाएँगे। यही तुम्हारी सजा है।"

उस दिन उन शब्दों का कठोर मंत्रघोष पूरे लाल महल में प्रतिध्वनित होता रहा। उस अभूतपूर्व निर्णय की तत्काल सार्वजनिक रूप से तामील हुई। राँझे गाँव के पाटील के शरीर के कटे हुए अंग और रक्त से नहाया उसका तड़पता असहाय धड़ देखकर हर कोई सन्न रह गया। न्याय के उस मन्दिर से निकली कठोर फैसले की वह गूँज बारह मावलों में थमने का नाम नहीं ले रही थी। दो दिनों में पूरे इलाके का कोई कोना बाकी नहीं रह गया था। नदियों-पहाड़ों और वृक्षों के पत्ते-पत्ते तक को इस बात की खबर हो गई थी। हर कोई हैरान था कि क्या न्याय इतना अद्वितीय भी हो सकता है! लड़के जैसा दिखने वाला शिवबा नाम का राजा ऐसे अनूठे और क्रान्तिकारी न्याय का डंका बजा सकता है! यह बात दसों दिशाओं में फैल गई कि पुरुष प्रधान व्यवस्था में अबला स्त्री के लिए कोई न्याय बिगुल बजा सकता

है! वरना तो अनपढ़, खेतों में काम करने वाली एक काश्तकार औरत की समाज में क्या हैसियत है? ऐसी कितनी ही गरीब, वंचित औरतों को जुल्मी राक्षस खेत की मिट्टी की तरह अपने पैरों के नीचे पीढ़ी-दर-पीढ़ी कुचलते आए थे। इससे पहले ऐसा कोई माई का लाल नहीं आया था जो अपनी न्याय की ताकत से इन अत्याचारियों के विरुद्ध कार्रवाई करता।

इस तरह की कोई बात पहले देखी-सुनी नहीं गई थी। इस एक निर्णय ने शिवबा नाम के इस राजपुत्र को लोगों के दिलों में 'शिवराय' नाम से स्थापित कर दिया। गरीबों में इस बात की आनन्द की लहर दौड़ गई कि आखिर उन्हें भी कोई 'विघ्नहर्ता' मिल गया। बरसों से तनी खड़ी सुलतानशाही की पत्थर-दीवार को भेदती हुई एक अभागी स्त्री की चीख-पुकार अन्ततः आगे गई।

किसी सरकारी अधिकारी को ऐसी भयंकर सजा का ऐलान सुनते हुए, कोई अन्य स्त्री होती तो डर के मारे वहीं गिर पड़ती। लेकिन जब उस सजा के शब्द जीजाऊ के कानों पर पड़े तो उनका चेहरा कठोर और निर्विकार होता चला गया। महल के तमाम कारकुन, अधिकारी और वहाँ मौजूद शिवबा के सारे साथी-सहयोगी जैसे जड़ हो गए थे। न्यायाधीश की चौकी की सीढ़ियों से उतरकर जब शिवराय नीचे आए और अपने निजी कक्ष की तरफ चले तो खुद उनके मन में यह विचार पैदा हो गया कि किसी मंत्रघोष की तरह वह निर्णय सुनाने की तेजस्वी ताकत आखिर उन्हें किस दिव्य शक्ति ने प्रदान की।

तब शिवराय को जीजाऊ साहेब के साथ निरन्तर होने वाली पुरानी चर्चाएँ याद आईं। याद आया कि उन्हें बीजापुर के रास्ते में एक उमराव की बारात दिखी थी। उस बेगम के साथ पिता ने ढेर सारा दहेज दिया था। सामने घोड़ों के रथ पर हीरे-माणिक से भरे हुए थाल रखे थे। साथ ही उस बारात के संग चल रहा था गुलामों का एक मेला। एक हजार दास-दासी, सात सौ अबला नारियाँ, सत्रह-अठारह वर्ष से लेकर पच्चीस साल तक की दुर्भाग्यशाली स्त्रियाँ। उनमें से कई अति-सुन्दर, गोरी। कोई ईरानी, कोई तूरानी। उनमें से कुछ दक्षिण की, कुछ ब्राह्मण, कुछ मुसलमान तो कुछ बंगाली थीं। किसी को नहीं पता था कि उनका नाम क्या, गाँव कौन सा, जाति-धर्म क्या। पूछने की जरूरत भी नहीं थी। वह सिर्फ घर के काम करने, बाग-बगीचों की देखभाल करने, कुओं-बावड़ियों-तालाबों से पानी भरकर लाने और अनाज पीसने के ही काम आने वाली थीं। उनकी युवा-देह कोई भोग ले, तब भी कानून की नजर में वह गुनाह नहीं था। कारण यह कि दुख-दरिद्रता से सदा थरथराती उन दयनीय स्त्रियों को मनुष्य कहलाने का भी कोई अधिकार नहीं था। ऐसे अभागे जीवों को ही 'गुलाम' कहा जाता था।

इस सुसंस्कृत दुनिया में हर तरफ ऐसे गुलामों के बाजार भरे रहते थे।

किसी फौज ने कोई नया मुल्क जीता कि पहली गाज गिरती वहाँ के कोमल-

अल्हड़ लड़के-लड़कियों पर। ऐसे गुलामों को पकड़कर लाने के लिए फौज में अलग से सिपाही हुआ करते थे। एकाध युद्ध में जीत मिली कि गुलाम मंडियों के सौदागर, व्यापारी और खरीदार खुश हो जाते कि नया माल आया है। अमीरों की शादियों में इस माल की खूब खपत होती थी। दहेज के रूप में ऐसे सैकड़ों गुलाम शादियों में दिए जाते थे। इन गुलाम बनाए बच्चों की भावनाओं से किसी को कोई मतलब नहीं रहता। जैसे बाजार में मुर्गियाँ-बकरियाँ गिनकर दी जातीं, वैसे ही यहाँ भी संख्या का ही महत्त्व रहता। इस पूरे मामले को राजाओं-सुलतानों की भी रजामन्दी मिली हुई थी। बादशाह जहाँगीर ने खुद लाखों लड़कियाँ प्रशिया के राजा को गुलाम के रूप में बेची थीं।

बेगम मुमताज महल की मौत के बाद पागलों की तरह बर्ताव करने वाले हिन्दुस्तान के बादशाह शाहजहाँ ने भले ही अपनी मोहब्बत की निशानी के तौर पर ताजमहल बनाया, लेकिन उसका जनानखाना सैकड़ों सुन्दर, गरीब और दुर्भाग्यशाली स्त्रियों से खचाखच भरा हुआ था। इतना ही नहीं, अपने आगरा के महल में उसने स्वयं की सेवा-टहल और सुरक्षा तक में पुरुष रखवालों की भर्ती नहीं की थी। जगह-जगह उसे सुन्दर चेहरों के दर्शन हो, इसलिए उसने तातार नस्ल की मजबूत कद-काठी वाली स्त्रियों को शस्त्रों का प्रशिक्षण दिलवाया था। उन्हें खुद चुनकर हर तरफ तैनात किया था। महल में जहाँ-तहाँ दिखने वाली इन ऊँची, मजबूत और आकर्षक तातार स्त्रियों को शाहजहाँ अपना दिल बहलाने वाली जीवन-सुगन्धि मानता था।

कई मौकों पर शिवराय की जीजाऊ साहेब के साथ गुलामों के बाजार समेत अन्य विषयों पर गम्भीर चर्चा हुआ करती थी। एक बार शिवराय ने कहा, "माँ साहेब, निजामशाही हो या मुगलई या फिर सारे इस्लामी राज्य, यहाँ गरीब-बेसहारा स्त्रियों की कीमत भेड़-बकरियों से ज्यादा नहीं है। उनके लिए जैसे ये कीड़े-मकोड़े हैं।"

"थोड़ा रुकिए बालराजे। हम हिन्दुओं में भी लोग हैं, जो ऐसे अधम विचार रखते हुए नीच कृत्य करते हैं। इनकी वजह से हम गर्व से सिर नहीं उठा सकते।" जीजाऊ बताने लगीं, "दक्षिण में जिंजी नाम के राज्य का हिन्दू राजा है, विजय राघव। जरा सोचिए कि इन महानुभाव ने देवताओं-ब्राह्मणों की साक्षी में कितनी स्त्रियों के साथ लगन किया होगा?"

"कोई पच्चीस-तीस?"

"अरे, पचास से ज्यादा स्त्रियों से विजय राघव ने बाकायदा विवाह किया है। सत्ता और सम्पत्ति की ताकत दिखाने वाले नीच हर धर्म में हैं, जिनके लिए नन्ही बच्चियों और युवा लड़कियों की क्या कीमत होगी? वो इन्हें घास-फूस का ढेर समझते हैं बस!"

बालराजे के बालसखा विश्वासराव दिघे एक सुबह उन्हें लाल महल की सीढ़ियों पर मिल गए। उन्होंने बड़े ही कुतूहल से कहा, "शिवराय, राँझे के दुष्ट पाटील को

आपने जो सजा सुनाई और जैसे उस पर तत्काल अमल हुआ, उससे बाहर चारों तरफ जो हंगामा मचा है...क्या इसकी कल्पना भी है?"

"हंगामा मतलब?"

कोमल हृदय के दिघे ने शान्त और धीमी आवाज में विस्तार से कहना शुरू किया, "बाहर की दुनिया के सारे खानदारी राजा, महाराजा, पंडित, ब्राह्मण, धर्माधिकारी, बलवान, उपद्रवी और सदा अपनी गाँठ में पैसा बाँधे रखने वाले व्यापारी-दलाल तक लड़कियों पर हाथ डालने को अपना पराक्रम समझते हैं। उनका दुख, चीख-पुकार कौन सुनता है? उनके क्रोध की घंटियाँ बजे तब भी देवता नहीं जागते। उलटे वे मानो चादर से मुँह ढककर सो जाते हैं। लेकिन जब से राँझे के पाटील का प्रकरण हुआ है, आसपास की जागीरों और धनवानों के कानों में खतरे के बिगुल बज गए हैं। पुणे की जागीर में शिवबा नाम का एक पुत्र किसी महान माता के पेट से जन्मा है, जिसने एक गरीब-अबला पर अत्याचार करने वाले अपने ही सरकारी कर्मचारी के दोनों हाथ और दोनों पैर काटकर जीवन भर के लिए उसे लाचार बना दिया है।"

"दिघे, इतना बोलबाला हो गया है इस प्रकरण का?"

"बोलबाला क्या कहना इसे शिवबा, चारों दिशा में आपके पराक्रम की प्रशंसा में गीतों का बवंडर उठ रहा है। हर धर्म-जाति की बच्चियाँ-लड़कियाँ कह रही हैं कि उन्हें आपके जैसा 'धर्म-भाई' मिला है। सब तुम्हारी आरती उतारने के लिए उतावली हैं...!"

"जय जगदम्बा, जय घृष्णेश्वर।" शिवराय ने बहुत ही सन्तोष के साथ अपने नेत्र मूँद लिये।

"हाँ शिवबा, एकाध महायुद्ध जीतने पर तुम्हें जितनी कीर्ति नहीं मिल सकती थी, उससे कई गुना ज्यादा पहाड़ जैसी कमाई तुमने इस एक काम से कर ली है!"

स्वातंत्र्य का स्वर्णकुम्भ

सह्याद्रि के घने जंगल और कलकल बहते दरिया! बीते दो-ढाई महीने से मूसलाधार बारिश हो रही थी। लेकिन वह अचानक बीच-बीच में रुक जाती और पूरे माहौल में कोहरे की चादर तन जाती। हरे रंग पर सफेदी की परत जम जाती। लम्बे समय से बरस रहा पानी अब धीरे-धीरे थम रहा था।

सामने करीब चार हजार फीट ऊँची पहाड़ी चोटियाँ नजर आ रही थीं। उन खड़ी नुकीली चोटियों से बादल टकराते थे। वहीं बीच-बीच में कभी धुन्ध आँख-मिचौली खेलती। धुन्ध की लहरें ऐसे नजर आती थीं जैसे कोई कोल्हापुरी मर्द सफेद साफा अपने सिर पर बाँध रहा हो।

पास की नदी में ऊँचाई से गिर रहे जलप्रपात की आवाज आती रहती। वहाँ झाड़ियों में बैठे पक्षी पानी में भीगे अपने पंख झाड़ते रहते। धीरे-धीरे धुन्ध भी छँट चुकी थी। सह्याद्रि पर एक पुराने किले का बुर्ज दिखाई पड़ने लगा था। बिलकुल भीगा हुआ। उसके बाद उस गीले बुर्ज पर पानी और ठंड से कुड़कुड़ाते आदिलशाही सैनिकों की छोटी-छोटी टुकड़ियाँ भी नजर आने लगीं। आमतौर पर उनके बदन पर हथियार और लश्करी टोपियों से ही वह पहचान में आते। अन्यथा उस तरफ लगातार होने वाली बारिश के कारण वहाँ के लोगों के कपड़े उधर की लाल मिट्टी से लथपथ दिखते। सैनिक पहचान न हो तो आदिलशाही फौजियों को देखकर खस्ताहाल लाल बन्दरों का आभास होता था। ठंड, बारिश और तेज हवाओं ने उन्हें बेजार कर रखा था। इस समय भी उनमें से अनेक जलाए गए अलाव के आसपास गोला बनाए बैठे हुए थे। उस अलाव में भी इधर-उधर से जुटाई गई ज्यादातर लकड़ियाँ जलने का नाम नहीं ले रही थीं। वे हल्का धुआँ छोड़कर बुझ जाती थीं।

अस्थायी किलेदार ताजुद्दीन ने खुशी से एक जोरदार सीटी बजाई। बुर्ज पर और पीछे की तरफ अलाव जलाए अपने सैनिकों-सहकर्मियों को उसने इशारा किया और बुर्ज की विशाल चट्टान से नीचे नर्म-हरी घास पर छलाँग लगा दी। वह बहुत खुश दिख रहा था। उसे पूरा विश्वास था कि तर-बतर चिकनी पहाड़ियों और उफनती नदियों वाले इस मावल प्रदेश में आगामी कई दिनों-महीनों में कोई नहीं आने-जाने वाला।

उसका और टोली के खाने-पीने का बुरा हाल था। पिछले कई दिन उन्होंने आधा पेट खाकर ही गुजारे थे। अगर वहाँ गाँठ में पैसा भी होता तो गाँवों-कस्बों के कटे हुए निर्जन इलाके वाले किले में क्या मिलता? मौसम की शुरुआत के साथ ही उन्होंने तीन-चार हिरनों की सूखी हुई खाल सँभालकर रख ली थी। मौके-बेमौके उसके ही छोटे-छोटे टुकड़े करके उन्हें गर्म पानी में उबालते और मिर्च की तरी के साथ उसे खा लेते। कई बार वे जंगल की घास-फूस को उबलते पानी में डालकर उससे ही काम चलाते। इस तरह उन्होंने दो-तीन महीने निकाले थे। भीगे और थकान से चूर ये सैनिक अब किले की चौड़ी, कठिन और सतत बरसात से उग आई काई जमी सीढ़ियों से उतरने लगे थे।

किले की मुख्य सीढ़ियाँ खत्म हो चुकी थीं। पास की घनी झाड़ियों में छुपी कानन्द गाँव नाम की बस्ती भी पीछे छूट चुकी थी। सामने आई बर्फीले पानी जैसी नदी भी उन्होंने पार की। फिर कई लोगों ने गरदन घुमाई और ऊँचाई पर धुन्ध में ढके किले को खुशी से देखा। ताजुद्दीन बड़े उत्साह से बोला, "अब जब पूरी बारिश खत्म हो जाएगी, तभी दशहरे के बाद हम वापस लौटेंगे। इस बीच यहाँ कोई आदमी तो क्या, कुत्ता भी नहीं फटकने वाला।"

इसी तरह चार दिन निकल गए। शिरवल के सुभानमंगल किले से आठ-दस

घुड़सवारों की एक टोली अचानक कानन्द नदी की हरी घाटी में घुस आई। वे लोग रास्तों पर भटकते हुए ताजुद्दीन और उसके सैनिकों को ढूँढ़ रहे थे। कानप घाटी इलाके में रहने वाले खोपड़े नाम के किसी व्यक्ति ने किलेदार के पास चुगली की थी कि अपने तोरणा के किले के आसपास कुछ गड़बड़ चल रही है। ताजुद्दीन को इस बात की खबर लग गई। बीच के कुछ गाँवों में उसके लोग आराम कर रहे थे। वरिष्ठ अधिकारी तोरणा के आकस्मिक निरीक्षण के लिए आ रहे हैं, यह पता चलते ही ताजुद्दीन के सैनिक हड़बड़ा गए। उन्हें लगा कि जैसे सब कुछ खत्म हो गया। अपनी नौकरियाँ बचाने के उद्देश्य से वे वापस तोरणा के किले की तरफ दौड़ पड़े।

बीच में कानन्द नदी के तल में सुर्ख नीला पानी बह रहा था। ताजुद्दीन और उसके तीन सौ सैनिकों ने नदी के उथले तल पर कलकल बहते पानी में तेजी से प्रवेश किया। ताजुद्दीन को उस सुनील-जल के तल के सम्मुख कुछ आकृतियाँ दिखने लगीं। उसने पीछे छूट गए नदी के तट की तरफ मुड़कर देखा। सत्तर से अस्सी तरुण मावल दीवार की तरह खड़े थे। हरेक ने अपने हाथ में धारदार तलवार या लम्बा-पैना भाला पूरी मजबूती से पकड़ा हुआ था।

दुश्मन को हमले के लिए तैयार देखते ही ताजुद्दीन ने पुकार लगाई, "अल्लाह हू अकबर।" इसी के साथ सामने के तट पर भी रण-गर्जना हुई, "हर हर महादेव।" मराठों की खबर लेने के लिए बीजापुरी सैनिक आवेश से आगे दौड़ पड़े। मराठा बहादुरों ने पल भर भी इन्तजार किए बिना नदी में छलाँग लगा दी। दोनों फौजें एक-दूसरे से भिड़ गईं। पानी रण के रंग में रँग गया। जोरदार युद्ध शुरू हो गया।

इतने में दूसरी तरफ के तट पर झाड़ियों में छुपी करीब तीस और लोगों की टोली 'हर हर महादेव' का जयघोष करती हुई पानी में उतर गई। दोनों तरफ के चार-पाँच सौ सैनिकों का झुंड एक-दूसरे की गरदन काटने पर उतारू होकर तीखे हमले कर रहा था। पानी में मची इस खलबली से असंख्य बूँदें हवा में उड़ रही थीं।

शिवराय और उनके बहादुर सिपाहियों की यह पहली छापामार लड़ाई थी। प्रचंड दबकार देते हुए वे सारे मिलकर एक साथ इतनी जोर से 'मारो, मारो', 'ठोको, ठोको' शोर मचा रहे थे कि दुश्मन की सिट्टी-पिट्टी गुम हो गई थी। वहाँ की धुन्ध और घनी हरी घास में आखिर कितने मराठे हैं? आदिलशाही फौजियों को इस बात का अनुमान नहीं लग पा रहा था। उस जोरदार हल्ले-गुल्ले में उन्हें यह महसूस हुआ मानो दो-तीन हजार की फौज उन पर टूट पड़ी है। ऐसे में सहज ही उनके बदन में सिरहन दौड़ गई।

नदी तल में यह विलक्षण घिचपिच और रेलमपेल चल रही थी। वहीं ऊपर की तरफ कानन्देश्वर महादेव के बरामदे में ठहरे शिवबा और उनके बहादुर साथी

तानाजी मालुसरे, येसाजी कंक, विश्वासराव दिघे, भीकाजी चोर, दादाजी देशपांडे अचानक बाघ की तरह गरजते हुए नदी की तरफ दौड़े। उन्होंने बहते पानी में छलाँगें लगाई और जोरदार ढंग से मार-काट मचानी शुरू कर दी।

शिवबा की तलवार कड़कड़ाती बिजली की तरह सामने आने वाले दुश्मन पर गिर रही थी जो शत्रु के कन्धे, पीठ और खास तौर पर सिर में घुस रही थी। अब नदी का हरा तल खून की धाराओं से लाल दिखने लगा था। बीजापुर के कई सैनिकों के मुर्दा शरीर पानी में गिरे पड़े थे। कुछ नदी की धार के साथ बहने लगे थे। शरीर पर असंख्य जख्म खा चुका ताजुद्दीन बहुत तेज चीखा, "चलो भागो...।" और कुछ ही क्षणों में बीजापुर के बचे हुए सैनिक पीछे के तट से होते हुए धुन्ध के मुँह में खो गए।

थोड़ी देर बाद कानन्देश्वर मन्दिर के पास विजय के ढोल बजने लगे। 'जय भवानी' और 'हर हर महादेव' का जयघोष करते हुए शिवराय के सैनिकों ने किले की चट्टानों से चढ़ाई शुरू कर दी। धुन्ध थोड़ी छँट चुकी थी। मावल पर पड़ रही सूर्य किरणों में शिवराय का चेहरा कमाल का तेजस्वी दिख रह था। सुनार की भट्टी की आग में तपता हुआ सोना, जैसे झक पीला दिखता है, वैसा ही उनका चेहरा झिलमिला रहा था। आँखों में दृढ़ निश्चय की आभा थी। उनके एक गाल पर तलवार की बारीक नोक से उभर आया रक्त अभी ताजा था। उनके बदन पर पड़ा घेरदार झबला खून से सना हुआ था।

उसी शाम तोरणा के किले के बुर्ज पर चाँद-तारे का हरा निशान मिटा दिया गया और वहाँ पर भगवा झंडा फहराने लगा।

कानन्द घाटी के परिसर में चारों तरफ आनन्द पसरा हुआ था। शिवराय ने सुबह होते ही तोरणा किले के बुर्ज की मरम्मत का काम हाथ में ले लिया। बेलदार, कारीगर, मजदूर और अन्य कार्य करने वाले लोग काम पर लग गए। मजूरों की संख्या कम पड़ने पर सैनिक ही हाथों में लोहे के कुदाल, फावड़े और टोकरियाँ लेकर कष्ट का काम भी आनन्द से करने लगे।

राजा ने गढ़ को ही ठिकाना बना लिया था। उनकी देखरेख में तोड़-फोड़, मरम्मत और निर्माण का काम चल रहा था।

एक सुबह खुदाई शुरू हुई। बरसात अब काफी हद तक खत्म हो चुकी थी। धुन्ध भी हल्की हो चली थी। सुबह आठ बजे के आसपास एक मजदूर का फावड़ा किसी लोहे की चीज में टकराकर अटक गया। खन की बहुत तेज आवाज आई। मजदूरों ने आगे बढ़कर ऊपर पड़ी मिट्टी तेजी से हटाई। अन्दर ताँबे की एक विशाल हँड़िया थी। उसके मुँह पर लोहे का मजबूत ढक्कन लगा था जिसे सब्बल से तोड़कर हँड़िया को खोला गया। अन्दर चमचमाते पीले सोने की डलियाँ भरी हुई थीं। जीते हुए पहले ही किले पर सोने से भरी हुई ऐसी छह-सात हँड़ियाँ और

मिली। गुप्त धन का यह अचानक हुआ लाभ शम्भू महादेव का ही प्रसाद समझा गया। सबके आनन्द की कोई सीमा नहीं थी।

उसी दिन चार घोड़े पुणे रवाना किए गए। दूसरे दिन सुबह जलपान के समय तक ही पुणे से आई पालकियाँ नदी के पास पहुँच गईं। पहली पालकी से हर्षित चेहरा लिये जीजाऊ साहेब उतरीं। वह पास के कानन्देश्वर महादेव के मन्दिर में गईं। उन्होंने महादेव का जलाभिषेक करके श्रीफल का तोरण चढ़ाया। जब पालकियाँ कानन्द गाँव में पहुँचीं तो घरों से निकलकर स्त्रियाँ और बच्चे दौड़ते हुए आए। 'आईसाब आए, आईसाब आए' हर कोई हैरान होकर गाँव में एक-दूसरे से कह रहा था। घर-घर की सुहागिनें आई साहेब का अभिवादन करते हुए गागर के जल से उनके पैर पखार रही थीं। मावल मुल्क की सच्ची लक्ष्मी का वहाँ जोरदार स्वागत हुआ।

जब पालकियाँ और गाँव के लोग वह मुश्किल चढ़ाई चढ़कर ऊपर तोरणा के किले पर पहुँचे तो वहाँ आई साहेब ने मेंगाई देवी की पुरानी पाषाण मूर्ति की पूजा की। पास ही लकड़ी के बक्से में रखा वह गुप्त धन जीजाऊ ने आँख भरकर देखा। उस लक्ष्मी की उन्होंने पूजा की। शिवराय को अपने हृदय से लगाकर उन्हें मंगल आशीर्वाद दिया।

उस दोपहर जीजाऊ ने शिवराय के साथ स्वयं किले का निरीक्षण शुरू किया और एक कोठी के पास रुक गईं। सामने खाई के पीछे, थोड़े अन्तराल पर उन्हें विशाल पहाड़ का शिखर दिख रहा था। उन्होंने बारीकी से उधर नजर डाली। जीजाऊ का ध्यान वहीं अटके देखकर शिवराय आगे बढ़े। मातोश्री ने उनसे पूछा, "शिवबा, सामने की उस पहाड़ी का नाम क्या है?"

"मुरुंबदेव की पहाड़ी। क्यों?"

जीजाऊ ने नीले आकाश और आसपास बहती विशाल नदियों पर नजर डाली। उनकी नजरें फिर मुरुंबदेव की पहाड़ी पर टिक गईं। सहज ही वह कहने लगीं, "किसी राजा की राजधानी के किले के लिए ऐसी सुन्दर जगह अन्यत्र नहीं मिलेगी, सही है न शिवबा?"

इस बार शिवराय बहुत ही खुलकर हँस दिए।

"तो करो फिर जल्द-से-जल्द यह काम शुरू।" जीजाऊ ने कहा।

"हाँ, क्यों नहीं।" शिवराय ने उत्तर दिया, "तत्काल नींव डालकर एक पर एक पत्थर रखेंगे। बुर्ज भी खड़े हो जाएँगे और हम मचान भी बाँध देंगे। लेकिन एक बात कहूँ क्या?"

"बोलो...।"

"इस राजधानी के नए किले के लिए 'राजगढ़' यह नाम हमारी माँ साहेब को कैसा लगेगा?"

"अति सुन्दर! बहुत ही अच्छा।"

बंगलूर से लौटने के बाद लाल महल के विभागों में कारकुनों और अधिकारियों में धीमी आवाज में खुसुरफुसुर शुरू हो चुकी थी, "दादोजी कोंडदेव के पास एक साथ बहुत सारी जवाबदारियाँ दे दी गई हैं।"

"हाँ, एक तरफ वह इधर कोंढाणा किले के संरक्षक हैं और उसी के साथ लाल महल का भी सारा काम उन्हीं के कन्धों पर है। बढ़ती उम्र में थकती काया के साथ एक मनुष्य आखिर कितनी भागदौड़ करेगा?"

"वह हैं तो ईमानदार लेकिन तबीयत की अपनी सीमा होती है। इससे फर्क तो पड़ता ही है।"

उस सुबह लाल महल में बीजापुर के दरबार से एक महत्त्वपूर्ण खलीते की थैली पहुँची। पता चलते ही सबके कान खड़े हो गए। कार्यालय प्रमुख होने के नाते दादोजी ने उस थैली की रेशम की गाँठ खोली और अपनी मोटी-ताजी अँगुलियों में खलीता पकड़कर आँखों के सामने लाए। उनके चेहरे पर एकदम प्रसन्नता छा गई। उन्होंने माली को बुलाकर बाग में लगे कनक चम्पा के ताजे फूल मँगवाए। इसी तरह हलवाई के चार लड़के दौड़े-दौड़े आए। उनके कन्धों पर मिठाइयों से भरी परातें और पूड़े थे।

दादोजी पंत ने कन्धे पर पड़ा रेशमी वस्त्र सँवारा और खुशी से झूमते एक-एक कदम बढ़ाते हुए निजी कक्ष की तरफ बढ़े। वहाँ उन्होंने जीजाऊ साहेब को झुककर सलाम किया। बोले, "आई साहेब, पहले मिठाई खाइए।" कहते हुए उन्होंने मिठाई का पूड़ा उनके सुपुर्द कर दिया। साथ ही खलीता भी आगे बढ़ाते हुए खुशी का वह समाचार एक साँस में सुना दिया, "बालराजा को ठेठ कोंढाणा किले की सूबेदारी मिल गई है! देखिए उसकी उम्र ही अभी क्या है और इतनी बड़ी जिम्मेदारी!"

"पंत, दिख रहा है कि तुम्हें इस बात की बड़ी खुशी हो रही है।" जीजाऊ बोलीं।

"हाँ, सही है। एक बार राज्य की सेवा का अदब युवराज के अन्दर आ गया तो आगे समय के साथ-साथ कदम अपने आप व्यवस्थित और धीर-गम्भीर ढंग से पड़ेंगे!"

पंत की खुशी पर जीजाऊ साहेब ने कोई प्रतिक्रिया व्यक्त नहीं की। दादोजी को अन्दाजा लगा कि कुछ तो गड़बड़ हो गया है। वे चुपचाप निकलकर दफ्तर में पहुँच गए। तब तक महल के दरवाजे पर घोड़ों की टापें सुनाई पड़ने लगीं। अपने दोस्तों के साथ शिवबा कहीं चक्कर मारकर लौटे थे। हमेशा की तरह उनके साथ आई दस-बारह लोगों की मंडली भोजन के लिए बैठी। जीजाऊ के इशारे पर महाराज

और रसोइये पाट-थालियाँ वगैरह लगाने लगे। जीजाऊ ने धीरे से याद दिलाया, "बालराजे, बीजापुर से खलीता आ गया है।"

"हाँ, हमें पता चला है। पूरे पुणे में इसकी चर्चा हो रही है।"

भोजन खत्म हुआ। मित्रों के साथ शिवबा को फिर बाहर जाते देख जीजाऊ साहेब ने टोका, "तो फिर बेटा, वह पत्र नहीं देखना?"

"कौन सा?"

"बीजापुर से आया तुम्हारी शाही नियुक्ति का सम्मान पत्र!"

"रहने दीजिए। हमसे नहीं होगा।"

"अरे, ऐसे कैसे? इतनी कच्ची उम्र में ठेठ कोंढाणा किले के सूबेदार का पद है!" शिवबा अपनी जगह पर ठंडे भाव से खड़े हो गए। यह देखकर जीजाऊ ने कहा, "सुलतान की सामन्ती की तरफ झाँककर देखने का इरादा भी नहीं दिखता बालराजे का? शाही सम्मान का यह कितना बड़ा अपमान है!"

सुनते हुए शिवराय का चेहरा भड़की आग जैसा लाल सुर्ख हो गया। अत्यन्त संतप्त होकर उन्होंने ऊँची आवाज में कहा, "मातोश्री, आप शायद हमारी हँसी उड़ाते हुए हमारी मनोदशा की परीक्षा ले रही हैं। लेकिन हमें आश्चर्य होता है, उधर बीजापुर कार्यालय में काम करने वाले उन पढ़े-लिखे मूर्ख अधिकारियों पर, उनके मन्दबुद्धि दिमाग पर! उन्हें समझ कैसे नहीं आता? यह देह किसी की गुलामी करके उसके फेंके हुए बासी टुकड़ों पर पलने के लिए नहीं जन्मी है।"

बोलते-बोलते गुस्से से उफनते हुए शिवराय रफ्तार से दफ्तर में पहुँच गए। उन्हें खुश देखने की उम्मीद लगाए बैठे अधिकारी उनका यह रूप देखकर सकपका गए। दादोजी पंत अपनी जगह से थोड़ा खिसककर बैठ गए। शिवबा ने घुड़सवार दल के प्रमुख सिद्दी हिलाल को तत्काल आने का सन्देश भेजा। अस्तबल में ही काम कर रहे सिद्धि जल्दी से पहुँच गए। ढीली लुंगी और घुटने तक लम्बी काबुली कमीज पहने सिद्दी के पूरे शरीर में गुलामी की लाचारी पसरी हुई थी, इसलिए वह हमेशा झुके हुए-से खड़े रहते थे। शिवबा ने पूछा, "क्यों जी, कल से अपने महल के दरवाजे पर नीरा और मुलशी गाँव के चार सौ नौजवान लड़के आस लगाए खड़े हैं। उन्हें देखा?"

"जी हुजूर!"

"ऐसे जवान हट्टे-कट्टे लड़कों को अगर हमारे स्वराज्य की फौज में भर्ती नहीं किया गया तो वह कहाँ जाएँगे?"

"गुस्ताखी माफ हुजूर। परन्तु अब और ज्यादा घुड़सवारों की जरूरत हमें महसूस नहीं हो रही है।"

"देखिए सिद्दी मियाँ, जरूरत है या नहीं, यह तय करने वाले आप कौन होते हैं?" शिवराय का चेहरा बहुत कठोर हो गया। उन्होंने कड़े स्वर में आदेश दिया,

"आज शाम होने से पहले तक इन सबको फौज में शामिल करने की व्यवस्था हो जानी चाहिए।"

"लेकिन राजाजी! ज्यादा भर्ती के लिए पहले मंजूरी लेनी पड़ेगी।"

"किसकी?"

"बड़े राजाजी, शहाजी साहेब की!"

"खान साहेब, हमारी यह भर्ती हिन्दवी स्वराज्य के लिए हो रही है। बंगलूर या कर्नाटक की सेना के लिए नहीं।"

"लेकिन हुजूर?"

"इसके आगे हम स्वराज्य के हित में जैसा आदेश देंगे, वैसा ही होना चाहिए।"

शिवराय ने आँखें मूँद ली। थोड़ा चिन्तन किया। समस्याएँ खत्म नहीं हो रही थीं। रास्ते में कदम-कदम पर काँटे बिखरे थे। थोड़ी देर बाद उनके नेत्र खुले। अचम्भित होकर उन्होंने देखा कि सिद्दी हिलाल अभी तक उसी जगह पर खड़े थे। वह बोलने लगे, "थोड़ी हमारी भी बात मान लीजिए। खास तौर पर फौज के मामले में बंगलूर से अग्रिम इजाजत लिये बिना हमें एक कौड़ी भी ज्यादा खर्च करने का अधिकार नहीं है।"

"चाहे जो भी हो, हमारे स्वराज्य के प्रण के लिए हम जैसा कहेंगे वैसा निर्णय लेना होगा।"

"इससे पहले कभी आपने कहा तो क्या तुरन्त रकम खर्च नहीं की?"

"तो फिर अब भी करिए खर्च...हमारे स्वराज्य के लिए ही।"

"अरे रे...युवराज, खूब डर लगता है हमें!"

सिद्दी अम्बर के खुलेआम इस तरह नकारने से शिवराय अन्दर से खौल गए। लम्बी साँस छोड़ते हुए उन्होंने गम्भीर स्वर में कहा, "शुक्रिया खान साहेब! आज तक आपने हमारी जो उत्तम सेवा की उसके लिए धन्यवाद। हमारे सिर पर बस एक ही बात सवार है, हमारे हिन्दवी स्वराज्य का स्वप्न। अगर उसमें आपकी श्रद्धा नहीं है तो...।"

"राजे?"

"तो कल सुबह ही बंगलूर की राह पकड़ने में आपको बहुत सहूलियत रहेगी।"

सिद्दी हिलाल ने एक दिन भी पुणे में बेकार नहीं किया। दूसरे दिन सुबह-सुबह उसने बंगलूर के रास्ते पर अपना घोड़ा बढ़ा दिया।

"राजाजी, अपने सुपुत्र शिवबा को बंगलूर से पुणे भेजते हुए आपने कौन सी घुट्टी या जंगली पत्तियों का शरबत पिलाया था? वहाँ जाने और मावल में डेढ़-दो महीने

बिताने के बाद ही उन्होंने हमारी आदिलशाही के पहाड़ी किलों पर एक के बाद एक कब्जा करने के लिए पराक्रम आजमाना शुरू कर दिया! इसे किसी छोटे बच्चे के दिमाग की मस्ती-मजाक या खुराफात तो नहीं कहा जा सकता है। इसे बगावत ही कहेंगे!"

"हम शर्मिन्दा हो जाएँ, शिवा जगह-जगह ऐसी हथियारबन्द फौजी टुकड़ियाँ लेकर पहुँचा है। इन सारी नादानियों और नाफरमानियों का मतलब हम क्या समझें? आप हमारे बीजापुर के तख्त के प्रति ईमानदार हैं तो फिर आपका शहजादा इतना बेईमान कैसे बन सकता है?"

"अपने कल के छोकरे के हाथों हमारी सल्तनत की ऐसी हँसी उड़वाते हुए सम्भवत: आपको खुशी होती होगी। यह घिनौनी हरकत अगर जारी रही तो बीजापुर के अस्तबल में बँधे घोड़े अपनी रस्सियाँ तोड़कर आपके मुल्क की तरफ छलाँगे मारते हुए दौड़ पड़ेंगे। तब अपने बारह मावल नाम की लंका कैसी बेचिराग हो जाएगी, यह देखने के लिए वहाँ चिड़िया का एक बच्चा तक बाकी नहीं रहेगा। यह बात आप जरूर ध्यान में रखें।"

सुलतान मोहम्मद शाह के शहाजीराजे को कड़े शब्दों में लिखे गए इस पत्र से खलबली मच गई। धमकी भरे इस खलीते की ज्यों-की-त्यों नकल तैयार कराके शहाजीराजे ने उसे तत्काल पुणे रवाना कर दिया। माँ साहेब ने बार-बार वह पत्र पढ़ा। उसमें प्रत्येक शब्द के पीछे दहकते और तीखे मजमून को समझा। उस पत्र में उबल रहे क्रोध और भविष्य के खतरे को उन्होंने बहुत अच्छे से भाँप लिया।

आज जीजाऊ साहेब शिवराय के साथ मावल के इलाके में आई थीं। गुंजण मावल के पहाड़ी प्रदेश में नए राजगढ़ के निर्माण का काम शुरू हो चुका था। बेलदार, सुतार और मजदूरों समेत वहाँ हजारों लोग लगे हुए थे। मुरुंबदेव की उस ऊँची पहाड़ी के शिखर पर विशाल किला बनाया जा रहा था। किले के एक निचले हिस्से में मन्दिर, तालाब और दफ्तरों के निर्माण का काम आखिरी दौर में था। मुख्य पहाड़ पर उठे हुए तीन छोटे पहाड़ों की दो-तीन कोस लम्बी श्रृंखला को 'सूँड़' कहा जाता था।

उस सूँड़ पर भी अब तटबन्दी और बुर्ज बाँधने का काम रफ्तार से चल रहा था। वह करीब चौदह सौ मीटर ऊंचा खड़ा पहाड़ी किला अब अच्छा-खासा, भारी-भरकम दिखाई देने लगा था। तोरणा के किले पर से मेंगाई देवी की पूजा के वक्त जीजाऊ की नजर एकदम सही जगह पर पड़ी थी। एक बार अगर काम की शुरुआत कर दी तो उसे नतीजे तक पहुँचना ही चाहिए। तब लक्ष्य पाने की राह में अगर मौत भी आ जाए तो पीछे नहीं मुड़ना है। शिवबा के व्यक्तित्व में अब यह प्रण घुल-मिल चुका था।

लड़ाई में खून बहाकर किले पर अधिकार करना। किला कमाना और किला गँवाना। राज्य व्यवस्था में यह आए दिन का खेल था। दक्षिण हिन्दुस्तान में किसी

राजा ने 'नया किला बनाना शुरू किया है', इधर नदियों-गाँव के इलाकों में डेढ़-दो सौ साल में किसी ने यह बात सुनी नहीं थी।

सह्याद्रि और बागलाण के अनेक किले मौर्य और बौद्धकाल के थे। बहुत पुराने। कुछ शताब्दियों बाद भोज राजा ने पन्हाल जैसे मजबूत किले बनवाए। तीन-चार सौ साल पीछे देवगिरी के यादवों ने किलों की संख्या थोड़ी-बहुत बढ़ाई थी। इसलिए राजा के इस काम पर आश्चर्य व्यक्त करते हुए दादोजी कोंडदेव ने कहा, "आई साहेब, नया किला बाँधना मतलब किसी हाथी को पालने के समान मुश्किल काम है। बड़ी मुश्किलें आ रही होंगी हमारे राजा को।"

"पंत, अगर मजबूत और शक्तिशाली स्वराज्य खड़ा करने का स्वप्न हमने देखा है तो उसकी नींव भी वैसी ही होनी चाहिए।" जीजाऊ ने कहा।

दादोजी एकाएक कुछ बोलते हुए चुप हो गए। उनके मन में कोई दूसरा विचार चल रहा था। जीजाऊ ने जैसे उकसाया, "कहो पंत, ऐसे बोलते-बोलते बीच में ही क्यों रुक गए?"

"आई साहेब, अड़चन की बात तो इसलिए है कि अपने मुल्क के कारीगर और गाँव के लोग किला बाँधने की कला तो भूल गए हैं।"

"वाह, यह बात भी आपने खूब कही।" जीजाऊ ने जैसे उपहास उड़ाया। बोलीं, "लेकिन अपने शिवराय के बार-बार कहने और जिद ठानने के कारण हमें कुछ कारीगर लाने के लिए भावनगर और हैदराबाद की भागदौड़ करनी पड़ी। जबकि कुछ कारीगर ठेठ राजस्थान के मारवाड़ और मेवाड़ से लाने पड़े।"

भरी दोपहर की धूप में जीजाऊ साहेब निर्माण कार्य का निरीक्षण करती चल रही थीं। एक बुर्ज किनारे उन्हें थोड़ी सी छायादार जगह दिखाई दी। वहाँ घास-फूस से एक छोटा सा छप्पर उभार दिया गया था। इस जगह पर खड़े होकर तीन तरफ चल रहे काम पर एक साथ निगाह रखी जा सकती थी। वहीं सतारा की तरफ से अर्जोजी यादव नाम का एक दुबला-पतला तरुण था। वह कुशल राजस्थानी मजूरों के हाथ के नीचे किला बनाने का काम करते हुए काफी जानकार हो गया था। उसने सामने आकर राजा को झुककर सलाम किया। फिर पहाड़ के एक तरफ अँगुली दिखाते हुए बोला, "राजे, उधर पद्मावती की सूँड़ की तरफ जोरों से काम चल रहा है।"

"अर्जोजी, सूँड़ क्यों, उसे 'मचान' कहिए।"

"मचान?" अर्जोजी ने आश्चर्य से सवाल किया।

इस पर जीजाऊ ठहाका लगाकर हँस पड़ीं। शिवबा बोले, "देखिए, मातोश्री, समझ गईं हमारे कहने का सही मतलब! जैसे कोई शिकारी मचान पर बैठकर बाण या भाले से बाघ पर निशाना साधता है, वैसे ही इस मचान पर बैठकर हमें दुश्मनों की पीठ छील डालनी है।"

"अब एक-एक बात ठीक से हमारी समझ में आ रही है।" मीठी हँसी हँसते

हुए सईबाई ने कहा, "किसी टोकरियाँ बुनने वाले कारीगर के हाथ में कभी अच्छा बाँस लग जाए तो वह सोचता है कि कब इसकी बाँसुरी बना दूँ और जब शिल्पकार की नजर किसी काले पत्थर पर पड़ जाती है तो उसकी अँगुलियाँ उसमें साबुत मूर्ति गढ़ने के लिए मचलने लगती हैं। ऐसे ही 'इन्हें' एकाध मजबूत और सुन्दर पहाड़ दिख जाए तो इस कल्पना से ही एकदम बौराने लगते हैं कि कब उसे किले में बदल दूँ।"

सईबाई की इस बात पर राजा समेत वहाँ मौजूद सभी जन हँस पड़े।

सह्याद्रि में शिवराय की बगावत की खबर से बीजापुर के अधिकारी बिफरने लगे थे। एक दिन रघुनाथ पंत कोरड ने शिवराय को बताया, "शिरवल के किलेदार अमान साहब इन दिनों बहुत गुस्से में हैं।"

"कारण?"

"नरसप्रभु देशपांडे ने इस किले से उन्हें राजस्व भेजना बन्द कर दिया है। इसलिए बीजापुर के अधिकारी उन पर खार खाए हुए हैं।"

"लेकिन पंत, नरसप्रभु अपने हिन्दवी स्वराज्य की लड़ाई में सबसे आगे की पंक्ति के योद्धा हैं।"

"इसलिए तो बीजापुर से भिजवाया गया सख्त फरमान उनकी कोठी के बाहर चिपका दिया गया है।"

"मतलब, क्या कहना है उन लोगों का?"

"फरमान में बेहद सख्त भाषा में लिखा है...नरसप्रभु तेरे इलाके में शिवाजी भोसले पुंडावे की दिशा से रोहिडेश्वर के किले में घुस गया है। मुरंबदेव पहाड़ी के शिखर पर वह नया किला बना रहा है। एक के बाद एक वह हमारे किलों पर कब्जा कर रहा है। ऐसे वक्त क्या तुम नींद निकाल रहे हो? इस फरमान में तुम्हारे लिए सख्त निर्देश है कि अगर तुमने पहले की तरह राजस्व भरना शुरू नहीं किया तो तुम्हें जहाँ भी पकड़ा गया, वहीं से घोड़ों के पैरों से बाँधकर बीजापुर तक घसीटते हुए ले जाएँगे। चौक में सबके सामने तुम्हारी गरदन उड़ा दी जाएगी।"

सुलतानी फरमान में दी गई इस धमकी की फुफकार सुनकर शिवराय बहुत गम्भीर हो गए। गर्म साँस छोड़ते हुए उन्होंने कहा, "इस पर दादोजी ने क्या प्रतिक्रिया दी है?"

"वह खुलकर सबसे कह रहे हैं कि शिवबा के लिए तो मैं मौत को भी गले लगा लूँगा! ऐसा क्या हो जाएगा? कल की मौत आज आ जाएगी, इससे ज्यादा क्या?"

मावल में अब सबको यह पता चल गया था कि आदिलशाही के अधिकारियों ने शिवबा को घुटनों पर लाने के लिए साम-दाम-दंड-भेद की नीति अपना ली है। इसलिए आदिलशाही ने अपनी घातक तलवारें उठा लीं और बारह मावल की जनता के शरीर और मन-मस्तिष्क में जख्म देते हुए उनका जीना दूभर कर दिया।

कोई शिवबा के साथ न खड़ा रहे और वह अकेले पड़ जाए, इसे अमल में लाने के लिए आदिलशाही के सिपाही साधारण लोगों के पीछे पड़ गए। गाँव-गाँव में आदिलशाही के दूत और दलाल घूमने लगे। रात-दिन उनकी यही कोशिश थी कि लोग शिवराय का नाम तक न लें।

कुछ समय तक शिवराय संभ्रम की स्थिति में थे। अपने साथ खड़े रहने वालों और स्वराज्य के निर्माण में जान की बाजी लगा देने वालों की उन्हें खूब चिन्ता हो रही थी। राजा की उम्र अब पन्द्रह-सोलह की दहलीज पर खड़ी थी। आँखों के आगे हिमालय जैसा ऊँचा लक्ष्य था। स्वराज्य का मन्दिर भी बहुत ऊँचाई पर था। लेकिन सपने को हर हाल में पूरा करना था इसलिए तो उम्र की तेज धार पर चढ़ते मावल के तरुण और सत्तर-अस्सी की उम्र छूते बुजुर्ग अपनी जान जोखिम में डाल रहे थे। इन्हें लेकर शिवराय अक्सर भावुक हो उठते। हमेशा अपने साथ खड़े रहने वाले इन मावलों को सीने से लगाने की भावना के साथ ही शिवराय ने दादोजी नरसप्रभु को 17 अप्रैल, 1645 को विश्वास दिलाने वाला एक पत्र लिखा।

"हमारे कुल देवता रोहिडेश्वर महादेव स्वयंभू हैं। उन्होंने ही हमें प्रेरणा दी और वही आगे मनोरथ को पूर्ण करके हमारे स्वराज्य का स्वप्न पूर्ण करेंगे। हमारा स्वराज्य ईश्वरीय इच्छा ही है!"

इधर लाल महल का वातावरण बहुत गम्भीर हो गया था। पुणे के हाट-बाजारों से लेकर अनाज मंडी तथा घास मंडी होते हुए नदी पार जीजापुर तक यह खबर फैल गई थी कि आदिलशाही के अधिकारियों ने छापे और हमले शुरू कर दिए हैं। अगर शिवबा का जोर ऐसे ही बढ़ता रहा तो एक दिन पुणे पर फिर से आदिलशाही आफत आएगी। हर नए दिन यहाँ की परिस्थिति विस्फोटक होती जा रही थी।

नदी पार कुछ मालियों को जीजाऊ साहेब ने अपनी बंजर जमीन दे दी थी। उन मालियों ने यहाँ खूब मेहनत करके इसे फूलों से पाट दिया था और प्यार से इस जगह का नाम जीजापुर रख दिया था। पूजा के लिए वहीं से लाल महल में सुबह-सुबह टोकरियाँ भरकर हार-फूल आते थे। उधर की मालिनों ने भी जब महल के दास-दासियों से संकट के बारे में खुसुरफुसुर शुरू कर दी, तो शिवराय अधिक सावधान हो गए।

एक समय शिवबा का उत्साही और चंचल घोड़ा कभी अस्तबल में रुकता नहीं था। वह अपने साथियों के साथ बारह मावलों को घोड़ों की टापों से गुँजा दिया करते थे। पहाड़ी शिखरों पर बने किलों से लेकर नए किले बनाने के लिए खाली जगह की तलाश का जुनून बना रहता था। जिस गाँव में वह चले जाते वहाँ के

मर्द-जवानों से लेकर खेतों-बागों में काम करने वाले बाँके छोरे उनके चारों तरफ गोल घेरा बना लिया करते थे। उनकी उड़ती नजर अलग-अलग पहाड़ों-नदियों के इलाकों में रहने वाले इन लड़कों के बीच से उत्साही और जोशीले जवानों को ढूँढ़ निकाला करती थी।

एक विवाह में शामिल होने के लिए वह एक बार वरन्ध घाट से उतरकर महाड़ गए थे। वहाँ रात में दूल्हे की शानदार बारात निकली थी। उसी में हाथों में तलवार-दंड और पट्टे लिये एक बिन्दास लड़का जमकर करतब दिखा रहा था। मुकाबले में वह एक साथ पाँच-पाँच लड़कों को जमीन सुँघा रहा था। उसके इस हुनर ने शिवबा का मन मोह लिया। अपने साथ चल रहे लोगों से उन्होंने पूछा, "बिजली के जैसा नाचने वाला यह मर्द कौन है?"

"उमरठ गाँव के मालुसरे कुल का तानाजी।"

राजा ने तानाजी को बुलवा लिया। पसीने से तर-बतर भीगे तानाजी की दोनों हथेलियाँ अपने हाथों में लेकर शिवराय ने उसे बड़े गर्व से देखा। उसकी पीठ पर शाबाशी की थाप जमाई। अपनी कलाई से सोने के कड़े निकालकर उसके हाथों में रखते हुए बहुत कौतुक से बोले, "तान्हा! अरे, तेरे इन हाथों को देखकर मुझे लगा कि इनमें बारूद के जैसे धमाके करने की ताकत है! यहाँ रहकर तू क्या करेगा?"

"हुकुम सरकार...!"

"हफ्ते भर में हमारे लाल महल में आ और वहाँ स्वराज्य की सेना में भर्ती हो।"

तानाजी के कौशल की तारीफ के पुल बाँधते हुए शिवराजा अपने बाकी साथियों से बोले, "दांडपट्टे और लेजिम तो अनेक लड़के खेलते हैं लेकिन तानाजी के शरीर में जो सरसराता नशा और रगों में जो उबाल है, जैसी नजाकत है, वह हमने किसी दूसरे में नहीं देखी। तुम देखना यह वीर एक दिन किसी किले का मजबूत बुर्ज साबित हो सकता है। किसी हिम्मती राजा की मजबूत बाजू बन सकता है।"

मावल के गाँव-गाँव में रोज शाम को जवाँ मर्द इकट्ठा होते। लेजिम का खेल जमता और कई संगीत-वाद्य बजते। इसी खेल और संगीत की लहरियों के बीच गाँव के लोग सोने जाते। एक बार बड़े-बूढ़े सोने गए और उनकी नींद गाढ़ी हुई कि लड़के घरों से निकलते और दौड़कर घास के मैदानों में पहुँच जाते। वहाँ छुपी हुई तलवारें बाहर निकल आतीं और फिर सुबह होने तक तलवारबाजी की खनखनाहट चलती रहती, भाला फेंक का अभ्यास होता, हथियारों को धार चढ़ाई जाती। चढ़ती धार से गर्म होते लोहे पर पानी के छींटे मारे जाते तो चर-चर की आवाजें होतीं।

अकेले शिवराय नहीं बल्कि पूरे मावल मुल्क के लड़के अब 'अपना राज्य', 'अपना हिन्दवी स्वराज्य' को लेकर खुलकर बातें करने लगे थे। देखते-देखते सात हजार युवकों की भर्ती हो चुकी थी। सेना में शामिल हुए यह नौजवान किले के

तटबन्दी, चौक और बुर्जों पर पहरा देते थे। वे पूरे इलाके में घूम-घूमकर स्थिति पर नजर रखे रहते थे।

इन नए फौजियों की भर्ती, पैदल सिपाहियों का खर्च, गोला-बारूद, घोड़ों का प्रबन्धन, नए अस्तबलों के निर्माण कार्यों से खर्च का आँकड़ा बढ़ता जा रहा था। खर्चों का हिसाब-किताब पढ़ते हुए लाल महल में दादोजी और दूसरे अधिकारियों की छाती धक-धक करने लगी थी। बेहिसाब खर्चों से बही-खाते को कैसे सन्तुलित किया जाए?

पिछले चार महीनों में शिरवल तक कोई राजस्व नहीं पहुँचाया गया था। इसकी शिकायतें और चुगलियाँ ठेठ बीजापुर तक पहुँच चुकी थीं। बीच-बीच में जो थोड़ी-बहुत रकम बीजापुर जाती थी, वह भी नहीं भेजी गई थी। पिता-पुत्र के बीच खुला संघर्ष न हो, उसे टालने के लिए चतुराई से यह कारकुनी व्यवस्था की गई थी। शिवबा को यह बात समझ आ गई। उन्होंने अर्थ-विभाग को तत्काल सख्त निर्देश दिया, "आज के बाद बीजापुर एक कौड़ी भी नहीं भेजी जाएगी।"

यह मामला दादोजी पंत के कानों तक पहुँचा। उन्होंने रघुनाथ से इसकी पुष्टि की और डरते-डरते यह विषय जीजाऊ के सामने रखा, "किसी भी कारण से बंगलूर रकम न भेजने की बात कुछ ठीक नहीं है।"

"हाँ, देखते हैं।"

"आई साहेब, पहले ही वहाँ के दरबार का माहौल बड़े महाराज के अनुकूल नहीं है। उनसे खार खाने वाले, ईर्ष्या करने वाले वहाँ बहुत हैं।"

जीजाऊ साहेब ने शान्त स्वर में दादोजी कोंडदेव से कहा, "आप जिन मुद्दों पर हमसे बहस कर रहे हैं, वही बातें शिवबा से जाकर कहिए।"

दादोजी की अवस्था सरौते में फँसी सुपारी के जैसी हो गई। मावल से राजस्व न आने की शिकायत शिरवल के अमीन ने लिखित रूप में बीजापुर भेजी थी। दादोजी ने शिवबा से मिलकर उनके सामने धीमी आवाज में यह विषय उठाया, "यहाँ से छोटी सी रकम ही बंगलूर में बड़े महाराज के पास जाती थी। इधर वह भी नहीं भेजी गई। उनकी तरफ से लगातार इस बारे में तगादा हो रहा है बालराजे!"

शिवबा ने इस पर दादोजी से ठेठ कहा, "अरे, उन्हें जिस भाषा में समझ आए, उसमें समझाकर छुट्टी पाइए।"

"मतलब...बड़े महाराजा को क्या खबर करें?"

"हमारे आबा साहेब को इतना कहिए कि वहाँ अपने बीजापुरी सुलतान को एकदम स्पष्ट समझाइए कि इधर के मुल्क से आने वाली छोटी सी रकम पर क्यों नजर गड़ाए हैं? उधर तुंगभद्रा और घटप्रभा के किनारे खूब उपजाऊ जमीन है। उधर का खर्च वहीं से निकालिए।"

दिन-प्रतिदिन लाल महल के वातावरण में तनाव और संघर्ष बढ़ रहा था। कई लोगों को इस बात की आशंका हो गई कि क्या राजपरिवार में दो फाड़ हो गए

हैं! यह चर्चा बढ़ गई थी कि बंगलूर से बड़े महाराज की तरफ से करारे शब्दों में लिखा एक खलीता भी आया है। उसमें कुछ इतनी भयंकर बातें लिखी थीं कि दादोजी कोंडदेव तक से वे पढ़ी नहीं गईं। उस पत्र को पढ़ने के बाद शिवराय और मातोश्री एकदम उखड़े-उखड़े रहे।

सईबाई, सगुणाबाई और सोयराबाई तीनों घर की नई बहुएँ। उन सबके मन में शहाजी बाबा और शिवराय, इन दोनों पिता-पुत्र के बीच संघर्ष का डर बैठ गया था। वे मन-ही-मन घबराई हुई थीं। कहते हैं कि ऐसे बड़े घरों में अगर खटपट और बगावत बढ़ जाए तो वहाँ के दास-दासियों, सेवकों-कर्मचारों की सभी इन्द्रियाँ बहुत ही चौकन्नी हो जाती हैं। शिवराय को लगने लगा कि महल के द्वारपाल से लेकर पुणे के फौजदार तक सभी उन्हें सशंकित नजरों से देख रहे हैं।

रात को शिवबा ने जीजाऊ साहेब के सामने वह खलीता खोला। वह अपने पिता के लिखे पत्र का मसौदा मातोश्री को पढ़कर सुनाने लगे, "बालक शिवा, दुनिया की रीत क्या कहती है? अपने आका से बेईमानी का मतलब होता है, उसके खाए नमक से बेईमानी करना! हमारे सुलतान आदिलशाह साहेब के विरोध में आपने उधर मावल इलाके में जो गदर मचाया हुआ है, वह राजद्रोह है। आप इसे रोक दें, इसमें ही सबका हित है। कृपा करके इस बात को बहुत गम्भीरता से लें।"

यह मजमून सुनते हुए जीजाऊ बुरी तरह घबरा गईं। उन्होंने आँखों के कोर से धीरे से अपनी बहुओं की तरफ देखा। उनका कलेजा धड़कने लगा। उन्हें लगा कि यह पत्र पढ़ते हुए शिवबा ने बेकार ही उन तीनों को यहाँ हाजिर रखने का आग्रह किया था। पत्र के शब्दों की सख्ती से सईबाई काफी डरी हुई दिख रही थीं। उनसे रहा नहीं गया और वह राजा की तरफ मुड़ गईं और थूक गटकते हुए पूछा, "क्या सचमुच इस खलीते के ये शब्द हमारे मामाजी साहेब के हैं?"

यह शंका निश्चित ही शिवराय को पसन्द नहीं आई। अपनी धर्मपत्नी की ओर थोड़ी कठोर नजरों से देखते हुए वह जीजाऊ साहेब से बोले, "देखिए, अच्छे से देखिए खलीते को। यह किसी मुंशी के हाथ का लिखा नहीं है। आबा साहेब ने स्वयं अपने हाथों से लिखा है, स्पष्ट दिख रहा है।"

"ठीक है, आगे पढ़ो।" जीजाऊ साहेब ने कहा।

"सुनिए...शिवबा, मावल इलाके में आपने जगह-जगह जो लड़कों के साथ घूमते हुए हंगामा खड़ा कर रखा है, इसका इधर बीजापुरी दरबार में बुरा असर पड़ रहा है। फिलहाल हम इतना ही कहेंगे कि आप अपनी इस बेलगाम शरारत पर लगाम लगाएँ। सबकी कुशल इसी में है। इसके लिए सबसे आसान और सर्वोत्तम रास्ता यही है कि आप अपने अपराधों को खुले मन से स्वीकार कर लें।

"आप खाविंद सुलतान साहब के सामने कबूल कर लें कि अपनी तरुण अवस्था और अपरिपक्व मन:स्थिति के जोश में आपसे यह गलती हुई है। अन्यथा

समय से मरहम-पट्टी नहीं हुई तो यह जख्म खुला रहेगा और हमें बहुत डर है कि इसके फैलने से जान को खतरा भी हो सकता है। यही कारण है कि आप 'सुलतान आदिलशाह' और 'उनकी दया' इन शब्दों का आगे से निरन्तर जाप करें। अकारण ही अपनी गलतियों की वजह से अटकी हुई साँसों को मुक्त करें। अन्त में इससे ही आपका और सबका कल्याण हो सकेगा।"

जिंजी का मोर्चा

1648

"कहाँ बीजापुर और कहाँ आपका कानन्द नदी का मुल्क? कैसी बकवास शिकायत लाए हैं!"

"अरे, ऐसा मत कहिए। सुलतान आदिलशाह बीमार हैं तो हमें आई साहेब... मतलब आपकी बड़ी बेगम साहिबा से तो भेंट करने दीजिए।" खंडोजी खोपड़े ने तैश से कहा। उसने अपने साथ आए शिरवल के किलेदार अमीन मियाँ रहीम की तरफ देखा।

मुस्तफा खान सोच में पड़ गया। एक तरफ मोहम्मद आदिलशाह के स्वास्थ्य की शिकायत बहुत बढ़ गई थी, इसलिए वह दरबार में जाना लगातार टाल रहे थे। सिर्फ 'सात मंजिल' में आराम फरमाते थे। कोई बहुत ही जरूरी या तात्कालिक काम होता तो बेगम साहिबा देख लेतीं। अन्यथा बाकी काम पहली मंजिल पर बैठे मुस्तफा खान ही वजीर या अन्य अधिकारियों की तरफ बढ़ा देते।

वहाँ जाते हुए खंडोजी खोपड़े जान-बूझकर सरदार बाजी घोरपड़े को भी अपने साथ ले गए थे। सियासती अनुभव वाले घोरपड़े को ध्यान आया कि मुस्तफा खान इस मामले को समझने को तैयार नहीं हैं। तब उन्होंने खोपड़े की बाँह पकड़कर उन्हें पीछे खींचा और खुद आवेश में आगे बढ़े। अपनी कड़क आवाज में उन्होंने मुस्तफा खान से कहा, "मत भूलिए खान साब कि बात ऊपर-ऊपर जितनी दिखती है, उतनी ही नहीं होती। तुम्हारा प्यारा सिपहसालार शहाजीराजे और उसका वह उपद्रवी लड़का शिवा, इन दोनों खतरनाक बाप-बेटे ने उधर मावल में कितना हंगामा खड़ा कर रखा है, तुम्हें इसका जरा सा भी अन्दाजा है क्या?"

"लेकिन बाजी साहब...।"

"ये देखो, तुम हमें ऐसे ही बाहर से टरका दोगे और कल को उस शिवा ने तुम्हारी अँगुलियाँ जला दी, तो यहाँ बीजापुर से कोई हमारे नाम से रोना मत। देखो अगर बात जमती है, नहीं तो छोड़ो...।"

ये बातें सुनकर मुस्तफा खान को याद आया। उसके कानों पर शिवाजी की अनेक उलटी-सुलटी बातें पड़ी थीं। उसे समझ आया कि इन शिकायतों को बेकार नजरअन्दाज करने से कहीं आगे चलकर कोई बड़ा बखेड़ा खड़ा हो गया तो अपने ऊपर ही आफत न आ जाए! इसलिए उसने दोनों को वहीं इन्तजार करने को कहा और अपनी कचहरी में चला गया।

काफी देर बाद खान साहेब हड़बड़ाते हुए बाहर आए। उनके साथ आदिलशाह का निजी सचिव, नरसिंह राव नाम का तेलुगु ब्राह्मण भी तेजकदमों से बाहर आया।

सब लोग तीसरी मंजिल के दालान पर पहुँचे। वहाँ पलंग पर मोहम्मद आदिलशाह आराम फरमाते हुए लेटे थे। उन्होंने मोरपंखों के तीन तकियों को इकट्ठा करके उन पर अपनी गरदन टिका रखी थी। वहाँ हकीम जैसा दिख रहा एक दुबला-पतला मगर अनुभवी व्यक्ति मौजूद था। वह आदिलशाह से पाँच-सात हाथ दूर चन्दन के एक चौरंग पर बैठा था। ऊँची छत पर आकर्षक झूमर, पर्शियन काँचों से बनी दीवारें। सही मायनों में वह ऐश्वर्य ऐसा था कि बस देखते रहिए। इतने में एक राजसी महिला की खनकदार आवाज उनके कानों में पड़ी, "बताइए...फरमाइए।" तीनों के सामने एक ऊँचे आसन पर बड़ी बेगम साहिबा विराजमान थीं।

वहाँ ऊँची, चौड़े शरीर वाली एक कड़क मुसलमान स्त्री बैठी थी। पारदर्शी घूँघट से दिख रहा उसका पचास वर्षीय व्यक्तित्व बहुत आक्रामक था।

बड़ी बेगम के नीले धारदार नेत्रों से नजर मिलाना इतना आसान नहीं था। इन दोनों मराठा शिकायतकर्ताओं की बड़ी-बड़ी बातों को दरकिनार करते हुए बेगम ने अपने ही किलेदार की जैसे गरदन पकड़ ली, "शिरवल से आने वाली हमारी शाही आमदनी की हालत क्या है?"

"गुस्ताखी माफ बेगम साहिबा। गए चार महीनों में हमारे ठाणे से एक भी सांडनी सवार नहीं निकला है।"

"कितने बेशर्म हो आप अमीन साहब।"

"अल्लाह कसम हजरत, वहाँ शिरवल की रकम उस शिवा के कारण ही जमा नहीं हो पाती।"

"लेकिन क्यों?"

"वह बागी शिवा सब जगह चिल्लाता फिरता है कि मुल्क मराठों का है। आमदनी भी हमारी ही रहेगी!"

"बेगम साहिबा, क्या बताएँ? आजकल तो वह शहाजी का लड़का वहाँ अपना दरबार लगाने लगा है! पालकी में सवार होकर यहाँ-वहाँ डोलता है। तुरही बजवाकर लोगों से सलामी लेने का नाटक रचता है...। आई साहेब, इन आँखों को जो देखना सहन नहीं, वह देखना पड़ता है।" बाजी घोरपड़े नाटकीय स्वर में बोला।

बड़ी बेगम ने अमीन साहेब से मावल का पूरा घटनाक्रम जान लिया। फिर उन्होंने आदिलशाह पर नजर डाली। उन्होंने गरदन हिलाने जैसा कुछ किया। बड़ी गम्भीरता से एक लम्बी साँस छोड़ती हुई बेगम बोलीं, "पूरा मामला बहुत सहज नहीं है। उस शिवा ने हमारे किले का बारूदखाना या खजाना भी लूट लिया होता तो हमने उसे बेवकूफ डकैत या बागी समझा होता। लेकिन यहाँ कुछ अलग ही खिचड़ी पक रही है। अभी-अभी क्या बताया आपने, मुरुंबदेव की पहाड़ी पर...क्यों घोरपड़े?"

"हाँ-हाँ आई साहेब, उस पहाड़ी पर शिवाजी एक बड़ा किला बना रहा है!"

"इसका मतलब कि उसने हमला करके हमारे जो रोहिड़ा और तोरणा जैसे पहाड़ी किले जीते थे, वो छोड़ दिए...?"

"अरे, छोड़ कैसे दिए आई साब! उन दोनों किलों पर उस लड़के ने अपने खुद के किलेदार बैठा दिए हैं। हर बुर्ज पर उसके पहरेदार और चौकियाँ हैं।"

अब बड़ी बेगम के चेहरे पर परेशानी की लकीरें उभर आईं। उन्होंने मुस्तफा खान समेत सभी से कहा, "देखा, इसमें न कोई बचपना है और न ही नादानी... पहले किले पर हुकूमत जमाना, वहीं बड़े-बड़े बुर्जों का निर्माण करना...।"

"अब्बू जी, इस बच्चे की चाल और मजाल हमें कुछ अलग ही ढंग की नजर आती है। जल्द-से-जल्द उस शिवा को उसके बड़े-बड़े इरादों और मुरादों के साथ जिन्दा दफनाने की तैयारी की जाए। वह भी फौरन।" बड़ी बेगम ने कड़क आवाज में मुस्तफा खान को आदेश दिया।

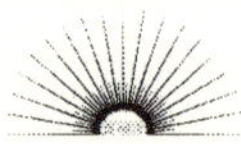

एक दिन गोमाजी काका पानसम्बल बताने लगे, "जीजाऊ...बेटी बीजापुर की तरफ से आजकल एक के बाद एक धक्का पहुँचाने वाली खबरें मिल रही हैं। कुछ दिन पहले अपने राजा के जिगरी दोस्त रणदुल्ला खान अल्लाह को प्यारे हो गए।"

यह समाचार कानों पर पड़ते ही जीजाऊ साहेब जहाँ की तहाँ रह गईं। कुछ पल बाद उनकी आँखों से आँसू बहने लगे। बेचैन मन को किसी तरह सहेजते हुए उन्होंने कहा, "आगे बढ़कर हमारे सुहाग की चिन्ता करने वाला इस्लाम का कोई बन्दा हमने आज तक नहीं देखा। बीजापुर के इब्राहिम आदिलशाह के बाद रणदुल्ला भाई साहब के ही सच्चे अर्थ में हम पर उपकार हैं। हमें सब कुछ याद है। जब बादशाह शाहजहाँ ने हमारे शहाजीराजे को इस धरती से बेदखल करने का फैसला किया तब सारे परिवार का धीरज ही जैसे टूट गया था। तब 'भाभी जी आप पुणे और सुपे सँभालिए' जैसी बात रणदुल्ला साहब ने ही बहुत अच्छे से समझाई थी। उनकी जाने कितनी यादें हैं।"

मराठा इतिहास पर रणदुल्ला और उनके पुत्र रुस्तम-ए-जमा, दोनों के उपकार

जीजाऊ साहेब को खूब स्मरण थे। पिता-पुत्र ने बंगलूर में जीता महाकिला बेझिझक शहाजीराजे की नजर कर दिया था।

गड़बड़ियों से भरे दिन बहुत कठिनाई से गुजर रहे थे। एक तरफ आदिलशाही और दूसरी तरफ मुगल दिन-रात स्वराज्य नाम की नन्ही-सी जान को निगल जाने की फिराक में थे। तरुण शिवराय सामने आ रहे हरेक संकट की चट्टान को तोड़ते हुए आगे निकलने का प्रयत्न कर रहे थे। ऐसे में कुछ लोग इधर 'हम भोसले कुल के हैं' की डींग मारते हुए और दूसरी तरफ बीजापुर जाकर शहाजी-शिवाजी की इस पिता-पुत्र की जोड़ी के खिलाफ जहर उगल रहे थे। ऐसे में रणदुल्ला खान साहेब का निधन बहुत ही बुरी खबर थी।

रणदुल्ला खान के इस दुखद समाचार से राजपरिवार उबरा भी नहीं था कि एक और चोट पहुँचाने वाली खबर आई, "मोहम्मद शाह ने उधर एक नया फरमान जारी किया है!"

"कैसा फरमान?"

"इस फरमान के तहत शहाजीराजे के पास मौजूद सारे लश्कर को बर्खास्त करने का हुक्म है। उनकी पूरी फौज को आदिलशाही सेना में विलीन करने का निर्णय किया गया है।"

यह बहुत बड़ा आघात था। भातवाड़ी के बाद युद्ध के बीते तीस-पैंतीस बरस शहाजीराजे ने मावल के आठ-नौ हजार सिपाहियों की सेना अपने पास हमेशा बनाए रखी थी। यही उनका जिरहबख्तर थी। लेकिन उन्हें पूरी तरह कमजोर और निहत्था करने का षड्यंत्र राजमहल में रचा गया था। अपनी निजी सेना पर कुल्हाड़ी गिराए जाने से शहाजीराजे की आत्मा पर खरोंच पड़ी थी और वह संताप से भर गए थे।

दिनोदिन परिस्थिति विकट हो रही थी। इस बीच बीजापुर ने दबाव बनाने के लिए खंडोजी खोपड़े और बाजी घोरपड़े कापशीकर के नेतृत्व में पुणे की तरफ फौज रवाना कर दी। उन्हें स्पष्ट आदेश दिया गया, "उस दादोजी कोंडदेव और हमारे पहाड़ी किलों पर कब्जा करने वाले उस नादान बागी को नेस्तनाबूद कर दो।"

जिंजी के मोर्चे पर शहाजीराजे और मुस्तफा खान के खेमे थोड़े से ही अन्तर पर थे। दोनों में सिर्फ दुआ-सलाम ही थी और आगे भी दोनों की किसी तरह आपस में बन सकेगी, ऐसा दिख नहीं रहा था। दोपहर के वक्त राजा आराम कर रहे थे कि खेमे में कान्होजी जेधे आ पहुँचे।

कान्होजी ने राजे को गौर से देखा। आज उनके चेहरे पर तनाव कुछ अधिक मालूम पड़ रहा था। अपने ही विचारों में उलझे हुए राजे ने कहा, "कान्होबा! बीते

वर्षों से मैं बीजापुर के दरबार में लगातार अनुभव कर रहा हूँ कि यहाँ ईर्ष्या करने वाले हमारी पीठ पर लदे हुए हैं। छोड़ने को ही तैयार नहीं होते।"

"जाने दीजिए राजे! क्या याद है, आपने ही एक बार मुझसे कहा था कि चन्दन के पेड़ से लिपटने के लिए साँप बहुत तेज दौड़ते हैं! ऐसे ही कर्तव्यनिष्ठ व्यक्ति के कानों में भुन-भुन करते रहना मच्छरों का जन्मजात गुण होता है।"

"ऐसी बात नहीं है कान्होजी। कभी-कभी इन जलने-कुढ़ने वालों की बातों में इतना विष होता है कि सामने वाले पर असर पड़ने लगता है। वरना यही सुलतान मोहम्मद शाह इतने शान्त, गम्भीर और विवेकवान थे! लेकिन हमारे 'हितैषियों' ने पिछले कुछ महीनों में ऐसा जहर भरा कि जब हमारे वकील रोजमर्रा के काम के लिए उनसे बीजापुर के दरबार में मिलने गए, तो अक्सर शान्त रहने वाले सुलतान साहब ने उन पर गरजने-बरसने की सारी सीमाएँ तोड़ दीं। क्या उन्हें भरे दरबार में हमारे वकील के हाथ कलम कराने चाहिए थे? खुद को राजकीय दृष्टि से परिपक्व कहने वाले इस दरबार में क्या पहले कभी ऐसा निन्दनीय कृत्य हुआ था?"

कान्होजी बिलकुल चुप्पी साध गए। फिर शहाजी बाबा से बोले, "ऐसे ही आधी-अधूरी बातों में आकर उन्होंने आपकी निजी फौज बर्खास्त करने का फैसला किया।"

"इस फरमान पर अभी तक हमने खास ध्यान दिया नहीं है। लेकिन मैं पूछता हूँ क्या किसी की रगों में ऐसा खून दौड़ रहा है कि वह सिंह के आयल और शहाजीराजे के घुड़सवारों को उनसे ले सकता है!"

थोड़ी देर तक कान्होजी और राजा के बीच सुख-दुख की बातें चलती रहीं। राजे कुछ खिन्न स्वर में बोले, "पिछले दो दिन से हम अपने भाई मंबाजी को मिलने के लिए बुला रहे हैं। लेकिन इसी लश्करी खेमे में होते हुए भी वह हमारा मुँह देखने को राजी नहीं हैं।"

"मंबाजी रूठ गए हैं या कोई और बात है?"

"तीन-तीन बार बुलावा भेजने पर भी वह इधर नहीं आए। इसका मतलब कि दिल में निश्चित ही खोट है।"

"कारण?"

"मराठियों के भाई-बन्धु मतलब तन से अपने छप्पर के नीचे और मन से दुश्मन के महल में! ऐसे दगाबाज भाई-बन्धुओं को आखिर कितना बर्दाश्त करें और इन्हें कितना पालें-पोसें?"

उस दिन दोपहर में युद्ध के मोर्चे पर तैयार एक खेमे में बड़े सरदारों की बैठक चल रही थी। वहाँ पहुँचने में शहाजी और कान्होजी को थोड़ी देर हो गई। राजा

को सामने देखकर मुस्तफा खान भुनभुनाया, "क्यों राजे, आपकी आँखें खूब लाल दिख रही हैं। रात भर जागते रहे क्या? लगता है महफिल में बढ़िया रंग चढ़ा था!"

"खान साहेब, युद्ध की आग में धू-धू करती तोपों का तकिया बनाकर सोने वाले मराठों की औलाद हैं हम!"

"महफिलें तो तुम्हारे जाति और धर्म बन्धुओं के मेले हैं!"

"खान साहेब, बेकार बातों की आड़ लेकर क्यों तीर चला रहे हैं? हिम्मत है तो खुलकर बोलिए। आमने-सामने वार कीजिए।"

मुस्तफा खान का चेहरा क्रोध से लाल हो गया। अपनी आँखों की पुतलियाँ नचाते हुए वह गुस्से में बोला, "मेहरबान शहाजीराजे! इस जिंजी के मैदान में भी तुम्हारी जो-जो नौटंकियाँ चल रही हैं, हमें पता नहीं हैं क्या? पेनुगोंडा के श्रीरंगराज, मदुरै का त्रिमलनायक, मैसूर का चामराज वोडियार और बदनुर का वीरभद्र...इन हिन्दू राजाओं की बैठकें तुम्हारे शिविर में नहीं होतीं, यह कसम खा सकते हो क्या?"

"खान साहेब, यह छुपाए क्यों? इन सबसे हमारे मैत्री सम्बन्ध हैं। कई वर्षों के हैं।" बोलते-बोलते शहाजीराजे का स्वर ऊँचा हो गया, "लेकिन याद रखें कि मैत्री के लिए हमने अपना ईमान कभी नहीं बेचा है।"

उस दिन मोर्चे के शिविर में शहाजीराजे और मुस्तफा खान के बीच हुई यह गरमागरमी लश्कर के अधिकांश लोगों की नजर से बच नहीं सकी। मौके पर मौजूद अनेक इस्लामी और हिन्दू सरदार भी सहम गए।

बैठक के बाद मुस्तफा खान बहुत सावधान हो गया। शहाजीराजे को आमतौर पर गुस्सा नहीं आता। लेकिन एक बार भड़कने के बाद वह उस व्यक्ति की कमर तोड़े बिना या व्यवस्था की जड़ें हिलाए बिना चैन से नहीं बैठते थे। यह बात खान को बहुत अच्छे से मालूम थी इसलिए उसने चालाकी बरती। अचानक वह नर्म पड़ गया। बात-बात में राजा की सलाह लेने के बहाने उनके पास जाने लगा। आज्ञाकारी होने का नाटक करने लगा।

मुस्तफा खान का दिन में दोस्ती का स्वाँग और रात की काली करतूतें, दोनों में बहुत अन्तर था। बैल के जैसे शरीर वाला फाइयाँ मुस्तफा एक जगह आराम से नहीं बैठ पाता था। जब तक छापा मारकर शहाजीराजे को गिरफ्तार नहीं किया जाता, तब तक इस मोर्चे पर विजय मिलना सम्भव नहीं है। यह शिकायत वह हर रोज बीजापुर पहुँचाता।

चालाक मुस्तफा खान ने धीरे से सरदार बाजी घोरपड़े को भी अपनी बातों में उलझाकर उसका साथ हासिल कर लिया था। उसे यह गणित खूब पता था कि किसी पराक्रमी और यशस्वी मराठा को उसके महत्त्वाकांक्षी और ईर्ष्यालु भाई-बन्धु ही सबसे ज्यादा नुकसान पहुँचा सकते है।

दिन बीत रहे थे लेकिन मुस्तफा खान जैसा चाहता था, वैसा कोई आदेश बीजापुर से आ नहीं रहा था। इसलिए कई बार वह बैठे-बैठे अपनी दाढ़ी के बाल नोचने लगता था। शराब और गाँजे के धुएँ में पूरी-पूरी रात गुजार देता। तभी एक शाम मुस्तफा खान के बड़े तम्बू के सामने पसीने से तर-बतर दो सांडनियाँ आकर ठहरीं। खिदमतगारों ने उनकी लगाम पकड़कर बाजू में किया। उनके सवार मुस्तफा के सोने के कमरे में चले गए। उसी रात काले-सघन अन्धकार में खान ने बाजी घोरपड़े को जल्दी से बुलवा लिया, "चल बाजी, हमारा दुश्मन अब जल्द ही डूब मरेगा।" खान खुशी से चिल्लाया।

मुस्तफा खान धीरे-धीरे अपनी योजना की परतें उघाड़ते हुए बाजी घोरपड़े को समझाने लगा, "देख बाजी, हमारे आदिलशाह साहब ने हमें एक बहुत जरूरी बात सिखाई है। इस बीजापुर सल्तनत को मजबूती से खड़ा रखने के लिए हमें सबकी जरूरत पड़ी है। घोड़ों की, गधों की और मराठों की भी!"

"बिलकुल हुजूर।" खान की बात पर गरदन हिलाते हुए बाजी लाचारी से हो-हो करके हँसा। खान ने जो कहा वह उसका सम्मान था या अपमान, यह उसकी समझ में नहीं आया।

"और एक बात बाजी, तुम्हारा यह शहाजी एक गरम लोहा है। हमारी करीब सवा लाख की बीजापुरी फौज में आज चालीस हजार मराठे सेवा-चाकरी करते हैं। इसलिए हमारी तरफ से कोई भी इस्लामी सरदार तुम मराठाओं को नाखुश नहीं कर सकता। इसलिए यह नेक और मजहबी काम मुझे लगता है कि तेरे जैसे नेक मराठा के हाथों ही होना चाहिए।"

"लेकिन हुजूर, मुझे करना क्या है, यह तो बताइए!"

"शहाजी के हाथों में बेड़ियाँ आप ही पहनाओगे तो बहुत मजा आएगा।"

आदिलशाही राज्य की तरफ से सौंपी गई यह जिम्मेदारी बाजी घोरपड़े को अलौकिक जैसी लगी। इसकी खुशी उससे छुपाए नहीं छुप रही थी, "हम तो तिरछी खोपड़ी वाले मरगट्ठे हैं हुजूर! एक 'दिल की बात' बोलूँ क्या?"

"हाँ-हाँ जरूर भाई...बताइए।"

"अरे बाबा, हमें तो हमेशा ही लगता है...अपने भाई-बन्धु को मारो लेकिन दुश्मन को बचाओ! इस शहाजी को तो तुरन्त बेड़ियाँ पहनाएँगे। नहीं तो यह चुपचाप जाकर कुतुब शाह से मिल जाएगा।"

सुलतान मोहम्मद शाह जन्म भर सोने के हौदे में झूले थे लेकिन उन्हें लकवा लग गया और उनका आधा शरीर काम का ही नहीं रह गया।

उनकी पीठ पलंग से चिपकी रहती और वह ऊपर छत पर टँगे कंदीलों-हंडियों-झूमरों को रात-दिन निहारते रहते। किसी राजा के ऐसे नसीब को आप क्या कहेंगे? सारे उपाय किए। भभूत, भस्म, चूर्ण, जल, फल, दवा क्या नहीं किया? किसी चीज ने असर नहीं दिखाया। ऐसी विचित्र अवस्था में उन्हें सह्याद्रि की घाटियों से नादान शिवाजी के बारे में रोज नई शिकायतें मिल रही थीं। इन्हीं हालात में बीजापुर की विशाल फौज ने दक्षिण के जिंजी के अतिशय प्रसिद्ध और अभेद्य किले के चारों ओर घेरा डाल रखा था। इस बात को भी अब बहुत दिन हो चुके थे।

बड़ी बेगम ने तीन-चार लम्बी साँसें लीं। फिर आगे बढ़ते हुए एक खलीता मोहम्मद आदिलशाह के हाथ में थमा दिया। बिस्तर पर लेटे-लेटे कराहते हुए सुलतान ने पूछा, "क्या है? आप पढ़िए...।"

"आपके ससुर जी और जिंजी की मुहिम के सिपहसालार मुस्तफा खान साहेब की अत्यावश्यक गुजारिश है।"

"किस बारे में?"

"उधर जिंजी के मोर्चे पर शहाजी के हाथ-पैर में बेड़ियाँ डालने को लेकर।"

हकीम सुलतान को दवा-पानी देकर जा चुके थे। बेगम हौले से अपने शौहर के बिस्तर पर झुक गईं। उन्होंने सुलतान को खबर दी कि अफजल खान को खास सन्देश देकर बुलवाया है।

एक तरफ मोहम्मद शाह की बीमारी रोज बढ़ रही थी। बड़ी बेगम की कोई सन्तान नहीं थी और वह हर हाल में अपनी सौतन के बेटे अली आदिलशाह को वारिस बनाना चाहती थीं। इसलिए मोहम्मद को लेकर कोई ऊँच-नीच होने से पहले वह बीजापुर की सत्ता के सारे झगड़े और तमाम मनमुटाव खत्म करना चाहती थीं। वह शहजादे को राजसी काम में अनुभवी बनाकर उसे तख्त पर बैठाना चाहती थीं।

शहाजीराजे और उनके राजपुत्रों के विरुद्ध शिकायतों का अम्बार लगा हुआ था। मावल में शिवाजी चुप नहीं बैठ रहे थे। इधर बंगलूर में उनके बड़े भाई सम्भाजीराजे के लक्षण भी कुछ ठीक नहीं दिख रहे थे। मोहम्मद शाह को अचानक खाँसी का दौरा पड़ा। बेगम ने सुराही से लेकर उन्हें पानी पिलाया।

जब निजी कक्ष के दालान में ताड़ के जैसा ऊँचा और चौड़ी छातियों वाला अफजल खान आकर खड़ा हुआ तो बड़ी बेगम की आँखें उसकी आँखों से मिलीं।

बड़ी बेगम ने सीधे मुद्दे की बात शुरू की और रोनी सूरत में बोली, "अस्तबल का कोई घोड़ा बेलगाम हो जाए या कटखना बन जाए तो पीट-पीटकर तुरन्त सीधा करना चाहिए। लेकिन अगर वह तब भी रास्ते पर न आए तो बेधड़क गोली मार दी जानी चाहिए। तभी अस्तबल के जानवर सीधे रहते हैं।"

"अम्मीजान, आपको बंगलूर के पास का वह प्रसिद्ध किला याद ही होगा...।" अफजल खान ने जान-बूझकर पुराने जख्म को कुरेदा।

"हाँ...पूरा तो याद नहीं...लेकिन आपने उस राजा के पेट में खंजर भोंका था। ऐसा कुछ..."

"बराबर अम्मीजान। उस एक मामले के बाद चारों तरफ अफजल खान दगाबाज और निकम्मा है, ऐसी आवाजें उठी थीं। लेकिन परवाह नहीं। उस समय जैसे किसी जंगली हिरण को फाड़ते हैं, वैसे ही मैंने उस कस्तूरीरंगन की अँतड़ियाँ पेट चीरकर बाहर निकाल ली थीं। एक तरफ वह मेरी बहादुरी थी और उसी वक्त दूसरी तरफ हमारी बड़ी फौज ने पड़ोस के बंगलूर के महाकिले का क्या किया? शहाजी भोसले नाम के एक कुफ्र, गैर-इस्लामी मरगट्ठे को वह मजबूत किला दे डाला! जैसे कि वह कोई किला नहीं, फूलों की मंडी में मिला कोई गुलदस्ता था!"

"बेटा अफजल खान! वही तो सब गलतियों की जड़ है।" बिस्तर पर लेटे मोहम्मद शाह की तरफ एक ठंडी नजर डालते हुए बड़ी बेगम ने कहा।

अफजल खान बहस के अन्दाज में सुलतान से संवाद करने लगा, "जहाँपनाह, मैं हैरान हूँ।"

"क्या हुआ बेटे?"

"इतिहास गवाह है कि हम अल्लाह के वफादार बन्दे हैं और इसी नाते मलनाड, येलवाड और इनके जैसे एक से बढ़कर एक कई हिन्दू राजाओं और रियासतों को हमने बेचिराग कर दिया। हिन्दुओं के अनेक मन्दिर गिराकर उस जगह हमने मस्जिदें खड़ी कर दीं। मदरसे बना दिए। लेकिन ये कौन शहाजी भोसले नाम का हिन्दू सरदार है जिसे आपने हमेशा पगड़ी में जड़े मोती की तरह रखा। कभी सिर से नीचे उतरने ही नहीं दिया। इस सबका क्या मतलब है?"

मोहम्मद शाह हल्के से मुस्कराया। उसने बेगम से पंखों का एक और तकिया माँगा। फिर गरदन को थोड़ा ऊँचा उठाकर अफजल खान को देखते हुए हँसकर बोला, "अफजल खान, आप भले ही तलवारबाजी में शेर हैं मगर अक्ल के मामले में हमें कच्चे दिखते हैं! शहाजीराजे को हमने नहीं, हमारे बाप ने, इब्राहिम साहब ने ढूँढ़ा था, उस भातवड़ी की जंग के बाद...।"

"भातवड़ी। यह भातवड़ी भी बहुत बड़ी बला थी।" भातवड़ी शब्द सुनते ही अफजल खान लाल हो गया। उसी कैफियत में वह कुछ क्षण के लिए अपने पद और सामने मौजूद मोहम्मद शाह की प्रतिष्ठा को भूल गया और तमतमाते हुए बोला, "लेकिन हमारे मुल्क में शहाजी का इतना सम्मान?"

"आप अन्धे हो। भातवड़ी के सिर्फ तीन साल के अन्दर शहाजी ने तमिल, मदुरै और मलाबार प्रदेश में बड़ी-बड़ी लूट की। सैकड़ों हाथियों और ऊँटों की पीठ पर

रत्नों के सन्दूक और पेटियाँ लबालब भरकर बीजापुर के खजाने की इज्जत और शान बढ़ाई। उसकी पूरी लिखत-पढ़त आप देख सकते हैं...।"

"हाँ अफजल खान, इस बात को हम नजरअन्दाज नहीं कर सकते।" बड़ी बेगम ने कौतूहल से कहा।

"बेटे, वाकई यह तो सही बात है। किसी भी इस्लामी सरदार के मुकाबले बीजापुर के खजाने में सबसे ज्यादा बरकत अगर किसी की वजह से आई है, तो वह यही गैर-इस्लामी शहाजीराजे है।" बूढ़े मोहम्मद शाह की बात में कृतज्ञता का एहसास था।

"क्या यह सच है?" अफजल खान ने बड़े अविश्वास से बेगम को देखा। तब उसने भी अपनी ऊँची गरदन हाँ में मिलाई। खुशी से उसकी आँखें मुँद गई थीं।

"अफजल बेटे, बीते कुछ साल में यहाँ बनी गोल गुम्बद जैसी इमारत के निर्माण का काम हो या हमारे परिसर में बने अनेक शाही महल-कोठियाँ, बाग या दूसरी इमारतें। उनके दरवाजों पर कान लगाकर सुनोगे तो वह भी शहाजीराजे की एहसानमन्दी की गवाही देते मिलेंगे।"

मोहम्मद शाह की बात सुनकर अफजल थोड़ा नर्म पड़ गया। वह धीमी आवाज में बोला, "आपकी बात में थोड़ा-बहुत सच जरूर है, लेकिन आपके राज में शहाजीराजे को भी तो बहुत नफा हुआ ही होगा खाविंद।" उसके चेहरे पर हल्की हँसी आई और अफजल खान ने फिर कुछ तंज भरे और मजाकिया लहजे में कहा, "मेरे आका, बीजापुर में आज भी शायर और मुसाफिर आपके सख्त कानून और राजकाज के अन्दाज की तारीफ में खूब कसीदे पढ़ते हैं! वह कहने लगे हैं कि कुछ ही दिनों में शहाजी मरगट्ठा और उसके दोनों नादान बच्चे, वह सम्भा और शिवा सुलतान साहब के लिबास नीलाम कर देंगे...।"

"खामोश।" मोहम्मद शाह के मुँह से तोप के गोलों की तरह जलता हुआ शब्द बाहर आया, "खामोश अफजल खाँ। और बेगम साहिबा, आप भी सुनिए। हमारी बीमारी कतई हमारी कमजोरी नहीं बन सकती।"

एकदम गोरे-चिट्टे बादशाह का चेहरा लाल सुर्ख हो गया था। आँखों से चिंगारियाँ बरस रही थीं। उनके कहे 'खामोश' शब्द में ऐसा धमाका था कि बेगम डर गईं, कहीं छत पर लटक रहे झूमर सिर पर न आ गिरें।

काफी देर बाद मोहम्मद शाह का गुस्सा ठंडा होता नजर आया। आखिरकार गवैये को गला, बागबान को बगीचा और सुलतान को अपनी रियासत हर हाल में सँभालनी ही पड़ती है! एक गहरी-गम्भीर साँस छोड़ते हुए मोहम्मद शाह ने कहा, "हाँ, फिक्र मत करो...किसी के भी एहसान से ज्यादा हमें हमारा वतन और उसका भविष्य प्यारा है।"

"हुजूर...।"

"अफजल खान, तुम फौरन जिंजी की तरफ निकलने की तैयारी करो।

हमारी तरफ से जरूरी सियासी हुक्मनामा तुम्हें वहीं मैदान-ए-जंग में मिल जाएगा। शुक्रिया!"

वह रात जैसे शहाजीराजे की बैरन बन गई थी। किसी भी तरह से पलकों पर नींद नहीं ठहर रही थी। बड़ी मुश्किल से किसी तरह उनकी आँख लगी। नींद में डूबे हुए उन्होंने अँधेरे द्वीप में एक अजीब दृश्य देखा। उन्होंने देखा कि घोड़े पर सवार कोई तीस-चालीस आकृतियाँ उनका पीछा कर रही हैं। बीच में कोई उनकी कलाई थामे नींद की तन्द्रा से बाहर खींचने का प्रयास कर रहा है। वह बड़ी कोशिशों के बाद अपनी आँखें खोलकर इधर-उधर देखते हैं और सामने उनकी नजर अपने छोटे भाई, शरीफजी पर पड़ती है। भातवड़ी के रण में भीगी अपनी तलवार लिये सामने खड़े शरीफजी जोर-जोर से चिल्ला रहे हैं, "दादा, दादा।" साथ ही वह किसी डर की तरफ इशारा कर रहे हैं।

दूसरे ही क्षण शहाजीराजे झट से अपने बिस्तर पर उठ बैठे। उनका शरीर पसीने से भीग गया था। किसी अकल्पनीय डर से उनका गला जैसे सूख गया था। शरीफजी को गुजरे चौबीस बरस हो चुके थे। परन्तु इतने बरसों में कभी उनकी धुँधली आकृति तक नहीं दिखाई दी थी। राजे को अपने अन्दर जैसे अचानक थकान महसूस हो रही थी। उन्हें अन्धकार में पहरा दे रहे अपने हाशिम और शागिर्द नजर आए। उन्होंने अधिकारियों से सावधान रहने का इशारा किया।

थोड़ी देर में कान्होजी जेधे, दादाजी लोहकरे और उनका पुत्र रत्नाजी पंत सशस्त्र वहाँ पहुँच गए। निर्देश के मुताबिक अपने-अपने घोड़े साथ लाए थे।

इतने में शहाजीराजे के स्वामिभक्त खंडोजी पाटील दौड़ते हुए आए। पलक झपकते वह राजे के पास पहुँचे और उनके कान में कुछ कहने लगे। फिर बोले, "राजे, पक्का धोखे जैसा कुछ होने वाला है। मुस्तफा के खेमे में बहुत तेज हलचल हो रही है।" राजे चिन्ता में पड़ गए। इतने में उनके बचे हुए साथी-सहयोगी-अधिकारी वहाँ आकर इकट्ठा हो गए।

"राजे, हुकुम कीजिए।" कान्होजी बाबा ने तेजी से कहा।

"हवा में आज कुछ विचित्र बात है और समय भी हमें कुछ कह रहा है। आज रात हम पर किसी भी पल हमला हो सकता है। वापस लौटना होगा। अपने-अपने अस्तबलों में जाकर घोड़ों पर जीन बाँधकर तैयार रखो। तलवार की मूठ पर हाथ रखकर तैयार रहना..."

"आगे क्या करेंगे?"

"हमला होता भी है तो हमारे साथ पूरे लश्कर को यहीं इकट्ठा रहने की जरूरत नहीं। इसलिए सब अपने-अपने रास्तों पर आगे बढ़ना। जितना हो सके दूर निकल

जाना, सह्याद्रि की दिशा में। आदिलशाही फौज हमारे मुकाबले कहीं बड़ी है। यह बात ध्यान रखना कि इस भयंकर स्थिति में हमें जिन्दा भी रहना है और अपनी प्रतिष्ठा भी बचाए रखनी है। अपने माथे पर हमें पराजय का कलंक नहीं लगने देना है।"

"लेकिन राजे, आखिर करना क्या है?" बाकी साथियों ने पूछा।

"अलग-अलग दिशाओं में भागना है और अपनी सेना को बचाए रखना है। फिलहाल इतना ही हमारे हाथ में है।"

राजा ने अँधेरे में अपना घोड़ा धीरे से बाहर निकाला। आगे निकलकर वह एक सपाट टीले पर जाकर खड़े हो गए। आश्चर्य नहीं कि उधर दूर अँधेरे में मशालों की लपलपाती रोशनी में मुस्तफा खान के तमाम सैनिक छापा मारने की तैयारी में नजर आ रहे थे। वह सावन की पूर्णिमा की रात थी।

वहाँ खड़े इनसानों और जानवरों की आकृतियाँ स्पष्ट नजर आ रही थीं। एक जगह मुस्तफा खान के चारों तरफ खड़े सरदारों के चेहरे मशालों के प्रकाश में पहचान में आ रहे थे। मुस्तफा खान, अम्बर खान, खैरियत खान, दिलावर खान, उनके साथ बालाजी हैबतराव, मालोजी पवार, तुकाजी भोसले और सबसे आगे रिश्ते में सगे, जिन्हें राजा ने लाड़-प्यार से पाल-पोसकर बड़ा किया था, मंबाजी भोसले दिख रहे थे।

आकाश के तारों की छटा धुँधली पड़ रही थी।

मंबाजी को देखकर राजे के दिल में कसक पैदा हुई। दुख की लहर ने करवट ली।

शहाजीराजे ने अपने साथियों को इशारा किया। वे सब पीछे के रास्ते से अपने-अपने जानवरों को लेकर आगे निकल पड़े।

सामने बादलों में छुपे आधे चन्द्रमा के प्रकाश में जिंजी के तीनों तरफ के तीन भव्य किले शरीर पर कम्बल ओढ़े बैठे तीन बूढ़ों की तरह दिख रहे थे। सारे घुड़सवारों ने अपने-अपने चेहरे चादरों से ढके हुए थे। जानवर भी होशियार थे। टापों की आवाज तेज न हो, इसलिए वह धीरे-धीरे खेमों से बाहर निकल रहे थे। एक बार फिर राजे ने गम्भीर स्वर में कहा, "चलो रे जल्दी-जल्दी, सह्याद्रि से मिलने। अपने शिवबा से भेंट करने।"

एक बार घोड़ा जैसे ही लुकते-छिपते खेमे से बाहर निकल आया तो शहाजी जमकर उस पर बैठ गए। बाहर की ठंडी हवा लगी और घोड़े को एड़ लगाते हुए शहाजीराजे ने दबी आवाज में अपने जानवर से कहा, "चल मेरे बाँके, अब उड़ हवा में! रुकना नहीं है अब।" इसके बाद उस जानवर ने बाघ की तरह छलाँग लगाकर खेतों, जंगलों और नदियों को पार करते हुए रफ्तार पकड़ ली। वह तीर की तरह गति से उड़ चला।

इसी वेग से बढ़ते हुए करीब एक घंटा बीता होगा कि तभी पीछे से बढ़ रहा शोर राजा के कानों पर पड़ा। उनके घोड़े का पीछा करते हुए करीब बीस-पच्चीस सवारों की टोली तेजी से आगे चली आ रही थी। वे रफ्तार से उस दूरी को पाटना

चाहते थे लेकिन अपने स्वामी को बचाने के लिए राजा का अश्व एक पल के आराम के लिए भी धीमा पड़ने को तैयार नहीं था।

नीम-अँधेरे में दौड़ते हुए जानवर ने नदी पार कर ली थी। इतने में राजा के घोड़े को पैरों के नीचे की जमीन का सही अन्दाजा नहीं हुआ। किसी ने जंगल में एक पेड़ को बहुत ही विचित्र ढंग से काटा था। उसके तने के बाहर की तरफ निकले हुए एक हिस्से को काटकर नुकीला बना दिया था। घोड़े ने अन्तिम क्षणों में अपने शरीर को मोड़कर खुद को इससे बचाने की कोशिश की। तभी सामने के पत्थरों में उलझकर वह लड़खड़ाकर गिर पड़ा और उस पेड़ का वह नुकीला हिस्सा उसकी जाँघ में घुसकर आर-पार हो गया। भीषण दर्द से वह जानवर पूरी ताकत के साथ हिनहिनाया।

वह उस पेड़ में ही फँस गया और वहीं अटके-अटके बहुत खून बह जाने से उसने अपने प्राण छोड़ दिए। इसी बीच राजा ने किसी तरह वहाँ की ताँबई मिट्टी में छलाँग लगा दी। लेकिन इस कोशिश में उनका पैर बुरी तरह मोच खा गया। तब भी वह उठे और उन्होंने दौड़ने की कोशिश की। मगर तब तक पीछे से आ गए घुड़सवारों ने चारों तरफ से घेर लिया। बाजी घोरपड़े की आवाज सुनते ही राजे ने कमर की तलवार निकाल ली और वेग से उनकी तरफ बढ़े। दोनों की तलवारों की खन-खन थोड़ी देर चली।

घोड़े से गिरने पर हुए जख्मों की वेदना राजा को चीर रही थी इसलिए वह पूरी ताकत से नहीं लड़ पा रहे थे। उस पर एक तलवार के विरुद्ध पच्चीसों तलवारें काल की तरह गरज रही थीं। शेष कुछ कहने को नहीं था।

पास ही आम के पेड़ से टिटहरी की कर्कश आवाज आ रही थी। बाजी घोरपड़े भी खुशी से ठहाके मारकर हँस रहा था। पकड़े जाने के बाद भी उसकी तरफ उछलते हुए शहाजीराजे चिल्ला रहे थे, "अरे बाजी घोरपड़े, दगाबाज, कुलकलंक, पाताल में घुसकर भी मैं तुझे चोटी पकड़कर खींच निकालूँगा और तेरे टुकड़े-टुकड़े करूँगा। आखिर तू बचकर जाएगा कहाँ?"

पुरन्दर की जंग

1649

शहाजीराजे की गिरफ्तारी की खबर ने पूरे बारह मावल में खलबली मचा दी। किसी बाघ को पिंजरे में बन्द करते ही जंगल के आसपास बस्तियों में जैसी खलबली मचती है, वैसा ही पूरा महाराष्ट्र थरथरा गया था।

महाकाय मुरुंब देव के शिखर पर आषाढ़ का पानी झरने जैसा गिर रहा था। रात-दिन वहाँ बादल फटने जैसा धग-धग पानी बहता था। बढ़ते-गढ़ते किले के शरीर में भरी मस्ती जैसी हवाएँ अहर्निश नाचती रहती थीं। रात को उनकी गरज ऐसी होती थी कि एक बार लगता मानो उस धुआँधार बारिश में से हजारों घोड़े दौड़ते हुए चले आ रहे हैं।

किले में कुछ जगह पर अब भी निर्माण कार्य चल ही रहा था। नीचे की तरफ रामेश्वर का प्राचीन मन्दिर, बाजू में रजवाड़ा और दफ्तरी-कचहरी बाँधने का काम अभी आधा ही हुआ था। परन्तु मृगशिरा नक्षत्र से पानी बरसने की जो शुरुआत हुई थी, वह थमने का नाम नहीं ले रही थी। सिर्फ बारिश के मौसम तक ही निर्माण के काम को रोकने की मजबूरी थी इसलिए काम रोक दिया गया था।

दक्षिण की तरफ दूतों और हरकारों का आना-जाना लगातार जारी था। जीजाऊ ने अपने परिवार समेत राजगढ़ की तलहटी में ही अपना ठिकाना बना लिया था। गढ़ का काम अभी पूरा नहीं हो सका था। इसमें कुछ साल और लगने थे। इसलिए किले के आसपास ही कुछ महल जैसी इमारतें खड़ी कर ली गई थीं। वर्षा काल में गढ़ पर प्रचंड हवाओं के साथ बरसात की तेज फुहारों का नाच जारी था। हमेशा गीली रहती जमीन खास तौर पर स्त्रियों और बच्चों के लिए मुश्किलें खड़ी करती थी। ऐसे में कुछ इमारतें सिर्फ उनके रहने के लिए बनाई गई थीं। छोटी-छोटी कोठियाँ थीं। उस जगह का नाम शिवापट्टन रखा गया था।

राजगढ़ पर काम बढ़ने के बाद उसी परिसर में रहने का फैसला राजे ने लिया था। ऐसे में जबकि शत्रु पर किसी तरह का भरोसा नहीं किया जा सकता, पुणे में रहना खतरे से खाली नहीं था।

कलेजा हिला देने वाली वह खबर अन्ततः राजगढ़ पहुँच ही गई। इनसान तो क्या, मन्दिरों में मौजूद देवता तक वह समाचार पाकर दहल गए थे। उधर, कर्नाटक में शहाजीराजे को कैद कर लिया गया है, इस खबर के आते ही गढ़ की ऋतु जैसे बदल गई थी। बरसात में घर-बस्तियों के छप्पर के नीचे बैठे विपदा के मारों के मन का दुख और बढ़ गया। यह डरावनी खबर मिलने पर भी जीजाऊ साहेब की सख्त मुद्रा पर कोई फर्क नहीं पड़ा। लेकिन सईबाई रोज निजी कक्ष में उनके मन में छुपे आँसुओं की बाढ़ को देखती थी। उन्हें ढाढ़स बँधाती थी।

देवता तुल्य पिता के हाथों में बेड़ियाँ पड़ने का दुखद समाचार राजगढ़ पहुँचे दस दिन भी नहीं हुए थे कि नीरा नदी के किनारे नई आग भड़क गई।

"शहाजीराजे के शिवबा ने आदिलशाही का शिरवल का मैदानी किला जीत लिया है।" यह खबर तेजी से पुणे और सुपे जागीर में तत्काल फैल गई। शिवराय की इस ढिठाई से लोग हैरान रह गए। बहुतों के कलेजे की धुकधुकी बढ़ गई। अब बीजापुर की ओर से कौन सा नया संकट आएगा? सम्पूर्ण राजपरिवार शहाजीराजे की कैद की गमगीन छाया में जी रहा था।

बाहर की बरसात में भीगे-बदन शिवराय अन्दर आए। उनके सिर पर सेवकों ने मखमली छतरी तान रखी थी। बाकी सेवकों ने उनके आसपास घास की चादरें तानकर आड़ बना रखी थी मगर राजगढ़ परिसर में पानी इतने जोरों से बरस रहा था कि चारों तरफ से तेज हवाओं के साथ आती फुहारों ने राजे के वस्त्रों को पूरी तरह भिगो दिया था। एक खिदमतगार ने उनके अँगरखे के ऊपर गीली हो चुकी मखमली कोटी पीछे से खींच ली। सेवक के दिए सफेद कपड़े से अपना मुँह पोंछते हुए राजे उपहास से हँसते हुए जीजाऊ से कहने लगे, "माँ साहेब, उधर बीजापुर में आक्रमण का बिगुल फूँक दिया है। फत्ते खान नाम का वो मुस्तफा खान का चेला, उतावले दूल्हे की तरह इतनी भयानक बारिश में इधर नाचने निकला था!"

"फिर क्या हुआ?" सईबाई ने पूछा।

"उधर के बुजुर्गों ने ही रोक दिया उसे। उसे समझाया कि सह्याद्रि की ऐसी धुआँधार बारिश में अन्दर तो चला जाएगा लेकिन वहाँ की बाढ़ में लेंड़ी जैसा बहकर अपनी जान गँवा देगा। तब जाकर उसने अपना घोड़ी-नाच बन्द किया।"

"लेकिन बालराजे, अपनी तैयारी ही कितनी है?" जीजाऊ ने सवाल किया।

"हमारी पूरी तैयारियाँ कब की शुरू हो चुकी हैं। लोहार बस्तियों में काम हो रहा है, हथियारों की ढलाई चल रही है, उन्हें खूब धार दी जा रही है। नई-नई तलवारें, भाले, कुल्हाड़ियाँ बनाने के साथ-साथ पुराने हथियारों को गलाकर उन्हें भी नए में ढाल रहे हैं। यह सब रात-दिन शुरू है।"

दिन आगे तो खिसक रहे थे लेकिन बावरी हो चुकी वर्षा ऋतु जल्दी थमने को तैयार नहीं थी। चिन्ता की कीलें जीजाऊ के माथे में घाव किए जा रही थीं। दक्षिण की तरफ से कोई भी हरकारा आया कि वह दफ्तर के मुंशी से तुरन्त पूछतीं, "बीजापुर की कोई खबर?"

"खबर है कि दशहरे से पहले ही दुश्मनों की सेना पंढरपुर या रहमतपुर तक पहुँच जाएगी।"

"हमने भी सुना है कि भरी बरसात में आदिलशाही जासूस वहाँ का सन्देश लेकर अपने मावल मुल्क में घुस आए हैं।"

"हाँ, गाँव-गाँव के पाटील-देशमुखों की कोठियों और बस्तियों में ये हरकारे घुसे हैं।"

"उनके पास क्या सन्देश है?"

"आदिलशाही का सन्देश स्पष्ट और साफ है कि हमारे सरदार फत्ते खान की सेना जल्दी ही कोंढाणा का किला जीतने के लिए उधर आ रही है। शिवाजी भोसले की बगावत को हम कुचल देंगे। आदिलशाही का नमक खाने वाले अधिकारियों अपने ईमान और ऐतबार को बनाए रखना। हमारे साथ पहले जैसी ही निष्ठा रखोगे तो तुम्हारा भला होगा, नहीं तो तुम्हें मिट्टी में मिला देंगे।"

बुरी तरह चिढ़कर जीजाऊ गुस्से में बोलीं, "ये कैसे सन्देश हैं? ये तो खुली धमकियाँ हैं!"

एक बार गौरी-गणपति का त्योहार बीता कि बरसात भी थम गई। झिम्मा-फुगड़ी खेलने मायके आई लड़कियों के ससुराल लौटने से पहले ही चमत्कार हुआ। इन्दापुर-पंढरपुर के जंगलों-खेतों से होते हुए आदिलशाही सेना तेजी से पुणे की तरफ आती दिखी। हर गाँव में मिलने वाले दगाबाजों और स्वराज्य से ईर्ष्या करने वालों ने उलटी-सीधी बातें शुरू कर दीं, "बाप को उधर कर्नाटक में कैद में डाले दो महीने हो गए हैं। सम्भाजी भी वहीं हैं। उसे भी पकड़ने के लिए सुलतान साहेब को कितनी देर लगेगी?"

"बंगलूर में उन दोनों का साथ देने के लिए मावल से इस तीसरे को हथकड़ियाँ-बेड़ियाँ डालकर ले जाएँगे।"

"अरे, होली में होने वाले स्वाँग के जैसे थोड़ी छतरियाँ और थोड़े झंडे लहराने से कोई राजा बन जाता है क्या?"

राजगढ़ पर ऐसी उलटी-सुलटी बातें कुछ कम नहीं पहुँच रही थीं। दुष्टों की जीभ हर रंग में चर्चा कर रही थी, "अरे रे! बेचारों की बंगलूर की जागीर सरकार ने वापस ले ली है।"

"इतना ही थोड़े? पता चला है कि शहाजी बाबा को बगावत की सजा देने के लिए उन्हें बीजापुर में पत्थर की दीवार में जिन्दा ही चुनवा दिया जाएगा।"

दिनोदिन शिवापट्टन का वातावरण अधिक गम्भीर होता जा रहा था। आखिरकार शहाजी बाबा आई साहेब के माथे का सिन्दूर थे और अभी-अभी जन्मे हिन्दवी स्वराज्य में शिवराय की आत्मा बसी हुई थी। अपना-अपना कर्तव्य चुपचाप निभा रहे ये लोग कभी कुछ कहकर नहीं दिखाते थे। वृक्षों-पहाड़ों की तरह अपने दुख को आत्मसात् किए रहते थे।

इससे पहले जहाँगीर और शाहजहाँ जैसे दिल्ली के बादशहों ने आदिलशाही को निगल लेने के लिए हमले किए थे। वे थक गए। मगर उनका एक भी सिपाही बीजापुर के चारों ओर बनी चार-चार हाथ मोटी दीवारों को भेदकर अन्दर आने में कामयाब नहीं हुआ। ऐसे में शहाजी बाबा के इन दो बेटों की बगावत कितनी टिक पाएगी?

एक बार जीजाऊ साहेब ने सबूरी का मार्ग सुझाते हुए कहा, "शिवबा, दस कदम लम्बी छलाँग लगाने के लिए दो कदम पीछे लेने पड़ते हैं!"

"मतलब हमें घोर अपमान की घुट्टी पी लेना चाहिए माँ साहेब?" शिवबा के चेहरे पर चिन्ता की लकीरें खिंच गईं, "तो क्या कोंढाणा के बुर्ज पर फहरा रहे अपने झंडे को नीचे उतार लें? बड़ी मेहनत से जिस शिरवल के सुभान-मंगल किले को जीता, उसे वापस लौटा दें? तोरणा के किले की रक्षा कर रहे अपने किलेदारों पहरेदारों से कह दें कि चलो तुरन्त इसे अब खाली करके नीचे आ जाओ।"

"लेकिन बालराजे...।"

"आई साहेब, आप सिर्फ अपना मंगल आशीर्वाद हमारे सिर पर बने रहने दें। बाकी बातें तो हम काल की गरदन पर सवार होकर निपट ही लेंगे।"

बारिश रुकने से पहले ही राजगढ़ की तलहटी में, आसपास के मैदानों में खलबली पैदा हो गई। हवा-बादलों की परवाह न करते हुए सह्याद्रि की घाटियों में रहने वाले मावले गढ़ की तलहटी में इकट्ठा होने लगे। स्वराज्य पर आए संकट की खबर सबको हो गई थी। एक दिन चौड़ी छाती और घनी मूँछों वाले गोदाजी जगताप राजा से बोले, "राजे, वह बीजापुरी फतेह खान और मूसे खान तेजी से कोंढाणा किले की दिशा में बढ़ रहे हैं।"

"ऐसा? अभी इनकी सेना कहाँ तक पहुँची है?"

"जेजुरी के आसपास।"

उसी दोपहर को शिवराय ने जननी माता के सामने नारियल फोड़ा और उनका आशीर्वाद लेने के लिए सामने झुक गए। तब उनकी हथेली पर दही-शक्कर रखते हुए जीजाऊ ने कहा, "राजे, किसी मोह-माया में फँसना मत। अपनी जन्मदात्री के माथे के सिन्दूर की भी परवाह मत करना! जाओ बेटा, यशस्वी हो!"

बरसात समय से खुल गई थी। तलहटी में धान की फसल घुटनों तक आ चुकी थी। सामने करीब दो से ढाई हजार मावल के युवाओं की सेना तेजी से आगे बढ़ रही थी। हट्टे-कट्टे मावल एक-दूसरे से स्पर्द्धा करते हुए अपने घोड़े दौड़ा रहे थे। उनमें जबरदस्त उत्साह था और बलिदान का भी जुनून था परन्तु युद्ध का कोई अनुभव नहीं था।

स्वराज्य पर आए संकट की बात राजे के दिमाग में गहराई तक घर कर गई थी। फत्ते खान और मूसे खान जैसे अनुभवी योद्धाओं को कैसी टक्कर देनी है, इसका खाका उनके दिमाग में स्पष्ट आकार ले रहा था। जंगल में जब किसी बड़े जानवर का शिकार करना होता है तो अपने हाथ के मजीरे, ढोल, नगाड़े बजाते हुए, हाँका लगाते हुए, उसे घेरकर दूसरे इलाके में लाया जाता है। फिर झटके से उसे पिंजरे में बन्द करते हैं। जिस तरह से फत्ते खान कोंढाणा की तरफ तेजी से भाग रहा है, इसका मतलब है कि वह पठार की दिशा से ही आगे बढ़ेगा। राजा ने यह अन्दाजा लगाया। इसका मतलब कि टक्कर इसी रास्ते पर होगी। राजा ने तय किया कि बीजापुर की सेना को रोक-ठोककर वापस भगाया जाए। फिर इसी इरादे से उन्होंने पास के पुरन्दर किले पर जाकर अपना मुकाम बनाया। उन्होंने शिरवल में शत्रु को फँसाने की पक्की योजना भी बना ली।

फत्ते खान ने अपने मिलने-जुलने वाले अनेक लोगों से कहा था कि शिवाजी की बगावत आखिर क्या होगी, सिर्फ बाजार में फालतू घूमने वाले लड़कों की आवारागर्दी! लेकिन अनुभवी फत्ते खान को शिवराय की सच्ची ताकत का अन्दाजा

अभी होना था, इन जंगलों-खेतों का पानी चखना था। इसलिए उसने एक मराठा सरदार बालाजी हैबतराव को कुछ तरकीबें और युक्तियाँ बताकर, फौज की एक टुकड़ी के साथ आगे रवाना किया।

दूसरे दिन एक हरकारा खुशी से चहकता हुआ फत्ते खान के पास आया, "खान साहब, मिठाइयाँ बाँटिए।"

"क्यों?"

"अपनी फौज ने शिरवल का किला जीत लिया...एकदम आसानी से।"

"आसानी से मतलब?"

"उस शिवा की फौज के बदन में कुछ दम ही नहीं था। जैसे ही उन्होंने दूर से अपनी लम्बी-चौड़ी फौज देखी, घबराकर भीगी बिल्ली जैसे वहाँ से भाग गए... डरपोक! खान साहब मिठाई।"

"खामोश! इतने उतावले मत बनो। हमें तो इसमें उस शैतान शिवा की कुछ अलग ही चाल नजर आती है।" अपने दाँत और होंठ चबाते हुए फत्ते खान ने कहा।

शिरवल की आदिलशाही ने जैसे-तैसे दो रातें ही जीत के जश्न में बिताई होंगी। तीसरे दिन पौ फटते ही पुरन्दर के गढ़ के नीचे ढलान से भीमाजी वाघ, सन्ताजी काटे, शिवबा इंगले और गोदाजी जगताप जैसे पच्चीस-तीस साल की उम्र के जवान अपने घोड़ों से उतरे। आसमान में जब तक ताँबई रंग छाया, उन्होंने अपने घोड़े नीरा नदी में उतार दिए। बरसात आखिरी दौर में थी, तब भी पानी का बहाव तेज था। लेकिन उसकी परवाह किए बिना पानी और कीचड़ में घोड़े आगे चल पड़े। जब तक दिन का प्रकाश फूटता, उत्साह से भरे इन जवानों ने अपने जानवरों के साथ सुभान-मंगल किले के दरवाजे पर दस्तक दे दी।

सम्भाजी कावजी सबसे आगे थे। मजबूत हड्डियों वाले, किसी सींक की तरह दुबले मगर ऊँचे कद के। दरवाजे में हल्की दरार दिख रही थी। उन्होंने रफ्तार से अपना घोड़ा उसी दरार में भिड़ा दिया। इससे दरवाजे के अन्दर लगी कुंडी टूट गई। कावजी का घोड़ा तेजी से अन्दर घुसा। हैबतराव हिम्मत जुटाकर सामने आया तो शूरवीर सम्भाजी ने सीधे अपनी शमशीर उसकी छाती में उतार दी। लगे हाथ उसकी अँतड़ियाँ निकाल लीं। उगते सूर्य की साक्षी में शिरवल के किले पर भगवा झंडा फहराने लगा। दुश्मनों की बची-खुची फौज ने आत्मसमर्पण कर दिया।

उस दोपहर को पुरन्दर की ओर बेलसर के घास के मैदानों में आम के बगीचों के बीच फतेह खान के खेमे गड़े थे। लम्बी यात्रा के बाद सुबह यहाँ पहुँचे उसके घुड़सवार आराम कर रहे थे। करहा नदी पानी से लबालब थी। दोपहर का खाना खाकर सारे मनुष्य और जानवर पैर फैला थकान मिटा रहे थे।

इतने में नदी के पीछे के मैदान में धूल के बड़े गुबार उठने लगे। बीजापुरी लश्कर ने कुछ इस अन्दाज में उन्हें देखा कि शायद आसमान में बादल उठ रहे

हैं। इससे पहले कि उनकी तस्वीर साफ हो पाती, उन गुबारों को चीरते हुए 'हर हर महादेव' के नारों के साथ चार सौ घुड़सवार तेज बरसात की तरह उन पर टूट पड़े। इस टुकड़ी का नेतृत्व, जवानों की तरह चुस्त-दुरुस्त पैंसठ साल के बाजी पासलकर के हाथों में था।

इन मराठा वीरों की टोली का हमला इतना जबरदस्त था कि खान की फौज को हथियार हाथ में लेने का वक्त ही नहीं मिला। हवा से बातें करते घोड़े सीधे खान के खेमे में घुस आए थे और आधी नींद में घबराते हुए जागा खान छलाँग मारकर नदी के किनारे बने बाँध के पीछे छुपने भागा था। गजब का नजारा था। खान के खेमे में चार-पाँच हजार सैनिक थे। हमले के कुछ पल बाद वे सावधान हो गए। तलवारों से तलवारें भिड़ीं। बाजी पासलकर के साथ दुश्मनों की तलवारों को नीचा दिखा रहे मराठा वीरों की संख्या एक हिसाब से बहुत कम थी। लेकिन वे जान की परवाह किए बिना इस खेमे में घुसे थे। वह फत्ते खान को बड़ा सबक सिखाना चाहते थे।

सर्जा मोकाशी नाम के बहादुर के घोड़े पर भगवा झंडा लगा था। यह देखकर चिढ़े आदिलशाही के सिपाहियों ने उसे चारों तरफ से घेर लिया। अचानक हुए चौतरफा हमले का वह वीर अपनी तलवार से मुकाबला करता रहा और अचानक गिरकर अपने घोड़े के पैरों के नीचे आ गया। उसके शरीर पर दुश्मन की तलवार के वार तेज हो गए और खून की फुहारें छूटने लगीं। यह देखकर दूसरी तरफ लड़ रहे वृद्ध और अनुभवी बाजी पासलकर ने बड़ी हिम्मत से अपना घोड़ा दुश्मनों के बीच डाल दिया। वह तेज स्वर में चिल्लाए, "अरे लड़को, ये ध्वज ही हमारी प्रतिष्ठा है।" बाजी ने बैरियों के घेरे में किसी बाघ की तरह छलाँग मारी और खून से नहाए सर्जा को अपने घोड़े पर उठा लिया। इसके बाद बाजी के फुर्तीले घोड़े ने झंडे समेत वहाँ आधा चक्कर मारा। फिर बाजी तथा उनकी टुकड़ी सीधे पुरन्दर के किले की चढ़ाई पर रफ्तार से आगे बढ़ने लगी।

शाम हो चुकी थी। इनसानों और जानवरों के शरीर पर खरोंचों और तलवारों के घाव ताजे थे, जिससे खान की फौज में भगदड़ मची हुई थी। उस पर अपमान की आग भी उनके शरीर को जला रही थी। फत्ते खान और मूसे खान दोनों ही बदले की इच्छा से फनफना रहे थे। उन्हें आँखों के सामने जाता हुआ कोंढाणा का राजमार्ग दिख रहा था। मूसे खान ने फत्ते खान को समझाते हुए कहा, "फतेह, मराठों की इन छोटी-मोटी हरकतों पर ध्यान मत दीजिए। पहला हमला हम कोंढाणा पर करेंगे। कोंढाणा जीतने के बाद पुणे को फिर बर्बाद करेंगे...।"

"लेकिन वो सिवा तो सामने पुरन्दर के किले में चोरों की तरह छुपकर बैठा है।"

"पहले हम कोंढाणा और पुणे को जलाएँगे..."

"अरे, मूसे खान साहब! अगर पन्द्रह-सोलह साल के नादान छोरे से ऐसे डर

जाओगे तो दुनिया हम पर बेइज्जती का कीचड़ उछालेगी। पहले शिवा और उसके बाद में कोंढाणा पर धावा।"

"लेकिन...?"

"नहीं खान साहब, जिस ढंग से शिवा ने हमारी हँसी उड़ाई है, हमें बेइज्जत किया है...यह अपमान बर्दाश्त करना नामुमकिन है।"

इतने में सामने की झाड़ियों से दौड़ते आए चार घुड़सवार आकर गिर पड़े। उनके बदन के हरे झबले जगह-जगह से फटे हुए थे। उन पर जगह-जगह ताँबई-काले पड़ चुके खून के धब्बे थे। बाकी और दो ने अपने जख्मों पर चिन्दियाँ बाँध रखी थीं। साफ दिख रहा था कि कुछ समय पहले हुए युद्ध के घाव वह अपने शरीर पर झेलते हुए किसी तरह यहाँ पहुँचे हैं। उन्हें देखते हुए फत्ते खान चकरा गया। उसने जल्दी से पूछा, "आप कहाँ से आए हो?"

"शिरवल से।"

"लेकिन वहाँ का थानेदार बालाजी हैबतराव किधर है?"

"मरगट्ठों ने उसे तलवार से जिन्दा काट डाला। शिरवल का किला हम हार गए...उसके दरवाजे तोड़कर उन्होंने सामने नीरा नदी में फेंक दिए। वहाँ तबाही मचा दी...शिवा के फौजियों ने हमारा खजाना भी लूट लिया।"

सुनते ही फत्ते खान के गुस्से की सारी मर्यादाएँ टूट गईं। उसने तम्बुओं में मौजूद सारे पैदलों, घुड़सवारों और बावर्चियों को बुला लिया। वह संताप से तिलमिला रहा था। अपने सारे सरदारों समेत मताजी घाटगे और फलटणकार निम्बालकर को साफ शब्दों में कह दिया, "सुनो, अब तुम सबको मैं सिर्फ एक पहर की छुट्टी दे रहा हूँ। इसी में खाना खाओ और आराम करो। फिर हम आगे कूच करेंगे। आज हम तो नींद नहीं लेंगे, लेकिन सामने वाली घाटी में शिवा के साथ उसके सारे साथियों को हमेशा के लिए सुलाएँगे।"

शाम के समय शिवराय पुरन्दर के बुर्ज पर टहल रहे थे। वह सामने के रास्तों और करहा नदी के मैदानों तथा खाइयों को गौर से देख रहे थे। उनकी पैनी नजरों ने किले के रास्ते पर लुकते-छिपते आगे सरक रहे कुछ बीजापुरी सैनिकों को ताड़ लिया। राजा ने पास खड़े गोदाजी के कन्धे पर हाथ रखा।

अपनी मर्जी के रणक्षेत्र में दुश्मन को खींच लाने का उनका इरादा कामयाब होता दिख रहा था। यह देखकर शिवराय खुशी से हँस पड़े।

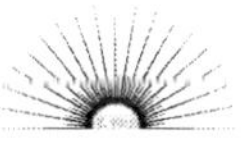

शिवपट्टन के महल में जीजाऊ साहेब, सईबाई और सगुणाबाई ही नहीं बल्कि सारा राजपरिवार जागा हुआ था। वहाँ पुरन्दर की लड़ाई की खबरें पहुँच रही थीं।

हरकारे बता रहे थे, "आई साहेब, पुरन्दर की तलहटी और आसपास के इलाकों ने ऐसी लड़ाई कभी देखी नहीं होगी। उसी रात फत्ते खान ने पाँच हजार सिपाहियों को लेकर किले पर चढ़ने की शुरुआत कर दी थी। राजे ने उसे अपने जाल में फँसा लिया था। इसके बाद जो किले के ऊपर से बड़े-बड़े पत्थरों और चट्टानों की मार की...कि ऊपर से नीचे आते-आते भारी-भरकम पत्थरों के नीचे बीजापुर के पैदल और घुड़सवार बुरी तरह कुचल गए। चट्टानों के नीचे आने वालों का तो वहीं कचूमर निकल गया। चिथड़े उड़ गए। किले के पहाड़ी रास्तों में ही उन लोगों की आधी जान निकल गई। इसके बाद किले का दरवाजा खुला और छत्ते से निकली मधुमक्खियों की तरह अपने सैनिक उन पर टूट पड़े। पुरन्दर के किले के बाहर बड़ी मार-काट मच गई। वो मूसे खान एकदम मस्त हाथी के बच्चे सरीखा, उसके और अपने जगताप के बीच भयंकर लड़ाई छिड़ गई...।"

"लेकिन हुआ क्या?"

"होना क्या है? गोदाजी तो एकदम ढीठ और धैर्यवान। उसने अपने हाथ का भाला सीधे मूसे खान की छाती में घुसेड़ दिया। लेकिन मूसा खान भी बड़ा कड़क...उसने अपनी छाती में से भाला बाहर निकाल लिया और उसके दो टुकड़े कर दिए। लेकिन बहादुर गोदाजी ने फिर उस पर अपनी तलवार का इतना तेज वार किया कि खान के कन्धे से लेकर कमर तक उसका बदन चीर दिया। पेड़ के टूटने से पहले जैसे उसकी कोई मोटी शाख टूटती है, ठीक वैसे ही! इसके बाद तो क्या...रत्न शाह, मीनाद खान, घाटगे सारे-के-सारे सिर पर पैर रखकर बीजापुर की दिशा में भाग खड़े हुए। अपने बाजी काका पासलकर तो इतने जुनून में थे कि उन्हें खदेड़ते हुए पीछे भागे जा रहे थे। खेतों में घुसी लोमड़ी जैसे पीछा करने पर फर्राटे से भागती है, वैसे ही बीजापुर की सेना भाग रही थी। लेकिन इस सारी भगदड़ का फायदा उठाकर अँधेरे में फत्ते खान कहाँ लापता हो गया, वो बस उसका अल्लाह जानता है।"

पुरन्दर से घंटे-दो घंटे से विजय की ऐसी ही खबरें राजगढ़ में आ रही थीं। हर्षित जीजाऊ साहेब ने देवी के मन्दिर में अंगवस्त्र और नारियल चढ़ाए। घी का दीप जलाया। छत पर नगाड़े बजने लगे। मिठाइयाँ बाँटी जाने लगीं। बाहर भी बाजे ढोल, ताशे, दिमड़ी और शहनाइयाँ बजने लगीं। ऊपर पूरे किले से लेकर नीचे चन्द्रताल झील तक 'हर हर महादेव' के नारे गूँज रहे थे।

थोड़ी देर में अचानक सब वाद्य और नगाड़े एकदम बन्द हो गए। 'हर हर महादेव' का जयघोष थम गया। सन्नाटा पसर गया। किले पर चलने वाली हवा की सरसर में थोड़ा भय तैरने लगा। जीजाऊ ने पीछे की तरफ नजर डाली। उधर धान के खेतों में से होते हुए चार मराठा सैनिक तेजी से दौड़ते आ रहे थे। उनके उतरे हुए चेहरे देखकर जीजाऊ ने पूछा, "क्या सुभाना, क्या हो गया? बेटा बोलता क्यों नहीं?"

"आई साहेब, पुरन्दर की अपनी इतनी बहादुरी से मिली जीत को दुख का कलंक लग गया है।"

"अरे, लेकिन हुआ क्या?"

"सासवड तक जान बचाकर भाग रही बीजापुर की फौज ने अपने पीछे आ रहे बाजी पासलकर काका पर अचानक पलटकर हमला कर दिया। उन्होंने बहुत बहादुरी दिखाई और तलवारों की खूब खनखन हुई लेकिन क्या करते! वह जमकर लड़े और सिर से पैर तक खून से नहा गए। उनका घोड़ा भी रक्त से नहा गया था। दोनों ने बहुत जिगर दिखाया लेकिन लड़ते-लड़ते पावन-गति को प्राप्त हुए।"

जीजाऊ साहेब में बहुत धीरज था मगर उनके आँसुओं का सैलाब रुक नहीं रहा था। बाजी काका शिवबा के पिता की उम्र के थे। वही थे, जिन्होंने राजा को अपने साथ लेकर बारह मावलों के मैदानों, पहाड़ों, घाटियों की सैर कराई थी। एक-एक जगह से परिचित कराया था। पुरन्दर की इतनी बड़ी जीत पर दुख का यह दाग सहन करने जैसा नहीं था। जीजाऊ ने जैसे-तैसे आँसू पोंछे और पूछा, "शिवा कहाँ है?"

"पासलकर काका की देह फूलों से सजाकर पालकी में रखी गई और राजे उसी पालकी के साथ मोसे घाटी में उनके गाँव गए हैं।"

जीजाऊ ने पंत को बुलाया। दूसरी पालकी बुलाने को कहा। बारिश की वजह से फिसलन भरी हो चुकी पगडंडियों के बावजूद कहार पालकी लेकर रातोरात भागते चले जा रहे थे। जीजाऊ स्वयं पासलकर के कुटुम्ब को सांत्वना देने के लिए मोसे गाँव जा रही थीं। मावल के जिन धनगर, हेटकरी, कोली, माँग, महार, ब्राह्मण, कुनबी, मराठा समेत अलग-अलग अठारह किस्म की पगड़ियाँ बाँधने वाली जातियों को लेकर स्वराज्य की स्थापना का काम शुरू हुआ था, उनमें से अपने एक पितृ तुल्य बन्धु को अन्तिम प्रणाम करने के लिए गरीबों का राजा कीचड़ में पैर धँसाते हुए रात भर मोसे घाटी की ओर जा रही पगडंडी पर बढ़ा जा रहा था। उसी रास्ते पर महाराष्ट्र-माता जीजाऊ अपने पुत्र के पीछे-पीछे तेज रफ्तार से चल रही थीं। दोनों को मावल मुल्क की गरीब प्रजा के खून-पसीने और आँसुओं का मोल खूब पता था।

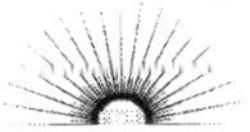

पुरन्दर की लड़ाई में शिवराय ने जिस प्रकार से बीजापुर की अनुशासित और मजबूत फौज को दहला दिया था, मूसे खान जैसे बड़े सरदार को मिट्टी में मिलाया था, फत्ते खान को बीजापुर तक सिर पर पैर रखकर भागने को मजबूर किया था, इस बहादुरी के लिए पूरे बारह मावलों और छत्तीस नेरा में उनकी घर-घर प्रशंसा हो रही थी। दुश्मन के मन में उनकी दहशत बढ़ गई थी। अपनी अपमानजनक पराजय से उधर बीजापुर दरबार अन्दर-बाहर हिला हुआ था।

पराभव का कलंक अपने माथे पर गुदवाकर आए फत्ते खान की बीजापुर में खूब थू-थू हुई। इस अकल्पनीय पराजय से बड़ी बेगम भी बिफरी हुई थीं। उन्होंने एक फरमान जारी किया, "हमारे दरबार में कुत्ते-बिल्ली और चूहे तक का स्वागत है लेकिन फत्ते खान नाम के नामर्द के वास्ते महल और दरबार के दरवाजे हमेशा बन्द रहेंगे। अगर फत्ते खान ने यहाँ आकर अपनी सूरत दिखाने की कोशिश की तो उसे जिन्दा दफना दिया जाए।"

उस वक्त आदिलशाह ने अपने एक खास दूत के मार्फत राजगढ़ की तरफ एक गुप्त सन्देश भिजवाया, "शिवाजी, हमारे मुल्क की बर्बादी और आदिलशाही किलों को नुकसान पहुँचाने का काम तुरन्त रोक दो। ऐसा न करने पर हमारे बीजापुरी जवाँमर्द सह्याद्रि में घुसकर बदले की आग से सब कुछ तबाह कर देंगे और तुम्हारे मुल्क में कोई जिन्दा नहीं बचेगा। शिवाजी, आसमान में ऊँची उड़ान भरने से पहले अपने पैरों के नीचे की जमीन देख लो। मत भूलो कि आपके वालिद राजा शहाजी हमारे कैदखाने में बन्दी हैं।"

पैगाम लेकर आने वाले उस दूत को शिवराय ने उलटा जवाब दिया, "इतनी बड़ी आदिलशाही को ऐसी धमकियों की खोखली मीनार खड़ी करना शोभा नहीं देता।"

शिवराय ने पुरन्दर के खुले मैदान में आदिलशाही फौज को पानी पिलाया था। लेकिन इस विजय का राजगढ़ पर कोई जश्न नहीं मनाया गया। बीजापुर में शहाजीराजे की कैद को राजकुटुम्ब का कोई सदस्य एक पल को भी भूला नहीं था। सईबाई कई बार शिवराय को याद दिला देतीं, "राजे, हमारे मामाजी साहेब वहाँ बन्दीघर में रगड़ रहे हैं और यहाँ किले पर सबकी भूख-प्यास और नींद गायब है।"

"रानी साहेब, आप सिर्फ मातोश्री की फिक्र रखें। बाकी बातें हम देख रहे हैं।" राजा ने सईबाई से कहा।

दिन आगे बढ़ रहे थे। लेकिन हर दिन इतनी धीमी गति से चलता कि युग की तरह लम्बा महसूस होता था।

जब बहादुर महाराज बैरी के कैदखाने में हैं तो इधर के संसार में कोई कैसे सुखी रह सकता था?

राजगढ़ की राजधानी पर जैसे मनहूस सन्नाटा पसरा हुआ था।

ऐसे ही दिनों में एक सुबह कनक दुर्ग की तरफ से एक दूत आया। वास्तविकता की पृष्ठभूमि पर एक कलाकार का बनाया चित्र उसके पास था। जंगल के रास्तों पर नब्बे-पंचानबे हाथियों का झुंड था। उन सबकी पीठ पर लूट का बहुत सारा माल लदा था। पीछे-पीछे सामान के बोझ से दोहरे हो रहे सैकड़ों घोड़े थे। हाथियों के आगे-पीछे, दाएँ-बाएँ, आक्रामक चेहरे और हाथों में हथियार लिये नाचते हुए आगे बढ़ रहे आदिलशाही के दैत्य दिख रहे थे। इस झुंड में एक विशाल काया का खुला

हुआ हाथी चल रहा था। उस पर राज कैदी के रूप में शहाजीराजे को बैठाया गया है। उनके बैठने के लिए हाथी पर न कोई चादर बिछाई गई और न हौदा की छतरी सिर पर दिख रही थी। जलती हुई धूप में राजा को अधिक-से-अधिक तकलीफ हो, उनका स्वास्थ्य खराब हो, इसलिए उन्हें हाथी की नंगी पीठ पर सवारी कराई जा रही थी। शिवराय, जीजाऊ और सईबाई आँखें फाड़कर यह चित्र बारम्बार देख रहे थे। भोसले कुल के इस बहादुर और सबके लिए पितृ तुल्य राजा की प्रतिष्ठा पर ही दुश्मन ने करारा आघात किया था। इस अत्याचार को देखकर सभी शोकाकुल हो गए। उस रात रजवाड़े में किसी ने ठीक से भोजन तक नहीं किया।

दूसरे दिन दक्षिण से दो व्यापारी शिवराय से मिलने के लिए आए। शहाजीराजे को ले जा रहे उस जुलूस की खबर के साथ मिली सूचना भी बहुत चिन्ताजनक थी। दूर कनकगिरी से बीते कुछ महीनों से नवासी हाथियों का झुंड दरअसल बीजापुर की तरफ निकला है। हाथियों की धीमी चाल की वजह से यह प्रवास अभी कुछ महीने चलेगा। इन हाथियों पर लादकर जिंजी के राजा-महाराजाओं की करीब पिछले दो सौ साल में कमाई अकूत दौलत, उनके खजाने लूटकर युद्धबन्दियों के साथ बीजापुर ले जाए जा रहे हैं। इस बेहिसाब सम्पत्ति का भार इतना है कि हाथियों से सँभाले नहीं सँभल रहा है।

वास्तविक अर्थों में जिंजी के उन तीनों किलों की सेनाओं की कमर तोड़ने, युद्ध जीतने तथा यह लूट हासिल करने का काम शहाजीराजे ने किया था लेकिन आखिरी के कुछ दिनों में उनके विरुद्ध बहुत ही सुनियोजित ढंग से षड्यंत्र रचा गया। उन्हें बन्दी बनाया गया।

राजा को बदनाम करने के लिए जुलूस के साथ बीजापुर की तरफ लाया जा रहा था। पता चला कि इस अपमानजनक काफिले की जिम्मेदारी अफजल खान को दी गई। इस खबर ने सबके कलेजे की धड़कनें बढ़ा दी थीं। कोई भी बहाना बनाकर किसी को मार देने, खड़ी फसलों वाले खेतों-गाँवों को जलाकर बंजर बना देने और स्त्रियों-बच्चों का कत्ल करके घर-घर में मातम पसार देने के लिए वह बेहद कुख्यात था।

सईबाई को ससुराल आए आठ बरस हो चुके थे लेकिन भोसले कुल को इतना तनावग्रस्त उन्होंने कभी नहीं देखा था। चिन्ता में राजपरिवार के तीनों सदस्यों की साँसें मानो अटकी हुई थीं। वे सभी बेचैन थे।

रात में जीजाऊ साहेब ने सईबाई से कहा, "क्या करें बेटी? बालराजे के सिर पर चिन्ता का पहाड़ आ गिरा है।"

"आई साहेब, स्वराज्य का स्वप्न अब कैसे पूरा होगा?"

"क्या करें? बेटे के सामने मुश्किलें-ही-मुश्किलें हैं। हर साँस कठिन है। कदम-कदम पर बाधा है। पिता को बचाने जाता है तो नन्हे शिशु की तरह आकार ले रहे

स्वराज्य को कूड़ेखाने में फेंकने जैसा होगा। अगर वह अपने लक्ष्य का झंडा लेकर आगे बढ़ता है तो अपने जन्मदाता की जान पर जोखिम का डर!"

इन जटिल हालात ने सबकी नींद उड़ा दी थी।

शहाजीराजे को याद करते हुए शिवराय का कलेजा भी बैठ जाता था। जीजाऊ ने उन्हें अन्तःपुर में अपनी भीगी पलकें पोंछते हुए अनेक बार देखा था। उनकी पीठ पर स्नेह से हाथ फेरते हुए जीजाऊ बोलीं, "ये क्या शिवराय? तुम्हारे धैर्य का समुद्र ऐसे कैसे अपनी सीमाएँ लाँघ सकता है?"

"हम क्या कर सकते हैं माँ साहेब? आखिर तो यह भोला मराठा मन है। हमारे बाड़े का एक बछड़ा भी बीमार पड़ जाए तो हम रात-रात भर जागने वाले लोग हैं। उधर तो विशाल पर्वत जैसे जन्मदाता दुश्मनों के बन्दीखाने में निढाल पड़े हैं, तो हमें सुख की नींद कैसे आ सकती है?"

"सच है बालराजे।"

एक तरफ शहाजीराजे की कैद और दूसरी तरफ बीजापुर से भविष्य में सम्भावित हमले का खतरा। दोनों बातें परेशान करने वाली थीं। भोसले कुल के मुश्किल दिनों को देखकर खुश होने वाले आस्तीन के साँप भी कम नहीं थे। वे मुश्किलों को और बढ़ाने की कोशिशों में लगे थे।

सुबह सिवापट्टन के आसपास नदी के तट पर महिलाएँ कपड़े धोने के लिए जुटती थीं। कई इनमें भाई-बन्धुओं की बेटियाँ-बहुएँ भी होतीं। जीजाऊ साहेब के परिवार पर आया कठिन वक्त उनकी चर्चा का विषय रहता।

स्वराज्य का झंडा अपने दरवाजों पर गर्व से लहराता रहे, इसके लिए मावल के सैनिकों को मानसिक रूप से मजबूत बनाए रखना बहुत जरूरी था। जीजाऊ बहुत गम्भीर नजर आती थीं। बड़े राजा के लिए उनकी प्रीत शिवराय खूब जानते-समझते थे। दोनों ने अपने जीवन में कितने तूफानों का साथ-साथ सामना किया, यह उन्हें पता था। राजे इस बात से भी खूब वाकिफ थे कि उनके स्वराज्य खड़ा करने के प्रयासों की वजह से उनके पिता के प्राणों पर संकट आया है।

जैसे-जैसे बड़े महाराज की कैद के दिन बढ़ रहे थे, वैसे-वैसे शिवराय और आदिलशाही के अधिकारियों के बीच कटुता भी बढ़ रही थी। इस पेच को सुलझाने का कोई रास्ता नहीं दिख रहा था। जीजाऊ साहेब बेहद परेशान हो चुकी थीं। बीजापुर में मुस्तफा खान, बड़ी बेगम साहेब और खुद आदिलशाह शिवराय को कड़ा सबक सिखाने का फैसला कर चुके थे।

ऐसा नहीं था कि दोनों पक्षों के बीच बातचीत बन्द थी। दोनों ओर के दूत एक-दूसरे के पास आ-जा रहे थे। सिर्फ संघर्ष नहीं रुक रहा था। इसी बीच बीजापुर ने सन्देश भेजकर शर्त रखी कि पहले पुणे के पास का कोंढाणा किला और कर्नाटक में कन्दरपी का किला उसके सुपुर्द किया जाए। इसके बाद ही किसी तरह के

लेन-देन की बातचीत का रास्ता खुलेगा। लेकिन साथ ही यह धमकी भी दे दी गई कि सिर्फ इन्हीं दो किलों के साथ बीजापुर की भूख खत्म नहीं होगी। यह सुनकर शिवराय अत्यन्त क्षुब्ध हो गए। उन्होंने साफ कह दिया, "लगे तो हम अपने प्राण दे देंगे लेकिन किलों पर फहराते हमारे झंडे उतारकर यह दौलत किसी के बाप को भी नहीं मिलने वाली।"

लेकिन जैसे-जैसे दिन बढ़ रहे थे, कैद में पड़े शहाजीराजे की स्मृति जीजाऊ साहेब को खूब व्याकुल कर रही थी। उनके लिए धीरज बनाए रखना लगातार कठिन हो रहा था। नतीजा यह कि अन्न-पानी करीब-करीब छूट गया था। वह बेहद कमजोर दिखने लगी थीं। महल की दीवारों में भी भय उतरने लगा। राजमहल के नौकर-चाकर, सेवक, देखभाल करने वाले दास-दासियाँ घबरा गईं।

एक दिन शिवराय कार्यालय के सारे काम निपटाने के बाद अपने शयनगृह में पहुँचे। सईबाई उन्हें बारिश में भीगी अंगूर-लता की तरह अशक्त दिखाई दीं। राजा ने व्यग्रता से पूछा, "रानी साहेब, क्या हुआ आपको?"

"राजे, करीब चार दिन हो गए, आई साहेब ने व्रत धारण कर रखा है। मुँह में अन्न का एक दाना तक नहीं लिया।"

"क्या कह रही हैं रानी साहेब!"

"दिन भर में कोई आधा लोटा दूध पर कैसे रह सकता है?"

"देखिए सई, कुटुम्ब पर, मनुष्य पर संकट आते रहते हैं। हमले होते रहते हैं... लेकिन उन्हें पचाने के सिवा मनुष्य कर क्या सकता है?"

"क्या मतलब है राजे?"

"एकदम स्पष्ट कहें तो...नहीं सई...कुछ भी हो जाए कोई जोड़-तोड़ नहीं। कोंढाणा और कन्दरपी जैसे विशाल किले देकर हम कोई भी समझौता नहीं कर सकते।"

"माफ करें राजे, मैं भी स्पष्ट पूछती हूँ, आई साहेब के प्राणों का कोई मोल है कि नहीं?"

"रानी साहेब, एक बात आप कैसे भूल सकती हैं?"

"कौन सी राजे?"

"हमारे आबा साहेब, शहाजीराजे ने जब हम सिर्फ दस-ग्यारह साल के ही थे, तब मावल लौटते हुए, तुंगभद्रा के किनारे पर हमें क्या शिक्षा दी थी? तब आबा साहेब ने कहा था कि अरे, ये इन इस्लामी बादशाहों से, आदिलशाह से सीख लो...एक बार वे अपने घुटनों की कटोरियाँ और आँखें निकालकर तुम्हारे हाथ में दे देंगे...लेकिन किसी भी परिस्थिति में किले देने वाले नहीं।"

"ठीक राजे, बात चाहे जो भी हो। भगवान ने ही जब उलझा दिया है तो हमारे जैसी अबला क्या करेगी?"

"ठीक है...।"

"क्या ठीक राजे? बिस्तर पर एकदम दुर्बल होकर एक ही जगह लेटी हुईं राजमाता से आपको एक बार भेंट करनी चाहिए। गए चार दिन में आपका मन एक बार भी उनसे मिलने का नहीं हुआ या आपको समय नहीं मिला...या फिर आप डरते हैं कि उन्हें क्या जवाब दें?"

सईबाई की बात राजा के मन को बींध गई। उन्होंने गम्भीर सूरत में कहा, "चलो चिन्ता मत करो। हम मातोश्री के दर्शन करने जाते हैं। आप भी साथ चलिए।"

राजे के कदम जब मातोश्री के महल में पहुँचे तो वह दहलीज पर ही ठिठक गए। उन्होंने सपने में भी नहीं सोचा था कि ऐसा कुछ होगा। सतत उपवास और चिन्ता के कारण कृशकाय हो चुकीं जीजाऊ साहेब की ओर राजा से देखा नहीं जा रहा था। उनकी धँसी हुई आँखों के चारों तरफ काले घेरे बन चुके थे। उन्नत ललाट पर चिन्ता की गहरी रेखाओं के निशान उभर आए थे। जीवन में आज तक अनेक बादल और चक्रवात आए-गए, लेकिन मातोश्री की ऐसी दशा राजा ने पहले कभी नहीं देखी थी।

शिवराय झटके से आगे दौड़े। जीजाऊ साहेब के पलंग के नीचे रखे जाजम पर उन्होंने घुटने टेके। अपना सिर झुकाया और जीजाऊ के सूख चुके हाथ पकड़े। जीजाऊ ने हमेशा की तरह वात्सल्य से राजा के चेहरे पर हाथ फेरा। ममता से आशीर्वाद दिया। मातोश्री की यह अवस्था देखकर शिवराय का हृदय भर आया। उनकी हथेलियों को अपनी आँखों से लगाते हुए राजा ने पूछा, "आई साहेब, हमसे क्या गलती हो गई?"

"नहीं बालराजे। यूँ तो दोष किसी का नहीं है। तुम्हारे पूछने से पहले ही हम स्पष्ट कह देते हैं कि किसी पर हमारा क्रोध नहीं है। उलटे हम तुमसे यही कहेंगे कि अपने ध्येय से रत्ती भर भी पीछे मत हटना। कोई जोड़-तोड़ मत करना।"

"यह क्या कह रही हैं मातोश्री? सच कहिए...इस मुश्किल समय में आप हमारी परीक्षा तो नहीं ले रहीं?"

"नहीं बालराजे, ऐसा कुछ नहीं। हमें कोई शिकायत नहीं। आप खुद को अपराधी समझें, ऐसा कोई कारण नहीं है। लेकिन...।"

"लेकिन क्या आई साहेब?"

"हमें बार-बार स्मरण होता है, देवगिरी किले की तलहटी वाली काल रात्रि का! जीवन में बादल आते हैं। संकट के बवंडर भी उठकर चारों तरफ से घेरते हैं। उस रात तो चक्रवात की तरह घूमते हुए दुखों के पहाड़ जो हमारे सिर पर टूटे, उनका क्या कहें! हमें नहीं लगता कि दुनिया की किसी स्त्री पर ऐसा भयंकर संकट कभी आना चाहिए। हमारे मायके में रिश्तों की जो डोरियाँ थीं, इस चक्रवात ने देखते-देखते तोड़ दी। पूरे जाधव कुल को उसने छिन्न-भिन्न

कर डाला। किसी पुराने पीपल वृक्ष की तरह छाया देने वाले पराक्रमी वृद्ध पिता लखोजीराव जाधवराव, बिजली की तरह दुर्भाग्य उनके सिर पर गिरा...उस निर्मम प्रहार ने उनका सिर धड़ से अलग कर दिया। अपनी तरुणाई की दहलीज पर खड़े हमसे छोटे तीनों भाई...दुष्टों ने जैसे नदी के किनारे खड़े वृक्षों को बेदर्दी से काट दिया...उन तीनों का रक्त-मांस वहाँ चारों तरफ बिखर गया था। सवाल था किं भीतर तक कँपा देने वाले इस दुख को लेकर मैं कहाँ जाऊँ? दुष्टों ने ऐसे हालात बना दिए थे कि एक तरफ तो सिर पर संकट के बादल फटे थे और दूसरी तरफ धरती भी अपनी गोद में जगह देने को तैयार नहीं थी। उस पर दिन-दिन बढ़ता सिर्फ दो महीने का गर्भ था...ऐसी जानलेवा परिस्थितियों में एक स्त्री किस दिशा में जाती? अन्ततः तो वह एक अबला थी...शरीर की साँसें, हमारा धीरज और रक्त-मांस भी शिथिल पड़ रहा था...काया की हड्डियाँ चूर हो रही थीं...पसलियाँ टूट रही थीं...तब दुखों की लहरों में डूबने-उतराने का अनुभव लेते हुए हम इस दुनिया को छोड़ देने का मन बना रह थे...आखिरी क्षणों में अचानक हमें अपनी पीठ पर हाथों का स्नेह भरा स्पर्श महसूस हुआ...वह स्नेह स्पर्श जाना-पहचाना था। ध्यान आया कि हमारे तीनों बन्धु हमारी पीठ पर, धीरज से हाथ फेर रहे थे। जीऊ, तू काल के दरिया में मत डूब, तू जीवन का किनारा पकड़। दुख की गंगा को छोड़ और अपने गर्भ के नन्हे शिशु को सँभालने की हिम्मत दिखा। हमारा सारा शरीर काँप गया। सिर्फ उस स्पर्श ने हमें तुम्हारे साथ पार लगा दिया! बहुत देर बाद हमें खयाल आया...हमारे माथे का सिन्दूर हमारी पीठ थपथपा रहा था... वह हमारे भाइयों का रूप लेकर हमें सँवार गया था!"

"वाह आई साहेब, आपने अपने मुख से हमें हमारे महान आबा साहेब के नए रूप से परिचित कराया। मैं धन्य हो गया।"

"बालराजे, हम इतना ही कह सकते हैं कि शहाजीराजे सिर्फ जीजाऊ के पति नहीं हैं, वह हमारे हिस्से में आए परमेश्वर के अंश हैं। उनकी क्षमताओं और त्याग की पूरी खबर हमारे हाड़-मांस को है। रामायण में सीता जरूर चौदह वर्ष के वनवास में पति के साथ गई थीं लेकिन उनके भाग्य में सुख-दुख में साथ रहना लिखा था। हमारे बारे में कहें तो मावल की डूबती अयोध्या को सँभालने के लिए इस सीता को अपनी गृहस्थी और पति से जन्म भर के लिए दूर होकर वनवास की भयंकर सजा भोगनी पड़ी। हमारी तकदीर में जो कुछ भी था, वह हमारे हिस्से आया। हमने उसे सहन भी किया। प्राण हर लेने जितनी भयंकर विपदाओं के बीच एक बात मैं जरूर कहूँगी कि पुराणों में भी किसी देवी को ऐसा प्राणपति नहीं मिला होगा, इस बात का मुझे बहुत अभिमान होता है।"

"आई साहेब, चिन्ता न करें। आपके शब्दों ने हमें जीवन जीने की संजीवनी दी है। लेकिन हे माते, आप हम पर सिर्फ एक कृपा करें, अन्न ग्रहण करें।"

"लेकिन राजे?"

"इस क्षण हम सिर्फ यही कहेंगे कि हमारे माता-पिता के पुण्य-प्रताप का दरिया इतना विशाल है कि...आप चिन्ता न करें...नफा-नुकसान, दंड या अर्थदंड जो होगा आगे देखा जाएगा। किसी भी सूरत में हम अपनी मातोश्री के कपाल के सिन्दूर का कण भर भी कम नहीं होने देंगे।"

अन्तत: शिवराय के संत्रस्त विचारों ने उनके धैर्य को पराजित कर दिया। जो जरूरी होगा वह करके पिता की रक्षा करनी ही होगी। इसके लिए भले चार-छह किलों की कुर्बानी क्यों न देनी पड़े।

उस दिन संध्या पूजन के लिए देर हो चुकी थी। देवघर में पुजारी, उनके साथी और सेवक सईबाई की काफी देर से प्रतीक्षा कर रहे थे। सईबाई ने सन्देश भिजवाया था कि आज वह स्वयं अपने हाथों से पूजा करेंगी। जीजा माता और उनके ज्येष्ठ पुत्र के बीच लौट आए परस्पर संवाद का सुख सईबाई ने अनुभव किया। जीजाऊ साहेब के मुख से अपने राजघराने और शिवराय जैसे पतिदेव पर आए भयंकर संकटों और त्याग की कहानी सुनी, तो उन्हें एहसास हुआ कि कैसे ईश्वर ने बार-बार इस राजकुटुम्ब की परीक्षा ली है। वह तेज कदमों से राज मन्दिर के देवस्थान पर पहुँची और भोसले कुल को आधार देने वाले श्रीशंकर और माँ तुलजा भवानी की यथोचित पूजा-अर्चना की।

काफी देर बाद वह देवस्थान से बाहर निकलीं। तब उन्हें अपने चारों ओर हवा में एक नई चेतना जैसी लहराती महसूस हुई। एक अकल्पनीय सुगन्ध और अपने भीतर देवता की कृपा का अनुभव हुआ।

अन्तत: यह निर्णय लिया गया कि समझौते का मसौदा-पत्र लेकर घोड़े अगली सुबह बीजापुर की तरफ रवाना होंगे। दो-तीन दिनों के भीतर भोसले वंश के कब्जे में आए दोनों किलों की चाबियाँ आदिलशाही दरबार में पहुँचा दी जाएँगी।

सईबाई को शयनगृह की ओर तेजी से आते देखकर राजा को थोड़ा आश्चर्य हुआ। उनके मुख पर गुड़हल के फूल से भी ज्यादा चमक बिखरी थी। सईबाई ने राजा की तरफ हँसते हुए देखा और पूछा, "क्यों जी, इस संसार में आदिलशाह ही सबसे ज्यादा ताकतवर है क्या?"

"मतलब?"

"आप जरूर इस बात की खोज करें क्योंकि उस आदिलशाह के दिल में भी घबराहट पैदा करने वाली कोई तो 'महाशक्ति' या सत्ता इस धरती पर होगी?"

"कैसी महाशक्ति?"

"समझिए राजे, अगर कल दिल्ली की फौजों को हम अपने यहाँ से निकलकर बीजापुर की सीमाओं पर खड़े होने को रास्ता दें, तो कैसा रहेगा? मुगलों के आगे वह कैसे खड़े हो पाएँगे?"

सईबाई रानी साहेब के मुँह से यह अपूर्व सलाह सुनकर जीजाऊ और शिवराय दोनों ही चकित रह गए। दोनों ने एक-दूसरे की आँखों में आश्चर्य से देखा। उन्हें एक ऐसा राजनीतिक हथियार मिल गया, जो बहुत ही सन्तोषजनक था। राजनीतिक चर्चाओं में दखल रखने वाले राजकीय पंडितों को भी जो बात नहीं सूझी, उससे कहीं बढ़िया बात सईबाई ने सहजता से कह दी थी। राजे हँसकर बोले, "माँ साहेब, आपकी बहूरानी तो बहुत ही कुशाग्र बुद्धि निकलीं।"

"हमारी बहूरानी ने इतना अचूक रास्ता बताया है कि क्या कहूँ।" जीजाऊ ने उत्साह से कहा, "सच्ची बालराजे, कल अगर ऐसी गप्प भी बाहर फैल जाए कि दिल्ली और हमारे बीच कोई राजनीतिक खिचड़ी पक रही है, तो उधर बीजापुर के हाथ-पैर फूलने लगेंगे और फिर महाराज को नुकसान पहुँचाने की वह सोच भी नहीं सकेंगे।"

राजगढ़ पर रात भर से मँडरा रहा चक्रवात आखिर शान्त हुआ। लाडली बहू के सहज सुझाव ने हवा का रुख बदल दिया था। शिवराय की आँखों में विलक्षण चमक थी। राजे के खिले हुए चेहरे को देखकर सईबाई का हृदय सुख से भर गया। शिवराय पलटे और तेजी से फिर कार्यालय की तरफ निकल गए।

उसी देर रात रघुनाथ पंडित अपने कुछ अधिकारियों की टुकड़ी के साथ गढ़ से बाहर निकले। उनके साथ तेज रफ्तार से भागने वाले घुड़सवारों का दल था। उन्हें जल्दी-से-जल्दी गुजरात पहुँचना था। वहाँ दिल्ली के बादशाह शाहजहाँ के शहजादे मुराद बख्श सूबेदार के रूप में नियुक्त थे। उसके पास ही राजा ने बादशाह के लिए एक जरूरी खलीता भिजवाया था। दूसरी तरफ दोपहर में इस खलीते की एक प्रति लेकर दूसरा दल आगरा की तरफ रवाना होने वाला था।

सईबाई की सलाह आदिलशाही के लिए किसी जंगली औषधि की तरह जालिम साबित होने वाली थी। शिवराय को पूरा विश्वास था कि इसमें स्वराज्य के उद्भव के विरुद्ध उठने वाले हर कदम का इलाज हो जाएगा। उन्होंने आगरा की तरफ रवाना गुप्त खलीते में यह संकेत कर दिए थे कि अगर 'आवश्यकता पड़ी तो आदिलशाह के विरोध में वह मुगलों की मनसबदारी स्वीकार करने के लिए तैयार हैं।'

इसी दौरान एक दिन बादशाह शाहजहाँ का मुहरबन्द खलीता बीजापुर के सात मंजिल में पहुँचा। बड़ी बेगम ने तुरन्त वजीरों के सामने उसे पढ़वाया। उसका मजमून समझा। फिर तुरन्त ही वह पुनः बीमार मोहम्मद शाह के दालान में दाखिल हुईं। बादशाह का वह खलीता आदिलशाह के सामने पढ़ा गया, "माहुली समझौते के अनुसार हमने राजा शहाजी को बीजापुर के हाथों में एक दोस्त की भाँति सौंपा

था। सुना है कि आजकल आप दोनों में आपस में बन नहीं रही। हमारे पास यह खबर भी पहुँची है कि आपने शहाजीराजे को एक राजबन्दी बनाकर कैद में डाल रखा है। आप दोनों के आपसी झगड़े में हमें कोई दिलचस्पी नहीं है लेकिन करार के मुताबिक शहाजीराजे की सेहत और उनकी जान की कानूनी जिम्मेदारी आपकी बनती है। खैर, दक्खन के हमारे दोनों दोस्तों की तबीयत के लिए हम अल्लाहताला से दुआ माँगते हैं।"

दक्खन की राजनीति में दिल्ली के बादशाह के इस दखल से बेगम का मन छटपटा गया। अपने शौहर के सामने वह कागज पेश करने से पहले उसने कई बार वे शब्द पढ़े थे, सुने थे। उन शब्दों का तीखापन बेगम साहेब को बहुत बेचैन कर रहा था। अब उनका पूरा ध्यान आदिलशाह की प्रतिक्रिया की तरफ था। देर तक खाँसने के बाद रुककर मोहम्मद शाह ने कहा, "ऐसा करें कि हमारे साथियों और सरदारों को खास तौर पर कहें कि अभी आबोहवा ठीक नहीं है। ठंडे दिमाग से काम करना होगा। उस शहाजीराजे की ताकत और तकदीर बड़ी है।"

आगरा-दिल्ली और राजगढ़-बीजापुर से लेकर गुजरात में, जहाँ शहजादा मुराद मौजूद था, घटनाक्रम तेजी से चलने लगा। समझौते के मसौदे लेकर घुड़सवार चारों तरफ दौड़ रहे थे। इन तमाम बातों में आदिलशाही को कई तगड़े झटके लगे। चीजें उन्हें हाथ से निकलती दिख रही थीं, इसलिए जो भी हड़बड़ी में बचाया जा सकता था, वह उसे बचाने में लग गए। इस परिस्थिति में उन्हें समझौता करना ही पड़ा।

शहाजीराजे की रिहाई तय हो गई और बदले में आदिलशाह ने उनके बंगलूर के पास स्थित कन्दरपी के किले और शिवराय से पुणे के नजदीक कोंढाणा के किले की माँग की। पिता-पुत्र, दोनों को ही अपने-अपने ये किले बहुत प्रिय थे। मगर जल्द-से-जल्द भारी मन से इन्हें आदिलशाह को देने का समझौता उन्हें करना पड़ा। जीजाऊ की लाडली बहू सईबाई की कुशाग्र बुद्धि से आगे आने वाला बड़ा खतरा टल गया था। उधर, आदिलशाह की किस्मत में सिर्फ दो किले लेकर छटपटाते हुए चुप्पी लगा जाने के सिवा और कुछ नहीं आया।

जावली पर हमला

1655

जीजाऊ साहेब इन दिनों खूब भावुक हो चली थीं। उन्होंने शिवराय को सख्त आदेश दिया, "हमें बताए बगैर शिवबा गढ़ से कदम भी बाहर मत रखना।"

"माँ साहेब, आप जैसी स्त्री फौलादी मन से दुर्बल हो जाएगी, तो कैसे चलेगा?"

"बालराजे, चिन्ता ने हमें हैरान-परेशान करके रख छोड़ा है। शिवबा, तुम कितने अकेले पड़ गए हो। अब न तुम्हारे आगे कोई है और न पीछे खड़े रहने को कोई बचा है। हमारा सोने के टुकड़े जैसा बालक शम्भू उधर दक्षिण में काम आ गया।"

बड़े भाई सम्भाजीराजा की मृत्यु की अतिशय धक्का पहुँचाने वाली खबर जब गढ़ पर आई तो पूरे परिसर की सारी चेतना ही जैसे गायब हो गई। उधर दक्षिण में कनकगिरी के किलेदार अप्पा खान ने बगावत कर रखी थी। उसकी बगावत को खत्म करने के लिए आदिलशाही दरबार से शहाजीराजे के चिरंजीव सम्भाजी को भेजा गया। जब किले के चारों तरफ घेरा डाला गया, तभी अचानक एक दिन किले से एक तोप का गोला आया और युवराज के प्राण ले गया।

इस समाचार ने जीजाऊ को दुख के सागर में डुबा दिया था। शम्भूराजे बहुत ही कम उम्र में पिता के साथ रणभूमि में जाने लगे थे। इस कारण जीजाऊ को यह भी दुख था कि वह अपने पुत्र के साथ अधिक समय नहीं बिता सकीं। उस पर उम्र के सिर्फ तैंतीसवें बरस में उनका इस संसार को छोड़ जाना किसी जानलेवा दुख की तरह था। दुख और संकट जीजाऊ जैसी राज-स्त्री के जीवन के कदम-कदम के साथी बन गए थे।

उनकी यह शोचनीय अवस्था देखकर सईबाई उन्हें कई बार कहतीं, "खुद को सँभालिए माँ साहेब। कितना शोक मनाएँगी?"

"सई, कैसे भूलूँ मैं अपने तेजस्वी युवराज को? उसकी उम्र सिर्फ तेरह साल की थी, जब उसने जुन्नर के किले पर लड़ते हुए दुश्मन को तितर-बितर कर दिया था। दिल्ली के शाइस्ता खान को हमारे नन्हे बेटे ने कड़ी टक्कर दी थी और उसे कई महीने तक संगमनेर में घुसने नहीं दिया था।"

कई लोग कह रहे थे कि सम्भाजीराजे का निधन केवल एक दुर्घटना में हुआ। कुछ दिन पहले ही शम्भूराजा ने बंगलूर को बचाने के लिए जमकर जंग लड़ी और जीती थी। आदिलशाही के फरहाद खान के दाँत तोड़कर उसे वापस बीजापुर भागने पर मजबूर कर दिया था। ऐसा शूरवीर और सदैव सतर्क रहने वाला पुत्र असावधानीवश कैसे मृत्यु के मुँह में समा सकता था? यह सवाल सिर उठाए खड़ा था।

आखिर इस घटना के तथ्य प्रकाश में आए। शहाजीराजे के दरबार के बड़े पंडित जयराम पिंडे कर्नाटक से पुणे आए। उनसे ही यह खबर जीजाऊ को सुनने को मिली, "युवराज जब कनकगिरी के लिए गए तो उनके साथ अफजल खान की फौज भी थी। उसने ही शम्भूराजा को कनकगिरी के परकोटे के बाहरी हिस्से में बारूदी सुरंग बिछाने की जिम्मेदारी दी। दुर्दैव से पहले से तय इस योजना में मदद के लिए अफजल खान की सेना देर तक वहाँ नहीं पहुँची।"

"मतलब उसने जान-बूझकर यह धोखा दिया?"

"इस बारे में कई गम्भीर बातें हमारे कानों पर पड़ी हैं।"

"कैसी बातें?" जीजाऊ ने पूछा।

"उस कपटी अफजल खान ने दाँव खेला था। उसने किलेदार अप्पा खान को गुप्त पैगाम भिजवाया कि मैं तेरा शिकार ठीक तेरे किले के मुहाने पर पहुँचा दूँगा, तू उसे चबाकर फुरसत हो जा।"

ये सारी बातें सुनकर जीजाऊ साहेब का कलेजा छलनी हो गया। वह खूब रोईं। अपने बड़े भाई की याद में शिवराय का मन भी तड़पता था। उन्हें तुंगभद्रा के किनारे पर उस गीली सुबह सम्भाजीराजे से हुई अपनी अन्तिम भेंट की रह-रहकर याद आ रही थी। शिवबा पर उनकी कितनी जान थी। नदी किनारे सम्भाजीराजा ने अपने छोटे भाई से कहा था, "शिवबा, तुझ पर कभी किसी संकट का आभास भी हो तो सिर्फ एक बार सन्देश भिजवा देना। पूरे दक्खन को लेकर हम तुम्हारी मदद के लिए दौड़कर सह्याद्रि पहुँच जाएँगे।"

अपने बड़े भाई का यह लाड़ और बातें याद करते हुए शिवराय का मन कातर हो उठता था।

जिसके कन्धे से कन्धा मिलाकर राह में आगे बढ़ने की योजना हो, वही अगर पलटकर धक्का दे दे और रास्ते में काँटे बिछाना शुरू कर दे, तो इस बात को क्या कहा जाएगा?

मूसे घाटी में रहने वाली एक गरीब विधवा बहुत देर से कार्यालय में आकर कोने में बैठी हुई थी। आठ दिन पहले जब वह पहली बार आई थी तब राजा ने उसकी शिकायत दूर करने की जिम्मेदारी नेताजी पालकर को सौंप दी थी। लेकिन मामला नाजुक था। एक दुर्बल स्त्री को न्याय देने के लिए राँझ के पाटील के साथ जो हुआ था, उसकी चर्चा चारों दिशाओं में फैल चुकी थी। शिवराय की हर तरफ खूब प्रशंसा हुई थी। इस बार बात अपने राज्य के एक गाँव के मुनीम की थी, जिसने नशे में एक गरीब विधवा की आबरू लूटकर, उसकी इज्जत को तार-तार किया और भाग गया। यह घृणास्पद प्रकरण सुनते ही राजा के तन-बदन में आग लग गई और उन्होंने गुस्से में नेताजी से पूछा, "अपनी सरकार में नौकरी करने वाला यह भ्रष्ट इनसान आखिर है कौन?"

"उस मूर्ख का नाम है रंगो त्रिमल वाकड़े।"

"अगर हमारे कर्मचारी, मंत्री और राज्य के सेवक ऐसे निन्दनीय काम करते रहेंगे तो फिर प्रजा किसका मुँह देखेगी?"

"राजे, हमने उसे पकड़ने की जी-जान से कोशिशें की, लेकिन दुर्दैव से वह हाथ नहीं लगा।" नेताजी ने गरदन झुका दी।

"आखिर कहाँ जाएगा वह? क्या जमीन के अन्दर छुप जाएगा या फिर आसमान में जाकर बस जाएगा?"

"माफ करें राजे, वह घटिया आदमी पास के मुल्क में, जावली भाग गया है। हमारे घुड़सवार उसे पकड़ने के लिए वहाँ तक गए, लेकिन वहाँ से उन्हें खाली हाथ लौटना पड़ा।"

"कारण?"

"जावली के मोरे ने उसे अपने संरक्षण में ले लिया और अब किसी हाल में हमें सौंपने के लिए तैयार नहीं है।"

कार्यालय में आज काफी हंगामा था। जावली के चन्द्रराव उर्फ यशवंत राव मोरे के विरुद्ध एक के बाद एक शिकायतें सामने आ रही थीं। वह खाए-अघाए चूहे की तरह किसी की परवाह किए बिना खूब उछल-कूद कर रहा था।

मोरे के साथ चल रही कलह के कारण राजे काफी बेचैन थे। वह बड़े पैमाने पर मावल के अनेक गाँवों के देशपांडे और देशमुखों को शिवराय के खिलाफ भड़काता रहता था। थोड़ी देर में जीजाऊ साहेब भी कार्यालय में आईं। सबने उन्हें झुककर सलाम किया। राजे उत्तेजना में बोले, "देखा माँ साहेब, ये हैं यशवंत राव! चारों तरफ अपने हिन्द स्वराज्य के विरुद्ध बातें करते रहते हैं।"

"कौन...मोरे है क्या?"

"हाँ वही। छह-सात साल पहले जावल की जागीर माँगने के लिए यहीं माणकुबाई का आँचल पकड़कर झुककर सलाम किया करते थे। कई दिनों तक वह यहाँ सीधी-सादी गाय के जैसे खड़े रहते थे। लेकिन अब इस गाय को ढीठ बैल के जैसे सींग क्यों निकल आए हैं?"

"राजे, समय रहते उन्हें ताकीद कर दीजिए।"

"ताकीद कैसी आई साहेब, दो-तीन बार उन्हें फरमान भेजे जा चुके हैं। लेकिन उन्होंने हमेशा दर्प भरी और बेमुरव्वत भाषा का प्रयोग किया। परसों ही उन्होंने अपने नेताजी के पत्र का कैसी नमूनेदार भाषा में जवाब दिया...नेताजी आप ही बताइए!"

"यशवंतराव मोरे की जुबान पर कोई लगाम नहीं है। मुँह खोलते ही आँय-बाँय बकने लगते हैं।" नेताजी ने कहा, "बोले...बताओ उस शहाजी भोसले के चिरंजीव को जावली की राजगद्दी पर मोरे कुल की आठवीं पीढ़ी राज कर रही है। हमारे सगे-सम्बन्धी सीधे चन्द्रगुप्त मौर्य से जाकर जुड़ते हैं।"

जीजाऊ का चेहरा तमतमा गया। उन्होंने खुद को नियंत्रित करते हुए ठंडे दिमाग से कहा, "क्या यशवंतराव पुराने दिन भूल गए? जब माणकुबाई मोरे को साथ में राजगढ़ पर लाकर अक्षरशः आँसू बहाया करते थे। खूब रोते थे। उनके दत्तक लिये जाने की रस्म बिना किसी के विरोध के पूरी हो जाए, इसलिए उन्हें संरक्षण देने

के वास्ते अपने घुड़सवार सिपाही तक हमने उनके साथ भेजे थे। हमारी ही सुरक्षा में वह जावली की गद्दी पर बैठे और आज साँप के जैसे फुफकार रहे हैं! इसे ही कृतघ्न होना कहते हैं।"

"लेकिन माँ साहेब, क्या आपको पता है कि आजकल इन जुल्मी मोरे बन्धुओं की कितनी मजाल हो गई है?"

"बताओ...।"

"ये मोरे आजकल ठेठ बीजापुर के आदिलशाही दरबार तक जाकर हमारे खिलाफ बातें करते हैं कि शिवाजी ने आदिलशाही के जो किले छीन लिये हैं, उन्हें फिर से अपने अधिकार में लेना चाहिए। स्वराज्य की जमीन, किले और अन्य चीजों को जब्त करना चाहिए। ये बार-बार वहाँ जाकर हमारे खिलाफ अपनी जहरीली जीभ से फुफकारते हैं।"

"वाई के सूबेदार का तबादला होने की खबर आपको मिली क्या?" सईबाई ने पूछा।

"हाँ, वह अफजल खान की न! उसे बीजापुर वालों ने वाई से दक्षिण में कनकगिरी पहुँचा दिया है।" शिवराय ने कहा, "असल में यशवंतराव मोरे उतना बुरा इनसान नहीं था, लेकिन इस अफजल खान की संगत में पड़ गया और हवा में उड़ने लगा। उसे लगने लगा कि वह बहुत बड़ा आदमी हो गया है।"

"अफजल खान की समस्या तो दक्षिण चली गई। राजे, अब अपना दाँव खेल डालिए।"

"कौन सा?"

"ये जावली का दुख हमेशा के लिए खत्म नहीं करना क्या?" सईबाई ने शान्त और धीमे स्वर में राजा को अचूक सलाह दी।

"देखा माँ साहेब! आपकी बहूरानी कितनी होशियार हैं?" कान्होजी जेधे दिल खोलकर हँसते हुए बोले, "चूल्हे पर चढ़ी फीकी दाल में कब धीरे से तड़का लगाना है, ये बराबर आता है आपकी बहू को।"

जेधे की इस बात पर बैठक में मौजूद सभी लोग हँस पड़े।

रोहिड़ घाटी के पलसुली गाँव के लोग शिकायत लेकर कार्यालय में आए थे। पंचगनी के नजदीक चिखली गाँव के रामाजी वाडकर एक साधारण किसान थे। उनके और यशवंतराव मोरे के बीच कुछ समय पहले किसी बात पर खटपट हो गई थी। उसका हिसाब बराबर करने के लिए एक दिन यशवंतराव अपने तलवारबाजों के साथ चिखली में घुस गए। उस दिन गाँव में ग्रामदेवी की सवारी निकल रही

थी। दूसरे गाँवों से मेहमान, पहलवान और देवी के दर्शनों के लिए आए भक्तों की बड़ी भीड़ थी। लेकिन इन सभी लोगों की परवाह न करते हुए मोरे के लोग रामाजी वाडकर पर टूट पड़े। जैसे किसी रास्ते पर बकरे को सबके सामने काट दिया जाए, वैसे ही पूरे गाँव के सामने उन्होंने तलवारों और कुल्हाड़ियों से उसके शरीर की बोटी-बोटी कर डाली।

वाडकर पर यशवंतराव के अत्याचार इतने पर ही नहीं रुके।

एक दिन वाडकर के नाते-रिश्तेदार और गाँव के लोग भयभीत राजगढ़ के कार्यालय में पहुँचे, "राजे न्याय कीजिए। हम गरीबों को या तो जीने दीजिए या फिर हमें मार ही डालिए।" राजा के सामने सबने एक स्वर में यही कहा।

"क्या बात है, क्या हुआ?"

"रामाजी को मोरे ने उसके गाँव में घुसकर देवी की सवारी के बीच काट डाला था, अब उसके इकलौटे बेटे को भी नहीं छोड़ा राजे!"

"लेकिन हुआ क्या?"

"रामाजी का वह गरीब बेटा अपनी जान के डर से दूर रोहिड़ घाटी के पलसुली गाँव में रह रहा था।"

"फिर?"

"ये जावली के दुष्ट राक्षस वहाँ भी पहुँच गए। उन्होंने उसके बेटे को वहाँ कीचड़ में घसीट-घसीटकर मार डाला। अब उसके बच्चे कहाँ जाएँ?"

"लेकिन रोहिड़ की घाटी तो मोरे की जागीर की सीमा में कहाँ आती है?"

"यही तो शिकायत है राजा। देखिए, मोरे के जुल्मों की अब कोई सीमा नहीं रह गई है। राजे, आपकी इस गरीब प्रजा को आपके सिवा किसका सहारा है?"

कार्यालय में ग्रामीणों का रुदन और चीख-पुकार हृदयविदारक थी। शिवराय खूब व्यथित हो गए। पुरन्दर में मूसे खान और फत्ते खान खुद होकर आगे आए थे। तब उन दैत्यों को युद्ध में सबक सिखाते हुए राजा को कुछ गलत नहीं लगा था। परन्तु अपने पड़ोसी और अपनी सह्याद्रि की धरती पर आपस में कटार चलें, यह बात उनके मन में चुभ रही थी। माँ साहेब जीजाऊ ने गम्भीर स्वर में कहा, "मोरे को प्रकृति का भी बड़ा सहारा मिला है। उधर जाने के रास्ते सँकरे हैं और सह्याद्रि की घाटियाँ उसको सुरक्षित बनाती हैं। इसलिए वह इतना मुँहजोर हो गया है, क्यों राजे?"

"आप सही हैं लेकिन उसके पास दस-बारह हजार अच्छे घुड़सवार योद्धा भी हैं। अच्छे शस्त्र हैं। हनुमंतराव जैसा होशियार भाई और दो बेटे भी हैं।"

"अच्छी याद दिलाई।" जीजाऊ ठहरी हुई आवाज में बोलीं, "क्या हम किसी के माध्यम से हनुमंतराव से भेंट नहीं कर सकते?"

"हनुमंतराव अलग रहते हैं। जावली के दक्षिण में। लेकिन वह जावली के

दीवान हैं। होशियार इनसान हैं। विचारवान हैं और इसलिए लोगों ने उनका नाम 'विचारे' रख दिया है।"

"वही हम कह रहे हैं। अगर उन्हें अपने साथ लेकर अपने स्वराज्य के निर्माण की बात समझाई जाए तो कैसा रहे?"

जीजाऊ साहेब की ओर देखकर मन्द मुस्कराते हुए राजे बोले, "ये यशवंतराव, हनुमंतराव और प्रतापराव एक-दूसरे पर बड़ी जान रखते हैं। दीवान हनुमंतराव तो यशवंतराव के पक्के भक्त हैं। इसलिए यहाँ भाइयों में फूट डालने का शस्त्र किसी काम नहीं आएगा।"

"लेकिन आई साहेब, कहते हैं न कि ईर्ष्या करने वाले पड़ोसी नहीं होने चाहिए।" प्रधान अधिकारी रघुनाथ सबनीस ने कहा, "मोरे जैसा अत्याचारी पड़ोसी मतलब बारूद की सुरंग! कब अचानक फटकर सबको जिन्दगी भर का नुकसान पहुँचा दे, पता नहीं।"

जावली पर चढ़ाई के लिए यह सही समय था। बीते कुछ महीनों से बीजापुर में मोहम्मद आदिलशाह खूब बीमार था। बड़ी बेगम समेत सभी लोग उसकी देखरेख में लगे थे। ऐसे में अगर हम जावली पर हमला कर दें, तो बीजापुर से मोरे को तुरन्त तो मदद मिलना सम्भव नहीं है। आक्रमण का इससे अच्छा समय नहीं मिलेगा।

जावली के महल में चन्द्रराव उर्फ यशवंतराव मोरे दोपहर के वक्त अपने कार्यालय में आराम से गावतकिये को टेका लगाए बैठे थे। नीबू की तरह पीले चेहरे पर पतली मूँछों को उमेठ रहे थे। महल की खिड़की से दूर तक फैला निसनी के घाट का उतार नजर आ रहा था। दोपहर की बेला में कुछ किसान और सैनिक दफ्तर के सामने आकर बैठे हुए थे।

अपनी मस्ती में डूबे हुए यशवंतराव के कान पर कहीं से 'शिवाजी' शब्द पड़ा और वैसे ही उनकी आँखें चौड़ी हो गईं। सामने उनके मझले भाई दीवान हनुमंतराव खड़े थे। उनके हाथों में खलीते का कागज फड़फड़ा रहा था। उसका मजमून विस्फोटक था लेकिन पढ़े बिना काम भी नहीं चल सकता था। फिर भी हनुमंतराव अपने भाई की ओर देखते हुए दबी आवाज में बोले, "दादा...भाई, सच कहूँ तो शिवाजी को ऐसा पत्र लिखने का कोई कारण ही नहीं था!"

"अरे कौन शिवाजी? वो भोसले?"

"हाँ।"

"अब वो क्या सिखाने निकला है हमें? और हनुमंत, तू क्यों ऐसा थरथरा रहा है? जो लिखा है, वह पढ़कर छुट्टी पा।"

"वो...वो कहते हैं...यशवंतराव, इससे पहले आप अपनी दत्तक लिये जाने की प्रक्रिया के दौरान कई बार अपनी नाक रगड़ते हुए हमारे कार्यालय में आए थे। उस समय जो बातें हमारे बीच हुई थीं, उनके मुताबिक आपको अपनी जागीर पर राज करना चाहिए। साथ ही दिए गए वचन के अनुसार हमारी चाकरी में समय-समय पर हाजिर होना है। तुम्हारे विरुद्ध बढ़ती शिकायतें और बेशर्मी इसके बाद हमारी तरफ से सहन नहीं की जाएगी।"

"अरे, वा रे वाह! वह शिवा ऐसा लिखता है? जरा आगे की बातें तो पढ़िए।" उस पत्र की खिल्ली उड़ाते हुए यशवंतराव ने बैठक में सबकी ओर नजर डाली। बाकी सब लोग हा-हा, हू-हू करके हँसने लगे।

"तुम्हारी निष्ठा बनी रहनी चाहिए। ऐसी ही बदसलूकियाँ चालू रखी तो तुम्हारी जावली को धूल में मिला देंगे और तुम्हें हथकड़ियाँ-बेड़ियाँ डालकर यहाँ घसीट लाएँगे।"

शिवराय के पत्र की आगे की बातें सुनते हुए यशवंतराव को जोर-जोर हँसी आने लगी। जैसे बादल गरजने लगते हैं, वैसी हँसी। तब वहाँ बैठे उनकी खुशामद करने वालों और मसखरों ने हँसी की फुलझड़ियाँ उड़ाईं। बीच में अचानक सबको चुप रहने का इशारा करते हुए यशवंतराव अपने दीवान बन्धु से कहने लगे, "ले... तुरन्त उस शिवाजी को लिख...तुम आजकल खुद को राजा कहने लगे हो। लेकिन सचमुच हो कहाँ के राजा? दरबार के या दशावतार की कहानियों के? ये गीदड़ भभकियाँ देना बन्द करो। अरे, तुम कहाँ राजा बनने निकल पड़े? श्री महाबलेश्वर की कृपा और छत्रच्छाया से इस सम्पूर्ण कोंकण प्रदेश के सबसे खनकदार घुँघरू हम मोरे हैं।"

यह पत्राचार बढ़ता चला गया। चार दिन में शिवाजीराजा का नया खलीता आया, "ऐसी ही बेकार बातें करते रहे तो हम खुद सेना लेकर जावली आएँगे और तुम्हें कैद करेंगे। तुम्हारी जान ले लेंगे।" इस पर तुरन्त ही यशवंतराव ने अपने नए खलीते में ललकार भरी, "तुम्हें इधर आना ही है तो मुहूर्त क्यों देख रहे हो? कल क्यों, आज ही क्यों नहीं आ जाते? आकर देखो, हमारे जावली के जंगलों में घुसने वाले के शरीर की चमड़ी कैसे निकल जाती है। अरे, जावली के इस अजेय जंगल में से तुम्हारा एक भी आदमी वापस जिन्दा नहीं लौट पाएगा।"

राजगढ़ पर भी भारी हलचल मची थी। शिवराय के पास भी मोरे के जितनी सेना थी। एक बार आग सुलग जाए तो फिर आप नहीं कह सकते हैं कि वह किस तरफ आगे बढ़ेगी। पड़ोसी के घर-गाँव जलाने में बुद्धिमानी नहीं थी क्योंकि आपके घर-गाँव का भी उसकी चपेट में आने का खतरा सामने था। इसलिए साम-दाम-दंड-भेद की नीति अपनाना ही उचित था। शिवराय के सामने अलग-अलग मुद्दे लाए जा रहे थे। विचार और सलाह-मशवरे हो रहे थे। चर्चा के समय जीजाऊ ने

धीमे स्वर में कहा, "शिवबा, हनुमंतराव के यहाँ दो विवाह योग्य कन्याएँ हैं! सुन्दर और होशियार!"

"हाँ, बड़ी जयश्री और छोटी रूपमती।"

"अरे वाह! उनके नाम भी राजा को याद हैं।" जीजाऊ ने हँसकर देखा। बगल में खड़ी सईबाई के चेहरे पर लज्जा तैर गई।

"माँ साहेब, वे लड़कियाँ बहुत सुन्दर, रूपवान और गुणी हैं। यह सच है। लेकिन वो हनुमंतराव की बेटियाँ नहीं हैं।"

"तो फिर?"

"चन्द्रराव यानी यशवंतराव की बेटियाँ हैं। हनुमंतराव की अपनी कोई सन्तान नहीं होने के कारण उन्होंने इन दोनों को अपने पास बचपन से पाला-पोसा है। अब हनुमंतराव बड़ी धूमधाम से उनकी शादी करने की कोशिश में लगे हैं।"

"देखो...शिवबा, तुम भी अभी बाईस के ही हो। अगर रेशम की गाँठ जुड़ जाए तो अच्छा ही होगा। यह दोनों घरानों के हित में रहेगा। प्रगति के रास्ते खुलेंगे।" जीजाऊ ने दोनों कुलों के बीच रिश्तेदारी की सलाह दी।

राजा ने जावली प्रदेश, उसके लोगों और वहाँ के संसाधनों की बारीकी से जाँच करना शुरू कर दी थी। रघुनाथ बल्लाल सबनीस और सम्भाजी कावजी वहाँ गुप्त रूप से फेरा लगा आए थे। राजा के जासूसों ने उन्हें जावली, महाबलेश्वर से लेकर उस तरफ पड़ने वाली पूरी कोंकण पट्टी की एक-एक खबर लाकर दी थी। अगर हालात बन ही गए तो युद्ध को टाला नहीं जा सकेगा। इस दृष्टिकोण से राजा ने लड़ाई की कच्ची रूप-रेखा भी कागज पर तैयार कर ली थी। मोरे के महाबलेश्वर के नजदीक जोहरबेट, चतुरबेट, शिवथर घाटियों और मुख्यत: जावली की घाटी पर हमला करना पड़ा तो वह कैसे किया जाएगा, इस पर भी गम्भीर विचार-विमर्श हुआ।

राजगढ़ की तरफ से मोरे कुल को रिश्तेदारी जोड़ने का सन्देश भेजा गया। एक दोपहर विवाह सम्बन्ध की चर्चा के लिए सम्भाजी कावजी और रघुनाथ बल्लाल ने जावली के दर्रे में प्रवेश किया। दोनों के साथ पच्चीस घुड़सवार और करीब सौ मावल युवा सिपाही भी थे।

मोरे कुल के महल के पड़ोस में ही कार्यालय था, जहाँ हनुमंतराव अक्सर बैठकर काम किया करते थे। कई बार वह पीछे की पहाड़ियों के रास्ते पर पड़ने वाले चतुरबेट में भी रहते। उनके घोड़ों का बड़ा अस्तबल वहीं था। उनके साथ उनकी लाडली बेटियाँ जयश्री और रूपमति भी रहती थीं। रजवाड़े पर यशवंतराव और उनकी वृद्ध मातोश्री माणकू आजी रहती थीं। सबसे छोटे प्रतापराव भी वहीं रहते थे।

कन्या देखने की रस्म बाद में विधिवत ढंग से हो सकती है। उससे पहले रिश्तेदारी की बातचीत व्यवस्थित ढंग से होनी चाहिए। हनुमंतराव, शहाजीपुत्र शिवाजी

को बखूबी जानते थे। लड़का योग्य, परिश्रमी, महत्त्वाकांक्षी और दिखने में अच्छा है, यह उन्हें मालूम था। इससे भी महत्त्वपूर्ण बात यह थी कि पाँच-छह साल पहले इसी तरुण शिवाजी की मदद से यशवंतराव को जावली मिली थी, हनुमंतराव को यह बात बहुत अच्छे से याद थी। मगर यशवंतराव इसे भूल चुके थे।

सम्भाजी कावजी और रघुनाथराव ने कार्यालय में बैठकर बातचीत शुरू ही की थी कि इतने में किसी काम से जयश्री बैठक में आ गई। उस तरुणी का अद्वितीय सौन्दर्य किसी को भी आकर्षित कर सकता था। बैठक में मेहमानों को देखकर वह चौंकी। तब हनुमंतराव ने 'यह हमारी जयश्री' कहते हुए, उसका परिचय दिया। उसे मेहमानों के लिए गुड़-पानी लाने को कहा। तभी जयश्री की सेवा में रहने वाले दो सेवक गुड़ और चाँदी के नक्काशीदार प्यालों में पानी लेकर आ पहुँचे। हनुमंतराव ने कहा, "बेटी, ये लोग राजगढ़ से आए हैं।"

"मतलब शिवाजीराजा के यहाँ से?" अचम्भित होकर जयश्री ने पूछा।

"हाँ। ये तेरे लिए विवाह का प्रस्ताव लेकर आए हैं।" यह वाक्य जैसे ही जयश्री के कानों पर पड़ा, वह लजा गई। वह झटके से दरवाजे के मखमली परदे के पीछे सरककर हवा के झोंके की तरह वहाँ से अदृश्य हो गई।

जब बातचीत शुरू हुई तो कुछ क्षणों बाद हनुमंतराव के चेहरे पर नाखुशी झलकने लगी। बड़े भाई चन्द्रराव उर्फ यशवंतराव के लिए हनुमंतराव के मन में बहुत श्रद्धा थी। उनके बारे में कोई एक भी शब्द टेढ़ा कह दे, उन्हें पसन्द नहीं था। जबकि इधर भोसले परिवार से आए सदस्यों ने उनके खिलाफ बातों की झड़ी लगा दी थी। रघुनाथराव बेधड़क कह रहे थे, "हमारे राजा को आप लोगों का बर्ताव बिलकुल पसन्द नहीं। जब जरूरत थी तो तुम्हारे यशवंतराव कैसे नम्रता से हमारे राजा के सामने रेंगते हुए आए थे। एकदम गाय के जैसे सीधे बनकर।"

"अरे, आप क्या कह रहे हैं?"

"सच तो कह रहे हैं। उपकार मानना अब मोरे वंश के रक्त में रह ही नहीं गया है। उलटे सत्ता मिलने पर वह सदाचार तक भूल जाते हैं। सीधे दुश्मनों से जाकर मिल जाते हैं!"

"जो मुँह में आए वह बोले जा रहे हैं आप। क्या प्रमाण है आपके पास?" हनुमंतराव थोड़े सख्त हुए।

रघुनाथराव ने कहना जारी रखा, "आप भूल गए कि कुछ महीने पहले बीजापुर से दस हजार की फौज लेकर उनका सरदार बाजी श्यामराज इधर आया था। आपके भाई चन्द्रराव उसका साथ दे रहे थे। इस पार घाट के नजदीक के जंगलों में वे दोनों उल्लुओं की तरह छुपकर बैठे हुए थे। हमारे शिवराय से दगाबाजी करके उन्हें खत्म करने के लिए..."

सम्भाजी कावजी बीच में बोल पड़े, "तब शिवाजीराजा ने आधी रात को छापा

मारकर उनकी कमर तोड़ दी। ऐसे हो तुम लोग नमक हराम और दूसरों का साथ देने वाले...गद्दार!"

"खामोश कावजी! अब आपने अगर हमारे पितृ-तुल्य भाई के लिए एक शब्द और कहा तो ठीक नहीं होगा। आप हमारे घर सम्बन्ध जोड़ने की बात करने आए हैं या हमारे साथ ताकत की आजमाइश करने? चलो, निकलो यहाँ से।"

"देखो हनुमंतराव, तुम्हें आखिरी चेतावनी दे रहे हैं...गरीब रैयत से जबरदस्ती लगवाए अँगूठों वाले झूठे कागज-पत्र लेकर तुम्हें तत्काल हमारे राजा के सामने हाजिर होना पड़ेगा।"

"अरे, तुम भिखारियों के यहाँ आने के लिए किसको फुरसत है?"

"तो हो जाइए मरने को तैयार।" रघुनाथराव गुस्से में बैठक से उठ गए।

तब तक सम्भाजी कावजी ने तलवार अपनी म्यान से बाहर निकाल ली। महल में आकर कोई उनके विरुद्ध ही तलवार खींच ले, यह बात हनुमंतराव को बिलकुल अच्छी नहीं लगी। इतने में कावजी, मोरे के दफ्तर के अन्दर की तरफ बढ़ते दिखाई दिए। उसी क्षण हनुमंतराव ने दीवार पर लगी तलवार हाथ में ले ली। हनुमंत मोरे जबरदस्त तलवारबाज थे। सम्भाजी से उन्होंने अपनी तलवार भिड़ा दी। सम्भाजी भी तलवार के जादूगर थे। महल में जोरदार खन-खन शुरू हो गई। तभी बाहर पहरे पर खड़े मोरे के कुछ तलवारबाज भी अन्दर आ गए।

संघर्ष अचानक भड़क गया। रघुनाथ और सम्भाजी के साथ आए पच्चीस तलवारबाज भी टूट पड़े। बाकी के मावल योद्धा भी अपने हाथों के लाठी-भाले लेकर दंगल में उतर आए। पीछे के रजवाड़े में हमले की खबर पहुँच गई और तभी बुर्ज पर लगा नगाड़ा तिढिम तिढिम...करके बज उठा।

हमले का इशारा हो गया। इसके साथ ही घोड़ों को अस्तबल से बाहर निकाला गया। मोरे के सिपाही दौड़ते हुए घोड़ों पर छलाँग लगाकर उनकी पीठ पर चढ़ गए। सम्भाजी कावजी को अन्दाजा हो गया। नजदीक की झाड़ियों से एक साथ सैकड़ों घोड़ों के खुरों की आवाज आने लगी थी। युद्ध शुरू हो चुका था।

पास के पेड़ों-झाड़ियों से निकलकर किसी भी पल मोरे सेना के घुड़सवार पानी की लहरों की तरह अपने बदन पर टूट सकते हैं। यह बात दोनों को समझ आ गई थी। उन्होंने चलती लड़ाई के बीच से अपना बचाव करते हुए खुद को बाहर निकाला। राजगढ़ के पच्चीस सवार भी अपने घोड़ों के साथ चारों दिशाओं में आगे बढ़ गए और पास के जंगल में गायब हो गए। उनके पीछे-पीछे मावल के सिपाही भी इधर-उधर हो गए।

रजवाड़े के सिपाही वहाँ दौड़ते हुए पहुँचे। तब उन्हें मौके पर केवल भोसले के दो घुड़सवारों और एक मावल सैनिक का क्षत-विक्षत शरीर ही नजर आया। उन्होंने थोड़ा आगे नजर डाली, तो मोरे के बारह घुड़सवार मौत के मुँह में जा चुके थे।

कई लोग खून में डूबे हुए, घावों की वेदना से कराहते हुए जमीन पर पड़े करवटें बदल रहे थे। खून की यह होली यशवंतराव मोरे अवाक् होकर देख रहे थे। इतने में किसी घातक शस्त्र के तीखे वार के कारण धड़ से अलग हुआ हनुमंतराव का सिर जयश्री और रूपमती ने देखा। वह वार सम्भाजी कावजी जैसे तलवारबाज का था। उन्हें गोद लेने वाले प्यारे पिता का रक्त से सना चेहरा पहचानकर जयश्री का पूरा शरीर थरथराने लगा। बेहोश होकर वहीं जमीन पर गिरते समय उसके मुँह से सिर्फ इतनी चीख निकली, "बाबाऽऽऽ !"

मोरे कुटुम्ब की कोठी पर हमला करने के बाद सम्भाजी कावजी और रघुनाथराव हवा की तरह वहाँ से बाहर निकल आए थे। पास की कोयना नदी के छोटे और सँकरे तट की दोनों तरफ की झाड़ियों की उन्होंने आड़ ले ली। वहाँ से वे निसणी के घाट से ऊपर चढ़ गए और रात में भोजन के समय तक शिखर पर स्थित महाबलेश्वर के पुराने मन्दिर में जा पहुँचे।

किसी ने बताया कि राजे गुरन्दर के किले पर मौजूद हैं। उसे देखते हुए सम्भाजी कावजी ने जोर से कहा, "पागल है क्या तू!" इसके बाद उन लोगों ने बीच के जंगलों, घाटियों में अपने घोड़े उतार दिए, जो पूरे वेग से दौड़े जा रहे थे।

उन्हें पक्के तौर पर यह बात नहीं पता थी कि राजे किस किले में हैं, राजगढ़ में या फिर पुरन्दर में! वे पूरी रात लगातार घोड़ों पर दौड़ते रहे और सुबह नसरापुर गाँव के नजदीक पहुँचे। वहाँ सामने का दृश्य देखकर सभी हैरान रह गए। सामने चौड़ी नदी के पाट के दूसरी तरफ शिवराय अपनी पूरी फौज के साथ कमर कसे हुए खड़े थे। उन्होंने तीन हजार मावल योद्धा राजगढ़ से और इतने ही पुरन्दर तथा करहा के पठारी इलाके से बुला लिये थे। वे लोग संघर्ष के लिए उतावले थे। कान्होजी जेधे का उत्साह तो बिलकुल उफान पर था।

सुबह की हल्की धुन्ध में भी शिवराय ने सम्भाजी कावजी की बैल जैसी हृष्ट-पुष्ट मस्त देह को दूर से पहचान लिया था। राजे तेजी से आगे बढ़े और उनसे पूछा, "क्यों कावजी, हनुमंत मोरे के पास से क्या आप वे सारे कागजात ले आए। गरीबों की हड़पी हुई जमीनों के दस्तावेज और उनके कबूलनामे...?"

"राजे, हमने उनसे काफी मिन्नतें की, लेकिन मोरे झुके नहीं।"

"इन मोरों का हाल रस्सी जल जाए मगर बल न जाए जैसा हो गया है। इनकी मस्ती और अहंकार कम होने को राजी नहीं है।"

"तब फिर?"

"उलटे हनुमंतराव तलवार लेकर हमारे सामने अड़ गए। तब वहीं कार्यालय में ही खनखन शुरू हो गई। इसी में वह धराशायी हो गए।"

शिवराजे का चेहरा चिन्ता से जर्द पड़ गया। जीवन के किसी भी गणित से यह प्रकरण सुलझता नहीं दिख रहा था। रक्तपात के बिना यह मामला सपने में भी

किनारे नहीं लग रहा था। वह जागे हुए ही जैसे ध्यानमग्न हो गए। उनका चेहरा किसी योगी की तरह नजर आ रहा था। फिर वह सबका आह्वान करते हुए गरज पड़े, "चलो, तुरन्त हमला करते हैं। चन्द्रराव अपनी सेना इकट्ठी करने में लगे होंगे, उससे पहले ही यह मामला निपटा देते हैं।"

नसरापुर गाँव के आसपास इकट्ठा सैनिक और जानवर थके हुए थे। सूर्यास्त के पहले-पहले वह कृष्णा नदी के नजदीक धोम तक पहुँच गए थे। जानवरों को उनका चारा दिया गया। उनके थूथन के पास हरी-भरी थैलियाँ बाँध दी गईं। आराम और भोजन के बाद जानवर और सिपाही नई ऊर्जा से भर गए। फिर महाबलेश्वर के ऊँचे पहाड़ों की चढ़ाई शुरू हो गई। राजा को जल्दी थी। मोरों की फौज पन्द्रह हजार के करीब थी। इससे पहले कि यह बिखरी हुई सेना इकट्ठा हो जाए, हमला करना आवश्यक था।

तीसरे दिन सवेरे-सवेरे शिखर पर महाबलेश्वर के दर्शन लेकर शिवराय बाहर निकले। उनके साथ करीब छह हजार की फौज निसणी के घाट में उतर रही थी। उसी समय बीच के हरे पहाड़ के दूसरी तरफ रघुनाथ बल्लाल और भीमाजी दहातोंडे के नेतृत्व में रडतोंडी घाट से उतना ही बड़ा लश्कर नीचे जावली घाटी में उतर रहा था।

उस दिन जावली की घाटी में रणचंडी का नाच हुआ। यशवंतराव मोरे के साथ पन्द्रह-सत्रह हजार की फौज थी। लेकिन शिवराय की सेना का उत्साह, आक्रमण और शौर्य बहुत तीखा था। मोरे की फौज उस इलाके के पहाड़ों, पेड़ों, चट्टानों और कन्दराओं से वाकिफ थी। देवता और मुकाबला दोनों शिवराय के पक्ष में देखते हुए मोरे की फौज शिकस्त खा गई। उसके करीब सात हजार सैनिक और इतने ही अश्व मैदान में काम आ गए। बहुत बहादुरी से लड़ रहे यशवंतराव और प्रतापराव लड़ाई का यह रंग-ढंग देखकर दोपहर बाद वहाँ से भाग निकले। वे सघन हरे पेड़ों की कतारों के बीच कहीं खो गए। लेकिन उनकी जान पर संकट बनकर तान्हाजी मालुसरे ने जबरदस्त ढंग से पीछा किया।

जावली के रजवाड़े पर भगवा झंडा लहराने लगा। लेकिन उस लहराते झंडे की तरफ शिवराय का ध्यान नहीं था। यह बात कान्होजी जेधे ने ताड़ ली और उन्होंने पूछा, "राजे, काफी देर से देख रहा हूँ, आपकी नजर किसको ढूँढ़ रही है?"

"तान्हा मालुसरे कहाँ हैं?"

इधर मुँह से शब्द निकले और उधर मालुसरे का घोड़ा सामने के पेड़ों से छलाँग मारते हुए बाहर आया। देखते ही राजे ने जोर की आवाज लगाकर पूछा, "अरे तान्हाबा, कहाँ हैं मोरे?"

"मैंने मोरे बन्धुओं के घोड़ों की ही पूँछ पकड़ रखी थी। उनके पीछे भागता हुआ गया था, बन्दूक की गोली-सा।"

"तब खाली हाथ कैसे लौट आया तेरे जैसा मर्द?"

"मेरे हिस्से में यही अपयश लिखा था राजे।" तानाजी ने गरदन झुका ली।

"असम्भव! बिलकुल असम्भव!! हमारा बाँका तानाजी जाएगा मतलब वह कामयाब होकर ही लौटेगा, कब से हम यही आस लगाए बैठे थे।" राजा ने भारी मन से कहा।

"क्या करूँ राजे? अगर कोई मुझसे भी बहादुर सामने आ जाए तो क्या कर सकता हूँ?"

"ऐसा कैसे हो सकता है? तुझसे बड़ा वीर कौन पैदा हो गया है?"

"राजे, मुझे जो मर्द मिला, उसका नाम था मुरारबाजी देशपांडे! हमारे महाड़ प्रान्त के किंजलोली का। जाति से कायस्थ प्रभु। खैर के पेड़ की तरह विशाल... अपने मालिक यशवंतराव मोरे के लिए उसने जबरदस्त जंग लड़ी।"

"ऐसी क्या बहादुरी दिखा दी उसने?"

"जैसे ही यशवंतराव की फौज नष्ट होने लगी, तभी अपने भरोसे के थोड़े से आदमियों को लेकर उन्होंने भागने की हड़बड़ी शुरू कर दी। वह निसणी घाट के नीचे की धाराओं के पेड़ों की आड़ से रास्ता बनाने लगे। मैं वहीं के वहीं उन मोरे बन्धुओं के पंखों को पिघला देना चाहता था। मुझे पूरा विश्वास था कि मौत की खाई जैसी, बाजू के पर्वत की ढलान से उतरने की हिम्मत मोरे और उसके लोग नहीं कर पाएँगे। लेकिन तभी अड़ियल घोड़े की तरह तेज-चपल मुरारबाजी बीच में घुस आया। एक रस्सी उसने खाई में फेंकी और उससे गोह की तरह चिपक गया। फिर वह अपनी जान पर खेलकर दोनों मोरे बन्धुओं को अपनी पीठ पर बैठाकर उस रस्सी के सहारे नीचे उतर गया।"

राजे विचारमग्न हो गए। संघर्ष की इस परिस्थिति ने उन्हें एक नया पाठ सिखाया था। एकाध नया किला देखा या फिर किसी बाँके वीर के बारे में सुना कि उसे गले लगाने की विलक्षण प्यास उनके अन्दर पैदा हो जाती थी। कुछ पल में उन्हें जैसे होश आया और उन्होंने गौर से तानाजी को देखा, "लेकिन वह मुरारबाजी है कहाँ?"

"जंगल में धनगरों के लड़कों से उसके बारे में तफ्तीश की, काफी छानबीन की तब पता चला कि अपने मालिकों की जान बचाते हुए मुरारबाजी आखिरकार उसी गहरी-अँधेरी खाई में गिर गया।"

"मतलब मृत्यु...?" राजे की आवाज कंठ में रुक गई।

"बच तो गया है बेचारा, लेकिन बहुत बुरी तरह से घायल है। जंगल में ही कहीं किसी कन्दरा-गुफा में छुप गया है, ताकि अपने जख्मों के भरने तक वहीं रहे।"

शिवराय ने नजदीक के रजवाड़े में अपना कार्यालय खोल लिया और आगे कौन-कौन सी मुहिम छेड़नी है, इस पर तेजी से काम शुरू किया। चार-पाँच दिनों में ही उन्होंने एक टुकड़ी को रवाना किया और सह्याद्रि की पहाड़ियों में मोरे कुल के अधिकार वाला वासोटा किला भी जीत लिया। उन्होंने अपने विजयी वीरों को

इनाम बाँटे और मोरे की बिखरी हुई फौज के जो सैनिक वहाँ बचे हुए थे, उनमें से हट्टे-कट्टे योद्धाओं को चुनकर अपनी सेना में भर्ती कर लिया। स्वराज्य के लश्कर में करीब सात हजार सैनिकों की नई भर्ती हुई थी। हजारों स्वस्थ-चंचल घोड़े स्वराज्य के अश्वदल में शामिल किए गए।

मोरे बन्धुओं के महल में अकूत सम्पत्ति थी। राजे ने वह अपने अधिकार में ले ली। मोरे कुल की सभी स्त्रियों, बच्चियों और वृद्ध माँ माणकुबाई समेत राजपरिवार की सभी महिलाओं को एक जगह इकट्ठा किया गया। उन सबके लिए पालकियों का बन्दोबस्त किया गया और उन्हें पुरन्दर के किले की तरफ रवाना किया गया। उन सबके वहाँ पहुँचने से पहले ही आई साहेब ने उनके निवास की व्यवस्था करा रखी थी।

जावली की खाइयाँ और पहाड़ पूरी तरह अपने अधिकार में आ चुके हैं, जब राजे को यह विश्वास हो गया तो उन्होंने नेताजी पालकर और राघोपंत इन दोनों को बुलाकर कोंकण की तरफ नए काम के लिए भेजा। यह नया काम क्या है, इसका किसी को अन्दाजा नहीं था लेकिन धीरे-धीरे तस्वीर स्पष्ट होने लगी।

राजा ने जावली जीतकर अपने स्वराज्य में शामिल कर ली। इसका बहुत फायदा हुआ। अब स्वराज्य की सीमा सुपे, जेजुरी, कर्हे पठार से लेकर ठेठ कोंकण के सागर तक जा पहुँची थी। राजा ने मोरे वंश के महाड़ और पोलादपुर के बीच का सारा इलाका अपने कब्जे में ले लिया था। राजे के घुड़सवार अब महाड़ के आगे बाणकोट की खाड़ी तक चक्कर लगाने लगे थे। वहाँ राजा ने नावों और जहाजों के निर्माण का कारखाना शुरू करने की तैयारियाँ कर दी थीं।

मोरे कुल के पूरे इलाके और उनके सगे-सम्बन्धियों-मित्रों के बीच सन्नाटा पसर गया। यशवंतराव, प्रतापराव और उनके दो राजकुमार किधर भाग गए, यह किसी को समझ नहीं पड़ रहा था। आखिरकार महीने भर में सुराग लग ही गया। कोंकण की गहरी खाइयों और दर्रों के बीच बने रायरी के किले में उन लोगों ने शरण ली हुई थी। उनके साथ ढाई से तीन हजार सिपाही थे। किले के चारों तरफ सेना का पहरा लगाकर वे साँप की तरह बिल में दुबके हुए थे।

राजा ने खुद आगे बढ़कर रायरी के किले की घेराबन्दी कर दी। किला बहुत मजबूत था। सिर्फ एक तरफ बने सँकरे रास्ते से उसमें ऊपर जाया जा सकता था। अन्यथा किले के चारों तरफ दीवारें कुछ इस तरह खड़ी थीं कि उन्हें सिर्फ हवा और बरसात ही पार कर सकती थीं। इनसानों के बस की यह बात नहीं थी। इसलिए मोरे बन्धुओं पर हमला करना बहुत ही कठिन था।

कई बार चारों तरफ घूमते बादल किले को अपनी बाँहों में लेते हुए मालूम पड़ते थे। सुबह-शाम आसमान के बादल नीचे उतरकर आते और उस भव्य किले को दूर से ही झुककर सलाम करते। पत्थरों की उस विशालकाय आकृति के प्रेम में पड़ चुके राजे एक दिन अपनी भावनाओं पर काबू खो बैठे। वह स्वप्न में खो

गए। पास खड़े वृद्ध गोमाजी पानसम्बल काका के सामने किसी बच्चे की तरह बिलखते हुए, सामने खड़े किले की ओर अँगुली से इशारा करते हुए भावुक स्वर में बोले, "गोमाजी काका जल्दी ही यह किला हमारे अधिकार में होगा। तब हम इस लुभावने गढ़ का नाम 'रायगढ़' रखेंगे।"

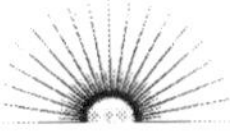

"शहाजीराजे जैसे सत्पुरुष के बेटे को धोखे से ऐसा खून-खराबा करके आखिर क्या मिला? खुद को सचमुच राजा मानकर अपने दोनों तरफ चँवर डुलवाता है! पालकी में बड़ी शान से बैठने का नाटक करता है...और इन सबके बाद राजघराने के पुरुषों की हत्या करते घूमता है?"

"केवल बेइज्जती! मोरे कुल की नौ पीढ़ियों की जमापूँजी और दौलत! लेकिन इस शिवाजी की बर्बरता ने उसे भी पूरी तरह खत्म कर दिया।"

"देखो तो! दिखाने के दाँत कैसे सफेद-चमकदार और खाने के दाँत कितने हिंसक!"

"अरे, यह नंगापन और दुष्ट हिंसा तो देखो कितनी! उनका राज्य लूट लिया, घोड़े छुड़ा लिये, जावली को जला दिया। इतने पर भी वह नहीं रुका। बेचारे कैदखाने में बन्द यशवंतराव हाथ जोड़कर रो-रोकर दया की भीख माँग रहे थे, लेकिन तब भी कटार चलाकर उनकी गरदन उड़ा दी? उनके दो छोटे-छोटे लड़कों की जिन्दगी को भी खत्म कर दिया।"

"छी छी!! ऐसे पापी और धोखेबाज लोगों का अंजाम बुरा होगा और इनके जुल्मों का फहराता झंडा एक दिन अपने आप जमीन पर आ गिरेगा। देखते रहना।" मोरे कुल के वतनदारों, वफादारों और रिश्तेदारों की जीभ पर लगाम नहीं थी।

पुरन्दर को अपना ठिकाना बनाए हुए शिवराय को बाहर की स्थिति की पूरी खबर और समझ थी। प्रत्यक्ष-अप्रत्यक्ष रूप से, उन्हें कहा जा रहा प्रत्येक अपशब्द उन तक पहुँच रहा था। यह बात उन्हें दुखी कर रही थी। वह खामोश और गमगीन हो चले थे। उनकी यह चुप्पी और उदासी पूरे महल में चिन्ता का सबब थी। एक दोपहर उन्होंने मातोश्री के सामने अपना हृदय खोला, "माँ साहेब, कुछ भी करके जावली की जंग दिमाग से बाहर ही नहीं निकल रही है। मन खाने दौड़ता है। कभी-कभी लगता है कि हम...।"

"खूनी हैं, अपराधी हैं, बेकार ही मोरे कुल के लोगों की जान ले ली। उनके बच्चों को बेकार ही पुणे में फाँसी पर चढ़ा दिया। यही न...?"

"हाँ, आपके मुँह से निकला एक-एक शब्द खरा है आई।"

शिवराय को सिर से पैर तक देखते हुए जीजाऊ साहेब ने कहा, "राजे, क्या आप

भूल रहे हैं? ज्यादा नहीं, सिर्फ छह-सात साल हुए यही चन्द्रराव यानी यशवंतराव माणुकबाई के साथ राजगढ़ पर खूँटा गाड़कर बैठ गए थे। किसी सूरत टलने को तैयार नहीं थे। वे जावली के नहीं, शिवथर के मोरे कुल के चिरंजीव थे। उनके दत्तक जाने का विधान सही रास्ते नहीं लग रहा था। जब पूरी दुनिया उसके विरुद्ध खड़ी थी तो कौन उनके साथ खड़ा हुआ था? किसने उनके विधि-विधान सम्पन्न कराने के लिए जावली अपनी सेना भेजी थी?"

"हमने ही।"

"उनकी मदद के लिए तब बीजापुर से आदिलशाह तो इधर आया नहीं था? लेकिन फिर दुर्दैव से कुछ ही महीनों बाद कौन पलटकर हम पर साँप की तरह फुफकार रहा था?"

"बिलकुल सच है मातोश्री, लेकिन मोरे कुल के इन लोगों को जान से मारने का इरादा हमने कभी नहीं किया था। उलटे हमारी तो दिली इच्छा थी कि हमारे पड़ोसी अच्छे मित्र की तरह रहें।"

"बालराजा, आपकी सोच और यह नजरिया बिलकुल सही है। कारण यह कि महाड़ से वाई तक यह बीच का जंगल-प्रदेश सह्याद्रि का हृदय था और है।"

"हमें भी यह बात वाजिब लगती है माँ साहेब। कोंकण के चिपलूण, दाभोल, हर्णे इन सारे बन्दरगाहों पर परदेस से आने वाला माल पारघाट होते हुए ही महाबलेश्वर से आगे दूसरे इलाकों तक पहुँचता है। इस तरह से विचार करें तो यह पूरा रास्ता सह्याद्रि की श्वासनलिका साबित होता है। इसलिए स्वराज्य की चिन्ता करते हुए, उसकी साँसें चलाए रखने के लिए जावली के मोरे कुल को प्रेम से नहीं तो किसी तरह मनाकर या फिर दबाकर और बिलकुल ही न मानें तो संघर्ष से निपटाकर स्वराज्य का विस्तार करना ही समय की जरूरत थी। इसलिए हमें आखिरकार युद्ध का रास्ता अपनाना पड़ा।"

"सच है बालराजे। उलटी-सीधी हरकतें करके, भ्रष्ट होकर अपनी बर्बादी का रास्ता खुद उन्होंने चुना। हमने उन्हें उस तरफ नहीं धकेला!"

"माँ साहेब, दुख इस बात का है कि जावली को हराने के बाद हमने यशवंतराव को सिर्फ बन्दी बनाया था। लेकिन उनके दिल में हमें पूरी तरह खत्म कर देने का विषैला इरादा था। इसी इरादे से उन्होंने और उनके बच्चों ने तुरन्त बीजापुर में हमारे दुश्मनों को पत्र भिजवा दिया। हमारे जन्म-जन्मान्तर के बैरी बाजी घोरपड़े के साथ हाथ मिलाकर और दूसरे नाराज मराठा सरदारों को भी अपने साथ लेकर वह हमें पूरी तरह उजाड़कर जान से मार देना चाहते थे! इस तरह पीठ में छुरा घोंपने वाले षड्यंत्र जब उन्होंने रचे तो हमारे पास कौन सा रास्ता बचा था आई साहेब?"

"ऐसे षड्यंत्रकारियों को तो सजा मिलनी ही चाहिए।"

"आई साहेब, कई बार राजा को राज्य के हित में कठोर निर्णय लेने ही पड़ते

हैं। अन्यथा वह कब प्रजा की श्रद्धा की सीढ़ियों से लुढ़कता हुआ नीचे चला जाएगा, पता ही नहीं चलेगा।"

काफी देर तक यह बातचीत चलती रही। मन्द-मन्द हँसते हुए शिवराय बोले, "अभी तक दिमाग कुंद पड़ा है। इसे उन बातों से छुटकारा मिल गया है, ऐसा लगता नहीं।"

"शिवबा, हम तुम्हें एक सलाह दें क्या?"

"जरूर! आप यह क्या हमसे पूछ रही हैं माँ साहेब?"

"मोरे कुल की वह कुँवारी कन्या अभी तक बिन ब्याही है। एक तरह से हमारी ही नजरबन्दी में है। जो कुछ भी इधर हुआ है, उन सारी कटु घटनाओं के कारण वह बच्ची भी दुखी होगी।"

"आई साहेब, आपका इरादा क्या है?"

"एक दुखी युवती की झुकी हुई गरदन पर प्रीति के फूलों की माला पहनाने का दैवी योग गँवाओ मत राजे।"

"माँ साहेब, आपकी सलाह सिर-आँखों पर, लेकिन एक ही शर्त पर।" शिवराय ने उन्हें गौर से देखते हुए कहा।

"कैसी शर्त?"

"वह मोरे कन्या, जयश्री अगर मन से हमारा रिश्ता स्वीकार करेगी तभी हम इस मंगल कार्य के लिए हामी भरेंगे। वरना यह सम्भव नहीं।"

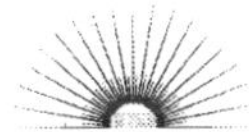

रात भर पुरन्दर में जोरों की बारिश होती रही। पूरा शहर इस वर्षा में नहाया हुआ था। मोरे कुटुम्ब के रजवाड़े में स्थित एक बड़े दालान में व्यवस्था की गई थी। नींद से जागते हुए जयश्री ने आँखें खोली। आसपास राजवैद्य नहीं थे। दादी माणकुबाई और मातोश्री सीताबाई वहीं पास में थीं।

बीते दो-तीन महीनों में जंगलों-खेतों से गुजरते हुए कितने मानसिक आघात सहे थे। उस पर पुरन्दर के किले पर आना। फिर देवताओं-ब्राह्मणों की साक्षी में शिवराय से हुआ विवाह। तमाम सारी घटनाएँ रह-रहकर मस्तिष्क में चक्कर लगाते हुए झटके देती थीं। हनुमंतराव का वह धड़ से अलग होकर बाजू में पड़ा हुआ सिर। पुणे में फाँसी पर चढ़ा दिए गए दोनों भाई, कृष्णराव और बाजी। ऐसी एक के बाद एक घटीं बहुत सारी रुलाने, दुखाने और शोकाकुल करने वाली बातें थीं। सिर में इन सबका शोर था। जावली हाथ से निकलने पर अपना माथा फूटेगा, यह बात भलीभाँति पता थी। लेकिन उसी माथे पर शिवराय के नाम का कुंकुम लगा, तो मोरे कुल के कई नातेदार चिढ़कर बोले कि 'यह छल है'। लेकिन प्रजा ने कहा कि 'राजा ने यह न्याय किया है'।

इन तमाम घटनाओं का ही नतीजा था कि बीते चार दिनों से जयश्रीबाई का बदन ज्वर से तप रहा था। इसमें भी बीती रात का ताप सबसे तेज था। जीजाऊ साहेब ने स्वराज्य के विस्तार, सुरक्षा और विकास की दृष्टि से शिवराय के कई विवाह करा दिए थे। सईबाई और सगुणाबाई के बाद मोहिते घराने की सोयराबाई, उनके बाद पालकर कुल की पुतलाबाई, गायकवाड़ के घर से सकवराबाई, जाधवों की कन्या काशीबाई और इंगले कुल की गुणवंताबाई जैसी एक से बढ़कर एक सुन्दर, सुशील और योग्य बहुएँ वह अपने घर में लाई थीं। इन्हीं में अब शामिल थी, जयश्रीबाई। जितनी सुन्दर, उतनी ही निपुण।

रात में जीजाऊ और अत्यन्त वृद्ध हो चुकीं माणकुबाई मोरे देर तक भूखे पेट शयनगृह में बैठी रहीं। दोनों बार-बार जयश्रीबाई के गले पर अँगुलियाँ रखकर तापमान का अनुमान लगा रही थीं। जब वैद्य ने काढ़ा पिलाया तो उसके बाद रात में बीमार की देह से पसीना फूटकर बहा और उसके वस्त्र तर हो गए।

थोड़ी देर में जीजाऊ साहेब आईं। उनके चेहरे पर प्रसन्नता थी। बाहर नदियों-घाटियों में सुबह की किरणें रंग भर रही थीं। ससुराल और मायके की स्त्रियों को साथ-साथ देखकर जयश्री हँस पड़ी। पलंग पर अपने तकिये के नजदीक बैठी छोटी बहन से उन्होंने पूछा, "रूपमति सच बताना कि रात में मैंने तीनों में से किसको ज्यादा तकलीफ दी?"

"इसमें कैसी तकलीफ?" जीजाऊ ने पूछा।

"मुझे माफ कीजिएगा। कल मैं बिलकुल ऐसी तन्द्रा में थी कि कुछ सूझ-समझ नहीं रहा था। बस इतना पता है कि कोई मेरा सिर अपनी गोद में रखे हुए, बच्चे की तरह थपकियाँ दे रहा था। माथे पर आ रहा पसीना बार-बार रेशमी वस्त्र से पोंछ रहा था। हल्का-हल्का मुझे याद पड़ रहा है।"

जयश्री की यह बात सुनकर वहाँ मौजूद सब लोग खूब हँसे।

जीजाऊ मन्द-मन्द मुस्कराते हुए बोलीं, "कल की रात बड़ी विचित्र थी। एकदम जैसे तुम्हारी जान पर बन आई थी। वैद्यराज ने भी मान लिया था कि आगे अब उनका वश नहीं चल रहा। सबके चेहरे उतर गए थे। तब आधी से ज्यादा रात बीत जाने के बाद खुद शिवबा यहाँ आए। उन्होंने ही तुम्हारा सिर अपनी गोद में इतने आहिस्ता से सँभालकर रखा, जैसे कमल का फूल हो!" जयश्री चौंक गईं। उनके चेहरे पर जैसे हवाइयाँ उड़ने लगीं और वह एकटक जीजाऊ को देखने लगीं। जीजाऊ ने हाँ के अन्दाज में गरदन हिलाई।

जयश्री स्तम्भित रह गईं। उनके चेहरे पर जैसे हल्की नाराजगी आई और गोरा रंग कुछ ताँबई-सा हो गया। वह बोलीं, "यह क्या बात है...कि सिर्फ बदन बुखार में तप रहा है, इस बात पर राजा को इतना परेशान कर दिया?"

दालान में पसरे तनाव को देखते हुए जीजाऊ ने हल्के स्वर में कहा, "बेटी,

इसमें कौन सा अपराध हो गया? शिवबा सिर्फ तुम्हारे पति ही नहीं हैं, वह 'प्रजापति' हैं! अपने राज्य के प्रत्येक बीमार के जीवन की चिन्ता करना सच्चा राजधर्म ही तो है। तुम दोनों का तो फिर जन्म-जन्मान्तर का नाता जुड़ा है।"

जयश्रीबाई की आँखों से आँसू बहने लगे। आई साहेब चिन्ता से आगे बढ़ीं लेकिन उनके बढ़े हुए हाथों को रोकते हुए जयश्री ने कहा, "सासू माँ, थोड़ा रो लेने दीजिए आज। ये सिर्फ दुख के नहीं, खुशी के भी आँसू हैं। बीते दो-तीन महीने में मेरी जीवन-नौका कहाँ-कहाँ नहीं धक्के खाती रही। सच तो यह है कि स्वामी पर मेरा बहुत ही क्रोध था। मेरे मायके को उन्होंने धूल में मिला दिया। मेरे रिश्ते-नातेदारों की गरदन पर तलवार फिरा दी। उन्हें एक अन्यायी राजा मानते हुए मैं बहुत क्रोधित थी। मन में बहुत उद्वेग था उनके लिए।"

"बेटी...?"

"लेकिन हाँ, अगर थोड़ा सोच-विचार करें तो धर्मशास्त्रों के अनुसार युद्ध और राजनीति में सब कुछ माफ होता है। खून से रँगी युद्धभूमि में औरतों और बच्चों की क्या कीमत होती है? उन्हें लूटकर, भोगकर और गरदन काटकर कुत्तों के जैसा फेंक दिया जाता है। बोझा ढोने के काम आएँगे, यह सोचते हुए शत्रु के सैनिक बैलों और घोड़ों को तो साथ ले जाते हैं लेकिन स्त्रियों-बच्चों को नहीं!

"भोसले और मोरे कुल के बीच की राजनीति के पीछे जो भी गणित रहे हों, लेकिन आपने हमें बैरियों के घर के कचरे की तरह यहाँ-वहाँ फेंक नहीं दिया। अपने साथ आप हमें घर लाए और उस पर बहू बनाकर अपने दिल में जगह दी।"

"बेटी, इसे ही कोई भाग्य कहता है, कोई किस्मत का लिखा और कोई दैवी इच्छा बताता है।" जीजाऊ ने कहा।

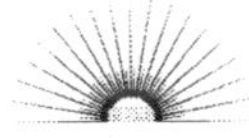

एक दोपहर कार्यालय में करीब सात सौ पठानों की टुकड़ी आकर खड़ी हो गई। सत्रह से पैंतालीस बरस तक के ज्यादातर पठान शरीर से अच्छे हट्टे-कट्टे, मजबूत दिख रहे थे। ऊँचा कद, चौड़ी छातियाँ और पैनी-तीखी नाक। चेहरे की रंगत गोरी और गाल दाढ़ियों से ढके हुए। किसी किसी की दाढ़ी लम्बी भी थी। यह पूरी टोली आकर्षक और आँखों को लुभाने वाली थी। किले के घुड़सवार सैनिक ही नहीं बल्कि गढ़ पर रहने वाले लोग भी उनके आसपास जमा होकर कौतुक से उन्हें निहारने लगे।

थोड़ी देर में राजा कार्यालय में पहुँचे। उन सभी ने 'जय बोलो शिवाजीराजाऽऽ' का उद्घोष किया और एक साथ सबने झुककर कोर्निश की। उन्हें वहीं बैठने का आदेश हुआ। उनकी देहयष्टि, बढ़ता उत्साह और राजा से भेंट के कारण चेहरे पर

आई अधीरता छुप नहीं रही थी। राजा ने सीधा सवाल किया, "किधर से आ रहे हैं आप सब?"

"राजाजी, बीजापुर से हम यहाँ आ पहुँचे हैं। पन्द्रह दिन पहले तक हम लोग आदिलशाही फौज की सेवा-चाकरी कर रहे थे।"

"अच्छा, तो फिर यहाँ कैसे आना हुआ?"

"राजाजी, आपकी छाँव में और आपकी फौज में जीने और जंग करने की तड़पती तमन्ना लिये हम यहाँ आए हैं।" उनमें से एक बुजुर्ग ने कहा।

"लेकिन बीजापुर छोड़ा क्यों?"

"राजासाब, आदिलशाही में अब सुलतान इब्राहिम शाह और सुलतान मोहम्मद साहब के जैसे अच्छे दिन नहीं रहे। आजकल वहाँ झूठी चुगलियाँ, धोखेबाजी, ईर्ष्या-द्वेष यही सब चलता है।"

"आखिर में जब हम लोगों ने नौकरी छोड़ने का मन बना ही लिया, तो हमारे सामने सवाल था कि कहाँ जाएँ?"

"जवाब यही था कि जहाँ मालिक की नजर और काम की कद्र हो वहाँ जाएँ... तब हमारी पूरी टुकड़ी के सामने बस आपकी ही छवि आई।"

"तब हमने अपना-अपना घोड़ा और हाथ में तलवार थामी और तुरन्त यहाँ चले आए।" बूढ़े पठान ने कहा।

पठानों का यह आक्रामक उत्साह और उबलता हुआ विश्वसनीय जोश देखकर राजे के मन को बड़ा सन्तोष हुआ। राजे को देखकर कार्यालय के कारकुनों को भरोसा हो गया था कि वह तत्काल उस पठान फौजी टुकड़ी को अपने लश्कर में शामिल करने का हुक्म देंगे। राजा ने उत्साही पठानों की भीड़ पर भरपूर नजर डाली और उनसे कहा, "आप लोग लम्बी यात्रा करके आए हैं।" फिर उन्होंने कार्यालय के अधिकारियों से पठानों के खाने-पीने और रहने की उचित व्यवस्था करने को कहा। बोले, "आप लोग यहाँ पहले दो-चार दिन आराम से रहिए। बाकी की बातें समय आने पर देखते हैं।"

दो-तीन दिनों में तमाम लोग दबी जुबान में, धीमी आवाज में अनेक बातें कहने लगे, "राजा, इन परायी जाति वालों पर कितना भरोसा करेंगे? जो सुलतान जैसे अन्नदाता को दगा देकर यहाँ इतनी दूर चले आए हैं, इनके ईमान पर कैसे विश्वास किया जा सकता है?"

सबकी अलग-अलग राय सुनकर राजा बेचैन हो चुके थे। सलाह देने वाले एक को उन्होंने फटकार भी लगा दी, "हमसे दगाबाजी करने का उनके पास क्या कारण रहेगा?"

"ऐसा लगता है कि किसी ने दूर से जान-बूझकर उन्हें आपका और इस राज्य का नुकसान करने के लिए बड़ी होशियारी से दाँव खेला है। मतलब वह मीठी-मीठी

बातें करके हमारे साथ मेल-जोल बढ़ाएँगे। फिर वे हमारे लश्कर में शामिल होंगे। यह नाटक करेंगे कि देखिए, हम खूब ईमानदार हैं। फिर अपनी फौज की ताकत और उसकी सारी खबरें धीरे-धीरे इकट्ठा करके यवनों तक पहुँचाएँगे। बाद में अचानक एक दिन बगावत करके हमारी ही पीठ में छुरा भोंक देंगे।

"लेकिन यह बात पक्के तौर पर कैसे कह सकते हैं?"

"काबुल से लेकर दिल्ली-आगरा तक, उधर भागानगर, बीजापुर और उस कुतुबशाही तक सब जगह षड्यंत्रों, साजिशों और धोखेबाजी करके ही ये लोग और इनका धर्म फैला है। एक बार जहाँ इनका धर्म-से-धर्म और दाढ़ी-से-दाढ़ी मिली कि इनको एक होकर 'सुभानअल्ला...चलकर हमला' गर्जना करने और हमारे इस स्वराज्य को जलाकर खाक करने में कितना समय लगेगा?"

यह बातें सुनकर राजा को साफ हो गया कि उनके अधिकारी पठानों को अपनी सेना में भर्ती करने के सख्त खिलाफ हैं। इस बीच राजा ने अपने जासूसों के मार्फत जानकारी इकट्ठा करनी शुरू कर दी थी। ये पठान कौन हैं, कहाँ से आए हैं, यह पूरी खबर उन्होंने निकाल ली। कुछ साल पहले तक पठानों की यह टुकड़ी रणदुल्ला खान और शहाजीराजे के ही पास थी लेकिन इधर मुस्तफा खान और बड़ी बेगम के बेलगाम हस्तक्षेप और बढ़ती मनमानी से ये परेशान हो चुके थे। इसलिए उन्होंने बीजापुर छोड़कर शिवराय की फौज में शामिल होने का निर्णय लिया था।

उस समय गोमाजी बाबा पानसम्बल के पास पुणे की सुरक्षा की जिम्मेदारी थी। वह आई साहेब के मायके, सिन्दखेड़ से थे। पुराने और जिम्मेदार व्यक्ति। इस नाते राजा ने उन्हें जान-बूझकर एकान्त में बुलवा लिया। उनके सामने पठानों के सेना में शामिल होने का विषय निकाला, "सच तो यह है काका कि पहली नजर में ही वे नौजवान पठान हमें पसन्द आ गए। लेकिन अपने बड़े-बड़े सरदार और अधिकारी उन्हें अपने लश्कर में शामिल करने का खूब कड़ा विरोध कर रहे हैं। सीधे उनकी जाति और धर्म पर बात करने लगते हैं। परायी जाति और धोखे को वे जोड़कर देख रहे हैं।"

"शिवराय! केवल जाति-धर्म के नाम पर हाथ नचा के यह मुद्दा तुम यहाँ-वहाँ नहीं सरका सकोगे। केवल धर्म की आड़ लेने से बहती हवा नहीं रुक जाएगी। शुद्ध बुद्धि से विचार करो शिवराय। आपके बहादुर पिता शहाजीराजे, दादाजी मालोजीराव, नानाजी लखोजीराव इन सभी राजनीतिक और ताकतवर लोगों का जीवन कहीं-न-कहीं इस्लामी राज्य की सेवा करने में बीता, ऐसे में उसी जाति-धर्म के लोगों के लिए हमारे यहाँ आने, सेना में भर्ती होने पर पाबन्दी कैसे लगा पाएँगे?"

"वाह गोमाजी काका, आपकी इस स्पष्ट बात ने हमें बड़ा आधार दिया है।"

दो दिन बाद रात्रि के भोजन के पश्चात् बातचीत में जीजाऊ ने आश्चर्य प्रकट करते हुए राजा से कहा, "बधाई हो तुम्हें। आखिर समझदारी से देख-परखकर तुमने सारे पठानों को अपने स्वराज्य की चाकरी में रख ही लिया।"

"अरे वाह, आई साहेब को भी हमारा निर्णय पसन्द आया?"

"बिलकुल बेटा! राजा अगर जाति-धर्म पर संकीर्णता से विचार करने लगे तो कैसे चलेगा?"

"सच है आई साहेब।"

"बालराजे, यह सब पूर्व निर्धारित है। नहीं तो राजा को हमारे पूर्वजों ने 'प्रजापति', 'प्रजापिता' और 'भूपति' क्यों कहा होता।

प्रबलगढ़ की धनलक्ष्मी

1657

रानी जयश्री ने बड़े उत्साह से राजा से कहा, "राजे, चेऊल की रैयत आपसे भेंट करने के लिए आई है।"

"उनका अब क्या बाकी है? उस कान्ता गूजर के काँटे से तो हमने उन्हें मुक्ति दिला दी।"

चेऊल के गाँवों से भेंट करने के लिए आई वह सैकड़ों की भीड़ महल में घुस गई। वे सब गेंदे और मोगरे के फूलों की माला लिये हुए आए थे। उन्होंने वह फूल-मालाएँ राजा के गले में पहनाईं और उनका बहुत आभार व्यक्त किया, "राजे, आप थे तो हमारी जमीनों के दस्तावेज और गहने वापस हमारे पास आ सके। नहीं तो उस कान्ता गूजर ने पूरे गाँव को ही बेच खाया था।" राजा ने अपने हाथों से इनका उद्धार किया था और उन्हें इस बात का बहुत सन्तोष था। उन्होंने सागर किनारे के उस पुराने सुसंस्कृत नगर पर अधिकार जमाया था और वहाँ बन्दरगाह के निर्माण का काम बहुत उत्साह से शुरू किया था। कान्ता गूजर नाम के एक जुल्मी साहूकार को कोड़े लगाने की सजा दी थी। उसके पास गिरवी पड़े प्रजा के दस्तावेज और गहने छुड़वाकर उनके मालिकों को दिए थे। इस कारण चेऊल की जनता राजा का बहुत उपकार मान रही थी।

एक ही समय में राजा पर बहुत सारी मुश्किलें आई हुई थीं। लगभग पूरी रात इधर-उधर भागदौड़ करते हुए वह जैसे-तैसे चार-पाँच घंटे ही नींद ले पाते थे। युद्धरत रहना ही जैसे उनके शरीर का स्थायी भाव बन गया था। एक बार उन्होंने मालवण की तरफ खारेपाटण के किनारे पर बने भव्य घेरिया के किले के पुनर्निर्माण का काम अपने हाथ में ले लिया था। समुद्र की चट्टानों पर पिघला सीसा डालकर खड़ा किया गया साढ़े चार सौ बरस पुराना किला बेहद मजबूत था। आदिलशाही

सरदारों के दाँत खट्टे करके राजा के मावलों ने यह किला अपने अधिकार में लिया था। उसके विस्तार का काम पूरी गति से चल रहा था।

कोई भूत बदन पर झपट गया है, राजे कुछ इस तरह से रात-बेरात जागकर उठ जाते थे। तीन दिनों तक लगातार घोड़ा दौड़ाते हुए खारेपाटण के किनारे तक पहुँचते। उस किले की चारदीवारी उन्होंने और मजबूत बनाने के लिए कमर कस ली थी।

घेरिया के उस किले को शिवराय ने 'विजय दुर्ग' नाम दिया था। किले का आकार और बढ़ाने तथा उसे अधिक ठोस बनाने के लिए उन्होंने पुर्तगाली कारीगरों और विशेषज्ञ अभियन्ता की मदद ली। खास तौर पर वे अभियन्ता जो गोवा के पुर्तगाली प्रशासनिक क्षेत्रों में काम करते थे। हालाँकि इन अभियन्ता और कारीगरों को राजा की मदद करने के न निर्देश थे और न अधिकार। लेकिन राजा ने तमाम देशों के यात्रियों, व्यापारियों, बड़े कारीगरों, शिल्पकारों और भाषा पंडितों से मधुर सम्बन्ध बनाकर रखे थे।

कई पुर्तगाली अधिकारी गोवा से मालवण की तरफ शिकार पर जाने का दिखावा करते। समुन्दर किनारे पर लगे ताड़-पत्रों के तम्बुओं में एक-दो दिन रहते और फिर उसी दौरान समय निकालकर घेरिया के किले की दीवारों को मजबूत बनाने में मदद करते। वह बहुत आश्चर्यचकित और उत्साहित होते कि एक हिन्दुस्तानी राजा उनकी आधुनिक और नई यांत्रिकी तथा निर्माण कार्य की तकनीकों को जानने को इतना उत्सुक है।

राजे को दिन-रात इस तरह श्रम में लगे देखकर रानियाँ अचम्भित होतीं। कई बार राजा की ये लाडली रानियाँ आई साहेब के पास जाकर शिकायत करतीं, "मातोश्री, आप अपने चिरंजीव को कुछ तो कहिए। किसी इनसान को आखिर कितना परिश्रम और संघर्ष करना चाहिए? स्वामी तो ऐसे तैयारी में लगे रहते हैं कि बस लड़ाई शुरू ही हो रही है।"

"सासू माँ, आखिर कोई मनुष्य कितना ही पराक्रम करे लेकिन एक मानव शरीर का सात-सात इनसानों के बराबर काम करना क्या किसी अचम्भे जैसा नहीं है!!" रानी जयश्री कौतुक से बोलतीं।

"लेकिन अगर वो हमारी सुन लें और थोड़ा आराम कर लें तो फिर राजा कैसे कहलाएँगे!" सगुणाबाई ने प्रेम से कहा।

उत्तर में कोंकण की खाड़ी कब्जे में आने के बाद प्रबलगढ़ पर अधिकार की इच्छा से राजे की धमनियों में रक्त उछालें मारने लगा। वहाँ केसरी सिंह नाम का राजपूत सरदार किलेदार था। वह आदिलशाह की चाकरी बजा रहा था। राजे के मन में छह वर्ष की आयु वाली वहाँ की स्मृतियाँ अमिट थीं। प्रबलगढ़ में माता-पिता ने कुछ दिनों तक आश्रय लिया था। वहाँ के विशाल किले की दीवारों पर उगी हुई काई और उन पर आसमान से बरसता प्रचंड पानी। तब बीमार पड़े शिवबा को

खिड़की से बाहर दिखाई देता दूर तक पसरा हरा रंग और उनके बीच में सोने की आग में दमकता वह लाल प्रकाश। उस हरियाली के बीच में बारिश की वजह से नीचे उतर आई सफेद धुन्ध। यह विहंगम दृश्य अनेक वर्षों तक उनके मन पर ज्यों का त्यों किसी बिम्ब की तरह जड़ा रहा।

एक दिन राजे ने किले की तलहटी में अपने तम्बू गाड़ दिए और उसी समय दो हजार घोड़े वेग से प्रबलगढ़ की ओर दौड़ा दिए। राजा को पता था कि किले में सुरक्षा और गोला-बारूद नाम मात्र की है। इसलिए वह किला दो घंटे के अन्दर ही उनके हाथ लग जाना चाहिए था। लेकिन चार-पाँच घंटे बीत गए और उधर से कोई सन्देश नहीं आया। न ही किले पर विजय का बिगुल बजा।

राजे बेचैन होकर अपनी जगह पर चक्कर काटने लगे।

इतने में सामने वाली झाड़ी में से मदारी मेहतर का घोड़ा तेजी से दौड़ता आया। मदारी ने राजा से कहा, "किलेदार केसरी सिंह पूरा जी-जान लगाकर लड़ रहा है राजे। फतह मिलने में थोड़ा वक्त लगेगा।"

राजा ने तुरन्त निर्णय लिया। फौज को युद्ध की उस आग में झोंककर नीचे खड़े रहने का कोई अर्थ नहीं था। हाशिम राजा का घोड़ा लेकर आ गए। उन्होंने घोड़े की पीठ पर अपनी मजबूत हथेली रखी और क्षणांश में सीधे पैर की छलाँग मारकर घोड़े पर आरूढ़ हो गए। 'चल' कहते ही राजे ने घोड़े को एड़ लगा दी। घोड़ा हिनहिनाया। उसी पल कानों में गढ़ पर बजी तुरही और नगाड़ों की मंगलध्वनि उनके कानों में पड़ी। राजे के चेहरे पर सन्तोष की चाँदनी बिखर गई।

राजे घोड़े पर और उनकी रानी साहेब सगुणाबाई पालकी में तेज गति से गढ़ पर चढ़ने लगे। कोंकण की लाल मिट्टी और हरी झाड़ियों के बीच पूरे जोश में हर्षोल्लास करते हुए राजे के सिपाही कच्चे रास्ते पर तेजी से बढ़ रहे थे। आधे रास्ते में ही बहिर्जी नाईक का घोड़ा सामने से आ गया। उन्होंने घोड़े का मुँह घुमाया और अपने राजा के साथ वापस चढ़ाई करने लगे। बहुत उत्साह से बहिर्जी ने कहा, "राजे, वह किलेदार तो बहुत ही मजबूत निकला। केसरी सिंह ने पूरी ताकत लड़ाई में झोंक दी थी...।"

"उसे राजबन्दी के रूप में कैद में लिया या नहीं?"

"नहीं राजे। कई बार हमने उससे विनती तक की कि 'शरण में आ जा' लेकिन उस पट्ठे ने हाथ की तलवार नीचे नहीं रखी। उसके बदन के सारे वस्त्र खून से तर हो गए लेकिन वह कड़ी टक्कर देता रहा।"

"आगे?"

"आगे क्या...अपना भी बहुत नुकसान हुआ। फिर चिढ़कर अपने दादजी बाबजी ने तलवार का ऐसा करारा हाथ मारा कि पेड़ पर लगे फल जैसा केसरी सिंह का सिर दूर झाड़ में कहीं जाकर अटक गया।"

"ऐसा?"

घोड़ा अब भी पैरों के नीचे के सँकरे रास्ते पर चढ़ रहा था। तभी राजा को किले के पेड़ों के पीछे से आकाश में धुएँ का बड़ा गुबार उठता दिखाई दिया। राजे के मन में खुशी की लहर दौड़ गई। ज्यादा सम्भावना यही थी कि किले पर मौजूद राजपूतों ने केसरी सिंह का अन्तिम संस्कार किया हो। राजे रफ्तार से आगे चल रहे थे। इतने में तानाजी मालुसरे का घोड़ा ऊपर के रास्ते से नीचे आता दिखाई दिया। उन्होंने नजदीक आए तानाजी से पूछा, "क्यों तानाजी, केसरी के सिपाहियों ने उसकी चिता जलाने में इतनी जल्दबाजी क्यों की?"

"नहीं राजे। उस केसरी सिंह का झाड़ में अटका हुआ सिर अभी तक मिला नहीं है। फिर इसका अन्तिम संस्कार कैसे करेंगे? वह चिता तो चाँद रानी की है।"

"कौन चाँद रानी?"

"केसरी सिंह की प्यारी बीवी। उसके रिश्तेदार उसे न-न कहते हुए खूब मना रहे थे, लेकिन उसने सुना नहीं। उस स्त्री ने अन्ततः राजपूत धर्म का पालन किया।"

"कैसा धर्म?"

"धर्म...अपने पति की युद्ध में पराजय होने के बाद अपनी काया को दुश्मन के हाथों का स्पर्श नहीं होने दूँगी। बहादुर राजपूत स्त्रियाँ अपने धर्म के अनुसार जलती आग में कूदकर जौहर करती हैं राजे।"

सुनते ही राजे तत्क्षण घोड़े से नीचे उतर गए। अचानक जैसे उनकी साँसें फूल गईं और हाथ-पैर शिथिल पड़ गए। वह पास खड़े एक पेड़ का सहारा लेकर टिक गए। वह बिलकुल किसी बीमार की तरह नजर आने लगे और उनकी यह स्थिति किसी से देखी नहीं जा रही थी। सगुणाबाई घबरा गईं। राजे की आँखों में एकाएक पानी भर आया। उनका ताँबई चेहरा इस तरह लाल सुर्ख हो गया, जैसे उस पर खून उतर आया हो। तानाजी आगे बढ़े। उन्होंने महाराजा की कलाई पकड़ी और चिन्तित स्वर में पूछने लगे, "महाराज, सच कहिए क्या बात है? यह अचानक क्या हो गया आपको?"

"अरे तानाजी, तूने उस केसरी सिंह की पत्नी को, हमारी उस धर्म बहन को आगे बढ़कर पकड़ क्यों नहीं लिया, क्यों उसे रोका नहीं? उसे जौहर करने से बचाया क्यों नहीं?"

"राजे!"

"अरे, तुझे उसे कहना चाहिए था कि तुम राजपूत स्त्रियों की जौहर करने की रीत पवित्र है। लेकिन राजपूत स्त्रियाँ कब जौहर के लिए अग्निकुंड में कूदती थीं? जब दिल्ली के दुष्टों की काली छायाएँ उनकी तरफ दौड़ी जाती थीं। तुझे हमारी धर्म बहन को बताना तो चाहिए था कि ये हमला मुगलों का नहीं, मराठों का है! उन मराठों का जो अपनी धर्म बहनों के लिए अपने प्राणों की भी आहुति

देने में पीछे नहीं रहते! अगर समय रहते यह सन्देश उसे दे दिया होता तो बेचारी बच गई होती।"

जौहर की उस बात से राजे का मन हिल गया था। उन्हें फिर से घोड़े पर बैठने की इच्छा नहीं हो रही थी। वह दूसरों के साथ उस टेढ़े-मेढ़े, सँकरे, पथरीले रास्ते पर पैदल ही बढ़ चले। मन में चुभने वाली कई बातें किले पर हुई थीं। केसरी सिंह की मृत्यु के बाद उसके नन्हे बच्चे और वृद्ध माता-पिता भी लापता हो गए। वे डर के मारे किले में बने महल से भाग गए थे। राजे ने उन्हें तलाश करने का निर्देश दिया।

प्रबलगढ़ का अधिकार लेने के लिए शिवराय आए हैं, यह देखकर उत्साह से सारे मावलों के जिस्म में थोड़ा मांस बढ़ गया। राजा ने गढ़ पर मारुति और गणेश की प्राचीन प्रतिमाओं के दर्शन किए। वापसी में उन्होंने उस कुंड का भी दर्शन किया, जिसमें चाँद रानी के साथ उसकी दो सखियों ने भी अग्नि में प्रवेश किया था। राजा ने उस पवित्र जगह वन्दना की और फिर अपने घायल सैनिकों का हालचाल पूछा।

राजे किले पर ही ठहरे। शाम ढल चुकी थी। तलाश जारी थी, मगर केसरी सिंह का सिर किसी के हाथ नहीं लगा। दुर्दैव से उसके कुटुम्बियों की भी खबर नहीं मिली।

आधी रात बीत गई। खोजबीन करने गए सिपाही वापस लौटकर आए। उन्होंने बताया, "महाराज, गढ़ के सारे जंगल को खँगाल डाला लेकिन कहीं कुछ हाथ नहीं लगा।"

"ऐसा कैसे हो सकता है?"

"राजे, हमें लगता है कि महल में कोई चोर दरवाजा या गुप्त रास्ता होगा। वहीं से इस राजपूत वीर के माता-पिता बच्चों को लेकर गढ़ से बाहर निकल गए होंगे।"

दूसरे दिन सुबह सब प्रसन्नता से खिल उठे। केसरी सिंह का सिर मिल गया। उसके सिर और धड़ को विधिपूर्वक चिता पर सजाया गया। शत्रु के किले की रक्षा करने वाले किलेदार के अग्नि संस्कार में राजे को मौजूद रहने की कोई जरूरत नहीं थी, लेकिन शिवराय स्वयं उपस्थित हुए। चिता में चन्दन की लकड़ियाँ डाली। अग्नि की ज्वालाएँ आकाश की तरफ लपक रही थीं। राजा की नजर पीछे की तरफ गई। उस जलती चिता के पास ही एक गौरवर्ण राजपूत वृद्धा और उससे चिपके हुए दस-ग्यारह साल के दो बच्चे खड़े हुए थे। उनके चेहरे शोकग्रस्त थे और वह चिता को प्रणाम कर रहे थे। राजा ने उन्हें पहचान लिया। केसरी सिंह के उस दुखी कुटुम्ब को उन्होंने तुरन्त अपने महल में पहुँचा दिया।

केसरी सिंह की माँ की अवस्था देखकर राजे का मन पिघल गया। उन्होंने वृद्धा से कहा, "आपका पुत्र बहादुर योद्धा था। मेरे सैनिकों ने उससे कई बार विनती की कि वह शस्त्र डाल दे, उसे अभयदान मिलेगा। लेकिन वह अपने मालिक के लिए आखिरी साँस तक लड़ता रहा और वीरगति को प्राप्त हुआ।"

राजा ने वृद्धा के सम्मान में अपना सिर उनके चरणों में झुका दिया। एक विजयी राजा की यह विनम्रता देखकर केसरी सिंह की माँ अचम्भित हो गईं। वह

रोने लगीं। तब राजा ने कहा, "जो हुआ सो हुआ। अब युद्ध खत्म हो चुका है। मातोश्री, कहिए कि मैं आपके लिए क्या कर सकता हूँ?"

"राजा, हमारा मायका वरहाड के रास्ते में पड़ने वाले देउलगाँव में है। वहाँ तक पहुँचाने की अगर व्यवस्था करा दें...।"

"क्यों नहीं? सब कुछ होगा। चिन्ता न करें।"

राजा ने तत्काल हुक्म दिया। केसरी सिंह की माता के लिए पालकी और दोनों बच्चों के लिए दो तगड़े घोड़े दिए गए। साथ ही बहुत सारा धन और दूसरी चीजें भी दी। उन्हें सम्मान के साथ विदा किया गया।

राजा का मन हुआ कि गढ़ को घूमकर देखा जाए। वह घोड़े पर सवार नहीं हुए। उन्होंने पालकी बुलवाई और उसमें जंगल की तरफ गए। कहार अभी थोड़ा ही आगे बढ़े होंगे कि एक अजीब बात हुई। बेर के झाड़ की कँटीली डाल तेजी से पालकी में घुसी और उसके काँटे राजा के मखमली अँगरखे में उलझ गए। सेवक झट से आगे बढ़े और काँटों से उलझे अँगरखे को निकालने लगे। राजे वहाँ रुककर गौर से उस जगह और पेड़ों-झाड़ियों को देखने लगे। अचानक उनके मन में एक अकल्पनीय लहर उठी और उन्होंने सहायकों को हुक्म दिया, "चलो, यह जगह खोदना शुरू करो।"

राजाज्ञा के अनुसार कार्रवाई शुरू हुई। सेवकों ने अभी सिर्फ तीन फुट जमीन खोदी होगी कि वहाँ किसी पुराने निर्माण की निशानियाँ मिलीं। थोड़ी और खुदाई की गई तो अकबर के जमाने की सोने की मोहरों से भरे बीस घड़े बाहर निकल आए। साथ ही वहाँ से कई लम्बी सोने की छड़ें भी निकलीं। अचानक मिले इस गुप्त धन को देखकर राजे विस्मित-चकित रह गए।

उसी जगह पर खड़े-खड़े राजे ने सामने महल को देखा। कोई इक्कीस साल गुजरे, उस महल की खिड़की से राजा को इस जगह पर सुनहरी चमक का आभास हुआ था। जहाँ आज यह स्वर्ण-धन मिला है। क्या समझें इसे, प्रकृति का कोई चमत्कार या महज एक संयोग?

अब शिवाजी राजा को विश्वास हो गया था कि उनका पूरा जीवन विचित्रताओं से भरा हुआ है। ताँबई और भगवा रंग सतत उनके जीवन के बहुत करीब है और इस तरह के तर्कातीत खेल खेल रहा है। हालाँकि भगवा और ताँबई रंग का मूल एक ही है। लेकिन ताँबई जहाँ क्रान्ति, युद्ध और शस्त्रों के साथ सामर्थ्य का भी रंग है वहीं भगवा रंग त्याग, सौभाग्य, श्रद्धा और मंगल का प्रतीक है!

दोनों रंग राजे के पूरे जीवन में व्याप्त थे! हिन्दवी स्वराज्य के स्वप्न की पूर्ति के लिए राजा ने हाथों में मजबूती से शस्त्र पकड़ रखे थे और शरीर पर भगवा वस्त्र धारण किए थे। शौर्य और त्याग के राजमार्ग पर आगे बढ़ते चले जाने का उनका विश्वास और दृढ़ हो चुका था।

दरबार में प्रतिज्ञा का बीड़ा

मार्च 1659

'होशियार होशियार बाअदब...' इस तेज ललकार के साथ ही दरबार में खलबली मच गई और सब लोग अपनी-अपनी जगह पहुँचकर व्यवस्थित होने लगे। हाथों में चाँदी के दंड लिये रखवाले कचहरी में लगे खम्बों के दोनों तरफ सावधान की मुद्रा में खड़े हो गए। आज बीजापुर दरबार का माहौल बहुत ही गम्भीर था।

मदुरै से कारवाड़ और बीदर की सीमा तक शाही खलीते पहुँच गए थे। सल्तनत के सारे सरदार, उमराव और गाजियों को न्योता भेजा गया था।

दरबारियों और अधिकारियों से दरबार खचाखच भरा था। मात्र उन्नीस बरस का अली आदिलशाह हीरे-मोतियों से जड़े ताज को सिर पर धारण किए सामने मसनद पर आसीन था। उसके बाएँ तरफ झीने परदे की आड़ में राजपरिवार की स्त्रियाँ बैठी थीं। उन सबके बीच जीवन के करीब पाँच दशक देख चुकीं रुआबदार और सख्त चेहरे वाली बड़ी बेगम सबसे आगे विराजमान थीं। उनका नाम था, ताज-उल-मुखद्दीरात उर्फ आलिया जनाब।

वह कई बातों की गवाह थीं। मोहम्मद शाह की करीब एक दशक तक चली बीमारी, दो साल पहले उनकी मौत और फिर अली को अपने संरक्षण में लेकर उसकी ताजपोशी। दरबार पर अपनी पैनी और आक्रामक नजरें घुमाते हुए बड़ी बेगम ने अली साहेब की तरफ देखा। बेगम साहिबा को इस बात का सन्तोष था कि अली के शरीर में भले ही उनका खून नहीं दौड़ रहा, लेकिन उनके शौहर का तो खून है। राजगद्दी किसी गोद लिये, दत्तक पुत्र के हाथों में तो नहीं गई।

बड़ी बेगम ने अपनी चौड़ी आँखों के कोर के सामने दाईं ओर नजर डाली। वहाँ जावलीकर प्रतापराव मोरे गरीब गाय के जैसा चेहरा लिये खड़ा दिखाई दिया। शिवाजी ने कुछ साल पहले जब मोरे को धूल चटाकर उसका राज्य और सम्पत्ति अपने कब्जे में ले ली थी, तब से वह बीजापुर में ही पड़ा था। एकदम किसी मस्जिद की सीढ़ियों पर बेपरवाह सोए फकीर की तरह। वह एक ही उम्मीद लिये वहाँ था कि बीजापुर तत्काल सह्याद्रि पर हमला करे और भोसले कुल को नष्ट करके उसे उसका जावली का राज्य वापस दिलाए।

बड़ी बेगम के चेहरे और नाक-नक्श में ईरानी और तूरानी खून का ताँबई रंग उठकर दिखता था। अचानक उनकी नीली आँखों में जैसे रोशनी जल उठी। प्रतापराव की तरफ देखते हुए बड़ी बेगम के चेहरे के हाव-भाव अत्यन्त गम्भीर हो गए। तत्क्षण उन्होंने अपनी हीरे-मोतियों की अँगूठियों से सजी गोरी-चिट्टी अँगुलियों को

पूरी ताकत से कस लिया। इतने में सामने की ओर से जैसे बुक्का फाड़कर रोती हुई आवाज में प्रतापराव मोरे बोला, "बेगम साहिबा, माँ साहेब! जावली, हमारी जावली! उस शिवाजी भोसले ने उसकी होली जला दी।"

"प्रतापराव धीरे...थोड़ा धीरज रखिए।" बेगम ने इशारा किया।

"मेरे चन्द्रराव और हनुमंत दादा की उस गुंडे शिवा ने हत्या कर दी। हमारे बच्चों को उसने पुणे के भरे बाजार में फाँसी पर लटका दिया। बेटियों को त्रास दिया। आई साहेब आपकी देहरी पर मुझे न्याय मिलना ही चाहिए। मैं भीख माँगता हूँ।"

आज दरबार में किस मुद्दे पर हमला हो सकता है, इसका अनुमान वजीर को था। वह अपनी पकी हुई दाढ़ी पर थरथराते हाथ फिरा रहा था। उसने पहले ही एक ऊँची मेज पर सह्याद्रि पर्वत की प्रतिकृति बनाकर तैयार रखी थी। उसने कुछ जगहों पर खास निशान भी लगा रखे थे। अपने हाथों की छड़ी से वह भूभाग दिखाते हुए वजीर से बोला, "मेहरबान अम्मीजान, ये है समुन्दर कोंकण का...यह हैं दाभोल, हर्णे, मुरुड के बड़े-बड़े बन्दरगाह...जहाँ व्यापार के लिए फिरंगी जहाज आना-जाना करते हैं। यहाँ से बाहर निकलने के लिए जंगल से होकर गुजरने वाला यह रास्ता...तमाम सामान, तोपें, बारूद, बाजार में आने वाली सारी चीजें सब इसी एक रास्ते से होकर गुजरती हैं। नाकों को पार करके जावली के घने जंगलों से होती हुई, रडतोड़ी के घाट पार करती हैं और वहाँ से नीचे ताईघाट जाती हैं। उसके बाद वहाँ से निकलकर आगे वाई से होते हुए ऊपर...।"

"हाँ, जानती हूँ। इसी घाटी और इन वादियों पर वह नादान शिवा अपना कब्जा जमाकर बैठा है। आए दिन नई हरकतें...हम जिस किले को अपनी नाक समझते थे, उस कोंढाणा के किले पर उसने फिर से कब्जा कर लिया है। शिरवल के सुभानमंगल की मिट्टी नीरा नदी में डाल दी भोसले के उस बागी लड़के ने। पुरन्दर के किले के बाहर उसने हमारे मूसेखान को जिन्दा फाड़ दिया। उसकी लाश तक हमें नहीं मिली..."

"लेकिन अम्मीजान, हैरानी की बात यह है कि शिवा पूरी कोंकण पट्टी के बन्दरगाहों के किले कब्जाने की कोशिश में है। उसकी यह हरकत ऐसे ही बढ़ती रही तो कल इन इलाकों में आने वाले विदेशी भी हमारे हुक्म की परवाह नहीं करेंगे।"

"वो भी क्या जमाना था...इसी बीजापुर नगर में हर रोज फतह के घंटे और नगाड़े सुनने की आदत पड़ गई थी हमें। किसकी नजर लग गई उस बहादुरी को...? पुरन्दर के पठार से किसी बेज़ुबान लौंडी की तरह अपनी छाती पीटते हुए भागा चला आया वह निकम्मा फत्ते खान...! उस डरपोक फौजी को हमने दरबार में कदम रखने तक पर रोक लगा दी है। उसका सब कुछ जब्त कर लिया। सुना है कि आजकल वह बीजापुर के आसपास की खाइयों में पागल कुत्ते की तरह भटकता रहता है...?"

चिड़चिड़ाई बड़ी बेगम के तेवर का अन्दाजा लगाते हुए वजीर बोला, "बेगम साहिबा, आखिर तो यह सब रियासत और सियासत की बातें हैं। क्या बेहतर नहीं होगा कि हम थोड़ा सब्र और होशियारी से काम लें?"

"सियासत की बातें हम खूब समझते हैं! मत भूलना कि हमारी पैदाइश शाही महल की है। हमारा बाबुल और ससुराल ढेर सारे सुलतानों से भरे हुए हैं। आज इस तख्त पर बैठे अली आदिलशाह हमारे ही बेटे हैं।...और मैं खूब जानती हूँ कि सियासत में लापरवाही का क्या मतलब होता है और बगावत किसे कहते हैं।"

बेहद बिफरी हुई बड़ी बेगम का यह रुद्रावतार देखकर दरबार हक्का-बक्का रह गया। बेगम के गाजर जैसे लाल हो गए चेहरे की तरफ देखने की हिम्मत किसी की नहीं हुई। बड़ी बेगम का क्रोध सबकी कल्पना की सीमा के पार चला गया था। तब सामने आ रहे संकट को पहचानते हुए सुलतान अपनी अम्मीजान की मदद के लिए दौड़ा। वहीं अपने घुटने पर आधा झुककर उसने अपनी तलवार निकालकर हाथ में ले ली और गरजा, "हुक्म अम्मीजान...हुक्म।"

तख्तनशीं सुलतान का यह रूप देखकर सबके बदन में बहादुरी की लहर दौड़ पड़ी। पूरे दरबार से एक ही आवाज उठने लगी, "हुक्म बेगम साहिबा, हुक्म।"

दरबार का लक्ष्य बेगम के द्वारा सामने बढ़ाए गए सोने के थाल में रखे गए बीड़े पर गया। बेगम ने सब तरफ अपनी नजर घुमाई और बोली, "कोई है जवाँमर्द? जो अभी-के-अभी उठेगा और शिवा का खात्मा करने के वास्ते उस सह्याद्रि की वादियों और चट्टानों की तरफ दौड़ेगा?"

यह विलक्षण चुनौती सुनते ही कइयों का हृदय काँप गया। उनकी नजरें नीचे झुक गईं। वे अपने दाएँ-बाएँ नजरें झुकाए, चोर नजरों से आसपास वालों को देखने लगे। अपने आह्वान पर दरबारियों की यह हालत देखकर बेगम की आवाज और कठोर हो गई, "कोई है? बताइए? दरबार नाम के इस मुर्दाघर में कोई है हिम्मतवाला जो उठेगा और हमारी फौज लेकर शिवा की धज्जियाँ उड़ाएगा।" बोलते-बोलते बेगम ने सब तरफ नजर घुमाई। दरबार का हर कोना देखा। लेकिन एक हुंकार तक उनके कानों में नहीं पड़ी। तब बरछी की तेज धार जैसा तीखा वाक्य उन्होंने दरबार में उछाल दिया, "ये दरबार क्या खाक दरबार है! ये तो भेड़-बकरियों का बाजार है।"

"ठहरिये बेगम साहिबा। अल्लाह के वास्ते रुकिए।" एक धीर-गम्भीर आवाज पीछे से आई। उस आवाज के पीछे-पीछे साढ़े छह फुट ऊँचा, बैल के जैसी मस्त गरदन वाला, कसे हुए चौड़े बदन का अफजल खान दमदार कदम बढ़ाता हुआ आगे आता दिखाई दिया। उसे देखते ही सबकी आँखें चमकीं। अफजल खान सिंहासन के आगे से थोड़ा हटकर खड़ा हुआ और गरजा, "गुस्ताखी माफ बेगम साहिबा। यह दरबार कैसे कायरता के समुन्दर में डूबकर मर सकता है? आप कैसे भूल सकती हैं बीजापुर के इस शेर को?"

अगले ही पल दरबार में आवाज उठी और हर तरफ एक ही पुकार शुरू हो गई, "अफजल खान अफजल खान।"

"जी हाँ, मैं वही अफजल खान हूँ, जो शिवा के बाप को जंजीरों में जकड़कर इस बीजापुर में लेकर आया था। जिसने उन्हें हथकड़ियों की चूड़ियाँ पहनाकर रास्ते में नचवाया था। वही हूँ मैं कुफ्रशिकन अफजल खान!"

बड़े रोब से अफजल खान ने पूरे दरबार पर नजर घुमाई और तुरन्त पाँच कदम बढ़ाकर सोने के उस थाल के पास पहुँच गया। उसने तुरन्त वह बीड़ा अपनी अँगुलियों में उठाया। जब उसने बीड़ा उठाए हाथ को हवा में ऊँचा किया तो पूरा दरबार तालियों की गड़गड़ाहट से गूँज उठा, 'वाह जवाँमर्द', 'वाह जिगरबाज गाजी', 'जियो, जुग जुग जियो।'

खुशी का वह बेमिसाल शोर थमने का नाम नहीं ले रहा था। तब बड़ी बेगम ने सुलतान अली खान को आँखों से इशारा किया। अली ने अफजल खान को पास बुलाया। उसके हाथों में रत्नजड़ित तलवार और उसके कन्धों पर खलीते की राजसी पोशाक रखकर उसका सम्मान किया। सारे सरदारों और उमरावों ने मारे ख़ुशी के दरबार को सिर पर उठा लिया। तब बहुत खुश होते हुए बड़ी बेगम साहिबा ने सबसे सवाल किया, "क्या हमारे दरबार को कातिल-ए-काफिरान अफजल खान के तआरुफ की जरूरत है?"

"नहीं...नहीं...।"

"केवल दो साल पहले ही बीदर की जंग में हमारे बहादुर अफजल खान साहेब ने कमाल कर दिखाया था। उन्होंने मुगल शहजादे औरंगजेब को अपने लपेटे में ले लिया था।"

उस बात को याद करते ही अफजल खान के गोरे चेहरे की रंगत बढ़ गई। वह अपनी खरखराती आवाज में बोला, "वो औरंगजेब मेरी घेराबन्दी में ऐसा फँस गया था कि वह रात उस शहजादे की जिन्दगी की कयामत की रात बनने वाली थी। मैंने पूरा इन्तजाम कर लिया था कि उसे बन्दी बनाकर, जुलूस निकालते हुए, बीजापुर की गलियों में उसे मुर्गे की तरह नचाते-नचाते यहाँ लेकर आऊँ...लेकिन अय अल्लाह, मैं क्या करूँ?" संताप से फुफकारते हुए उसने अपनी आँखें पोंछी और गरजा, "उस रात हमारे उस वक्त के वजीर ने घूस खाकर धोखाधड़ी न की होती...ऐ परवरदीगार, आज तारीख का रुख बदल जाता।"

अफजल खान के उस भावुक वक्तव्य ने सारे दरबार को सर्द बना दिया। लेकिन भावनाओं के सागर में डूबे दरबार को बड़ी बेगम ने एक झटके से बाहर खींच निकाला और अफजल खान से कहा, "अफजल साहब, हमें 'अफसाने' नहीं 'हकीकत' पसन्द है।"

"क्यों बेगम साहिबा? हम पर भरोसा नहीं है क्या? अम्मीजान, इस नई मुसीबत से इतना भी परेशान होने की जरूरत नहीं।"

"अफजल साहब, अभी आप मैदान-ए-जंग में उतरे कहाँ हैं? उस सह्याद्रि, उस शिवा और उसके नादान मावलों के मुल्क में एक बार घुसकर तो देखिए।"

"दुश्मन को मिट्टी में मिलाने के लिए जो चाहिए, हम वह सब करेंगे। जब मैं अपनी फौज के साथ उस सह्याद्रि की घाटी में उतरूँगा, तो शिवा को अपनी प्यारी जान बचाने के लिए यहाँ-वहाँ भागना पड़ेगा। मैं इस भरे दरबार में अल्लाहताला की सौगन्ध खाकर वचन देता हूँ कि उसे मैं घोड़े के पैरों से बाँधकर, वहाँ से यहाँ तक घसीटते हुए लाऊँगा और इसी तख्त के पायों से कसकर बाँध दूँगा।"

"वाह वाह! गाजी अफजल खान...जुग जुग जियो।" पूरा दरबार फिर गरजने लगा।

अपनी आँखों में छलक आए गर्म आँसुओं को पोंछते हुए अफजल खान ने अपने मजबूत भारी-भरकम हाथ को हवा में ऊँचा लहराया, "आज हमारे बीजापुर के वतन पर दो ही राक्षसों की डरावनी छाया है...एक औरंगजेब और दूसरा शिवाजी! पहला तो सिर्फ अपनी तकदीर के कारण और हमारे वजीर की गद्दारी से बच गया...लेकिन दूसरा शिवाजी कतई जिन्दा नहीं रह पाएगा!"

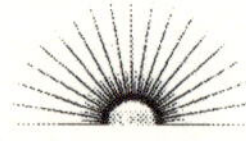

उस रात बड़ी बेगम ने अपने आनन्द महल की शाही मंजिल में अफजल खान को जल्दी से आने का आदेश भिजवाया। उस दालान में बड़ी बेगम के अलावा उनके शहजादे सुलतान अली आदिलशाह तथा उनके कुछ गिने-चुने रिश्तेदार छोड़कर कोई मौजूद नहीं था। वह बैठक अत्यन्त ही निजी थी।

दोपहर में दरबार के पूरे प्रसंग के बाद अफजल खान सीधे शस्त्रागार में जाकर जम गया था। अपनी आँखों से वह शस्त्रों की जाँच-परख कर रहा था। उन्हें बेहतर बनाने के निर्देश दे रहा था। रात हो जाने पर भी उसे वहाँ से लौटने का भान नहीं था। उसी शस्त्रागार में उसे बड़ी बेगम का पैगाम मिला और इसलिए वह तेज कदमों से चलता हुआ आनन्द महल में पहुँच गया।

इससे पहले कि वह अपनी जगह पर बैठ भी पाता, उसके कानों में बड़ी बेगम की कड़क आवाज पड़ी, "इस कठिन मुहिम के लिए आप जैसा सूरमा, रणगाजी और ऐसा वफादार बन्दा हमारी सल्तनत में कोई दूसरा नहीं हो सकता।" बैठक में मौजूद सभी खास लोगों ने बड़ी बेगम की इस बात पर अपनी गरदन हिलाई। अफजल खान की ओर देखते हुए बेगम साहिबा ने कहा, "तुम्हारे अलावा किसी और ने अगर आज उस बीड़े को हाथ भी लगाने का बचपना दिखाया होता, तो हमने वहीं उसके कान खींचकर कहा होता कि बेटा, यह तेरी औकात की बात नहीं है।"

"आपकी दुआएँ ही हमारी असली ताकत है अम्मीजान।" अत्यन्त भावुक स्वर में अफजल खान ने कहा।

“अपने वजीर ने जिस दिन औरंगजेब को बन्दीखाने से छोड़ दिया था तब बेहद गुस्से में तुम हमारे दरबार में पहुँचे थे। तुम्हारे दोनों हाथों में धारदार तलवारें थीं और तुम यह चीखते हुए दरबार में पहुँचे थे, ‘कुछ भी करिए लेकिन वतन को चोट पहुँचाने वाले उस नमकहराम वकील को दफनाइए...’ इस गर्जना के साथ जैसे ही तुमने दरबार में कदम रखा था, उस दिन तुम्हारा वो रूप, वो गुस्सा और वो तड़प...सुभानअल्लाह, हमारे तो होश उड़ गए थे।”

“शुक्रिया अम्मीजान।”

वास्तव में उस दिन बड़ी बेगम ने बेहद खास लोगों और रिश्तेदारों को खाने पर बुलाया था। यह बड़ी दावत थी। सब लोग पंगत में बैठे। लेकिन बेगम साहिबा के दिमाग में उस बड़ी मुहिम को लेकर तमाम बातें घूम रही थीं।

अपने दाँतों से चीरी हुई मुर्गी की आधी टाँग को सामने थाली में रखते हुए अफजल खान हँसा। पानी का एक घूँट पीया और फिर उसने बड़ी बेगम से पूछा, “बेगम साहिबा, कभी-कभी लगता है कि मावल के हमारे दस-पन्द्रह किलों पर कब्जा कर लेने वाले शहाजी के उस नादान लड़के को क्यों हमें ‘बड़ा खतरा’ मानना चाहिए?”

“अफजल मियाँ, उस लड़के की कच्ची उमर पर मत जाओ। उसके इरादे पक्के और ऊँचे हैं। ध्यान रखना। पुरन्दर के किले के बाहर उसने मूसे खान का कत्ल किया। सूरमा फत्ते खान को लड़ाई तो क्या, जिन्दगी के ही मैदान से बाहर कर दिया। हमेशा ध्यान रखना कि शहाजी का वह बिगड़ैल-बदतमीज बच्चा है!”

“माफ कीजिए अम्मीजान। इस मुहिम पर हम पल-पल होशियार रहेंगे।” गरदन झुकाए हुए अफजल खान ने कहा।

“हमने जान-बूझकर दिन में दूसरी बार आज आपको हमारे सामने फरमाया है। कारण यह कि भोसले की वह औलाद ही आज हमारी सल्तनत पर सबसे बड़ा खतरा है। इन दोनों बाप-बेटों की हरामखोरी नजरअन्दाज करने जैसी बिलकुल नहीं है।”

“हम बच्चे को नासमझ समझें या बाप को ढोंगी!” अली आदिलशाह ने पूछा।

“हमें तो बच्चे के मुकाबले बाप ही अधिक बदमाश लगता है। उठते-बैठते वह बुड्ढा कहता है कि सुलतान साहेब की सेवा ही मेरा मजहब है। फिर जब उससे कहो कि अपने लड़के को मुट्ठी में रख तो कहेगा कि लड़का मेरे वश में नहीं है। वाह बहुत खूब शहाजी बाबा! इसे ही कहते हैं...तू हँसने का नाटक रचा ले और मैं रोने का रंग जमाता हूँ।”

उसी बैठक में बड़ी बेगम ने अफजल खान को सावधान रहने की कई वजहें बताईं। उन्होंने बताया कि सह्याद्रि के उस कोंकण इलाके में बहुत तरह का काला

जादू होता है। तमाम तरह के भूत, पिशाच, प्रेतात्माएँ वहाँ हवाओं में तैरती रहती हैं। काले जादू से स्तम्भन, मारण और उच्चाटन जैसी मारक शक्तियों के तंत्र-मंत्र वहाँ बड़ी आम बात है। बड़ी बेगम ने खास तौर पर अफजल खान को शिवाजी से सावधान करते हुए बताया कि वह उसके खिलाफ कुछ भी आजमा सकता है, इसलिए उससे चार हाथ दूर ही रहे।

बीजापुर में शिवाजी के विरुद्ध शुरू होने वाली मुहिम के लिए बड़ी बेगम जिस जोर-शोर से तैयारियाँ करा रही थीं, वह देखकर अफजल खान हैरान रह गया। अच्छी नस्ल के बारह हजार घुड़सवारों का दल, दस हजार पैदल, साढ़े तीन सौ छोटी-बड़ी तोपें, सौ से अधिक हाथी, बोझ और तोपें ढोने के लिए काठियावाड़ी नस्ल के तीन हजार से ज्यादा बैल, सात सौ ऊँट और तमाम तरह की प्रचंड युद्ध सामग्री हमले के लिए तैयार की जा रही थी।

अकेले अफजल खान पर भरोसा न करते हुए बड़ी बेगम ने उसकी मदद के लिए सिद्दी हिलाल, अम्बर खान, रुस्तमेजमा, याकूत खान, गुलाम बर्बर, बाजी घोरपड़े, झुंजाराव घाटगे, जीवाजी देवकाते, मंबाजी भोसले, कल्याण जी जाधव, शंकर जी और पिलाजी मोहित, पहलवान खान, प्रतापराव मोरे, रहमत खान, हसन पठान, सरदार पंढारे जैसे एक से बढ़कर एक इस्लामी और हिन्दू सरदारों की बड़ी टुकड़ी भेजने का फैसला किया।

अन्दर भोजन हो गया तो बड़ी बेगम दूसरे दालान में आ पहुँचीं और वहाँ मौजूद अधिकारियों को बुलवाया। फिर हर विभाग के प्रमुख के पास जाकर शस्त्र, वस्त्र, खाना, बारूद, जानवर, खजाना और खुफिया विभाग में आई सूचनाओं समेत सबकी तैयारियों का जायजा लेने लगीं। उन्होंने प्रमुख मुंशी को वहाँ बुला लिया। एक मोटे-थुलथुल शरीर वाला तैलंगी ब्राह्मण सामने आकर विनम्रता से झुक गया। उसके माथे पर सफेद भस्म की पट्टियाँ और कानों की लौ पर पीले रंग के गन्धक का टिप्पा उसकी काली त्वचा पर अलग ही चमक रहे थे। सिर पर रखी मद्रासी पगड़ी को सीधा करता हुआ वह विनीत भाव से झुका आदेश की प्रतीक्षा कर रहा था। उसकी तरफ देखते हुए बड़ी बेगम बोलीं, "नरसिंह जी, कहाँ हैं अफजल साहब के कागजात?"

मुंशीजी ने अपना रेशमी रूमाल खोला और उसमें से सफेद-झक्क कागजों का एक गट्ठा निकालकर अफजल खान के सुपुर्द किया। कागजात में क्या है, अफजल खान समझ नहीं पाया तो उसने पूछा, "अम्मीजान, क्या है यह?"

"हमने इस मुहिम के तीन वर्ष चलने का अनुमान लगाते हुए उतना खाने-पीने, जानवरों के चारे और शस्त्र-गोला-बारूद का पूरा इन्तजाम कर दिया है। लेकिन बीच में अगर तुम्हें किसी चीज की जरूरत पड़ जाए तो यह डोले...।"

"कुछ समझा नहीं अम्मीजान!"

"बेटा यह 'डोले' यानी शाही फरमान...शाही लिखा-पढ़ी के असली कागजात हैं। इन पर सल्तनत की मोहर लगा दी गई है...।"

"लेकिन ये किसलिए हैं और इनकी जरूरत ही क्या है?"

"जरूरत है बेटे। ये डोले...इन पर आप मुहिम के दौरान किसी भी जगह, किसी के भी नाम शाही फरमान जारी कर सकते हो। जरूरत पड़े तो किसी पड़ोसी मुल्क से फौज बुलाने का अधिकार भी आपको रहेगा। आपके साथ जो सिपहसालार होंगे, वे सब आपके हुक्म के ताबेदार होंगे। किसी को कड़ी सजा देना या मैदान-ए-जंग में किसी की बहादुरी देखकर उसे बख्शीश देना, फौज का हौसला बढ़ाना... सौ बात की एक बात, इस मुहिम में बीजापुर के हाथी-घोड़े-सिपाही-तोपें ही नहीं बल्कि आदिलशाही हुकूमत भी तुम्हारे साथ में है...तुम्हारे हाथ में है...बस, हमें फतह चाहिए! उसके अलावा कुछ नहीं।"

"अय अल्लाह, अब मेरी लाज और बीजापुर का ताज आपके ही हाथों में है।" आसमान की तरफ हाथ उठाकर बोलते हुए अफजल खान खूब भाव-विह्वल हो गया।

"देखिए अफजल साहब, हमें सिर्फ शिवा चाहिए, जिन्दा या मुर्दा!"

रात बहुत हो चुकी थी। कई खास मेहमान महल से निकल चुके थे। लेकिन कई लोग अब भी वहीं जमे हुए बैठे थे। अली आदिलशाह भी वहीं था। अचानक बड़ी बेगम के दिमाग में कुछ आया। उन्होंने अफजल खान को अपने साथ आने का इशारा किया। अपने साथ वह उसे पीछे के एक खाली दालान में ले गईं। स्थिति की गम्भीरता को समझते हुए खिदमतगारों ने झट से दरवाजे बाहर से बन्द कर लिये।

उस दालान के एकान्त में बड़ी बेगम ने हठ करते हुए अफजल खान को अपने नजदीक बैठा लिया। बोली, "और एक खास बात अफजल, तू जंगलों में शिवाजी का किसी जंगली कुत्ते की तरह पीछा करना। लेकिन याद रखना...।"

"बताइए अम्मीजान।"

"किसी भी हालत में उसके पीछे-पीछे अन्दरूनी इलाकों के घने पहाड़ों में मत जाना।"

"अम्मीजान...!"

अफजल खान को गम्भीर और डरते-सँभलते कदम बढ़ाने का इशारा करते हुए बेगम साहिबा ने कहा, "कभी दोस्ती की भी नौबत आए तो शहाजी के उस छोकरे पर रत्ती भर यकीन मत करना। जंगल में पंछी आजाद उड़ते-फिरते लहराते-घूमते हैं लेकिन कुछ होशियार शिकारी घनी झाड़ियों में छुपकर अपने होंठों से मीठी-सुरीली सीटी बजाते हैं। उसी मीठी-सुरीली सीटी के जाल में वह बेचारे-गरीब पंछी नीचे उतर आते हैं और शिकारी के बिछाए जाल में फँस जाते हैं। शिवा ऐसी ही सीटी

के मतवाले सुरों से तुम्हें जादुई जाल में कैद करने की कोशिश करेगा। लेकिन तुम याद रखना कि उन पहाड़ों में बजने वाली सीटी कोई संगीत लहरी नहीं, बल्कि कटार की जालिम धार है।"

जाओगे, तो लौट नहीं पाओगे

अप्रैल 1659

सुबह की किरणें धरती पर उतर रही थीं। सामने सूफी सन्त हजरत पीर अमीन चिश्ती साहेब की खूब बड़ी दरगाह थी। वातावरण में ठंडी हवा बह रही थी। सुबह की उस ठंडी हवा में दरगाह के चिरागदानों की लौ फुरफुरा रही थीं। दरगाह के सामने हल्का उजाला था। पीछे विशाल दरगाह थी। बाबा को ज्यादातर अन्दर अच्छा नहीं लगता था। वह अक्सर बाहर घिसी हुई सीढ़ियों पर बिछी, फटी चटाई पर बैठे रहा करते थे। उनका शरीर सूखे हुए बाँस की तरह पतला था। शरीर में हड्डियों के ढाँचे पर सिर्फ जैसे खाल चढ़ी हुई थी। सफेद-झक्क दाढ़ी। सत्तर की उम्र। वे किसी बच्चे की तरह अपने अंगों को सिकोड़े हुए बैठे थे।

बाबा के सामने अफजल खान और उसकी लाडली बेगम डर से कँपकँपाते हुए खड़े थे। दोनों बेहद तनाव में नजर आ रहे थे। बाबा के सामने झुका हुआ अफजल खान दीन आवाज में अरज कर रहा था, "बाबा, गए पच्चीस बरस से मैं आपकी दुआएँ लेकर ही किसी मुहिम पर बाहर जाता रहा हूँ। तब हर समय मेरे साथ मेरा हाथी, मेरी तकदीर और मेरा लाड़ला फतह लश्कर साथ रहता था! लेकिन आज ये क्या नौबत आ गई? मुहिम के लिए पहला कदम बढ़ाते ही मेरा लाड़ला हाथी मर कैसे गया? इस अनहोनी के पीछे क्या राज छुपा है?" बाबा ने गौर से अफजल खान को देखना शुरू किया। वास्तव में उनकी आँखें नहीं थीं। आँखों की जगह सिर्फ काले-कुट्ट गड्ढे थे। लेकिन बाबा के हजारों शिष्यों की धारणा थी कि उनके पास दिव्य चक्षु हैं, जिनसे उन्हें सब कुछ स्पष्ट दिखाई देता है।

आज बाबा भी परेशान दिखाई दे रहे थे। सुबह के उस ठंडे मौसम में उन्होंने अपना काला, सख्त, थरथराता हाथ दरगाह के पहरेदार की तरफ ऊँचा किया। पहरेदार एक छोटी सी मशाल अपने हाथ में लिये खड़ा था। बाबा ने उसका डंडा अपने हाथों में पकड़ा। उस भगभग करते प्रकाश की पहली छटा अफजल की मोजड़ी पर पड़ी। फिर उसके सागौन जैसे मजबूत पैर, उस पर पहना हुआ झबला। उस राजसी झबले पर से उसकी मजबूत छाती और चौड़े कन्धे झाँक रहे थे। अफजल खान इतना हट्टा-

कट्टा, भारी और सख्त था कि दिन भर की तेज सवारी में उसे तीन घोड़े बदलने पड़ते थे। उसका वजन उठाए-उठाए मजबूत जानवरों को भी पसीना छूट जाता था।

बाबा जलती मशाल के प्रकाश में अफजल खान के सिर की दिशा में एकटक देखने लगे। अचानक जैसे उनकी हृदयगति असामान्य हो गई। अफजल की कड़क, मस्त गरदन पर उसका चेहरा बाबा को नजर नहीं आ रहा था। तेज-तूफानी हवा के झटके से जैसे किसी जवान वृक्ष की शाखा बीच से ही टूट जाती है, ठीक वैसे ही उसकी गरदन टूटकर लटकी हुई थी। उस जगह से गरम ताँबई-काला रक्त उबलते हुए नीचे गिर रहा था। काफिरों के महादेव को जैसे दूध-दही का अभिषेक करते हैं, वैसे ही वह रक्त भरभराते हुए बह रहा था। उस जलजले में भविष्य को देखते ही पीरबाबा खड़े-खड़े थरथराने लगे। अपने हाथ में जलती हुई मशाल को उन्होंने तुरन्त बाजू में कर दिया।

"क्या हुआ बाबा, क्या हुआ?" अफजल खान ने घबराई आवाज में पूछा।

एकाएक उसे बाबा के चेहरे पर अमावस्या की कालिमा फैली दिखी। वह बहुत ही थके और कमजोर दिखने लगे। अफजल पर उनकी बहुत माया थी। पहाड़ जैसी। इसलिए वह दर्द भरी आवाज में अफजल को समझाने लगे, "मेरी मान ले बेटा। उस नादान शिवा की मुहिम पर जाने का बेकार खयाल तू छोड़ दे।"

"लेकिन ये कैसे मुमकिन है बाबा? और मैं क्यों छोड़ दूँ मुहिम?"

"क्या बताऊँ बेटा? इस मुहिम में आपकी फतह की एक भी किरन हमें नजर नहीं आती। सिर्फ बर्बादी का ही रास्ता दिखाई देता है। पूरी बर्बादी...।"

"मगर बाबा मैंने भरे दरबार में बीड़ा उठाया है।"

"तो क्या हुआ?"

"सरेआम, भरे दरबार में सौगन्ध ली है बाबा मैंने। यह मुहिम तो मेरे लिए अब जिन्दगी और मौत का सवाल बन गई है। अल्लाह ने फरमाया तब भी मैं ये मुहिम नहीं छोड़ पाऊँगा," अफजल खान ने साफ शब्दों में अपनी बात बयान कर दी।

अफजल खान का हाथ पकड़कर पीर बाबा ने कातर आवाज में कहा, "अगर यह रास्ता नहीं छोड़ोगे तो मौत भी तुम्हें नहीं बख्शेगी! जाओगे, तो कभी लौट नहीं पाओगे।"

गुरु-शिष्य का यह बिलकुल ही अलग तरह का संवाद सुनती हुई लाडली बेगम खड़ी थी। बाबा का ऐसा निस्तेज चेहरा और उनके मुँह से ऐसी खौफनाक बातें बीते पच्चीस वर्षों में कभी नहीं सुनी थी। बाबा की ये भयावह बातें सुनकर जैसे डर के मारे उसकी कमर ही टूट गई। वह बाबा के पैरों पर गिर पड़ी। पीर बाबा अपने पैरों में कभी चप्पल या मोजड़ी नहीं पहनते थे। इसलिए पत्थरों-काँटों से घायल होकर उनके पैर एकदम सख्त हो चुके थे। उनके पैरों को अपने हाथों से सहलाते और दबाते, आँसू बहाती हुई बेगम कहने लगी, "हजरत, हर बार आपने फतह की बात कही और हर जगह अफजल साहब अपनी फतह के झंडे गाड़कर लौटे।"

"मगर बेटी इस मुहिम में मुसीबत ही मुसीबत नजर आती है।" बाबा काँपती हुई आवाज में बोले।

"लेकिन ऐसी बला, ऐसी दिक्कत कैसे पैदा हो सकती है?"

"उस शिवाजी को तेरे गुरु से बड़े गुरु का साथ हासिल है और काल का हाथ उसके सिर पर है!"

"लेकिन बाबा...?"

"बच्चो बेकार बहस मत करो। सुनो, इस वक्त अफजल के जंग छेड़ने का मतलब है जान-बूझकर बर्बादी के कुएँ में छलाँग लगाना।"

बाबा के मुँह से बर्बादी की यह भविष्यवाणी सुनकर अफजल और उसकी बेगम का दिल बैठ गया था। ऐसे खौफनाक भविष्य की उन्हें कल्पना तक नहीं थी। एक बार उन्होंने सिर्फ इतना कहा होता कि 'मैदान-ए-जंग में हार होगी...' तब भी कोई बात नहीं होती। लेकिन उनके काले-सूखे होंठों से 'बर्बादी का रास्ता' और 'जाओगे, तो जिन्दा लौट नहीं पाओगे' जैसे मौत के डरवाने शब्द ऐसे लगे, जैसे किसी ने सीने में जलती हुई सलाखें उतार दी हैं।

यहाँ रुकने से अब कुछ नहीं होने वाला था। उस प्रचंड मुहिम की प्रचंड तैयारी के काम अभी बाकी थे। लेकिन तब भी अपने जीवन में जिसके लिए सबसे ज्यादा श्रद्धा थी, उस गुरु से थोड़ा-बहुत ही आशीष मिल जाए, इस उम्मीद से अफजल खान ने कहा, "ठीक है बाबा...मेरी तकदीर में जो है सो है...लेकिन एक एहसान कीजिए, राहत का कोई रास्ता बताइए...कुछ तोड़ बताइए बाबा।"

"हाँ बेटा, कुछ किरणें, कुछ बहते झरने जरूर दिखाई देते हैं...जिस कारण मुसीबतों का यह पहाड़ हल्का हो जाएगा।"

"जैसे बाबा...?"

"उस शिवाजी की तरफ जाने पर तू उसके सह्याद्रि के घने जंगलों-पहाड़ों-पत्थरों में बिलकुल मत उलझना। कभी मिलना हो तो उस शिवाजी को पहाड़ी के नीचे ही जाकर मिलना।"

"शुक्रिया बाबा...और?"

"हाँ। सबसे बड़ी बात कि मैदान-ए-जंग में लड़ते वक्त अपनों को याद मत करना...यानी किसी भी मोह-माया में फँसे कि वहीं की वहीं जान से हाथ धो बैठोगे।"

बाबा की इस बात पर उस स्थिति में भी अफजल खान को हँसी आ गई। अपने हाथ में पकड़ी साढ़े चार हाथ लम्बी शमशीर को हवा में लहराते हुए अफजल खुशी से गरजा, "बाबा, नंगी शमशीर ही है मेरा मोह और मेरी माया! तीसरा और कोई नहीं।"

बाबा चुप बैठ गए। उनकी इस अचानक चुप्पी ने अफजल को असहाय बना दिया। वह किसी नन्हे बच्चे की तरह मचलते हुए बाबा से बोला, "अल्लाह की

कसम खा के कहता हूँ बाबा, मेरा दिल और मेरा दिमाग कभी किसी मोह-माया में नहीं अटकेगा।"

"सुभानअल्लाह बेटे।" बाबा ने हँसकर कहा, "बेटा अफजल, इस सल्तनत में चौंसठ बीवियों के जनानखाने वाला दूसरा महल कोई नहीं है। मत भूलना कि दुश्मन से लड़ते वक्त एक भी नरगिस को याद करते आपके हाथ हल्के-से भी काँपे, तो पूरी फौज के साथ खत्म हो जाओगे।"

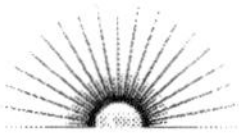

अफजल का आज तक का जीवन सिर्फ यश की चढ़ती सीढ़ियों का खेल था। रणदुल्ला खान की फौज में साधारण सिपाही की तरह भर्ती हुआ अफजल देखते-देखते बीजापुर की पहली कतार का सिपहसालार बन गया था। बड़े गर्व के साथ वह अपना परिचय 'अफजल खान मोहम्मद शाही' के रूप में देता था। वह लोगों को हमेशा यह जताने में लगा रहता कि वह सिर्फ मोहम्मद शाह का करीबी ही नहीं बल्कि उनके खानदान से है। राज दरबार भी अफजल खान पर उतना ही मेहरबान था। इसलिए शाही परिवार के करीबी होने का तमगा भी उस पर शोभा देता था।

पीर बाबा की भविष्यवाणी सुनने के बाद अफजल खान का धीरज छूटता जा रहा था। उसके बाद एक के बाद एक हो रहे अपशकुन! उसकी फौज बीजापुर नगर से बाहर निकल रही थी कि एक हाथी बेकाबू हो गया। उसके पैरों के नीचे आठ-दस नागरिक कुचल गए। आगे कूच करते ही पहले पहर में ही हाथी पर लगा शाही झंडा नीचे गिरकर मिट्टी में लथपथ हो गया। जैसे ही फौजों ने नगर के बाहर कदम रखा कि बादल घिर आए और भयंकर गर्जना के साथ धूल-आँधी-तूफान उठने लगा। कुछ देर के लिए तो इतने बादल उमड़-घुमड़ आए कि भरे दिन में अँधेरा छा गया। इसी दौरान चारों तरफ यानी फौज के दाईं और बाईं ओर कौवों के झुंड आसमान में मँडराने लगे।

मुहिम लम्बे समय तक चलनी थी इसलिए शौहर की चीजों को व्यवस्थित करने और निजी रूप से देखभाल के लिए खुद लाड़ली बेगम उसके साथ आई थी। दूसरे दिन, रात में वह उसके साथ ही ठहरी थी। अपने बहादुर पति को चिन्ताग्रस्त देखकर लाडली बेगम का मन भारी हो रहा था। दोनों उदास मन से अपने शिविर में बैठे थे कि तभी एक खबर आई और उसके पीछे-पीछे आदिलशाही हाथीखाने का फौजदार जंगे खान भी शिविर में आ गया।

सुलतान के हाथीखाने का मुखिया आया है, यह खबर मिलते ही खेमे के तमाम लोग दरवाजों पर इकट्ठा हो गए। अफजल खान भी बेगम के साथ बाहर आ गया।

उसकी नजर सामने खड़े एक अत्यन्त विशाल-विकराल हाथी पर गई। माथे से पूँछ तक उस हाथी का शृंगार किया गया था। उसकी पीठ पर जरी के चमकदार काम से तैयार चादर पड़ी थी। ऊपर चाँदी का हौदा। उस पर हाथी के दोनों शुभ्र दाँतों पर चढ़ाए गए सोने के कड़े।

यह देखते ही जैसे अफजल खान सब कुछ भूलकर होश में आया और अपने आप उसके मुँह से शब्द निकल पड़े, "अरे जंगे खान, यह तो सुलतान साहेब का हाथी है...इसे तू यहाँ कहाँ ले आया?"

"अजी खान साहब।" जंगे खान बहुत उत्साह से कहने लगा, "अपने मालिक सुलतान साहेब का आपके लिए सन्देश है। एक फतेहलश्कर गुजर गया, तो डरने की क्या बात है? हमारा हाथीखाना बहुत बड़ा है।"

"वाह, बहुत शुक्रिया।" अफजल खान और उसकी बेगम के चेहरे पर छाई निराशा उस कीमती नगीने को देखते ही गुम हो गई।

आदिलशाही की सेवा में अफजल खान की उपलब्धियों पर लाडली बेगम को बहुत गर्व महसूस होता था। वह खुद कुतुबशाही के एक सरदार की बेटी थी। अपने पति के दिल में हिम्मत के जज्बात बढ़ाने के लिए उसने कहा, "पूरे बीजापुर मुल्क में मोहम्मद शाह साहेब अकेले हैं, जिन्होंने अपने लिए बड़ा मकबरा, वह गोल गुम्बद बनवाया है। क्या किसी दूसरे सुलतान ने अपनी जिन्दगी में अपना ही मकबरा बनाने की हकीकत को पहले कभी साकार किया है?"

"हरगिज नहीं। ऐसे महँगे ख्वाब कौन पूरे कर सकता है?"

"लेकिन हजरत, आपने तो किया है! सुलतान साहब की तरह अपना बेहतरीन मकबरा आपने भी तो पाँच साल पहले बनवाया है।"

अफजल खान के दिमाग में अचानक कोई अलग ही लहर उठी। उसने उसी तोरवे गाँव में अपनी फौज का मुकाम दो-तीन दिन बढ़ाने का फैसला लिया और अधिकारियों को इस बात की सूचना दे दी।

खान ने अपना घोड़ा मँगवाया और आधी रात को खेमे से बाहर निकल गया। ठंडी हवा में वह घोड़े की सवारी करता हुआ महिदरी कस्बे के पार पहुँच गया। आधी रात में खान को आया देखकर वहाँ पहरेदारों में भगदड़ मच गई। वहाँ भव्य मकबरा मजबूत दीवारों के साथ खड़ा था। उसकी कारीगरी से सजी कमानें, पेड़ों के मजबूत तनों की तरह लगे खम्भे, सामने का बगीचा और वहाँ की पवित्र खामोशी। अपनी खानदानी इमारत की नजाकत देखते हुए खान खड़ा रहा। फिर अपनी बेगम के साथ इमारत के मध्य भाग में आया। उसने नजर भरकर उस जगह को देखते हुए कहा, "यही है मेरी आखिरी आरामगाह की जगह।" सामने सात हाथ लम्बी और डेढ़ हाथ चौड़ी एक खाली जगह पर निशान बना हुआ था। उसी जगह पर एक दिन उसका ताबूत दफन किया जाएगा, इस कल्पना से अफजल खान का

शरीर रोमांच से भर गया। वह सहज ही अपनी बेगम से कहने लगा, "अल्लाह, इतना कीमती और बेमिसाल मकबरा!"

"आप तो सिकन्दर हैं मेरे आका!"

"लेकिन बेगम, क्या आपको लगता है, एक दिन मेरी लाश यहाँ तक पहुँच पाएगी?"

"अल्लाह, मेरे मालिक, आपके मुँह से ऐसी बातें सुनने से तो मुझे मौत अच्छी।" लाडली बेगम की आँखों से अपने आप आँसू झरने लगे।

दूसरे दिन फौजियों ने अपना सामान बाँधना शुरू कर दिया था। लेकिन खान की लाडली बेगम मन-ही-मन बहुत घबराई हुई थी। वह समझ गई थी कि पीर बाबा ने जो डरावना इशारा दिया है, उससे उसके बाघ जैसे बहादुर पति का मन खीजा हुआ है।

"मैदान-ए-जंग में दुश्मन से लड़ते वक्त किसी अपने को याद मत करना... किसी भी मोह-माया और याद में अगर फँस गए तो वहीं पूरी फौज के साथ जान से हाथ धो बैठोगे।" बाबा के ये शब्द छेनी की तरह अफजल खान के सिर पर घाव कर रहे थे। अफजल का मन दुख से भर आया। उसने बेगम से कहा, "देख लाडली...मेरी बेगमें मुझ पर मोहब्बत की बरसात करती रहेंगी और मेरा दिमाग आप सबकी यादों के भँवर में घूमता रहेगा। तब मेरी लाश उन पहाड़ियों से यहाँ तक कभी वापस नहीं आएगी और सदियों तक यहाँ मेरा मकबरा खाली पड़ा रहेगा।"

"खुदा के वास्ते ऐसी बातें बार-बार मत छेड़िए मेरे आका।" बेगम ने अफजल के सामने हाथ जोड़ लिये।

इसके बाद वह काम पर लग गई। पास ही दूर-दूर तक फैले खेतों के बीच अफजल खान का विशाल रंगमहल था। अपनी कलासक्त नजरों के मुताबिक उसने वह अनोखा महल बनवाया था। उसे जल क्रीड़ा और श्रृंगार का बहुत शौक था। जब वह युद्ध के मैदान में नहीं होता तो ऐयाशियों के लिए इसी रंग महल में आता था। एक विशाल कुएँ को तराशे गए पत्थरों की हदबन्दी में चौकोर आकार दिया गया था। इसका नाम था 'सुरंग बावड़ी'। इसी बावड़ी की पथरीली मुँडेर से उठा हुआ एक विशाल तीन मंजिला महल उसने बनवाया था। नीचे की मंजिल आधी पानी में डूबी रहती थी। ऊपर की दो मंजिलों में अनेक दालान थे। अफजल खान की परियों जैसी सुन्दर बीवियाँ इस बावड़ी में जलक्रीड़ा करती थीं। दूसरी मंजिल पर उनके रहने की व्यवस्था थी। यहाँ से होते हुए कभी सूखे लिबासों में या कभी गीले बदन वे रूपवती तीसरी मंजिल पर पहुँचकर धूप का आनन्द उठाती थीं। लाडली बेगम ने आज अपनी सारी सौतनों के साथ रंगमहल में ही रहने का निश्चय किया। पूरे परिसर में रात का अन्धकार उतरने से पहले अफजल खान और उसकी तिरसठ बीवियाँ वहाँ जमा हो गए। फिर रात भर खाना पीना, हम्माम में मौज-मस्ती

और आग जलाकर उसे घेरे हुए गाना-बजाना चलता रहा। पूरी मदहोश रात सुखों का स्वर्ग उतरा हुआ था।

दूसरे चारों तरफ ओस की नमी बिछी हुई थी। कड़कड़ाती ठंड में स्नान के बाद अफजल खान की सभी तिरसठ बेगमें नए वस्त्र पहनकर पूरी सज-धज के साथ उस बावड़ी के पास इकट्ठा थीं। उनमें से कुछ तो एकदम कच्ची उम्र की थीं। उस रंगमहल के बाहर चारों तरफ हथियारबन्द सिपाही खड़े थे। वहाँ का बन्दोबस्त अफजल खान के तीनों शहजादों के हाथ में था। बड़ा शहजादा फाजल खान इस समय अपने बाप के साथ खड़ा था।

अफजल खान का दुखों से मुरझाया चेहरा देखने के काबिल नहीं था। लाडली बेगम भी बहुत तनाव में थी। उनके मन में अजीब हलचल थी और हवा ठहरी हुई थी। आसमान में बादल आ गए थे। बड़ी बेगम अपनी सभी सौतनों के सामाने जाकर खड़ी हुई और अपनी कड़क आवाज में उसने हुक्म देने जैसा कहा, "बहनो, बाकी कुछ नहीं...हमें वही करना है, जो हमारे काफिर दुश्मनों की बीवियाँ करती आई हैं।"

"बोलिए आप। आपा, सिर्फ एक बार कहिए। आप तो हमारी बड़ी बहन हैं।" एक साथ कई आवाजें आईं।

लाडली बेगम बोली, "तुम हर रोज देख रही हो कि कैसी-कैसी कयामतों से गुजरते हुए हमारे मालिक खान साहेब दिन बिता रहे हैं। ज्यादा नहीं बोलूँगी। मुहिम का समय है। बस एक ही बात...अपने शौहर के लिए अपनी कुर्बानी...एक ही इम्तिहान...मौत! जौहर!!" उनमें से कुछ बेगमों की उम्र बहुत छोटी थी, "आपा, ये कैसे होगा, क्या होगा इसमें?" वे आपस में हैरानी से बातें करने लगीं। तब लाडली बेगम ने अपने कमरबन्द में खोंसी हुई एक तीखी-धारदार कटार निकाली और गरज पड़ी, "एक तरफ ये कटार है और इधर सामने यह बावड़ी। हमें अपने प्यारे दिलबर...हमारे प्यारे शौहर की तकदीर बुलन्द करने के वास्ते इस कुएँ में मर मिटना है।"

इतना कहते ही बड़ी बेगम शाही बावड़ी में छलाँग लगाने को हुई लेकिन उसके साथ खड़ी उसकी हमउम्र सौतनों ने आगे बढ़कर उसे पकड़ लिया। उन्होंने लाडली बेगम को पूरी ताकत से पकड़ रखा था। लेकिन तभी कुछ बेगमों ने एक के पीछे एक बावड़ी में छलाँग लगानी शुरू कर दी। जीवन खत्म होने लगा। इतने में पीछे से चीख-पुकार की आवाज कानों में पड़ी।

खान की एक नई-नई किशोरवय बीवी अपनी जान को सँभाले हुए, घबराई-सी खेतों की मेंड़ों पर से छलाँग मारती हुई भागने लगी। तभी किसी ने जोरों से एक कटार उसकी पीठ को निशाना बनाकर फेंकी। कटार उसकी पीठ को चीरती हुई पेट से बाहर निकल आई। वह कमसिन लड़की खून में लथपथ वहीं जमीन पर गिर पड़ी। प्राण छोड़ने को छटपटाती उसकी देह को वहाँ से उठाया गया और लाकर बावड़ी

में फेंक दिया गया। यह काम अफजल खान के बड़े शहजादे फाजल खान ने खुद अपने हाथ से किया। अपने अब्बू के भविष्य के लिए खान की तीनों औलादें कोई कसर बाकी नहीं रखना चाहती थीं। जिन बेगमों ने कटार अपने पेट में घोंप ली थी, उनके मृत शरीर उसी बावड़ी में फेंक दिए गए। कई बेगमों ने छलाँग लगाकर खुद को पानी में डुबो दिया।

यह मजहबी फर्ज अदा हो जाने पर बड़ी बेगम को बहुत सन्तोष हुआ। अब वह अकेली बची थी। दिल दहला देने वाले इस पूरे हादसे का गवाह आसमान भी थर्रा गया था। पेड़ों पर बैठे पंछी पत्तियों में छुप गए थे। बड़ी बेगम ने जुदाई के दुख से खान को कसकर अपनी बाँहों में भर लिया। फिर तड़पती हुई आवाज में बोली, "मेरे मालिक, अल्लाताला आपकी सब बची हुई मुरादें पूरी करे।" कहते ही उसने खुद को खान की बाँहों से आजाद किया और बावड़ी में छलाँग लगाकर जान देने के लिए निकल पड़ी। अफजल खान ने अचानक उछलकर उसे पकड़ लिया। पूरी ताकत से उसे अपने सीने से लगाकर खान टूटे हुए पेड़ की तरह उस पर झुक गया। उसकी आवाज में दिल को चीर देने वाला दर्द था, "कहाँ जा रही हो मेरी बेगम! आप भी चली जाओगी तो मेरा पूरा चमन उजड़ जाएगा। फिर अपनी जिन्दगी के खँडहर को गले लगाए हुए मैं कैसे जिन्दा रहूँगा?"

अफजल की मजबूत बाँहों की पकड़ से छूटने की लाडली बेगम पूरी जी-जान से कोशिश कर रही थी। दुख से पागल हो चुका अफजल खान उसे छोड़ने को तैयार नहीं था। कुछ देर तक यही खींचतान चलती रही। तभी लाडली बेगम ने एक झटके से कमर में बँधी कटार खींच ली और अपने पेट में घोंप दी। बेगम के साथ-साथ अफजल खान के कपड़े भी खून की फुहारों से तर-बतर हो गए। वह किसी घायल जानवर की तरह 'बेगम बेगम' चीख रहा था। तब ठंडी पड़ चली बेगम जैसे-तैसे हौले से मुस्कराई। खान के सिर पर मोहब्बत से हाथ फेरते हुए बोली, "मेरे आका...मेरा दुख भूल जाइए...लेकिन जाकर उस जंगली शिवाजी को चीर डालिए।"

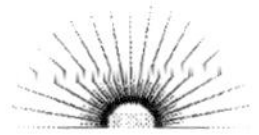

अफजल खान की फौज पूरे वेग से सोलापुर की तरफ बढ़ रही थी।

किसी होशियार आदमी के दिमाग में अगर क्रूर और उलटी-सीधी बातें उतरनी शुरू हो जाएँ तो उसकी गति बढ़ जाती है। मुहिम की शुरुआत से ही अफजल खान बहुत होशियारी से कूटनीति और अपने गुप्तचरों के जाल का इस्तेमाल कर रहा था।

शिवाजी राजे ने मावल समेत पूरे महाराष्ट्र का तारणहार होने की छवि बना रखी है। इसी बात को ध्यान में रखते हुए उसने अपनी फौज के झुंजार राव घाटगे,

पिलाजी मोहिते, पांढरे-नाईक, काटे, खराटे, कल्याण राव जाधव, शंकर जी मोहिते जैसे सरदारों को बहुत महत्त्व देना शुरू कर दिया। वह बैठक में सबसे आगे मंबाजी भोसले को बैठाता और बहुत प्यार से उन्हें 'चाचाजी' कहकर बुलाता। मंबाजी को अचानक मिलने वाले इस महत्त्व को देखकर बाकी के मराठा सरदार आपस में फुसफुसाते, "अरे, ये मंबाजी, शिवाजी का काका है या इस अफजल खान का चाचा?"

अफजल खान की वह प्रचंड फौज किसी चलते-फिरते विशाल नगर से कम नहीं दिखती थी। दस हजार हिनहिनाते हुए घोड़ों के सवार, इतने ही दमदार पैदल, सात सौ ऊँट और ढेर सारा घास-चारा, तम्बू, हथियार, गोला-बारूद और तमाम साजो-सामान लिये आगे बढ़ते तीन हजार बैल। सौ से ऊपर हाथियों का दल और तीन सौ से ज्यादा छोटी-बड़ी तोपों को खींचते हुए छकड़े और बैलगाड़ियाँ। फौज जहाँ से गुजरती, यह नजारा देखने के लिए गाँव-गाँव के स्त्री-पुरुष और बच्चे झुंड के झुंड चले आते और सब कुछ आँखों से ओझल हो जाने तक टिके रहते। आराम से सफर करने के लिए अफजल खान के पास जितने चाहिए उतने हौदे थे, लेकिन वह कभी हाथी पर बैठा नजर नहीं आता। एक जगह आराम से बैठना उसे पाप लगता। उसका दिमाग बेचैन रहता और शरीर में खून खौलता कि कब वह मावल मुल्क में प्रवेश करे और शिवाजीराजा को खत्म कर दे।

अफजल खान का घोड़ा प्रचंड वेग से लगातार आगे-पीछे दौड़ता रहता था। अपने लश्कर के हर विभाग पर उसकी बारीक नजर रहती थी। किसी को कब क्या चाहिए और क्या नहीं, वह खुद इस बात की खबर रखता। फौज सीना नदी के तट की गर्म रेत में पैर धँसाते हुए आगे बढ़ती जा रही थी। फौज के आखिरी सिरे पर उसने बारूदखाने की पच्चीस बैलगाड़ियाँ लगा रखी थीं। कहीं कोई धोखा न हो जाए और उस गोला-बारूद में कभी आग लग जाए तो उसकी चपेट में पूरी फौज न आ जाए, इसका पूरा ध्यान रखा गया था। इसलिए बारूद की गाड़ियाँ और छकड़े सबसे पीछे रखे गए थे। खान को ध्यान आया कि गर्म रेत पर सरकती बैलगाड़ियों के पहियों में लगी लोहे की पट्टियों से घर्षण के कारण चिंगारियाँ उड़ रही हैं। इन चिंगारियों के बारूद पेटियों पर गिरने का खतरा था।

खान ने वहीं की वहीं गाड़ियों का आगे बढ़ना रोक दिया। सिर खुजाया और तुरन्त केले के बगीचों की खोज शुरू करा दी। केले के पत्ते मिल जाने के बाद उन्हें उसने बैलगाड़ी के पहियों के नजदीक चौखट से बँधवा दिया, जिससे घर्षण से निकलने वाली चिंगारियाँ बीच में ही रुक जाएँ।

गर्मियों में ही खान बीजापुर से निकल चुका है, यह खबर इधर कृष्णा नदी के किनारे और बारह मावलों में हर तरफ पहुँच गई। इन खबरों में कुछ सच्चाई रहती मगर अक्सर लोग उसमें अपनी तरफ से मिर्च-मसाले लगाकर बाजार में दूसरे को

सुनाते। कहते, आज खान तुलजापुर पहुँच गया है। उसने वहाँ माँ भवानी के मन्दिर में बड़ा उपद्रव किया। कुछ तो बिलकुल सौगन्ध खाकर कहते, "खान ने तुलजा भवानी की मूर्ति मन्दिर से उखाड़ दी है।"

कुछ दिनों में खान के पंढरपुर में घुसने की खबर लोगों के कानों पर पड़ी। वहाँ उसने पुजारियों और व्यापारियों का जीना हराम कर दिया है। उसने विट्ठल की मूर्ति को तोड़ दिया है और भगवान पुंडलिक की प्रतिमा पानी में डुबा दी है। समाचार लगातार आ रहे थे। पंढरपुर से निकलकर खान एक-एक मंजिल पार करता म्हसवड़ के रास्ते से मलवड़ी पहुँच गया है। वहाँ उसने शिवराय के साले यानी सईबाई के सगे भाई, बजाजी निम्बालकर को पहले तोप से बाँध दिया। फिर हाथी के पैरों के नीचे कुचलकर मार डालने की धमकी दी है। बजाजी पर इस अत्याचार की खबर शिवाजी तक पहुँच गई थी। खान के साथ नाईकजी पांढरे नाम के एक सरदार थे। राजा ने उनसे गुप्त रूप से सम्पर्क साधा। अपने साले को खान की कैद से छुड़ाने की विनती की। आखिरकार आवारा की तरह यहाँ-वहाँ भटक रहे अफजल खान ने बजाजी निम्बालकर से साठ हजार अशरफियाँ लूट लीं।

खान तेजी से उत्तर की तरफ बढ़ रहा था। बीच-बीच में वह तीन-चार हजार के पैदल लेकर इन्दापुर-बारामती की सीमाओं में भी घुस रहा था, ताकि वहाँ अपना रोब जमा सके और लोगों में दहशत पैदा कर सके। मावल के अनेक वतनदार, देशमुख और देशपांडे खान से मिल गए थे। कई को तो यह लग रहा था कि खान की इतनी बड़ी फौज के आगे शहाजीराजे का पुत्र कहीं टिक ही नहीं पाएगा। भविष्य में सुख के झूले पर बैठकर ऐशो-आराम करने के इरादे और स्वार्थ तथा लाचारी के बासी टुकड़ों के जुगाली करते रहने के लिए वे खान से मिल रहे थे। मसूर के सुलतान जी जगदाले, उत्रावली के खंडोजी खोपड़े गुंजण मावल के विठोजी हैबतराव जैसे अनेक सरदार मेढकों की तरह उछलकर आदिलशाही फौज की सुरक्षित छाँव की तरफ भागे जा रहे थे।

उस तिलमिलाती दोपहर को इन्दापुर के किले के करीबी बाजार में अचानक शोर उठा, "चलो भागो! अफजल आया रे, अफजल आ गया।" किले के आसपास भी हलचल होने लगी। अकलुज की तरफ से आने वाले रास्ते पर धूल के बादल दिखे। बहुत दूर से तेज रफ्तार आते घोड़े नजर आ रहे थे। वहाँ की स्थिति देखते हुए इन्दापुर की चौकियों और पास के किले के सिपाही-घुड़सवार फटाफट छलाँग मारते हुए सामान बटोरने लगे। छोटे-बड़े तम्बुओं को जल्दी से समेट लिया गया और सारे हथियार बैलगाड़ियों में भरे जाने लगे। हर तरफ तेज भागदौड़ होने लगी। घोड़े, गधे, ऊँट और बैलों पर सामान लादकर हर कोई पुणे की दिशा में भागने लगा।

इन्दापुर के थानेदार जोत्याजी माने गमछा अपने सिर पर कसकर बाँध घोड़े पर सवार हो गया। घोड़े को यहाँ-वहाँ नचाते हुए उसने कहा, "चलो रे, उठो यहाँ से और पुणे चलो।"

इस भागदौड़ और हड़बड़ी के बीच में बर्शी की तरफ से पचास घुड़सवारों का एक दल तेजी से वहाँ आ पहुँचा। इस टोली की अगुवाई जांबाज तानाजी मालुसरे कर रहे थे। उन्हें देखते ही भागने वाले रुक गए। थोड़ा घबराए। परन्तु जोत्याजी को जैसे किसी की आवाज सुनाई नहीं पड़ रही थी। वह भागा जा रहा था। यह देखकर तानाजी ने एड़ लगाई और रफ्तार से अपना घोड़ा दौड़ाकर जोत्याजी के घोड़े के आगे अड़ा दिया। तानाजी चिल्लाए, "अरे जोत्याजी बाबा, मराठा की औलाद होकर ये भागदौड़ क्यों मचा रखी है?"

"अरे लड़के, तेरी आँखों में क्या झिल्ली पड़ गई है? देख सामने उधर मैदानों की तरफ से अफजल खान की पूरी की पूरी फौज इधर को दौड़ी आ रही है।"

"वो अफजल तो पीछे के रास्ते से म्हसव होते हुए रहमतपुरा की तरफ जा रहा है, मेरे पास ये पक्की खबर है।"

"अरे, तो फिर मैदानों की तरफ से आ रहे झुंड...?"

"अरे, ये उस खान का कोई ऐरा-गैरा सरदार है। लेकिन ऐसे चींटों से डरकर तुम्हारे जैसा इनसान अपनी जगह ही छोड़ रहा है?"

तानाजी ने जोत्याजी के सामने अपना घोड़ा नचाया और गुस्से से सुलगते हुए कहने लगे, "मेरे यहाँ रहते तुम भागकर दिखाओ। अरे, एक समय इसी इन्दापुर के किले की रक्षा करते हुए मेरा चचेरा भाई तोप का गोला लग जाने से मर गया था। इसलिए कहता हूँ कि यह जगह छोड़कर भागने का पाप मैं नहीं होने दूँगा। और अगर तुम यहाँ से जा भी रहे थे तो किसके हुक्म से?"

"राजा के!"

"शिवाजी राजा के? अरे हट, मेरा राजा दुश्मनों से लड़ना सिखाता है। ऐसे चोरी-छुपे भागना नहीं।"

"तुझे हुक्म देखना है क्या? तो यह देख।" जोत्याजी ने अपनी कमर में बँधा हुआ खलीता निकाला और तानाजी से कहा, "चल पढ़ ये क्या लिखा है...खान के रास्ते में आने वाले सारे गढ़, किले और जितने भी पहाड़ी किले हैं, वो सब खाली करो। सामान बाँधो और जल्दी से सह्याद्रि के पहाड़ी रास्तों से वापस पीछे आ जाओ।"

तानाजी ने आँखें फाड़कर उन अक्षरों और कागज पर लगी मुहर को देखा। उस पर गोपीपंत के हस्ताक्षर थे। राजा के हुक्म के बिना यह सरकारी कागज किसी के पास होना मुमकिन नहीं। उन तुच्छ शब्दों को पढ़ते हुए तानाजी का मस्तक घूम गया। वह तुरन्त घोड़े से नीचे कूदे और अपनी पगड़ी निकालकर काँख में दबा ली।

फिर संताप से भरकर भुनभुनाने लगे, "उन पहाड़ों की तरफ क्यों दौड़कर जाना? किसी अबला की तरह पहाड़ से छलाँग लगाने?"

अत्यन्त दुखी और गुस्से से भरा हुआ जवान तानाजी अपनी ही जगह पर खड़ा था। वह कुछ भी सोच नहीं पा रह था।

खान की फौज वडूज गाँव के नजदीक पहुँच गई। खान के हजारों घोड़ों, ऊँट और पैदल सैनिकों को देखने के लिए आसपास के गाँवों के झुंड के झुंड आते थे। खान का काफिला गाँव की सीमा पर आकर ठहर गया। ऊँची पीठ वाले अरबी घोड़े पर बैठे हुए खान ने खूँखार नजरों से देखा।

खान के आगे एक बड़ी बैलगाड़ी चल रही थी। उसमें चार हाथ लम्बा लकड़ी का एक पिंजरा रखा हुआ था। गाँव के बाल-गोपाल उस पिंजरे के चारों तरफ चक्कर काटने लगे। पिंजरे में लाल मुँह का एक बन्दर था। उसे देखकर बच्चे खुशी से भर गए। पास लगे इमली के पेड़ों पर बैठे बदमाश बच्चों ने भी वह पिंजरा देखा। उनमें से कुछ बच्चे दौड़ते हुए गाड़ी की तरफ चले गए। जबकि कुछ निशानेबाज बच्चे दूर से ही पेड़ पर बैठे-बैठे बन्दर पर पत्थर चलाने लगे। बन्दर खीजकर बच्चों की तरफ झपटा।

इतने में पीछे से मंबाजी ने अपने घोड़े के साथ आगे छलाँग लगा दी। बच्चों की भीड़ में घुसकर वह उन्हें हड़काने लगा, "अरे बदमाश, छोरो, क्या कर रहे हो? चलो हटो, हो बाजू में।" तभी खुद अफजल खान बढ़कर आगे आ गया। ऊँची आवाज में उसने मंबाजी से पूछा, "अरे चाचाजी, इन बच्चों को क्यों सता रहे हो?"

"यहाँ के छोकरे बदमाश दिख रहे हैं। खाली-पीली इस बेचारे बन्दर को सता रहे हैं ये आवारा...।"

"अरे-अरे, ऐसा नहीं है।" अफजल खान उन्हें समझाते हुए बोला, "वे तो बेचारे तालीम ले रहे हैं।"

"कैसी तालीम?"

"जब हम वापस बीजापुर की तरफ निकलेंगे, बैलगाड़ी भी यही रहेगी और पिंजरा भी यहीं रहेगा। लेकिन अन्दर बन्दर नहीं होगा।"

"खान साहेब?"

"इस पिंजरे में तुम्हारा भतीजा शिवाजी रहेगा। हर गाँव में बच्चे उस पर कंकर-पत्थर और गोबर फेंकेंगे। वह बहुत गुस्सा करेगा। यह जो नौटंकी होगी, यह बच्चे उसकी अभी से तालीम ले रहे हैं।"

यहाँ से आगे बढ़ने के बाद खान का सफर औंध और रहमतपुर के बीच आने वाले मैदानों में रुका। जल्द ही वह कृष्णा नदी को पार करने वाला था। हर तरफ

इस बात से हलचल थी कि खान जल्द ही स्वराज्य की सीमा पार करके अन्दर आने वाला है। डर बढ़ रहा था। दबाव बढ़ रहा था। अफवाहों के झोंके तेजी से इधर-उधर हो रहे थे। अफजल खान तुलजापुर और पंढरपुर में तबाही मचाते हुए ही आगे आया था। उस रात खेमे में बैठक जारी थी। खान के बीस प्रमुख सरदार अर्द्धगोलाकार उसके सामने बैठे हुए थे। तब खान ने मंबाजी से कहा, “चाचाजी, तुम मरगट्ठे लोग बदमाश होते हो और तुम्हारे देवता खतरनाक होते हैं। तुम्हारे देवताओं के पुजारी, पंडे, और बम्मन तो महाबदमाश होते हैं।”

“अजी खान साहब, बेकार ही क्या बात कर रहे हैं? आपने तो देवताओं के साथ पुजारियों को भी कहाँ छोड़ा? वहाँ सब शिकायत कर रहे थे कि आपने तो घुटने रखकर उनकी कमर तोड़ दी।”

“कहाँ भाई?”

“हमारे तुलजापुर और पंढरपुर में।”

“देखिए मंबाजी चाचा, इस अफजल खान को बेवकूफ मत समझिए। मैंने पूरे बीजापुर में पानी पहुँचाने वाली, बेगम तालाब से निकली जमींदोज नहरों में लगी मिट्टी की ईंटें इन हाथों से बनाई हैं। हथियार बनाने वाले लोहारों और पत्थर तोड़ते बेलदारों के साथ खदानों में कई-कई दिन गुजारे हैं। बड़े-बड़े मकबरे बाँधे हैं मैंने। मेरी आँखों को असली और नकली मूर्तियों का फर्क खूब अच्छे से समझ आता है।”

“क्या मतलब?”

“अरे भाई, तुम्हारे तुलजापुर के भोले भक्तों ने भवानी वाली मूरत बदलकर मन्दिर में नकली वाली हमारे सामने रखी थी। यही पंढरपुर के मन्दिर में हुआ। वहाँ के बदमाश पुजारियों ने मन्दिर में नकली विठु भगवान को रखा और असली मूर्ति को नदी के जल में कहीं छुपा दिया।”

“वही तो कह रहा हूँ खान साहब कि बेकार क्यों आप हमारे तीर्थों और मूर्तियों के चक्कर में पड़ रहे हैं?”

इस पर खान खिलखिलाकर हँस दिया और बोला, “अरे भाई, झूठ और सच तो खूब जानता हूँ मैं। शिकन्दा-ए-बुतां यानी मूर्तिभंजक अफजल खान हमें कोई यूँ ही थोड़े कहा जाता है। मदुरै और जिंजी में मैंने कई मन्दिर गिराए हैं। सैकड़ों मूर्तियों को तोड़कर टुकड़े-टुकड़े कर डाले। तोड़-फोड़ के मामले में तो इस कातिल-ए-काफिरान अफजल के सामने वह औरंगजेब भी कुछ नहीं है।”

अफजल खान की आवाज एकाएक ऊँची हो गई। वहाँ बैठे सारे मराठा सरदार घबराकर सिकुड़ गए। तब अफजल खान हँसते-हँसते कुछ वैसी ही डरावनी और भारी आवाज में बोला, “इस तुलजापुर और पंढरपुर में हमने भागते दो सौ लोगों की लाठियों-चाबुकों से खाल खिंचवाई तो आप सबने कितना बवाल मचाया। लेकिन अभी आप असली अफजल खान को जानते कहाँ हो? अगर मैं दिल पर

ले लेता तो वहाँ के मन्दिरों के साथ पूरे तुलजापुर और पंढरपुर को खाक में ही मिला डालता...।"

अफजल के उस रुद्रावतार को देखकर सारे मराठा सरदारों की नसों में खून जम गया। तब मंबाजी और झुंझारराव घाटगे लड़खड़ाती आवाज में बोले, "आपकी दया और मेहरबानी के लिए हम सब बहुत आभारी हैं।"

"देखो भाई, असल में यह मेरी मेहरबानी नहीं, मेरी परेशानी थी। हमारे बीजापुर का पूरा लश्कर कुल मिलाकर सवा लाख का है। उसमें मराठा सिपाहियों की संख्या चालीस हजार है। इसी वास्ते हमने जान-बूझकर आपके मन्दिरों और देवताओं को कोई तकलीफ नहीं दी। न हमें आपके देवी-देवताओं में दिलचस्पी है और न आपके धर्म में।"

"तो फिर?"

"मुझे तो सिर्फ शिवा चाहिए। जिन्दा या मुर्दा!!"

स्वराज्य की देहरी पर अफजल खान

राजगढ़ की खड़ी चढ़ाई चढ़ते हुए शिवराय का घोड़ा ऊपर शिखर तक पहुँचा। वहाँ सामने रामेश्वर के मन्दिर और कार्यालय निर्माण का आधा-अधूरा काम आगे बढ़ाया जा रहा था। किले का विस्तार बहुत था। उतनी ऊँचाई तक बैलों और गधों की पीठ पर रखकर सामान ले जाना भी बहुत कष्टकारी काम था। इस एक किले को बनाने का काम पूरा करने में अभी करीब दो साल लगने थे। ऊपर पहुँचकर राजा ने घोड़े को रोका। हाशम ने अश्व की लगाम थामी और उसे लेकर घुड़साल की तरफ बढ़ गया।

गढ़ पर घुड़सवारों, पैदल सैनिकों और ग्रामीणों के चेहरे पर चिन्ता छाई हुई दिख रही थी। राजा ने रघुनाथ पंत से पूछा, "क्यों पंत, क्या गड़बड़ी है?"

"कुछ नहीं। थोड़ी देर पहले इधर से आई साहेब की पालकी गई है। वह पुरन्दर से लौट आए हैं।"

"वह तो वहाँ कुछ और दिन रहने वाले थे!"

राजा ने किले की खड़ी पाषाण सीढ़ियाँ चढ़नी शुरू की। जिधर नजर गई, उधर चिन्ता पसरी दिख रही थी। कोंकण से लौटते हुए रास्ते में जो उड़ती-उड़ती खबर उनके कानों पर पड़ी थी, अगर वह सच निकली तो! ऊपर की तरफ कदम बढ़ाते राजे ने चार-पाँच सीढ़ियाँ ही चढ़ी होंगी कि तभी ऊपर से हरकारे दौड़ते हुए नीचे आ गए। बीजापुर से विश्वासराव दिघे और बहिर्जी नाईक, दोनों प्रमुख जासूसों के

खलीते आए थे। अफजल खान को बीजापुर छोड़े तीन-चार दिन हो चुके थे। वह प्रचंड फौज के साथ मालव की दिशा में ही बढ़ रहा था।

प्राथमिक अन्दाजा यही था कि अफजल का निशाना पुरन्दर, कोंढाणा और पुणे पर रहेगा। अगर अफजल ने सीधे पुणे पर ही चढ़ाई कर दी, तो यह झटका राज्य को हिला देगा। इसलिए उसे पुरन्दर के घाट तक नीचे आने से पहले ही रोकना और कहें पठार पर उलझाए रखते हुए, वहाँ मौका मिलते ही खत्म करना जरूरी है। इस बड़े काम के लिए एक चौड़ी छाती वाले बेधड़क वीर की आवश्यकता थी।

कुछ दिन पहले ही स्वराज्य की सेना की बागडोर सँभालने वाले माणिक जी दहातोंडे का निधन हुआ था और उनकी जिम्मेदारियों वाली पगड़ी राजा ने नेताजी पालकर के सिर पर पहनाई थी। नेताजी की बहादुरी पर किसी को सन्देह नहीं था। इसलिए राजा ने उन्हें आदेश दिया कि किसी भी तरह खान को सुपे, सासवाड़, पुरन्दर इन इलाकों में ही उलझाए रखें और किसी भी हाल में घाट से नीचे न उतरने दें। इसलिए नेताजी दिन-रात अपनी आँखों की मशाल जलाए हुए सेना समेत पहरे पर थे।

राजे ऊपरी मंजिल के आँगन में पहुँचे। सामने बनी छतरी की तरफ देखा। कमानीदार खिड़कियों से रानियों की आँखें उनके ही आगमन की प्रतीक्षा में थीं। वह कमरे की तरफ बढ़े। सामने धाराऊ और जीजाऊ बीच गलियारे में खड़ी थीं। सवा साल का नन्हा सम्भाजी उनके सीने से लगा था। हमेशा हँसते-मुस्कराते रहने वाले इस बच्चे के रोने की आवाज आज राजा के कानों में पड़ी। राजा को देखते ही वह बालक उनके पास जाने को मचल उठा।

शिवराय ने बाल शम्भू को कसकर अपने सीने से लगा लिया। उसके मुलायम बालों में अपनी अँगुलियाँ फिराने लगे। बच्चे के चेहरे पर उन्हें बेचैनी और अनिद्रा के लक्षण साफ दिख रहे थे। राजा ने चिन्ता से पूछा, "माँ साहेब, सईबाई रानी साहिबा की तबीयत अब कैसी है? शम्भू इतने चिड़चिड़े क्यों दिख रहे हैं?"

"राज वैद्य के सख्त निर्देश हैं कि बाल राजे को उनकी मातोश्री से हर हाल में बिलकुल दूर रखना है।"

"राज वैद्य शायद बीमारी को ठीक से समझ नहीं पा रहे हैं। हमने काशी से शास्त्री को बुलाने के लिए पालकी भेजने का निर्देश दिया था।"

"हाँ, चार दिन पहले काशी से वैद्यराज अधिकराव पंत खुद आकर गए। उन्होंने ही सारा परीक्षण करने के बाद यह निदान बताया।" घबराई हुई जीजाऊ ने कहते-कहते गरदन झुका ली।

"कौन सा निदान?"

"जिसका डर हम सबको लग रहा था।"

"मातोश्री?"

"हाँ, शिवबा। अपनी सई को राजयक्ष्मा के रोग ने जकड़ लिया है।" जीजाऊ का चेहरा दुख से भर आया।

"हे शम्भू!" शिवराय बुदबुदाए और क्षण भर के लिए उनकी आँखें मुंद गईं।

सईबाई के चारों तरफ दूसरी रानियाँ बैठी हुई थीं। लक्ष्मी और पुतलाबाई ने जिम्मेदारी उठा रखी थी कि सई को क्या चाहिए, क्या नहीं। राजा ने करीब महीने भर बाद अपनी प्रिय रानी को देखा। उनका कलेजा हिल गया। सईबाई की प्रकृति बहुत अच्छी नहीं दिख रही थी। उनका रंग बिलकुल सफेद पड़ चुका था। दुबली हिरणी की तरह कमजोर हो चुकी उनकी देह को देखते हुए राजा भावुक हो गए।

राजे और सईबाई रानी हमेशा एक-दूसरे को संकट की छाया से बाहर निकालते थे। एक-दूसरे को मुश्किल वक्त में दिलासा देते थे। राजा के गम्भीर चेहरे को देखते हुए सईबाई ने हँसकर कहा, "स्वामी, आप कुछ भूल तो नहीं गए? आपके कोंकण से वापस आने के तुरन्त बाद हम दोनों को कहीं जाना था!"

"फलटण, हमारे ससुराल! तुम्हारे मायके निम्बालकर के घर...तुम्हारी गोद भराई करना तो रह ही गया?"

"हाँ, हमारी सारी बहनें और ये सारी सौतें...ये भी सब आने वाली थीं वहाँ साथ में। हमारे गाँव में मुँह मीठा करने।"

"वाह, बढ़िया।"

"राजे, शादी के बाद आप तो इतने व्यस्त हो गए कि कभी अपने ससुराल में पैर रखने तक का समय नहीं मिला आपको। अभी तक कितनी सारी चीजें बाकी हैं।"

"बाकी?"

"हाँ, आपकी हल्दी तक नहीं उतरी अभी ससुराल में!"

"अब हमारी कौन सी हल्दी उतारने ले जाएँगी?" राजे ने हो हो करके हँसते हुए सवाल किया। उस हँसी में जीजाऊ साहेब के साथ बाकी छोटी रानियाँ भी हँस पड़ीं।

"मजाक मत कीजिए। हमारे मायके के भी कुछ रीति-रिवाज हैं...वह सब रह गए। शम्भू बाल के पहले प्रसव में भी हमारा मायके जाना रह गया।"

"सुनिए रानी साहेब। आप इस बीमारी से थोड़ा ठीक हो जाइए, हम तुरन्त उधर चलेंगे...।"

"तब कौन सी फुरसत मिल जाएगी राजा को?"

"निकालनी तो पड़ेगी न...हमारी लाडली रानी साहेब के लिए!"

"लेकिन वो जो राहु जैसा अफजल खान इधर आ रहा है बड़ी फौज लेकर...।"

"रानी साहेब, तुम्हें यह खबर भी हो गई?" राजा ने आश्चर्य से पूछा।

"बिना खबर लिये कैसे चलेगा राजे? हम आपकी अर्द्धांगिनी हैं। आपकी साँसों से तो हमारा जीवन है।"

राजा ने बहुत स्नेह से सईबाई के सिर पर हाथ रखा। फिर वहाँ बैठे वैद्य और हकीम से बातें करके जल्दी-जल्दी किले की सबसे ऊँची मंजिल पर बने छोटे कार्यालय में जा पहुँचे। सभी अधिकारी, मुंशी, सिपाही वहाँ आगे की योजना बनाने के लिए तैयारियों के साथ बैठे थे। गोमाजी काका पानसम्बल, रघुनाथराव सबनीस भी वहाँ थे। जीजाऊ भी वहाँ पहुँच गईं। उनके चेहरे पर चिन्ता पसरी हुई थी।

सिर्फ यहाँ किले पर ही नहीं बल्कि पूरे स्वराज्य में अफजल खान के होने वाले हमले को लेकर आशंकाएँ फैली हुई थीं। खान कितना क्रूर है, कैसी उलटी खोपड़ी है उसकी, सबको यह खबर थी। सबको यह अन्दाजा था कि वह अपने मकसद को पूरा करने के लिए किसी भी हद तक जा सकता है।

"शिवबा, आज तक हमने अपनी लड़ाइयाँ इन पहाड़ों के बीच में लड़ी हैं...।"

"हाँ माँ साहेब।"

"पुरन्दर के किले की लड़ाई के समय भी वहाँ चारों तरफ के पहाड़ों ने तुम्हारी मदद की थी। जुन्नर, कल्याण जैसे किलों पर छापेमारी के वक्त भी वहाँ बड़ी फौजें नहीं थीं...।"

"सही है मातोश्री।" कहते हुए शिवराय ने रघुनाथ की ओर देखते हुए कहा, "कहिए पंत, अपने गुप्तचर प्रमुखों ने खलीतों में क्या खबर भेजी है।"

"राजे, अपने गुप्तचरों की खबरों के अनुसार खान विशाल फौज लेकर पूरी तैयारी के साथ निकला है। करीब दस हजार घोड़े, पन्द्रह हजार पैदल और साथ में हाथी दल, कई सारी तोपों का भी तामझाम उसके साथ है। अब रास्ते में कौन-कौन उसकी फौज में जाकर मिलता है, यह खास बात अभी देखना बाकी है। उसकी सेना में ऊँचे-पूरे पठानों के पैदल दल, तुर्की गोलन्दाजों का तोपखाना और अफगान तथा तैलंगी तलवारबाज हैं...हमारे जासूसों की भाषा में कहें तो आगे बढ़ रही यह फौज किसी फौलादी दीवार की तरह दमदार दिख रही है।"

बैठक जैसे-जैसे लम्बी खिंचती जा रही थी, वैसे ही गढ़ पर डरावना सन्नाटा पसर रहा था। महल में, मन्दिरों के प्रांगण में, तालाबों के किनारों से लेकर दूर तक खुसुरफुसुर बढ़ती जा रही थी। रात के भोजन का समय भी निकल गया। लेकिन सबकी भूख गायब थी और खाली पेट बैठे लोगों की यह जानने में ज्यादा दिलचस्पी थी कि उनके कानों पर क्या खबर आने वाली है। यह खूब गम्भीर और गुप्त मंत्रणा थी, जिसमें तय किया गया कि बाहर किसी के कानों तक कुछ नहीं पहुँचने दिया जाएगा।

महल में सब देर रात भोजन के लिए बैठे। राजा के साथ कान्होजी जेधे, तानाजी वगैरह तमाम मंडली थी।

"राजे, मुझे लगता है कि किसी-न-किसी तरह हमें बीच का रास्ता निकालना पड़ेगा।" कान्होजी जेधे ने सलाह दी।

"मतलब?"

"हम अगर हमेशा की तरह बहादुरी से शत्रु पर टूट भी पड़े, तो तय है कि हर तरफ हमारी उद्दंड बहादुरी के चर्चे जरूर होंगे लेकिन...?"

"क्या? कहिए...।"

"सामने से बढ़ा आ रहा बैरी इस बार काल के जैसा है। खुले मैदान में लड़ते हुए जरा-सी भी ऊँच-नीच या इधर-उधर कुछ हुआ...कि जान पर बन आएगी और मौत खींच लेगी! इसमें सबका मरण है...तुम्हारा-हमारा और अभी-अभी जमीन में से उगे स्वराज्य का भी!"

शिवराय पूरी ताकत से हमला करने और जूझने के लिए तैयार थे लेकिन परिस्थिति उतनी अनुकूल नहीं दिख रही थी। लम्बी साँस लेते हुए राजे बोले, "वो खान पूरी तरह भभक रहा है। हमारी जान लेने के लिए निकला है। कभी वह बातचीत या समझौते की बात करने का स्वाँग रचते हुए आया भी, तो उसकी धमनियों में कपट ही दौड़ता रहेगा। बाल बराबर जगह भी उसे मिल गई तो वह अन्दर घुसकर सीधे अपना गला घोंटने वाला है।"

"किसी सम्मानजक समझौते की गुंजाइश नहीं है बालराजे?"

"माँ साहेब! हमें लगता है कि वर्तमान परिस्थिति में 'समझौता', 'बातचीत' ये शब्द एकदम बेस्वाद और लिजलिजे साबित होने वाले हैं। वह हमारे समझौते की रंगीन और लुभावनी बातों में आने वाला नहीं है।"

"तो फिर कैसे हो?"

"उसकी थोड़ी-बहुत चमड़ी छीलकर, उसे जख्मी करके ही उसे बातचीत के दुलीचे पर खींच के लाना पड़ेगा।"

"लेकिन ऐसा बैर ठानकर यहाँ तक खान के आने के पीछे कारण क्या है?"

"हमें मिट्टी में मिलाकर वह अफजल खान दुनिया के सामने साबित करना चाहता है कि ये शिवाजी और उसके साथी मावले कुछ नहीं, बल्कि पानी का एक बुलबुला हैं।"

"लेकिन राजे, उसकी फौज हमसे तीन गुना है। हमारे गुप्तचरों की खबर के अनुसार वह फौज के खाने-पीने और जानवरों के चारे का इतना प्रबन्ध करके चला है कि पूरे तीन साल गुजार सकता है।"

"चाहे जो कुछ हो।" शिवराय निर्भय आवाज में गरजे, "कुछ भी हो जाए हमें उसके रोब से डरना नहीं है। किसी हाल में पीछे भी कदम नहीं खींचना है।"

"लेकिन?"

"छोड़िए, ये बातें, ज्यादा-से-ज्यादा क्या होगा? प्राण जाएँगे। लेकिन इस जगत

में दिगन्त तक हमारी कीर्ति तो फैलेगी।" शिवराय ने किसी बागी संन्यासी की तरह अपने हाथ में पकड़ी कटार को हवा में लहराते हुए सबसे कहा।

बैठक सम्पन्न हो गई। राजकीय दाँव-पेच तय हो चुके थे, लेकिन राजा का मन रीता था। भरी रात इस अवस्था में शिवराय के कदम अपने आप सईबाई के शयनकक्ष की ओर मुड़ गए। वे अन्दर के दालान में गए। दीपक मन्द-मन्द जल रहे थे। सईबाई का चौथा प्रसव उन्हें सुख और दुख की लहरों में सिर से पैर तक भिगो गया था।

इससे पहले के तीनों प्रसव बड़े सुख से पार हुए थे। सबसे बड़ी सखूबाई तेरह बरस की थीं। चार साल पहले ही उनका लग्न कार्य सम्पन्न हुआ था। सईबाई ने अपने भांजे फलटण वाले महादजी निम्बालकर से उनका विवाह कराया था। बच्ची अभी छोटी थी इसलिए थोड़े दिन पहले तक अपने मायके के आँगन में बड़ी हो रही थी; लेकिन फिर अचानक ससुराल के लोग बड़े आग्रह के साथ उन्हें विदा करा के फलटण ले गए थे। हालाँकि समय के हिसाब से अभी ढलने और जिम्मेदारियाँ उठाने की उम्र नहीं थी, मगर फलटणवालों का आग्रह था कि कुछ दिन उन्हें ससुराल की छाया में भी रहना चाहिए।

राजा ने अन्दर झाँककर देखा। सईबाई की सारी सौतें सोयराबाई, जयश्रीबाई, लक्ष्मीबाई, काशीबाई, गुणवन्तीबाई उनकी रुग्णशैया के आसपास बैठी थीं। धुँधले प्रकाश में राजा के पैरों की आहट पाते ही वे सभी जल्दी-जल्दी उठ खड़ी हुईं और सिर का पल्लू नाक तक खींचकर अपने-अपने शयनकक्ष में निकल गईं। इस मुश्किल घड़ी में सईबाई को अपने स्वामी के साथ सुख के कुछ पल गुजारने मिल जाएँ, यही सबकी आकांक्षा थी।

मध्यरात्रि की बेला उतर आई थी। दोहरे तकियों पर अपनी गरदन टिकाए सईबाई लेटी हुई थीं। कराहती-सी आवाज उनकी नासिका से निकल रही थी। उनके भीतर इसे छुपा लेने की ताकत भी नहीं बची थी। राजे भीतर आए और सईबाई के सिरहाने एक तिपाई पर बैठ गए। अपनी लाडली रानी का हाथ उन्होंने अपने हाथ में लिया। उनके बदन का ताप राजे की त्वचा में डंक जैसा चुभा।

सईबाई ने गहरी साँस लेते हुए अपनी नजर राजा के चेहरे पर जमा दी। इतने में बाजू के कोने से 'आबा, आबा साहेब' की आवाजें राजा के कानों पर पड़ीं।

दूसरे ही क्षण राजा ने बाजू के अँधेरे कोने की तरफ देखा। रात में वहाँ ऊबकर सोई हुई नौ बरस की राणुअक्का और उनकी गोद में सिर रखे लेटी छह बरस की आम्बकाबाई, दोनों किसी तेज लहर की तरह उठकर, राजा की तरफ रफ्तार से दौड़ीं। घोंसले में लौटी चिड़िया पर नन्हे बच्चे जैसे टूट पड़ते हैं, वैसे ही दोनों राजा

के गले में झूल गईं और लाड़ले सुर में 'आबा आबा' चिल्लाने लगीं। राजा ने तुरन्त अपनी कलगी-सजी पगड़ी सिर से उतारकर बगल में रख दी। अपनी जान के टुकड़ों को कई दिनों बाद देख रहे पिता का हृदय प्रेम और स्नेह से भर आया। राजा ने पूरी ताकत से कसकर दोनों बच्चियों को अपने सीने से लगा लिया।

चाँद का कोई टुकड़ा जैसे हाथ लग जाए, कुछ इस अन्दाज में दोनों नन्ही बालिकाएँ राजा से चिपक गईं। राजा की आँखों से अचानक मोतियों जैसे आँसू झरने लगे। तब राणुअक्का ने राजा को और जोर से कस लिया। बाप-बेटियों का यह स्नेह-मिलन सईबाई अपने बिस्तर पर लेटी हुईं बहुत कौतुक से निहार रही थीं; परन्तु राजा जैसे खुद पर ही संताप कर रहे थे। वह चिढ़े हुए स्वर में सईबाई से बोले, "रानी साहेब, कभी-कभी लगता है कि क्यों ओढ़े हुए हैं हम राजपाट का यह जालिम अँगरखा?"

"ऐसा क्यों कहते हैं राजे?"

"नहीं रानी साहेब, इस दुष्ट राजवस्त्र को रह-रहकर युद्धक्षेत्र के रक्त की हूक उठती है। महत्त्वाकांक्षा, जिद, शौर्य प्रदर्शन, लड़ाई-चढ़ाई ये सारे ऐसे व्यसन हैं कि एक बार तन-मन को लग गए कि अपने पीछे घर-परिवार में कोई है, फिर यह तक याद नहीं रहता रानी साहेब! कभी-कभी मन में आता है कि उतार फेंकूँ ये राजवस्त्र! सच कहूँ, जंगलों में रहने वाले पंछी किसी राजा से कहीं ज्यादा सुखी होते हैं।"

"यह बेकार की बातें क्यों करते हैं महाराज?"

"अरे, रोज संध्या में जब वे वापस अपने घोंसलों में लौटकर आते हैं, तो उन्हें अपने बच्चों को गोद में भरने का सोने जैसा सुख मिलता है; लेकिन राजा होने का मतलब अनन्त मुसीबतों का एक गुलाम! उसे कहाँ अपने बाल-बच्चों के साथ विश्रान्ति मिलती है? इधर अपनी बड़ी बेटी, सखूबाई के लग्न तक में हमें जैसे-तैसे दो प्रहर का ही समय मिला था, वह भी सिर्फ वधू का पिता होने के नाते।"

"देखिए राजे, आप बेकार ही दुखी मत होइए। आप दूसरे ढंग से क्यों नहीं सोचते?"

"कैसे?"

"राजे, हम जब हर दिन अपने माथे पर कुंकुम का यह टीका लगाते हैं, तब हमारी देह एक अलग अभिमान और किसी जादू से भरकर दमकने लगती है। दर्पण भी हमें प्रतिदिन स्मरण कराता है, रानी साहेब! आपके कपाल का यह कुंकुम स्थिर है, अखंड है और इसलिए स्वराज्य के हजारों बाल-बच्चों का जीवन सुरक्षित है। हमारे जीवन को धन्य करने वाले इन थोड़े से क्षणों के लिए अगर यह पूरा जीवन भी भस्म हो जाए, तो हम इसे अपना भाग्य मानेंगे!"

"ऐसा क्या...रानी साहेब, आपके मुख से झरते इन पुष्पों के आगे तो हमारी बुद्धि की शाखाएँ दंडवत ही करेंगी, दूसरा और क्या हो सकता है!"

"अरे, ऐसा नहीं...सिर्फ इसी जन्म की बात नहीं, अगले सात जन्मों तक उन क्षणों को हम भूल नहीं पाएँगे।"

"कौन से?"

"जिस क्षण आपने उस मुँहजोर राँझे के पाटील के हाथ-पैर तोड़कर उसे चौरंग बना देने का न्याय सुनाया था। तब अपने स्वराज्य की ही नहीं बल्कि पूरे हिन्दुस्तान की बेटियों को कितना हर्ष हुआ! एक स्त्री का जीवन कोई सूखे हुए गोबर का कंडा नहीं, न ही वह गूँगी गुड़िया है, वह तो बच्चों की माँ होती है। घर के स्वामी पुरुष की छाया होती है। पचास-सौ स्त्रियों के जनानखाने रखने वाले मुगल बादशाहों के इस जुल्मी काल में, गरीब घर की एक सामान्य विधवा स्त्री के जीवन का भी कितना मोल है, अपने न्याय से आपने यही संसार को बताया। उस रात अपने महल में हम सुख से अभिभूत हो गए थे राजे!"

"अरे नहीं! इसमें ऐसा क्या रानी साहेब।"

"नहीं, नहीं कैसे? एक सामान्य, गरीब, निरीह स्त्री की पैरों तले कुचली गई आबरू को पुन: प्रतिष्ठित करने वाले हमारे कुंकुम के स्वामी उस दिन हमें परमेश्वर से कहीं दिव्य महसूस हुए थे।"

सईबाई के मुँह से यह शब्द सुनकर राजे का रोम-रोम पुलकित हो गया। उन्होंने झट से सईबाई का हाथ थामते हुए कहा, "आपकी सारी बातें मान लेते हैं! लेकिन अपने नन्हे शम्भू कहाँ हैं?"

"होंगे पीछे के दालान में अपनी धाय माँ के पास।"

राजा ने ताली बजाई। दालान के बाहर मौजूद सेविका दौड़ी-दौड़ी आई। राजा ने तुरन्त नन्हे शम्भू से मिलने की इच्छा जताई। बीच में ही सईबाई को खाँसी का दौरा पड़ा। उनका सारा बदन थरथरा गया। खाँसी रुकने का नाम नहीं ले रही थी। राजे उठकर खड़े हुए और रानी साहिबा की पीठ को अपने हाथों का आधार दिया। हाथ लगाते ही राजा को पसीना छूट गया। ताप से फनफना रही उष्ण देह का अन्दाजा पाकर उनके भीतर जैसे रुलाई फूटने को हुई, मगर उसे दबाते हुए राजे ने करुण स्वर में कहा, "रानी साहेब, आपकी ऐसी निर्दय बीमारी को देखते ही हमारे सारे मनोरथ क्या, हमारा सिंहासन तक डगमगाता मालूम पड़ता है।"

"अच्छा हुआ! ठीक समय पर याद दिलाई आपने इस बीमारी की। हमने आज आपसे साफ-साफ कहने का ठान ही रखा था; कारण यह कि आप अफजल खान जैसे दुष्ट पहाड़ का सामना करने के लिए डटे हुए हैं। वह लक्ष्य बहुत बड़ा और प्रजा के लिए भी महत्त्व का है...।"

"आप कहना क्या चाहती हैं?"

"अगर इस बीच हमारे प्राण-पखेरू उड़ भी जाएँ तो आपको किसी तरह

विचलित नहीं होना है। बैरी की गरदन को कसने के लिए बढ़े हुए हाथ किसी तरह से शिथिल नहीं पड़ने चाहिए।"

"रानी साहेब, रानी साहेब! ऐसे निर्वाण की बातें आप हमसे क्यों करती हैं?"

इतने में नींद में डूबे हुए नाजुक शम्भू राजे को लेकर उनकी धाय माँ धाराऊ गाडे वहाँ आ पहुँची। मखमली कपड़ों में लिपटे डेढ़ वर्ष के नन्हे शम्भू धाराऊ के हाथों में थे। ताजे-नर्म-सुगन्धित फूल के जैसी वह देह राजा ने अपनी हथेलियों में सँभाली। उस गोरे-गुलाबी शिशु को आँख भरकर देखा। कसकर मुँदी हुई आँखें, काली पलकें, लम्बी-पतली ठुड्डी और अत्यन्त तेजस्वी उस गुदगुदी छवि ने राजे का मन मोह लिया। उन्होंने शिशु के गालों और कपाल पर हल्के-से मीठे चुम्बन लिये। तब तक जीजाऊ साहेब भी वहाँ पहुँच गईं।

बाल शम्भू का वह तेजस्वी मुखचन्द्र देखने में राजे खोए हुए थे कि तभी उस नन्हे राजा ने अपने चंचल नेत्र खोले। बाल शम्भू के होंठों पर मीठी मुस्कान आई। जैसे वह स्वप्न में मुस्करा रहे हैं। उस शिशु ने अपनी नन्ही अँगुलियों से राजे की अँगुलियाँ पकड़ ली थीं; लेकिन उसी स्थिति में जल्दी ही बालराजे ने करवट बदल ली। फिर नींद की गोद में समा गए। राजा ने बाल शम्भू को वैसे ही अपनी गोद में रख लिया। उस वक्त दोनों बेटियाँ भी उनसे वैसे ही चिपककर बैठी हुई थीं।

सईबाई कराहते हुए धीमी आवाज में कहने लगीं, "अभी तक मुझे याद है... उस दिन पुरन्दर पर बादल मूसलाधार बरस रहे थे। बिजलियों का कड़कना और बादलों की गड़गड़ाहट पल-पल जारी थी। उस आवाज से धरती काँप रही थी, तभी हमारे बालराजे का जन्म हुआ था।"

"हाँ सई! हम तब कितने परेशान थे...स्वराज्य का कोई वारिस नहीं है इस कल्पना से। इसलिए युवराज का हम सबको कितना इन्तजार था!"

"आई साहेब, हमें ऐसा लगता है कि प्रसव के बाद लगे इस निर्दय रोग ने हमारे गर्भ को जकड़ लिया है। हमें नहीं लगता कि अब इस रोगशैया से हम कभी खड़े हो पाएँगे...।"

"अरे बहूरानी, लेकिन इतने वैद्य, राजवैद्य अपनी दवाओं से उपचार कर ही रहे हैं।" जीजाऊ ने व्यथित स्वर में कहा।

"तब भी मुझे नहीं लग रहा कि कोई फर्क पड़ रहा है; कारण यह कि जब-जब राजमहल में सुखों की बरखा होती है, तभी किसी-न-किसी को दुख का हिसाब भी करना पड़ता है।"

"यह क्या बेकार की बात कहती हो सईबाई?" बोलते हुए जीजाऊ का कलेजा भर आया।

"ऐसे कितने ही उदाहरण हैं। गाँव-खेड़े की सीधी-सरल बात ही देख लें। जब भी सारा गाँव पानी के लिए तरसता है, तड़पता है, अकाल पड़ जाता है, तब देवता

दौड़े चले आते हैं। गाँव के मुखिया के कुएँ में पानी की धार फूट पड़ती है, लेकिन बदले में उस गाँव के मुखिया के माथे पर जैसे कोई अभिशाप लिख जाता है। वह बेचारा कभी उस जल से अँजुली भर पानी नहीं पी पाता..."

"बेटी, ये कैसी पहेलियाँ बुझा रही हो?" जीजाऊ के अन्दर कहीं गहराई से दर्द छलका।

"हमें पूरा विश्वास हो गया है...उस तूफानी रात पुरन्दर के गढ़ के ऊपर कड़कड़ाने वाली बिजलियों और गड़गड़ाते बादलों ने जैसे हमारे कानों में साफ-साफ कहा था... रानी साहेब, आपके गर्भ से जन्म लेने वाले बालराजे युद्धभूमि में सदैव शत्रुओं पर आसमानी बिजली की तरह गिरेंगे। आकाश में उनकी कीर्ति पताकाएँ लहराएँगी। उनके तेज से राज्य की वृद्धि और समृद्धि होगी। दुश्मनों का मर्दन और गरीब प्रजा का पालन-पोषण सब कुछ होगा; लेकिन गाँव के उस मुखिया की तरह अपने इस बालराजे की यश-कीर्ति देखने-भोगने का सुख-सौभाग्य आपको नहीं मिलेगा...।"

सईबाई के मुख से ऐसे बुझे हुए स्वर कानों में पड़ते ही शिवराय और जीजाऊ साहेब स्तब्ध रह गए। दोनों ने सईबाई के हाथों के शुष्क पड़ चुके पंजे अपने हाथों में पकड़े। दोनों की जैसे वाणी ही चली गई। कहें भी तो क्या? जीजाऊ साहेब देर तक सईबाई के तपते हुए कपाल पर अपना हाथ फिराती रहीं। सईबाई स्निग्ध स्वर में बोलीं, "जो होना है, हो। हमारे बाद आप सँभालिए हमारे बाल शम्भू को। आई साहेब, आपके जैसी पराक्रमी आजी साहेब को ही हमारे बाल राजे की माता होना चाहिए। उनके पिता के नसीब में तो सिर्फ कर्तव्य और रणभूमि लिखी है। जिसे अहर्निश अपनी प्रजा की लाखों सन्तानों के सुख का ध्यान रखना पड़ता है, उसे अपने घर-परिवार के संग विश्राम कैसे मिल सकता है? युगों जैसे महान आप दोनों को मैं नादान क्या कह या बता सकती हूँ? मुझे पूरा यकीन है कि जीजाऊ आजी साहेब की गोद बाल शम्भू के लिए मंगलकारी देवस्थल ही साबित होगी।"

"नहीं रानी साहेब, ऐसा मत बोलिए।" कहते हुए भाव-विह्वल राजा ने अपनी हथेली सईबाई के कपाल पर हल्के-से फिराई।

सईबाई के होंठों पर व्यंग्य भरी हल्की मुस्कान आई। राजा के हाथों को उन्होंने अपनी हथेलियों में थामा और भावनाओं के ज्वार के साथ कहा, "राजे, अपने बचे-खुचे सपनों की काँवड़ मैं बालराजा के संग आपके सुपुर्द कर रही हूँ। समय के साथ आप सफलता के उस कैलाश शिखर पर अवश्य पहुँचेंगे, मेरा अटूट विश्वास है।"

अफजल खान के इस हमले का किस तरह पूरी ताकत से प्रतिकार किया जाए, राजे के सामने यह जटिल मुद्दा था। मशालों और चिरागों की ताँबई-पीली रोशनी

में डूबे राजगढ़ पर रात में बहुत जरूरी बैठक चल रही थी। इसमें कान्होजी जेधे, रघुनाथ पंत, मोरोपंत, शिवजी जेधे, तानाजी मालुसरे और राजे के प्रिय सभी लोग उपस्थित थे। बैठक का माहौल बहुत गर्म था।

यह बिलकुल साफ था कि बहुत तैयारी और रणनीति के साथ खान उन पर टूट पड़ने के लिए आ रहा है। लेकिन महत्त्वपूर्ण सवाल यह था कि उसे टक्कर कैसे और कहाँ, किस जगह पर दी जाए। अगर कोंढाणा के किले पर जाकर अपना ठिकाना बना लिया जाए तो वह पुणे का रास्ता पकड़ लेगा। इससे अफजल खान को शिवाजी पर दबाव बनाने के लिए सुनहरा मौका मिल जाएगा। अगर उसने पुणे में आग लगा दी, तो उसकी शरण में जाने के सिवा कोई रास्ता नहीं बचेगा।

राजगढ़ दूसरा विकल्प था। राजगढ़ मजबूत और विशाल था। लेकिन वह जितनी ऊँचाई पर था, वहाँ विशाल सेना को लम्बे समय तक नहीं रखा जा सकता था। मुख्य प्रश्न पानी का था। अगर खान इसके चारों तरफ घेरा डालकर बैठ जाए तो लम्बे समय में यहाँ पर सैनिकों, तमाम साधनों, गोला-बारूद, खाने-पीने की चीजों वगैरह की कमी पड़ जाएगी। इसलिए कान्होजी जेधे की तरफ देखते हुए शिवराय ने कहा, "कान्होजी बाबा, एकाध मजबूत, अनूठी और कठिन जगह हमें ढूँढ़नी पड़ेगी...बरसात में मावल के अपने लड़के जैसे वह खेल खेलते हैं...आपने देखा है वो कभी?"

"हाँ, कबड्डी जैसा। कीचड़ में दौड़ते जाना लेकिन सामने वाले हाथ में न पड़ते हुए उसको बुरी तरह थका डालना!"

"एकदम लाखों की बात बोली काका। दुश्मन को पहाड़ी दर्रे में उलझा देना और फिर दूसरे में निकल जाना। दूसरे से फिर तीसरे में निकल जाना। उसके मुँह से खून निकल आए, इतना दौड़ाना...लेकिन तब भी जीत के दर्शन के लिए वह तरस जाए।" शिवराय बहुत गम्भीरता से एक के बाद एक बात कह रहे थे, "दुश्मन भले ही विशाल पहाड़ के जैसा है। देवता ने उसे हमारी कसौटी परखने के लिए हमारे स्वराज्य निर्माण के रास्ते में भेजा है। उसे चित करने के वास्ते लड़ाई का मैदान, अपना रणांगण क्या होना चाहिए, यह हमें ही तय करना होगा। और उसके बाद होशियारी से उसे अपने इलाके में खींचकर लाना होगा।"

दिन बीत रहे थे। खान का स्वराज्य की दिशा में आगे बढ़ना जारी था। तभी एक दिन बहिर्जी नाईक का एक हरकारा तेजी से आया। उसने खबर दी कि खान सम्भवतः म्हसवड़ के रास्ते रहमतपुर में कृष्णा नदी को पार करने की तैयारी में है। दो दिन बाद खान के इस तरह रास्ता बदलने की खबर सबको मालूम पड़ गई।

किले पर रोज खास लोगों की बैठक और दाँव-पेच का गणित जारी था। ऐसी ही बैठक में मैदान-ए-जंग निश्चित करने के इरादे से राजे बैठे हुए थे। रात का समय था। बैठक में खामोश बैठे राजे बीच में चौंक गए, जब छोटे से कमरे में हो

रही उस बैठक के बीच उन्हें एहसास हुआ कि कोई बीच में ही आकर लोगों के पीछे खड़ा हो गया है। उन्होंने आँखें फाड़कर सामने दीवार की तरफ देखा। वहाँ खम्भे की तरह विशाल व्यक्ति खड़ा था। उन्होंने सवाल किया, "नेताजी काका, इस तरह अचानक आप कैसे गढ़ पर आ गए? और आप कहाँ से आ रहे हैं?"

"पुरन्दर से।"

"हमने तो सख्त हुक्म दिया था आपको वहीं रहने का।"

"वहाँ पुरन्दर के बारूदखाने में हमें थोड़ी और बारूद की आवश्यकता है।"

"तो किसी अधिकारी को भेज देते।"

"लेकिन मुझे लगा कि अपना ही जाना बहुत जरूरी है, इसलिए आया हूँ।"

"कैसे? स्वराज्य के सेनापति को क्या यह पता नहीं कि यहाँ पर कुछ महत्त्वपूर्ण बैठक चल रही है।"

"हुँ...बैठक मतलब क्या? बेकार की बातचीत, बस।"

रोबदार और ऊँची आवाज में यह बात सुनकर वहाँ बैठे सब लोग हड़बड़ा गए। शिवराय के मुँह पर ऐसी बेधड़क बात कहने का साहस इससे पहले किसी ने नहीं किया था। उस पर नेताजी-से वरिष्ठ और आदरणीय ने जब खुलकर यह बात कही, तो सबकी बोलती बन्द हो गई। खुद जीजाऊ हैरान रह गईं। पालकर के बाजू में बैठे मोरोपंत ने दबी और धीमी आवाज में कहा, "नेताजी, ये क्या चला रखा है तुमने? थोड़ा जरा आराम से बातें करो।"

"तुम चुप बैठो पंत। उस खान ने वहाँ बाहर यहाँ-वहाँ हमारी इज्जत छीलकर रख दी है, तुम वरिष्ठ लोगों को क्या यह दिखाई नहीं दे रहा है?"

जीजाऊ साहेब समझ गईं कि बात बिगड़ रही है। उन्होंने ही तब हल्के लेकिन बड़े होने के अधिकार से आवाज दी, "नेताजी, थोड़ा इधर आइए। आखिर क्या चाहते हैं आप?"

"अब चाहने को कुछ बचा ही क्या है? राजा ने अपने सैनिकों से कहा कि इन्दापुर में मत लड़ो। नहीं लड़े। बारामती छोड़ने को कहा तो हमने वह भी अफजल खान की झोली में फेंक दी। अब वे कह रहे हैं कि कुछ और नए ठिकाने खाली कर दो। इसके लिए राजे के रोज नए-नए फरमान इधर से आ रहे हैं।" नेताजी के शब्दों में विषाद और चिड़चिड़ापन उतर आया था।

"मगर नेताजी...।"

"नहीं माँ साहेब, नहीं। कहो तो आपके पाँव पड़ता हूँ, लेकिन हमें अब रोकिए मत।" कहते-कहते पालकर फूटकर रो पड़े। उनकी दोनों आँखों से आँसू टप-टप गिर रहे थे। वे रोनी सूरत के साथ बोले, "हिन्दवी स्वराज्य के एक सामान्य सिपाही की तरह ही मैं जवाब चाहता हूँ। मुर्गियों के दड़बे में जैसे कोई साँप घुसकर उनके एक-एक चूजों को कच्चा निगलता जाता है, वैसे ही अपने एक-एक ठिकाने को

अफजल ने निगलना शुरू कर दिया है। अब अगर राजे सुपे और शिरवल को भी बिना लड़े खाली कर देने की बात कर रहे हैं, तो इस काम को क्या कहना चाहिए?"

उस बैठक में मौजूद हर व्यक्ति को जैसे पसीना छूटने लगा। किसी टूटी नली वाली तोप की तरह नेताजी की मार का बारूद अपने लोगों पर ही बरस रहा था। सामने शिवाजीराजे शान्त, जैसे भक्ति भाव में बैठे हुए थे। उनके चेहरे पर किसी योगी जैसी मुद्रा थी। उनसे हुज्जत करने वाला यह व्यक्ति कोई नौसिखिया लड़का नहीं था। स्वराज्य में जिन्हें 'शमशेर का मोती' कहकर बुलाया जाता था, वह नेताजी पालकर आज सीधे राजा से भिड़ गए थे।

लबालब भरी नदी में जब नाव चलती है, ऊँची लहरें उठती हैं और बादल-हवा भी आते-जाते हैं, तब नाव को सही दिशा में ले जाने वाले काठ का चप्पू मजबूती से अपनी जगह बना रहता है। ऐसे ही थे नेताजी पालकर। मजबूत और अपने इरादों के पक्के। किसी के पास से वह गुजरते तो उसे ऐसा लगता मानो पर्वत आगे खिसका है। कुल्हाड़ी के फल के दोनों कोनों की तरह उनकी घुमावदार मूँछें। तलवारबाजी और दांडपट्टा जैसे मर्दाना खेलों में उनकी दादागिरी चलती थी। लेकिन उनका पसन्दीदा व्यायाम था कि कोई ऊँची टेकरी या पहाड़ी दिखी, तो उसकी ऊँचाई पर गुस्सा उतारना। तुरन्त वह अपनी कमर में बँधे कपड़े को मजबूती से कस लेते और सब कुछ छोड़कर पहले दौड़ते-दौड़ते उस पर्वत के शिखर पर चढ़ जाते।

शिखर पर पहुँचने के बाद नेताजी पसीने से तर हुए अपने वस्त्र उतारकर मारे खुशी के वहीं उनसे पसीना निचोड़ देते। फिर उस पहाड़ के शिखर को 'कैसा घमंड तोड़ा' जैसी नजर डालते हुए हँसने लगते। जैसी उनकी कसरत थी, वैसा ही उनका भोजन था। वह खाने बैठते तो मुर्गियों की कतार सज जाती। मतलब एक बार में ही वह पाँच मुर्गियाँ उदरस्थ कर डालते।

पालकर का जन्मगाँव घोड़ नदी के नजदीक था, तान्दली। बचपन से ही नेताजी की ख्याति भाला फेंकने में अव्वल, तीरंदाजी में अचूक निशानेबाज और अखाड़े में एक लँगोट पहनकर कई पहलवानों को धूल चटा देने वाले रुस्तम की थी। उन्होंने अपने गाँव में घोड़ नदी से लगे हुए इलाके में एक अखाड़ा खोल लिया था। मावल में शिवराजा ने स्वराज्य का तोरण बाँधा है, नगाड़े पर रोज यह कीर्ति सुनते-सुनते उनका चंचल मन काबू में नहीं रहा और एक दिन अपने अखाड़े के नब्बे बहादुर और हट्टे-कट्टे घुड़सवारों को लेकर नेताजी राजा से भेंट करने के लिए लाल महल में आ पहुँचे।

आग करीब पहुँची नहीं कि कपूर की बट्टी तुरन्त सुलग उठती है। वैसे ही कुछ महीनों के अन्दर वह अपनी बहादुरी की वजह से शिवराजा की पहली पंक्ति के करीबी लोगों में आ गए। वह उम्र में राजा से छह-सात साल बड़े थे इसलिए राजे उन्हें आदर देते हुए 'नेताजी काका' कहकर सम्बोधित करते थे।

स्वराज्य का ऐसा निष्णात वीर सीधे-सीधे राजे से मुँहजोर की तरह बात कर रहा था, यह देखते हुए बाकी लोगों की आँखों के आगे तारे नाच रहे थे। राजा ने भी थोड़ी देर चुप रहना ही पसन्द किया। थोड़ी देर तक वहाँ तनावपूर्ण शान्ति पसरी रही। शिवराय के इशारा करते ही बुजुर्ग कान्होजी जेधे आगे बढ़े और नेताजी का हाथ पकड़कर उन्हें प्रेमपूर्वक राजा के पास लाकर बैठा दिया। उन्हें शान्त रहने का इशारा किया।

सबको विश्वास में लेते हुए राजे बोले, "देखिए नेताजी काका, आपको पुरन्दर के बगल की पहाड़ी पर बैरी को रोकने और वहाँ से आगे न बढ़ने देने का हुक्म हमने दिया था..."

"हम कहाँ न कह रहे हैं? आपके हुक्म की तामील करते हुए तो मैं वहाँ खड़ा ही हूँ मैदानों में। वही तो मेरी शिकायत है कि आखिर कब तक हम एक ही जगह पर मैदान में गड़े खूँटे की तरह खड़े रहेंगे?"

"देखिए, ये हमारी रणनीति का हिस्सा है। अपने ठिकाने छोड़कर जो-जो चीज ले जा सकें, वह सब लेकर धीरे-धीरे पश्चिम के पर्वतों की तरफ सरकने का हुक्म हमारा ही था। देखो काका, अभी हमारी रणनीति कुछ पक्की नहीं हुई है। ऐसे में शत्रु के सम्भावित उपद्रव की आशंका को देखते हुए हम यहाँ लिये गए फैसले अभी सामान्य घुड़सवारों और सैनिकों को नहीं बता सकते हैं।"

राजा के इस बात से नेताजी पालकर अधिक चिढ़ गए। उद्वेग से बोले, "हम कहाँ कह रहे हैं कि हमें 'खास' समझो राजे?"

"नेताजी काका, मैं काफी समय से देख रहा हूँ कि आप अकारण ही बातों को अपने ऊपर ले लेते हैं।"

बैठक में कामकाज फिर शुरू हो गया। बीते कुछ समय में जमीनों के मामले निबटाने में नेताजी पालकर की खूब वाहवाही हुई थी। इसलिए बैठक में शामिल हुए नेताजी के दृष्टिकोण का भी महत्त्व था। अपने मन की खदबदाहट देर तक दबाए रखना नेताजी के लिए सम्भव नहीं था। बैठक की चर्चा को बीच में ही खंडित करते हुए वह बोले बिना नहीं रह सके, "सुनो, मेरे पास एक अत्यन्त गुप्त और बहुत ही जरूरी खबर है।" सामने पटिये पर बने हुए नक्शे को देखते हुए नेताजी बोले।

सब लोग फिर हैरान होकर उन्हें देखने लगे कि अब उन्होंने कौन से नए साही के बिल खोज निकाले हैं। महाराज बोले, "बोलो काका। तुम्हारी खबर हमें भी पता चलने दो।"

"खान सिर्फ ऊपर-ऊपर नाटक दिखा रहा है कि वह पुणे की तरफ बढ़ रहा है।" सामने नक्शे पर अँगुली रखते हुए नेताजी बोले, "वह यहाँ से कृष्णा नदी पार करेगा, रहमतपुर के नजदीक से।"

"खान को तुमने बराबर पहचान लिया है।" शिवराय दिल खोलकर हँसे। उन्हें नेताजी की कुशाग्र बुद्धि और खान की हलचल पर पूरी दक्षता से नजर रखने पर आश्चर्य भी हुआ। इसलिए उन्होंने पूछा, "बोलो काका, तुम्हारी सलाह क्या है?"

"अरे, सलाह क्या, यही तो सुनहरा मौका है।"

"कैसा मौका?"

"अचानक उस पर हमला बोलना है और यहीं इसी जगह पर कृष्णा नदी के तल में उस अफजुल्ले को जिन्दा डुबाकर मार देना है।"

"लेकिन आपको नहीं लगता कि इसमें जोखिम हो सकता है?"

"बिलकुल नहीं। मेरे चार सौ मर्द घुड़सवार रहमतपुर के जंगलों में तैयार हैं, मेरे साथ आग के दरिया में कूदने के लिए।" कहते हुए नेताजी, शिवराय और माँ साहेब के हुक्म के लिए उनकी तरफ उत्सुकता से देखने लगे। लेकिन सामने से कोई प्रतिक्रिया नहीं थी, यह ध्यान आते ही और अधिक जोर देते हुए कहने लगे, "सुनो राजे, सुनो! माँ साहेब, कम-से-कम आप तो सुनो। मेरा सीना फटा जा रहा है। एक बार इस अफज़ुल्ले को कृष्णा के तल में गाड़ दिया तो बाकी सारी गाँठें अपने आप खुल जाएँगी। बन्द नाक खुल जाएगी, साँस लेने के लिए।"

नेताजी का यह साहसी प्रस्ताव सुनकर बैठक में सब लोग चमक गए। कुछ देर तक सब स्तब्ध रहे। शिवराय शान्त स्वर में बोले, "चलो नेताजी काका, तुम्हारी बात मान ली। तुम्हें इजाजत दी। तुम अपनी अकल्पनीय बहादुरी से अपने इस हमले में यशस्वी हो जाओगे। लेकिन ये बताओ कि खान के साथ आई वह जो पच्चीस-तीस हजार की फौज बचेगी, उसका क्या करना है?"

इस सन्देह से नेताजी फिर बावरे हो गए। अपनी आवाज का सुर थोड़ा नीचे करते हुए बोले, "ये बची हुई फौज का सवाल है...तो इस बारे में हम दूसरा कुछ सोच ही लेंगे।"

जीजाऊ हँस पड़ीं। शिवराय बोले, "वही कह रहा हूँ नेताजी काका! ऐसे आधे-अधूरे, आत्मघाती कदम उलटे हम पर ही भारी पड़ते हैं। जल्दबाजी में हम जरा सा फिसले कि पूरा राज्य हमारे हाथ से निकल जाएगा। तुम्हारे दिल में बहादुरी की भभकती तोप जल रही है, यह हमें पता है लेकिन ध्यान रखो कि उसका निशाना अचूक होना चाहिए!"

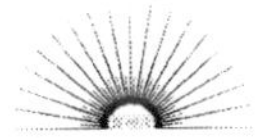

एक तरफ सोनजाई पर्वत शृंखला थी तो दूसरी तरफ पांडव गढ़ की तरफ पहाड़ों की कतार। इन दोनों के बीच की सँकरी पट्टी से बलखाती हुई कृष्णा नदी सह्याद्रि के मैदानों में बहती थी। उसके किनारे वाई गाँव बसा था। आषाढ़ का पानी नदी में

भरकर कलकल कर रहा था। ताँबई दिखता पानी बहुत तेज वेग से नीचे की तरफ बह रहा था। कृष्णा के किनारे पीछे की तरफ बड़े-बड़े शाही तम्बू और शामियाने खड़े थे। उनके आगे बढ़ने पर हजारों छोटे-छोटे खेमे लगे हुए थे। सच तो यह था कि वाई के आसपास के चार गाँवों में इस साल किसानों ने अपने खेतों में बुआई ही नहीं की थी। उन्हीं खेतों में बीजापुरी लश्कर की चौकोर-विशाल छावनियाँ पसरी हुई थीं।

बीजापुर से आया विशाल घुड़सवारों का दल, पैदल सेना, ऊँटों के झुंड, सौ हाथी वहीं मुकाम किए हुए थे। इन्हीं के साथ खान से आकर मिल गए मावल के कई देशमुख और देशपांडे, बेलगाव, अथणी से लेकर सोलापुर तक के अनेक किलों के किलेदारों, घुड़सवारों के साथ इकट्ठा हो गई करीब पन्द्रह हजार की फौज वहाँ जमा थी। छावनी में एक मैदान में सैकड़ों तोपें, उन्हें खींचने वाले हजारों बैल, छकड़े और पक्के बन्दोबस्त के साथ एक हिस्से में सँभालकर रखे गए बारूद के कोठार। उससे एकदम दूर विपरीत दिशा में जानवरों के लिए लाई गई घास और चारा रखा था। करीब-करीब पच्चीस हजार जानवरों को दिन भर चबाते रहने के लिए इतना चारा भी कभी-कभी कम पड़ जाता था।

मृगशिरा नक्षत्र में सूखी घास के छप्पर बाँध लिये गए थे। इस इलाके में प्रचंड बारिश होती थी इसलिए घास के छप्परों को बारीक रस्सियों से मजबूती से कसा गया था। इसके लिए लगने वाली घास और दूसरी जरूरी चीजें लाने के वास्ते हजारों गाड़ियाँ दूर-दूर तक भेजी गईं। मसूर, कर्हाड, काशील, विटा, फलटण से लेकर बारामती तक जाकर सूखी घास और जालियाँ वगैरह इकट्ठा की गई थीं। कुछ खरीदी गई थीं। इसमें लगे लोगों को अच्छा-खासा परिश्रम करना पड़ा।

इतनी बड़ी फौज को पानी भी खूब लगता था। इसके लिए भिश्तियों ने कोई दो हजार भैंसे इकट्ठा किए थे, जिनकी पीठ पर चमड़े की मशक में भरकर पानी लाया जाता था। फौज के बाजार में मेवा-मिठाई के दुकानदारों से लेकर मोतियों का व्यापार करने वाले अनेक जैन-मारवाड़ी तक ठाठ से बैठे थे। हर तरफ घोड़ों को नाल लगाने वालों, हाशिमों, प्यादों और कहीं-कहीं कबाड़ियों के लड़कों की भीड़ जमा दिखाई देती थी।

हकीकत में तो अफजल खान का सपना था कि वह बरसात का मौसम बीतने से पहले ही शिवाजी को बन्दी बनाकर खींचते हुए बीजापुर की तरफ लेकर जाए। लेकिन साथ चल रही विशाल फौज, तोपों, हाथी और सामान लादे हुए बैलों की मन्द चाल की वजह से सफर धीमा हो गया था। अब दोपहर में बारिश ने थोड़ी साँस ली थी इसलिए बचे हुए काम निबटाने के वास्ते भिश्ती और उनके भैंसे, ऊँट और घोड़ों की भागदौड़ शुरू हो गई थी।

थोड़े समय के लिए बारिश रुकी देखकर अफजल खान ने अपने घोड़े पर छलाँग लगा दी। उसके साथ-साथ अंकुश खान का घोड़ा भी चल रहा था। दुलकी

चाल से घोड़ों को बढ़ाते हुए वे आगे निकल आए। तभी फौजी बाजार के एक कोने पर मैदान में उन्हें युद्ध का अभ्यास करते हुए जवान लड़के नजर आए। मावल से लगे जंगल के इलाकों से आए करीब तीन हजार लड़कों की यह नई भर्ती थी। सैकड़ों लड़के एक साथ तलवारबाजी, दांडपट्टा, रस्सी चढ़ने और भाला फेंकने का अभ्यास कर रहे थे इसलिए पैरों की नीचे की मिट्टी अच्छे-खासे कीचड़ में बदल चुकी थी। इसके बावजूद उन जवानों के जोश में कमी नहीं थी और उनका अभ्यास जारी था। बीजापुर-हुगली के लश्कर अधिकारी उन जवान लड़कों की कमियाँ बताते हुए उनसे युद्ध अभ्यास करवा रहे थे। इस अभ्यास पर बारीक नजर डालते हुए अफजल खान ने पूछा, "ये बच्चे कहाँ के हैं?"

"इन्हीं पहाड़ी वादियों से, इसी मुल्क के हैं खान साहब। आपके हुक्म के अनुसार सारे तगड़े लड़कों को इकट्ठा किया गया है।"

"बहुत खूब। वरना हमारे बीजापुर, बागलकोट और शिमोगा के छोकरों को तो सिर्फ सरपट घोड़े दौड़ाने की आदत है। उन्हें इन जंगलों-खाइयों और उनमें भीगे-फिसलन भरे रास्तों और उनमें आने वाली अड़चनों की क्या कल्पना है?"

"जी बराबर।"

"आखिरी जंग में बहुत काम आएँगे ये लौंडे...जिस पानी में उतरना हो, उस पानी के मगरमच्छ के दाँत तोड़ने वालों को साथ में लेने की जरूरत पड़ती है अंकुश खान।"

"गुस्ताखी माफ खान साहब। आपका दोस्त होने के नाते...।"

"बोल, बोलो शौक से बोलो भाई।"

"आपके चेहरे पर पहले वाली शानो-शौकत और रौनक अब दिख नहीं रही।"

"अब यह तो जाहिर है अंकुश खान। जब ख्वाबों से हकीकत दूर भागती है, तो परेशानी बढ़ती ही है! इस पहाड़ी पर शिवा को सिर्फ दो महीने में कैद कर लेने की सौगन्ध खाई थी हमने। उस बात को चार महीने हो गए हैं। शिवाजी का नजर में आना तो छोड़ो, वह दूर-दूर तक कहीं दिख नहीं रहा है।"

"तो फिर ठंडे दिमाग और खाली हाथ बैठे रहने का क्या मतलब है?"

"ये अफजल खान कोई कच्चा खिलाड़ी नहीं है। मेरा भी कारनामा जरूर देखेगी ये दुनिया...बस चार दिन की तो बात है।"

"क्या कह रहे हैं खान साहब?"

"जरूर देखना अंकुश। जिस जंगल, पहाड़ियों और बारिश के बल पर यह शिवाजी भोसले तीर चला रहा है, उसी घने जंगल और भीषण बरसात में क्या चमत्कार होगा, यह दुनिया देखेगी।"

अफजल खान अपने आलीशान ठिकाने पर जब वापस पहुँचा, तो वहाँ पर उसके स्वागत के लिए मोटे और ऊँचे-पूरे भरे बदन के ताकतवर कृष्णाजी भास्कर कुलकर्णी प्रतीक्षा कर रहे थे। कृष्णाजी तब वाई नगर के हवलदार और महसूल

अधिकारी भी थे। सिर पर पुणेरी पगड़ी, बदन में घेरदार बाराबन्दी कुर्ती और कमर में कसी हुई कलफदार धोती, जो उनके दोनों पैरों में बराबरी से झालरदार नजर आनी चाहिए। अपने पहनावे को लेकर वह बेहद सतर्क रहते थे। कृष्णाजी और खान साहब की पुरानी जान-पहचान थी। कुछ साल पहले जब अफजल खान वाई का सूबेदार था, तब दोनों का स्नेह खूब बढ़ा था।

अब आषाढ़ के बीच में उत्तर हिन्दुस्तान से एक बड़ी खबर यहाँ आई थी। मृगशिरा नक्षत्र के दौरान उधर आगरा में औरंगजेब की बादशाह के रूप में तख्तपोशी का बड़ा जश्न मनाया गया था। औरंगजेब हिन्दुस्तान का शहंशाह बन गया था।

यह खबर सुनते ही जैसे अफजल खान का सिर भन्ना गया और तन-बदन में आग लग गई। उसकी आँखों के आगे सिर्फ साल-डेढ़ साल पुराना, रात में नींद उड़ा देने वाला भयंकर हादसा घूम गया। उसे याद आई तब बीदर-कल्याण के किले की मुहिम। जहाँ अफजल खान ने औरंगजेब की तकदीर में करीब-करीब साक्षात् मौत लिख ही दी थी। वह सारी यादें अफजल खान के दिमाग में खलबली पैदा करने लगीं। वह यादें उसे अन्दर-बाहर बेजार कर रही थीं। उससे रहा नहीं गया और वह अंकुश खान से बोला, "अंकुश यार, बड़े-बड़े ज्ञानी और बुजुर्ग कहते हैं कि अल्लाह जब देता है तब छप्पर फाड़ के देता है...लेकिन इतना खूब?"

"क्या इतना? बात क्या है?"

"देखिए न, ये औरंगजेब...मक्कार-बदमाश कहीं का...सिर्फ डेढ़ साल पहले यह आदमी मेरे कैदखाने में पड़ा सड़ रहा था। लेकिन यह हमारे वज़ीर के मुँह में रिश्वत ठूँसकर भागने में सफल हो गया...यही...यही मेरा मुजरिम डेढ़ साल के अन्दर हिन्दुस्तान का बादशाह बन जाता है! तौबा तौबा!!"

"इसे उस जहन्नमी का नसीब कहेंगे...और क्या।" अंकुश खान ने कहा।

"नसीब? कौन सी रंडी या बन्दी का नाम है नसीब? बताइए अंकुश मियाँ। अपनी जिन्दगी बचाने के डर से जो मुजरिम कुत्ते जैसे मेरे पाँव चाटता था, वह आज हिन्दुस्तान के मयूर सिंहासन का मालिक बना बैठा है...और यहाँ देखिए मेरी फटी हुई तकदीर...यहाँ वाई के पास शिवा-शिवा चिल्लाते हुए मैं कीचड़ों में घोड़ा दौड़ा रहा हूँ...।"

अंकुश खान को थोड़ी देर चुप रहना ठीक लगा। अफजल खान अपने दिल की भड़ास निकाल रहा था। थोड़ी देर बाद अंकुश ने धीरे से कहा, "लेकिन अफजल, आपने वह आगे वाली बात तो सुनी ही होगी...।"

"कौन सी बात?"

"औरंगजेब के आगरा के भरे दरबार में इधर से मरगट्ठे शिवा का वकील वहाँ हाजिरी लगाने गया था!"

"क्या बकते हो? वहाँ शिवा का क्या काम?"

"मालूम तो नहीं है, लेकिन वहाँ जो वकील गया था, उसका नाम सोनोपंत डबीर है।"

"भेजा होगा उस शिवा ने अपना वकील! लेकिन उस आगरे के इतने बड़े दरबार में शिवा के उस कुत्ते को देखेगा कौन?"

"यही तो आपकी भूल है अफजल।" अंकुश खान ने वहाँ की सारी हकीकत बयान करते हुए कहा, "वहाँ सोनोपंत दरबार के एक कोने में अपना बदन सिकोड़े बेचारा खड़ा था।"

"फिर?"

"फिर क्या? अल्लाह ताला की सौगन्ध खाकर सच बात बता रहा हूँ...वहाँ की भीड़ में बड़े शानो-शौकत से बादशाह औरंगजेब आगे बढ़ रहा था, लेकिन अचानक बीच में रुक गया। उसने सोनोपंत की तरफ देखा और सवाल किया... क्या आप शिवाजी के वकील हो?"

ऐसी धक्कादायक बात सुनते ही अफजल खान का चेहरा एकदम सुलगने लगा। उसके चेहरे की खिन्नता और गुस्से को देखकर अंकुश खान ने चुप रहना ठीक समझा। वह उसके गुस्से को नहीं बढ़ाना चाहता था। लेकिन थोड़ी देर बाद उसे मन की बातें अन्दर रखना मुश्किल लगने लगा और वह बोला, "एक और बहुत ही बुरी बात बतलाता हूँ अफजल।" कहते हुए उसने वह भी बयान कर दिया। उस दरबार में औरंगजेब ने शिवाजी के वकील की न सिर्फ मौजूदगी को अपनी नजर में लिया, बल्कि औरंगजेब ने शिवाजी के सम्मान में काबा से आए महँगे वस्त्र और मूल्यवान रत्न-हार भी उपहार स्वरूप भिजवाए हैं!

पहले से भेजे गए सन्देश के मुताबिक शाम को कृष्णाजी कुलकर्णी अफजल खान के महल में पहुँचे। उन्होंने वातावरण में फैली गर्मी का सहज अनुमान लगा लिया। खान बीती रात से ही बेताब था। आगरा दरबार में शिवाजी के वकील को मिले सम्मान की खबर सुनने के बाद उसकी पूरी रात बेचैनी में गुजरी थी। इसलिए कृष्णाजी को देखते ही अफजल खान उन्हें आगे बढ़कर अपने अन्त:पुर में ले गया। बेचारे कृष्णाजी को अनुमान नहीं था, इसलिए उसने आगरा दरबार की कुछ अन्य घटनाओं का बड़ा रस ले-लेकर वर्णन किया। इससे अफजल खान शराब पिये हुए हाथी की तरह पगला गया।

गोधूलि की वेला थी। सामने बह रही नदी में तेजी से कलकल बहते पानी की आवाज कभी धीमी तो कभी तेज आ रही थी। दूसरी मंजिल के चाँदनी महल पर चिरागदान जलाए जा रहे थे। थोड़ी देर में अफजल खान के पसन्दीदा और खास

मेहमान वहाँ आने वाले थे। नृत्य की महफिल के लिए सारंगी, बाजे की पेटी जैसे वाद्य बजाने वाले आने लगे थे। लेकिन तभी अफजल खान सामने से आते हुए एक खिदमतगार पर चीखा, "सुनो, अगर आज ऊपर घुँघरू की एक भी आवाज आई तो सबकी गरदन उड़ा दूँगा। बन्द करो तुम्हारा नाच-तमाशा।"

रंगमहल की सारी आवाजें और हलचल एकाएक बन्द पड़ गईं। वातावरण में बढ़े इस तापमान से घबराए कृष्णाजीपंत पिघलने लगा और उन्हें धोती पीली होती मालूम पड़ी। वह किसी तरह वहाँ से खिसक लिये।

अफजल खान को डर सिर्फ एक बात का था। जिस वजीर मोहम्मद को उसने गुस्से में भरकर बीजापुर की खुली सड़क पर अपनी तलवार से चीर दिया था, यह खबर क्या औरंगजेब तक पहुँची नहीं होगी?

अफजल ने खुद को लगातार दो दिन तक हवेली में कैद रखा। सोचते-विचारते उसका दिमाग खाली हो गया, लेकिन एक बात उसकी समझ में नहीं आ रही थी कि आखिर औरंगजेब ने शिवाजी को खलीते के वस्त्र क्यों नजराने के तौर पर भेजे? बहुत विचार करने के बाद उसे समझ आया कि औरंगजेब के वे उपहार कोई मुफ्त की मेहरबानी या सौदेबाजी मात्र नहीं थी। उलटे एक कूटनीतिक, राजनीतिक चाल थी। एक बार औरंगजेब उत्तर में स्थिर हुआ कि वह दक्षिण की तरफ रुख जरूर करेगा। बीजापुर की आदिलशाही को निगल जाने का उसका पुराना सपना था। इस मकसद से वह इधर मराठों को अपनी तरफ मिलाएगा या फिर वे तटस्थ रहें, इसके लिए उसने यह चाल चली थी।

दो दिन बाद अफजल खान ने फिर से कृष्णाजीपंत को बुलवा लिया, "अरे कुलकर्णी, आपने कभी मरे हुए आदमी की सड़ी हुई लाश देखी है?"

"शिव! शिव! शिव!! हे केदारनाथ...।" कृष्णाजी सिर से पाँव तक सिहर गए, "खान साहब आप सुबह-सुबह ये क्या अशुभ बोल रहे हैं?"

"उस शिवा के साथ होने वाली मुलाकात ऐसे ही लम्बी खिंचती रही तो सड़े हुए मुर्दे की तरह उसकी बदबू हर तरफ फैलेगी।"

"तब कहिए खान साहब, इस सेवक को क्या करना चाहिए?"

"कुलकर्णी, आप तो इस पहाड़ी मुल्क के पुराने खिलाड़ी हो। जाओ, उठो...। जाइए जावली की इन पहाड़ियों के अन्दर और कुछ करके फँसाइए उस शिवा को। मीठी-मीठी बातें करके, सच्चे-झूठे वचन देकर...कुछ भी करके उसे बस पहाड़ों से उतारकर इस मैदान में एक बार खड़ा कर दीजिए...।"

"खान साहब, माफ करें...लेकिन मुझे यह उतना मुमकिन लगता नहीं है।"

"क्यों भाई?"

"उस शिवाजी की खोपड़ी बहुत खतरनाक है। अगर आप हुक्म देंगे, तो मैं जाऊँगा लेकिन जरा असलियत पर गौर कर लें। जावली में अपनी प्रतापगढ़ की

सुरक्षित गुफा छोड़कर, इधर नीचे खाली मैदान में उतरने का बचपना शिवाजी क्यों दिखाएगा खाविंद?"

"पंत, क्या बकवास कर रहे हैं आप? देख कुलकर्णी, कुछ भी कर लेकिन मुझे शिवा चाहिए।"

नेताजी पालकर

वह भाद्रपद की साँझ थी। पीछे भव्य पर्वत की तरह राजगढ़ खड़ा था। पहाड़ के नीचे तल पर शिवापट्टण का बाजार लगा था। उससे लगा राजा का 'वर्षा महल'। आसमान से आषाढ़ के धुआँधार बरसते पानी से तलहटी के पूरे मैदान बिलकुल तृप्त थे। चारों दिशा में धान के हरे खेत बिछे थे। उनके बीच-बीच में कहीं झरने नजर आते। धान के खेतों से लेकर पगडंडियों तक हर तरफ पानी ही पानी था। स्वच्छ और निर्मल।

दूर तक फैले हरे धान के खेतों में बढ़ते हुए पौधों पर हल्का पीलापन दिखने लगा था। यहाँ-वहाँ बिखरे काले बादलों ने नीले आसमान को जैसे अपने खेल का मैदान बना लिया था। बीच-बीच में हवा के झोंके आते। वह हवा जंगल के पेड़ों को झकझोरती हुई निकलती और पहाड़ों के शिखरों पर से होती हुई आसमान में छाई सफेद धुन्ध के बीच घुसकर उसमें बहुत सारे छेद कर देती।

'वर्षा महल' के पीछे की ओर पास में ही एक बड़ी जलधारा बह रही थी। उस जगह पर बहुत सारे किसान, अधिकारी, सैनिक और राजपरिवार के लोग इकट्ठा नजर आ रहे थे। वहाँ चन्दन की लकड़ियों की एक बड़ी चिता सजाई गई थी। उस पर नई साड़ी में लिपटी सईबाई रानी साहिबा की देह को बहुत धीरे से रखा गया था। शरीर पर फूलों की चादर चढ़ाई गई थी। प्रचंड बरसात के दिन थे। उस पर चारों तरफ बीजापुरी शैतानों की टोलियाँ जगह-जगह फिरती रहती थीं इसलिए रानी साहिबा के महानिर्वाण की खबर उनके नाते-रिश्तेदारों या परिचितों तक नहीं पहुँच पाई थी।

भीड़ बहुत ज्यादा नहीं थी लेकिन वहाँ मौजूद हर व्यक्ति शोकाकुल था। सबसे आगे राजवंश की सभी स्त्रियाँ, सईबाई की सौतें सगुणा, जयश्री खड़ी थीं। वहीं गोमाजी पानसम्बल और धाराऊ बारी-बारी से छोटे शम्भूराजा को अपने कन्धों पर ले रहे थे। वह बालक अपने में ही खोया हुआ अपने हाथ-पैर पटक रहा था। जीवन-मरण की बातों की कोई समझ उस नन्हे राजकुमार को अभी नहीं थी।

पास ही कुछ सेवक चकमक पत्थरों को घिसकर सूखे गोबर को जलाने की

कोशिश कर रहे थे। चिंगारियाँ उठ रही थीं मगर अग्नि प्रज्वलित नहीं हो रही थी। बीच-बीच में शाम की तेज हवा के झोंके अड़चन पैदा कर रहे थे। वहीं खड़े सैनिकों ने कम्बल और अपनी धोतियों से वहाँ आड़ बनाई लेकिन लगातार हवा के आने से अग्नि जल नहीं रही थी। कभी जलती भी तो ठहरती नहीं। बीच में बरसात की हल्की झड़ी भी आ गई।

पीछे जमा भीड़ में से किसी की धीमी आवाज आई, "किसी चीज में जरूर रानी साहिबा का जीव अटका है।"

"शायद राजा के यहाँ आने की प्रतीक्षा में हैं!"

"ऐसा कैसे हो सकता है? रानी साहिबा ने ही राजा को सौगन्ध दी थी...भले ही मेरे प्राण निकल जाएँ, लेकिन अपना काम छोड़कर मत आना।" एक अधिकारी ने कहा।

"अब क्या कह सकते हैं? पति-पत्नी का रिश्ता तो रेशमी उलझन की तरह होता है।" आई साहेब ने सहज ही कहा।

इतने में दूर से घोड़ों की टापों की आवाज आने लगी। धान के खेतों के पीछे पसरी जमीन पर बिखरी धुन्ध में से, मैदानों में कमर तक ऊँची उगी घास के बीच से निकलकर घोड़े सामने आए। सबकी नजरें उसी तरफ घूम गईं। दो रात निरन्तर प्रवास करते हुए, लगातार पड़ते मूसलाधार पानी में भीगे-भीगे जंगली रास्तों से गुजरकर सबके वस्त्र मैले हो चुके थे। राजा झट घोड़े से नीचे उतरे। उन्होंने चन्दन की चिता पर सजाई सईबाई की देह को आँख भरकर निहारा।

चिता की अग्नि से ठीक पहले, अन्तिम क्षणों में पहुँचने का सन्तोष राजा के चेहरे पर दिख रहा था। राजा नन्हे शम्भू राजा को अपनी छाती से लगाए हुए थे। ब्राह्मण ने उनके हाथ में गंगाजल से भरा सोने का लोटा दिया। राजा ने बेटे का हाथ अपने हाथों में लिया और पिता-पुत्र ने जब मृत सईबाई के मुँह में गंगाजल छोड़ा, तो यह दृश्य देखकर बहुत से लोग फूट-फूटकर रो पड़े।

निर्गुंडी की सूखी झाड़ियों से बनी मशाल राजा ने अपने हाथ में ली। साथ में नन्हे शम्भू भी थे। चिता को आग दी गई। ज्वाला भड़क गई। शास्त्रियों-पंडितों का मंत्रपाठ ऊँचा हो गया। राजा पुत्र को गोद में लेकर चिता के चक्कर लगाने लगे। चिता की आग और भड़क गई। धुएँ की ऊँची लपटें और अग्नि की ज्वालाएँ ऊपर की सफेद धुन्ध और बादलों से जाकर मिल गईं।

देर तक राजे वहीं एक तरफ खड़े रहे। शम्भूराजा को सीने से लगाए हुए वह भड़कती सुनहरी अग्नि-शिखाओं को एकटक देख रहे थे। उस ज्वाला में उन्हें अपनी सई का मुलायम, ममतामयी चेहरा दिखाई देने लगा। पास से गुजरती सन-सन हवाओं में जैसे सईबाई उनके कानों में बोल रही थीं, "स्वामी, क्यों इस सब माया में अपनी जान को जोखिम में डाले रहते हैं? यहाँ-वहाँ हमेशा पहाड़ों-

जंगलों में दौड़ते हैं? अपना वचन निभाते हुए मैं यहीं आसपास रहूँगी! आसमान में रोज हजारों सितारे उगते हैं! उनकी आँखों से आपके यश की बढ़ती कमान मैं वहीं से देखती रहूँगी!"

सईबाई को मुखाग्नि देने के बाद राजा को तुरन्त वापस लौटना था। उधर प्रतापगढ़ के परिसर में जैसे चाकू की नोक पर जीवन-मरण का संघर्ष चल रहा था। रीति के मुताबिक अग्नि संस्कार के बाद महल में जाकर स्नान करना अनिवार्य था, जबकि उधर दगाबाज दुश्मन का जबड़ा लपक लेने को आतुर था। उसके पैने दाँत हर पल झपटने के लिए तैयार थे इसलिए इस भीषण बरसात में अँगरखा बारिश से भीगे, रक्त से भीगे या फिर आँसुओं से इसकी परवाह करना बेकार था।

राजे 'वर्षा महल' में आए और लोटा भर-भरकर गर्म पानी अपने बदन पर डाला। स्नान किया। रसोईघर में जल्दी-जल्दी झुणका-भाकर बनाई गई थी। राजा ने फटाफट भोजन किया। इस बीच बरसात बहुत तेज हो गई थी और महल की छत पर बूँदों के नाच की आवाज कानों में पड़ रही थी। महल की छत से भी धाराएँ बह रही थीं और जिन बर्तनों में वह पानी गिर रहा था, वह भी उफना रहे थे। राजे थोड़ा ठिठके लेकिन फिर दालान में पहुँचकर बाहर निकलने की तैयारियाँ करने लगें। इतने में बूढ़े गोमाजी काका ने दहलीज पर ही उनकी कलाई प्रेम से पकड़ी। वह चिन्ता से बोले, "कर्तव्य हमेशा सबसे पहले आता है राजे, लेकिन एक बार जरा बाहर धू-धू बरसते पानी की धार भी देख लीजिए।"

"लेकिन गोमाजी बाबा?"

"आपकी सब बातें मान्य हैं, मगर एक बार बाहर देखिए तो। आँखों से कुछ नजर नहीं आ रहा है। इस धुन्ध और पानी की मोटी धारों के बीच आपका घोड़ा अपनी आँखों से रास्ता कैसे खोजेगा? सामने सीधे खाई है या फिर ऊँचा पहाड़, उस बेचारे जानवर को कैसे पता चलेगा? आखिर तो नुकसान अपना ही होगा?"

"सच बात है राजे, प्रकृति के रौद्र रूप के आगे तो देवता भी कमजोर पड़ जाते हैं। निकलना ही है तो थोड़ा पानी का राग-रंग देख लीजिए, फिर अपना घोड़ा बाहर निकालिए।" जीजाऊ ने निर्णायक स्वर में कहा।

साथ आए सिपाही, जिसे जहाँ जगह मिली लेट गए। बारिश जारी थी। महल के अन्दर वरांडे में गोमाजी नाना खुद सोए थे। नींद तो क्या आई, वह जागे ही थे। इतने में मुख्यद्वार पर किसी के जोरों से गुट्ठियाँ मारने की आवाज सुनाई दी। गोमाजी बाबा ने अन्दाजा लगाया और खुद ही दरवाजा खोल दिया। दरवाजा खुलते ही हवा का तेज झोंका अन्दर आया। बाहर पन्द्रह-सोलह लोग बारिश में खड़े थे। उनके सिर की पगड़ी से लेकर, बदन के वस्त्र और धोती समेत चप्पलों तक से बारिश का पानी चू रहा था। सामने ऊँचे शरीर के, कुल्हाड़ी जैसी मूँछों और चौड़े कल्लों वाले नेताजी पालकर खड़े थे। महल में सो रहे हाशम जाग

पड़े और जल्दी से उन्होंने नेताजी के घोड़ों की लगाम पकड़कर उन्हें बाजू की घुड़साल में पहुँचाया।

गोमाजी ने जामदार से चर्चा करके सबके कपड़ों-भोजन की व्यवस्था करने को कहा। नेताजी के साथ आए करीब ढाई सौ घुड़सवार पीछे घुड़साल के पास रुके थे। रसोइये जागे और आए हुए सभी लोगों के लिए देर रात खाना बनाने की तैयारियाँ शुरू हुईं। उनके जानवरों को भी दाना-पानी दिया गया।

नेताजी के साथ कुछ बड़े सरदार-सिपाही भी आए थे। राजा जाग रहे थे। नेताजी ने बदन के गीले कपड़े बदलकर सूखे वस्त्र धारण किए, जब राजा को यह समाचार मिला तो उन्होंने नेताजी को अपने निजी कक्ष में बुलवा लिया। परिस्थिति जानने के लिए जीजाऊ साहेब भी वहाँ आ गई थीं। राजा ने चिन्तित स्वर में पूछा, "नेताजी काका, यह क्या बात है? मैंने आपको नया हुक्म भिजवाया था कि नए सैनिकों के साथ प्रतापगढ़ पर गश्त देनी है। इसके बावजूद आप वहाँ रण-मैदान छोड़कर यहाँ कैसे आ गए?"

"त्वरित ही ऐसा करने की जरूरत आ पड़ी थी?"

"लेकिन मूर्खतापूर्ण तरीके से युद्धभूमि को क्यों छोड़ना?"

यह सुनकर भी नेताजी मीठी हँसी हँसे, "राजे, मैं कैसे रणांगन छोड़ सकता हूँ? राजे, एक बात का ध्यान रखें। जैसे-जैसे आपके घोड़े की टापें दूर-दूर तक बढ़ती जाती हैं, वैसे ही युद्धभूमि का भी दायरा अपने आप बढ़ता जाता है। दिल में एक ही बात रहती है कि राजा को हर जगह, हर हाल में सुरक्षित रखना है।"

"मतलब?"

"एक बार भले ही हम पल भर को अपनी आँखें मूँद लें लेकिन बैरी हर पल चौकन्ना है। दुर्दैव से रानी साहिबा की मृत्यु और घने जंगलों से होते हुए आपका भागे-भागे इधर चले आना, दोनों बातों की खबर खान को लग गई है।"

"छी! कुछ भी। इस बात का हमें भरोसा नहीं।" राजा ने नेताजी की बात को साफ नकार दिया।

राजा को विश्वास नहीं था कि अँधेरे में गुप्त रूप से उनके निकल आने की खबर किसी को हो भी सकती है। लेकिन नेताजी पालकर अपनी बात पर अड़े रहे और चिन्तित स्वर में बोले, "राजे, हमारे पास पक्की खबर है कि जंगल से आप जब गुजरेंगे तो खान कुछ गड़बड़ करने वाला है। जान पर संकट की इस पक्की खबर के डर से ही हम इधर दौड़े आए। मैंने सिर्फ अपने कर्तव्य का पालन किया है। अब यह बात आपको अच्छी लगे या न लगे।"

शिवराय ने नेताजी की बातों को कल्पना मानते हुए झटक दिया। सह्याद्रि के घने-निविड़ जंगल, उस पर धुआँधार बरसते बादल और चारों तरफ फैली घनी धुन्ध वाले वातावरण में ऐसा कुछ हो सकता है, राजा को यह सम्भव नहीं लगता था।

उन्होंने उस मुद्दे को वहीं खत्म कर दिया। होते-होते रात बहुत बढ़ गई थी। शरीर को घड़ी-दो घड़ी का विश्राम आवश्यक था। इस बीच जानवरों का भी चन्दी-चारा हो जाएगा। बारिश का जोर भी कुछ धीमा पड़ जाएगा। राजा ने तय किया कि उसी समय भोर की पहली किरण के साथ बाहर निकला जाएगा।

महल की रसोई में बैठकर नेताजी चवली की पतली सब्जी के साथ भाकर चूर कर खा रहे थे। तीखी मिर्च से मुँह जलाने वाला भोजन बड़े आराम से खाने की उनकी आदत सबको पता थी। लेकिन आज कुछ बात थी कि उनकी थाली में भोजन बाकी रह गया। वह जल्दी से दालान में चल रही बैठक में पहुँचे, जहाँ शिवराय, जीजाऊ साहेब, गोमाजी काका, कान्होजी और युवा शिवजी जेधे चर्चा कर रहे थे। अपने मन में खदबदा रही बातें कब सबके सामने रखकर फुरसत पाऊँ, वह इसी बेचैनी में थे। उन्होंने दुखी स्वर में कहा, "राजे, आप ही कहिए कि इस पृथ्वी पर कौन अमर पट्टा लिखवाकर सदा के लिए यहाँ रहने आया है? मौत की माला किसके गले में नहीं पड़ती?"

"आपकी बात सच है काका।"

"इसलिए राजे, मैं अपनी कोहनियों तक हाथ जोड़कर आपके सामने विनती करता हूँ। क्या यहाँ असमंजस में ऐसे बैठे-बैठे जीने से अच्छा नहीं कि मौत से आँखें मिलाते हुए निकल जाएँ?"

शिवराय और आई साहेब दोनों स्तब्ध रह गए। दोनों ने एक-दूसरे की तरफ देखा। खामोशी से उन्होंने तय किया कि नेताजी की बातें भले पसन्द न आएँ, लेकिन उन्हें सुनना जरूरी है। नेताजी पालकर जैसे मराठा शूरवीर को झेलना और उनसे मुकाबला करना, दोनों ही बातें आसान नहीं हैं। वह चमकते सितारे थे और जलते अंगारे थे। कोई अन्दाजा नहीं लगा सकता था कि किस पल वह जंगल में धू-धू करती आग के पहाड़ की तरह कब शत्रु पर टूट पड़ेंगे।

देवताओं ने उन्हें जन्मजात बहादुर लड़ैया बनाकर धरती पर भेजा था। हर तरह की तलवार की परख उन्हें थी, किस बाण से कैसे अचूक निशाना लगाना है उन्हें पता था। आगरा के कारखानों में पूरी जिन्दगी तोपें बनाने में लगा देने वाले मुसलमान कारीगरों की तरह, तोपों की भी बारीक-से-बारीक जानकारी नेताजी के पास थी। किसी किले की रक्षा में लगे मर्द बहादुर योद्धा में जो-जो कौशल होना चाहिए, वह सब भगवान ने पालकर को जैसे खैरात में दिए थे। लेकिन उन्हें सँभालना जलते हुए अंगारे को हथेली पर रखने की तरह कठिन काम था।

उधर अफजल खान जैसे ही अपनी सेना लेकर बीजापुर की सीमा से बाहर निकला था, इधर नेताजी के अंगों में रणचंडी जाग उठी थी। अब कब उससे भिड़कर, उससे लड़कर और उसका कचूमर निकालकर उसे सफाचट कर दिया जाए, बस यही एक बात नेताजी को पागल बना रही थी। ऐसे मतवालों का समय-समय पर

मान-सम्मान भी रखना चाहिए, यह बात शिवराय और जीजाऊ साहेब को खूब अच्छे से मालूम थी। इसलिए सिर्फ दो महीने पहले ही मराठा फौज के अश्वदल के प्रमुख के रूप में उन्हें सेनापति का पद दिया गया था। उनसे पहले सम्मान का यह पद भीकाजी दहातोंडे जैसे वृद्ध सेनानी सँभाल रहे थे। अब नेताजी जैसे गर्म खून वाले बहादुर को सेनापति बनाया गया था।

अपनी कैफियत में डूबे रहना नेताजी का स्वभाव था। अपनी उस धुन में वह शिवराय पर उखड़ गए, "कहिए राजे, अब तो मान लीजिए। मेरी वह योजना क्या बुरी थी?"

"कौन सी योजना?" जीजाऊ साहेब ने पूछा।

"ऐसे कैसे कह रही हैं मातोश्री? मैंने सिर्फ राजा के नहीं, तब आपके भी हाथ-पैर जोड़े थे। क्या जबरदस्त मौका था वह, जैसे देवता ने खुद पंचांग खोलकर हमारे लिए मुहूर्त निकाल दिया था! रहमतपुर के पास कृष्णामाई का तल पार करके जैसे ही अफजल खान इधर आया था, तो उसे वहीं पकड़कर नदी में डुबाकर उसे मार गीली बालू में तुरन्त दफन कर देना मेरा सपना था। लेकिन क्या करूँ? आप लोगों ने मेरी सुनी नहीं। मंजूरी नहीं दी। खान आगे बढ़ा चला आया। अब वह वाई के पास पहुँचकर अपने राज्य की तरफ पंजे बढ़ाने की हिम्मत दिखाने लगा है।"

शिवराय ने तब ऊँची आवाज में पालकर से कहा, "देखो सेनापति काका, सिर्फ आँख बन्द करके सिपाही जैसे तलवार चलाने से राज्य नहीं चलता है।"

"वो खान यहाँ सह्याद्रि के घाटों में घुसने से पहले सुपे, बारामती, फलटण, शिरवल जैसे हमारे ठिकानों को निगलता चला गया, तब भी मैं आपसे मिन्नतें कर रहा था कि उसे रास्ते में ही रोक देते हैं। उस शैतान के दाँत और जबड़े तोड़ देते हैं। अपना एक भी किला उसके हाथ में पड़ने नहीं देते। लेकिन मेरी ये दूसरी बात भी आपने नहीं सुनी।"

नेताजी की अवस्था देवता के सामने अपने नंगे बदन पर कोड़े लगाते हुए फरियाद करते उन्मत्त भक्त जैसी हो गई थी। अब सवाल था कि उन्हें सँभाला कैसे जाए। नेताजी अपनी उन्हीं अतिशय भावनाओं में झूलते हुए बोले जा रहे थे, "मेरी पगड़ी में आपने सेनापति का तुर्रा तो लगा दिया, उसके लिए मैं आपको मन से धन्यवाद देता हूँ! लेकिन सिर्फ इस तुर्रे को लगाने से मेरी भूख शान्त नहीं होगी राजे। बिलकुल देवता की शपथ खाकर कहता हूँ राजे कि आजकल अफजल खान नाम की बीमारी ने मुझे सिर से पैर तक जकड़ लिया है।"

इस गम्भीर स्थिति में भी जीजाऊ ने नेताजी से हल्का मजाक करते हुए कहा, "मतलब जैसे अर्जुन को मछली की आँख दिख रही थी, वैसे ही हमारे नेताजी को रात-दिन सिर्फ अफजुल्ला ही दिख रहा है?"

"लेकिन इसका क्या फायदा आई साहेब? मछली की आँख में तीर मारने का इशारा कहाँ मिल रहा है हमको?"

नेताजी एकाएक चुप हो गए। उन्होंने लम्बी-लम्बी साँसें छोड़ीं। सम्भावित धोखे और धक्के की कल्पना से नेताजी बावरे हो गए थे। फिर ठंडी आवाज में उन्होंने राजा को संकेत देते हुए कहा, "मैं आपके लिए चिन्तित होते हुए कह रहा हूँ, लेकिन आप कहाँ मुझे गम्भीरता से ले रहे हैं? इस जंगल में राजा का शिकार करने के लिए दुश्मन के दो हजार जांबाज सिपाही खुले घूम रहे हैं और यह पक्की खबर है। इसलिए इतनी रात की भरी बरसात में गुपचुप अरण्य और मैदानों को पार करते हुए मैं यहाँ पहुँचा हूँ।"

काफी देर हो चुकी थी। शिवराय ने बाहर की स्थिति का अनुमान लगाया। पहली किरण फूटने की वेला नजदीक आ गई थी। राजा पालकर को सीधा उत्तर देना टाल गए। राजा के साथ करीब दो सौ घुड़सवारों का दल कूच करने के लिए तैयार हो गया। राजा ने पुनः जगदम्बा और जीजाऊ साहेब का आशीर्वाद लिया। देखते-देखते सारे सवार अँधेरे में ओझल हो गए।

शिवराय नेताजी की आँखों के सामने बाहर निकल गए। न उनसे कुछ कहा। न उनकी तरफ देखा। राजा के बर्ताव का यह ठंडापन देखकर नेताजी का मन जैसे चटक गया।

सुबह होने को आ रही थी। जीजाऊ साहेब अन्दर चली गईं। लेकिन जल्दी ही कुछ काम निबटाकर थोड़े ही पल में वापस आ गईं। बैठक की जगह बैठ गईं। बाहर दालान में बेहद दुखी नेताजी पालकर और उनके साथ आए अधिकारी खड़े हैं, यह खबर उन्हें थी। तभी धीमे कदमों से चलते हुए नेताजी और उनके दोस्त एक के पीछे एक अन्दर आए। उन्होंने अपने हाथों की तलवारें और भाले जीजाऊ साहेब के कदमों में रख दिए।

नेताजी जब अपने शस्त्र नीचे रख रहे थे, तब उनकी दोनों आँखों से बहने वाले अश्रु आई साहेब की नजरों से बच नहीं सके। सामने खड़े होकर नेताजी पालकर ने आई साहेब के सामने झुककर पूरी शिद्दत से सलामी दी। उनकी कायिक भाषा 'अब हम चलते हैं, पुनः कभी भेंट होगी या नहीं, कह नहीं सकते' जैसा सन्देश दे रही थी।

पीठ फेरकर जाती हुई उन आकृतियों पर जीजाऊ साहेब ने नजर डाली। बच्चों के अपनी नजर से दूर होने की आशंका से ही चिड़िया की जैसी अवस्था होती है, कुछ वैसी ही स्थिति आई साहेब की हो गई। फिर जैसे मंत्रघोष की तरह उनकी कड़क आवाज आई, "रुको नेताजी। साफ-साफ कहो और इधर देखो।"

जीजाऊ के उन शब्दों में धाक और अधिकार का ऐसा जादू था कि नेताजी के कदम जहाँ थे, वहीं रुक गए। उन्होंने पीठ घुमाई। किसी मठ के आज्ञाकारी शिष्यों की तरह वे सब आई साहेब के सामने आकर खड़े हो गए। नेताजी ने अपनी नजरों की कोर से जीजाऊ की ओर देखा। जीजाऊ की आँखों में अंगार पर चरचराती

तेल की बूँदों की तरह आँसू ठहरे हुए थे, लेकिन उन्हें नीचे गिरने की इजाजत नहीं थी। अपने वैसे ही सख्त चेहरे से आई साहेब ने हुक्म दिया, "नेताजी, चल उठा ये शस्त्र।" नेताजी वैसे ही जड़ खड़े हुए थे। निर्जीव पुतले की तरह। आई साहेब अपनी जगह से उठीं और नेताजी समेत उनके अधिकारियों से कड़क स्वर में बोलीं, "अगर तुम अभी-के-अभी हिन्दवी स्वराज्य के सम्मान के लिए अपने शस्त्र नहीं उठाते तो ध्यान रखना, हमारी धमनियों में भी लखोजी जाधवराव का गर्म रक्त बहता है। अगर तुमको पक्का पता है कि शिवाजी राजा की जान पर खतरा है, तो उनके साथ मुकाबले के लिए जाने के बजाय ऐसे मौके पर मान-अपमान के चक्कर में पड़कर हाथ-पर-हाथ रखे ठंडे बैठे रहोगे? हमारे माथे पर लगे शहाजीराजे के नाम के कुंकुम को ठीक से देख लो। ठीक है...कौन है रे उधर? गोमाजी काका, चलो बाहर, फटाफट तबेलों से घोड़े निकालने को कहो। बाहर बरसात हो, आँधी-तूफान हो...ध्यान रखना इस उम्र में भी उठी हमारी तलवार खान को जमीन में गाड़े बिना म्यान में वापस जाने वाली नहीं है।"

जीजाऊ साहेब ने नीचे रखी नेताजी की रत्नजड़ित मूठ वाली तलवार उठा ली। यह देखते ही भारी दुख से भरे नेताजी पालकर माँ साहेब के पैरों के सामने गिर पड़े। उनके पैरों पर अपना माथा रखकर बिलखते हुए बोले, "आई साहेब, आप तो हिन्दवी स्वराज्य की माँ हैं। अपने इन बच्चों के लिए अपना दिल बड़ा करो। हमें क्षमा करो।"

जीजाऊ साहेब ने नेताजी की पीठ पर ममता से हाथ फेरा। वह रत्नजड़ित तलवार नेताजी के हाथों में सुपुर्द की। अपनी आँख के गीले कोरों को पोंछते हुए उन्होंने कहा, "अरे नेतोबा, स्वराज्य के लिए तेरे अंगों में यह जो पागलपन उछालें मारता है, तेरे इस सद्गुण पर तो सह्याद्रि के पहाड़ों-घाटियों में रहने वाले इनसान क्या, जानवर तक खूब मुग्ध हैं रे बाबा! पर थोड़ा धीरज रख। जिस स्वप्न के लिए तू ऐसे कपूर जैसा जलता है, तेरे उस सपने का फल जरूर मीठा होगा।"

"ठीक है, मैं चलता हूँ आई साहेब...।"

"किधर?"

"अपने काम पर।"

दूसरे ही क्षण नेताजी और उनके साथियों के घोड़े भरी बरसात में हवा की गति से जंगल की तरफ दौड़ पड़े।

पेड़ों-पत्तियों पर मूसलाधार पानी बरस रहा था। पैरों के नीचे हर तरफ कीचड़-ही-कीचड़। सिर पर धुआँधार बरसात और दाएँ-बाएँ दोनों तरफ घना जंगल। ऐसे में सँकरे रास्तों

और ऊँची-नीची जमीन पर राजा के घुड़सवार लगातार दौड़े चले जा रहे थे। हाथ को हाथ नहीं सूझ रहा था कि तभी अचानक सामने ऊँचे पहाड़ पर से तेज रफ्तार से गिर रही नदी जैसे जलप्रपात की आवाज कानों में पड़ने लगी। क्षण भर में सबने ताड़ लिया कि सामने पेड़ों के घने विस्तार के बाद बड़ा निर्झर है। इसके बावजूद राजा ने घोड़े की लगाम नहीं खींची और उसे वैसे ही तेजी से आगे बढ़ाते रहे। धो-धो करके गिर रही उस विशाल जलराशि के बीच से घोड़ों के पैरों की टक-बक टक-बक की आवाज आने लगी। सबके घोड़े बिना साँस लिये इसी तरह से आगे बढ़ने लगे। पानी का प्रवाह जबरदस्त था। राजा आते समय इसी रास्ते से आए थे लेकिन लौटते वक्त भीषण बरसात के कारण इधर का नाला नदी में बदल गया था।

उस तेज बहती जलधारा का पानी घोड़ों के सीने तक आ गया। उनकी आँखें डर के मारे सफेद होने लगीं। तब कान्होजी जेधे ने कहा, "राजे, इधर से पलटते हैं। ऊपर चलकर कोई सपाट रास्ता लेते हैं। यहाँ खतरा दिख रहा है।"

सारे घोड़े पीछे पलट गए। इतने में सामने की चट्टान अन्धाधुन्ध बारिश में लुढ़कती हुई उनके सामने आ गिरी और झाड़ियों के पीछे से भयंकर शोर उठा, "अल्ला हू अकबर" "दीन दीन।" हरे-गोले जंगल में छुपे हुए दुश्मन के सिपाही अचानक निकलकर हमला करने लगे। राजा और उनके साथी भौचक्के रह गए क्योंकि इस हमले का मुकाबला करने के लिए उनके पास आदमी कम थे। दुश्मन ने सोच-समझकर जंगल में यह चाल चली थी। तलवारों से तलवारें भिड़ गईं। उन घने जंगलों में जोरदार खलबली मच गई। राजा को नेताजी पालकर की चेतावनी याद आई। उनकी खबर और चिन्ता में दौड़े चले आना सही था। देखते-देखते रात का पर्दा पूरी तरह हट गया था और सह्याद्रि का हरा मैदान दिखने लगा था।

वृद्ध कान्होजी बाबा ने धमाल मचा दिया। बाकी सब भी पूरी हिम्मत से जोर लगाते हुए आगे दौड़े थे। जोरदार जंग चल रही थी। दुश्मन की भी ताकत बहुत ज्यादा नहीं थी लेकिन उन सिपाहियों के अन्दर शिवाजीराजा को पराजित करने का जोश भरा हुआ था। लेकिन सामने हरी झाड़ियों के बीच लड़ते हुए अचानक वे घुड़सवार कुछ क्षणों के लिए ठहरे और फिर हरी झाड़ियों के पीछे दौड़ते उनके जानवरों के खुरों और पैरों की आवाज ही कानों में रह गई। दूसरे ही क्षण जैसे वे सब लोग उस जंगल में खो गए।

सामने दिख रही घाटी को पार करके उसके पीछे जाएँ और वहाँ से घूमकर पुनः प्रतापगढ़ जाने की राह पकड़ी जाए। इसके सिवा कोई रास्ता नहीं था। कारण यह कि दाएँ हाथ पर विशाल पहाड़ खड़े और बाईं तरफ गहरी खाइयों में उफनती नदी और नुकीली चट्टानें थीं। लेकिन सामने से निकलने का रास्ता भी बहुत सँकरा था। राजा ने अन्दाजा लगाया कि दुश्मन ने जान-बूझकर यह छोटा सा हमला किया और भाग गया। सामने के रास्ते में बड़ा धोखा था। इसलिए सारे भीगे हुए घोड़े

धीरे-धीरे, अन्दाजा लगाते हुए आगे बढ़ाए गए। सामने एक और गहरी खाई थी। उसमें भी ठंडे पानी का दरिया बह रहा था। उस टेकरी पर राजा कुछ देर के लिए रुके। सब लोग हिरणों की चौकन्नी आँखों की तरह उस दरिया को पार करने की राह का अनुमान लगा रहे थे।

राजा के सिपाही कुछ देर वहीं ठहरे रहे, लेकिन बेचैनी बढ़ गई थी। बीच जंगल में इस तरह ठहरे रहने में खतरा था। उस पर बरसात के दिन थे। साथ में खाने-पीने का सामान भी ठीक से नहीं था। ऐसे में उधर जावली के जंगलों में युद्ध की आग भड़की थी। कुछ भी करके सामने का दरिया पार करके दूसरे रास्ते से पीछे लौटना जरूरी था। इतने में राजा को सामने के किनारे पर कुछ हलचल दिखाई पड़ी। वह सावधान हो गए। बीजापुर के घोड़े वहीं दुबके हुए उनका इन्तजार कर रहे थे। खड़े-खड़े राजा ने कान्होजी से मंत्रणा की। पास की खाने-पीने की चीजें और घोड़ों पर कसा हुआ उनका चारा खत्म हो जाने से पहले किसी भी हाल में सामने खड़े शत्रु से लड़कर, उसे परास्त करके यहाँ से निकलने के अलावा दूसरा रास्ता नहीं था। वरना काल के इस बन्धन में यहीं पड़े रहकर सभी इनसानों और जानवरों का भूखे मरना तय है।

दूसरी तरफ जाकर झाड़ियों में छुपे हुए दुश्मन पर अचानक टूट पड़ना चाहिए क्योंकि उतनी दूर से घने पेड़ों के बीच यहाँ अपने सैनिकों का भी दुश्मन को नजर आना सन्दिग्ध है। इसलिए राजा के साथ सारे सवार घोड़ों से उतर गए। सब अपने-अपने जानवरों की लगाम थामे हुए, पैरों के नीचे पसरे कीचड़ में सख्त जमीन को टटोलते हुए धीरे-धीरे सावधानी से नीचे खाई की तरफ बढ़ने लगे। थोड़ी ही देर बीती होगी कि अचानक दूसरी तरफ नीचे के दरिया से 'हर हर महादेव' और 'जय भवानी जय शिवाजी' की रणगर्जना ऊँची उठने लगी। राजा के सिपाही यह जानने के लिए उत्सुक हो गए कि उधर क्या चल रहा है। पेड़ों और ऊँची झाड़ियों के बीच से कुछ नजर नहीं आ रहा था। कुछ मावले मारे उत्साह के जोखिम लेकर गीले पेड़ों पर किसी तरह चढ़ गए और तब उन्हें सामने दरिया के पार युद्ध की बाजी चलती दिखी। उधर जोर-जोर से उठती 'हर हर महादेव' और 'अल्ला हू अकबर' की गर्जनाएँ कानों में पड़ रही थीं। रणभेरियों के शोर के बीच उन झाड़ियों के पार कितनी भीषण मार-काट चल रही थी, इसका दूर से सिर्फ अन्दाजा ही लगाया जा सकता था।

राजा के सिपाही तेजी से सामने वाली सँकरी आड़ी-तिरछी पगडंडी पर उतरने लगे। कीचड़ में जानवरों के पैर फिसलने का डर था। रास्ता जल्दी खत्म नहीं हो रहा था। देर तक चलने पर नीचे बह रहे दरिया के पानी की कलकल आवाज कानों में पड़ने लगी थी लेकिन ऐसा लग रहा था कि तब तक दूसरी तरफ सारा मामला रफा-दफा हो चुका था। किसी तरह की आवाज आनी बन्द हो गई थी। जैसे-तैसे

रास्ता पार हुआ तो राजा के सिपाही और उनके पीछे-पीछे राजा भी दरिया किनारे की तरफ दौड़े।

सामने का विलक्षण दृश्य चौंकाने वाला था। नदी के पानी और किनारे पर आदिलशाही के करीब दो सौ सैनिकों के शव छिन्न-भिन्न अवस्था में पड़े हुए थे। नदी के बीच में गिरे कई फौजियों के शव तो जैसे धुल गए थे। वे पानी में पड़े स्वच्छ मांस के टुकड़ों जैसे दिख रहे थे। नदी के दोनों किनारों पर खून की काली-ताँबई लहरें कीचड़ का रंग भी बदल रही थीं। यहाँ-वहाँ बिखरे आदिलशाही मुर्दों के बीच राजा को सिर्फ दस-ग्यारह मराठी सिपाहियों के सिर और पगड़ियाँ दिखीं। साफ नजर आ रहा था कि अफजल खान ने राजा को धोखे से मारने के लिए जिन दुश्मनों को भेजा था, किसी ने उनका यहाँ पूरी तरह खात्मा कर दिया था। अत्यन्त भावुक होकर शिवराय और कान्होजी बाबा एक-दूसरे को देख रहे थे।

यह अप्रत्याशित काम किसका हो सकता है, यह खबर मनुष्यों को नहीं बल्कि आसपास के पेड़-पत्तियों को भी खूब थी। शिवराय भाव-विभोर होकर बोले, "जहाँ रफ्तार से हवा भी नहीं पहुँच सकती वहाँ पलक झपकते हमारे प्यारे नेताजी पहुँच जाते हैं।"

कान्होजी बाबा का भी दिल भर आया। बोले, "क्या बोलें इस पालकर के पागल छोरे को। दुश्मन को यहाँ गाड़कर वह इधर से निकल भी गया। अरे, अपने मालिक से पीठ पर शाबाशी की थपकी तो ले जाता!"

"कैसे रुकते काका यहाँ? उन्हें पता है कि वाई से लगे जंगल में दुश्मन फंदा कसकर बैठा है और राजा उधर किले पर नहीं हैं। इसी चिन्ता में अपने कर्तव्य से बँधे हुए वह उधर दौड़े होंगे।" बोलते-बोलते राजा का मन कातर हो गया। आसमान से बारिश की हल्की फुहारें बदन पर गिर रही थीं। शिवराय ने अपने साथ चल रहे मावलों की तरफ देखते हुए भीगे मन से कहा, "वाह काका, हम पर जान लुटा दे, इतनी मोहब्बत करने वाली ये प्रजा और नेताजी पालकर जैसा बहादुर देखकर राजा बने इस शिवाजी को अपना जीवन क्यों धन्य नहीं मालूम पड़ेगा!!"

वकीलों के दाँव-पेच और खेलकर्ण

सितम्बर 1659

अफजल खान का स्वभाव रंगीन था। उसे नाच-गाने का शौक था। हुस्न, मदिरा और नाच जैसे खानदानी शौक में मुगलों के बीच महाबत खान जैसा पागल

बुड्ढा और आदिलशाही में अफजल खान जैसा रंगीला कोई नहीं है। यह मजाक खूब चलता था।

वाई में जब अफजल खान सूबेदार था, तभी से यहाँ उसकी एक विशाल कोठी हुआ करती थी। इसमें कमानीदार दालान और उनके बीच विशाल फौवारा। मेहमानों के लिए खास बैठक थी। दूसरी मंजिल पर कृष्णा नदी की तरफ मुँह किए हुए, शीशों से मढ़ी दीवारों का रंगमहल था। उसके फौजी भागानगरी, बुरहानपुर और पुणे के बाजारों से नृत्यांगनाएँ और तवायफें लाया करते थे। उनके साथ आने वाले कलावन्तों और साजिन्दों को उनकी उम्मीद से कहीं ज्यादा इनाम मिला करता था। लेकिन इधर सबने महसूस किया कि खान साहब को इन रंगीनियों में मजा नहीं आ रहा। कई बार दिन भर की भागदौड़ के बाद शाम को खान साहब का मन रंगमहल की रंगीनियों और फड़कती नृत्यांगनाओं की अदाकारी की ओर खिंचा जाता था। लेकिन वहाँ पहुँचने पर उन्हें अपने अन्दर कुछ और ही महसूस होता।

सामने पूरे जोर से नाच रही नखरैल-चंचल युवती, इश्क के मोहजाल में फँसाने वाली उसकी बादामी आँखें, ताल पर लगने वाले उसके उत्तेजित करते ठुमके, इनमें से किसी में उसका मन नहीं रमता था। रंग में भंग पड़ने का यह रहस्य धीरे-धीरे खान को समझ आने लगा था। तबले के जोरदार ठेके कान पर पड़ते तो उसे दूर से दागे जाने वाले तोप के गोले की आवाज सुनाई पड़ती थी। सारंगी के दिल चीरने वाले, दुख-दर्द भरे सुरों में उसे युद्ध के मैदान में गिरे सैनिकों के सगे-सम्बन्धियों के रोने-चीखने की आवाजें उसके मन पर तलवार की धार जैसे घाव बना जाती। शीशमहल की दीवारों पर लगे काँचों में उसे नाचती हुई नर्तकियाँ देखते हुए अचानक लगने लगता कि जैसे मराठा सिपाहियों ने उसे चारों तरफ से घेरकर मौत के दरवाजे पर पहुँचा दिया है और वह घबराए हुए हिरण की तरह छलाँग लगाते हुए घबराकर चिल्ला उठता, “हमें ये राग-रंग नहीं, मैदान-ए-जंग चाहिए। बस, वो शिवा चाहिए। जिन्दा या मुर्दा।”

कभी-कभी अफजल खान को लगता था कि पीर बाबा ने उसे अकारण ही डरा दिया है। लेकिन तभी उसे याद आया कि उसने परसों रात ही कैसे धोखे से शिवाजी को मारने के लिए चोरी-छुपे अपने सैनिकों को भरी बरसात में जंगल में भेजा था और उनका क्या हश्र हुआ। इधर वाई में फौजी खेमों पर हर दिन लाखों का खर्च हो रहा था और दिनोदिन बढ़ता जा रहा था।

उसने कितना बड़ा ऐलान किया था कि बीजापुर से निकलकर ज्यादा-से-ज्यादा ढाई महीने में उस शिवाजी भोसले की मुश्कें बाँधकर, ढोल-ताशों के शोर में उसका जुलूस निकालते हुए उसे बीजापुर लेकर आएगा। लेकिन मुहिम के शुरुआती चार महीने जैसे सूखे हुए पत्तों की तरह उड़ गए। सावन का महीना भी खत्म हो गया। भाद्रपद शुरू हो गया। समय बीतने के साथ खान अधिक चिड़चिड़ा होता जा रहा था।

रात गुजर गई मगर अफजल को नींद नहीं आई। इसलिए सुबह-सुबह उसने अपने सरदार दोस्त दुंदेखान को बुलावा भेज दिया। कई दिनों से लगातार जागते हुए, बेचैनी में करवटें बदलते हुए उसका शरीर भी जैसे बिलकुल जड़ हो गया था। सुबह ही उसने अच्छी मालिश करने वाले एक लड़के को भी बुला लिया था।

पलंग पर गिरी अफजल खान की लम्बी और मजबूत देह किसी कटे हुए पेड़ के मोटे तने जैसी दिख रही थी। मालिश करने वाला छोकरा हुनरमन्द था। रूई के फाहों से वह अपने मालिक की देह पर तेल लगा रहा था। बीच-बीच में वह पहलवान की तरह दाँव लगाता, बदन में पड़ी मांस की गठानों को रगड़कर ढीला करता, हाथ-पैरों की अँगुलियाँ खींचकर उनका तनाव खत्म करता। वह पूरे मन से अपने काम में लगा था।

पलंग पर यह मालिश जारी थी और वहीं सामने की दीवार के पास लगे तकिये से टिका हुआ दुंदेखान बोला, "शिवा को जिन्दा जकड़ने के लिए मुझे दो ही चीजें जरूरी लगती हैं हुजूर...।"

"हाँ-हाँ, बताइए।"

"पूरी ताकत के साथ जावली के उस घने जंगल की पट्टी में घुसना और उसका पेट फाड़ देना..."

"वो तो मुमकिन नहीं। आगे बताइए।"

"अगर ऐसा नहीं तो फिर चालाकी से कोई जाल बिछाएँ या फिर जिन्दा गाड़ने की धमकियाँ देकर सख्ती से शिवा को आमने-सामने बैठक के लिए मजबूर किया जाए। इसके अलावा तीसरा रास्ता नहीं दिखता है।"

"यही तो परेशानी है दुंदेखान। शिवा बहुत अक्लमन्द है। बदमाश भी है। वह जानता है कि अपनी पहाड़ी छोड़कर नीचे आना यानी मौत के घाट उतरने के बराबर है। यह सब वह खूब अच्छे से जानता है।"

अफजल खान के इस चिन्ताजनक जवाब से दुंदेखान अधिक विचार में पड़ गया।

दुंदेखान ने अफजल मियाँ की मालिश करते उस ऊँचे, मजबूत शरीर वाले गौरवर्णी और बड़ी-बड़ी आँखों वाले उस मुसलमान लड़के को देखा। दुंदेखान ने आँखें नचाते हुए अफजल खान को छेड़ा, "भाई, यह कौन है?"

"अच्छा बावरची है। बंगलूर में ही आसपास रहता है। खाना तो अच्छा पकाता ही है ये बन्दा लेकिन मालिश की कला भी खूब अच्छी तरह जानता है।" अफजल बोला।

दुंदेखान के चेहरे पर भाव बदल गए। वह बेकाबू होकर अफजल पर चीख पड़ा, "खान साहब, हमें माफ कीजिएगा। तुम्हारी मालिश कर रहा यह बच्चा किसी भी हालत में हमारा नहीं हो सकता।"

"क्या?"

"मुझे तो यह दुश्मन के खेमे का आदमी लगता है...आप पर नजर रखने वाला यह शिवा का ही कोई बन्दा लगता है।"

दुंदेखान के इतना बोलते ही महल में हंगामा हो गया। शौकत थर-थर काँपने लगा। चारों तरफ से खिदमतगार और नौकर दौड़े चले आए। अपना चेहरा कठोर बनाते हुए खान ने जोरों से संकेत करने वाली ताली बजाई। खिदमतगार और पहरेदार आगे बढ़े। शौकत की ओर अँगुली का इशारा करते हुए अफजल चिल्लाया, "पहले इसे पकड़ो। इसका पाजामा खींचकर देखो। अन्दर दालान में ले जाओ...ठीक से इसकी जाँच-पड़ताल करो...।"

किसी चोर को जैसे रँगे हाथ पकड़ने के लिए दौड़ते हैं, वैसे ही सब भागे आए और थर-थर काँप रहे शौकत को सब मिलकर खींचते हुए अन्दर दालान में ले गए।

अफजल खान के उतावले मन से रुकते नहीं बना। वह भी दौड़कर अन्दर के कक्ष में गया और वहाँ से तुरन्त ही पलटकर हो हो करते हँसता हुआ बाहर आया। शौकत जातभाई है और उसका 'खतना' हो चुका है, इस बात की उसने खुद तसल्ली कर ली। उसके साथ बाकी के खिदमतगार और पहरेदार भी जोर-जोर से हँस रहे थे।

शौकत मियाँ मरते-मरते बचा था, सबको इस बात की खुशी थी। खान के मन में अचानक कृष्णा नदी की स्वादिष्ट मछलियाँ खाने की तमन्ना जाग उठी। शौकत मियाँ को तुरन्त हमेशा की तरह झोलदार-रसदार मछली बनाने का हुक्म दिया गया। शौकत ने झुककर अपने मालिक को कोर्निश की और आगे की तैयारियों के लिए रसोईघर की तरफ निकल गया। पड़ताल होने के बाद बाहर जा रहे शौकत की आकृति को देखते हुए अफजल खान ने कुतुब मियाँ से धीरे से कहा, "फिर भी इस लौंडे पर हमेशा नजर रखिए।"

"क्यों खान साहब?"

"अपने बीच का होते हुए भी यह अपना नहीं लगता।"

बदले और ईर्ष्या की आग से अफजल खान दिन-रात जल रहा था। बारिश का मौसम होने के बावजूद वह आराम से नहीं बैठ पा रहा था। खर्च लगातार बढ़ रहा था। लेकिन इससे ज्यादा उसकी करोड़ों की कीमत वाली इज्जत का कचरा हो रहा था। इसलिए अफजल खान ने सुबह कृष्णाजी भास्कर कुलकर्णी को हवेली के दफ्तर में बुलाकर कहा, "आप तो वाई में रहने वाले वफादार ब्राह्मण परिवार से हैं। आपकी जाने कितनी पीढ़ियों ने बीजापुर का नमक खाया है।"

"जी बिलकुल खाविंद।"

"आपकी कलम से शहद टपकता है और तलवार से गर्म खून के झरने...।"

"इतनी तारीफ की गरज नहीं हुजूर, आप तो बस हुक्म दीजिए।"

"आप शिवा के पास फौरन जाइए। जादू-टोना, टोटका, रोना-धोना, गाना-बजाना

चाहे प्यार से मनाना...चाहे जो कीजिए, लेकिन हर हाल में इस शिवा को यहाँ वाई में हमारे पास बातचीत के लिए लेकर आइए।"

"मगर हुजूर...।"

इससे पहले कि कृष्णाजी आगे कुछ बोल पाते उनके दोनों हाथ अफजल खान ने अपने हाथों में थाम लिये और गिड़गिड़ाते हुए बोला, "अरे कृष्णाजी ये मेरा फरमान नहीं, ये मेरी इल्तिजा है।"

"अंकुश खान, किसी के शादी-ब्याह के लिए जब नदी पार करनी होती है तो सामने वाले किनारे पर उतरने के लिए सिर्फ एक नाव पर भरोसा रखने से काम नहीं चलता।"

"सही फरमाया मियाँ। वो अकेली नैया डूब गई तो सारे बारातियों के दैया-दैया करने की नौबत आ जाएगी।" हँसते हुए अंकुश खान बोला।

"इसलिए अंकुश मियाँ, अब सिर्फ वकील से काम नहीं चलेगा...शिवा के रिश्ते-नाते वाला कोई 'अन्दरवाला' आदमी मिलना चाहिए।"

"तो मंबाजी भोसले है न अपनी फौज में, वही शहाजी का चचेरा भाई...।"

"यह कोशिश तो मैं पहले कर चुका हूँ। लेकिन लगता है कि मंबा और शहाजी के परिवार की कहा-सुनी और बैर पुराना है। उस पर मंबाजी अब बुड्ढा हो गया है। हमें किसी समझदार, चालाक और ताकतवर जवाँ मर्द की जरूरत है, जो उसके डेरे में बैठकर, अपना कलेजा थामकर, उसे मनाकर सामने वाली पहाड़ी से उतारकर यहाँ ले आए। तो बस...।"

"ऐसा खास आदमी तो फिर सिर्फ मंबाजी ही बता सकता है।" अंकुश खान बोला।

"बात सही है। तुम आज रात ही मंबाजी भोसले के खेमे में जाओ। बस, कुछ भी करके रास्ता खोजो।"

उस रात अंकुश खान और दुंदेखान, दोनों ही देर रात तक मंबाजी के डेरे में बैठे थे। सबका खाना-पीना वहीं हुआ। दूसरे दिन सुबह अंकुश खान और मंबाजी तेजी से अफजल खान से मिलने के लिए उसकी कोठी पर पहुँचे। अठारह-उन्नीस साल का एक किशोर उनके साथ था। बाहर की बैठक में वे तीनों बैठे थे। अंकुश खान पहले ही अफजल खान के शयन कक्ष में जाकर खबर दे आया था कि काम हो गया है। किसी काम से खान ने सिर बाहर निकालकर देखा। उसकी नजर बैठक में मौजूद तरुण पर गई। उसे देखकर खान का मन खट्टा हो गया। वह वापस दालान में लौट पड़ा।

कुछ देर बाद खान ने अंकुश मियाँ और मंबाजी भोसले को अन्दर बुलवाया।

"लड़का देखने में तो खूबसूरत है लेकिन मुझे किसी नाचने-गाने वाले की

जरूरत नहीं थी। भाई, हमने आपसे बहुत साफ-साफ कहा था कि कोई ऐसा ढूँढ़कर लाओ जो शिवा का निकट सम्बन्धी हो। जो जंगल में उस चालाक लोमड़ी की गुफा तक पहुँच सके।"

"अजी खान साहब, आप हमें बोलने ही नहीं देंगे तो घोड़ा आगे कैसे बढ़ेगा?" मंबाजी ने थोड़ी नाराजगी से पूछा।

"लेकिन इस बच्चे को गले लगाकर मुझे क्या मिलेगा?" अफजल खान ने कहा।

"खान साब, आपकी बीमारी की सही दवा इसी छोकरे के पास मिलेगी।"

"तो ये है कौन!"

"इसका नाम है खेलकर्ण भोसले। मतलब हमारे खेलोजी दादा और गौराबाई का लड़का।"

"खेलोजी यानी...हाँ, हमारा एक जमाने का सरदार...जिसे औरंगजेब ने पेड़ पर फाँसी लगवाई थी।"

"हाँ, बराबर मियाँ। अरे, वही नासिक के पास गोदावरी के किनारे महाबत खान ने जिस मराठा बाई को तकलीफ दी थी...।"

"अभी समझ में आया मंबाजी चाचा। अरे, यह तो तुम्हारा सगा भतीजा है।"

"वही तो कह रहा हूँ खान साहेब, पर आप सुनते कहाँ हैं? हमारी गौरा वहिनी मतलब जीजा वहिनी की...शिवाजी की आई की लाडली देवरानी। उनका बहुत करीब का रिश्ता था। शिवनेरी पर जब शिवबा का पालना झुलाया था तो यही गौराबाई गए थे शुभ कार्य के लिए। और बाहर जो लड़का बैठा है, बाबाजी यानी गौराबाई का पुत्र।"

"लेकिन अभी-अभी तो आप खेलकर्ण बोले और अभी बाबाजी?"

"खान साहब, खेलकर्ण नाम जो नामकरण संस्कार में रखा...और बाबाजी यह कागज-पत्र में व्यवहार के लिए।"

अफजल खान ने बाबाजी भोसले को अन्दर बुलवाया। उसे कम शब्दों में समझाया गया कि क्या महत्त्वपूर्ण काम करना है। शुरुआत में बाबाजी बहुत कम बोलने या बिलकुल गूँगे जैसा ही लग रहा था। लेकिन जल्द ही सबकी समझ में आ गया कि वह कम बोलने मगर गम्भीरता से बातों पर विचार करने वाला तरुण है। बाबाजी ने बहुत आत्मविश्वास से कहा, "देखिए खान साहेब, आपका मुद्दा तो मेरे दिमाग में बैठ गया है। मुझे ज्यादा समझाने की जरूरत नहीं है। मैं उधर प्रतापगढ़ में जाकर हमारे शिवाजी दादा से भेंट करता हूँ और उन्हें समझाकर कहूँगा कि दादा, तुम हाथी के साथ गिल्ली-डंडा खेलने में अपनी उम्र खराब कर रहे हो। तुम्हारी वजह से अपने पूरे भोसले कुल का खूब नुकसान हो रहा है।"

"क्या बात है! अरे भाई, कल तक ये लड़का कहाँ छुपा हुआ था?" अफजल खान की खुशी की सीमा नहीं थी।

बाबाजी ने साफ कर दिया कि यह काम बहुत ही जवाबदारी का है और इसे बहुत ही सावधानी से पूरा करने की जरूरत होगी। उसने कहा कि हो सकता है कि इसके लिए जावली के जंगलों में उसे दो-तीन बार चक्कर भी मारने पड़ें लेकिन इसके लिए उसकी तैयारी है। लेकिन साथ में उसे कुछ पहरेदार-सिपाही भी लगेंगे। उसने यह भी साफ कह दिया कि अफजल खान को उस पर भरोसा करना होगा। बोलते-बोलते वह भावुक हो गया, "जीजा काकू और हमारी मातोश्री के सम्बन्ध बहुत ही अलग और आत्मीय थे। हमारे पिताजी खेलोजीराव का दुर्दैव से जो भयानक अन्त हुआ, उसका शिवाजी दादा और काकू साहेब को हमेशा ही दुख रहा है।"

"देख बेटा, इस काम के लिए तुझे जिस भी मदद की जरूरत होगी, वह जरूर मिलेगी।"

"यही कह रहा हूँ खान साहेब। यह हमारा खानदानी, घरेलू नाजुक मामला है। इसलिए कुछ बातें मुझे पहले ही स्पष्ट कर देनी हैं कि मेरे वचन को सत्य मानते हुए वह यहाँ आ भी सकते हैं। लेकिन हमारे भोसले कुल की शान जैसे उन शख्स के साथ आपने कोई धोखा किया तो?"

"कैसी बात कर रहे हो बेटा? मेरा कहना तो सिर्फ इतना है कि हमारे सुलतान साहब के दिमाग में शिवाजी को लेकर जो गिला-शिकवा पैदा हो गया है, वह दूर होना चाहिए। तेरा शिवाजी दादा मुझे मेरे छोटे भाई जैसा लगता है। मैं प्यार से उसकी अँगुली पकड़कर उसे बीजापुर ले जाऊँगा। सुलतान से उसका मन-मिलाप करवाऊँगा। बेटा, उससे उनका तो कल्याण होगा ही, लेकिन तुझे भी मैं दस हजारी मनसब देकर कहाँ से कहाँ ले जाऊँगा।"

तय बातों के मुताबिक दूसरे दिन सुबह-सुबह बाबाजी और उसके साथ घुड़सवारों का एक छोटा दल जाने को तैयार हो गया। वे बहुत उत्साह से बीच के तायघाट के जंगलों से होते हुए प्रतापगढ़ के लिए रवाना हुए।

लगातार तीन महीने से बारिश बरस रही थी। मैदान-जंगल मन भर अपनी प्यास बुझाकर तरोताजा दिखने लगे थे। आज सुबह से सह्याद्रि के पर्वतों-कन्दराओं में बरसात की झड़ी उस तरह दिखाई नहीं पड़ी। आसमान साफ था। बीते दो बरस में मेधावी और उद्यमी अर्जोजी यादव ने कमाल कर दिखाया था। शिवराय को दिए वचन के अनुसार उन्होंने हजारों मजूर काम पर लगाते हुए प्रतापगढ़ की ऊँची दीवारें और प्रचंड बुर्ज खड़े कर दिए थे। उन्हें मोरोपंत पेशवार का भी खूब मार्गदर्शन मिला था। यह नया किला खुद राजा ने बनवाया था। भरी बरसात में राजा ने यहाँ आकर इसी जगह को अपना ठिकाना बना लिया था और इस बात से आसपास के लोग बहुत खुश थे।

लेकिन साथ ही वहाँ इस बात से थोड़ी चिन्ता भी फैल गई थी कि वाई में कृष्णा नदी के किनारे अफजल खान अपनी समुद्र जैसी विशाल सेना लेकर पहुँचा हुआ है।

भरे बदन के कृष्णाजीपंत कुलकर्णी और उनके साथ आए आदिलशाही के तीन उमराव महल में बैठे हुए थे। कृष्णाजी अंगवस्त्र से अपना मुँह पोंछ रहे थे कि तभी कान्होजी जेधे सामने आ गए। अपने से पन्द्रह-बीस बरसात अधिक अनुभवी, बीजापुर से लेकर मावल तक के गाँव-गाँव से परिचित वृद्ध को प्रत्यक्ष देखकर कृष्णाजी झट से उठे और उन्हें आदर से नमस्कार किया।

देखते ही कान्होजी ने कृष्णाजी से कहा, "अरे कृष्णा, तू बिलकुल खराब मुहूर्त पर राजा से भेंट करने आया है।"

"क्यों?"

"बीमारी रे बाबा...! तू भी मेरे राजा की दुर्बल काया देखेगा तो तेरा कलेजा भी पानी-पानी हो जाएगा।"

"ये ऐसा कैसे हो गया कान्होजी बाबा?" चिन्तातुर हो उठे कृष्णाजी ने पूछा।

"पूरे शरीर में ऐसा ज्वर चढ़ा है कि स्वामी को उठते नहीं बन रहा और कभी उठ गए तो उनसे बैठना नहीं हो पा रहा।" कान्होजी ने लम्बी साँस लेते हुए कहा। फिर कृष्णाजी पर नजरें गड़ाते हुए वह बोले, "लेकिन क्या बात है कृष्णा, ऐसे घने जंगल में, ऐसे हवा-पानी में, इतने उलटे-सीधे रास्ते चढ़कर तू यहाँ कैसे आया... क्या कारण है?"

कृष्णाजी, कान्होजी को अन्दर दूसरे कमरे में ले गए। उनके कान के पास अपना मुँह ले जाकर धीरे से कहा, "बहुत ही खास सन्देसा लाया हूँ...अफजल खान का।"

"बाप रे, अफजल खान साहेब का? अरे नहीं, तब तो पता नहीं क्या होगा।" कान्होजी के पूरे चेहरे पर चिन्ता छा गई।

"क्या मतलब?"

"अरे कृष्णाजी!" बोलते-बोलते जैसे कान्होजी की साँस अटक गई। उनकी आँखों में तनाव उतर आया। वे जैसे हकलाते हुए बोले, "उस अफजल का नाम अपने मुँह से मत ले। तुझे बताता हूँ...उसका डर राजा के कलेजे में साँप के विष में डूबी कटार जैसा घुस गया है। उस खान का नाम सुनते ही राजा को घबराहट छूटने लगती है।"

कान्होजी ने कन्धे पर पड़ा अंगवस्त्र झटकारा। यह सोचकर कि उन्हें नीचे उतरकर खाली हाथ वाई जाना पड़ेगा, इस डर से कृष्णाजी की हिम्मत टूटने लगी। उन्होंने विनीत स्वर में कहा, "रुको कान्होजी बाबा, अब हमें इतना निराश मत कीजिए। एक छोटा सा काम तो कीजिए।"

"क्या?"

"खान साहेब ने मुझे तत्काल पहुँचाने के लिए एक गुप्त खलीता दिया है।"

कान्होजी बाबा ने खड़े-खड़े ही कुछ क्षण के लिए अपनी आँखें मूँदी। फिर बोले, "देखो कृष्णाजीपंत तुम्हारे जैसे इतने बड़े आदिलशाही अधिकारी को ऐसे लौटाना मुझे भी अच्छा नहीं लग रहा है। फिर उधर खान साहब को भी कितना अनुभव कितना सम्मान है उनका! अभी तक उन्होंने पचास लड़ाइयाँ लड़ी हैं और एक में भी वह न हारे, न कदम पीछे लिये।"

कान्होजी जेधे ने उन्हें दिलासा दिया कि वह राजा से उनकी मुलाकात कराने का प्रयत्न जरूर करेंगे, लेकिन इसके लिए उन्हें किले के मेहमानखाने में कम-से-कम दो रात ठहरकर प्रतीक्षा करनी पड़ेगी। कृष्णाजीपंत ने खुशी-खुशी यह प्रस्ताव स्वीकार कर लिया।

दूसरे दिन संध्याकाल। शिवराय अपने कन्धे पर खद्दर की छोटी चादर ओढ़े बैठे थे। उन्होंने सिर पर कनटोपी लगाई हुई थी। दो महीने से ठंड-बुखार से बेहाल व्यक्ति की जैसी बीमार दशा हो सकती है, वह वैसे ही दिख रहे थे। उनकी आवाज बहुत धीमी निकल रही थी। सामने खड़े कृष्णाजीपंत के हाथों में अफजल खान का भेजा हुआ खलीता था। पंत ने उसे आगे बढ़ाया परन्तु बीमारी से कमजोर पड़ चुके राजे ने वह खलीता अपने हाथों में न पकड़ते हुए कहा, "अहो पंत, आप ही इस खलीते की जरूरी बातें जोर से पढ़ दो।"

कृष्णाजीपंत ने अपनी पगड़ी के सिरे ठीक किए और अंगवस्त्र से पुनः अपना चेहरा पोंछा। फिर बीजापुर के उस खलीते और उसमें दर्ज मुद्दे पढ़कर सुनाने लगे, "राजे शिवाजी भोसले, आप अत्यन्त महत्त्वाकांक्षी और बुद्धिमान हैं। जब निजामशाही खत्म हुई तो उस वक्त जो पहाड़ी इलाके और महत्त्वपूर्ण किले दिल्ली के मुगलों ने बँटवारे में हमें सौंपे, उन पर आपने बिना कारण और गैर-कानूनी ढंग से अपना कब्जा जमा लिया है। कल्याण और भिवंडी पर कब्जा करके वहाँ की मस्जिदों को जमींदोज करने की शिकायतें भी हमारे पास आई हैं...।"

"खामोश पंत, यहीं रुक जाइए।" बीमार होने के स्वाँग के बीच भी शिवराय का चेहरा क्रोध से तमतमा गया। उन्होंने सख्त आवाज में कहा, "इस शिवाजी पर आप कैसे भी बेबुनियाद आरोप लगा सकते हैं, लेकिन किसी भी धार्मिक स्थल को हमने नुकसान पहुँचाया, यह आरोप तो हम सपने में सहन नहीं कर सकते।"

कृष्णाजीपंत हक्के-बक्के रह गए। बगलें झाँकने लगे। राजा ने खुद को सँभाला और बोले, "ठीक है पंत। आगे पढ़िए। चिन्ता मत कीजिए। जैसा लिखा है, वैसा ही पढ़िए।"

"आपको अपने राजा बन जाने का भ्रम हो गया है। इसी कैफियत में आप सोने के सिंहासन पर विराजते हैं। किसी चक्रवर्ती सम्राट की तरह राजचिह्न धारण करते हैं। प्रजा के सामने उन्हें न्याय देने का तमाशा करते हैं। बुद्धिमान और गुणीजनों की एक नहीं सुनते। मुद्दा यह है कि आपने महापराक्रमी दिल्ली के बादशाह द्वारा

जीते गए किलों समेत नीरा और भीमा नदी के बीच स्थित प्रदेश पर जो अनधिकृत कब्जा किया है, वह तत्काल हमारे सुपुर्द करें। अपनी जान बचाने का आपका यही एकमात्र समझदारी भरा फैसला रहेगा।"

राजा का नर्म पड़ता चेहरा और कम होता नूर देखकर कृष्णाजीपंत का साहस बढ़ा। वह उत्साह से कहने लगे, "एक बार हमारे खान साहेब से भेंट कर लीजिए। उन्होंने शपथ खाकर मुझसे कहा है कि वह सुलतान से कहेंगे कि शिवाजीराजे ने आज तक जो भी गढ़ और किले जीते या बलपूर्वक लूटे हैं, जो सारा इलाका है, वह उन्हें ही लौटा दिया जाए। साथ ही कोंकण तक का सारा राज्य वह सुलतान से खुद माँगकर सहज ही आपके गले में फूलों की माला सरीखा डाल देंगे।"

"वाह!"

"आपको सिर्फ वाई आना होगा, बस।"

"नहीं पंत...आप ऐसा हठ मत कीजिए। कारण यह कि ये अपराधी का चेहरा लेकर खान साहेब से भेंट करने जाना...हमें बहुत शर्मिन्दगी महसूस होती है।"

किले पर देर तक चर्चाएँ चलती रहीं। कृष्णाजी भास्कर प्रतापगढ़ पर ही ठहरे थे। रात को मेहमानखाने में अपने लिए आखिर का कमरा देखकर उन्हें बहुत आश्चर्य हुआ। लेकिन दिन भर की भागदौड़ के कारण उन्हें गाढ़ी नींद लग गई। लेकिन देर रात अचानक झटके से उनकी नींद टूटी। किले के बाहर हवा बहुत शोर करती हुई बह रही थी और दरवाजे पर कोई ठक्-ठक् कर रहा था। कृष्णाजी हड़बड़ाकर उठ गए।

दरवाजे की कुंडी निकालने से पहले उन्होंने डरते-डरते दरार से बाहर झाँका। बाहर ठंडी हवा में अपने बदन पर खद्दर की चादर ओढ़े मशालों के ताँबई प्रकाश में शिवाजीराजे खड़े दिखाई दिए। उनके साथ मशाल सँभाले हुए दो मशालची थे। राजा अकेले ही आए थे।

"आपसे बहुत ही महत्त्वपूर्ण बात एकान्त में करनी है, यह कहते हुए शिवराय गरजते हुए सीधे मुद्दे की बात पर आ गए, "कृष्णाजीपंत आप जाति से ब्राह्मण हैं! धर्म से हिन्दू हैं। अपने गले पर हाथ रखकर कसम खाते हुए सच-सच कह डालिए।"

"बोलिए राजे।"

"सच बताइए, खान के दिल में क्या है? सचमुच भाईचारा या फिर दगाबाजी?" राजा ने अपनी तीखी नजरें कृष्णाजी पर गड़ा दीं।

"इसका कोई पक्का जवाब देना कठिन है।"

इस प्रश्न का उत्तर देना कृष्णाजी के सामर्थ्य से बाहर ही था। उनके चेहरे पर चिन्ता और ग्लानि की रेखाएँ उभर आईं। लेकिन फिर उन्होंने खुद को सँभाला और कहा, "लेकिन यह मुद्दा बातचीत से, एक बार बैठकर हमेशा के लिए सुलझा लेना चाहिए। सिर्फ खान को नहीं, मुझे भी यही लगता है।"

कुएँ में कितने ही पत्थर फेंके जाएँ, अन्त में ऊपर बुलबुलों के सिवा कुछ नहीं आएगा। सेवक होने के नाते पंत आखिर खान के ही पाले में रहेगा, यह बात साफ थी। इसके बावजूद राजा ने कृष्णाजीपंत पर आखिरी दाँव चला, "देखिए, हमारा यह राज्य अन्ततः देवताओं और ब्राह्मणों का है। अपनी जाति और धर्म का साथ निभाने के लिए तो जागो। देखो, तुम कुछ कर सकते हो क्या?"

"जरूर करूँगा।" कृष्णाजीपंत हँसते हुए बोले, "आपके हितों की रक्षा का प्रयत्न करूँगा। लेकिन मेरी नौकरी पर आँच न आए, इतनी चिन्ता तो मुझे करनी ही पड़ेगी।"

दो दिन ठहरने के बाद जब कृष्णाजीपंत जाने के लिए निकले तो राजा ने उनका बहुत भाव से सत्कार किया। उन्हें तीन जोड़ी वस्त्र, मोतियों का एक चौकड़ा, सोने के कड़े और आभूषण तथा ऊँची अरबी नस्ल का एक घोड़ा दिया। उस पर बख्शीश के रूप में पाँच हजार मुहरें भेंट की। साथ ही अफजल खान को प्रतापगढ़ आने के निमंत्रण का एक पत्र भी पंत के सुपुर्द किया।

राजा ने अपने इस निमंत्रण-पत्र के साथ अपने वकील पंतजी बोकील को भी भेजा। पंतजी गोपीनाथ काका मूलतः सिंदखेड़ के जाधवों की सेवा में वरिष्ठ अधिकारी थे। जीजाऊ के विवाह के बाद वे भोसले कुल की सेवा में आ गए थे। अपने मायके के घराने से वह एक महत्त्वपूर्ण, विश्वासपात्र और जवाबदार व्यक्ति थे, इस नाते जिम्मेदारी की जगह पर उनकी नियुक्ति की गई थी।

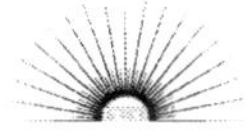

बीच में जैसे-तैसे सिर्फ आठ दिन गुजरे थे। आठवें दिन सुबह बाबाजी भोसले वापस वाई के खेमे में लौट आए। सबने उन्हें घेरकर भीड़ लगा ली। बाबाजी के चेहरे पर खुशी थी और नए काम में सफलता का उत्साह भी दिख रहा था। उसने एक साँस में कह दिया, "मुझे ऐसा लगता है कि दादा का मन बदलने में मुझे जरूर कामयाबी मिल जाएगी। सिर्फ एक-दो बार उधर चक्कर लगाने की थोड़ी मेहनत और करनी पड़ेगी।"

"फिर भाई, आप बीच में वापस क्यों आ गए?" अंकुश खान ने सवाल किया।

"यह हमारी भाईबन्दी का आपसी मामला है। सांडसखुर्द और आसपास की कुछ जगहों पर हम भोसलों का जमीन का कुछ घरेलू विवाद है। उसके लिए राजा ने मुझे मंबा काका से मिलकर तुरन्त कुछ जानकारियाँ लेकर वापस आने को कहा है।"

रात को भोसले शिविर में मंबाजी और बाबा, चाचा-भतीजे एकान्त में बैठे। चर्चा शुरू करने से पहले बाबाजी दो बार उठा। तम्बू से बाहर निकलकर उसने चारों तरफ नजर डाली। खान के फौजी आराम से सो गए हैं, यह भरोसा करके वह लौटा। तब मंबाजी बोले, "क्यों रे खेल्या, तेरा कुछ सुना क्या शिवाजी ने?"

"मंबा काका, क्या बताऊँ। मैं उधर गया तो सही, लेकिन शिवाजी दादा ने ही मुझे वापस आपके पास भेज दिया।"

"क्या कह रहा है शिवा?"

"उन्होंने इतना ही याद दिलाने को कहा है कि नदी के पानी में लाठी मारने से जल दो हिस्सों में नहीं बँट जाता। उस पर आप तो पितृतुल्य हैं। आप अपना बड़प्पन दिखाइए और हमारी तरफ आ जाइए।"

"ऐसा क्या?"

"सच कहूँ काका, आपका नाम सुनते ही उनके मन में जैसे यादों की झमाझम बरसात होने लगी...उन्होंने कहा कि मेरे मंबा काका से कहना...पेमगढ़ पर अपने बचपन में हमने आपकी पीठ पर कितनी सवारी की, कितना घूमे आप हमें ले-लेकर। आप भले ही यह भूल गए हों, लेकिन हम नहीं भूले। यहाँ हमारे घर के सारे भंडार भरे हैं तो फिर आप क्यों घर छोड़कर इधर-उधर भटक रहे हैं? बूढ़े हिरण की तरह बैरी के बाड़े में क्यों रोते-गाते दिन गुजार रहे हैं? हम तो आपको रोज याद करते हैं, आपको खूब चाहते हैं। अरे, पिता और चाचा में क्या कोई अन्तर होता है...?"

"हाँ, उसने अपने दम पर अपनी दुनिया तो खड़ी की ही है...।"

"मंबा काका, मुझे भी लगता है कि अपना खून अपना होता है...उसे आपस में मिलकर...।"

"अब तो यह सब कैसे हो सकता है बेटा।" अपनी आँखों में आए आँसू पोंछते हुए मंबाजी ने कहा, "मेरे शिवबा से कहना, दूरियों की इस नदी को पार करके मैं कब का दूसरी तरफ निकल आया। अहंकार, मनमुटाव और जायदाद जैसी फालतू बातों से मैंने बीच का पुल पहले ही जला डाला। अब जाने दे, यह विषय भी छोड़ दे। उधर रास्ते का तो सब कुछ खत्म हो गया।"

मंबाजी ने गर्म साँसें छोड़ी। वह बात बीच में छोड़कर उसने बाबाजी से पूछा, "अरे, लेकिन तू उधर गया किसलिए था? खान साहेब के लिए शिवाजी को मनाकर इधर लाने के लिए न? उस बात का क्या हुआ?"

"क्या बताऊँ मंबा काका! मैंने जब वहाँ शिवाजी दादा की खड़ी की हुई अजब, अनोखी दुनिया देखी तो यह भूल ही गया कि यहाँ किस उद्देश्य से आया हूँ। जैसे किसी फूल के चारों तरफ मधुमक्खियाँ घूमती रहती हैं, वैसे ही मावल की वह गरीब प्रजा, जिसने शिवराय को अपने मन्दिर के देवता से ज्यादा अपने सिर-माथे पर बैठा रखा है, वो हजारों मावले जो हर पल अपने राजा पर जान देने के लिए एक पैर पर खड़े हैं...उनकी मीठी बोली के जादू से जैसे जंगल के पेड़-कलियाँ खिलती हैं! वह दुखियारों के देवता हैं! क्या बताऊँ काका, मैंने उस मुल्क में गरीबों के उस राजा को देखा, जिसे प्रकृति भी सबसे ऊँचा दर्जा देती है। उन पत्थरों-चट्टानों-पहाड़ों के मुल्क में वह सोने के पुंज जैसा इतना आकर्षक और पवित्र है कि मैं वहीं पागल

भक्त की तरह उनके पैरों पर गिर पड़ा। इसलिए उस पावन जगह पर अफजल खान की तारीफ करने के लिए मेरी जुबान हिल तक नहीं पाई।"

"अरे छोरे, तेरा दिमाग-विमाग फिर गया है क्या?" घबराए हुए मंबाजी ने उसे अँधेरे कोने में खींचते हुए बहुत करुण आवाज में कहा, "किसी के भी खेमे में कुछ भी बड़बड़ करने लगेगा तू? तुझे जान का कुछ डर-वर है कि नहीं...?"

"मंबा काका, तुमको सच कहूँ क्या!" अत्यन्त भावुक होकर बाबाजी ने कहा, "मुझे लगता है कि शिवराय जैसे अलौकिक पुरुष के लिए जंग लड़ने में बहुत मजा आएगा। उनके लिए लड़ते हुए अगर मौत भी आई तो उसमें बहुत सुख मिलेगा!"

बाबाजी के मुँह से रसधार जैसी बह रही बातों को सुनकर मंबाजी बेचैन हो गए। उन्होंने अपने गले के आसपास आए पसीने को पोंछते हुए अपने डेरे में इधर-उधर नजरें डाली।

"मंबा काका, माँ भवानी के चरणों पर हाथ रखकर शपथ खाते हुए इतना ही कहूँगा कि कल अगर अपने कुल में साक्षात् राम और कृष्ण भी जन्म ले लें तो मेरे शिवाजी दादा का ऊँचा कद देखकर हैरान रह जाएँगे। चलिए, इस खान के दड़बे में अपना समय बर्बाद मत कीजिए। मेरे शिवराय के उस गरीब गोकुल में, अपने स्वराज्य में चलिए। मैं आपको लेने आया हूँ। चलिए, निकलिए काका।"

बाहर हवा का झोंका लहराया। कनात का कपड़ा तनकर धीरे-धीरे हिलने लगा। साथ ही साठ-सत्तर लोगों की चप्पलों की आवाजें और जोर से चिल्लाने का शोर उठा, "चलो मारो, पकड़ो हरामजादे को।" मंबाजी को अचानक खयाल आया कि उनके तम्बू पर छापा पड़ने वाला है। वह झट से उठा और बाहर जल रही मशाल झटके से हाथ में ले ली। तभी मशाल हाथ से गिर पड़ी। मशाल बुझी या बुझा दी गई, पता नहीं चला। लेकिन तम्बू के अन्दर क्षण भर में अँधेरा छा गया। आदिलशाही सैनिक अन्दर घुसकर छानबीन करने लगे। धड़-धड़ पैरों की आवाज करते हुए तलवारबाज और भालेदार पूरे तम्बू को छानने लगे। उनकी आवाजें सुनते हुए मंबाजी का जी धक् से बैठ गया था। इतने में अंकुश खान की नजर उस पर पड़ी और वह दौड़कर उसके पास आया। खुद को बचाते हुए चिढ़े हुए स्वर में खान से कहने लगा, "देखो भाई देखो, हमारा ये छोकरा इतना हरामखोर निकलेगा, इसका मुझे क्या अन्दाजा था? यहाँ मेरे तम्बू में रहता है, मेरा ही नमक खाता है और ऐन मौके पर मुझसे ही गद्दारी करके दुश्मन शिवाजी के पास जाने की बात करता है।"

देर तक जमकर छानबीन चलती रही। लेकिन उस हंगामे में बाबाजी किधर फरार हो गया, किसी को पता नहीं चला। ढुँढ़ाई बन्द हो गई। तब तक अफजल खान की तरफ से बुलावा आ गया। शर्म से गरदन झुकाए हुए मंबाजी, खान से मिलने गया। रात को बहुत देर तक उससे कड़क पूछताछ और जामा-तलाशी

हुई होगी क्योंकि जब मंबाजी, खान के शिविर से बाहर निकला, तब बहुत थका हुआ नजर आ रहा था। आखिरकार वह लड़खड़ाती चाल के साथ अपने तम्बू में लौटा।

थोड़ी ही देर में सुबह होने का वक्त हो चला था। पूरे खेमे में हर कोई गहरी नींद में सो रहा था। भौंकते हुए कुत्ते तक अब नींद की गिरफ्त में थे। लेकिन मंबाजी की नींद उड़ी हुई थी और वह डेरे में पड़ी खाट पर कुछ देर बैठा रहा। उसके साथ अब उसके सबसे भरोसेमन्द चार आदमी ही जाग रहे थे। बाहर ठंडी हवा बह रही थी। मंबाजी ने तम्बू की कनातों को घेरकर अस्थायी रूप से बनाए मन्दिर पर अपना माथा टेका। फिर वहाँ से घूमकर पीछे की तरफ निकल गया। वहाँ उसके खास घोड़ों के चारे की बोरियाँ रखी गई थीं।

उनमें से एक बोरी को खींचकर निकालने के लिए वह आगे बढ़ा। वहाँ कोई चीज रखने के लिए एक गड्ढा बनाकर पत्थरों से ढक दिया गया था। वहाँ अँधेरे में हल्की-सी हलचल हुई और मंबाजी ने धीमी आवाज में कहा, "खेल्या, चल फटाफट बाहर निकल।"

दूसरे क्षण बाबाजी बाहर आ गया। पसीने से भीगे हुए चाचा-भतीजे ने चारों तरफ नजर डाली। हर तरफ नीरव शान्ति और सुबह की हल्की ठंडी हवा के सिवा कुछ नहीं था। मंबाजी ने धीमे स्वर में कहा, "चल भाग जल्दी से। तुझे तैरना तो खूब अच्छा आता है। मेरे आदमी नदी तक तेरे साथ जाएँगे। उनसे थोड़ी दूरी बनाकर तेजी से आगे-आगे चलते जाना।" बाबाजी ने मंबाजी के पैरों में अपना सिर रख दिया। मंबाजी ने उसे अपनी बाँहों में कसा और सीने से लगा लिया। अपनी आँखें पोंछते हुए मंबाजी बोले, "खेलकर्ण, मेरे शिवाजी से कहना कि बेटा, तूने मुझे जो निमंत्रण दिया, उसे सुनकर मेरे कलेजे में खुशी की कलियाँ खिल गईं। लेकिन अब यह शरीर बुढ़ापे की नदी के किनारे लग गया है। उम्र भर तमाम मुहिम की भागदौड़ करते-करते अब ये हड्डियाँ बजने लगी हैं। इस उम्र में छलाँग मारने की ताकत अब बदन में नहीं रही रे! मुझे माफ कर देना बेटा...और मेरे शिवबा से कहना कि एक बार शैतान से यारी-दोस्ती कर लेना, लेकिन इस अफजल खान की औलाद पर रत्ती भर विश्वास मत करना। जा बेटा...मेरी बात कहना शिवबा को। खूब बड़ा हो। माँ भवानी हमेशा तेरे साथ रहें।"

मंबाजी ने तम्बू से बाहर नजर डाली। बाबाजी भोसले झटके से बाहर निकल गया और कुछ ही क्षणों में कृष्णा माई के तट की झाड़ियों से होता हुआ दूर जा पहुँचा। वह नजरों से ओझल हो गया तब कहीं मंबा काका की साँसों में साँस आई।

तायघाट : रडतोंडी की विकट राह

अक्टूबर 1659

किसी-न-किसी तरह कोई रास्ता निकालकर, चाहे अचानक हमला करके या किसी तरह की धोखेबाजी से ही शिवाराजा को जान से मार देना चाहिए। अफजल खान जी-जान से इसी उधेड़बुन में लगा हुआ था। लेकिन जब यह सपना किसी तरह पूरा होता नहीं दिख रहा था, तो वह अन्दर-ही-अन्दर बीमार-सा महसूस करने लगा था। उसे जीना मुश्किल लगने लगा था। बहुत तकलीफ दे रही थी यह गठान। अब फूटना बहुत जरूरी हो गया था। यह दर्द उठते-बैठते उसे बेचैन कर रहा था। तभी जब उसे खबर मिली कि दोनों तरफ के वकील उससे मिलने के लिए आ रहे हैं, तो उसका मन कुछ हल्का हुआ।

अफजल खान की हवेली में कृष्णाजीपंत और गोपीनाथ बोकील, दोनों ने साथ-साथ प्रवेश किया। दोनों वकीलों ने यह बात कही कि शिवाजीराजे मन में बहुत डरे हुए हैं। इससे भी ज्यादा अपने हाथों हुए अपराधों पर उन्हें खूब शर्म और पश्चात्ताप हो रहा है। शिवराय ने खान साहेब को अत्यन्त महँगी पोशाक और अद्वितीय रत्नों की एक माला भेंट की थी।

गढ़ पर शिवाजीराजा ने जिस तरह से कृष्णाजी से ही पत्रवाचन कराया था, वैसा ही जोखिम भरा काम खान साहेब ने पंतजी बोकील को सौंपा। गोपीनाथ पंत की आवाज अत्यन्त मधुर और आकर्षक थी। उन्होंने बहुत ही आत्मीय अन्दाज में शिवराय की तरफ से शब्द पेश किए, "खान साहेब, आपके पराक्रमी व्यक्तित्व की हम क्या तारीफ करें? आपके बाहुबल की तुलना नहीं है। आपका शौर्य तो अग्नि की ज्वालाओं से भी बढ़कर है...।"

"वाह! क्या बात है...आगे...आगे पढ़िए।" खान साहेब के मन की कली किसी रत्न की तरह चमक उठी।

"आपके असाधारण कार्य इस सम्पूर्ण पृथ्वी की शोभा बढ़ाने वाले अलंकार हैं। उस पर आपका दिल कितना निर्मल और पारदर्शी है! आपके हृदय की पंखुरियों में किसी को रत्ती भर कपट नजर नहीं आ सकता है!"

"रुकिए-रुकिए, बोकील बाबा।" पंतजी को बीच में रोकते हुए अफजल खान ने हँसकर कहा, "तुम्हारा शिवा तलवारबाज है, यह तो सुना था। लेकिन क्या वह शायर भी है?" फिर उसने इशारा किया तो वे आगे का मजमून पढ़ने लगे, "खान साहेब, इस पत्र के माध्यम से हम किसी अलौकिक शख्सियत से सम्पर्क कर रहे हैं, यह हम बखूबी जानते हैं। सच तो यह है कि आपके जैसे बहादुर और

आदरणीय पुरुष की नजर-से-नजर मिलाने का बल हमारे भीतर नहीं है। मैं अपने मन में आपके विषय में क्यों किन्तु-परन्तु रखूँ? मैं एकदम नि:शंक मन से आपकी इच्छानुसार वे सारे किले तो क्या, पूरी जावली सौंपते हुए अपनी कटार भी आपके सामने पेश करने को तैयार हूँ।"

"वाह-वाह! यह छोरा तो कितने भले दिल का तेजस्वी नजर आता है। पढ़िए बोकील, आगे पढ़िए।"

"आपने जो वचन दिए हैं, उन्हीं के अनुसार मैं आपके हुक्म की तामील करने के लिए तैयार हूँ। खान साहेब, आपसे विनम्र निवेदन है कि बेकार ही वाई नगर में पड़े अपने लम्बे पड़ाव को अब समेट लें। प्रतापगढ़ की स्वच्छ, शीतल हवा का लाभ लें। अपने पूरे लश्कर के साथ हमारे इन बेहद पुराने और घने जंगलों की सैर का आनन्द लें। वर्षा ऋतु के बाद यहाँ का सौन्दर्य अलौकिक हो उठता है। ऊँची घास के दूर तक फैले हुए मैदान किसी सुन्दर चादर की तरह बिछे हुए दिखने लगते हैं। हर तरफ सोने जैसे दमकते इन सोनकी फूलों की बहार...।"

"पंतजी, रुकिए-रुकिए...वहीं रुकिए। आपके राजा के इस खलीते का यह आखिरी भाग हमें बिलकुल पसन्द नहीं।"

अफजल खान की इस प्रतिक्रिया पर पंतजी और कृष्णाजी दोनों ही चौंक गए।

"खा-न-सा-हे-ब?"

"हाँ-हाँ...मैं खूब जानता हूँ, ऊपर शहद जैसे मीठे-मीठे लफ्ज और भीतर ये शैतानी चाल।" अपनी आँखें नचाते हुए खान बोला, "नहीं-नहीं...हरगिज नहीं।"

"लेकिन, लेकिन खान साहेब?"

"बता दो इस शिवा को, जावली और प्रतापगढ़ की पहाड़ी में मैं तो क्या, मेरा मुर्दा भी नहीं जाएगा। आपको यहीं-कहीं नीचे ही वाई के आसपास आना होगा।"

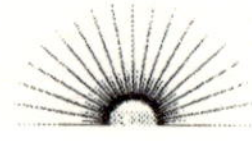

"कहाँ गया आपके सीने में भड़कते हुए शोलों का जलवा? शिवा जैसे एक मामूली पहाड़ी जमींदार को बन्दी बनाकर लाने के लिए यहाँ से गई हमारी बीस हजार की फौज बीमार भालू की तरह बैठी हुई है क्या? वो भी चार महीने? क्या कर रहे हैं हमारे कातिल-ए-काफिरान अफजल खाँ साहेब? क्या वे सारी बड़ी-बड़ी बातें मराठों का मुल्क देखते ही पिघल गईं?"

खैरियत खान जब बीजापुर से तीव्रता से भेजे गए खलीते का वाचन कर रहा था, तो उसके प्रत्येक शब्द के साथ अफजल खान की आँखों के सामने बड़ी बेगम की ऊँची आकृति, उनका सख्त चेहरा और तीखी-तरेरी हुई आँखें उभर रही थी। चिढ़कर अफजल खान ने अपने सिर का पठानी साफा निकालकर बाजू

में फेंक दिया। खैरियत खान को चुप देखकर वह चिल्लाते हुए बोला, "पढ़िए, आगे पढ़िए।"

"गुस्ताखी माफ खान साहेब। मेरी हिम्मत नहीं होती।" उसके हाथ थरथरा रहे थे।

"पढ़िए।"

खैरियत ने घबराकर थूक निगला और आगे का वाक्य जैसे-तैसे पढ़ा, "अगर आप सही ढंग से लड़ना नहीं चाहते..."

"तो क्या? पढ़िए खैरत।"

"तो तुरन्त मैदान में कोई नया सूरमा भेजा जाएगा।"

अफजल खान जैसे अभिमानी सेनापति को मुहिम की बागडोर अपने हाथ से ले लिये जाने के बारे में इस्तेमाल की गई बेगम की वह भाषा बिलकुल भी अच्छी नहीं लगी। वह 'बस करो, बस करो' चीखते हुए बैठक से उठ गया और उसी दालान में किसी जख्मी जंगली सूअर की तरह बावरा होकर गोल-गोल चक्कर लगाने लगा। वह बीच में महल की बड़ी कमानीदार खिड़की में से बाहर दिख रही उफनती नदी के तेज बहाव पर नजर डालने लगा। उसका बेकाबू मन किसी तरह से नियंत्रित नहीं हो पा रहा था, "देखा देखा अंकुश खान, खैरियत भाई...आप देखिए, इसे कहते हैं तकदीर का फसाना। जिस कातिल-ए-काफिरान अफजल खान ने दक्खन में चालीस से ज्यादा राज्ञा-महाराजाओं और बड़े-बड़े वतनदारों को बेवतन कर डाला, 'हार' नाम की शर्मनाक लौंडी ने जिस बहादुर के सामने खड़े होने की हिम्मत नहीं की, उस शख्स को अफजल खान कहते हैं...और आज...आज हमारी बड़ी बेगम साहिबा ने ऐसे वफादार बन्दे को सीधे ना-ला-य-क ही ठहरा दिया?"

गुस्से की कैफियत में डूबे अफजल खान ने साफा और शमशीर उठाई और बैठक से निकलने को हुआ। तभी अंकुश खान ने घबराकर पूछा, "मियाँ अफजल साहब, कहाँ जा रहे हो?"

अफजल खान का काला पड़ चुका चेहरा अलग ही गवाही दे रहा था। अपने दोस्त सरदारों के मुँह पर डर की छाया देखकर उसने एक ठंडी साँस छोड़ते हुए कहा, "जिस सियासत को 'कद्र' नाम का लफ्ज मालूम नहीं, वहाँ रुकना यानी अपनी बर्बादी।"

खड़े-खड़े खान ने अपने दीवान को मजमून लिखवाया। अगर बीजापुरी आदिलशाही को मैं इतना ही नालायक लगता हूँ तो मेरी जगह बेशक नए लायक सिपहसालार की नियुक्ति कर सकते हैं। कहते-कहते वह तेजी से अपने निजी कक्ष की तरफ निकल गया।

अफजल खान देर तक किसी थके हुए आदमी की तरह अपनी जगह बैठा था। जैसे कोई बहुत दूर-दूर तक भटककर आए और दम लेने के लिए देर तक एक जगह बैठा रह जाए। काफी देर बाद खान के दालान में कदमों की आहट हुई। उसने गरदन उठाकर भी नहीं देखा। उसे पता था कि इस स्थिति में उसके नजदीकी

अंकुश खान के अलावा कोई नहीं आ सकता था। चिढ़े हुए अन्दाज में वह नाराजगी से बोला, "अंकुश खान, बेकार मेरा पीछा करने का कोई फायदा नहीं। मुझे नहीं लगता कि अब मेरा इरादा बदलेगा।"

"वाह अफजल भाई, चार महीने बाद बीजापुर ने थोड़ी सी नाराजगी दिखाई तो इतना शोर मचा रहे हो? अफजल, तेरे जैसे इनसान तो नमक के प्रति सदा वफादार रहते हैं।"

"लेकिन मेरी गलती क्या है?"

"भाई अफजल, सुलतान के दरबार में तेरे जैसे बीस बड़े सरदार होंगे। लेकिन शाही सेवा में रहते हुए एक सौदागर की तरह अपना धन्धा खड़ा करने वाला, समुन्दर में अपने जहाज चलाने वाला तू अकेला सरदार है। एक आदिलशाही सलामत छोड़कर अपनी खुद की 'टकसाल', सोने की अशरफियाँ और सिक्के ढालने के कारखाने चलाने वाला क्या कोई और 'माई का लाल' है इस आदिलशाही हुकूमत में?"

अंकुश खान की इन खरी-खरी बातों से अफजल खान थोड़ा नर्म पड़ा। वह मन-ही-मन सोच रहा था कि अपने गुस्से पर काबू रखना चाहिए कि तभी अंकुश खान ने उस पर दूसरा हमला कर दिया, "और कैसे भूल जाऊँगा मैं अपनी उन भोली, बेचारी और अति सुन्दर बहनों को! सारी-की-सारी खानदानी, अमीर-उमरावों की बेटियाँ। जब उन्होंने एक बहादुर योद्धा से ब्याह रचाया था, तब कितने हसीन सपने देखे होंगे। आखिरकार अपने वतन के वास्ते, शौहर की फतह के लिए उस कुएँ में अपनी जान कुर्बान करने वाली वह मेरी बहनें! आप भी उनकी कुर्बानी का मजाक बनाने के लिए निकले हैं?"

बहुत रात हो चुकी थी। अंकुश खान ने मुद्‌दे की खरी-खरी बातें कही थीं। उसकी बातों का प्रतिकार करने की ताकत अफजल खान में नहीं बची थी। अपने लिए बनाए उस विशाल मकबरे, चिश्ती पीर बाबा की सलाह और तमाम सारी बातें अंकुश खान ने उसे स्मरण करा दी थीं। इन सब बातों से उमड़े ज्वार के आगे अफजल इतना विवश हो गया कि उस मानसिक अवस्था में शराब के प्याले को स्पर्श करने की हिम्मत भी उसके अन्दर नहीं बची।

"जावली के पहाड़ों में जाने का सीधा मतलब है कि शिवा के मुल्क में फौज लेकर उतर जाना।"

"सुनिए अफजल मियाँ, इस तरह की हड़बड़ी और जल्दबाजी से आखिरकार बर्बादी के अलावा क्या हाथ में आने वाला है?" खान के सभी बीस-बाईस बुजुर्ग सरदार उसे धीरज से काम लेने की सीख दे रहे थे।

कृष्णाजी भास्कर प्रतापगढ़ से हाथ हिलाते हुए ही वापस लौटे थे। उनके पास यही समाचार था कि शिवाजीराजे सीधी मुलाकात करने से बच रहे हैं। शिवाजीराजे को कैद करने के लिए अफजल खान बीजापुर से वाई तक बहुत जोर-शोर से आया था। वाई पहुँचने के बाद भी वह शिवाजीराजा को बन्दी बनाने के लिए खूब उतावला था। उसने शिवाजीराजे का रास्ता रोकने के लिए उनके पीछे चोरी-छुपे सैनिक भेजे थे। राजा पर धोखे से हमला करके उन्हें जान से मारने की कोशिश की थी। बाबाजी भोसले जैसे मेहमान की मदद से भी उसने शिवराय को ठगने का भरसक प्रयत्न किया, लेकिन वह दाँव भी उलटा पड़ गया।

मूसलाधार बारिश ने उसके सामने वाई में ही जबरदस्ती रुके रहने के अलावा कोई रास्ता नहीं छोड़ा था। उस पर सह्याद्रि के पहाड़ों से मरगट्ठों की मित्रता उसके लिए एक सिरदर्द ही थी।

अचानक अफजल खान ने इरादा बदला। उसने वाई का मैदान छोड़कर तत्काल प्रतापगढ़ निकलने का निश्चय किया। इसकी खबर लगते ही खान के अक्खड़ मिजाज और हुक्म देने की आदत की परवाह न करते हुए उसके सारे सरदार उसके महल में जल्दी-जल्दी इकट्ठा हो गए। उसमें से ज्यादातर ऊँची आवाज में चिल्ला रहे थे, "सुनिए अफजल मियाँ, उस कृष्णाजी के हाथों समझौते के लिए शिवाजी ने प्यार-मोहब्बत का जो पैगाम भेजा है, वह सिर्फ आँखों में धूल झोंकने के लिए है। हमारी बात मानिए।"

"अरे, हमारी सुनिए। फँसोगे...पछताओगे।"

अनुभवी दुंदे खान ने वहीं अपनी तलवार पटकी। वह रोनी सूरत लिये बोला, "आप हमारी नहीं सुनोगे तो बर्बादी के रास्ते पर ही आगे बढ़ोगे मियाँ।"

"खामोश खामोश दुंदे मियाँ। आपके जैसा अनुभवी और बुजुर्ग सरदार किसी बेसुरी लौंडिया के माफिक गला फाड़कर रोता है, यह बात हमें किसी सूरत हजम नहीं हो सकती।"

"खान साहब, बेचारी लौंडी रोती है अपने शौहर के भले के लिए। अगर मेरी आँखों से आँसू बह रहे हैं तो वह आपके लिए, न कि मेरे लिए। मैं रो रहा हूँ हमारे प्यारे वतन बीजापुर के वास्ते!" दुंदे खान को कँपकँपी छूटने लगी थी।

बैठक की हवा बहुत गर्म हो चुकी थी इसलिए वातावरण थोड़ा ठंडा होने तक अफजल खान जान-बूझकर शान्त बैठा। थोड़ी देर बाद उसने अपनी मीठी आवाज में, नरमी से अपने दोस्त राजदारों को अपने फैसले की तरफ करने का प्रयत्न शुरू किया, "भाईजान, आखिर आप सब क्यों डर रहे हो? तुम्हारी आँखों को कुछ दिखता नहीं क्या? अपनी बीजापुरी फौज की ताकत के आगे शिवाजी की बीमार भेड़-बकरी जैसी हो गई विचित्र अवस्था तुम्हें दिखाई नहीं दी? दुश्मनों के उस मक्का-मदीना... क्या कहते हैं वो जालिम मरगट्ठे...हाँ, वही तुलजापुर और पंढरपुर...भूल गए तुम...

कैसे वहाँ हमारा नाम सुनते ही इनसान क्या बड़े-बड़े भगवान भी काँपने लगे थे! सब थरथरा गए थे। हमारी फौज तो जलते अंगारे की तरह बढ़ती रही और देखिए क्या हुआ उनके अधमरे फौजियों का...उनके सुपे, इन्दापुर और बारामती जैसे ठिकानों का? उन दुबले-डरपोक दुश्मनों ने इतना बस सुना कि हम आ रहे हैं...तो वे सब-के-सब अपना सामान छोड़कर पहाड़ों की तरफ भागने लगे..."

आखिर में सबको अफजल खान का फैसला मानना पड़ा। लेकिन किसी को यह समझ नहीं आ रहा था कि कल तक जो अफजल खान बड़ी समझदारी भरी भाषा में कहता था कि कयामत तक यहाँ धीरज से टिके रहेंगे और शिवाजी पर फंदा कसेंगे, उसे अपने खेल में उलझा लेंगे, अचानक उसका दिमाग कैसे घूम गया। वैसे एक बात हुई थी, जिसकी वजह से सम्भव है कि अफजल ने खुद ही यह नया पत्ता फेंकने का मन बना लिया हो।

कृष्णाजी भास्कर जिस खलीते के साथ आए थे, उसे सबके बीच पढ़ा गया। उसका मजमून समझा गया। जब खान के शयनगृह से सब निकलने लगे तो कृष्णाजीपंत ने धीरे से कहा, "हुजूर, शिवाजी ने एक खास निजी चिट्ठी दी है मेरे पास।"

अफजल खान ने हड़बड़ी में वह दूसरी चिट्ठी अपनी आँखों के सामने रख ली, "जंग बहादुर खान साहेब, सच कहूँ तो आपके पाक पैरों का सहारा ढूँढ़ते हुए मैं आपकी तरफ दौड़ा आने वाला था। लेकिन खैर, हमारे हाथों आप जैसे बुजुर्ग शेरजंग सरदार के प्रति इतने घोर अपराध हुए हैं कि मैं आप हजरत को अपना पापी, अपराधी मुँह दिखाने की कल्पना भर से शर्मिन्दा हो जाता हूँ। मेरे जैसा बहका हुआ तरुण आपके पवित्र चरणों का चुम्बन लेकर कब इन पापों से मुक्त होगा, यही सोचते हुए मैं बेताब हूँ। आप हमारे पिताजी के जाने कितने बरस पुराने साथी हैं और उस नाते से आप हमारे काका लगते हैं। इसलिए आज के बाद आपके बनाए पदचिह्नों से मार्गदर्शन प्राप्त करते हुए हम अपने जीवन को सुधारने का प्रयत्न करेंगे।"

"फिलहाल हुजूर को थोड़ी सी तकलीफ होगी मगर आपसे विनम्र निवेदन है कि प्रतापगढ़ की तरफ आगे बढ़ आएँ। आपके साक्षात् दर्शन और भेंट से हमारे चित्त की शंका-कुशंका भी अपने आप दूर हो जाएगी। फिर हम दोनों ही यहाँ ज्यादा समय व्यर्थ नहीं गँवाएँगे। आपकी अँगुली पकड़कर मैं यहाँ जंगलों से निकलकर बामणोली, वोसाटा के रास्ते से बाहर निकल चलूँगा, बीजापुर के लिए। मेरे पापी मन में चल रही उथल-पुथल तभी दूर होगी, जब मैं बीजापुर के महल में महामाता बड़ी बेगम आई साहेब के चरणस्पर्श करूँगा। कृपया शीघ्र ही इधर प्रतापगढ़ पर पधारें। अन्धे को आँखें दें और दुर्बल को सहारा दें। इसके बाद हम दोनों तत्परता से बीजापुर के लिए निकल पड़ेंगे।"

वह खलीता पढ़कर अफजल खान बहुत खुश दिखाई दिया। भरी रात में उसने खिदमतगारों को फौजी दफ्तर में पहुँचाया और हाथोंहाथ लकड़ी का विशाल पिंजरा

बुलवाकर अपने शयनकक्ष से लगे दालान में रखने की व्यवस्था कराई। उसने सख्त ताकीद दी कि रात को कोई सेवक या खिदमतगार किसी भी हाल में इस तरफ न आए। फिर अफजल खान किसी भूत की तरह लकड़ी के उस पिंजरे को देखते हुए उसके चारों तरफ चक्कर लगाने लगा।

पूरी रात वह पिंजरे के ऐसे ही चक्कर काटता रहा। जैसे एक बच्चा हवा में लहराते किसी फुग्गे को देखते हुए आनन्दित होता है, वैसे ही उसकी आँखें लकड़ी के पिंजरे के अन्दर शिवराय को देख रही थीं। वह चुटकी बजाते हुए किसी दुष्ट की तरह हँस रहा था, "पकड़ो भाई, पकड़ो...जहन्नमी शिवा को...।" कहते हुए वह बार-बार उस पिंजरे को अपने हाथ की लाठी से प्यार से पीट रहा था।

सुबह तक खान की आँखें रात भर के जागरण से लाल-सुर्ख होकर भारी हो गई थीं। तभी पिंजरे पर वह एक बार फिर जोरदार लाठी जमाते हुए जोरों से हँसा और बोला, "शिवा बहुत होशियार है बेटा तू! ये मीठी-मीठी बातें करके तू हमें फँसाना चाहता है ताकि तू हम पर अपना जाल फेंक सके। तू हमको अपने लपेटे में लेने के सपने देख रहा है न? लेकिन तुझे क्या पता? जब शिकारी अपना नसीब फूटने से या पैर फिसल जाने से खुद जंगल में फँस जाता है तो सीधे जंगली जानवर की गोद में जाकर गिरता है। तब वो हिंसक और मजबूत जानवर उसकी छाती पर बैठकर अपने पंजों और नाखूनों से शिकारी की अँतड़ियाँ बेरहमी से खींचकर निकाल लेता है। उसका पूरा बदन छील देता है...चबा डालता है। उसी पल का मैं मजा लूटना चाहता हूँ...बेटा, तेरे पास जाल होगा लेकिन मैं तो जंगल का खूँखार जानवर हूँ। थोड़ा-सा समय बचा है तेरे पास सिवा ये कातिल-ए-काफिरान, शिकंदा-ए-बुनियाद-ए-बुतां अफजल खान तुझसे मिलने आ रहा है।"

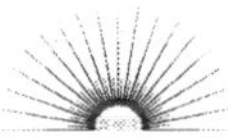

सुबह की पहली किरण फूटने से पहले ही सेना के शिविर में हलचल पैदा हो गई थी। अफजल खान ने अपने तम्बू उखड़वा लिये थे। सैकड़ों बैलों और गधों की पीठ पर सामान लाद दिया गया था। मुर्गे के बाँग देने से पहले ही फौजें रवाना हो चलीं। साढ़े तीन महीनों से अस्तबल में बन्द घोड़े तेजी से बाहर दौड़ पड़े। सुबह-सुबह की ठंडी हवा नथुनों में घुसते ही वे मारे खुशी के दुलत्तियाँ झाड़ने लगे।

केवल बीस हाथी और करीब अस्सी वजनी तोपें वाई के इन मैदानों में छोड़ी गई थीं। बाकी सारा सामान लेकर लश्कर आगे बढ़ गया था।

सुबह होते-होते रास्ते में कुसगाँव पड़ा। जब तक सूरज सिर पर चढ़कर तपाने लगा तब तक चिखली आ गया। वहाँ सबने इधर-उधर टेका लगाते हुए निहारी की। रसोईघर सँभालने वाले लड़के जब पीछे हटे, तो चमड़े की मशक में पानी लेकर

भिश्ती लड़के आगे आ गए। सिपाहियों और घुड़सवारों ने खड़े-खड़े ही पानी पीया और एक बार फिर रास्ते पर आगे बढ़ गए।

दोपहर में सबको तायघाट की खड़ी चढ़ाई चढ़नी पड़ी। बीजापुरी लश्कर को तब सह्याद्रि के जंगलों का पहला अनुभव मिला। बरसात को गुजरे हुए अभी लम्बा समय नहीं हुआ था और मैदान तथा रास्ते गीले थे। भुरभुरी नम मिट्टी में घोड़ों के पैर फिसलने लगे। घुड़सवार तुरन्त छलाँग मारकर नीचे उतरे। अपने जानवरों की लगाम हाथों में ली और उन्हें आगे खींचने लगे। उन्हें अन्दाजा लग चुका था कि इस ऊँची चढ़ाई पर खींचे बगैर घोड़े आगे बढ़ने वाले नहीं हैं। अच्छा ही हुआ था कि शिवाजीराजा ने खान साहब से विनती करके कोई दस दिन पहले उनसे कुछ हाथी माँगकर मावलों के अधिकार में दे दिए थे। उनकी सूँड़ के फटकों से रास्ते के कई छोटे-बड़े पेड़ उखड़ गए थे। बाद में उनके साथ चल रहे पैदलों ने बाकी बचे झाड़-झंखाड़ हाथों से तोड़ डाले थे, जिससे जाने लायक रास्ता बन गया था। अन्यथा इस घाट से होते हुए लश्कर के लिए ऊपर चढ़ना असम्भव ही था।

हाथियों का दल जब घाट पर चढ़ने लगा, तो उससे पहले करीब दस-बारह हजार घोड़े उस खड़ी चढ़ाई से होकर गुजर चुके थे। इसलिए जानवरों के खुरों से रास्ते में कीचड़-ही-कीचड़ हो गया था। कई बार रास्ते में पड़े गड्ढों का अन्दाजा न होने के कारण कई गधे अपने ऊपर लदे सामान समेत गिर गए थे। इसी बीच आजू-बाजू के कुछ घोड़े भी कभी चट्टानों और नोकदार पत्थरों से ऐसे टकराए कि उनकी पीठ ही टूट गई। वे भयानक दर्द से हिनहिनाते हुए दोहरे होने लगे। घोड़ों के मालिकों के लिए भी उनकी यह तकलीफ देख पाना मुमकिन नहीं था, इसलिए उन्होंने ऊँचे पहाड़ी रास्तों से अपने जानवरों को गहरी खाइयों में फेंक दिया। उन्हें चिरविश्रान्ति दे दी।

घाटों से हाथियों का झुंड लेकर ऊपर चढ़ते वक्त महावतों को जैसे मरण-यातना का अनुभव हो रहा था। हर तरफ बिखरे कीचड़ में आगे कदम बढ़ाते हुए हाथियों के खम्भे जैसे मजबूत पैर फिसल रहे थे। कई बार वे महाकाय पशु कीचड़ में पैर फिसलते ही मुँह के बल, तो कभी बगल में भरभराकर गिर पड़ते। तब उनके घुटनों की सख्त चमड़ी के टुकड़े निकल आते और वे बलशाली जानवर भयंकर चीत्कार करते। कुछ हाथी अपने रास्ते में पड़ने वाले पेड़ों की शाखाओं को अपनी सूँड़ से कसकर पकड़ लेते और अपनी पीठ पर लदे भारी बोझ को आगे खींचने की पुरजोर कोशिश करते।

तायघाट की उस सीधी रेखा जैसी खड़ी चढ़ाई चढ़ते हुए जानवर भर-भर मूत रहे थे। उनकी पीड़ा से उपजी कराहों से सारा जंगल भर गया था। तब घोड़ों के शरीर पर इतने जोर से कोड़े बरसते कि घाव पड़ जाते। पैने अंकुश की चुभन बर्दाश्त से बाहर होने पर हाथी भी भयंकर वेदना से चीत्कार कर रहे थे।

करीब पैंतीस हजार घुड़सवार, पैदल, व्यवस्था सँभालने वाले कारिंदे और बीस हजार से ज्यादा जानवर। इन सब इनसानों-जानवरों के लिए महीने भर तक काम आ सके, इतना धन-धान्य और चारा तथा बाकी युद्ध का सामान इस घाट से ऊपर ले जाना किसी चमत्कार से ही सम्भव था। यहाँ से पार होते-होते तीन दिन गुजर गए।

फौज आगे चल रही थी। सामने की तरफ प्रचंड खड़े पहाड़ और बाईं ओर सँकरे दर्रे। पुराने और ऊँचे पेड़, घनी कँटीली झाड़ियाँ बीजापुरी लश्कर के लिए कतई अपरिचित नहीं थे। कुछ जानवर और इनसान उधर शिमोगा के जंगलों में खूब घूमे थे। लेकिन वहाँ के पेड़-झंखाड़ ठिंगने, कम घने और दूर-दूर बिखरे थे। इसलिए यहाँ का जंगल देखते हुए बीजापुरी सिपाही आपस में बतियाते हुए हैरान हो रहे थे, "ये शिवा का कैसा भुतहा मुल्क है? अय अल्लाह!"

"कैसे ये बड़े-बड़े पेड़? और इनके बीचोबीच ये अँधेरा-ही-अँधेरा...यहाँ तो सूरज की किरणें भी सालों-साल में जमीन को नहीं छू पाती होंगी। हमारे आदिलशाह साहब ने क्यों हमें ऐसे भयानक नरक में धकेल दिया है?"

इतने में पीछे से कड़क और रोबदार आवाज कानों में पड़ी, "अरे भाई, खैर खुदा की, मुल्क आदिलशाह का और बर्बादी इस जहन्नमी शिवा की।" इस दमदार आवाज के साथ ही चलते हुए जैसे सबके कदम ठहर गए और सारी गरदनें अपने आप पीछे घूम गईं। कातिल-ए-काफिरान अफजल खान अपनी साढ़े छह फीट ऊँची देह लेकर फर्राटे से चला आ रहा था। पैदल सिपाहियों के पास रुककर वह उनसे बात करने लगा। उसका एक हाथ कमर पर था। वह अपने सैनिकों का उत्साह बढ़ा रहा था। उसके साथ खैरत खान, मूसेखान, अंकुश खान तो थे ही, आश्चर्यजनक ढंग से कृष्णाजीपंत भी तेज चाल से चलते हुए आगे आ रहे थे। जिस अन्दाज में वह निश्चिन्त बढ़े जा रहे थे, उससे साफ था कि उनकी रग-रग इस इलाके से वाकिफ है।

अफजल खान को देखकर जोश से भरे सिपाही 'अस्सलाम अलैकुम', 'फतेह हो मेहबान' जैसे नारे लगा रहे थे।

गुरहेगर, भिलार से लिंगमला पार करते हुए वेण्णा नाम की जंगली नदी को पार करते हुए पूरा इलाका सपाट था। रास्ते की पहाड़ियों के घने पेड़ों को पार करके वेण्णे पहुँचने तक लश्कर को दो दिन और लग गए थे। तब सबने मेटतला में पड़ाव डाला।

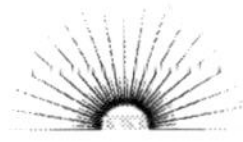

उस आधी रात को प्रतापगढ़ पर दिन भर का कामकाज निबटाने के बाद सारे प्रमुख अधिकारी और सरदार अपनी-अपनी जगह सोने जाने की तैयारियाँ कर रहे थे। तभी

मोरोपंत की तरफ से तत्काल बैठक का बुलावा आ गया। उसी क्षण सब लोग निकलकर तेजी से बैठक कक्ष में इकट्ठा हो गए।

बैठक की सामने की पंक्ति में तानाजी मालुसरे और नेताजी पालकर विराजे थे। दोनों एक-दूसरे से चिपके हुए कानों में फुसफुसाते हुए कुछ बातचीत कर रहे थे। इस जोड़ी के बीच कानों ही कानों में क्या वार्ता हो रही थी बाकियों ने इसका अन्दाजा लगाना शुरू किया। इतने में कान्होज़ी जेधे, मोरोपंत पिंगले, गोमाजी पानसम्बल, पंतजी गोपीनाथ जैसे वरिष्ठ जन एक साथ दाखिल हुए। उनके पीछे-पीछे राजे के आने की घोषणा चोबदारों ने की। राजा के भीतर आते ही सबने फटाफट झुककर सलामी दी। शिवराय सबके सामने पहुँचे और अपने आसन पर बैठ गए।

दिन भर वहाँ काफी हंगामा था। अफजल खान की सेना के मेटतला से निकलकर एकदम रडतोंडी के घाट के किनारे आ लगने की खबर पहुँची थी। कल सूरज उगने के साथ ही खान रडतोंडी के उस खड़े घाट से उतरना शुरू करने वाला था।

सामने बैठे मालुसरे पर नजर डालते हुए राजा ने सवाल किया, "हाँ कहिए तानाजीराव, क्या खबर है आपके पास?"

"महाराज, पूरी दुनिया जानती है कि वह अफजल खान कितनी उलटी खोपड़ी का आदमी है।" तानाजी बोले।

"सच है, उसके बदन में बहादुरी कूट-कूटकर भरी है, लेकिन उसकी काली करतूतें कोयले की खदानों जैसी हैं। उधर बीजापुर में लोगों को भी उसके खतरनाक और क्रूर स्वभाव की जानकारी है...आगे बताइए।"

"दो महीने पहले ही जब शिवापट्टण में सईबाई रानी साहेब का दुखद निधन हुआ था, तब जब अन्तिम संस्कार से निवृत्त होकर आप वापस लौट रहे थे, तभी सह्याद्रि के घने जंगलों में, भरे बरसते पानी के बीच इसी बदमाश ने धोखे से आपकी जान लेने का प्रयत्न किया था...।"

राजा ने अपनी कौतुक भरी नजर से नेताजी को देखा और बड़े गर्व से कहा, "तब हम बाल-बाल बच गए और उसका श्रेय हमारे नेताजी पालकर को ही जाता है।"

राजा ने चारों तरफ नजर डाली और उनके हाथों की अँगुलियाँ अपने आप मुट्ठी में बँध गईं। उनका हाथ अपनी जाँघ पर आ गया। उन्होंने गम्भीर स्वर में कहा, "अब सीधे मुद्दे पर आते हैं। बताइए कि इतनी जल्दबाजी में यहाँ सबको क्यों बुलाया गया है।"

"मुझे नहीं, तानाजी को कुछ कहना है।"

"हाँ, कहिए तानाबा।"

तानाजी एक कदम उठाकर आगे बढ़े और अपने हाथों में सहेजा हस्त-निर्मित कच्चा नक्शा उन्होंने खोलकर राजा के सामने रख दिया। नक्शे में बने निशानों

को देखते ही राजा ने पहचान लिया और बोले, "यह अपने रडतोंडी का घाट दिख रहा है।"

"बिलकुल सही पहचाना राजे। हरामजादे अफजल खान ने आज की रात मेटतला के गाँवों के आसपास मैदानों और रडतोंडी के घाटों के बीचोबीच अपना पड़ाव डाला है।"

"हाँ, कल सुबह-सुबह उसके सैनिक उस दुर्धर्ष घाट से उतरना शुरू करेंगे।" शिवराय ने आगे पूछा, "लेकिन...लेकिन तुम दोनों के मन में आखिर चल क्या रहा है?"

"महाराज, आप पलक झपकाकर इशारा भर कीजिए। हम तुरन्त दौड़ते हुए जाते हैं और जैसे ही पूरी फौज के साथ खान रडतोंडी के घाट पर उतरेगा, उस पर टूट पड़ेंगे। हम उस हरामखोर को मेढक की तरह बोतल में बन्द करके यहाँ ले आएँगे।"

तानाजी और नेताजी की जोड़ी की बनाई इस कमाल की बहादुरी भरी योजना को सुनकर सबके कान खड़े हो गए। सबकी जैसे भुजाएँ फड़क उठीं और पूरी बैठक में उत्साह हिलोरें मारने लगा। साँसें तेज हो गईं। मगर धीर-गम्भीर राजे ने आराम से शान्त स्वर में कहा, "आप लोगों को कुछ बातें याद हैं या नहीं? एक समय खान वाई छोड़कर जावली में कदम रखने के लिए तैयार नहीं था। हमने उसकी कितनी मिन्नतें की। उसका और उसकी सेना का प्रवास आरामदायक हो इसलिए हमने ही उस भीषण जंगल के रास्तों में पड़ने वाले बड़े-बड़े पेड़ उखड़वा दिए।"

"हाँ राजे।"

"उन रास्तों के वृक्ष उखाड़ने के लिए हमारे पास पर्याप्त हाथी नहीं थे, तो हमने उनसे ही हाथी दल मँगा लिये। रास्ता साफ करके दिया...।"

"वही तो कह रहे हैं राजे। पेड़-झाड़ियाँ-झंखाड़ हटाने के काम में लगाए हमारे मावलों को अब जंगल के रास्तों, चोर रास्तों और रास्ते में आड़ ले सकने जैसी चट्टानों तक की खूब जानकारी हो गई है। आप सिर्फ इशारा कीजिए और हम आगे बढ़कर उस अफजुल्ले को फौज के साथ वहीं गारत कर देते हैं।"

"थोड़ा रुकिए नेताजी काका। अपने दिमाग के घोड़ों की लगाम थोड़ी खींचकर रखो। सँभालो उन्हें।"

बोलते-बोलते राजा की आवाज ऊँची हो गई। वह कुछ कठोर हो गए। बाकी बड़े अधिकारी थोड़ा हड़बड़ाए। घबराए। राजे धीर-गम्भीर स्वर में बोले, "हमने उस खान को वचन देते हुए अपने आँगन में आकर मिलने का निमंत्रण भेजा है। अब ऐसे में बीच रास्ते में ही उसे घेरकर ठगों और पिंडारियों की तरह धोखा देकर गला घोंटना क्या हम मराठों की प्रतिष्ठा को शोभा देता है?"

"लेकिन राजे, वह कौन सा दूध का धुला देवता जैसा इनसान है?" नेताजी ने

भुनभुनाते हुए कहा, "क्या आप शिरे के कस्तूरीरंगा को भूल गए हैं? उस बहादुर राजा को समझौते की बातचीत के निमंत्रण के बहाने बुलाकर इसी शैतान ने उसका गला घोंट दिया था। ऐसी ही धोखाधड़ी से इसने आपके पितृतुल्य ज्येष्ठ भाई... सम्भाजीराजे को कर्नाटक में कनकगिरी के जंगलों में मरवा दिया। आपके पिता शहाजीराजे के हाथों में हथकड़ियाँ पहनाने की जुर्रत इसी ने की...तो ऐसे हैवान के मर जाने से कौन सा हमारे घर में सूतक लग जाएगा?"

"देखिए नेताजी काका, हम अपने ध्येय से रत्ती भर भी दाएँ-बाएँ नहीं हुए हैं। लेकिन हमें समझ नहीं आता कि आपके बदन में यह उतावलापन क्यों भरा रहता है?"

"कारण राजे यह है कि ये अफजल खान हम मराठों का सौ जन्मों का बैरी है। जब से मैंने सुना कि यह शैतान बीजापुर के किले से बाहर निकला है, तब से मैं रातों में ठीक से सोया नहीं हूँ और न ही आराम से भोजन किया है। अपने हजार दुखों का यह रोग मुझे जड़ से खत्म कर लेने दो।"

"लेकिन ऐसे अचानक जाकर खान पर हमला कर देना...वह कोई अकेला-दुकेला तो है नहीं।"

"इसमें घबराना कैसा? समझो कल मर भी गए, तो हमारे हिस्से में वीरों की तरह मौत को गले लगाने का पुण्य तो आएगा।" नेताजी ने बेफिक्री से कहा।

"अरे वाह नेताजी! वी-र-ग-ति! तो क्या आपका यह सारा उतावलापन सिर्फ समाधि का पत्थर बनकर एक जगह खड़े रहने के लिए है?" राजा ने निराश स्वर में पूछा।

"ऐसा क्या कह रहे हैं राजे?" नेताजी का स्वर व्याकुल हो गया।

"सच ही कह रहे हैं नेताजी काका। आप लाख मरने के लिए जा रहे हों, लेकिन आपके जैसे बहादुर को हम कैसे चले जाने देंगे? उलटे आपके जैसे अनेक पवित्र शिलाखंडों को इकट्ठा करके हमने हिन्दवी स्वराज्य का विशाल महामन्दिर बनाने का संकल्प लिया हुआ है! आपके होने से बनेगा वह तेजस्वी महामन्दिर! जब तक आसमान में सूरज और चाँद रहेंगे तब तक हमारे स्वराज्य के गीत इस धरती पर गाए जाते रहेंगे!"

शिवाजी राजे के निर्मल वचन सुनकर सभी भाव-विभोर हो गए। वहाँ सन्नाटा छा गया। सिर्फ नेताजी का चेहरा उतर गया। वे फिर भुनभुनाते हुए बोले, "वह मुगलई क्या और ये आदिलशाही क्या, सारे एक ही छल-कपट और घात-अपघात की माला के मोती हैं! चिन्ता सिर्फ एक ही बात की है कि अगर ऐसे ही इनकी धोखेबाजी चलती रही तो किसी दिन अपनी जान का क्या होगा, कुछ पता नहीं?"

"परवाह नहीं काका। यह मंत्रयुद्ध का खेल है! यह शिवाजी अपने दिए हुए शब्द और वचन का पालन करेगा। और किसी बात की परवाह नहीं। हम अपने राजधर्म का पालन करेंगे। एक बार राजा मर गया तो चलेगा, लेकिन मनुष्यता का धर्म सदैव रहना चाहिए।"

“अरे, लेकिन राजे, दुश्मन अगर आकर अपनी छाती पर ही बैठ गया है तो भी क्या हमें शस्त्र नहीं उठाने चाहिए?”

“नेताजी काका, युद्ध में जहाँ शस्त्र भी काम नहीं आते, वहाँ रणनीति काम करती है। और जहाँ रणनीति भी काम नहीं करती वहाँ हमारे संकल्प के महामंत्र का आह्वान करना पड़ता है...हमें सह्याद्रि के इन पहाड़ों और घाटियों में नई युद्धनीति के महामंत्र का दाँव खेलना है।”

राजा की इस घोषणा ने सभा को भाव-विभोर कर दिया। कल के लिए बहुत सारे काम बाकी थे। राजा ने बैठक समाप्त की। लोग बाहर निकलने लगे कि तभी राजा ने आवाज दी, “रुकिए सब जरा...आप सबके सामने दिल की एक बात कहनी है। तानाजी हों, नेताजी हों या वे सभी जिन्हें हमारी जान की बहुत फिक्र रहती है...वे अपनी सोने जैसी इन सद्भावनाओं को बनाए रखें। हमें उस अफजल खान को किसी घाटी के किसी कोने में घेरकर नहीं मारना है, हमें उसे खुले मैदान में जमीन पर गिराकर आसमान दिखाना है।”

तभी पीछे की भीड़ से किसी ने राजा को सुनाने जैसी ऊँची आवाज में कहा, “लेकिन राजे, उस धोखेबाज का कैसे भरोसा किया जा सकता है?”

“सम्मान सहित जंग का रास्ता स्वीकार करना है या फिर छल और धोखे की राह पर चलना है, मेहमान होने के नाते यह तय करने का पहला मौका हम उसे देंगे। अगर वह सिर्फ अपनी ताकत के बल पर मूर्खतापूर्ण कोशिश से हमें मुट्ठी में करके किसी फूल की तरह कुचल देने का स्वप्न देखता है तो हम भी बाघ के जैसे उसका गला दबोचे बगैर आराम से नहीं बैठने वाले हैं।”

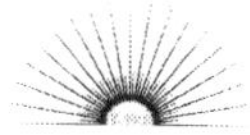

पाँचवें दिन जब अफजल खान की फौज रडतोंडी घाट के मुहाने पर पहुँची, तो वहाँ से नीचे सीधे सत्तर अंश कोण का धारदार उतार देखकर सबके चेहरे का रंग उतर गया। कोई और रास्ता नहीं था। जैसे-तैसे दरारों में पैर रखते हुए पैदलों ने उतरना शुरू किया। लेकिन आगे बढ़ते हुए इनसानों और जानवरों के पैर फिसलने लगे। अपने ऊपर लदे सामान के बोझ से भरे घोड़े अचानक फिसलकर सामने पेड़ों से टकराने लगे। पूरे लश्कर के मुँह से ‘अय अल्लाह...अय खुदा...’ के सिवा कोई शब्द सुनाई नहीं पड़ रहा था। एक बार घोड़े तो भी तेजी से फिसलते हुए किसी तरह अपने अंगों को सिकोड़कर, कहीं किसी पेड़ से अटकते या बड़े पत्थरों का सहारा लेते हुए बढ़ रहे थे, लेकिन रडतोंडी के घाट पर विशालकाय हाथियों का जीवन तो अक्षरशः दयनीय हो गया था। उस भयंकर उतार पर पैर बढ़ाते हुए वे सारे-के-सारे सहमे हुए थे। इसलिए महावतों ने तीक्ष्ण अंकुश उनकी

चमड़ी के अन्दर तक घुसा दिए थे। इस भयंकर वेदना को किसी तरह झेलते हुए हाथी आँखें बन्द करके किसी तरह आड़े-तिरछे होते हुए उतरने लगे। उनके झटके से आगे बढ़ने के कारण उनकी गरदन या मस्तक पर सवार महावतों के सिर ऊपर पेड़ों की शाखों से टकरा जाते थे। इस जोरदार टक्कर में कुछ महावतों के सिर एक मुक्के से फूटने वाले तरबूज की तरह बिखर गए। कई हाथियों की पीठ पर तो चमड़े के पट्टों से दिखने में छोटी मगर बहुत ही वजनी सहान और जंबूरका तोपें बाँधी गई थीं। इतना भारी सामान उठाकर चलते हुए जानवरों को इससे तो मौत भली लग रही थी।

पहली रात तक आधा ही घाट उतर सके। अँधेरे में कुछ दिखता नहीं था। जानवर जहाँ थे, वहीं बैठ गए। भिश्ती लड़कों ने अपने चमड़े के बड़े-बड़े मशकों से उनके लिए रखे नाँद भर दिए। पसीने से तर और हाँफते हुए जानवरों के मुँह को अचानक बड़े-बड़े बर्तनों में पानी का स्पर्श मिला। उस स्पर्श से झनझनाए जानवरों की आँखों से पानी बहने लगा। प्यास बुझाकर जानवर कुछ शान्त हुए तो उतने में कारवाँ में चल रहीं स्त्रियाँ और बच्चे उस अँधेरे में भूतों की तरह अवतरित हुए। अपने साथ लाया चन्दी-चारा उन्होंने जानवरों के आगे डाल दिया। हाथियों-घोड़ों ने थोड़ा-बहुत चन्दी-चारा खाया कि दिन भर के अतिश्रम से थकी हुई उनकी देह निढाल होने लगी और आँखें घूम गईं। अपनी गरदन उन्होंने एक तरफ डाल दी।

दूसरे दिन निहारी के समय, झाड़ियों के पीछे से घाटी का तल, वहाँ घास के छप्परों वाले मकान और जंगल से होकर बहने वाली कोयना नदी की हल्की-सी झलक दिखाई पड़ने लगी। रडतोंडी का घाट खत्म होने को आया है, यह बात समझ आते ही दो पैरौं और चार पैरों वाले सभी जीवों के मन में खुशी की लहर दौड़ गई।

सभी अपनी आश्वस्त चाल से चल रहे थे कि तभी ऊपर किसी सुरंग में विस्फोट की तरह प्रचंड आवाज सुनाई पड़ी। पीछे की तरफ धूल का बादल नजर आया। जब तक यह समझ पाते कि क्या हुआ, रडतोंडी घाट के ऊपरी भाग से विशाल बुर्ज की तरह पत्थरों और मिट्टी के पहाड़ से टूटा हिस्सा सरकता हुआ नीचे आ गया। उस मिट्टी के बादल के साथ धड़धड़ाती हुई विराट चट्टान भयानक आवाज के साथ चली आई। उस लम्बे-चौड़े पत्थर के नीचे कुचलकर जख्मी हो गए इनसानों की चीखें और घोड़ों की करुण हिनहिनाहट से कान झनझना गए।

सारे पैदल तेजी से दौड़ते हुए किसी तरह इस सँकरे रास्ते से निकलने लगे। भूस्खलन में मरे हुए जानवरों के धड़ और सैनिकों के शव खींचकर बाहर निकालने का काम शुरू हो गया। तभी ऊपर की झाड़ियों से अपने साथियों के साथ अफजल खान दौड़ते हुए नीचे आया। मरे हुए जानवरों और इनसानों के साथ यहाँ-वहाँ पड़े

जख्मी लोगों को देखकर वह दहल गया। वह वैसे ही घुटनों पर बैठ गया और नमाज पढ़ने के अन्दाज में झुककर कुछ बुदबुदाने लगा।

बारह घोड़ों के धड़ और पच्चीस से ज्यादा सिपाहियों की मृतदेह बाजू में एक तरफ खींचकर घास पर कतार से रख दी गई थी। नजदीक ही हाथी जैसी विशाल चट्टान के नीचे तीन बीजापुरी सिपाहियों के पैर फँसे हुए थे। एक सिपाही की तो जाँघ पर उस प्रचंड पत्थर का भार पड़ा हुआ था। जबकि बाकी दो के घुटनों से नीचे के पैर उस शिला के नीचे दब गए थे। उस चट्टान के नीचे दोनों के पैरों की नसें गन्नों की तरह फूलकर फट गई थीं और उनसे खून की फुहारें छूट रही थीं।

तीनों ही जोर-जोर से 'अय अल्लाह अय खुदा' चिल्ला रहे थे। वे बुरी तरह से तड़पते हुए इधर-उधर गिर रहे थे। लेकिन वह जगह बेहद सँकरी थी और ऊपर से अब भी वहाँ पत्थर गिर रहे थे, इसलिए कोई उनकी मदद के लिए भी नहीं जा रहा था। इतने में ऊपर से किसी मन्दिर में लगे मजबूत-चौड़े पाषाण-स्तम्भों जैसे शरीर वाला भारी-भरकम गोरा-चिट्टा एक इनसान वहाँ दौड़ा आया। लम्बे डग भरता हुआ वह जाकर उस विशाल शिला से भिड़ गया। उसने शिला पर जमी मिट्टी की मोटी परत में अपनी अँगुलियाँ फँसाई और अपने घुटने जमीन पर टेकते हुए पूरा जोर लगाकर जमीन पर लगभग आधा लेट गया। उसने अपने दाँत-होंठ भींचे और बहुत जोरों से 'अल्लाह' चीखते हुए हाथी के विशाल शरीर जैसी उस चट्टान को प्रचंड ताकत के साथ थोड़ा-बहुत हिलाते-खिसकाते एक बाजू में धकेल दिया। नीचे दबे हुए तीनों सैनिक जैसे मौत के जबड़े से किसी तरह बाहर निकल आए। उनकी मदद के लिए हाकिम और फौज के दूसरे लोग दौड़े। उस चट्टान को खिसकाकर एक तरफ पटक देने वाले इनसान के लिए 'वाह सैयद बंडा वाह' जैसी तारीफें चारों तरफ शुरू हो गईं। अफजल खान ने अपनी अँगुली में पहनी हुई हीरे की अँगूठी निकालकर सैयद बंडा की अँगुली में पहना दी।

उस हादसे में बच गए बेहोश, जख्मी सिपाहियों को भिश्तियों के लड़के पानी पिला रहे थे। अफजल खान एक बार फिर से दृढ़ निश्चय के साथ खड़ा हुआ। उसने सामने खड़े पहाड़ की ओर देखा। फिर आँखें सिकोड़कर बाजू के पहाड़ पर नजर डाली। शिखर पर उसे प्रतापगढ़ का दरवाजा और बुर्ज दिखाई पड़े। उसका पूरा शरीर रोमांचित हो गया। वह थरथराने लगा। अपनी गरदन को दाएँ-बाएँ घुमाते हुए कुरान की आयत की तरह उसने फिर से कोई मंत्र बुदबुदाया।

शाम के समय खान के तम्बूओं में रहने वाले सेवक एक नदी के नजदीक आ पहुँचे। वहाँ एक जगह पर करीब पाँच सौ सैनिकों का झुंड शोर कर रहा था। तभी पीछे-पीछे अफजल खान भी वहाँ आ धमका। भीड़ देखते ही उसे अन्दाजा हो गया

था कि वहाँ कुछ-न-कुछ गड़बड़ है। वह अंकुश खान और खैरियत खान के साथ उस भीड़ में घुसा। 'हटो, बाजू हटो' कहते हुए सब लोग आगे दौड़े। यह देखकर उनके होश उड़ गए कि उस नदी से लगे दलदल में फौज का सबसे प्रमुख हाथी फँस गया था। उसकी पीठ पर शाही हौदा और सेना का झंडा भी लगा हुआ था। हौदा कभी भी पलटकर गिर जाने की स्थिति में आ गया था।

पैदल सैनिक, घुड़सवार, महावत, बेलदार समेत अनेक लोग हाथी के विशाल-मजबूत पैरों के नीचे से कीचड़ को निकालकर उसे ऊँचा उठाने का प्रयास कर रहे थे। लेकिन नदी किनारे की बेहद मुलायम मिट्टी वाली वह जमीन बहुत चिकनी और दलदली थी इसलिए हाथी उस मिट्टी पर लगातार फिसलता जा रहा था। काफी देर से यह उपद्रव वहाँ चल रहा था। चिकनी मिट्टी में धँसे हुए हाथी के पैर, उसके प्रचंड वजन से और अन्दर धँसते जा रहे थे। किसी हाल में पैर बाहर निकलने के लिए तैयार नहीं थे। हाथी को भी अपनी जान पर खतरा समझ आने लगा था और वह घबराहट के मारे बेचैन दिखने लगा था। वह चिंघाड़ रहा था।

खैरियत खान की अवस्था बड़ी विचित्र हो गई थी। उसे समझ नहीं आ रहा था कि वास्तविक स्थिति अपने सेनानायक के सामने कैसी समझदारी से पेश करे। उसने धीमी आवाज में बड़े धीरज के साथ अपने नायक से कहा, "हुजूर, वो हाथी की पीठ पर लगा हुआ हौदा...।"

"हाँ-हाँ, देखा...।"

"सिर्फ हौदा नहीं...उस पर बँधा अपनी फौज का हरा झंडा नहीं देखा हुजूर?"

खैरियत की जुबान से निकले शब्द सुनते ही अफजल खान के पूरे बदन में पसीना फूट गया। किसी भी सेना का मंगलदायक शुभचिह्न हाथी ही होता है, जो सेना के उस झंडे को लेकर चलता है, जिसे सलामी दी जाती है। खान के पेट में जैसे डर का गोला उठा और उसने कुछ विचित्र-सा अनुभव किया। उसे बीजापुर से बाहर कदम रखते ही अपने प्रिय हाथी फतेह लश्कर की मौत याद आई। वह अशुभ का संकेत था। अब अल्लाह यह और कौन-सा धोखा? ऐसा क्यों है कि मंजिल करीब आ जाने पर भी सेना का झंडा लेकर चलने वाला हाथी दलदल में फँस गया? इस दुर्भाग्य को क्या समझा जाए?

दूसरे ही क्षण अफजल ने अपनी रत्नजड़ित तलवार मूसेखान को दी। उसने अपने बदन पर पड़े शाही वस्त्रों और गले में रत्नजड़ित मालाओं की परवाह नहीं की। तत्काल उसने सामने नदी में छलाँग लगा दी और तैरते हुए हाथी के नजदीक पहुँच गया।

अफजल ने पूरी ताकत लगाकर हाथी की सूँड़ पकड़ी और साथ के लोगों में 'खींचो जोर लगा के' चीखते हुए जोश भरने लगा। अपने सिपहसालार को इस तरह कीचड़ में घुसे देखकर कई लोगों ने पीछे-पीछे छलाँग लगाई। बड़ी मुश्किल से वे

उस दलदल में फँसे हुए हाथी को बाहर खींचने का प्रयत्न कर रहे थे। लेकिन चारों तरफ से कीचड़ में फँसे हाथी को इस भीड़ को भेदते हुए बाहर निकल पाना जम नहीं रहा था। उलटे वह ज्यादा-से-ज्यादा नीचे धँसता चला जा रहा था। अपशकुन से घबराए अफजल ने अपनी पूरी ताकत-झोंक दी। हर किसी के पसीने से तर-बतर चेहरे और जान की बाजी लगा देने वाले प्रयास के बाद भी नाकामी की वजह से पैदा हुआ संताप साफ दिख रहा था।

प्रचंड प्रयत्न करके थक चुका अफजल अन्ततः सामने किनारे पर जाकर खड़ा हो गया। उसके बदन का पोर-पोर दुख रहा था। अब दलदल से बाहर सिर्फ हाथी का मस्तक और पीठ दिख रही थी। हाथी को न बचा पाने पर अफजल अब खुद पर ही बुरी तरह झल्लाया हुआ था। उसे अचानक लगने लगा कि जैसे आसपास की सारी पहाड़ियाँ-टेकरियाँ उस पर हँस रही हैं। उसने अपने पास खड़े एक तीरंदाज की तरफ देखा। उसने तुरन्त तीर-कमान अपने हाथ में ले लिये। उसने धनुष पर बाण चढ़ाया और सपासप एक के बाद एक दो बाण चला दिए। आधे-क्षण में ही उन बाणों ने गरीब हाथी की दोनों आँखें फोड़ दीं। निराशा और फजीहत की आशंका ने अब अफजल खान को ही अन्धा बना दिया था।

धीरे-धीरे ताँबई-श्यामवर्णी दलदल में उस दुर्भाग्यशाली हाथी का पूरा धड़ डूब गया।

सूर्य की किरणें अस्त हो चली थीं। सामने पहाड़ों की छायाएँ लम्बी होने लगी थीं। ये छायाएँ पूरे पहाड़ी मुल्क समेत जावली की खाइयों और कोयना के हरे मैदानों को अपनी बाँहों में समेट रही थीं। मावल के सूर्य की सुनहरी किरणें प्रतापगढ़ के माथे को सहला रही थीं। वहाँ लहरा रहे केसरिया झंडे के बुर्ज पर शिवराय अपने सहयोगियों के साथ खड़े थे। बहुत देर से वह ठेठ सामने दिख रहे रडतोंडी के घाट के उतार को अपने विस्फारित नेत्रों से निहार रहे थे।

जन्मों का बैरी आज विशाल लश्कर के साथ अपने डेरे में, मगर उनकी नजरों के घेरे में था।

कोयना तट पर अफजल का डेरा

पहला हफ्ता, नवम्बर 1659

युद्ध का चक्रव्यूह भेदना एक बार सम्भव है लेकिन मानव मन के खेल बहुत अजीब हैं। उनसे पार पाना बहुत मुश्किल है।

अपने शिविर में लेटे अफजल खान का मन बहुत दिनों से बीजापुर की तरफ भाग रहा था। सिर्फ बड़ी बेगम ही नहीं बल्कि पूरे बीजापुरवासियों की आँखें इधर ही लगी होंगी। किसी मुहिम में 'हार' नाम का शब्द जिसके आसपास नहीं फटका, वह कातिल-ए-काफिरान अफजल खान अभी तक क्या कर रहा है? शिवाजी को खत्म करके उसकी पूरी फौज को ही डुबा देने की खुशखबरी अभी तक हमारे कानों में क्यों नहीं पड़ी?

कुछ दिन पहले अंकुश खान ने दोस्ती के नाते जो खरी-खरी बातें कही थीं, उन पर गौर से विचार करने में गलत ही क्या था? जब से बेगम साहिबा के हाथों में सत्ता आई थी, तब से ही उन्होंने एक तेज-तर्रार औरत के रूप में अपने तजुर्बों का इस्तेमाल किया था। उनके कड़क अनुशासन और दहशत के आगे तो बड़े-बड़े सरदार थर-थर काँपते थे।

इस महिला ने एक पूरा दौर देखा और कितने अनुभव लिये हैं। कुतुबशाह की शहजादी के रूप में पैदा हुईं, फिर सुलतान मोहम्मद शाह से शादी और अब शहजादे आदिलशाह को उन्होंने गद्दी पर बैठाया। मायके और ससुराल की सत्ता का उन्हें लम्बा और अनोखा अनुभव है। इसके बाद भी उनमें काम को लेकर कितना जुनून है। औरंगजेब वारिस बनकर अपना हक जताने के लिए दिल्ली की तरफ जब निकला, तब इस उस्ताद महिला ने उस पर येन-केन-प्रकारेण दबाव डालकर, अपने वे सारे इलाके वापस ले लिये, जो उसने जीत लिये थे।

किसी को भी आश्चर्य हो, इतना प्रेम और विश्वास अफजल खान को बेगम साहिबा की तरफ से हमेशा मिला था। यह वही था जिसने मोहम्मद खान जैसे वजीर को न केवल मौत की सजा देने की जिद की, बल्कि भरे रास्ते में खुद उसकी हत्या करके टुकड़े-टुकड़े कर दिए थे। बावजूद इसके बेगम साहिबा ने कभी इस पर नाराजगी का एक लफ्ज तक नहीं कहा।

इधर, अफजल खान को एक अलग ही आशंका ने घेर लिया था। ऐसा क्या है उसके रूप में? जब-जब वह बेगम साहिबा के सामने खड़ा होता, तो वह हैरान होकर उसे देखती रह जातीं। उनकी नीली-नीली बड़ी आँखें मेरे अन्दर जैसे चोरी-चोरी कुछ ढूँढ़ रही होतीं। उनकी भाव भरी आँखों में ऐसे कौन से रहस्य छुपे हुए हैं?

काल के गाल में फँसा हुआ वह बेचारा हाथी! क्या वजह थी कि मैंने दुष्टता से उसकी आँखें फोड़ दी? मेरे जैसे धुरंधर सेनापति को इतना आततायीपन क्यों दिखाना चाहिए? लेकिन अल्लाह ऐसी घटनाएँ बार-बार क्यों दोहरा रहा है? उस पर मुहिम के बारे में बाबा चिश्ती जैसे अन्धे गुरु की भविष्यवाणी और अब ऐसे अपशकुनों, अशुभ घटनाओं की नम-चिपचिपी-रेंगती अनुभूतियाँ अच्छी नहीं थीं।

रात को देर तक जागने के कारण खान को सुबह उठने में देर हो गई। लेकिन

जैसे ही उसके जागने की खबर डेरे में लगी, बाहर खलबली पैदा हो गई। खिदमतगार, शागिर्द, हाशम, बावर्ची सब अपने-अपने काम से दौड़ गए।

घोड़े पर लम्बी रपट मारकर वापस आते ही खान को मालिश करने वाले शौकत की याद आई। उसके हाथों से अपने बदन में तेल लगवाकर खूब रगड़ वाली मालिश की खान को अब आदत हो गई थी। इसलिए उसके कदम हमामखाने की तरफ बढ़ने से पहले ही शौकत को बुलावा भेज दिया गया।

शौकत तेल की कुप्पी और रुई की गठानें लिये डेरे के दरवाजे पर इन्तजार करता खड़ा था। उसने पूरी ताकत से खान के बदन को गूँधना शुरू कर दिया। खान को उसके चेहरे पर नाखुशी नजर आई। उसने तत्काल पूछा, "कुछ दिक्कत है बेटा?" शौकत की आँखों में पानी डबडबा आया। तब तक खान का लड़का फौलाद खान वहाँ आकर बाजू में खड़ा हो गया। शौकत के मुँह खोलने से पहले, बीच में ही फौलाद ने मुँह डाला, "अब्बू, बेचारा शौकत वापस बेंगलोर जाने की कह रहा है।"

"क्यों भाई?" खान की दमदार आवाज आई।

"बहुत डर लगता है खान साब।"

"डर? हमारे खेमे में?"

"कैसे बताऊँ हुजूर! मैंने कुछ छुपाए बिना ही आपको बता दिया था कि मैं पहले उधर शहाजी राजा के महल में बावर्ची था।"

"शौकत मियाँ, आप तो जो हुआ, सीधा वो अब्बू को क्यों नहीं बताते?"

"कैसे बताऊँ खान साब? उस शिवाजी के कुछ लोग दो दिन पहले मुझसे चोरी-छुपे मिलने आए थे।"

"क्यों भाई?"

"उनका कहना था कि तू भोसले घर-परिवार का पुराना खिदमतगार है। तू एक बार हमारे शिवाजीराजा से मिल ले।"

सुनकर खान थोड़ी देर चुप रहा। उसकी आँखों में नई चमक दिखी। वह बोला, "इसमें डरने की क्या बात है बेटा? जाइए, वहाँ बेशक जाइए।"

शौकत इस कल्पना से ही जड़ हो गया। तब उसकी पीठ पर प्रेम से हाथ फेरते हुए अफजल खान ने कहा, "तू अगर शिवा के खेमे में जाएगा तो उसका फायदा हमें ही ज्यादा होगा। क्यों बेटे फौलाद?"

"हाँ, बिलकुल अब्बू।"

अफजल खान के दिमाग में नई खुराफातें चक्कर काटने लगीं।

शौकत की मालिश से खुश हुआ अफजल खान चटाई से उठा। उसके लिए डेरे के मोटे रेशमी कपड़े की आड़ से खास हमाम तैयार किया गया था। उसने अपने नंगे बदन पर ढेर सारा गरम पानी डाला और आराम से नहाया। फिर लगे

हाथ गरम-गरम बढ़िया नाश्ता किया। नाश्ते में उसने बड़ी सिगड़ी में जलते हुए कोयले पर सेंकी हुई चार मुर्गियाँ हरी मिर्च के साथ उदरस्थ कर ली।

डेरे के पास ही अधिकारियों के साथ उसकी बैठक शुरू हुई। कनात की खिड़की से समाने प्रतापगढ़ का पहाड़ दिख रहा था। वह सीधा ऊँचा, भव्य और कभी भी शत्रु पर टूट पड़ने के लिए तैयार नजर आ रहा था। वहाँ बैठे शिवाजीराजे ने अगर कभी आधी रात में ही अपनी फौज के साथ हमला कर दिया तो? उसने आसपास के जंगलों में अपने सिपाहियों को छुपा रखा हो तो? अगर संघर्ष युद्ध में बदलकर लम्बा खिंच गया तो? नाना प्रकार की शंकाओं और सवालों की चींटियाँ खान के बेताब मन को बेचैन कर रही थीं।

खान जल्दी से डेरे से बाहर निकल जाना चाहता था। लेकिन उससे पहले कुतुब मियाँ को उसने अकेले ही बैठकखाने में बुलवाया। उसके कान में धीरे से कहा, "हमारी फौज के ठिकाने सही तरह से बन गए हैं कि नहीं, यह पता लगाने के लिए हम दौरे पर जा रहे हैं। जावली गाँव के पास हमें एक और डेरा खड़ा करना पड़ेगा।"

"और एक डेरा हुजूर?"

"हाँ, जरूरत है कुतुब खान...दुश्मन क्या, दोस्तों को भी पता नहीं लगना चाहिए कि हम दिन में कहाँ रहते हैं और रात में कहाँ भटकते हैं?"

डेरे के बाहर निकलकर खान खूब प्रसन्नचित्त दिख रहा था। उसकी नजर सामने पानी से भरपूर कोयना नदी पर गई। उसने चारों तरफ खड़े हरे पहाड़ों को देखा, जैसे वे गश्त कर रहे हैं और फिर उसकी नजर ऊपर नीले आसमान पर गई। उसने डेरे की दाईं-बाईं दिशा में देखा। कल रात यहाँ पहुँचते-पहुँचते अँधेरा हो गया था। अब दिन में डेरे के बाहर का नजारा कुछ अलग मालूम पड़ रहा था। मुख्य तम्बू के दाईं और बाईं तरफ कई पेड़ों को काटकर, झाड़ियों को उखाड़कर करीब चार-पाँच एकड़ जमीन को खाली कर लिया गया था। इस पर खान के निजी सेवक वर्ग, हशम, कारकुन, खिदमतगार वगैरह के रहने के लिए छोटे-छोटे तम्बू लगाए गए थे। बीच की खुली जगह में हाथी और घोड़े बाँधे गए थे। उसके खेमे के पीछे की खाली जगह की ढलान पर घास और लकड़ियों के ढेर खड़े कर दिए गए थे।

तम्बुओं में गद्दों, रजाइयों और रंग-बिरंगी चादरों पर खान की बारीक नजर थी। बाहर से आने पर उसने एक कतार में लगे बाईस कलियों के तम्बू देखे तो अपने कर्मचारी को बुलाकर पूछा, "अरे कुतुब मियाँ, ये कैसा जादू-मंतर है? मलमल के कपड़ों के तम्बू और ये हरी-हरी झालरें...किसने किया यह सब चमत्कार?"

"ये अपने दुश्मन का, शिवाजी का तोहफा है हुजूर।"

"क्या बकते हो...!" खान ने अपनी गरदन झटकी और आँखें चौड़ी कीं।

"सच है हुजूर...।" फौज के तम्बुओं की देखरेख करने वाले सबसे बड़े

अधिकारी ने सामने आकर कोर्निश करते हुए कहा, "अपने मजूरों-कारीगरों को कोई तकलीफ नहीं करनी पड़ी। हम लोगों के यहाँ आने से पहले ही शिवाजी के लोगों ने कनात के कपड़े, झालरें और तम्बू नीचे महाड़ से सिलवाकर पहुँचा दिए थे।"

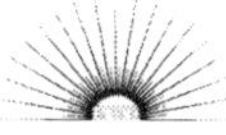

अफजल खान के लिए यह जानना जरूरी था कि हमले के लिए अपने जानवरों और सिपाहियों को किधर से आगे बढ़ाना और हमला होने की स्थिति में पलटवार के लिए कौन-सा गणित लगाना सही है। यही सब देखने-समझने कि लिए अफजल खान बाहर निकला था। बीच में वह तिरछी नजर से दाएँ हाथ की तरफ ऊँचे पर्वत और उसके शिखर पर खड़े मजबूत प्रतापगढ़ पर भी नजर डाल रहा था।

नदी के दोनों किनारों पर सपाट जगह देखकर फौजी बाजार के व्यापारियों ने अपनी दूकानें लगाई थीं। उनमें से कई हलवाइयों ने मेवे मिठाइयों की दुकानें खोलीं। अनेक गूजर-मारवाड़ी हीरे-मोतियों की दुकानें खोलकर भी बैठे थे। बीजापुर के बाद अब जाकर फौजियों को बढ़िया मांसाहार मिल रहा था। राजा ने महाड़, पोलादपुर, खेड़ से लेकर बाणकोट तक खटिकों को सन्देश भेज दिया था। इन जगहों से आए खटिक और भेड़ व्यापारी अपने साथ करीब चार हजार भेड़-बकरे लेते आए थे। स्वादिष्ट खाना मिलने से बीजापुर के घुड़सवार और पैदल बहुत खुश थे।

कोयना के किनारे-किनारे अफजल खान आगे बढ़ा जा रहा था। इस घाटी का एक किनारा प्रतापगढ़ के सामने खत्म हो रहा था। घाटी के थोड़े पहले से एक घुमाव लेते हुए कोयना फिर यहाँ से अन्दर प्रवेश कर रही थी। इसी मोड़ पर ऊपर के आम्बेनली घाट की तरफ से एक पहाड़ी, हाथी की सूँड़ की तरह नीचे नदी के पास आती थी।

इसी कटावदार कोने के पीछे पड़ने वाले जावली की तरफ जाने के लिए अफजल खान ने अपना घोड़ा घुमाया। तभी पीछे से किसी ने 'खान साहेब, खान साहेब' कहते हुए आवाज लगाई। पीछे पूरी रफ्तार से अपना घोड़ा दौड़ाते हुए प्रतापराव मोरे नजर आए। उनका चेहरा दुख में डूबा हुआ दिख रहा था।

प्रतापराव अपने घोड़े को खान के घोड़े के नजदीक लेकर आए। वहाँ से हाथ ऊँचा करके उन्होंने खान का लक्ष्य नदी के पीछे वाली झाड़ियों की तरफ खींचा, "देखिए...देखिए खान साहेब, उधर मोरे कुल का वह ध्वस्त किला। वहाँ हमारे मन्दिरों के कलश, हमारे महलों की दीवारें सुनसान पड़ी हैं। कोई वारिस नहीं है वहाँ। देख लीजिए उन्हें। सिर्फ ये भोसलों के शिवा के कारण हमारा राज्य चला गया। वैभव चला गया। सब कुछ मिट्टी में मिल गया। खान साहेब हमें न्याय दीजिए।"

"फिक्र मत करो प्रतापराव। बस, कुछ दिनों की तो बात है।"

"जितनी देर करेंगे, ये शिवा उतना शेर साबित होगा। पहले मार मारिए। जल्दी खत्म करो देवा।"

दरिया के पीछे की तरफ भी जगह-जगह घोड़ों के अस्थायी अस्तबल, ऊँटों के झुंड और सिपाहियों की भीड़ नजर आ रही थी। उधर बीजापुरी फौजों के शिविर पसरे हुए थे। चौकियाँ और पहरेदारी के लिए नाके खड़े कर दिए गए थे। अफजल किसी भी कोने में धोखा नहीं खाना चाहता था, इसलिए वह बारीक-से-बारीक चीजों पर खुद ध्यान दे रहा था।

खान के सिपाही घाटी के और अन्दर तक चले गए। वहाँ दरा नाम का एक गाँव मिला। पीछे की तरफ, उस गाँव से लगे हुए छह सौ से आठ सौ मीटर तक ऊँचे पहाड़ खड़े थे। दाईं ओर का पहाड़ बहुत चौड़ा और मजबूत था। उस पर लम्बा सपाट कटाव दिख रहा था। वह निसणी घाट था। भरी बरसात में इस घाट से उतरकर शिवाजीराजा के घुड़सवार कैसे नीचे आए होंगे, यह सोचकर अफजल खान चकित रह गया। इस तरफ हातलोट घाट की तरफ के घने पेड़ों से होते हुए कोंकण के खेड़ की तरफ रास्ता जाता है, उसी तरह ढवल घाट की तरफ से महाड़ की ओर उतरने का विकट मार्ग है, उधर राजगढ़ की तरफ के जंगलों में जाने वाला रास्ता गोप्या घाट से होकर निकलता है। खान ने बहुत ध्यान से ये सारी जानकारियाँ भी इकट्ठी की थीं। चलते-चलते मन में अनेक मंसूबे बाँधता हुआ वह पार गाँव के नजदीक अपने डेरे में पहुँच गया।

दूसरे दिन अंकुश खान दोपहर के भोजन के लिए अफजल के साथ था। इसके बाद दोनों मंत्रणा के लिए बैठे। तब अफजल ने अंकुश खान से कहा, "यार अंकुश, डरो मत। बेचारा शिवा दो-चार दिन में ही खत्म हो जाएगा। और उसके खात्मे के बाद में हम कुछ दिनों तक यहीं बड़ा जश्न मनाते हुए गाँजे-शराब का भी मजा लेंगे।"

"माफ कीजिए अफजल भैया। असलियत का चेहरा बहुत भयानक और डरावना है।"

"क्या बक रहे हो?"

"आप नींद से बाहर आ जाइए। यह बताइए कि यहाँ कैसे टिकेगी...आपकी फौज इस जंगल में कैसे टिकेगी?"

"क्या बकते हो अंकुश खान?"

"और चार-छह दिन की देर करेंगे तो प्यास की वजह से हमारी फौज तड़पने लगेगी। आदमी और जानवर मिट्टी में मिल जाएँगे।"

"अंकुश खान, अपनी जबान काबू में रखिए। फौजी खेमे में बैठकर आप क्या दिन-दहाड़े शराब पी रहे या कुछ और बात है?" अफजल खान भयंकर चिढ़ गया।

"अफजल मियाँ, अल्लाह करे कि आप हसीन ख्वाबों की लपेट से बाहर आ

जाएँ।" अंकुश खान की आवाज कातर हो गई। वह संताप से जमीन पर पैर पटकते हुए बोला, "अरे खान साहेब, आपको इस घाटी और इन वादियों का बिलकुल अन्दाजा नहीं है। इन नरकवासी हिन्दू लोगों का दीवाली का त्योहार खत्म हुए तीन हफ्ते हो गए हैं।"

"कैसी बातें करते हो अंकुश खान?"

"मत भूलिए कि यहाँ के पहाड़ों पर बारिश में आसमान टूटकर बरसता है।"

"तो फिर?"

"लेकिन समुन्दर जैसा बरसकर भी पानी यहाँ टिकता कहाँ है? दीवाली के बाद सिर्फ महीना या ज्यादा-से-ज्यादा सवा महीना ही यहाँ के जंगलों में झरने बहते हैं। फिर एकाएक गायब हो जाते हैं!"

"अल्लाह।"

"बस, आठ-दस दिनों के बाद आप अपनी आँखें फाड़कर देखोगे कि इधर के धनगरों-गड़रियों की औरतें खाना पकाने के लिए चार-चार कोस दूर से मिट्टी के मटकों में पानी भरकर ला रही हैं...अब कैसे बताऊँ जनाब?"

इस खबर में जैसे अफजल खान को प्रलय की आहट सुनाई दी। उसे लगा जैसे पैरों के नीचे से जमीन खिसक रही है। वह डरी हुई आवाज में बोला, "तो फिर हमारे पच्चीस-तीस हजार फौजियों और बीस हजार जानवरों को पानी के लिए कौन से कुएँ में धकेलेंगे हम? हम तो पूरे के पूरे बर्बाद हो जाएँगे।"

एकाएक अफजल खान की देह जैसे दुख, शोक और जीवन पर आए संकट के नीचे दबकर कमजोर पड़ गई। उसने एक बार अपनी नजर ऊँचे आसमान पर और फिर तुरन्त चारों तरफ दैत्य की तरह पैर जमाए बैठे सह्याद्रि पर्वत की तरफ घुमाई। वह रुँधे गले से धीरे-धीरे भर्राई आवाज में बोला, "अय अल्लाह, अय मेरे बाप! मुझे कल तक लगता था कि शिवा हमारे साथ अकेला खेल रहा है। अब पूरी मालूमात हुई। शिवा अकेला नहीं, उस सैतान की कारस्तानी में यहाँ की कुदरत भी शामिल है।"

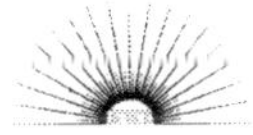

शिवराय ने आबनूस के पलंग से अपने पैर नीचे लम्बे लटका दिए। उनके दोनों पैरों के बीच आरामदेह तकिये पर शौकत बैठा था। पास ही काँसे के सपाट बर्तन में उसने तिल का गरम तेल रखा हुआ था। उसमें अँगुलियाँ डुबा-डुबाकर वह राजा के पैर दबा रहा था। जोर लगाकर उनके घुटने, पिंडलियाँ, टखने और तलवे रगड़ रहा था। राजा उसका गरीब और उभरी हड्डियों वाला सूखा चेहरा देखकर हँसे।

कृष्णाजीपंत के साथ आए बीजापुर के दूत महल के पीछे की तरफ दालान में थे। यह मालिश करवाने का नजारा सिर्फ दिखाने के लिए था। बीजापुरी दूतों के साथ सियासती आदेश के बाद ही शौकत शिवराय के प्रतापगढ़ पर पहुँचा था। उसकी बेचैनी राजा समझ गए थे। उन्होंने उसे अपने साथ अन्दर के दालान में आने का इशारा किया। शौकत झट से उठकर राजा के पीछे-पीछे अन्दर गया। उसने अपनी सलवार के नाड़े की गाँठ ढीली की। अपने पेट पर बाँधा हुआ अफजल खान का झबला झट से बाहर निकाला। उसे दोनों हाथों से पकड़कर फैलाया और चिन्तित स्वर में राजे से कहा, "अफजुल्ला की लम्बाई साधारण पुरुषों से अधिक है। वह बड़ा तगड़ा और मजबूत कद-काठी का है।" शिवराय खुश होकर हँसे। उन्होंने चार अशरफियाँ शौकत की हथेली पर रख दी। वह बहुत खुश हुआ।

राजे से विदा लेते हुए शौकत ने धीरे से कहा, "राजे, एक और बहुत जरूरी बात है...।"

"कहो दिघे...।"

"मैं आपको जो बात बताने जा रहा हूँ, वह खान ने बहुत ही गुप्त रखी है... जो उधर फौलाद खान को छोड़कर किसी को पता नहीं..."

"जल्दी बताओ...पीछे के दालान में तुम्हारे साथ आए बीजापुरी हैवान मौजूद हैं। बेकार उन्हें शंका नहीं होनी चाहिए।"

"गोवा के किनारे पर अफजुल्ला के अपने खुद के कई जहाज हैं...वह उनका मालिक है...।"

"जानता हूँ...आगे?"

"इस तरफ आते हुए वह उधर से तीन जहाज साथ लाया है। वो इधर लंगर डालकर खड़े हैं। उन पर चार हजार फौजी भी तैयार हैं।"

शिवराय सोच में डूब गए। उन्होंने तुरन्त पूछा, "लेकिन किस बन्दरगाह पर?"

"पीछे दाभोल के समुद्री किनारे पर...।"

"लेकिन किसलिए?"

"उस राक्षस के सपने बहुत बड़े हैं। वह आपको हाथ-पैरों में बेड़ियाँ डालकर जिन्दा खींचते हुए ले जाना चाहता है। वह रास्ता पंढरपुर या फिर मिरज-अथणी मार्ग से होते हुए बीजापुर की तरफ जाता है। अब अगर आपके पकड़े जाने की खबर फैल जाती है और रास्ते में लोग आपको छुड़ाने के लिए आदिलशाही फौज के विरुद्ध खड़े होकर, खान का रास्ता रोकने की कोशिश करते हैं तो...तो वह यह रास्ता छोड़कर कोंकण के रास्ते आपको रातोरात दाभोल से जहाज में डालकर नीचे गोवा की तरफ ले जाएगा।"

शौकत का भेस धरे हुए विश्वासराव दिघे की तरफ से यह खबर सुनते हुए राजे थोड़ा विस्मय में पड़ गए। उन्हें अफजल खान के इतने बड़े-बड़े सपनों का

बहुत दुख हुआ। लेकिन शत्रु के खेमे में महीनों से अपनी जान खतरे में डालकर रह रहे दिघे पर राजा को बहुत अभिमान हो रहा था। उनके कन्धे पर हाथ रखते हुए राजे बोले, "पता नहीं और कितने कष्ट और यातनाएँ आपको झेलनी पड़ी होंगी। मुसलमान बनने के इस स्वाँग में तुमने अपनी सुन्नत तक करा ली...।"

अपनी आँखों में डबडबाए अभिमानी आँसुओं को पोंछते हुए विश्वासराव बोले, "राजे, सुन्नत को क्या लेकर बैठें? अपने प्यारे हिन्दवी स्वराज्य और आपके मुँह से निकले एक आदेश के लिए यह बन्दा अपना सिर तक कटवा देने के लिए तैयार है!"

राजा ने सेवकों से बाँस मँगवाया। उस काठी के किनारे पर खान का झबला बाँधकर उसे ऊँचा किया और अन्दाजा लगाने लगे। क्षण भर के लिए वह कुछ परेशान भी हुए। फिर उन्होंने अपना हिसाब पक्का किया। जब वह खान के आमने-सामने खड़े रहेंगे, तो उनका माथा उसकी छाती से लगेगा।

दुश्मन सचमुच दैत्याकार है।

नीचे नदी किनारे अजगर गुंजलक डाले पड़ा था। जंग दहलीज पर नहीं बल्कि सिर पर आ खड़ी थी। दोनों फौजें छुपकर, एक-दूसरे का अन्दाजा लेते हुए इस मुद्रा में थीं कि कब सामने वाले को निगल लें। एक चिंगारी की देरी थी और बारूद की पेटियाँ धड़ाधड़ सुलगने लगतीं।

उस रात राजे पलंग पर करवटें बदल रहे थे। नींद नहीं आ रही थी। उतने में गोमाजी बाबा शयनगृह में आए। उन्होंने बताया कि बहिर्जी जाधव नाईक मिलने के लिए आए हैं। राजे वैसे ही शयनगृह के अँगरखे और धोती में बाहर दालान में आ गए। सामने बहिर्जी और उनके तीन साथी राजा की राह देखते खड़े थे। उन्होंने भक्तिभाव से राजे को सलामी दी।

बहिर्जी का आज का रूप देखकर राजे खूब खुश हुए। वह और उनके साथ मडवड़ी के बाजार में खड़े हुए असली माणदेशी धनगर दिख रहे थे। लाल कपड़े के करीने से बने उनके फेटे, कलाई में लोहे के कड़े, पैरों में तीन तल्ले की धनगरी चप्पल, कन्धे पर मोटे काले ऊनी कम्बल और हाथों में घुँघरू बँधी बाँस की लम्बी काठी।

राजा के मन में भी अँधेरे में बाहर जाने की हूक उठी। उन्होंने कन्धे पर काला ऊनी कम्बल डाला और हाथ में घुँघरू वाली काठी ली। अपने लम्बे रेशमी केश धनगरी फेटे में खोंसकर छुपा लिये। और फिर वे चारों पाँचों तत्काल गढ़ से बाहर निकल पड़े। हालाँकि सावधानी बरतते हुए उनके आगे-पीछे करीब पचास शस्त्रधारी अंगरक्षक सैनिक दबे पाँव चल रहे थे।

बहिर्जी की छाती के पास एक भेड़ का सफेद छौना चिपका हुआ था। वे चारों-पाँचों व्यक्ति गढ़ के पीछे के दरवाजे से अँधेरे को चीरते हुए जंगल में घुस गए। बीच-बीच में धनगर चरवाहों और किसानों की छोटी-छोटी बस्तियाँ थीं। हल्की

ठंड के दिन शुरू हो चुके थे। जगह-जगह लोग आग-अलाव जलाकर बैठे थे। सामने एक अलाव के पास दो-तीन किसान आग तापते हुए बैठे थे। वहाँ अलाव में दिन की कड़क धूप में सुखाए कंडे जलाए गए थे। इसलिए तेज हवा के साथ वहाँ आग भी अच्छी धधक रही थी। एक आदमी वहीं कम्बल में खुद को कसकर लपेटे हुए जमीन पर पड़ा सोया था। कुणबी-धनगरों के उस अलाव में गढ़ से आए दो वर्दी वाले सिपाही भी पहुँच गए। आपस में गप्पें शुरू हो गईं। एक सिपाही ने दूसरे से कहा, "अरे, बड़ा डर लग रहा है। इस अफजल खान से लड़ना मतलब शर्त लगाकर मौत को गले लगाना। सब यही कह रहे हैं।"

"हट...ऐसा कैसे होगा?" दूसरे ने उसकी बात काटते हुए कहा, "अरे वाघ्या, अपने राजा की तैयारी भी बाघ जैसी है।"

"लो, मतलब तेरे कानों में अभी तक सच्ची बात पहुँची नहीं है। अरे, आज तक वो अफजुल्ला एक के बाद एक पचास लड़ाइयाँ लड़ा है। हर जंग में उसकी जीत हुई! हार नाम की चीज तो उसे पता ही नहीं है।"

"फिर तो गोंदुबा, इसके पीछे कोई बड़ा चमत्कार हो सकता है? क्या लगता है?"

"उसे इस्लामी धर्म के किसी गुरु का या फिर किसी पीर बाबा का आशीर्वाद होगा।"

वहाँ बैठे तीनों आदमियों के चेहरे चिन्ता से उतर गए। उनमें से एक ने कहा, "जो होना है, वह टलने वाला नहीं बाबा।"

दूध में मुँह डुबाई किसी बिल्ली की तरह कुरकुरी आवाज निकालते हुए एक बोला, "इस बार तो ऐसा नहीं लगता कि अपने राजा की तुरही इन जंगलों में सुनाई पड़ने वाली है।"

यह बात सुनकर बहिर्जी और बाकी सारे सहम गए। उनके चेहरों पर चिन्ता की लकीरें खिंच गईं। लेकिन राजा का चेहरा हमेशा की तरह निर्विकार था। फिर भी अनजाने में कुछ पसीने की बूँदें उनके माथे पर उतर ही आईं।

आज नींद राजा की आँखों में उतर ही नहीं रही थी।

जीजाऊ साहेब ने पहले ही कह दिया था कि अफजल खान का यह अभियान राजा के लिए सच्चे अर्थों में कसौटी साबित होने वाला है। इससे पहले घुड़सवार सैनिकों के लिए भागदौड़ की लड़ाइयाँ, गुरिल्ला हमले, पलटकर हमले कर देना यह सब आसान था। सेनापति पालकर के जीवट साहस पर राजा को गाढ़ा विश्वास था। लेकिन जरूरी था कि उनके छह हजार घुड़सवार और पैदल, शत्रु पर इतना जोरदार हमला करें कि उसकी विशाल सेना के बराबर साबित हों। बाकी कान्होजी जेधे, स्वराज्य की सेवा में इधर शामिल हुए बाबाजी भोसले, मोरोपंत पेशवे, तानाजी मालुसरे, शिलीमकर, रघुनाथराव सबनीस जैसे लड़ाकों की हिम्मत पर राजा की पूरी श्रद्धा थी।

जब रडतोंडी के घाट से खान की भव्य फौज लगातार ढाई दिनों तक नीचे उतर रही थी, उसके पैदल सैनिक, हजारों घोड़े, सात-आठ सौ ऊँट, सैकड़ों हाथी, तो ऐसा लग रहा था कि पानी की विशाल लहरें घाट में एक के पीछे एक उठ रही हैं। राजा जानते थे कि अपने पेड़ों-पहाड़ों में छुपे बैठे लड़ाकों का मन भी यह नजारा देखकर एक बार हिल उठेगा। यह बात तो साफ थी कि इतनी बड़ी सेना से आमने-सामने की एक सीधी लड़ाई होना जरूरी है। इससे अपने बहादुरों को अनुभव मिलेगा और वे समझ पाएँगे कि शौर्य की ऊँची लहरें क्या चीज होती हैं!

अफजल खान के रहमतपुर के नजदीक कृष्णा पार करने के साथ ही राजा के सैनिकों में से किसी ने यह पुड़िया छोड़ दी कि अफजल खान अजेय है। पचास-पचपन लड़ाइयाँ लड़ने के बाद भी उसने अपनी जिन्दगी में 'पराभव' नाम के अवसाद का चेहरा नहीं देखा है। दुर्भाग्य से यह बात बिलकुल सच थी। मराठा लश्कर में शकुन, अपशकुन, भविष्य इन सब बातों पर भरोसा करने वाले बहुत लोग थे। उनके सीने में लगे अफजल के इस डर के बाण को कौशल से बाहर निकालना अत्यन्त आवश्यक था।

अनिद्रा ने राजा का साथ नहीं छोड़ा था लेकिन फिर धीरे-धीरे वह नींद के सरोवर में डूब गए। अचानक उनकी नाक में अगरबत्तियों और धूप की सुगन्ध पड़ी। उनके महल के सामने की दीवार पर अर्जोजी यादव द्वारा पत्थर पर उकेरा शिल्पचित्र आँखों के आगे आ गया। सिंह की पीठ पर सवार वह भवानीमाता! उनकी उग्र लाल आँखें, उनके पूरे कपाल पर लगा हुआ कुंकुम, उनके हाथों में खुली हुई तलवार। वह सिंह ऐसा लगता था कि अभी जीवित होकर अपना जबड़ा खोलकर दहाड़ने को है। भवानीमाता का सम्पूर्ण रूप सजीव, प्रफुल्लित और साकार था।

धीरे-धीरे देवी के उस रूप का ममत्व परे हो गया और वह रणचंडी के उग्र तेजोमय रूप में आँखों के सामने प्रकट हो गई। महाराज क्षण भर में पलंग पर उठ बैठे। झट से वह भवानी माता के सामने पहुँचकर उसके प्रसाद की अपेक्षा में लीन होकर वीरासन में बैठ गए। रणचंडी का रूप धारण किए वह वीर भवानी उस प्रतिमा से साक्षात् प्रकट हुईं और सिंह पर सवार होकर कुछ कदम आगे बढ़ीं। उनके सिर पर मोगरे और प्राजक्ता के फूलों की वर्षा होने लगी। राजे ने अपने सिर पर रक्षा कवच की तरह पहनी टोपी उतारकर बाजू में रखी और पूरी श्रद्धा-विनम्रता से भवानीमाता के सामने झुक गए।

माँ भवानी ने उनके लम्बे बालों में ममता से अपनी अँगुलियाँ फिराईं। कुछ मंत्रोच्चार किए और अपने हाथों की रत्नजड़ित तलवार राजा के हाथों में रख दी। राजा ने अपना मस्तक माता के पैरों में झुका दिया। राजा के मस्तक पर माता भवानी ने फिर आशीर्वाद का मुलायम हाथ फिराया। राजा रोमांचित हो गए और कुछ ही क्षणों में महामाता अन्तर्धान हो गईं।

राजा की नींद एक झटके से टूट गई। उनका चेहरा पसीने से तर था। वे विस्मित होकर इधर-उधर देखने लगे। लेकिन आसपास कोई नहीं था।

बैठक में सबके सामने प्रतापगढ़ के युद्धक्षेत्र का नक्शा पसरा हुआ था। आज दोपहर से ही सारे छोटे-बड़े सरदार अपनी नियत जगह पर बैठे हुए थे। राजा बार-बार उन्हें साफ इशारा कर रहे थे, "अफजल खान पैदाइशी धोखेबाज है। इसका भरोसा कोई क्या करे? हमारे पितृ तुल्य भाई सम्भाजीराजा के साथ इसने धोखेबाजी करके आई साहेब को पुत्र वियोग का जन्म भर का दुख दिया है। यह कोई सीधा-सादा बैरी नहीं है।"

"बेटा, तू बिलकुल फिक्र न कर। तेरा झंडा ऊँचा रखने के लिए यह कान्होजी अपनी हथेलियों पर जलते अंगारे रख लेगा। मैं अपने पाँचों बेटों के साथ तेरी इस लड़ाई में उतरूँगा।" वृद्ध कान्होजी जेधे बाबा ने राजे से कहा।

"काका, परसों के दिन उससे हमारी जनी की टेकड़ी पर मुलाकात तय हुई है। लेकिन उसके जैसे धोखेबाज दुश्मन का कौन भरोसा कर सकता है? इसलिए आज दोपहर से ही हमें मोर्चों पर जमे रहना है। उठो, युद्ध के मैदान में भिड़ने के लिए कमर कसना शुरू कर दो।"

बैठक में मौजूद सब लोग उठकर खड़े हो गए। इतने में राजा ने ऊँची आवाज में कहा, "रुकिए। सब लोग रुकिए। आप सबसे एक खुशी की बात तो बतानी रह ही गई।" सब लोग रुक गए। उनकी उत्सुकता बढ़ गई। ऐसी मुश्किल घड़ी में राजे कौन सी खुशी की खबर लेकर आए होंगे?

"अब हम लोगों के लिए डरने या घबराने की कोई बात नहीं बची है। मन की गाँठ खुल गई है। भवानी माँ ने स्वयं सपने में आकर हमें वचन दिया है।" राजा के चेहरे पर उभरा परम सन्तोष छुप नहीं पा रहा था।

"मतलब किसने?" नेताजी ने सवाल किया।

"प्रत्यक्ष जगदम्बा ने। तुलजा भवानीमाता ने। अब आप लोग इसे सपना समझिए या फिर प्रत्यक्ष दर्शन कहिए। लेकिन बीती रात उन्होंने हमें साक्षात् दर्शन दिए हैं!"

"क्या कह रहे हैं राजे?" हैरानी से हर एक के मुँह से यही बात निकली।

"उस उग्र और पवित्र रूप की क्या उपमा हो सकती है! क्या वह ऐश्वर्य और क्या वह भव्य आभा। माता भवानी ने हमसे कहा, जब तुलजापुर में उस दुष्ट अफजुल्ला ने मेरी मूर्ति खंडित की...घन के प्रहार से उसे छिन्न-भिन्न किया... तो उन टुकड़ों से उठी चिंगारियों से मेरे पल्लू में आग लग गई...और वही आग लपटों में बदलकर तेरी तलवार की धार में प्रवेश कर गई है पुत्र। डर मत वत्स!

तेरे खड्ग की उस जलती धार से ही मैं उस पापी अफजुल्ला का मस्तक भेदने वाली हूँ!"

राजा की वाणी के इस अमोघ कथन से वहाँ मौजूद सारे छोटे-बड़े सरदार जोश से भर गए। जब खुद माता भवानी अपना खड्ग लेकर हमारी फौज को आशीर्वाद देती हुईं प्रत्यक्ष खड़ी हैं तो फिर वह अफजल खान किस खेत की मूली है! सबके हाड़-मांस-रक्त में जो भी भय था, वह जलकर राख हो गया। तब शेर के गर्वीले शावकों के झुंड की तरह वे सब युद्ध के मद में गुरगुराते हुए महल से बाहर निकले। अपने इन साथियों के संग राजे भी बाहर आँगन में आए। तभी चलते-चलते कान्होजी और नेताजी का ध्यान दीवार में उकेरी हुई भवानीमाता की प्रतिमा की तरफ गया। मोगरे और प्राजक्ता के पुष्पों की वर्षा से प्रतिमा सुशोभित थी। उनके पैरों के पास फूलों का ढेर लगा था।

राजा ने फूलों के उस ढेर की तरफ देखा और वहाँ उन्हें कुछ विलक्षण चमकता हुआ सा नजर आया। राजे तत्काल झपटकर वहाँ पहुँचे। उन्होंने फूलों को एक तरफ सरकाया और सामने का दृश्य देखकर जहाँ थे वहीं जमे रह गए। उनकी आँखें जैसे सम्मोहन में बँध गईं। अनुभवी कान्होजी ने अपनी आँखें मिचमिचाते हुए पुनः सामने देखा। कान्होजी बाबा की आँखों से आँसू बहने लगे। वह भाव-विभोर होकर राजा से बोले, "ले शिवबा, ले! तेरी माँ भवानी का प्रसाद उठा ले!"

राजे नीचे झुके। अनेक रत्नों और जवाहरातों से जड़ी मूठ वाली वह चमचमाती तलवार। किसी को इस बात में सन्देह नहीं रह गया कि राजा के बताए अनुसार ही माता भवानी के तेज से निर्मित तलवार प्रत्यक्ष प्रकट हो गई है। उस अमूल्य शस्त्र पर राजा समेत हर किसी की आँख ठहरी हुई थी। इतना सुन्दर-सुघढ़ शस्त्र उससे पहले राजा समेत किसी ने भी आज तक किसी शस्त्रागार में नहीं देखा था। यह कैसा संयोग है? एक चमत्कार...साक्षात् भवानीमाता का पुण्यप्रसाद!

यह प्रत्यक्ष था कि पाषाण पर उकेरी हुई भवानीमाता के हाथ की तलवार और फूलों के ढेर में रखे उस शस्त्र में कोई अन्तर नहीं था। दोनों समान थे।

इस अपूर्व घटना से पूरा प्रतापगढ़ आन्दोलित हो गया। किसी ने सपने में भी जिसकी कल्पना नहीं की, वह अनुपम घटना घटी थी। उस तेजस्वी तलवार की कान्ति ने शिवराय के अन्तर्मन और चेहरे पर ऐसी प्रसन्नता जगा दी, जो बीते अनेक वर्षों में उनके आलोकित मुखमंडल पर किसी ने नहीं देखी थी। राजा को विश्वास हो गया था कि लक्ष्य प्राप्ति के मार्ग पर अब महामाता का अखंड आशीर्वाद मोरपंखों की छाया की तरह सदैव उनके सिर पर बना रहेगा। सारे सरदार, सिपाही, सेनापति और अधिकारी खुशी से झूम रहे थे। उस जादुई कैफियत से भरे नेताजी पालकर के साथ सभी ने एक स्वर में आवाज बुलन्द की, "जय जय जय जय शिवाजी, जय जय जय जय भवानी!"

कड़क सैनिक कवायद

प्रतापगढ़ के पहाड़ों और घाटियों में शत्रुता की आग खूब भड़क चुकी थी। साँप और नेवले की तरह संघर्ष चल रहा था। कैसे एक-दूसरे को दबोचकर जहरीले दाँत गड़ा दें और कब एक-दूसरे की पूँछ पकड़कर उसे दबाएँ, चबा डालें और घसीट दें। लहूलुहान हो जाने पर भी मुकाबले में बने रहें और एक-दूसरे की जान लिये बिना छोड़े नहीं। अफजल खान और शिवराय की फौजों की स्थिति यही हो गई थी। दोनों फौजें मरने-मारने वाले युद्ध की भावना से भरी हुई एक-दूसरे पर फुफकार रही थीं।

अफजल खान को शिवराय को मारकर बीजापुर लौटने की जल्दी थी। उसे खूब ढंग से समझ आ गया था कि इस जंगल में आकर अब शीघ्रता नहीं की तो उसके सिपाहियों को मोक्ष मिलने में देर नहीं लगेगी। कुछ ही दिनों में इधर के दरिया और पहाड़ों में पानी खत्म होने पर पच्चीस हजार सैनिक प्यास के मारे सूखे गले पकड़े हुए मर न जाएँ, इस डर से वह राजा से जल्दी-से-जल्दी मिलने के लिए बेताब हो उठा था। भले ही चन्द्रराव मोरे के लोगों को इस जंगल के हर पेड़-पत्तों की खबर थी, लेकिन शिवाजी राजा के विरुद्ध जावली की लड़ाई में उनकी क्या गत हुई थी, पूरी दुनिया को खबर थी।

रात को ठंडे हो जाने वाले मौसम में अलाव जलाकर बैठने और फिर वहीं लेट जाने वाले बीजापुरी सैनिक अपने मन का डर आपस के यार-दोस्तों को कानाफूसी में बताते थे। तमाम डर और चिन्ताओं के बीच वे सभी इस मुद्दे पर सहमत होते थे कि यहाँ के भुतहा जंगल से जितनी जल्दी निपट जाएँ, उतनी अल्लाह की मेहरबानी होगी।

इन बातों के ठीक उलट शिवराय और उनके लोगों को अफजल खान जैसे बेरहम दुश्मन से धोखेबाजी का डर सता रहा था। कर्नाटक में शिरे के कस्तूरीरंगा के साथ जंग में धोखेबाजी कोई नहीं भूला था। लेकिन सवाल यह था कि अगर खान का यहाँ बिगाड़ा हो गया और उसकी सेना डूब गई तो भी उधर बीजापुर की सल्तनत अबाध गति से चलती रहेगी। लेकिन यहाँ जावली के जंगल में शिवराय के सारे घुड़सवार, पैदल, मालकियत, सम्पत्ति, कष्टों से हासिल किया सिंहासन, यह भगवा झंडा, भविष्य के सारे स्वप्न, इन सारी बातों का भविष्य अफजल खान के साथ होने वाली जंग के नतीजे से बँधा हुआ था। अगर जीत मिली तो इस विजयश्री के जैसी कोई और विजय नहीं होगी। किन्तु दुर्दैव से अगर झोली में हार गिरी तो आज तक जो कमाया, वह सारा का सारा दुष्ट काल के गाल में समाकर नष्ट हो जाएगा। इसलिए कुछ भी करके तत्काल ही लम्बे डग भरते हुए जाकर विजयश्री की कलाई पकड़, उसे खींचते-फटकारते लेकर आना, यही जिन्दा रहने का एकमात्र रास्ता बचा था।

दोनों फौजों और दोनों सेनानायकों को भी एक-एक दिन युग के समान प्रतीत हो रहा था। दोनों पक्षों की ताकत, रणनीति, स्वामीभक्ति, बुद्धि और नीति एक ही दिशा में दौड़ रही थी कि यह वज्रगाँठ आखिर कैसे खोली जाए? विरोधी फौज को कैसे डुबाया जाए और कैसे अपनी विजय पताका फहराई जाए?

पहाड़ के शिखर की सबसे ऊँची चट्टान पर बैठा गरुड़ जैसे अपने नखों को पैना करता रहता है और ऊँचाई से उसकी पारखी नजर घाटी में दौड़ती रहती है, वैसे ही प्रतापगढ़ में बैठे शिवा रूपी गरुड़ ने अपने शिकार को पहचान लिया था। उसका शिकार स्वयं करना है, इस इरादे से उसे अपनी सीमा में भी खींच लिया था। अब गरुड़ को सिर्फ एक ही सावधानी बरतनी थी। शिकार पर भरोसा नहीं किया जा सकता। ऊपर से उसके पंख भले ही मुर्गे की तरह दिख रहे हैं, लेकिन हो सकता है कि जब अचानक हमला हो तो उसके बदन पर साही की तरह काँटे उभर जाएँ। इसलिए जीवन को तो संकट में पड़ने से बचाना ही है, हिन्दवी स्वराज्य को कोई नुकसान न पहुँचे इस बात की भी चिन्ता करनी पड़ेगी।

अफजल खान के डेरे का वातावरण बहुत गर्म था। बेचैनी में खान यहाँ से वहाँ चक्कर मार रहा था। पास खड़ा मूसे खान, अफजल खान का बेटा फौलाद खान और उसका अनुभवी वकील कृष्णाजी भास्कर कुलकर्णी, सारे-के-सारे बहुत चिन्तित नजर आ रहे थे। वहाँ मौजूद पंतजी गोपीनाथ पर सारे-के-सारे टूट पड़े थे। अफजल खान ने तेज आवाज में फटकार लगाई, "क्या आप लोग हमें बेवकूफ समझते हैं? यहाँ डेरा डाले हमें कितने दिन हुए हैं?"

"दो दिन हुजूर।"

"अरे पंतजी! बोलो, कब मुलाकात होगी आपके राजा शिवाजी के साथ?"

"आने वाले पन्द्रह दिनों में पक्का हुजूर।"

पंतजी का उत्तर सुनकर अफजल को ऐसे लगा जैसे सिर में दर्द की तेज लहर उठी है। वहीं जमीन पर नौसिखिए फौजी लड़के की तरह पैर पटकते हुए वह जोर से गरजा, "क्या और किसके सामने बक रहे हो आप पंतजी? नहीं बिलकुल नहीं। साफ कहता हूँ, गिनकर तीन दिन देता हूँ और इसमें तुम्हारे उस सिवाजी से हमारी मुलाकात जरूर हो जानी चाहिए, वरना बहुत हड़कम्प मचेगा! यहाँ आसमान टूटकर गिरेगा। यह मेरा आखिरी इशारा है।"

अफजल खान को अचानक इस तरह बरसते देखकर पंतजी को घबराहट होने लगी। गहरी साँस लेते हुए उन्होंने खुद को सँभाला और जैसे-तैसे कहा, "मैं अपनी माँ की सौगन्ध खाकर कहता हूँ खान साहेब। हमारे राजा बेचारे आपसे बहुत ही घब...।"

"ठहरो पंतजी। बन्द...बन्द करो तुम्हारा यह 'घबराते हैं...' घिसा-पिटा लफ्ज। अगली बार मेरे सामने यह लफ्ज निकाला तो हमारी शमशीर से कटी हुई तुम्हारी जुबान किधर गिरेगी, तुम्हें इसका पता भी नहीं चलेगा।"

खान का यह भयंकर रुद्रावतार देखकर क्षण भर के लिए पंत को लगा कि उनकी कमर ही टूट गई है। उन्होंने जल्दी से अपने सिर पर रखी पगड़ी सँभाली। सामने खड़े दैत्य का मुकाबला करते हुए उनकी हिम्मत ढहने लगी। गिरते स्वर को सँभालते हुए उन्होंने जल्दी से कहा, "हमारे राजा ने आपसे मिलने से कब इनकार किया है? अपने दिल से आपकी सेवा में यह कहता हूँ खान साहेब। चलिए अपने पैरों की धूल हमारे गढ़ के आँगन में झाड़िए। हमारी मेहमाननवाजी स्वीकार करें।"

"क्या...मतलब क्या है आपका पंतजी?"

"मेहमाननवाजी! शिवराय आपके सम्मान में बड़ा भोज देना चाहते हैं।"

"बड़ा होशियार बम्मन है तू पंतजी। कैसा खान-पान, कैसी सेवा...अरे बेवकूफ...चाकू जैसी अपनी मीठी जुबान से तू क्या मेरी फौज का पानी-पानी करके इन्हीं पहाड़ों में जिन्दा दफन कर देना चाहता है? अंकुश खान, समझा दे इस चालाक बम्मन को कि अभी-के-अभी इस मामले को यहाँ सुलझाकर ये मुसीबत खत्म करे...नहीं तो ये पंत हमारे डेरे से जिन्दा वापस नहीं लौट पाएगा।"

"हुजूर, हमारी भी कोशिश चल रही है...माँ भवानी की सौगन्ध खाकर कहता हूँ...कोशिश..."

"अरे मेरे भाई...भूल जाइए ये कोशिश-कोशिश...हम ऊपर नहीं आ सकते और वह बदमाश शिवा हमारे खेमे में नीचे नहीं आएगा...तो फिर कुछ बीच वाला रास्ता ही ढूँढ़ लीजिए।" मुलाकात के लिए बेसब्र अफजल खान से रहा नहीं जा रहा था।

"कैसे आपने मन की बात कह दी खान साहेब! जैसा अभी आपने कहा न, ऊपर न नीचे...आप कह रहे हैं ठीक वैसे ही बिलकुल 'बीचोबीच' मुलाकात होने दीजिए...खुल जाने दीजिए ये गठान।"

अपना ऊँचा ओहदा भूलकर अफजल खान ने आगे बढ़कर पंतजी को गले लगा लिया। लाड़ से उनके गाल खींचे। खान के डेरे में खुशी की लहर दौड़ गई। सबकी आँखों में जीत की चिंगारियाँ छूटने लगीं...बस और थोड़ा समय, फिर उस शिवाजी की खैर नहीं।

कृष्णाजी भास्कर कुलकर्णी और गोपीनाथ काका के ऊपर-नीचे कुछ चक्कर लगे। कई मुद्दों पर चर्चाएँ हुईं। हर कोई यह कह रहा था कि इस सड़ चुके जख्म के ठीक होने के लिए एक बार तो समझौते का कोई रास्ता, बातचीत के लिए बैठक तय होनी ही चाहिए। आखिरकार चर्चाओं से यह तोड़ निकला कि 'न ऊपर, न नीचे' बल्कि एक जगह बीच में, प्रतापगढ़ की ढलान से आगे बढ़कर थोड़ी ऊँचाई वाली सपाट जगह पर तम्बू लगाकर भेंट की जाए। स्थानीय लोगों

ने उस जगह का नाम 'जनी की टेकड़ी' रखा था। वहीं मुलाकात का नारियल फोड़ना तय हुआ।

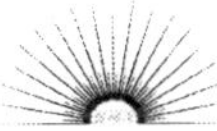

"हमें बुजदिलों की नहीं बल्कि मौत का मुकाबला करने वाले निडर बहादुर सैनिकों की जरूरत है।" अपने सामने खड़े फौजी सरदारों पर अफजल खान गरजा, "जाइए, अपने खेमों में जाइए और अपने सैनिकों में से बहुत होशियारी से ढाई सौ से तीन सौ बन्दे मेरे पास लेकर आइए।"

खान का सख्त आदेश सुनकर सारे सरदार तत्काल काम पर लग गए। दो-तीन घंटे में ही करीब अठारह सौ जवाँ मर्द सिपाहियों की भीड़ अफजल खान के डेरे के सामने इकट्ठा हो गई। फौलाद खान और मूसे खान उन सभी को नदी के किनारे पहाड़ की ढलान वाली दिशा में ले गए। सामने की तरफ ऊँचे बाँस लगे थे और दाएँ-बाएँ ऊँचे-ऊँचे पुराने-घने पेड़ थे। इतनी घनी जगह थी कि वहाँ होने वाली गुप्त सैन्य कार्रवाई की किसी को खबर नहीं हो सकती थी। खास तौर पर यह ध्यान रखा गया था कि किले पर मौजूद या जंगलों में छुपे मराठों को इस बात का बिलकुल पता न चले।

आगे की जिम्मेदारी किसी और को न सौंपते हुए खान खुद मैदान में उतर गया। नदी के किनारे उस जगह पर उन अठारह सौ सिपाहियों के अलग-अलग गुट बनाए गए। फिर उनके बदन का पानी मापने के लिए खान ने उनकी एक-दूसरे से दौड़ की प्रतियोगिता कराई। उन्हें नदी के किनारे लम्बी दौड़ लगवाई और फिर नदी पार करा के सामने दौड़कर पहाड़ पर चढ़ने को कहा गया। प्रचंड कद-काठी के जवान भी इतनी कड़ी मशक्कत से थक गए और उनके बदन पर पड़े कुर्ते और सलवार भी पसीने से तर हो गए।

खान ने फिर से उन सब जवानों को एक साथ मैदान में खड़ा किया। दौड़ में जो लोग आलसी और कमजोर दिखे, ऐसे तीन सौ लोगों को मैदान से बाहर कर दिया गया। बचे हुए पन्द्रह सौ तगड़े लोगों को इकट्ठा कर खान एक ऊँची जगह पर जाकर खड़ा हो गया। उसके नजदीक की झाड़ियों के बीच से पीछे की तरफ प्रतापगढ़ के बुर्ज की दीवार दिख रही थी। खान ने जान-बूझकर मूसे खान और अपने बेटे फौलाद खान को साथ खड़ा किया। वह गरजा, "दोस्तो, तुममें से हरेक के हाथ में अपने बीजापुर की इज्जत की जलती हुई मशाल है।"

"देखा बच्चो, आप कितने नसीबवान हो। उस जहन्नमी शिवाजी को खत्म करके जब अपने खान साहेब सामने के पहाड़ पर चढ़ने लगेंगे, उस दिन उनके सिपहसालार के रूप में सिर्फ आप नौजवान ही रहोगे।" तुंदे खान ने बीच में मुँह खोला।

गुस्साए अफजल खान ने अपनी करारी आवाज में आगे कहा, "शिवा की साँस कैसे बन्द करके उसे वहीं उसी जगह पर दबोच लेना, यह तो मेरा काम रहेगा। लेकिन तुम लोगों का जोखिम मुझसे कहीं ज्यादा और जरूरी होगा। जब हम वहाँ ऊपर टेकरी से इशारे का बिगुल फूँकेंगे तो आवाज कान में पड़ते ही तुम सबको मूसे खान और फौलाद खान के साथ अपनी जान की बाजी लगाते हुए लट्टू की तरह तेज रफ्तार से सामने के प्रतापगढ़ के पहाड़ पर चढ़कर धावा बोल देना है।"

"हाँ, खान साहब! हम दौड़ेंगे।" सब लड़कों ने एक साथ मिलकर जवाब दिया।

"उधर दौड़ते हुए अगर तुम्हारे मुँह से खून भी टपकने लगे तो रुकना नहीं है। कितनी ही मुश्किलें आएँ लेकिन प्रतापगढ़ के माथे पर चढ़े बगैर रुकना नहीं है। किले पर मिलने वाले दुश्मन को अपनी कटार से खत्म करके, उनके हथियार, उनके खजाने जो मिले वह सब लूट लेना है। बीच रास्ते में कोई भी आए, उसे मौत के घाट उतार देना...। किले पर छुपकर बैठा वह काफिर शिवा, यह मेरा काम रहा कि उसे जिन्दा या फिर उसका सिर काटकर मैं उसे अपनी काँख में दबाए रखूँगा।" बोलते-बोलते अफजल खान का पूरा बदन पसीने से भीग गया। लेकिन उसी तेजी से बोलते हुए उसने बाईं दिशा में अपना हाथ नचाते हुए कहा, "गाजियो, देखिए उस रडतोंडी के घाट को! गौर से देखिए! दो दिन बाद जब सूरज की किरणें डूबने से पहले हम पूरी मराठा फौज को मौत के घाट उतार देंगे और शाम को मैं शिवा को जिन्दा या मुर्दा खींचकर रडतोंडी के उस टीले पर पहुँचूँगा और वहाँ से बड़े अन्दाज में पीछे मुड़कर देखूँगा तो सामने प्रतापगढ़ के किले के माथे पर आदिलशाही हुकूमत का झंडा लहराता नजर आएगा...उसके बाद ही उस टीले पर मैं शाम की फतह की नमाज पढ़ूँगा।"

यह खबर रात को ही आ गई कि भेंट किस जगह पर होगी। राजा के लिए जरूरी था कि प्रत्यक्ष मुलाकात से पहले उस स्थल का जल्द-से-जल्द निरीक्षण कर आएँ। इसलिए प्रातःकाल की पूजा के बाद राजा ने साधारण वस्त्र धारण किए। राजा के सिर पर धारण किए जाने वाला भारी जरी का साफा और उस पर लगा मोतियों का तुर्रा लाखों की भीड़ में भी अलग दिखाई पड़ता था। इसलिए राजा ने नित्य प्रति की सजावट एक तरफ सरका दी। सिर के खुले रेशमी केश उनके कन्धों तक झूलते थे। उनकी वजह से राजा किसी तपस्वी-बैरागी की तरह दिखाई देते थे। उन्होंने अपने बदन पर शुभ्र अंगवस्त्र धारण किया।

राजा अपने सहयोगियों के साथ बिलकुल सुबह महल से बाहर आकर तुरन्त ही गढ़ से उतर नीचे पहुँच गए। महादरवाजे की सीढ़ियाँ उन्होंने तेज रफ्तार से नाप

ली। उनके आगे-पीछे सन्तुलित अन्तर रखकर कुछ मावल पहरेदार सावधानी से चल रहे थे। उनके हाथ शस्त्रों की मूठ पर थे। उनकी चौकस नजरें लगातार चारों ओर घूम रही थीं। पहले के समय में कान्होजी बाबा उनके साथ परछाईं की तरह रहा करते थे। वह उम्र में राजा से पैंतीस बरस बड़े थे। वे तीर्थरूप शहाजीराजे के साथ कर्नाटक के समय से थे। उन्होंने शहाजी बाबा के साथ जंग के मैदान के उजाले और कैदखाने के अन्धकार, दोनों साथ भोगे थे। कान्होजी बाबा से मिली शिक्षा-दीक्षा से तैयार हुए जीवा महाला और सम्भाजी कावजी, दोनों राजा के पीछे-पीछे गढ़ से उतर रहे थे।

राजा के चेहरे पर असमंजस देखकर कान्होजी बाबा ने पूछा, "शिवबाऽ, परसों के दिन की भेंट का मुहूर्त पक्का मान लें क्या?"

"हाँ...शुभस्य शीघ्रम!"

"ऐसा नहीं लग रहा कि हम थोड़ी जल्दबाजी कर रहे हैं?"

"जेधे काका, अगर बदन पर खड़ी चट्टान आकर गिर जाए और दम घुटने लगे तो पूरी जान लगाकर उसे बाजू में हटा देने के अलावा जिन्दा रहने का कोई उपाय हो सकता है क्या!"

"शिवबा!"

"हाँ जेधे काका! कुछ भी करके इस जंग का नतीजा हमें जल्दी चाहिए। अफजल खान नाम की यह बीमारी जड़ से मिटानी ही पड़ेगी, नहीं तो हम सब खत्म हो जाएँगे।"

आँखों के आगे झूल रहे बेहद जरूरी सवाल को ठिकाने लगाने की जल्दी खान के डेरे के साथ प्रतापगढ़ के रजवाड़े को भी थी।

राजे 'जनी की टेकड़ी' पर पहुँच गए। करीब-करीब पौने तीन एकड़ की वह खुली जगह उन्होंने नजर भरकर देखी। राजा ने हुक्म दिया था, इसलिए उनके पहुँचने से पहले ही वहाँ सुतार, लोहार, बाजार के नक्शे खींचने और तम्बू लगाने वाले पहुँच चुके थे। वे सभी अपने-अपने कामों में लगे थे। राजा का हुक्म था कि उस जगह पर भेंट के लिए राजप्रासाद के वैभवपूर्ण दालान जैसा शामियाना शोभायमान होना चाहिए। मजूर और कारीगर अपने काम में तल्लीनता से जुटे थे। तम्बुओं के लिए कीमती वस्त्र, अन्दर टाँगने के लिए काँच के झूमर, चन्दन की लकड़ी से बने छोटे-बड़े खम्बे और तमाम सामग्री वहाँ इकट्ठा कर ली गई थी।

राजा को विश्वास हो गया कि उनके मन जैसा काम हो रहा है। वह उलटे पैर गढ़ के लिए निकल पड़े। खान के सामने जाने का मतलब था कि ऐसे वीर अपने साथ रखे जाएँ, जिनके दिल फौलाद के हों और भुजाओं में रक्त उबलता हो। राजा के मन में बीती रात से ही उधेड़बुन चल रही थी। उन्होंने धीरे-धीरे चलते हुए पीछे नजर टाली। चौड़ी काठी और विशाल छाती वाला, साँवले रंग का जीवा महाल

ठीक पीछे कदम बढ़ा रहा था। कान्होजी का जीवन सँवारने वाले देव महाल के दो पुत्र थे, जीवा और तान्हा। बेंगलोर से शहाजीराजे ने जब कान्हाजी को शिवाजीराय के साथ काम करने के लिए भेजा था, तब ये दोनों लड़के भी उनकी सेवा में दाखिल हो गए थे।

गढ़ की सीढ़ियाँ चढ़ते हुए राजा ने सम्भाजी कावजी की तरफ नजर डाली। सम्भाजी सागौन के तने की तरह लम्बा और मजबूत शरीर का मालिक था। राजा के लश्कर का वह जुनूनी पीर था और इसलिए सम्भाजी का हर तरफ बोलबाला था। वह भी इस मावल की मिट्टी से निकला कान्होजी बाबा का शिष्य था। कई बार शर्त लगाकर वह अपनी ताकत का जोर दिखाते हुए घोड़ों को अपनी छाती पर ऐसे उठा लेता था, जैसे मेढक के बच्चों या कुत्ते के पिल्लों को उठाकर सीने से लगा रहा हो। सम्भाजी कावजी और जीवा महाला को राजा ने घूमकर दो बार देखा। यह देखकर कान्होजी बाबा की पकी हुई मूँछों में हँसी फूट पड़ी। राजा भी मन्द-मन्द मुस्करा दिए।

गढ़ चढ़कर राजे सीधे कार्यालय के बैठकखाने में पहुँच गए। वहाँ सेना के सारे छोटे-बड़े सरदार, अधिकारी, गढ़ के हवलदार, मुंशी से लेकर तमाम खास लोग उनकी राह देखते पहले से मौजूद थे। प्रतापगढ़ पर हर क्षण राजनीतिक और कूटनीतिक चर्चाएँ तेजी से बढ़ती जा रही थीं। राजे के पहुँचने से पहले ही वहाँ पूरे क्षेत्र के नक्शे जमीन पर रंगोली से बनाकर तैयार रखे गए थे। जनी की टेकड़ी पर लग रहे शामियाने को केन्द्र बिन्दु मानकर राजा बाकी चारों तरफ की व्यूह रचना में व्यस्त हो गए। कार्यालय की खिड़की से लगे उतार पर ही आगे टेकड़ी नजर आती थी। राजा ने उसका महत्त्व स्थापित करने के साथ ही शुरुआत की।

सबकी तरफ देखते हुए राजा ने हँसकर पूछा, "अच्छा बताइए कि जनी की टेकड़ी पानी में रहने वाले किस जीव की तरह दिखाई देती है?"

बैठक में मौजूद नेताजी, अण्णाजी दत्तो, कान्होजी जेधे, शिवजी जेधे सभी एक-दूसरे को प्रश्नवाचक नजरों से देखने लगे। तब राजे ने शान्त स्वर में कहा, "यह टेकड़ी दिखती है किसी उलटे पड़े हुए केकड़े की तरह। देखिए हमारे गढ़ से सीधा उतरकर वहाँ तक जाता हुआ यह रास्ता, यह पीछे की तरफ से पारघाट और उधर वरदायिनी मन्दिर से आई हुई बहुत ही सँकरी राह और इधर से लगभग अदृश्य रह जाने वाला यह रास्ता, जो जनी की टेकड़ी से सीधे दुश्मन के डेरे तक पहुँचता है...।"

"राजे, यह जगह तो बड़ी रहस्यमयी दिखाई देती है।" अण्णाजी दत्तो बोले।

"यूँ तो यहाँ रहस्यमयी कहने को कुछ नहीं है। यहाँ के सन्नाटे में जो भी थोड़ा-बहुत गूढ़-अजीब लगता है, वह इधर की प्रकृति के कारण है। चारों तरफ तो झाड़-झंखाड़ से आच्छादित है यह जगह। उधर नीचे नदी की तरफ से, यानी खान के सिर पर से भी कोई कुछ कर ले, टेकड़ी की तरफ कुछ दिखने वाला नहीं।

लेकिन इस जगह की सबसे बड़ी खासियत यही है कि अपने गढ़ के एक तरफ से वहाँ होने वाली हर गतिविधि साफ नजर आएगी। जबकि किसी भी सूरत दूसरी तरफ से जनी की टेकड़ी नजर नहीं आती है। न ही यहाँ हो रही घटनाओं का कोई अन्दाजा लगा सकता है।"

बोलते-बोलते राजे थोड़े गम्भीर हो गए। कहने लगे, "लेकिन इस जगह ऐन मौके पर खूब गड़बड़ी, अफरा-तफरी होने की आशंका है।"

"वो कैसे?"

"अपने मालिक, खान की जान पर जरा भी धोखे का अन्दाजा देखकर उसके अंगरक्षक और पीछे रहने वाले मजबूत सिपाही मार खाए हुए हिंसक पशु की तरह सीधे हमारे बदन पर दौड़े आएँगे और हमारी हड्डियाँ तोड़ देंगे। इसलिए यहाँ सबसे महत्त्वपूर्ण बात यह होगी कि क्षण भर के अन्दर ही उनके दाँत तोड़ दिए जाएँ।"

"हुकुम राजे, हुकुम!" बैठक में एक स्वर में अनेक आवाजें उठीं।

"इसलिए शामियाने के पीछे की तरफ जो ये पंचफूलों और करौंदों की घनी और काँटेदार झाड़ियाँ दिख रही हैं, उनकी आड़ में सबसे आगे हमारे कान्होजी काका, शिलीमकर, बाजी सर्जेराव, अण्णाजी दत्तो और रंगनाथ पासलकर रहेंगे। आप सबके कन्धों पर सबसे जोखिम भरा यानी नीचे से ऊपर शामियाने तक भागकर आने वाले शत्रुओं के सैनिकों को रोकने का काम होगा। उन्हें भालों, पट्टों और तलवारों से ठोकना होगा। एक बार इधर का काम सही ढंग से फतह किया कि आप सबको नीचे कोयना के किनारे की तरफ सीधी दौड़ लगानी होगी।"

इतने में रसोईघर से सन्देश आया। दोपहर हो चुकी थी। राजे अपने सभी सहकर्मियों के साथ भोजनकक्ष की तरफ बढ़ गए। सभी खास अधिकारियों की पंगत एक छोटे महल के पास की इमारत में लगी थी। परसों जब भवानीमाता की प्रतिमा के सामने अचानक वह रत्नजड़ित तलवार मिली थी, तब से मराठों का उत्साह बहुत बढ़ गया था। सबको विश्वास हो चुका था कि राजा के सिर पर माँ भवानी का वरदहस्त है। इस बात से सबकी चिन्ता मिट गई थी।

भोजन सादा और सात्त्विक था। पत्तल पर दाल-चावल और नाचणी की भाकर थी। दोने में रसेदार पिठला और साथ में बुक्के से फोड़े हुए काँदे की आधी फाँक रखी थी। गरीब किसानों के राजा शिवराय का यही भोजन था। नीचे नदी किनारे खान के खेमों और तम्बूओं में बिरयानी और बकरों के मटन का जश्न चल रहा था।

भोजन की पंक्ति में एक बात दबी जुबान में चल रही थी, "सुबह से सब बड़े अधिकारियों की बैठक चल रही है, लेकिन दो दिनों से मोरोपंत पिंगले किसी को दिखे क्या?"

"किसी को कैसे दिखेंगे?" बाबाजी भोसले बोले।

"समझ लो कि कुछ पता लगने वाला नहीं है। मोरोपंत नहीं हैं तो हम समझ

सकते हैं कि राजा ने उन्हें किसी गुप्त काम में लगाया होगा, लेकिन उनका पैदल दल किधर है?"

मोरोपंत के पैदल दल में जेधे की टुकड़ियाँ, नारायण ब्राह्मण और त्र्यम्बक भास्कर के सिपाही भी साथ रहते हैं। इसलिए इतना बड़ा पैदल जत्था आखिर किस दिशा में गया, राजा ने उन्हें ऐसा कौन सा गुप्त काम सौंप दिया है, जैसी बातों पर विचार करते हुए बाकी सब बेजार हो गए थे।

हर पल बहुत कीमती था। खेलकर्ण और बाबाजी को राजा से अकेले में बात करनी थी लेकिन उतना समय नहीं था। इससे पहले राजा ने बाबाजी का यथोचित स्वागत करते हुए उन्हें सरदारों वाले वस्त्र भेंट किए थे। भोजन कक्ष से कार्यालय की तरफ बढ़ते हुए बाबाजी ने राह में जल्दी से राजा का हाथ पकड़ा। उनके हाथों में पीले चावल सरका दिए। राजा मन-ही-मन हँस दिए। बोले, "अरे, इतनी गड़बड़ में भी शुभ मंगल वेला का मुहूर्त पक्का कर दिया?"

"क्या करूँ? आई अब बूढ़ी हो गई हैं। उसने ही गाँव की तरफ रिश्ता पक्का कर दिया। लेकिन चिन्ता की कोई बात नहीं दादा। इस लड़ाई के बाद का ही, महीने भर आगे का मुहूर्त निकाला है।"

वास्तव में राजा को बाबाजी के इस लग्न में बड़ी दिलचस्पी थी और वह खुद सारी व्यवस्था सँभालने वाले थे। लेकिन फिलहाल प्रतापगढ़ के चारों तरफ जंगलों में छुपी तोपों की बारूदी गन्ध फैल चुकी थी। ऐसे में जंग छोड़कर जीवन का कोई और रंग देखने का समय किसी के पास नहीं था।

"वाह, हमारी गौरा काकू को कहना कि तुम्हारे शिवबा और उनकी मातोश्री जीजाऊ पूरे बाजे-गाजे के साथ मुहूर्त से पहले लग्न मंडप में पहुँच जाएँगे। कोई चिन्ता न करें।"

सारे अधिकारी फिर से कार्यालय में बैठक के लिए जमा हो गए। गढ़ पर सारे काम बहुत वेग से सम्पन्न हो रहे थे। परसों के दिन दोपहर को अफजल खान और शिवराय की भेंट होने वाली थी। सिर्फ गढ़ पर रहने वाले वासियों, जंगलों में भेड़-बकरियाँ पालने वालों को ही नहीं बल्कि पूरे इलाके के पेड़-पौधों तक को उस क्षण का उत्सुकता से इन्तजार था।

अफजल खान को नदी किनारे अपना डेरा लगाए तीन-चार दिन हो चुके थे। दोनों फौजों की भिड़ंत की कल्पना से ही प्रतापगढ़ के जंगलों-खेतों और आसपास के पहाड़ों-नदियों वाले इलाके में डर की ठंडी छायाएँ नाच रही थीं। छोटे-छोटे खेतों और पहाड़ी बस्तियों में रहने वालों ने घबराहट के मारे बाहर निकलना तक बन्द कर दिया था। जंगलों में चरने वाले जानवरों के गले की रस्सियाँ भी इधर नहीं खुली थीं। गाय-भैसों को तबलों में बाँधकर रखा गया था। रोज अपनी चहचहाहट से जंगल में शोर मचाने वाले पंछी भी इधर उड़ते नहीं दिख रहे थे।

बहिर्जी नाईक और विश्वासराव दिघे की तरफ से गुप्त सन्देश आ चुके थे कि

नदी के किनारे डेरे डालकर खान थकान मिटाते हुए या आराम की नींद सो रहा है, ऐसा समझने की चूक बिलकुल न करें। वह बहुत बेचैन है। उसके जासूस भी जंगलों में घुसकर, इधर-उधर से राजा की तैयारियों का अन्दाजा लगा रहे हैं। राजा की उड़ती नजर घाटी को पार करती हुई सामने के पहाड़ी शिखरों पर जा टिकी। उन्होंने सामने बैठे सरदार बाबाजी भोसले से प्रश्न किया, "क्यों बाबाजी, रडतोंडी की नाक पर बनी अपनी चौकी को आप सँभालेंगे क्या?"

"बिलकुल, प्राणों की बाजी लगाकर दादा।"

"अरे, अगर अफजल खान को हमने धूल चटा दी, तो वह अपने देश को किस तरफ से भागेगा? वाई के रास्ते से न?"

"हाँ राजे, वहीं उसका कड़ा मुकाबला करेंगे। उस रास्ते से मैं किसी को भी आगे नहीं बढ़ने दूँगा। इस क्षण भी घाट के ऊपर मेटतला गाँव की झाड़ियों में मेरे घुड़सवार अपने हथियार चमकाकर हमारे इशारे का इन्तजार कर रहे हैं?" बाबाजी ने कहा।

"और आप?"

"बस ये बैठक खत्म हुई कि तुरन्त पीछे के दरिया को पार करके उधर ही रफ्तार से निकल जाऊँगा।"

"वाह, शाबाश।"

बाकी भी अन्य ठिकानों, नाकों पर अपने सैनिकों को कैसे नियुक्त करना है, यह सारी बातें शिवराय एक के बाद एक स्पष्ट कर रहे थे। लेकिन इधर कान्होजी बाबा जेधे काफी देर से बहुत बेचैन नजर आ रहे थे। बीच में ही उन्होंने राजा से कहा, "शिवबा, अगर खदबदाती नदी को शान्त करना हो, तो सबसे पहले उसमें मौजूद मजबूत पकड़ वाले बलवान मगरमच्छ का जबड़ा तोड़ना चाहिए।"

"जो है, साफ कहिए न जेधे काका।"

"तुमसे मिलने के लिए खान शामियाने की तरफ ऊपर आ जाएगा। तब उसे कैसे वहाँ रोके रखना है, यह योजना तो अपनी अच्छी है। लेकिन रडतोंडी और आसपास के इलाकों में नीचे जो उसका विशाल डेरा पसरा हुआ है, उसका क्या? वहाँ हजारों घुड़सवार हैं, ऊँट हैं, छोटी-बड़ी तोपें हैं, बारूदखाना और आठ-दस हजार का खान का लश्कर पैर जमाकर बैठा है, जब तक उनकी पीठ नहीं तोड़ देते, तब तक हमारी जीत कैसे होगी?"

बैठक में मौजूद सारे छोटे-बड़े सरदार चमक गए। कान्होजी बाबा ने उनकी योजना में होने जा रही सबसे बड़ी चूक की तरफ इशारा किया था। लेकिन यह सुनकर शिवराय जोर से हँसे और बोले, "आओ सब, ऊपर चलते हैं महल की छत पर।"

प्रतापगढ किले के सबसे ऊपरी हिस्से में वह भव्य महल खड़ा था। इसके ऊपर कुछ उठकर बनी हुई छत से पूरा पहाड़ी इलाका और नीचे घाटियों के बीच

से बहती हुई कोयना दिखाई देती थी। किले के पीछे की तरफ कोंकण के खड़े उतार के साथ दूर-दूर तक पश्चिमी घाट की नदियाँ और पहाड़ नजर आते थे। राजा ने अपने बाएँ हाथ की दिशा में नीचे देखा। सामने दो कोस तक फैले उतार के बाद बीच में भूमि का एक सपाट टुकड़ा था। राजा ने गोमाजी बाबा को इशारा किया। उन्होंने छत की ऊँचाई पर काठी में लगा भगवा झंडा निकालकर अपने हाथों में ऊँचा उठा दिया। जब यह झंडा उन्होंने इधर हिलाना शुरू किया तो सामने के जंगल में एक दूसरा भगवा झंडा ऊपर ऊठा। इधर हिलाए जा रहे झंडे के जवाब में उधर का झंडा भी हिलता रहा।

सब लोग राजा को विस्मय से देखते खड़े रह गए। उनकी तरफ देखकर राजा ने खुशमिजाज स्वर में कहा, "उन जंगलों में पेड़ों के बीच सशस्त्र सिपाहियों के साथ अपने मोरोपंत पिंगले छुपे हुए हैं।"

"लेकिन उनके साथ तो चार हजार पैदल होते हैं?"

"वे सब भी कल रात ही वहाँ जाकर जम चुके हैं।"

"पर यह तो कमाल है।" एक साथ कई लोगों के मुँह से सवाल निकला, "इतने बड़े ढलान से उतरकर चार हजार लोगों का इतनी दूर जंगलों से होते वहाँ तक पहुँचना और पास ही जमे हुए दुश्मन को हवा तक नहीं लगी, ऐसा कैसे हो सकता है?"

"ये सारे बहादुर मावले कल शाम को कोंकण की तरफ से चक्कर काटकर निकले। नीचे की घाटी में कणेश्वर गाँव के बाजू में ये नीचे पहुँचे। जंगलों-खेतों में चक्कर लगा रहे खान के जासूसों को खबर न लगे इसलिए उन्होंने मशालें तक नहीं जलाईं। जहाँ पर बहुत ज्यादा खतरा या आवश्यकता थी, वहाँ जरूरत भर चिन्दियाँ जलाकर रोशनी की और गहरी नदियों-नालों को पार किया। पूरी रात चलते हुए वे कहीं नहीं रुके और तब जाकर सुबह सामने के जंगल में पहुँचे।"

बहादुरी की यह कहानी सुनकर कान्होजी बाबा समेत सबके दिल भर आए। उन सबको चेताते हुए शिवराय बोले, "हमारी भेंट के पहले वाली रात ही मोरोपंत दो घंटे की चढ़ाई चढ़कर पीछे के पहाड़ पर पहुँच जाएँगे, जहाँ वरदायिनी देवी का पुराना मन्दिर है। तड़के ही वह उस जगह को छोड़ देंगे और सूरज की किरणें धरती पर पहुँचें, उसके पहले ही बीच की घाटियों में छुपकर बैठ जाएँगे। फिर जब प्रतापगढ़ से उन्हें इशारा देने वाली तोपें गरजेंगी, तब आधे घंटे के अन्दर वह सारे-के-सारे भरे हुए बादलों की तरह खान की मुख्य सेना पर बरस करके, उसे बहा देंगे।"

राजे नक्शे के आधार पर सारी योजना समझा रहे थे। जनी की टेकड़ी के पीछे की तरफ थोड़ी ही दूर पर एक बड़ा और गहरा खड्ड था, जहाँ पचास से साठ आदमियों की एक टुकड़ी छुपकर बैठने वाली थी। राजे उसके बारे में बताने लगे, "हिरोजी फरजंद काका, इस जगह का नेतृत्व आप सँभालेंगे। शामियाने में जरा भी

गड़बड़ हुई कि आपको ही छलाँग मारनी पड़ेगी। कुछ ही पल में वहाँ से फलाँगते हुए इधर पहुँचना और दुश्मन को निपटा देना।"

बैठक में मौजूद सारे प्रमुख सरदारों को राजा ने चारों दिशाओं के पहाड़ों, घाटों, खड्डों और घुमावदार रास्तों की जिम्मेदारियाँ बाँट दी थी। आसपास की सारी पहाड़ियों और छुपने की जगहों पर बारीक निगाह डालते हुए वे बोले, "जनी की टेकड़ी के पश्चिम की तरफ यह जो छोटा पहाड़ है, इसे वहाँ के लोग 'महाराजवाड़ा टेप' कहते हैं। इसकी आड़ में हमारे छह सौ से सात सौ सिपाही आराम से छुपे रह सकते हैं। उधर जैसे ही खान के खेमे में हड़बड़ी मचेगी, और उधर गढ़ से तोपों की आवाज कान पर पड़ेगी कि इधर हमारे वीर, खान की फौज पर अपनी तलवारें लेकर छलाँग मारते हुए टूट पड़ेंगे।"

शामियाने के दक्षिण की तरफ अँगुली का इशारा करते हुए राजे ने कहा, "वरदायिनी के मन्दिर की तरफ से इधर के पहाड़ पर चढ़कर आने वाली ये जो सँकरी-सी ऊबड़-खाबड़ पगडंडी है, शिलीमकर और अण्णाजी दत्तो, आप दोनों को यहाँ मोर्चा सँभालना है। इस ढलान के रास्ते की घाटी इतनी तंग और आड़ी-तिरछी है कि उस पर आदमी ठीक से चल भी नहीं सकता और न ही रेंग सकता है। यहाँ तो जमीन पर पसरकर घुटने-घुटने ही आगे सरकना पड़ता है। इधर बहुत जोखिम है।"

सबको अपने विश्वास में लेते हुए राजा की आँखों के सामने हाल में गुजरा वर्षा-काल आकर खड़ा हो गया। वे भरे गले से बोले, "आषाढ़ से पहले हम अपने सिपाहियों को भरी बरसात में साथ लेकर इस अरण्य में दाखिल हुए थे। इस इलाके के छोटे-छोटे गाँवों और बस्तियों के बच्चों और माताओं-बहनों ने हमें जो साथ और संगत दी, वह हम कभी भूल नहीं सकते हैं।

"अपना शत्रु अफजल खान है। वह बहुत चालाक है। अपने साथ वह डेढ़-दो सौ ऊँटों की पीठ पर तरह-तरह की तोपें-बन्दूकें लेकर इस जंगल में आया है। वह हम लोगों पर आग की बारिश करेगा। लेकिन इससे घबराने या अपना मनोबल छोड़ने का कोई कारण नहीं है। कारण यह कि सह्याद्रि की प्रकृति हमारे साथ खड़ी है। खान की तोपों से निकलने वाली बारूद इसी मिट्टी में मिल जाएगी। ऐसा हमें पूरा विश्वास है।

"हमारे पास दुश्मन के बड़े-बड़े रसोईघरों जैसे बावर्ची नहीं हैं। जंगलों में बसे छोटे-छोटे गाँवों में हमारे सैनिकों ने छोटी-छोटी टुकड़ियों में बँटकर बारिश का काल बिताया है। माँ साहेब और हमारे आदेश से इन गाँवों की माता-बहनों के पास हमारे गढ़ से धान्य पहुँचाया गया है। उस धान्य को कूटने-पीसने और गूँधने की सारी मेहनत उन गरीब माताओं-बहनों की है।

"अब चाहे तो आसमान टूटे या फिर हमारी जान जाए! हमें अपने दिल के इरादों को पक्का कर लेना है। चाहे कुछ भी हो जाए लेकिन हम खान के लश्कर को अपनी इस जमीन से वापस नहीं लौटने देंगे। यही हम सबका लक्ष्य होगा। परसों के दिन

जब शाम होते-होते इधर जो भगदड़ शुरू होगी तो इधर के घने जंगलों में खाने के लिए कुछ भी नहीं मिलने वाला है। इसलिए जिस-जिस गाँव के नजदीक से जो-जो सिपाही गुजरेंगे, उनकी सीमा पर हमारी माताएँ-बहनें और नन्हे बच्चे भाकर और काँदे के पुट्टल बाँधकर उनका इन्तजार करते मिलेंगे। तुम घोड़ा रोके बगैर ही उनके हाथों से वे पोटलियाँ लेना और आगे दौड़ते चलना। ध्यान रखना इन जंगलों में चार दिन तक टिकने वाली यह नाचनी की भाकर ही हमारे स्वराज्य का खरा मेवा है।"

देर तक अपनी बात रखने के बाद राजे रुके तो उनकी आँखें किसी को ढूँढ़ने लगीं और फिर उन्होंने ऊँची आवाज लगाई, "अपना शिवजी जेधे कहाँ है?" शिवजी बाजू में ही था। राजा को झुककर सलाम करता हुआ वह सामने आ गया। राजा ने पूछा, "तुम्हारे वो सब मदद करने वाले लड़के कहाँ हैं? इकट्ठा कर लिया उनको?"

"ये क्या राजा, दीवार के पार केदारेश्वर के आँगन के सारे लड़के हमारी ही तो राह देख रहे हैं।"

शिवजी और हिरोजी फरजंद के साथ शिवराय केदारेश्वर के सामने आँगन में पहुँचे। मदद के लिए डेढ़ सौ लड़कों का चयन करना था। सामने दो सौ की भीड़ थी। शिवजी जेधे के इशारा करते ही लड़के दांड-पट्टा के दाँव दिखाने लगे। तलवारबाजी के हुनर का प्रदर्शन हुआ। एक-दो कच्चे तरुण मावलों को छोड़ दें तो बाकी काफी मँजे हुए और बहादुर थे। उनके उत्साह का उफान साफ दिख रहा था। बावजूद इसके पचास को बाजू में निकाला गया। उनके चेहरे पर निराशा साफ झलक रही थी। यह बात शिवराय को अच्छी नहीं लगी इसलिए उन्होंने बचे हुए सारे उत्साही लड़कों को भी सेवा में ले लिया। खान से मुलाकात का प्रसंग देखते हुए हर लड़के का कौशल अलग-अलग परखते हुए, जो जिस योग्य था उस काम पर लगाया। सबको सामने बैठाकर राजा ने कहा, "खान की मेहमाननवाजी करते हुए कोई पान-बीड़ा देने के लिए रहे, किसी को पंखा झलने का काम करना पड़ेगा। आपमें किसी को पानी पिलाने का काम करना पड़ेगा तो कोई किसी के सहायक के रूप में रहेगा। किसी को खास लोगों के जूते उठाने की सेवा के बहाने वहाँ पास में रखा जाएगा। आप सबको जो काम बताया जाएगा, उसका पूरी लगन से नाटक करना है। लेकिन तुम्हारा असली काम वहाँ क्या होगा मेरे मर्दों?"

"आप कहिए राजे, हम प्राण भी देंगे।"

"तुममें से प्रत्येक की धोती में अन्दर या फिर तुम्हारे नाड़े के पास कोई कटार, कोई धारदार चाकू या कोई शस्त्र छुपाकर रखने को दिया जाएगा। कहने के लिए तुम लोग वहाँ सेवक रहोगे लेकिन अन्दर से तुम बहादुर मावले ही रहोगे। अगर खान ने अचानक कोई धोखेबाजी की, हम पर हमला कर दिया या फिर वह और उसके साथी शामियाने से बाहर निकलकर अपने गढ़ को कब्जाने के इरादे से ऊपर दौड़ने लगें, तो अपने वह छुपे शस्त्र निकालना और अपनी इस भूमि के लिए कदम

से कदम मिलाकर लड़ना। खान की फौज को इसी जंगल में खत्म करने के धर्म का तुम्हें अपने हाथों से पालन करना है।"

"जैसी आज्ञा राजे! आपके लिए हमारे प्राण भी हाजिर हैं।" लड़कों ने एक साथ ऊँची आवाज में कहा।

अब अँधेरा हो चला था। राजे अपने कार्यालय की तरफ जाने के लिए निकले। अधिकारियों और सरदारों को जरूरी सन्देश देने थे। इतने में राह में सकन्या गुरव आ मिला। अपने हाथों की तुरही को सँभालते हुए राजा के चरणस्पर्श किए। तब राजा ने हँसते हुए पूछा, "सकन्या, तू परसों हमारे साथ शामियाने में आएगा। वहाँ हमारी जीत हो या हार, इसकी तुझे फिक्र नहीं करनी। बस तुझे यह करना है कि जैसे ही हम शस्त्र निकालें, तू अपनी नाभि से जोर लगाते हुए अपनी तुरही को इतने जोर से फूँकना कि उसकी आवाज अपने इस गढ़ तक आए और वह हमारी तोपों के लिए इशारा रहेगा। तब बुर्जों पर रखी तोपें आग उगलने लगेंगी और उनकी आवाजों से पेड़ों-जंगलों में छुपे हुए मर्द मावले सिपाही अचानक निकलकर एक साथ दौड़ेंगे। ये बीजापुर की उन्मत्त फौजों को खा-चबाकर उनके चिथड़े कर डालेंगे।"

रणधीर और रणबाँकुरे!

एक-दूसरे से विदा लेने का समय आ गया था और सरदारों-अधिकारियों की भीड़ उमड़ी हुई थी। इतने में सेवकों ने शिवराय के सामने दो काँवड़ लाकर रख दिए। लम्बे बाँसों के दोनों छोरों पर घुटनों तक ऊँची-ऊँची टोकरियाँ बँधी हुई थीं। टोकरियाँ पेड़ों की हरी पत्तियों से ढकी हुई थीं। अन्दर क्या है, किसी हाल में कुछ समझ नहीं आ रहा था। बहुतों की भौंहें ऊँची हो गईं।

सरदारों और लश्करी अधिकारियों के लिए जो स्थान सुनिश्चित किए गए थे, उन्हें आज रात ही वहाँ पहुँच जाना था। जंगल में मौके के ठिकाने और मोर्चों की जगहें सँभालनी थीं। अफजल खान से मुलाकात के लिए राजा ने सेना को पूरी तरह व्यवस्थित कर दिया था। इन सबके बीच लेकिन किसी को नहीं मालूम था कि नेताजी पालकर और उनका अव्वल दर्जे का अश्वदल किस मोर्चे पर तैनात होगा। खुद नेताजी भी इस सम्बन्ध में अनभिज्ञ थे। बावजूद इसके नेताजी ने सबके सामने इस बारे में राजा से पूछने की हमेशा जैसी कोई जल्दबाजी नहीं दिखाई। लेकिन उस कमरे में खुसुरफुसुर शुरू हो गई कि बैठक खत्म होते ही नेताजी एकाएक कैसे अदृश्य हो गए? उनके पास ऐसी कौन सी जादुई छड़ी है?

काफी देर हो चुकी थी। अधिकारियों को निकलने की जल्दी थी। अपने सभी

सहयोगियों की तरफ देखते हुए शिवराय भावुक अन्दाज में बोले, "यह देखिए, जब अपने वीर समर के लिए रणआँगन में जाते हैं तो मुगल और बीजापुर की सुलतानशाही में उन्हें भेंटस्वरूप कुछ देने की रीत है। कोई सोने के कर्णफूल बाँटता है तो कोई रत्नजड़ित कंठ हार देता है। कोई कुछ और!"

"आप हम लोगों को क्यों शर्मिन्दा कर रहे हैं शिवबा?" कान्होजी जेधे बोले, "यह हम गरीबों का घोर कष्टों से बनाया हिन्दवी स्वराज्य है। हमें क्यों किसी भेंट की जरूरत है?"

"लेकिन आज मैं आप लोगों को खाली हाथ नहीं लौटने दूँगा।"

"राजे?"

"हाँ, हमने आपको भेंट देने के लिए एक अलग ही दौलत लाई है।"

राजा की नजर का इशारा पाते ही सेवकों ने बाँसों में लगी बड़ी-बड़ी टोकरियों को खिसकाकर उनके सामने रख दिया। टोकरियों पर ढके हरे पत्तों को हटाया गया। पत्ते हटते ही उनके नीचे से पीले रंग के सुन्दर-ताजे फल झाँकने लगे। राजा ने फल हाथों में उठाए और अपने वीरों में उन्हें बाँटते हुए बोले, "ये हमारे जंगलों में लगने वाले बेल फल हैं। बहुत मीठे। यही हमारा मेवा है।"

"राजे, यह मेवा कहाँ आपके हाथ लग गया?" हिरोजी फरजंद ने पूछा।

"वह देखिए केदारेश्वर की दीवार के पार बेलवृक्ष लगे हैं। इस साल ये पेड़ कैसे इन फलों से लदे हैं! बेलपत्र और बेलफल, ये श्रीशंकर को सबसे ज्यादा पसन्द हैं। आप भी खाकर देखिए।"

राजे ने फलों के वितरण की शुरुआत की और उसके बाद कुछ अन्य लोगों ने आगे बढ़कर यह काम आगे बढ़ाया। सबको विदा करते हुए राजे बेहद भावुक हो गए। उन्होंने कहा, "हमें लगता है कि अपने योद्धाओं से कोई भी बात छुपाना एक प्रकार का छल है। मेरे मर्द लड़ाको, तुम सबसे मैं बिलकुल स्पष्ट कहना चाहता हूँ कि आई तुलजा भवानी का पूरा मंगल आशीर्वाद, उनका हाथ हमारी पीठ पर है। मुझे पूरा विश्वास है कि हम कामयाब होकर ही लौटेंगे। लेकिन फिर भी मैं आपसे कहूँगा कि कृपा करके जरा भी गाफिल मत रहिएगा। कारण यह कि हमारे हिन्दवी स्वराज्य पर आगे बढ़कर हमला करने आया यह दुश्मन अफजल खान, इस युग का बहुत ही भयंकर और दुष्ट इनसान है।"

"युद्ध का अर्थ ही है रण में रक्तपात! जीवन को दाँव पर लगाने का खेल। इस युद्ध चक्र के फेर में कुछ भी...बिलकुल कुछ भी हो सकता है। वह अफजल खान बहुत ताकतवर भी निकल सकता है। और दुर्दैव से समझिए कि वह हमारी ही जान लेने में कामयाब हो जाता है...।"

"नहींऽ। नहीं राजे, ऐसा मत बोलिए।" बैठक में सिसकियों की आवाजें फूट गईं।

"क्या करें? सेनानायक का काम है कि सत्य सबके सामने रखे! इसलिए कहता हूँ, समझो कि दुर्दैव से कभी ऐसा हुआ भी, तो मेरे मर्द मावलो दुखी मत

होना। स्वर्ण जैसे कीमती समय को शोक में व्यर्थ मत कर देना। दुश्मनों को कड़ी टक्कर देना। जंग के रंग में खेलते हुए अगर शस्त्र कम पड़ जाएँ तो इस जंगल के बाँस और डंडे हाथों में उठा लेना। पेड़ों की शाखों के बरछे बना लेना और उनसे दुश्मन के सिर फोड़ देना। तलवार-भाले कम पड़ जाएँ तो अपने दाँतों से बैरियों की चमड़ी छील देना। अब अपने हिन्दवी स्वराज्य के देवता को दही-दूध और घी का अभिषेक नहीं चलेगा। गर्म रक्त के धारों से उसे नहलाकर गुलामी का अँधेरा दूर भगाना होगा। हमारे लिए आँसू बहाने में बिलकुल समय मत खर्च करना।"

सब जैसे ठंडे पड़ गए। सिर्फ राजा को एकटक देख रहे थे। शिवराय भरे हृदय से आगे कहने लगे, "अपने जिस उन्मत्त स्वप्न को पूरा करने के लिए हम किले पर किले बाँधते हुए रात-दिन संघर्ष कर रहे हैं! जिस बावरे स्वप्न को देखने वाले संस्कृत पंडित, बहुभाषा विशारद और शमशीर के धनी श्री शहाजीराजे...हमारे पिता गुजरे इक्कीस बरसों से बीजापुर दरबार नाम के कैदखाने में सजा भुगत रहे हैं, और जिस स्वप्न की पूर्ति के लिए बीते जाने कितने बरसों से हमारी जीजाऊ माँ साहेब कभी ठीक से सो तक नहीं सकीं...उन स्वप्नों का फल साकार हो!"

यह कहते हुए राजा बैठने को हुए कि अचानक उन्हें कुछ याद आया। वे पुनः सीधे खड़े हो गए, "समझें कि दुर्दैव से परसों दूसरे पहर के बाद हमारी जीवन नौका नहीं रही, तब इस शिवाजी के बाद स्वराज्य की दौलत को कौन सँभालेगा?"

राजा के इस उद्‌गार के बाद राजे के न रहने की कल्पना मात्र से अनेक जन बुक्का फाड़कर रोने लगे। बहुत धीरज धरे रहने वाले नेताजी पालकर, उन्होंने भी जोर से सिसकी भरी। वह झटके से निकल जाने के इरादे से उठे कि तभी कसकर उनका हाथ थामकर शिवराय बोले, "रुको, नेताजी काका, सुनो। मावले मर्दों सुनो...हमारे बाद हमारे राज्य का कार्यभार हमारी मातोश्री जीजाऊ साहेब और नेताजी पालकर काका सँभालेंगे। हमारे चिरंजीव शम्भूबाल...अभी दो-ढाई साल की ही उम्र होगी उनकी...दो महीने पहले ही अपने मातृसुख से वंचित हो चुके हैं...शम्भूबाल और 'स्वराज्य' इन दोनों ही नन्हे शिशुओं के पालने की डोर हमने अपने महाराष्ट्र की माँ जीजाऊ के हाथों में सौंपने का निर्णय लिया है। गरीब प्रजा की आकांक्षाओं से गढ़ी इस 'स्वराज्य लक्ष्मी' की रक्षा तुम सब मिलकर अपने प्राणपण से करना।"

"राजे, ऐसी बातें क्यों कर रहे हैं कि जैसे सब कुछ ही खत्म हो जाने वाला है?" नेताजी ने चिन्ता करते हुए प्रश्न किया।

"नेताजी काका, राजा को दोनों तरफ से सोचना पड़ता है। रह गए तो क्या और डूब गए तो क्या?"

"न राजे, ऐसे आखिरी बन्दोबस्त जैसी बातें मत कहिए। आपके जैसे महापुरुष ने यहाँ पत्थरों को निचोड़कर हिन्दवी स्वराज्य का अमृतकुम्भ प्राप्त किया है। मेरे जैसा साधारण सिपाही सपने में भी कैसे इसे सँभाल सकता है राजे?"

नेताजी की तरफ देखते हुए राजे बड़ी प्रसन्नता से बोले, "आपके काम की तारीफ तो हम क्या, हमारे जन्म-जन्मान्तर के शत्रु तक करते हैं और आपको 'शिवाजी स्वरूप' कहते हैं। यहाँ हम खुलकर सबके सामने कहते हैं कि इस शिवाजी के बाद अगर आकाश तक हाथ बढ़ाकर अपने कर्तव्यों के चाँद-सितारे पूरी सामर्थ्य के साथ हथेली में सजाने की क्षमता किसी शूरवीर में है, तो वह है सिर्फ नेताजी पालकर!"

गढ़ पर तेज हवा चल रही थी। बाजू के केदारेश्वर मन्दिर से घंटियों का नाद सुनाई पड़ रहा था। हवा के तेज झोंकों में बेल वृक्ष के फल टूटकर कार्यालय के छपरे पर टप-टप गिर रहे थे। बैठक वाले कमरे का वातावरण बहुत भावुक हो चुका था। राजा ने सबके सामने हाथ जोड़कर भवानीमाता का स्मरण किया और मंत्रघोष की तरह अन्तिम बात कहने लगे, "माननीय मराठो, पत्थरों के देश में गरुड़ की हिम्मत लेकर जन्मे मर्द मावलो! परसों संध्याकाल में इस प्रतापगढ़ पर जब छायाएँ लम्बी होंगी, तब पल भर के लिए इतिहास चक्र थम जाएगा। अलमस्त वर्तमान भी अपनी एड़ियाँ ऊँची करके गोप्या के घाट से राजगढ़ की तरफ जाने वाले रास्तों पर उत्सुकता से निगाहें जमाकर देखने लगेगा। उसी क्षण हमारी मातोश्री की आँखें भी राजगढ़ से पलक झपकाए बिना, अखंड इसी रास्ते पर लगी होंगी। इसलिए हम जान-बूझकर आपको याद दिला देते हैं...परसों सुबह रणभूमि में भिड़ंत के लिए तलवार अपनी म्यान से निकालने के पहले ही तुम्हें एक बात का फैसला करना होगा कि उस शाम को क्या करना है? पूरी ताकत से जूझते हुए उस अफजल की मुंडी छाँटकर भाले की नोक में गड़ा देनी है...उसे ढोल-ताशे की ताल पर नाचते हुए राजगढ़ लेकर आना है या अपने सिर झुकाए हुए पालकी में हमारी मृतदेह को लेकर चोरों की तरह भागते हुए यहाँ से फरार होना है?"

शिवराय के इस सवाल के साथ ही बैठक के चारों कोनों से तोप के गोलों जैसी गर्जना हुई, "नहीं राजे नहीं, हम लड़ेंगे। आपकी प्रतिष्ठा के लिए लड़ेंगे...और आपकी एक आवाज पर इस जंगल का हर आदमी लड़ेगा। सह्याद्रि के वृक्ष तक अपने आप उखड़कर हनुमान के जैसे हवा में उड़कर बीजापुरी सैनिकों की कमर तोड़ देंगे। अम्बे माँ के दरबार में नाचते भूतों की तरह हवा के पंखों पर बैठकर रणचंडी नाचेगी। दुश्मन को मिट्टी में मिला देंगे लेकिन राजा, आखिर तुम्हारी जीत का ही डंका बजाएँगे...जरा भी चिन्ता मत कीजिए।" नेताजी पालकर के मुँह से जैसे वीर रस के रणकाव्य का झरना बह रहा था।

हर पल चौकस रहते हुए राजा सुतली के टुकड़े से लेकर तोप में लगने वाले गोले तक बारीक से बारीक बात का लक्ष्य रखे हुए थे।

कल दोपहर में कलिकाल जैसे दुश्मन से राजा की भेंट होनी थी। आँखों में सिर्फ जागरण था। राजा की आँखों के आगे अपने माता-पिता का अखंड कष्टों से भरा जीवन चलचित्र की तरह चल रहा था। उन्हें जीजाऊ साहेब के अनेक रूपों का स्मरण हो रहा था। वह मातोश्री के गर्भ में थे, तब से माँ ने कितने अपार कष्ट सहन किए थे। उनके तीनों भाइयों की निजाम के दरबार में हत्या हुई। इस हत्याकांड के दुख ने उन्हें जैसे पत्थरों के नीचे पीसकर रख दिया था।

इसके बाद गुलामी के पाश को तोड़ फेंकने के लिए उनके प्राणपति शहाजीराजे के द्वारा कभी की गई बगावतें तो कभी यहाँ से वहाँ दौड़। समय ने उन्हें कभी मुगल तो कभी निजामी और कभी आदिलशाही लश्कर की सेवा में ले जाकर खड़ा करके तपाया। हर चाकरी उन्हें नए जख्म देकर जाती। कुछ पुराने फिर हरे कर जाती। अपने स्वराज्य की आकांक्षा के लिए वह लगातार संघर्ष करते रहे। नतीजा नहीं दिखा तो उन्होंने पेमगिरी के गढ़ पर निजामशाही का नया प्रयोग किया। अहमदनगर से पुणे तक और पुणे से कोंकण के पार, बरराते पानी में वह भागे। चेउल के बन्दरगाह में अपनी पत्नी और बच्चों के प्राण बचाने के लिए पुर्तगालियों से राजाश्रय की विनती भी की जिसे ठुकरा दिया गया। रात-दिन भटकने और भागदौड़ का यह वनवास तो अभी तक खत्म नहीं हुआ था।

इधर बीते कुछ वर्षों में मातोश्री के चेहरे पर खुशी जगमगाई थी। जब शिवराय की कोशिशों से दरिया और पहाड़ों की इस भूमि पर स्वतंत्रता की पीली सूर्य-किरणें उतरने लगी थीं। लेकिन तभी आसमान में अफजल खान नाम का यह काला बादल आ धमका जिसने जीजाऊ के बहादुर पुत्र सम्भाजीराजे की जान ली थी। जिसने कुछ समय पहले शहाजीराजे को गुनहगार साबित करके उनके हाथ-पैरों में बेड़ियाँ ठोक दी थीं। वही शत्रु अब काल बनकर स्वराज्य को निगलने के लिए सह्याद्रि के पेट में घुस आया था। दुर्भाग्य से उसके साथ आए बाईस बड़े सरदारों में आठ लोग मराठे और ब्राह्मण हैं। खुद को सरदार कहने वाले ये लोग दुश्मन के खेमे का गोबर, गुलाल समझकर उठाने को तैयार हैं। जबकि दूसरी तरफ जीवन के तीस बसन्त देखने वाला उनका अपना ही शिवाजी नाम का लड़का अपने खून को पानी कर रहा है। अपने स्वराज्य का बुर्ज मजबूत बनाए रखने के लिए, पत्थरों में कोंपलें उगाने की कोशिशों जैसा दिन-रात जूझ रहा है।

राजा को नींद नहीं आ रही थी। रात्रि का जबड़ा बहुत विशाल था।

राजा को अचानक कुछ याद आया। उन्होंने तत्काल कान्होजी बाबा को बुलवाया। कान्होजी भी जागे ही थे। उन्हें सामने पाते ही राजा बोले, "माफ कीजिए काका। एक चीज जो मैंने खास मँगाकर रखी थी, काम की हड़बड़ी में वह बँटवाना ही रह गई। वह चीज आज ही पहाड़ों में अपने-अपने ठिकाने बनाए बैठे सारे सरदारों तक पहुँचनी जरूरी है। वहाँ से घुड़सवारों और सिपाहियों तक फिर वह अपने आप पहुँच जाएगी।"

"आपकी जैसी आज्ञा राजे।"

"जमादार गुणा मोहिते भंडारखाने में अभी होंगे। हमने उन्हें वहीं ठहरने का हुक्म दिया है।"

"राजे, बताइए तो कि वह चीज क्या है।"

"ये लीजिए नमूना।" राजा के पास पतले से कपड़े में बँधी कुछ छोटी-छोटी थैलियाँ थीं।

उसमें से एक छोटी सी थैली निकालकर राजा ने आगे बढ़ाई। कान्होजी ने थैली की गठान अपने दाँतों से छुड़ाई और उत्सुकता से देखने लगे। अन्दर तम्बाकू की दस-बारह चुटकियाँ और चूना रखा था।

"समझ नहीं पा रहा कि हँसूँ या रोऊँ।" जैसे मुँह का स्वाद बिगड़ गया, कुछ इस अन्दाज में कान्होजी ने कहा, "किसी की तलब या व्यसन के नखरे उठाने के लिए हमारे राजा नियम-धर्म नहीं तोड़ेंगे, इतना तो हमें भरोसा है लेकिन...।"

राजे मन्द-मन्द मुस्कराते हुए बोले, "जेधे काका, जावली और प्रतापगढ़ के जंगल के सारे गीले झाड़-झंखाड़ इस समय जोंक से भरे हुए हैं। इनसानों और जानवरों के लिए उनका दंश नाग-नागिन से ज्यादा घातक है। वो चिपककर खून पीते रहते हैं। अपनी फौजों को इन घनी झाड़ियों में दो-रात और तीन दिन निकालने हैं। ये जोंक उन्हें परेशान कर डालेंगे। घोड़ों और बैलों जैसे जानवर तक बेचारे पिस जाएँगे। दुश्मन को खबर न हो इसलिए सब वहाँ बिना मशाल जलाए गुपचुप बैठे हैं। जोंकों का इलाज करने के लिए उनके पास जड़ी-बूटियाँ तक नहीं हैं। ऐसे में तो उन्हें सिर्फ तम्बाकू बचाएगी!"

राजा के मुँह से तम्बाकू के बारे में मिली यह जानकारी पाकर कान्होजी बाबा खुश हुए और बड़े सन्तोष के साथ उन्हें झुककर सलाम किया।

तम्बाकू-चूना बाँटने के लिए मावले अँधेरे में फैल गए। तम्बाकू के बहाने मिल गए कान्होजी बाबा का हाथ पकड़ते हुए जीवा महाल ने हँसते हुए उनसे पूछा, "नायक, आपके पैर पड़ता हूँ लेकिन अब दूसरी बात का रहस्य तो समझा दो।"

"किस बारे में पूछ रहा है जीवा?"

"बताओ न कि अपने नेताजी पालकर कौन से पेड़ की जड़ी-बूटी खाते हैं?"

"कैसी जड़ी और कैसी बूटी रे?"

"वही कि अचानक वह कैसे किले पर रहते-रहते भूत के जैसे गायब हो जाते हैं?"

इस रहस्यमयी प्रश्न पर कान्होजी जोर से हँसते हुए बोले, "बच्चो, नेताजी के गुप्त रहस्य के पीछे उनसे भी बड़ा रहस्य है हमारे शिवबा का! समझे।"

"क्या कह रहे हैं?"

"सच। वही बता रहा हूँ बच्चो! शिवराजा के बचपन में शहाजी बाबा ने उन्हें कई बार देवगिरी के अजेय किले की बात बताई थी। एक बार उस देवगिरी किले

के चारों तरफ दुश्मनों ने बड़ा घेरा डाल दिया था। कई महीने बीत गए तो उस गढ़ में धन-धान्य खत्म हो गया। किले के अन्दर के लोगों के पास बाहर निकलने का कोई रास्ता नहीं था क्योंकि उस विशाल और मजबूत किले में बाहर निकलने के लिए एक ही गुप्त मार्ग था। वह भी दुश्मन ने अपने कब्जे में कर लिया था। हजारों आदमी और जानवर एड़ियाँ घिसते हुए अन्दर मर गए। बचे हुए थोड़े से लोगों की प्राण रक्षा के लिए देवगिरी के यादव राजा को शत्रु के सामने शरणागत होना पड़ा।"

"लेकिन उस बात का यहाँ क्या सम्बन्ध?"

"अरे, वही बता रहा हूँ जीवा बेटा तुझे। गढ़ से नेताजी के भूत जैसे गायब होने में कोई जड़ी-बूटी खाने वाला चमत्कार नहीं है। सिर्फ तीन साल पहले यह गढ़ बनते वक्त ही राजा ने यहाँ का सारा काम देख रहे अर्जोजी यादव से पाँच चोर दरवाजे बनाने को कहा था। शिवबा के साथ मैं छाया की तरह रहता हूँ, तब भी वे सारे रास्ते मुझे नहीं मालूम हैं। नेताजी जैसे ही दो-तीन लोगों के कान में राजा ने वह गुप्त मंत्र दिया है। उसी के जोर पर नेताजी देखते-देखते दीवारों में अदृश्य हो जाते हैं।"

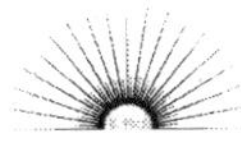

दोपहर में अन्ततः शिवाजी से भेंट होनी है। इस कल्पना से ही अफजल खान के अन्दर खुशी की फुलझड़ियाँ छूट रही थीं।

आज शिवराय से मुलाकात के बाद की दोपहर कैसी होगी और सुख की साँझ में कैसी बहार होगी, अफजल खान के उतावले मन ने यह सब बातें पहले ही सुनिश्चित कर ली थीं। इसी धुन में लगा हुआ वह अपने सारे काम समेटने में लगा था।

सुबह की दूसरी नमाज पढ़ी जा चुकी थी। खान ने नमाज की चादर और वुजू की माला खिदमतगार के सुपुर्द की। धीरे-धीरे चलता हुआ वह डेरे के एक दालान में अन्दर गया। उसने अपने बेटे से सीधे पूछा, "फौलाद बच्चे, सामान कहाँ है?" सुनते ही फौलाद ने सिपाहियों को नजर का इशारा किया। उन्होंने तुरन्त बाँस की एक पाँच फीट लम्बा और डेढ़ फीट चौड़ी बहंगी लाकर रख दी। यह गीले और पतले बाँसों को एक-दूसरे में फँसाकर बनाई गई थी, जो देखने में किसी लम्बे बक्से की तरह नजर आ रही थी। उसमें से गीले बाँसों की गन्ध अभी तक आ रही थी। साथ ही सेवकों ने जंगली पत्तियों और जड़ी-बूटियों की दो टोकरियाँ भी वहाँ लाकर रख दीं।

"इन जड़ी-बूटियों का क्या काम है?" खान ने उन्हें सूँघकर पूछा।

"अपना दुश्मन सिवा अगर पकड़ने की झपटा-झपटी में कहीं गम्भीर रूप से घायल हो गया तो उसे पहले तो वैसे ही टोकरी में आड़ा डाल देंगे। लेकिन उसके

जख्मों से ज्यादा खून न बहे, इसलिए हकीमों से यह इन्तजाम कर लिया है। ऐन मौके पर तब समय की बर्बादी नहीं होनी चाहिए।"

शिवाजीराजा को रस्सियों-डोरियों से जकड़कर बाँध दिया गया है और उनके जख्मों से भर-भरकर खून निकल रहा है, खान की आँखों के आगे उसकी कल्पना में बना यह चित्र तैरने लगा। वह बेहद खुश हुआ। खान के विशाल तम्बू के बाहर दस सांडनियों का एक जत्था खड़ा था। उस दल के सारे ऊँट तगड़े और मजबूत थे। उन पर सवार सारे जवान ऊँचे-पूरे और सख्त शारीरिक बनावट वाले थे। उनके साथ में साठ-सत्तर शानदार घोड़ों की टुकड़ी थी, जो अभी से आगे बढ़ने के इन्तजार में आतुर नजर आ रही थी।

"अब्बू, ऊँट की रफ्तार तेज ही रहेगी। लेकिन साथ में घोड़ों का इन्तजाम जान-बूझकर किया है। वजह यह कि रहमतपुर तक मराठों का मुल्क है। शिकार साथ में रहेगा तो गश्त और पहरा भी कड़क रखना पड़ेगा। शिवा को लेकर भाग रही ऊँटनियाँ कहीं थककर धीमी या बीमार पड़ीं या कोई मुसीबत आई, इसलिए घोड़े साथ में रख लिये हैं।"

"बहुत खूब।" अफजल खान ने उत्साह से कहा, "अगर हम बीच वाले रास्ते से रहमतपुर, औंध, विटा और जत की तरफ से रात-दिन दौड़ें तो तीसरे दिन इस शिवा को लेकर बीजापुर की सीमा में प्रवेश कर जाएँगे।"

"जी हाँ अब्बू, बिलकुल! लेकिन दोपहर में शिवा के साथ आपकी मुलाकात का तमाशा जितनी जल्दी हो सके खत्म कर दीजिएगा। बस, एक बार 'माल' हमारे हाथ में दिया कि फिर तो शिवा को लेकर रात-दिन छलाँगें मारते हुए हमारे जानवर बीजापुर की तरफ बढ़ते चले जाएँगे।"

अफजल खान कपड़े पहनकर जल्दी से तैयार होने के लिए अपने निजी दालान की तरफ निकला। इतने में बीच में दुंदे खान, मूसे खान, अंकुश खान, खंडोजी खोपड़े और शंकर मोहिते जैसे उसके पहली पंक्ति के सरदारों का जत्था सामने आ खड़ा हुआ। सबके चेहरे पर चिन्ता की लकीरें फैली हुई थीं। वह चुपचाप खड़े थे, लेकिन तब भी उनकी गर्म साँसों का कम्पन खान से छुपा नहीं रह पाया। वह उन पर चिढ़ गया, "क्यों, क्या बात है?"

"अफजल मियाँ, आप बेकार ही क्यों इस तरह तैयार हो रहे हैं?"

"मतलब?"

"ऊपर बैठक के लिए डेरे में खुद जाकर आपको अपनी जान खतरे में डालने की क्या जरूरत है? हममें से कोई भी चला जाएगा। अल्लाह कसम, सारा काम आपकी ही मर्जी के अनुसार होगा।"

"अंकुश खान, अरे बेवकूफ! हमें तो हँसी आती है। कितने डर रहे हो उस पहाड़ी चूहे से?" खान बोला।

"शिवा बहुत खतरनाक है हुजूर। सह्याद्रि की पहाड़ियाँ भी बहुत डरावनी-सी लगती हैं। कुछ अन्दाज नहीं आता।" दुंदे खान ने साहस बटोरकर कहा।

"सुनिए खान बहादुर, आपके पैरों में अपना सिर रखकर कहता हूँ। सुनिए, ये भोसले की औलाद भारी घातक है! उस शहाजी के लड़के के चक्कर में मत पड़िए। शर्तों की बातचीत करने के लिए खुद मत जाइए!" खंडोजी खोपड़े ने अफजल खान को समझाने की कोशिश की।

"शिवा खतरनाक है, शैतान है...इसी वजह से तो मैं किसी कच्चे फौजी को उसके पास भेजने का बचपना नहीं कर रहा। नहीं तो इतनी मेहनत से रचा हुआ खेल खत्म हो जाएगा।"

खान एक झटके से उठा और अपने लिबासखाने में चला गया। बंडी जैसा एक पतला अन्तर्वस्त्र उसने बदन पर पहना। कमर में महँगी सलवार का नाड़ा कसकर बाँधा। इतने में दो खिदमतगार उसके नजदीक आए। उनके हाथ में खान का हमेशा पहनने वाला जालीदार फौलादी सलाइयों वाला कवच था। वे पीठ की तरफ से उसे वह कवच पहनाने लगे। बाँहों पर कसने वाले वह कवच हाथों में कलाइयों के नीचे ही फँस गए, जबकि बदन में वह आ ही नहीं रहे थे। यह देखकर खुद खान जोरों से हँसने लगा। उसका पेट बहुत बढ़ गया था। बारिश के दिनों में वाई की हवेली में उसने सिर्फ ऐशो-आराम भोगा था। म्हसवड़ से सीधे आने वाले वे बकरे, जिन्हें सूखे मेवों पर पाला गया होता था, उसने खूब मजे लेकर चबाए थे। उठते-बैठते उनके मांस पर हाथ साफ करते खान का पेट बहुत फूल गया था। इसलिए आश्चर्य नहीं कि पेट पर वह कवच किसी सूरत नहीं चढ़ पा रहा था।

खिदमतगार दूसरा कवच ढूँढ़ने के लिए पीछे बने तम्बू के शस्त्रागार की तरफ दौड़े, लेकिन खान ने जोर की आवाज लगाई। वह दोनों खिदमतगारों पर चिल्लाया, "हटो बेवकूफो! क्या जरूरत है कवच की? हमारे सामने जब वह पिद्दे से कद का शिवा आएगा तो उस मोम के पुतले को आसमान दिखाने के लिए इस अफजल खान मोहम्मद शाही को कितना वक्त लगेगा? हटो, डरो मत।"

सामने लिबासखाने में शेरवानी और कुर्ते सिलसिलेवार ढंग से करीने से टँगे थे। खान ने शेरवानी पहनने का भी इरादा रद्द कर दिया। उसकी नजर सबसे ऊपर रखे पीले मखमली कुर्ते पर पड़ी। जब भागानगर से उसकी बारात आई थी। अपनी लाडली बेगम के साथ जब उसने पहली रात गुजारी थी। उस पीले कुर्ते को वह हमेशा एक शुभ शगुन की तरह देखता रहा था। जब वह पुराना कुर्ता जर्जर हो गया, तो उसकी लाडली बेगम ने साल भर पहले उसी रंग का एक थोड़ा ढीला कुर्ता बनवा दिया था। वह कुर्ता भी अब थोड़ा कस रहा था, लेकिन खान को ख़ुशी हुई कि कवच की तरह वह बदन पर बीच में ही फँस नहीं गया। खुशी-खुशी सामने लगे बड़े आईने में खुद को निहारते हुए

उसने कुर्ते की जेब में हाथ डाला। लाडली की याद ने उसके मन को नम कर दिया। तभी अचानक उसकी आँखों के सामने बीजापुर की वह शाही बावड़ी तैरने लगी। जहाँ उसकी तिरसठ बेगमों ने उसके उज्ज्वल भविष्य के लिए पानी के गर्भ में सामूहिक जौहर कर लिया था। उन सबको याद करते हुए अफजल खान का मन हिल गया। सामने आईने में उसे लाडली बेगम की जीवन्त हँसती छाया नजर आने लगी। तब वह रोनी सूरत में खुद से ही बोला, "प्यारी बेगम साहिबा, बस कुछ पल रुक जाइए। उस जहन्नमी शिवा की साँस थोड़ी ही देर में हमेशा के लिए बन्द हो जाएगी।"

घनघोर मुकाबला

शिवाजीराजा के जीवन के उनतीसवें वर्ष में आया वह महत्त्वपूर्ण दिन। मार्गशीर्ष षष्ठी यानी चम्पाषष्ठी का दिन। 10 नवम्बर, 1659।

आज का दिन कैसे गुजरेगा और रात्रि कैसी आएगी, इस चिन्ता में आसमान गहरी साँसें ले रहा था। जावली का वह पूरा इलाका, यहाँ-वहाँ छोटे-छोटे मोड़ों से घूमती-गुजरती पहाड़ों से उतरती कोयना नदी और प्रतापगढ़ का वह पथ। हर तरफ जैसे पेट में अनवरत गड़गड़ाहट की बेचैनी। सुबह आसमान में चमकते सितारे जल्दी बुझ गए और उगते सूर्य की किरणें जंगल-झाड़ों के शिखरों पर व्याकुल होकर बिखरने लगीं।

आधी रात में जैसे-तैसे कोई आधे-पौन घंटे की नींद हुई, नहीं हुई। विहान के साथ ही केदारेश्वर के मन्दिर में पूजापाठ के लिए निकलना था इसलिए राजे पूजा की धोती और कन्धे पर श्वेत वस्त्र पहनकर महल में से बाहर निकले। उनकी आधी देह उघड़ी थी। गौरवर्ण, ऊँचा भाल प्रदेश और पीठ पर लहराते घुँघराले घने केश। उनका यह रूप किसी महायोगी की तरह दिख रहा था। उनके साथ जाने के लिए हवलदार गणोजी गोविन्द और कान्होजी बाबा जेधे वहीं मौजूद थे।

महल की सीढ़ियाँ उतरते-उतरते राजे धीमे-गम्भीर स्वर में बोले, "अगर आज बातचीत से ही संघर्ष टालते बना...आग और रक्तपात नहीं हुआ तो जगदम्बा की कृपा!"

"लेकिन बैरी के दिल में खोट हुआ तो। उसने घात-अपघात का रास्ता पकड़ा तो फिर राजे?" कान्होजी बाबा ने पूछा।

"तब खान के साथ-साथ पूरे बीजापुरी लश्कर का धुआँ उड़ना, यह निश्चित है।"

"अपने सारे घुड़सवार सिपाही एक-एक कोने में और सारे मोर्चों पर साँस रोककर जागते हुए पहरा दे रहे हैं।"

“बढ़िया!”

“उन सबकी नजरें सिर्फ दोपहर को खान के साथ होने वाली आपकी भेंट पर लगी है। एक बार बुर्ज पर से इशारा करती तोपों की धूम-धड़ाम वाली आवाजें कानों में पड़ीं कि उसी समय...।”

“तब तो आज रात चन्द्रोदय भी थोड़ी देर से होगा।” शिवराय ने कहा।

“मतलब?”

“रणांगण में रंग भरते रहने के लिए चन्द्रमा देर तक हमें उजाला देता रहेगा।”

केदारेश्वर के गर्भगृह में पुजारी और ब्राह्मणों ने व्यवस्थित पूजा की अच्छी तैयारी की थी। ढेर सारे ताजे पुष्प, जलते हुए घी के दीये, कतार से सजी उनकी पत्तियाँ, सुगन्धित धूप से वातावरण मोहक और प्रसन्न बन गया था। कस्तूरी की सुगन्ध से भरा गर्भगृह निर्मल, प्रेरणादायी और पवित्र। विधिवत पूजा की गई। राजा ने पुजारियों और ब्राह्मणों को अनेक वस्तुएँ दान की।

धीरे-धीरे अँधेरे का पर्दा झीना पड़कर अदृश्य हो गया। प्रतापगढ़ के बुर्ज पर सूर्य की नर्म ताँबई किरणें बिखर गईं।

नाश्ता हुआ। खान से भेंट के लिए निकलने के वास्ते राजा ने निजी कक्ष में तैयारी शुरू की। उन्होंने अपने शरीर पर बारीक सींकों वाला कवच धारण किया। उस फौलादी बन्दोबस्त से अपने पेट-पीठ दुरुस्त किए। सिर पर अभेद्य लोहे का टोप पहना। उस पर साफा बाँधा। उस साफे में शुभ्र रत्न की छोटी-छोटी झालरें लगाईं। बदन में राजे ने सफेद अँगरखा पहना और उस पर केसरी के पानी का हल्का छिड़काव किया। पैरों में सलवार पहनी। हाथ में एक तरफ उन्होंने एक लम्बा बिछवा छुपाया। बिछवा अपने नाम के अनुरूप बिच्छू की पूँछ के आकार की घुमावदार और धारदार पतली तलवार थी। दूसरे हाथ की आड़ में उन्होंने बघ-नखा छुपा लिये।

महल से निकलते हुए राजे गुफा से बाहर शिकार के लिए निकले सिंह की तरह गर्वीले और दृढ़प्रतिज्ञ नजर आ रहे थे। एक से बढ़कर एक अत्यन्त शूरवीर दस अंगरक्षक उनके साथ थे। जिगरबाज जीवा महाला, फुर्तीले उत्साही सम्भाजी कावजी कोंडालकर, भानजी इंगले, सम्भाजी करवर, सिद्दी इब्राहिम, येसाजी कंक, कृष्णाजी गायकवाड़, सूरजी काटके और विश्वास मुरुंबक।

बाहर निकलते-निकलते राजा के पैर अपने आप महल की दीवार पर उकेरी भवानीमाता की पाषाण प्रतिमा के दर्शन के लिए मुड़ गए। उन्होंने पूरे मनोभावों के साथ भवानीमाता को झुककर प्रणाम किया। तभी कान्होजी बाबा ने सोनचम्पा के ताजा फूल राजा के हाथों में रख दिए। अँजुली में भरे फूलों को राजा ने भवानीमाता के चरणों में चढ़ा दिया।

इस क्षण राजा का मन बहुत भावुक हो गया। माता भवानी के सामने अपनी सागर जैसी माँ और पहाड़ जैसे पिता का मन से स्मरण करते हुए राजा का दिल

भर आया। दोनों ने अपने जीवन में जितने कष्ट उठाए, वह उनकी आँखों के सामने आकर खड़े हो गए। जीवन में उन्हें मिली सफलता और उनके पीछे-पीछे चलती नाकामियाँ राजा को याद आ रही थीं।

उन असंख्य घटनाओं का, कष्टों और तपस्या का स्मरण करते हुए शिवराय के अन्तर्मन ने अपने देवता से संवाद स्थापित किया और मन-ही-मन कहा, "हे सह्याद्रि के जंगलों-पहाड़ों और नदियों की धरती पर रहने वाले हजारों देवताओं, बरसों से हमारे माता-पिता ने इसकी स्वतंत्रता का स्वप्न देखा है। लेकिन जुल्मी सत्ताओं और काल की विपरीत तेज हवाओं ने बार-बार उस स्वप्न को भंग किया। इतिहास के चक्र में जब एक पीढ़ी पिस जाती है, तब दूसरी शौर्य से लड़ती है।

"इसी धरती की पवित्र मिट्टी में हिन्दवी स्वराज्य का पौधा लगाने के लिए हमने रोहिडेश्वर की पिंड के बेलपत्र हाथों में उठाकर स्वराज्य की शपथ ली है। हे देवता, हमारी आवाज सुनकर ही, बदन पर पूरे कपड़े और हाथों में पूरे शस्त्र के बिना भी मावल की गरीब रैयत मृत्यु की दहलीज पार करने के लिए कितनी बार खड़ी रही है। हिन्दवी स्वराज्य का मन्दिर आकार ले सके, इसे ही अपने जीवन का लक्ष्य बनाकर बीते जाने कितने वर्षों से हम सब संघर्ष कर रहे हैं।

"कलिकाल से कण-कण संघर्ष करते हुए आज हम इस मुकाम पर आकर खड़े हुए हैं। आज तक आपने हमें अपना भरपूर आशीर्वाद दिया। कहाँ थे हम और आज कहाँ पहुँच गए! स्वतंत्रता की बावरी आराधना के लिए हमारे माता-पिता को आखिर कितनी कीमत चुकानी पड़ेगी! स्वर्ण नगरी की तरह सम्पन्न था हमारी मातोश्री का मायका। श्मशान भी शर्मसार हो जाए दुश्मन ने ऐसा रक्तपात करके उसे नष्ट किया। हमारे पर्वत समान पिता पुणे के जिस महल में रहते थे, उसे जलाकर, लूटकर, नष्ट कर दिया। हमारे जन्म के समय अपने बच्चे के लिए एक पालना बाँधने जितनी अपनी खुद की जगह हमारे माता-पिता के पास बाकी नहीं रह गई थी। तब मातोश्री को अपने रिश्तेदारों के घर शिवनेरी में आसरा लेना पड़ा था।

"लेकिन आज की यह घड़ी बहुत विचित्र है। हमारे नवजात हिन्दवी स्वराज्य का गला घोंटने के लिए अफजल खान नाम का प्राण संकट हम पर आ गिरा है। अफजुल्ला जैसा बैरी मतलब सचमुच काल का दूसरा नाम! हे देवताओ, प्रतापगढ़ पर हुए इस वज्रपात से आज हमें सकुशल बाहर निकलने दीजिए क्योंकि मावल की हमारी गरीब और अभावों की मारी रैयत बहुत कष्टों और बहादुरी से यह रथ खींचते हुए यहाँ लाई है। कभी दुर्दैव से पैर फिसल गया या हमारे हिस्से में अपयश आया तो पता नहीं हमारी आने वाली कितनी सहस्त्र पीढ़ियाँ दुखों और गुलामी की गर्त में कितने वर्षों तक फँसी रहेगी, कह नहीं सकते।

"इसलिए हे माँ भवानी! हे शिवशंकर!! आज तुम्हारे वचन की प्रतीक्षा में तवे पर चढ़ी रोटियाँ, कोठारों में रखा अन्न, जंगल के पखेरू और सारा चराचर सब ठहरे हुए

हैं। यह वज्रपेच ऐसा भयानक है कि इसके फंदे से या तो बैरी जिन्दा बचेगा या फिर हम अपनी विजय का ध्वज लेकर किसी तरह बाहर आएँगे। सरल शब्दों में कहें तो दैव ने निश्चित ही एक का मरण और दूसरे की जय लिखी है! इसलिए हे माता भवानी! हे शिवशंकर! हम अपने हृदय की गहराइयों से आपसे एक ही प्रार्थना करते हैं कि हमारी झोली में आज सिर्फ एक ही भिक्षा देना...विजयश्री और सिर्फ विजयश्री। इस अजीब परिस्थिति से निकलकर हम सही-सलामत लौटें और हमारा स्वराज्य कायम रहे।"

राजे पूरे आत्मविश्वास से उठकर खड़े हुए। उन्होंने तुरन्त दाईं और बाईं ओर देखा। उन्हें अहसास हुआ कि मानो आजू-बाजू के पर्वत, वहाँ की घाटियाँ और नदियाँ उनकी ओर आशा भरी नजर से देख रही हैं। उसी क्षण पीछे की घाटी से हवा की बड़ी लहर आई। पेड़ों की पत्तियाँ थरथरा गईं। राजा को विदा कहने वाले सब लोगों के गले भर आए। पेड़ों से लगी लताएँ, झूमती हुई हवा और डोलते हुए पेड़-पत्ते सारे-के-सारे जैसे पसीज रहे थे। शिवराय का रोआँ-रोआँ इस बात को खूब समझ रहा था और इसलिए उन्होंने स्वयं को मजबूत बनाया और तेज कदमों के साथ, विलक्षण गति से आगे बढ़ गए।

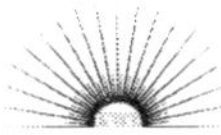

कई नाले पीछे छूट चुके थे। नदी पार करके खान की पालकी को उठाए हुए बत्तीस कहार तेज चाल से आगे बढ़े जा रहे थे। करीब दो सौ किलो वजनी अफजल खान की मजबूत देह को उठाकर चलना बहुत ही मेहनत का काम था। उस पालकी में बीच के बैठने वाले हिस्से को सुतार ने खास तौर पर गोंद के एक ही वृक्ष के तने को तराशकर बनाया था। तब वह पालकी उसकी सवारी के योग्य हो पाई थी। इसी तरह पालकी बनाने में सारी मजबूत लकड़ियाँ ही इस्तेमाल की गई थीं।

उस वजनदार देह और मजबूत काठी की पालकी को उठाकर चलते हुए कहारों की जैसे जान पर बन आई थी। पालकी लेकर चल रहे छह कहार पीछे आ रहे दूसरे कहारों के कन्धों पर उसे रखते और फिर दौड़कर आगे निकल जाते। उसके कुछ देर बाद पालकी में आगे लगे कहारों की जगह लेते और अपने कन्धों पर लेकर बढ़ जाते। इस तरह सारे कहार आगे-पीछे होते हुए उस पालकी को लिये चल रहे थे। नदी पार करने के बाद जब खड़ी चढ़ाई शुरू हुई तो उन ताकतवर कहारों की जान अटक गई। घुटने और पिंडलियाँ वेदना से भर गईं। बावजूद इसके वे रुके नहीं और पूरे उत्साह से पालकी को आगे खींचते रहे।

तेज रफ्तार से आगे दौड़ रहे पालकी के कहारों के साथ कृष्णाजी भास्कर कुलकर्णी और पंतजी गोपीनाथ, दोनों ही वकीलों ने अपने पैरों को गति दे दी थी। पंतजी काका शादी के उस मेहमान की तरह थे, जो खान के खेमे में दूल्हे का प्रतिनिधित्व कर रहे थे।

अफजल खान के मुख्य अंगरक्षकों में पिलाजी मोहिते और शंकरजी मोहिते के साथ ऊँचा-पूरा सैयद बंडा, खान का पोता रहमत खान और पहलवान खान जैसा उत्साही जवाँ मर्द था। अंगरक्षकों के पीछे-पीछे खान जान-बूझकर अपने साथ चुना हुआ पन्द्रह सौ का पैदल सशस्त्र सिपाहियों का दल लेकर निकला था।

अफजल खान का काफिला जब सामने की पहाड़ी पर चढ़कर ऊपर आ गया, तब पंतजी गोपीनाथ का ध्यान पीछे गया। काफिले के पीछे पन्द्रह सौ पैदलों की लम्बी पूँछ तेजी से दौड़ती हुई बढ़ी आ रही थी। देखते ही जैसे पंतजी के पेट में डर का गोला उठा। वह जहाँ थे, वहीं रुक गए और कृष्णाजी भास्करराव पर चिल्लाए, "ओ कृष्णाजी...अरे ये...क्या चला रखा है तुमने?"

"क्या हुआ काका?"

"तुम्हारी पालकी के पीछे-पीछे ये सिपाहियों का जुलूस कैसा है?"

"हमारे खान साहब को कौन समझा सकता है काका?"

"देखिए कृष्णाजी, जैसा तय हुआ था वैसे ही गिन के दस आदमी साथ लीजिए, बस...।"

"लेकिन?"

"मुझे बताइए, तुमको हमारे राजा से भेंट करने के लिए ऊपर आना है या फिर सिर्फ शामियाने का मुँह देखना है?"

"मतलब क्या?"

"देखिए, जैसा हमने तय किया था, उस पर अमल होना चाहिए। अन्यथा हमारे राजा गढ़ से चार सीढ़ियाँ भी नीचे नहीं उतरने वाले। पहले ही बता देता हूँ।"

दोनों वकीलों के बीच रास्ते में होने वाला झगड़ा और 'तू-तू-मैं-मैं' जैसे कड़वे शब्द खान के कानों में पड़े। लगातार आगे बढ़ रहा काफिला बीच में रुक गया। उस समय खान ने कहारों को पालकी रोकने का इशारा किया। अफजल खान ने हाथ हिलाकर अपने वकील को बुलवाया। कृष्णाजीपंत दौड़ते हुए पालकी के पास पहुँचे।

"अब क्या बात है कृष्णाजी?"

"खान साहेब, कितनी कोशिश और कितनी भागदौड़ करके तो यह खेल हमने जमाया है। अब क्या आप ही उसे बिगाड़ देंगे हुजूर?"

"क्यों क्या हुआ...?"

"खान साहेब, वह शिवाजी पहले ही आपसे कितना घबराया हुआ है। हालत तो यह है कि बेचारा आपके सामने खड़े होने का साहस नहीं जुटा पा रहा है। उस पर आपके पीछे-पीछे इतनी भीड़ देखकर वह अपने किले से मुँह तक बाहर नहीं निकालेगा...फिर भेंट कैसे होगी?"

"खान साब, थोड़ी मेरी सुनिए।" सैयद बंडा, खान से धीरे से बोला, "किसी

भी बहाने आप उस चूहे को नीचे सिर्फ शामियाने तक ले आइए। फिर देखिए हम उसे जिन्दा दफना देंगे...हुजूर को खाली देखते रहना है।"

"हुजूर, हुजूर! क्यों थोड़ी सी बात के लिए अपना ही नुकसान करना? आप विशाल वृक्ष के जैसे और वो जरा से तिनके जैसा! एकदम नर्म घास...!" कृष्णाजी कुलकर्णी ने कहा।

"ऐसा?"

"जी हाँ। बस थोड़ी सी देर...।"

"फिर उसका काम तमाम...।"

"तो ठीक है...।" अपने साथियों की जिद, उनका उत्साह और दुश्मन को खत्म करने का आत्मविश्वास देखकर खान को जैसे गुदगुदी होने लगी। उस पर अफजल खान को अब अपनी पालकी से ऊपर के पेड़ों के पीछे लगे शामियाने के कलश दिखने लगे। यहाँ से अब ज्यादा-से-ज्यादा आधा घंटा और...बस, इतना ही इन्तजार और। इस कल्पना से चकित खान की खुशी अब उसके अंगों में नहीं समा रही थी। इसलिए अहंकार की कैफियत में डूबे खान को पीछे आ रहे अपने फौजियों की जरूरत महसूस नहीं हुई। उसने टुकड़ी को वहीं ठहर जाने का इशारा किया।

खान की पालकी फिर तेजी से सामने की चढ़ाई चढ़ने लगी।

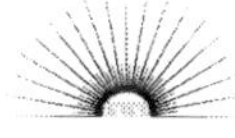

शिवराय अभी गढ़ पर ही थे। शामियाने के पास मौजूद हरकारों से वहाँ की सारी खबरें पल-पल ऊपर पहुँच रही थीं। राजे हर क्षण खबर ले रहे थे। नीचे शामियाने में खान आ चुका है। राजा से भेंट के लिए बहुत उतावला है। बेचैनी में वह शामियाने में यहाँ से वहाँ टहल रहा है। इसके पीछे-पीछे दूसरा हरकारा खबर लाया, "खान के साथ ऊँचा-पूरा सैयद बंडा भी शामियाने में घुसा है। खान के साथ वह किसी खूँटे की तरह गड़ा है।"

राजा का मन चकराया। खान के मन में दगाबाजी के इरादे साफ दिख रहे हैं। वरना ऐसे क्रूर आदमी को लेकर खान शामियाने में क्यों आएगा?

राजा ने तत्काल शामियाने की तरफ कृष्णाजी भास्कर को साफ शब्दों में सन्देश भिजवाया, "क्या सचमुच खान साहेब की तमन्ना हमसे मिलने की है? अगर ऐसा है तो सैयद बंडा को तुरन्त पहले शामियाने से बाहर निकलवाइए।"

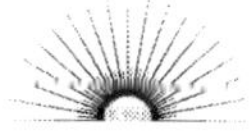

प्रतापगढ़ के पीछे कोंकण की तरफ रानकड़ेसर गाँव था। वहाँ झाड़ियों में सैकड़ों घोड़ों की भीड़ में नेताजी पालकर अपना घोड़ा इधर से उधर दौड़ा रहे थे। वह बहुत

बेचैन थे। उन्हें ऐसे देखकर रघुनाथ सबनीस को मजाक सूझा। उनके पास जाकर बोले, "सेनापति, आपने यह क्या लगा रखा है?"

"क्या?"

"बरात में जैसे घोड़े को नचाते हैं, वैसे ही इस जानवर को आप बेकार ही तकलीफ क्यों दे रहे हैं?"

"रघुनाथराव, समझिए कि यह बेचैनी ही है। एक तरफ तो पक्का भरोसा है कि खान का बढ़िया से जुलूस निकाल देंगे, लेकिन एक खास बात और है...।" बीच में रुकते हुए नेताजी फिर बोले, "खान का जो सबसे खास तीन-चार हजार घोड़ों का दल है, वह उसने कहाँ छुपाकर रखा हुआ है, यही मुझे पता करना है।"

"अब ऐन मौके पर यह कैसे पता चलेगा?"

"अरे रघुनाथ, इस बात का पता तो लगना ही चाहिए। मैं कल रात से भागदौड़ कर रहा हूँ। सुबह बहिर्जी और दिघे के कई जासूसों को भी मैंने इस काम पर भेजा है।"

"जाने दो, ऐसा क्या फर्क पड़ जाएगा?"

"पागल हो तुम! अरे, लड़ाई मतलब कदम-कदम पर मौत खड़ी है और कहीं भी चिता जल सकती है! ऐसे वक्त शत्रु की गाँठ की हर खबर अपने पास होना चाहिए, नहीं तो जिन्दगी का धोखा हो सकता है।"

मजबूत कद-काठी का जिवा महाला शामियाने के दरवाजे पर खड़ा था। रुककर उसकी तरफ देखते हुए खान ने नजरों-नजरों में गोपीनाथ काका से सवाल किया, "यह भला आदमी कौन है?"

खान के सवाल का उत्तर कहें या कुछ और, काका ने सैयद बंडा की भारी-भरकम देहयष्टि पर नजरें फेरते हुए आँखों ही आँखों में उलटा सवाल किया, "यह भारी-भरकम खवीस आप कहाँ से ले आए?"

खान मर्म समझ गया और उसने सैयद बंडा को वहाँ से बाहर जाने का इशारा किया। बंडा के जाते ही काका ने जीवा महाला को भी बाहर जाकर रुकने का संकेत दिया।

इतने में औसत कद-काठी के, लेकिन सफेद पहनावे में अत्यन्त आकर्षक और तेजस्वी पुरुष ने भीतर प्रवेश किया। उनके सिर पर जरी का साफा और उसमें लगा मोतियों वाला तुर्रा विलक्षण चमक रहा था। धारदार नाक, पानीदार और किसी तरुण बैरागी जैसी काली दाढ़ी और चौड़े मस्तक पर खिंची हुई चन्द्रमा की कोर। यह तेज देखते ही खान कुछ क्षण के लिए हड़बड़ा गया। लेकिन तत्काल यह सोचते हुए कि शिकार अपने नजदीक आ रहा है, उसने अपने भीतर सुख का अनुभव किया।

अपने से कम ऊँचे, पतले शरीर वाले उस शुभ्र वस्त्र धारण किए व्यक्ति को देखते हुए खान ने सवाल किया, "क्यों कृष्णाजी कुलकर्णी, आप जिसे शिवाजी राजा कहते हैं, ये वही हैं?"

"हाँ, जी हुजूर।"

तभी शिवाजीराजा ने पंतजी काका की ओर देखते हुए पूछा, "जिन्हें अफजल खान कहते हैं, क्या ये यही हैं?" पंतजी ने गरदन हिला दी।

कीमती वस्त्र से तैयार, रत्न मालाओं और जवाहरातों से सजे शामियाने पर नजर डालते हुए खान ने उत्साह से शिवाजीराजा से कहा, "किसी बादशाह के महल की छत जैसा इतना हसीन चमकता शामियाना, ये रत्न मालाएँ और लाखों के झूमर...।" फिर अफजल खान ने शिवराय की तरफ सरकते हुए सवाल किया, "मैं पूछता हूँ कि किसी गँवार किसान के बच्चे को ऐसे ठाठ की जरूरत ही क्या है?"

"अब इसके पीछे क्या सोच है, यह किसी 'भठियारन के छोकरे' को कैसे पता चलेगी?" शिवराय ने कड़क जवाब दिया।

'भठियारन' की बात सुनते हुए खान को ऐसा लगा जैसे किसी ने उसके पुराने और गहरे जख्म पर नमक छिड़क दिया हो। उसके लिए यह तकलीफ इतनी भीषण थी कि उसका दिमाग तक झनझना गया। उसने बड़ी कोशिशें करके कठिनाई से अपने मन पर काबू रखा। वह समय इस मुद्दे पर वहाँ बहस करते बैठने का नहीं था। वह दुश्मन का जंगली मुल्क था। उस पर शिकार खुद चलकर आया था। ऐसे में उसके मन में यही आया कि मीठी-मीठी बातें करके उसे अपने गले लगाए और एक ही बार में सारा मामला झटके से खत्म कर दे।

अपने पेट के गुस्से को पचाते हुए खान ने कृष्णाजी की तरफ हँसकर देखा। तब कृष्णाजीपंत ने अपनी ऊँची देह खान के सामने नम्रता से झुकाई। पूरी राजनीतिक चतुराई के साथ कृष्णाजीपंत फिर शिवराय को बहुत ही मीठे स्वर में समझाने लगे, "राजे, आपके सामने मौका है कि आप अपनी जिन्दगी को सोना बना सकते हैं। क्यों इसे गँवाते हैं? जाइए, हमारे खान साहेब के सामने नतमस्तक होकर उनसे बहुमूल्य आशीर्वाद लीजिए।"

"क्या कह रहे हैं कृष्णाजी!" अपनी आँखों से इस आशय की बर्छियाँ फेंकते हुए तिलमिलाए राजा ने अत्यन्त क्रोध से भरी नजर कृष्णाजी पर डाली।

राजा का वह स्वाभिमानी व्यवहार, उनकी धमनियों से निकलकर बाहर दिख रहा राजसी बर्ताव खान को जरा भी सहन नहीं हुआ। वह गरजा, "शिवाजीराजे तुम्हारी ये गुस्ताखी, ये मगरूर बर्ताव छोड़ दो। हमारे बड़े-बड़े मजबूत आदिलशाही किलों और दुर्गों पर कब्जा करने का अधिकार तुम्हें दिया किसने?"

"खान साहेब, ये सारे दुर्ग और किले हमारे मावल की पुण्य धरती पर बने हुए हैं। ये हमारे बाप-दादाओं की जायदाद की शोभा हैं!"

"राजे, अपने अहंकारी स्वभाव से आपने पहले ही गलतियों और पापों की मीनार खड़ी कर ली है। मेरे जैसा साफ दिल इनसान तुम्हें मिला, यह अपना नसीब समझिए। होश में आइए, सही रास्ते पर चलिए। मैं आपको खुद बीजापुर लेकर जाऊँगा। सुलतान आदिलशाह साहब से आपके वास्ते इल्तिजा करूँगा।" खान ने अपनी बातों से राजा का मन टटोलना शुरू किया। उन्हें जाल में उलझाने का प्रयत्न शुरू करते हुए अफजल खान ने कहा, "कैसे बतलाऊँ आपको? आपने आज तक बीजापुर सल्तनत की जितनी जमीन, जायदाद और किले इख्तियार किए हैं, वह सब मैं आपके कब्जे में वापस दे दूँगा। आइए, घबराइए मत। आप तो हमारे साथी राजा शहाजी के फरजंद हो, हमारे भतीजे हो! आइए, मन में कोई गिला मत रखिए और हमसे गले मिलिए।"

शिवराय के आगे बढ़ने का इन्तजार किए बगैर खान चार कदम आगे बढ़ा। उसने बाँहें फैलाकर राजा को नजदीक बुलाया। प्यार से गले लगाने के बहाने उनकी गरदन अपनी छाती की तरफ खींच ली और राजा का सिर एक झटके से अपनी बाईं बगल में पूरी ताकत लगाकर धर दबोचा। उलटे हाथ से उसने अपनी कटार खींच निकाली और शिवाजीराजा के दाईं तरफ पसलियों के नीचे वार किया।

उस कटार के प्रहार से राजा का अँगरखा झटके से चर्र करता हुआ फट गया। कटार की तेज धार से टकराकर उनके शरीर पर कसे हुए कवच से खर्र-खर्र की आवाज हुई। अफजल ने अपनी पूरी ताकत के जोर से राजा का सिर इस तरह दबाकर रखा था कि पल भर के लिए राजा की साँसें घुटने लगीं। वे छटपटाने लगे। तब भी उन्होंने बहुत कोशिश करके अपना सिर छुड़ाया। इस हमले से सँभलने के बाद राजा ने अपने बाएँ हाथ के बघ-नखों को खान के पेट में एक तरफ रप् से अन्दर घुसा दिया। और उसी क्षण अपने दूसरे हाथ में छुपाया बिछवा खान के पेट में घुसाकर घुमाते हुए अन्दर से खींच निकाला। उस तेज धार हथियार ने खान का पेट फाड़ दिया। रक्त की धाराएँ फूटने के साथ ही अँतड़ियों का जाल भी बाहर झूल गया। प्राणांतक वेदना से खान उसी जगह पर तड़पने लगा। उसका दम घुटने लगा था। लेकिन उसने जैसे-तैसे अपने आपको सँभाला और हाथ की कटार से राजा के सिर पर जोर से प्रहार किया। खन् की आवाज हुई। साफे के नीचे पहने हुए लोहे के टोप से राजा का मस्तक बच गया। तब तक खान जानवर की तरह हाँफता, फुफकारता गुस्से से चीखने लगा, "दगा दगा"

अफजल की करुण चीख कानों पर पड़ते ही सैयद बंडा हाथ में तलवार नचाते हुए शामियाने के अन्दर दौड़ा आया। उसकी तरफ देखते हुए शिवराजा ने अपने हाथ की तलवार ऊँची की। पैंतरा जमाया। तभी अपनी तलवार चमकाता हुआ जीवा महाला आगे आ गया। वह चिल्लाया, "रुकिए राजे, इस राक्षस को मुझे निपटाने दीजिए।" जीवा अपने हाथों की दो धारी तलवार को ऊपर उठाकर बिजली

की रफ्तार से नीचे लाया। तलवार ऐसी धारदार थी कि किसी पेड़ की शाख की तरह सैयद बंडा का हाथ कन्धे से कलम होकर नीचे गिर गया। जीवा का प्रहार इतना तेज था कि बंडा को खून से सना हुआ कटा हाथ और उसमें थमी तलवार पहले अपने पैरों के पास पड़ी नजर आई, इसके बाद उसे अपने कटे हुए हाथ के जानलेवा दर्द का भान हुआ।

खान का पेट फटने से वहाँ जमीन पर खून ही खून बह रहा था। किसी तरह खान ने अपने कन्धे पर पड़े वस्त्र से पेट को बाँधा। पैरों से होता हुआ खून उसके चमड़े के जूतों में भर गया था और वहाँ से बाहर निकलते हुए खून की चिकनाहट से खान बार-बार फिसल रहा था। जैसे-तैसे लड़खड़ाते, अपने रक्त में सराबोर खान शामियाने से बाहर निकलने लगा।

इतने में कृष्णाजी भास्कर कुलकर्णी ने अपनी तलवार निकाल ली और क्रोध में राजा पर हमला कर दिया। इस बात से राजा को आश्चर्य हुआ। किसी बात की परवाह किए बगैर कृष्णाजी ने राजा पर फिर प्रहार किया। राजा ने अपना बचाव किया मगर इस बार कृष्णाजी का प्रहार इतना तगड़ा था कि राजा के शरीर में घाव हो गया। राजा का दिमाग झनझना गया। विस्मित होकर राजे गरजे, "रुकिए, क्या चल रहा है ये कृष्णाजी? जो कहना है कहिए और अलग हटिए।"

राजा की इस बात का कृष्णाजी पर कोई असर नहीं हुआ और उसने उलट अपने बीजापुर के नमक की दुहाई देते हुए फिर से तलवार उठा ली। वह फिर राजा पर हमले के लिए दौड़ा और तब राजा ने दांडपट्टे के अन्दाज में तलवार को तिरछा घुमाकर चला दिया। राजा की तलवार कृष्णाजी का पेट फाड़ती हुई पीठ से आर-पार निकल गई। क्षण भर में कृष्णाजी का मुर्दा शरीर एक तरफ जाकर गिर पड़ा।

खान के हशम और कहार पालकी लेकर 'दगा दगा' चिल्लाते हुए शामियाने के सामने दौड़े चले आए। भारी-भरकम देह वाला अफजल खान जैसे खून में नहाया हुआ था। कन्धे पर पड़े वस्त्र को पेट पर बाँधने के बावजूद बहता खून रुकने का नाम नहीं ले रहा था। सामने पालकी दिखते ही खान ने अपने अंग ढीले छोड़ दिए। इधर-उधर धक्के खाते हुए जैसे-तैसे पालकी तक पहुँचकर अपने शरीर को अन्दर झोंक दिया। सारे अंगरक्षक और कहार पालकी को उठाकर जोर जोर से चिल्लाते हुए नीचे की तरफ भागने लगे।

खान के आदमी भी भागे, 'भागो निकलो' चीखते हुए सारे-के-सारे नीचे नदी की दिशा में दौड़ लगाने लगे। 'पकड़ो पकड़ो' करते हुए मराठे उनके पीछे लग गए। सबसे आगे मजबूत काठी और पेड़ की तरह ऊँचा-पूरा दिखने वाला सम्भाजी कावजी था। वह पालकी के पीछे दौड़ते हुए चिल्लाने लगा, "अरे कहारो, पालकी नीचे फेंको। अपनी जान बचाओ।" लेकिन सम्भाजी की बात पर ध्यान न देते हुए कहार पालकी

के साथ आगे भागे जा रहे थे। तब सम्भाजी ने लम्बी छलाँगें मारते हुए कहारों के पैरों में लम्बी तलवार से आड़े-तिरछे प्रहार शुरू कर दिए जिससे किसी का पैर कट गया तो किसी के पैर घायल होकर खून की फुहार छोड़ने लगे। कोई अपनी दाईं तरफ गिरा और कोई बाईं तरफ। सब वहाँ घबराकर लड़खड़ाए। गिर पड़े।

इस सारी धाँधली में वह पालकी जिसमें खान का घायल बदन खून में नहाया पड़ा था, धड़ाम से जमीन पर गिर पड़ी। तब वह अपनी आँखों के सामने नाचती मौत को देखकर गला फाड़कर "बचाइए...बचाइए...दगा दगा" चीखने लगा। सम्भाजी कावजी ने झट से आगे बढ़कर खान के लम्बे बाल अपने बाएँ हाथ की मुट्ठी में पकड़ लिये और बाँस तोड़ने के लिए जैसे प्रहार किए जाते हैं, वैसे दाएँ हाथ से कचाकच उसकी गरदन पर घाव बना दिए। खान की गरदन टूट गई। खून से सनी हुई उसकी मुंडी हाथ में पकड़कर सम्भाजी ने गढ़ की दिशा में दौड़ लगा दी। खान की टूटी गरदन से ताँबई-काले रंग की धार जमीन पर गिर रही थी।

शिवराय फटाफट प्रतापगढ़ की तरफ चल रहे थे। उनके पीछे-पीछे सम्भाजी कावजी और बाकी के मावले भी उस दिशा में दौड़ रहे थे।

शामियाने के अन्दर जब खान ने राजा पर पहले तलवार उठाई थी, तब भी सकन्या गुरवा ने वहाँ की गड़बड़ी और रक्तपात पर कोई ध्यान नहीं दिया। राजा के पहले ही दिए गए सख्त हुक्म के अनुसार उसने पूरी ताकत से तुरही फूँकना शुरू कर दिया था। तुरही का इशारा पाते ही प्रतापगढ़ के बुर्ज पर तीन तोपें गड़गड़ाईं। जंगल में तोपों के धमाकों की गूँज पहुँचते ही किले के उतार पर, विशाल चट्टानों के आसपास और कृष्णा किनारे ही नहीं बल्कि घाटी के तमाम छोटे-बड़े नदी-नालों समेत आसपास के पूरे जंगल के पेड़ों में हलचल मच गई। प्रकृति जैसे जिन्दा हो गई। एक-एक पेड़ की आड़ से रणभेरी के जैसी गर्जनाएँ उठने लगीं, 'हर हर महादेव', 'शिवाजी महाराज की जय', 'जय भवानी' एक साथ हजारों मुखों से यलगार का आह्वान हो रहा था।

हवा की तरह चारों दिशाओं से मराठों की इन गर्जनाओं के कान में पड़ते ही बीजापुरी लश्कर के सिपाही जहाँ थे वहीं सहम गए। डर के मारे उनके दिल बैठ गए। 'अय अल्लाह, अय खुदा' घबराहट में उनके मुँह से बस इतना ही निकल रहा था।

चारों तरफ से आती आवाजें सुनकर खान के मुख्य फौजी खेमे में हड़बड़ी मच गई। अपने घोड़ों पर सवार होकर मूसे खान और अफजल खान का बेटा फौलाद खान नदी पार करके पहाड़ चढ़ते हुए शामियाने की दिशा में दौड़ने लगे। दो हजार घुड़सवारों की फौज उनके साथ थी। उन सबको ललकारते हुए मूसे खान गरजने लगा, "चलो, आगे चलो अल्लाह के बन्दों! शिवा को जान से मारेंगे।" जोर-शोर से वह फौज सामने के पहाड़ पर चढ़ने लगी। अपने बाप का क्या हश्र हुआ है,

इसकी फौलाद खान को खबर नहीं थी। इसलिए वह किसी चक्रवात की तरह अपना घोड़ा तेज रफ्तार से ऊपर चढ़ाए जा रहा था।

यह टुकड़ी थोड़ी दूर बढ़ी होगी कि सामने खून से सने कुर्ते और सलवारों में पाँच लोग ऊपर से रोते हुए नीचे भागते दिखाई दिए। वे जोर-जोर से रोते हुए चीख रहे थे, "हम तबाह हो गए। हमारे अफजल खान को शिवा ने मार डाला। खान साहेब का कत्ल हो गया। हम बर्बाद हो गए।"

उस भयंकर चीख-पुकार के बीच दिल को दहलाने वाली वह खबर कानों पर पड़ी। सुनते ही मूसे खान और फौलाद खान जहाँ थे, वहीं जम गए। खान के जाने का मतलब है कि युद्ध हार जाना। दोनों के शरीर सुन्न पड़ गए थे। दुख का यह घाव इतना जानलेवा था कि वे दोनों वहीं अपने घोड़ों के गले में हाथ डालकर फूट-फूटकर रोने लगे। लेकिन कुछ ही क्षण में उन्हें अपना होश सँभालना पड़ा। आसपास के हरे पेड़ों से मराठों का जयघोष और गर्जनाएँ तेज होती जा रही थीं। हमले के लिए वे बढ़े आ रहे थे। दिल पर लगे जोरदार झटके के बाद भी दोनों ने खुद को सँभाला और गढ़ की तरफ अपने घोड़ों की रफ्तार बढ़ा दी।

गढ़ की तरफ बढ़ते मूसे खान और फौलाद खान के दिमाग थोड़ी देर बाद चकराने लगे। चारों तरफ पेड़ों और पहाड़ों से उठता मराठों का जयघोष तेजी से पास आता जा रहा था। साथ ही जिस गति से चारों तरफ से बीजापुरी सैनिक जान बचाने के लिए सिर पर पैर रखकर भाग रहे थे, उससे दोनों ने बीजापुरी फौज की होने वाली बड़ी तबाही का अन्दाजा लगा लिया था। उन्होंने अपने घोड़े फिर से अपने ठिकानों की ओर मोड़ दिए। वहाँ हथियारों के जखीरे, खाने-पीने के सामान और जानवरों के विशाल झुंड थे। ये सब कहीं दुश्मन के हाथ न लग जाएँ, यह सोचते हुए मूसे खान ने अपने घोड़े की रफ्तार तेज कर दी थी।

थोड़ी देर में ही वहाँ तबाही मच गई। एक-एक पेड़ के एक-एक पत्ते तक बीजापुरी फौज का विलाप पहुँच गया, "शिवा ने अफजल का कत्ल कर दिया। हम बर्बाद हो गए।"

उधर मोरोपंत के नेतृत्व वाले पैदल सिपाही रात में नीचे के पारघाट से ऊपर चढ़कर छुप गए थे। दोपहर में जैसे ही गढ़ से तोपों का इशारा मिला, पूरे दल ने पीछे के रास्ते से हल्ला बोल दिया। सामने खान की फौज के डेरे दिख रहे थे और मोरोपंत के सारे पैदल उन पर पहाड़ से गिरने वाली चट्टान की तरह टूट पड़े। मोरोपंत पेशवा को सेना में सब 'लड़ैया बामण और तीखी कटार' कहते थे। मोरोपंत पिंगले अपने घोड़े पर सवार होकर सैनिकों में जोश भर रहे थे, "चलो बहादुरो... अँधेरा होने से पहले खान की फौज को निगल जाना है।"

इस पैदल टोली ने खान के खेमे में जबरदस्त बर्बादी का आलम पसार दिया था। इतने में पीछे कुमाठ के नाले की तरफ छुपे हुए मराठा पैदल भी 'हर हर

महादेव' का रणघोष करते हुए दौड़कर बीच रास्ते में आ गए। इस पूरे हंगामे में पीछे लौटे फौलाद खान ने डेरे के बाजू में टीलों पर खड़ी करी गई तोपें देखीं। वह वहाँ खड़े हुए तोपची जमादार पर चिल्लाया, "चलो, जल्दी करो।" तोपची ने नदी की ओर से दौड़े चले आ रहे मराठों को तोप का निशाना बनाया। धड़ाम-धूम की आवाज के साथ कई चिथड़े उड़ गए। फौलाद खान अपने बाप की मौत के बदले की आग में जल रहा था। उसने बदले के लिए इधर-उधर भागदौड़ करके देख लिया लेकिन बर्बादी की लहरें भयंकर शोर के साथ बढ़ी आ रही थीं और किसी सूरत में रुकने के लिए तैयार नहीं थीं।

ऐसे में शाम को नदी पार से आने वाली हवा ने भी घोटाला कर दिया। तोपों से बरस रही आग की कुछ चिंगारियाँ हवाओं के तेज झोंके में उलटी दिशा में उड़ गईं। डेरे के पिछले हिस्से में जानवरों का चारा और सूखे कचरे के टीले जैसे बने हुए थे। चिंगारियों ने इनको सुलगा दिया और आग फैल गई। बढ़ते-बढ़ते आग की लाल लपटों ने आसपास की और तमाम चीजों, तम्बुओं को भी लपेटे में लिया। ऐसा लगने लगा मानो ये आग पूरे पहाड़ों में नाच रही है।

खान के फौजी खेमे में भगदड़ मची हुई थी। एक बार और तोपों की बत्तियों में आग देने से पहले ही नदी के उथले पानी को पार करता हुआ मोरोपंत के मराठा पैदलों का दल तूफानी चक्रवात की तरह खान के खेमे पर टूट पड़ा था। इतने में महार टेकड़ी और जनी के टेकड़ी के बीच की खाई जैसी जगह में जो डेढ़-दो हजार मराठा वीर दम साधे बैठे थे, उन्होंने भी 'हर हर महादेव' का हल्ला करते हुए खान की फौज पर धावा बोल दिया। अब आग चारों तरफ लग चुकी थी। खेमों में बीजापुरी सैनिकों की हालत आग से घिरे मेढकों के जैसे हो गई थी। वे मार खा रहे थे।

अनुभवी मूसे खान अपनी टूटती-बिखरती फौज को किसी भी तरह जी-जान से सँवारने की कोशिश कर रहा था। घोड़े पर सवार होकर इधर-उधर दौड़ता वह अपने सैनिकों को चेता रहा था। उसी समय एक मराठा सिपाही ने अपने हाथ का भाला पूरी ताकत से उसकी दिशा में फेंका। वह भाला मूसे खान के घोड़े के गले के नीचे छाती को फोड़ता हुआ रप् से अन्दर घुस गया। चारों तरफ खून के छींटे उड़े और पल भर में वह जानवर वेदना से तड़पने लगा। एक झटके से वह अपने नथुने के बल उलटा गिरा जिससे उसकी रकाब टूट गई और पीठ पर कसी जीन के साथ मूसे खान उछलकर दूर जा गिरा।

फौलाद खान ने बड़ी मुश्किल से कोशिशें करते हुए मूसे खान को खींचकर खड़ा किया। खून और मिट्टी से सना हुआ मूसे खान का चेहरा उस समय पहचान में नहीं आ रहा था। भौचक्का-सा फौलाद खान भयभीत आँखों से चारों तरफ देख रहा था।

अब तक अफजल खान की मौत की खबर हवा की तरह चारों तरफ फैल चुकी थी। अपने सेनापति की बर्बादी की खबर सुनने के बाद से ही सामान्य सिपाहियों और घुड़सवारों का हौसला पस्त हो चुका था।

ऐसे में सूरज भी तेजी से पश्चिम दिशा में सरकता जा रहा था। बीच में कोयना के तल पर पहाड़ों की परछाइयाँ गहरी और लम्बी होने लगी थीं। चारों ओर पसरे इन घने जंगलों में एक बार अँधेरा उतर गया तो फिर जीवन का कोई भरोसा नहीं, इस डर से बीजापुरी सैनिकों का दिल बैठा जा रहा था। मौत के इस ठंडे डर ने फौज में भगदड़ मचा दी। जिसे जिधर रास्ता मिला, उधर भागने लगा। कोई रडतोंडी के घाट की दिशा में दौड़ा तो कोई दूसरी तरफ मकरन्दगढ़ के घाट की तरफ निकल गया।

फौलाद खान सकपकाया हुआ था। उसे विश्वास हो गया कि यहाँ का जंगल, नदी, हवा और सारा आसमान मराठों के हक में है। वह मूसे खान से बोला, "चलो चाचा। यहाँ कहाँ और कैसे रुकना? कुछ बचा ही नहीं।"

"हाँ बेटा, चलो...निकलते हैं।"

खान की फौज के सैकड़ों भयभीत सिपाही एक तरफ रडतोंडी का घाट चढ़ रहे थे, तो दूसरी तरफ कइयों ने पार नाका से पीछे के मुश्किल रास्ते से वासोटा किले की तरफ जाने वाली राह पकड़ी थी। रडतोंडी घाट से चढ़ते खान के सैकड़ों फौजियों को वहाँ भी संकटों का सामना करना पड़ रहा था। घाट के आसपास के जंगलों में छुपे हुए पचास-पचास मराठा घुड़सवारों के दल अचानक भूतों की तरह वहाँ अपना सिर उठा लेते थे। खान के सिपाहियों को ठोक-पीट देते। तब खीजकर मूसे खान गुस्से से चिल्ला पड़ा, "शिवा के ये शैतान मावले यहाँ जीने भी नहीं देते और भागने भी नहीं देते।"

आगे बढ़ते हुए मूसे खान और फौलाद खान को रडतोंडी के एक ऊँचे टीले के पास बीजापुरी सैनिकों की बड़ी भीड़ दिखाई पड़ी। वहाँ बीस-पच्चीस लोग किसी पर बुरी तरह पिले पड़े थे। अन्दर से किसी के दयनीय अन्दाज में रोने की आवाज आ रही थी, "अरे भाईजान, मत मारो, मत मारो।" मूसे खान आगे बढ़ा तो उसे वहाँ भीड़ के लात-घूँसों का प्रसाद खा रहा प्रतापराव मोरे दिखाई दिया। फौलाद खान और मूसे खान को सामने देखते ही वह छोटे बच्चे की तरह भोंगा पसारने लगा, "खान साब, बचाओ। बाबा, मेरा गुनाह क्या है?"

"चुप, सूअर की औलाद। तूने ही मीठी-मीठी जलेबी जैसी बातें कही थी... हरामजादे, तू ही लेकर आया था हमें इस भूतों के जंगल में।"

"अरे, ठोक दो गधे को। इसने ही हमें तबाह किया है।" भीड़ में सिपाही बेकाबू होकर चिल्ला रहे थे।

"दया करो खान साहेब।"

"तू तो घिनौना कुत्ता है। तू इसी के लायक है।" फौलाद खान बोला।

“ऐसा मत बोलिए। किसी की भी औरत कभी एक साड़ी में बुड्ढी होती है क्या? शिवाजी को पकड़ने के लिए तुमको फिर से इन जंगलों में आना ही पड़ेगा फौलाद मियाँ।”

“हाँ-हाँ, जरूर वापस आ जाएँगे।” फौलाद खान गुर्राया।

“तब इधर के चोर रास्ते, गुप्त सुरंगे दिखाने के लिए तुम्हें मेरे जैसा बेईमान मराठा दूसरा कौन मिलेगा?”

“हाँ, ये बात तो सही है भाई।”

प्रतापराव मोरे को और चार फटके देकर उठाया गया। रहनुमा बनकर वह उनके काम आ गया। वह फौलाद खान और मूसे खान को लेकर मेढया के घाटों से सतारा के रास्ते पर चलने लगा।

शिवराय और उनके साथ अपने हाथों में अफजल खान का कटा हुआ सिर लेकर चल रहे सम्भाजी कावजी ने जैसे ही गढ़ की चढ़ाई शुरू की थी, तभी से बाजू के पेड़ों और झाड़ियों में छुपे सैनिकों ने दुश्मन घुड़सवारों का संहार शुरू कर दिया था। फिर भी कुछ बीजापुरी बहादुर शिवराय के पीछे लगे हुए थे, मगर हिरोजी फरजंद की टुकड़ी ने उन्हें तत्काल रोक दिया। अपने पैने और धारदार हथियारों से उन्हें काट डाला।

पासलकर, बाजी सर्जेराव, कान्होजी जेधे, अण्णाजी दत्तो की टुकड़ियाँ खान के फौजी पड़ाव पर तत्काल ही धावा मारने के लिए वेग से नीचे उतरी।

प्रतापगढ़ के पीछे कोंकण के उतार पर कड़ेसर गाँव के पड़ोस में नेताजी पालकर और रघुनाथ बल्लाल सबनीस के चार हजार घुड़सवारों का दल खड़ा था। अगर कभी धोखा देने के बाद अफजल खान या उसके सिपाही कोंकण की तरफ उतरने लगें, तो उन्हें अम्बनली के उतार पर रोके रखने की जिम्मेदारी नेताजी पर थी।

गढ़ के शिखर से जैसे ही तोपों की आवाज कानों पर पड़ी, वैसे ही नेताजी ने उड़ने को आतुर अपने घोड़े की लगाम जोर से खींचकर एड़ लगाई। मालिक को सलामी देते हुए बहादुर घोड़े ने अपने सामने के दोनों पैर ऊँचे उठाए। ‘चलो हर हर महादेव’ की गर्जना करते हुए नेताजी ने घोड़ा दौड़ा दिया।

नेताजी की चिन्ता अभी तक खत्म नहीं हुई थी। अफजल खान ने अपने चार हजार घोड़े इस जंगल में कहाँ छुपा रखे हैं, इस रहस्य का उन्हें पता लगाना ही था। खान दगाबाज है। उसके षड्यंत्र की एक चाल भी राजा की तरफ नहीं बढ़नी चाहिए, इस बात की चिन्ता ने नेताजी को खूब परेशान कर दिया था। राजे के शब्द

उनके कानों में गूँज रहे थे, "नेताजी काका, सबसे ज्यादा झंझट का जोखिम भरा काम तुम्हारे ही कन्धों पर है...।"

"आज्ञा राजे।"

"गढ़ से जैसे ही तोपों की आवाज आएगी तो पूरे घुड़सवार दल के साथ दुश्मन से टकराते हुए तुम्हें ही रणभूमि की तरफ दौड़ना है। अपनी जीत को मुट्ठी में करने के बाद फिर तुरन्त रडतोंडी की तरफ भागकर निकलना है। रातोरात गुरेघर, तायघाट होते हुए दूसरे दिन सुबह-सुबह खान के वाई वाले मुख्य डेरे पर चढ़ाई करनी है। इतनी लम्बी दूरी और बीच का अँधियारे वाला जंगल पार करके तय समय से ठिकाने पर पहुँचना जमेगा क्या?"

"राजे, अगर एक बार जिम्मेदारी उठा ली तो फिर चाहे नेताजी पालकर की जान कुर्बान हो जाए! मामला जटिल। कठिन है, यह सच है...लेकिन फिर हम हैं किसलिए?"

"यही कह रहा हूँ काका, आसमान से टूटे तारे के वेग से दौड़ेंगे तभी आप अपने लक्ष्य तक पहुँच पाएँगे।"

गढ़ से तोप की गड़गड़ाहट के साथ घुड़सवार दल ने तेज रफ्तार पकड़ ली। शत्रुओं का एकाध सरदार या फिर कोई सैनिक भी कोंकण के रास्ते पर न बढ़े, इस बात पर दूर से ही नजर रखे हुए नेताजी ऊपर से वेग से उतर रहे थे। वह इतने जोरों से घोड़े को हाँक रहे थे और बार-बार उस पर बेंत फटकार रहे थे कि उस जानवर की नाक से फेन निकलने लगा था।

एक नदी की धारा पार करके घुड़सवार आगे निकल चुके थे। तभी सामने से शौकत चार घुड़सवारों के साथ दौड़कर आता दिखा। नेताजी पालकर अपने घोड़े को लेकर उसके घोड़े तक पहुँच गए। नेताजी ने अपनी ऊँची आवाज में पूछा, "बोल रे मियाँ, क्या खबर?"

"चलिए हमारे साथ।"

"लेकिन कहाँ?"

"जिस खजाने को ढूँढ़ने आप जा रहे हैं, उसकी चाबी आपके हाथों में देता हूँ।"

नेताजी खिलखिलाकर हँस पड़े। रघुनाथ सबनीस को देखते हुए बोले, "चलिए रघुनाथराव, अपने साथ पचास घोड़े लीजिए, और ये शौकत मियाँ जहाँ कह रहे हैं, उनके पीछे-पीछे जाइए।"

"माफ करें सेनापति, यह जमेगा नहीं। यह काम तो हमारे तीर्थस्वरूप पिता भी कहेंगे तो नहीं हो पाएगा।" रघुनाथराव चिढ़कर बोले।

"ऐसा कैसे कह रहे हैं रघुनाथ जी?"

"सेनापति, युद्ध के ऐन ऐसे दावानल में हम इस दाढ़ी वाले पर भरोसा करें भी तो कैसे?"

"हाँ, यह सच है लेकिन...।"

"हाँ-हाँ, मुझे पता है नेताजी। पैसों का लोभी ये शौकत खान पहले भी उधर से तीन-चार खबरें लाकर राजा के कानों में डाल चुका है! लेकिन ये खान के डेरे में बिस्तर डाल के बैठने वाला...इसका भरोसा करके हमें क्या अपनी टोली को डुबा देना चाहिए?"

"अरे जातवाले...रघुनाथ, याद है, हम साथ में तेरे आजोबा के घर गए थे... और वहाँ की नदी की मछली खाई थी...तेरी गंगू आजी ने सिल-बट्टे पर कोंकणी मसाला पीसकर वो मछली बनाई थी रे!"

रघुनाथ अवाक् रह गया। उसके बदन में झिनझिनी भर गई। एकदम नींद से जागकर जैसे वह शौकत की तरफ देखने लगा। अचानक पहचानते ही उसके होंठों से शब्द निकले, "अरे हट्ट...कितना बड़ा नाटकबाज है तू दिघेभाऊ?"

"हाँ, मैं ही हूँ, विश्वासराव दिघे।"

रघुनाथराव और विश्वासराव ने घोड़े पर सवारी करते हुए एक-दूसरे के हाथ पर ताली दी। दोनों ने घोड़ों को बीच में ही चक्कर कटाते हुए रास्ते के बाएँ हाथ पर मोड़ दिया।

थोड़ी देर में सारे घुड़सवार जावली गाँव के बाहर मोरे कुल के महल के पास पहुँच गए। वहाँ खान ने अपना जो खजाना छुपाकर रखा था, उसे देखते हुए रघुनाथराव और विश्वासराव के मुँह में जैसे पानी आ गया। मस्त-मजबूत साढ़े तीन हजार घोड़े वहाँ एक मैदान में जैसे उनका रास्ता देख रहे थे।

बीजापुर के घुड़सवार अगले आदेश की तामील के लिए बेताब हो रहे थे। वास्तव में पीछे की लड़ाई की रंगत देखने के बाद खैरत खान को इधर दौड़ना था। यहीं से उसे घुड़सवार दल को लेकर प्रतापगढ़ के बाईं ओर वाले रास्ते से ऊपर जाकर शिवाजीराजे पर छापा मारना था परन्तु महार टीले के पास लड़ाई में खैरत खान मारा गया। दोनों इलाके पास-पास ही थे, इसलिए खैरत खान की मौत की खबर तुरन्त ही सबको हो गई। शौकत खान ने घुड़सवारों के दल के सामने पहुँचकर गर्जना की, "चलो भाई, वहाँ चलते हैं जहाँ जंग के आखिरी रंग बिखरे हुए हैं।"

शौकत के पीछे-पीछे बीजापुर के घुड़सवार वेग से आगे के रास्ते पर बढ़ गए। उनके पीछे-पीछे रघुनाथराव का दल अपने घोड़े दौड़ाने लगा। तब तक अँधेरा धरती पर उतरने लगा था और विश्वासराव दिघे घुड़सवार दल की वह दौलत अपने साथ लेकर मराठा लश्कर के खेमे की तरफ निकल चुके थे।

अँधेरा घिरने लगा था और रणभूमि का चेहरा भयानक नजर आने लगा था। अँधेरे के डर और कल्पना में पैदा आतंक से घबराए आदिलशाही सैनिक वाई के रास्ते से भागने लगे थे। बहुत से लोगों ने हथियार डाल दिए। जिनके पास शस्त्र थे, उन्हें भी वे अब बोझ लगने लगे थे। डर के मारे तो बहुतों को अपना ही भान

नहीं था। वे बदहवास हो गए थे। अपनी जान का उन्हें ऐसा डर सताने लगा था कि छोटे-छोटे गुटों में बैठ एक-दूसरे को अपनी बाँहों में लिये थरथर काँप रहे थे। अगर वे भागे तो निश्चित ही उनका पीछा किया जाएगा और रास्ते में जान जा सकती है। इसलिए बहुतों का मत यही था कि चुपचाप कैदी बने एक जगह पर बैठे रहें।

जो अवस्था भयभीत इनसानों की थी, वही कई जानवरों की भी थी। तलवारों और भालों के प्रहार से कई घुड़सवार घायल होकर नीचे गिर पड़े थे। बहुत से घोड़ों की पीठ रक्त से नहाई थी। उन पर मक्खियों के झुंड थे। ऐसे घबराए हुए बिना सवारों के खुले घोड़े तक अजीब आशंका से समूहों में इकट्ठा होने लगे थे और वे एक-दूसरे से अपने बदन सटाए खड़े थे। वहीं आसपास करीब सत्तर हाथी थे, जिन पर लगे हौदे टूटकर या ढीले होकर अपनी जगह से अलग हो झूल रहे थे। अपनी गरदन ऊँची किए कई ऊँट तक बिना मालिक के गरीब भेड़ों की तरह अँधेरे में छोटे-छोटे झुंड में खड़े थे।

रडतोंडी की तरफ जाने वाले रास्ते पर मोरोपंत के पैदल सिपाही बड़ी संख्या में जमा हो चुके थे। मराठा सिपाहियों के अँगरखे और धोतियाँ खून से सने थे। दोपहर से निरन्तर प्रचंड मार-काट करते हुए उन बहादुरों के हाथ तक थक गए थे। बदन को तर किए हुए खून से उठने वाली बदबू उनकी नाक में जा रही थी। आसपास के पहाड़ों-जंगलों की बस्तियों में रहने वाली स्त्रियों और बच्चों ने इनके आसपास भीड़ जमाकर रखी थी। भाकर के ढेर और चटनी-प्याज से भरी हुई टोकरियाँ लेकर वे सब दौड़े चले आए थे और प्यार से इन सबको खिला रहे थे। पैदल सिपाही खड़े-खड़े ही अपने पेट की आग बुझा रहे थे।

अब भी कड़ी मेहनत के काम बाकी थे। खान के खेमे में पड़े हथियारों, वस्त्रों और खाने-पीने के सामान को इकट्ठा करना था। उन सबको फिर अलग-अलग करके सही ढंग से बाँधना था। वहाँ बताया जा रहा था कि राजा ने रातोरात निकलकर कहीं और आगे कूच करने का आदेश दिया है।

उसी समय सईस और कोचवान अपने घोड़ों और बैलों को चन्दी-चारा और अनाज खिला रहे थे। सामने की तरफ करीब डेढ़-दो हजार बीजापुरी कैदी गरदन नीचे झुकाए अँधेरे में बैठे हुए थे। वे इस दारुण पराजय से लज्जित महसूस कर रहे थे। वे भविष्य के डर से अन्दर तक हिले हुए और दिन भर के उपवास के मारे पेट में मची भूख की हलचल से परेशान हाल थे। मोरोपंत ने इस बात की खबर ली कि अपने पैदल सैनिकों का खाना-पानी हो गया है या नहीं। इसके बाद उन्होंने तुरन्त सहायकों और शागिर्दों को इशारा किया और फटाफट चटनी-रोटी की टोकरियाँ बीजापुरी कैदियों की कतारों में भी घुमाई जाने लगीं।

बीजापुरी कैदियों की पंगत की तरफ मोरोपंत ने जान-बूझकर एक चक्कर लगाया। चटनी-रोटी का वितरण सही ढंग से हो रहा है, इस बात से सन्तुष्ट हुए।

शिवाजीराजे का स्पष्ट हुक्म था कि एक बार अपने सिपाहियों का भोजन-पानी हो जाए तो सरदारों को खुद यह देखना होगा कि लड़ाई में बन्दी बनाए गए लोगों को भी खाली पेट न सोना पड़े। अन्न के लिए भले ही भीड़ उमड़ पड़े, लेकिन अन्न का नुकसान नहीं होना चाहिए।

जब कैदियों का भोजन भी सम्पन्न होने को आया तो पंत ने ऊँचे स्वर में कहा, "बीजापुर के सैनिकों के लिए हमारे राजा का सन्देश है...स्वराज्य की सेवा-चाकरी में जिन्हें भी आना है, ऐसे लोग दूसरी तरफ कतार में बैठ जाएँ।" पंत के हुक्म के अनुसार अधिकारी काम पर लग गए। उस समय करीब चालीस पटवारियों और कर्मचारियों का एक दल सामने खड़ा था। उन्हें हुक्म देते हुए पंत ने कहा, "चलो रे बाबा...फटाफट खान के खेमे से लूटी हुई तलवारों की गिनती करो। शस्त्र, वस्त्र, जवाहरात, घोड़े, बैल, हाथी...सबकी सूची बनाकर तैयार करो। हिसाब-किताब में कोई गड़बड़ी नहीं होनी चाहिए।"

दहन और तोरण!

प्रतापगढ़ के चारों ओर का अँधेरा। उस पर आसमान में हल्के-हल्के तारों से बिखरा मद्धम प्रकाश। तमाम पेड़ों और झाड़ियों की आड़ में अभी तक कई बीजापुरी सिपाही कराहते, घावों के दर्द से तड़पते पड़े थे। उस शाम करीब दो-ढाई घंटे तक आमने-सामने की खुले हाथों वाली लड़ाई अपने पूरे रंग में थी। खान के करीब सात सौ ऊँट, अस्सी हाथी और छोटी-मोटी तोपें इन पहाड़ों पर लाने में उसके लोगों का दम ही निकल गया था। ऐन युद्ध के मौके पर इन चीजों को लेकर आगे बढ़ना, उनके किसी काम नहीं आया। हनुमान की वानर सेना की तरह मराठों ने कहीं पेड़ों पर से छलाँग लगाई तो कहीं झाड़ियों के पीछे से झपटकर बीजापुरी सैनिकों के सिर पर सवार हो उनके चेहरों को नोंच डाला।

मध्यरात्रि के समय राजा ने जैसे-तैसे आधा घंटा विश्राम किया होगा कि अचानक उनकी आँख खुल गई। उन्होंने जल्दी-जल्दी स्नान किया, फटाफट तैयार हुए और हल्का-सा फलाहार करके महल से बाहर निकलने को हुए। तभी वृद्ध कान्होजी जेधे राजा की राह के बीच आ गए। वह अपने झुर्रीदार हाथ जोड़कर खड़े हुए थे। उनकी पकी हुई सफेद मूँछें और कल्ले हिल रहे थे। वे आँखें मिचमिचाते और नर्म कँपकँपाती आवाज में बोले, "मैं एक राजा मानकर नहीं कह रहा हूँ, लेकिन पिता की उम्र के नाते से बोल रहा हूँ। हो सके तो इस बूढ़े को माफ कर देना। लेकिन सुन बेटा...थोड़ा मेरी बात सुन।"

"काका! आप तो सिर्फ हुक्म करो। विनती क्यों करते हो?"

"ये देख शिवबाल, बीते कई महीनों से तुम्हारी आँखों को यह नहीं पता कि नींद क्या होती है। अभी थोड़ी देर पहले ही तुम बिस्तर पर गए थे। मुझे अच्छा लगा, लेकिन जरा सी देर नहीं हुई कि ऐसे उठकर फिर बाहर चल दिए?"

"क्या करूँ जेधे काका? कर्तव्य ही हमारे पैरों को बाहर खींचता है।"

"लेकिन अपनी तबीयत को बिगाड़कर कैसे चलेगा? आखिर देह की भी अपनी मर्यादा होती है। बदन की हड्डियों-पसलियों को भी विश्राम की गरज होती है।"

"नहीं काका, राजा सोएगा तो काल उस पर हँसेगा!"

राजे रुकने की मन:स्थिति में नहीं थे। इतने में गोमाजी काका आगे बढ़कर बोले, "राजे, हमारे कई साथियों को ऐसा लगता है कल आपको विजयोत्सव का दरबार लगाना चाहिए।"

"कैसे कर पाएँगे हम लोग ऐसा? रावण मरा तब जाकर उस लंकापति का राज्य डूबा था। लेकिन अपने इस बीजापुरी सुलतान की लंका का विस्तार कितना बड़ा है...इधर अपने कृष्णा के किनारे रहमतपुर से लेकर नीचे दक्षिण के सागर तक पसरा हुआ है।"

"तो क्या राजे, आप धरती पर अपनी पीठ भी नहीं लगाएँगे? तुरन्त बदन पर वस्त्र पहनकर ऐसे भरी रात में अपने राज्य के निर्माण के काम में निकल जाएँगे?" कान्होजी ने आश्चर्य प्रकट करते हुए कहा।

"हाँ प्रतापगढ़ पर आज की लड़ाई, ऐसा समझिए कि यह हम मराठों के महाभारत की शुरुआत है।"

महल से बाहर निकलते-निकलते राजा बोले, "अब सीधे नीचे उतरकर गाँव के पास वाले नाके पर जाएँगे। वहाँ हाथोंहाथ के कुछ काम तुरन्त खत्म करने हैं हमें।"

"फिर ठीक है राजे।" पानसम्बल के स्वर में दुख था।

"काका, गोमाजी काका?"

"चिन्ता लगती है राजे...आपकी तबीयत की...।"

"अभी हमें तुरन्त ही बाहर निकलना पड़ेगा क्योंकि आज जिस दुश्मन को हमने यहाँ से मारकर भगाया है, वह चार-छह दिन बाद बदला लेने के लिए वापस तैयारी के साथ दौड़ा चला आएगा। फिर उसके साथ अपने घर के अनेक भेदी और कुल डुबाने वाले तो रहेंगे ही।"

"सही है।"

राजे उस अँधेरी रात्रि में किले के महादरवाजे की सीढ़ियों से पैदल उतरकर नीचे आए। जहाँ चोबदारों ने पहले से जीन कसकर घोड़ा तैयार रखा था। राजे अपने सिपाहियों के साथ सामने के कगार में घोड़ा लेकर उतर पड़े। थोड़ा आगे बढ़ जाने पर उन्हें बाईं तरफ पतीलों और मशालों का ताँबई उजाला नजर आया।

थके-हारे-टूटे दिखनेवाले करीब डेढ़-दो सौ लोगों की वह भीड़ थी। राजा ने घोड़ा थोड़ी दूर पर ही एक किनारे लगा दिया। तब वहाँ उन्हें बीजापुरी घुड़सवार सैनिक खड़े नजर आए। उनमें से अनेक घायल थे और उन्होंने अपने जख्मों को बाँध रखा था। वे सारे शोक में डूबे हुए और किसी खास मुद्‍दे पर वहाँ इकट्‍ठा होकर विचार करते नजर आ रहे थे।

राजा का घोड़ा वहाँ पहुँचने से पहले ही उनकी सेना का एक जमादार दस्ता वहाँ पहुँच चुका था। भीड़ में घुसा एक जमादार उन सभी से उजड्ड ढंग से कह रहा था, "जाओ रे जाओ यहाँ से, तुम्हारे प्यारे की लाश को बीजापुर लेकर।"

"लेकिन हुजूर, थोड़ा रहम करो।"

"देखो, वो तुम्हारी तकलीफ है। खुशी से ले जाओ उसे तुम अपने मुल्क में। फिर वहाँ चाहो तो तुम्हारे अफजल खान का मकबरा बाँधो, नहीं तो कब्र खोदो...!"

वह जमादार पराजित सैनिकों को खूब दम दे रहा था। इतने में राजा की कड़क आवाज उसके कान में पड़ी, "कौन है रे ये? क्या बात है?"

"महाराज, ये लोग अफजल खान की लाश को यहीं बाजू में दफन करना चाहते हैं। मैंने कहा कि उसका मुर्दा लेकर वहाँ नदी में फेंक दो।"

"खामोश।" शिवराय की आवाज बिजली जैसी कड़की, "बैरी है तो क्या हुआ? उसकी मृतदेह की बेइज्जती करने वाली ऐसी भद्‍दी भाषा बरतने का अधिकार तुम्हें किसने दिया?"

"ऐसा नहीं राजे, लेकिन...।"

"मूर्ख ही नहीं, असभ्य भी हो। ध्यान रखो, जब योद्धा, चाहे वह किसी भी तरफ से लड़ता हुआ युद्ध में काम आ जाता है, तब उस मृत सिपाही की मृत्यु का आदर करना और किसी भी परिस्थिति में उसका अपमान न होने देना, यह जीतने वाले राजा की जिम्मेदारी है, यह बात तुम भूल कैसे जाते हो?"

वह बातें सुनकर राजा काफी व्यथित नजर आ रहे थे। उन्होंने तेज स्वर में आवाज लगाई, "रघुनाथ पंत?"

"हुकुम राजे।"

"कल सुबह होते ही इन लोगों को आप सबसे पहले यहाँ इनके आदमी के लिए कब्र की जमीन बिलकुल निशान लगाकर, नाप-जोख करके देना...और गोमाजी काका आप...।"

"आज्ञा महाराज।"

"यहाँ बनाई जाने वाली कब्र पर दीया-बत्ती और पानी की व्यवस्था का खर्च, अपने गढ़ के कामों के हिसाब में शामिल करते हुए, हर महीने कार्यालय से इधर पहुँचना चाहिए।"

राजा ने मौके पर कुछ ही क्षण में निर्णय सुना दिया। शत्रु को भी दिए गए सम्मान को देखकर वहाँ उपस्थित मित्र और शत्रु पक्ष के लोग जैसे सर्द पड़ गए।

लेकिन रघुनाथ सबनीस से नहीं रहा गया और उन्होंने शिकायती अन्दाज में कहा, "महाराज, आपने दुश्मन का सम्मान करने की बात कही, उसका तो पालन होगा। लेकिन उसके लिए इतना लाड़ किसलिए?"

राजा को अपने कुछ अधिकारियों के चेहरे पर नापसन्दगी का आक्रोश और कड़वाहट की झलक साफ दिख रही थी। तब उन्होंने धीमी किन्तु स्पष्ट वाणी में कहा, "याद करो, जब रावण इस संसार में नहीं रहा तो विभीषण ने भी ऐसा ही सवाल किया था कि उसके शव का क्या करना चाहिए। तब साक्षात् प्रभु राम ने उसकी मृतदेह का अन्तिम संस्कार किया था। इसलिए मर्द मावलो, तुम सभी से सिर्फ इतना कहता हूँ कि...।"

"हुकुम राजे।"

"युद्ध में सामने से चलकर आए शत्रु पर जरूर धारदार शस्त्र से हमला करो, उसका कड़ा मुकाबला करो। वह तो योद्धा का धर्म है! लेकिन जब उसके प्राण निकल जाएँ तब उसकी मृतदेह को मित्र के समान गले से लगाना ही मनुष्य का सच्चा धर्म है!"

राजा के इस दैवीय उद्गार से खान के साथियों का भी हृदय भर आया। भावुक होकर कई की आँखें नम हो गईं। खान के शव के पास बैठा एक बूढ़ा काजी आवेग से उठ खड़ा हुआ। घोड़े पर सवार शिवराय को सलाम करते हुए आँखों में आँसू लिये हुए गरजा, "अल्लाह, ये शिवाजी कोई इनसान नहीं है, यह तो फरिश्ता है। मेरी बची हुई जिन्दगी ऐसे भले आदमी को दे दे अल्लाह!"

राजे वहाँ से निकलने को हुए। बीच में ही उन्हें कोई बात याद आई और उन्होंने तेजी से अपने घोड़े का सिर पीछे घुमाया। उन्होंने खान के उन नजदीकी लोगों से कहा, "देखो, तुम्हारे मृत सरदार की स्मृति का हम आदर करते हैं। परेशान होने की जरूरत नहीं क्योंकि तुम्हारे स्मारक की पवित्रता बनी रहने से हमारे इस भव्य किले की शान भी काल के विशाल भाल पर टिकी रहेगी। यहाँ खुशी से स्मारक बनाना लेकिन फिर बेकार ही उसका विस्तार करके यहाँ हाथ-पैर पसारने जैसी गुस्ताखी मत करना।"

कुछ ही देर में राजे जंगल के रास्तों को घोड़े के पैरों से कुचलते हुए अपने साथियों के साथ नीचे गाँव के नाले के नजदीक पहुँच गए। वहीं पास ही राजस्व की कचहरी और गाँव का वरदायिनी देवी का मन्दिर था। वहाँ बहुत सारे नागरिकों, सैनिकों और किसानों की भीड़ लगी थी। भीड़ के टापू में अनेक पतीले जल रहे थे। जहाँ हकीम और वैद्यराज अपने शागिर्दों के साथ जल्दी-जल्दी घायलों की पट्टी और उपचार कर रहे थे। तलवारों से कई सैनिकों के हाथ-पैर कट चुके

थे या फिर कई भालों से गम्भीर घावों की वजह से बेहोश पड़े थे। उनके जख्मों पर पट्टियाँ बाँधी गई थीं और पतले वस्त्र की उन पट्टियों पर गर्म तेल की बूँदें टपकाई जा रही थीं। हल्दी, गाय के दूध का मक्खन और हरी जड़ी-बूटियों से जख्मों की जलन बन्द करने और उन्हें ठीक करने की जल्दबाजी हर तरफ दिखाई दे रही थी।

पीछे की तरफ अफजल खान के खेमे में मिले लूट के सामान का हिसाब-किताब चल रहा था। कपड़ों के करीब दस हजार गट्ठर, खजाने की लकड़ी की बड़ी-बड़ी पेटियाँ और सन्दूक, उनमें खचाखच भरे चमकदार-पीले स्वर्ण वाली अशरफियाँ, हीरे-जवाहरात जैसा बहुत सारा माल था। फौज का खर्च तीन साल तक चलता रहे, खान बीजापुर से इतनी सामग्री लेकर चला था। उसका अपना ढेर सारा निजी रत्न भंडार भी हाथ लगा था।

हिन्दवी स्वराज्य के वास्ते जी-जान से लड़ने वाले बहादुर सैनिकों के लिए राजा के हृदय में बहुत प्यार और अनुकम्पा थी। इसलिए जाते ही उन्होंने सबकी खोज-खबर लेनी शुरू कर दी। रात में वह जख्मी सैनिकों-सरदारों के शिविर में घूम रहे थे। राजा स्वयं आकर उनका हालचाल ले रहे हैं, इस बात से सिपाही आनन्दित थे और अपने शरीर पर हुए घावों की वेदना कुछ देर के लिए भूल गए।

जिन सिपाहियों के गाँव नजदीक थे, उनकी मृतदेह वहाँ मौजूद उनके गाँव के लोगों को सुपुर्द की गई। दूसरी तरफ बलिदानियों की पूरी सूची तैयार करने का काम चल रहा था। जीवित और मृत सैनिकों के रिश्ते-नातेदार और ग्रामीण आगे बढ़कर राजे को झुककर सलाम कर रहे थे। घर के प्रिय मनुष्य युद्ध में काम आ गए, इसका दुख तो सबको था। लेकिन इस बात का अधिक सन्तोष था कि वे बहादुर शिवराय के स्वराज्य के लक्ष्य के लिए शहीद हुए थे।

"मोरोपंत, आज की इस घमासान लड़ाई में हमारे कितने मावले वीर काम आए होंगे?" राजा ने पूछा।

"अभी तक तो पूरी गिनती नहीं हो पाई है, लेकिन फिर भी ऐसा लगता है कि बारह-चौदह सौ के आसपास यह आँकड़ा बैठेगा।"

"हे जगदम्बा! यह तो बड़ा ही नुकसान है।"

"परन्तु राजे, अपने बहादुर पूरी जान लगाकर लड़े। उन्होंने करीब पाँच से छह हजार बीजापुरी सैनिकों को मौत के घाट उतारा होगा।"

"ऐसा?"

"युद्ध बन्दियों के रूप में खान के चार हजार आदमी हमारे हाथ लगे हैं।"

अपने जख्मी रणबाँकुरों का हाथ अपने गर्म-गुनगुने हाथों में रखकर राजा उनसे दिल की बातें करते हुए आगे बढ़ रहे थे। मोरोपंत और कान्होजी बाबा के साथ पूरे खेमे में प्रदक्षिणा कर रहे थे। चलते-चलते राजे बोले, "पुरन्दर की लड़ाई में ही

हमने प्रतिज्ञा ली थी कि जो भी सिपाही स्वराज्य के काम आएगा, उसके परिवार की जिम्मेदारी राज्य का होगा!"

"बिलकुल राजे।"

"शहीद हुए सैनिकों की सूची जल्दी तैयार कराइए। मृत वीर के घर में अगर उसका भाई या उस उम्र का कोई लड़का हो तो उसे अपने स्वराज्य की सेवा में तत्काल लीजिए। जिन घरों में नौकरी करने की उम्र जैसा कोई न हो, तो वहाँ स्त्रियों-बच्चों को कोई समस्या न हो...।"

"इसके लिए राज्य ने विधवाओं की सहायता की भी पूरी व्यवस्था की हुई है।"

"हाँ, मगर पूरी ईमानदारी से इस पर अमल होना चाहिए। जब तक वीर की पत्नी जिन्दा रहे और जब तक उसके परिवार में बच्चे पैरों पर नहीं खड़े हो जाते, तब तक उन्हें पालना-पोसना हिन्दवी स्वराज्य की जवाबदारी है।"

थोड़ा आगे एक तरफ झाड़ियों के बीच में एक छोटी सी सपाट जगह थी। वहाँ बहुत से नागरिक, स्त्रियाँ-बच्चे शिवराय का इन्तजार करते हुए खड़े थे। रात में ही राजा वहाँ सबके सामने पहुँचे। वहाँ जमा अपनी प्रजा का उन्होंने पूरे मन से अभिवादन किया। जख्मियों के कुटुम्बियों को राजा ने पच्चीस से दो सौ स्वर्ण अशरफियों तक की रकम तुरन्त राहत के लिए दी। इसके लिए एक लाख अशरफियाँ तुरन्त मँगा ली गई थीं। वहाँ मौजूद प्रत्येक बहादुर सरदार को सम्मान के रूप में हाथी और पालकी दी गई।

सिपाहियों को उनकी बहादुरी के लिए सोने के कड़े, कंठ हार, मोतियों के आभूषण और बाजूबन्द बाँटे गए। उस समय अधिकारियों ने रत्नजड़ित मूठ की एक तलवार राजे के हाथों में दी। राजा ने बहुत ही प्रसन्नता के साथ वृद्ध कान्होजी बाबा को अपनी बाँहों में भर लिया और वह मूल्यवान तलवार जेधे के हाथों में सुपुर्द करते हुए बोले, "आज की इस बड़ी भागा-दौड़ी में सबका सम्मान हो पाना सम्भव नहीं है। हमारे नेताजी पालकर और मोरोपंत के साथ दिघे के सम्मान के लिए खास दरबार लगाया जाएगा। लेकिन इस पूरे प्रकरण में सम्मान के जो सबसे योग्य हैं, वह हमारे कान्होजी काका जेधे हैं। कर्नाटक से यहाँ तक उनके आशीर्वाद की छत्रच्छाया हमारे सिर पर बनी हुई है। आज शामियाने से हम जब गढ़ के लिए निकले थे, तब हमारे पीछे लगे खान के सैनिकों पर वह आग की तरह टूटकर बरस पड़े। काका आपका और आपके कुटुम्ब का उपकार हम दस जन्मों में भी चुका नहीं पाएँगे।"

कान्होजी ने बड़ी विनम्रता से वह सम्मान स्वीकार किया। राजा ने तत्काल ही पीछे खड़े गोपीनाथ पंत को पास बुलाया। उन्हें सम्मान के वस्त्र देते हुए राजे बोले, "किसी भी राजा को वकील मिले तो वह हमारे पंतजी गोपीनाथ काका जैसा! ऐसा चतुर और इनके जैसा बहादुर। उनकी जुबान की मिठास और साहस तथा धैर्य हमारे बहुत काम आया। नहीं तो कछुए की तरह अपना बदन छुपाए खाई में बैठ।

हुआ अफजल खान इस पहाड़ पर ऊपर तक आने के लिए तैयार ही नहीं होता। इस बहादुरी और सूझ-बूझ के लिए हम कर्हे पठार का हिवरे गाँव गोपीनाथ काका को इनाम में देते हैं।"

राजा के शाम को दिए हुक्म के अनुसार वहाँ इक्यावन गाँवों के पाटीलों का सम्मान किया जाना था। देर से आए सन्देश की वजह से सब लोग जगह पर उपस्थित नहीं हो पाए थे। जो लोग वहाँ हाजिर नहीं हो सके, राजा ने उनके घर तक मान-पत्र पहुँचाने के निर्देश दिए। इसके बाद गाँव-गाँव की अशिक्षित, गरीब किसान स्त्रियाँ सामने आईं। राजा ने प्रत्येक के हाथ में साड़ी-चोली और सोने का कोई-न-कोई गहना उन्हें भेंट के रूप में दिया। कष्टसाध्य जीवन जी रही उन स्त्रियों का आभार मानते हुए राजा का मन भर आया। वह भावुक होकर बोले, "जावली और प्रतापगढ़ परिसर के इस बड़े-बड़े बाघों से लेकर छोटे-छोटे खून पीने वाले जोंकों से भरे जंगल में अगर तमाम ग्रामीण माताओं और बहनों ने हमारी मदद के लिए दौड़ नहीं लगाई होतीं, अगर उन्होंने भरी बरसात में हो रहे इस भीषण युद्ध में हमारे सैनिकों को समय से खाना नहीं खिलाया होता, तो इस विकट अरण्य में हमारे सैनिकों का भूख के मारे बहुत बुरा हाल हुआ होता। इसलिए मेरी माताओ-बहनो, मैं आपको 'स्वराज्य की मानिनी मालकिन' मानता हूँ। जिस दिन हिन्दवी स्वराज्य का बुलन्द मन्दिर खड़ा होगा, उस दिन उनकी दीवारों में हमारे बहादुर नरवीरों के रक्त के साथ इन माताओं-बहनों का पसीना और आँसू भी शामिल रहेंगे। यह बात हम कभी भी नहीं भूलेंगे।"

राजा को वहाँ से शीघ्र ही निकलना था। उनका मन वाई की दिशा में दौड़ा जा रहा था। नेताजी पालकर की फौज के रडतोंडी का घाट पार करके तेजी से वाई की तरफ बढ़ने की खबर उन्हें मिल गई थी। राजा ने फिर एक बार युद्ध कैदियों पर नजर डाली। उनके भोजन की व्यवस्था का हालचाल पूछा। आश्वस्त हुए। उन युद्ध बन्दियों में अनेक हिन्दू ही नहीं बल्कि मुसलमान भी स्वप्रेरणा से शिवराय की सेना में शामिल हो रहे थे। राजा घोड़े पर सवार हो रहे थे कि तभी शोकग्रस्त मानाजी और अण्णाजी दत्तो पास आए। उन्होंने राजा के कानों में कुछ कहा। राजे तुरन्त अपने साथी सरदारों के साथ रात के अँधेरे में ही कोयना नदी के किनारे की तरफ निकल गए।

युद्ध में जिन वीरों की देह छिन्न-भिन्न हो चुकी थी और जिन्हें पहचाना नहीं जा पा रहा था, ऐसे शवों के अन्तिम संस्कार के लिए नदी के किनारे तीस विशाल चिताएँ तैयार की गई थीं। एक-एक चिता पर पाँच-पाँच, सात-सात वीरों की देह रखी गई। तय किया गया था कि स्वराज्य के लिए अपने प्राणों की आहुति देने वाले उन वीरों को राजा स्वयं अपने हाथों से अग्नि देंगे। पौधों की लम्बी शाखाओं को जलाकर राजा के हाथों में दिया गया। राजा ने अग्नि से भड़की हुई चिताओं पर

बेलपत्र और तुलसीपत्र चढ़ाए। अपने मर्द मराठों को अन्तिम विदा देते हुए राजा की आँखें डबडबा आईं।

बीच में ही शोकाकुल चेहरे लिये कान्होजी बाबा और मोरोपंत राजे के पास आए। कान्होजी ने अपने मजबूत पंजे में राजा का हाथ पकड़ा। कुछ न कहते हुए उन्हें पीछे खींचने लगे। अचम्भित राजा ने सामने नजर डाली। वहाँ किसी के लिए एक अलग चिता रचाई गई थी। वहाँ अपने साथियों के अतिशय गुमसुम चेहरे देखकर राजा कुछ अधिक उधेड़बुन में पड़ गए। लड़ाई में उस देह का सिर धारदार शस्त्र से बीच में खड़ा कटा हुआ था। इस कारण घाव बहुत गहरा और भयंकर था, जिसमें से बहुत खून बह गया था। सारा रक्त जैसे निचुड़ गया था और देह शुष्क पड़ी थी।

राजा आँखें फाड़े देख रहे थे। मशाल के प्रकाश में चौड़े कन्धों और लम्बी कद-काठी की उस देह में सख्त मूँछें और कल्ले देखकर शिवराय थरथरा गए। जोरों की सिसकी फूट पड़ी। उनके मुँह से अपने आप आवेग से दुख छलक पड़ा, "मंबाजी काका...यह क्या?" पेमगढ़ पर उनके साथ की यादें अन्तर्मन में सिर उठाने लगीं। अपने शैशवकाल में काका के संग-साथ की स्मृतियों से राजा का मन भर आया।

समय नहीं था। फुरसत भी नहीं थी। किसी ने जलती हुई मशाल राजा के हाथ में दी। राजा ने चिता को मुखाग्नि दी। उस जलती हुई चिता का ताँबई प्रकाश उनकी देह पर पसर गया।

भावुक राजा वैसे ही नदी किनारे के अँधेरे में पेड़ों के बीच खड़े थे। उनके हुक्म की राह देखे बगैर उनकी दोनों आँखों से बिना रुके आँसू झर रहे थे।

राजा की आँखों में आँसू देखकर कान्होजी का मन टूट गया। उनका हाथ मजबूती से पकड़ते हुए बोले, "शिवबा, खुद को सँभालो।"

"क्यों काका, राजा को आँसू बहाने का हक नहीं होता क्या?" बहुत भरे दिल से राजा बोले। राजा अत्यन्त ही विचित्र मानसिक अवस्था से गुजर रहे थे। एक तरफ तो अति-आनन्द का माहौल था। बीजापुर की सल्तनत के मजबूत बुर्ज अफजल खान को उसकी फौज के साथ मिट्टी में मिला दिया था।

उसी समय मंबाजी काका जैसे अपने रक्त सम्बन्धी को खो दिया, जो जान-बूझकर जन्मभर बैरी के दूत की तरह बर्ताव करते रहे। लेकिन देवता आखिरकार मंबाजी को प्रतापगढ़ के जंगलों में खींच ही लाए। राजा इस विडम्बना से हैरान थे कि अपने भाई-बन्धु होकर भी लोग अपने हुए ही नहीं!

शिवराय का कंठ भर आया। वह बोले, "जेधे काका, हमें इसी बात का बहुत बुरा लगता है। हमारे सगे दादा भाइयो, मालोजी और विठोजी राजे ने जब अपने सपनों को साकार करने के लिए वेरूल की सीमा से बाहर कदम रखा होगा, तब

क्या गलती से भी कभी उन्हें यह लगा होगा कि भविष्य में अपने कुल में ऐसी टूट, ऐसा बिखराव, ऐसा मनमुटाव हो सकता है?"

"जाने दो राजे। भाई-बन्धुओं के बीच ये सारे आग के खेल हैं! जिसने कौरवों-पांडवों को नहीं छोड़ा, देवी-देवता भी जिससे बच नहीं सके, वो आग कैसे हमारे लिए मक्खन जैसी हो जाएगी?"

राजा के साथ पाँच हजार घुड़सवारों का दल रातोरात रडतोंडी का घाट चढ़ने लगा। सारे सुख-दुख, व्याधियाँ और चिन्ता-फिक्र छोड़कर वह नए समर के लिए निकल पड़े थे। रास्ते में हरकारे मिल रहे थे। सन्देश आ रहे थे। रडतोंडी घाट की रक्षा करने वाले उनके चचेरे भाई बाबाजी भोसले की बहादुरी की बहुत सारी बातें लगातार पहुँच रही थीं।

अभी तक पहुँची खबरों के मुताबिक नेताजी अपने लश्कर समेत तोप के गोले जैसे काफी पहले ही वाई की तरफ पहुँच चुके थे। राजा को विश्वास था कि उनकी योजना के अनुसार, जब वाई के तल पर रात में खान की सुरक्षित फौज के सैनिकों के लिए भोजन की पंगत तैयार हो जाएगी, तब थाली सजने से पहले ही नेताजी हमला करके पूरे तल को सफाचट कर देंगे।

रडतोंडी की चढ़ाई चढ़ते हुए घोड़ों के मुँह से झाग छूटने लगा था। इसके बावजूद वे जानवर पूरी ताकत से खड़ी चढ़ाई चढ़ रहे थे। एक तरह से उनके लिए यह युद्ध ही था। नेताजी के पीछे-पीछे सारे घुड़सवार सैनिक पूरी रफ्तार से निकल पड़े थे।

घाटी के मोड़ पर एक हरकारे ने राजा से कहा, "रास्ते में रडतोंडी के घाट के मोड़ पर बाबाजी भोसले आपसे मिलेंगे। बीते दो-तीन घंटे से वह जवान आग की तरह तपते हुए जूझ रहा है। राजे उसकी चिन्ता हो रही है। कितना भी जरूरी हो, उससे कहिए कि थोड़ा विश्राम करे।"

"अच्छा किया कि याद दिला दी। दो महीने बाद उसकी शादी होने वाली है।" राजे ने हँसकर कहा।

रास्ते में बाबाजी के पराक्रम के अनेक किस्से सुनते हुए राजे बहुत खुश हुए। उन्होंने अपने गले पर हाथ रखकर जाँच की। अपना बेहद कीमती कंठा उस भागदौड़ वाली जगह पर भी सलामत है, उन्हें सन्तोष हुआ।

लगातार चलते-चलते घोड़ा रडतोंडी के घाट के ऊपर पहुँच गया। अब घाट पर की ठंडी हवा बदन से लिपट रही थी। सामने मेटतला का नाका दिख रहा था। आगे मोड़ पर बाबाजी ने अनेक बीजापुरी सैनिकों को अल्लाह के घर का रास्ता दिखा दिया था। रास्ते के दोनों तरफ शवों का ढेर, टूटी हुई तलवारें, ढालों के टुकड़े और मारे गए घोड़ों के धड़ ढेर के ढेर पड़े हुए थे। रक्त-मांस से भरे हुए उस रास्ते पर चलते हुए राजा की टुकड़ी मेटतला के पास पहुँच गई। वहाँ मराठा घुड़सवारों की जैसे दीवार खड़ी थी। शिवराय वहाँ पहुँच गए। इतनी प्रचंड विजय मिलने के

बाद भी वहाँ उल्लास कहीं दिखा नहीं और न ही विजय की घोषणा कानों में पड़ी। सब लोग बिलकुल खामोशी ओढ़े हुए चुप क्यों खड़े हैं?

एक शास्त्री आगे बढ़े। वे ठंडी आवाज में बोले, "राजे, बहुत देर से हमारी आँखें आपकी ही राह देख रही थीं।" उस दुखद स्वर ने राजा का कलेजा हिला दिया। इसमें सन्देह नहीं कि काल की कुल्हाड़ी मस्तक में घुस गई। मेटतला के पीछे की तरफ एक चिता सजाई गई थी। राजा घोड़े से उतरकर उस चिता के सामने गए। कुछ अनुभवी योद्धा बता रहे थे, "राजे, आज आपके इस बाबाजी भोसले... इस कोमल लड़के के पराक्रम का क्या कहना? बदन में जैसे आग बाँध रखी हो, वह चारों तरफ ऐसे नाच रहा था। जूझ रहा था। देखो, अगल-बगल दूर तक सिर्फ दुश्मनों की लाशें पसरी हुई हैं! लेकिन आखिर में बैरी के जोर से फेंके हुए एक भाले ने उसकी छाती चीर दी। बहुत बुरा हुआ।"

राजा ने चिता पर लिटाए बाबाजी के भव्य गोरे कपाल का चुम्बन लिया। उन्होंने अपने गले का कंठा खींचकर निकाला और उस वीर की मृतदेह पर रख दिया। हर तरफ सिसकियाँ गूँज उठीं, लेकिन राजा जैसे किसी पत्थर में तब्दील हो चुके थे। दुख ने निचोड़कर उन्हें ऐसा पाषाण कर दिया था कि उनके हृदय से न तो सिसकियाँ उठीं और न आँसू ही निकल पाए।

मेटतला के जंगल में बाबाजी भोसले की चिता जल रही थी। उस दहकती पवित्र चिता को राजा ने पूरी श्रद्धा से दंडवत प्रणाम किया। अचानक आँसुओं की एक लहर राजा के ताँबई-गोरे गालों से होती हुई माला के मोतियों की तरह नीचे झरने लगी। बड़ी मुश्किल से अपने दिल में उठती रुलाई को सँभालते हुए राजा घोड़े पर सवार हुए।

स्वराज्य के भावी राजद्वार पर पराक्रम के नए बन्दनवार बाँधने के लिए राजा ने अपने घोड़े को एड़ लगाई। वह जोशीला अश्व अरुणोदय की आहट के साथ तूफानी झंझावात की तरह वाई की दिशा में उड़ चला।

उन जंगलों-घाटियों को रातोरात पार करते हुए राजा को अगले ही दिन वाई पहुँचना था। दूसरी तरफ से नेताजी पालकर तोप के धधकते गोले की तरह कब से घाट उतरकर नीचे निकल चुके थे। अफजल खान के वाई वाले ठिकाने पर तत्काल छापा मारना था। दुश्मन की युद्ध सामग्री को लगे हाथ अपने अधिकार में लेना था। इसके बाद जरा भी विश्राम किए बिना नेताजी को आगे बढ़कर तमाम शहरों-गाँवों को अपने घोड़े के पैरों तले रौंदते हुए तीसरे दिन सुबह बीजापुर के शाही दरवाजे पर धड़का देना था। उनके इस प्रचंड धावे में करीब पाँच हजार मावले और इतने ही जानवर शामिल होने वाले थे।

न थकते, न रुकते उन्हें लगातार दो रातों तक सरपट दौड़ लगानी थी और तीसरी सुबह सूर्य की पहली किरण के साथ शत्रु के बीजापुरी दरवाजे पर अपनी

तलवार की खनक और चमक दिखानी थी। नेताजी जैसे वीर के लिए भी यह पराक्रम अग्निपरीक्षा से कम नहीं था।

नेताजी के लिए किसी दिव्य स्वप्न की तरह लगते इस अभियान को अपने पाँच हजार सिपाहियों के साथ पूरा करना हर हाल में आवश्यक था। एक तो उन्होंने अपने स्वामी शिवाजीराय को यह वचन दिया था। और दूसरा कारण था कि वहाँ बीजापुर के किले और आसपास के जंगलों में सत्रह हजार की एक अज्ञात बेताब घुड़सवार फौज मावल से आ रहे अपने रक्त सम्बन्धियों की प्रतीक्षा कर रही थी।

दोनों फौजें यहाँ मिलकर भविष्य को गढ़ने वाले इतिहास के ललाट पर एक नया-न्यारा तोरण बाँधने वाली थीं।

पवित्र अग्नि की तरह दिव्य अपने इन स्वप्नों को यथार्थ की धरती पर उतार लाने के लिए शिवराय का मन कितना अधीर हो गया था!

अब प्रकाश फैल चुका था। क्षितिज पर भगवा रंग की लहरें लहराने लगी थीं।

प्रतापगढ़ की पहाड़ियों में स्वराज्य के लिए अपने प्राणों की आहुति देने वाले बाबाजी जैसे अनेक बलिदानियों के निर्वाण के दुख की फाँस कलेजे में अटकी हुई थी; लेकिन सामने दिख रही राह भी बहुत लम्बी थी।

राजा के साथ सारे घुड़सवार वेग से आगे दौड़े जा रहे थे।

❂❂❂